CB080579

Meu sonho contigo

NUALA O'FAOLAIN

Meu sonho contigo

Tradução de
Alda Porto

EDITORA RECORD
RIO DE JANEIRO • SÃO PAULO

2006

CIP-Brasil. Catalogação-na-fonte
Sindicato Nacional dos Editores de Livros, RJ.

O27m O'Faolain, Nuala
Meu sonho contigo / Nuala O'Faolain; tradução de Alda Porto. – Rio de Janeiro: Record, 2006.

Tradução de: My dream of you
ISBN 85-01-06251-0

1. Ficção irlandesa. I. Porto, Alda. II. Título.

04-3301 CDD – 828.99153
CDU – 821.111(41)

Título original irlandês:
MY DREAM OF YOU

Copyright © 2001 by Nuala O'Faolain

Publicação mediante acordo com Riverhead Books,
membro da Penguin Putnam Inc.

A edição desta obra conta com o apoio do Ireland Literature Exchange (Translation Fund), Dublin, Irlanda.
www.irelandliteratute.com
info@irelandliterature.com

Todos os direitos reservados.
Proibida a reprodução, no todo ou em parte, através de quaisquer meios.

Direitos exclusivos de publicação em língua portuguesa para o Brasil adquiridos pela
DISTRIBUIDORA RECORD DE SERVIÇOS DE IMPRENSA S.A.
Rua Argentina 171 – Rio de Janeiro, RJ – 20921-380 – Tel.: 2585-2000
que se reserva a propriedade literária desta tradução

Impresso no Brasil

ISBN 85-01-06251-0

PEDIDOS PELO REEMBOLSO POSTAL
Caixa Postal 23.052
Rio de Janeiro, RJ – 20922-970

CÓPIA NÃO AUTORIZADA É CRIME
ABDR
ASSOCIAÇÃO BRASILEIRA DE DIREITOS REPROGRÁFICOS
RESPEITE O DIREITO AUTORAL
EDITORA AFILIADA

Os trechos em itálico neste livro são citações textuais de material de fontes originais referentes ao caso do divórcio dos Talbot, que é um fato real.

Quando morávamos no sótão de uma casa ampla, Hugo e eu ficávamos na cama a maior parte do tempo no fim de semana. Era uma casa com torrinhas e empenas em meio a castanheiros, na borda de um parque no sul de Londres. No chão, diante das janelas altas e emperradas que, após empurradas e puxadas com força, se abriam para uma sacada fria e úmida, tínhamos um enorme colchão. Naquela primavera, um pombo se aninhou num abrigo de galhos trançados à altura de nossos travesseiros. O ninho balançava na brisa, e lantejoulas de luz verde derramavam-se pelo dossel de folhas sobre nossos corpos. Trabalhávamos nos dias de semana. Eu me levantava cedo para limpar dois pubs; tinha de pagar as mensalidades de meu curso de jornalismo, além de ganhar o suficiente para viver. Hugo levantava-se para estudar numa escrivaninha em um canto afastado do outro lado do cômodo; cursava direito de dia e, à noite, jornalismo. Mas, nos fins de semana, os dois folgávamos.

Vivíamos no colchão como numa jangada. Juntávamos tudo o que precisávamos e queríamos à nossa volta, nas tábuas corridas do assoalho, pegando as coisas sem sair de baixo da manta escocesa quando fazia frio, e, no verão, estirando-nos nos lençóis banhados de sol. Hugo trazia café e torradas da cozinha. Guardava o pão da torrada no quarto, porque os outros estudantes que moravam na casa comiam como gafanhotos quando chegavam dos pubs e discotecas nas noites de sexta-feira. A mãe dele lhe dera uma cafeteira de verdade. Era raro alguém ter uma daquelas no início dos anos 1970 — mesmo em Londres. Ela trouxera de algum lugar no exterior — não sei exatamente de onde, porque ele me falava pouco da mãe, que eu nunca conheci. Ela sempre lhe dava um presente caro quando ceavam juntos.

Era essa palavra que ele usava. Eu me habituara ao fato de a refeição noturna ser chamada simplesmente de jantar, e ficava constrangida quando Hugo dizia "cear". Na Irlanda, onde fui criada, não havia nada semelhante a tal refeição, assim como não existia café de verdade. Jantava-se ao chegar da escola — ou, na nossa casa, só o fazíamos se mamãe houvesse preparado alguma comida. Havia o chá, mais tarde. A única vez que chegávamos a usar a palavra "ceia" era em *A última ceia*. Mas por que eu sentia em segredo esse *constrangimento* por Hugo empregar uma simples palavra como ceia para jantares em restaurantes caros, não sei.

Eu o observava o tempo todo, embora Hugo não fizesse o mesmo comigo. Mas ele era louco por mim. Dificilmente completava uma hora de estudo sem uma pausa para mais uma vez me alisar a coxa, ou aproximar minha boca lânguida da dele, ou guiar minha mão na carícia que desejava que eu fizesse. Demonstrava precisar de mim. Bem, ele me queria. Eu percebera, logo que passamos a viver juntos, que, embora ele elogiasse meu corpo e meus cabelos, não falava nada sobre o meu rosto. Por isso me sentia muito mais confiante quando nos amávamos no escuro do que quando ele me olhava.

Na época em que morávamos no quarto cheio dos agradáveis arrulhos e da voraz comilança dos pombos, ele cursava o último ano do bacharelado em direito, grau que envolvia alguma história jurídica, incluindo mais ou menos uma hora de história da lei do divórcio, motivo pelo qual um dia passou a se deitar na cama com uma fotocópia dos trâmites legais na Câmara dos Lordes de *Talbot v. Talbot* (1856). Era uma noite de domingo, quando nos preparávamos para a semana seguinte. Eu adorava aqueles momentos em que eu ficava indo de um lado para o outro intencionalmente, por todo o enorme aposento. Os jornais amassados já empilhados num canto e a cama sacudida, livre das migalhas de pão. Hugo, em geral, ficava um tanto mal-humorado — na verdade, cheio de mim — e dedicava-se ao trabalho. Mas eu estava saciada e contente. A escuridão lá fora, e nós tão seguros.

Só morei na casa em meio aos castanheiros durante algum tempo. Fui expulsa daquele éden aos 23 anos, e já tenho quase cinqüenta. Certa vez, anos atrás, eu estava na sala de ginástica de um hotel na ilha da Madeira, ou talvez em Malta — um desses lugares quentes e enfadonhos à maneira britânica —, tomando notas para uma matéria, quando ergui os olhos para os mudos aparelhos de TV. Por algum motivo, todos mostravam um debate gravado no Parlamento canadense. Atrás do homem corpulento que falava, via-se um outro, magro, distraído, com a cabeça afundada nos dedos entrelaçados, e pensei que fosse Hugo. Senti por um instante minha pele ruborizar. Aqueles dedos...

Hoje, sou grata pelo documento que ele um dia — displicentemente — me deu. Hugo foi o único rapaz que conheci suficientemente ambicioso para estudar direito e meticuloso a ponto de levar as anotações do professor xerocadas para casa e estudá-las, e que pensaria em juntá-las, grampeá-las e me dar, em vez de jogá-las fora com o resto de material já lido.

Você vai se interessar por isso, Kathleen, disse ele. É um verdadeiro material de liberação feminina. E irlandês. Ou, pelo menos, aconteceu na Irlanda.

Ah... irlandês, soaram suas palavras. Ah... terra irlandesa.

Na época, era preciso ir à Câmara dos Lordes para se obter um divórcio, continuou. É disso que trata o processo.

> *Petição apresentada por um certo Sr. Talbot, de Mount Talbot, na Irlanda, suplicando que Vossas Senhorias aprovem a Lei para divorciá-lo, segundo suas palavras, da esposa, tendo ou não ela sido culpada de adultério.*

Os ingleses nos países dos outros, disse eu. Adultério. Com certeza é o que cometiam o tempo todo no Quênia, também, e na Índia... em toda parte onde não tinham mais o que fazer além de discutir com nativos.

Isso foi com um nativo, disse Hugo. E leu em voz alta:

> *Meus senhores, a acusação apresentada contra a Sra. Talbot é de um adultério que se alega ter ocorrido com um dos criados domésticos em Mount Talbot, um homem chamado William Mullan, tendo ingressado a serviço do Sr. Talbot em 1848. Embora não conste que o Sr. e Sra. Talbot houvessem algum dia mantido o que de hábito se chama de carruagem, tinham em seu lugar uma charrete irlandesa, como a maioria das famílias na Irlanda; e quando saíam naquele veículo, Mullan conduzia-os, assim como cuidava do cavalo...*

Gosto desse pedaço sobre a "maioria das famílias", lembro-me de haver dito. Mil oitocentos e quarenta e oito, foi o que você disse? A "maioria das famílias" estava morta pela fome ou fugindo do inferno irlandês.

Oh, pelo amor de Deus, disse Hugo, com excessiva brandura.

Folheei o *Julgamento* por um ou dois minutos.

Nossa! Os dois eram amantes ousados, disse eu, e li alto para ele:

As duas testemunhas dizem ter visto Mullan e a Sra. Talbot deitados juntos na palha de uma das baias. Notem que ele usava suas roupas de estábulo, e uma testemunha descreve-o como pessoa suja, de aspecto imundo e que isso não a intimida. Ora, quando se fala da impossibilidade de uma senhora permitir um ato de relação sexual num estábulo, onde, como dizem, copulam os animais, talvez pareça muito acertado, mas é mister lembrarem que se uma paixão humilhante desse tipo monopoliza uma mulher a ponto de cometer adultério com um serviçal humilde, como ela a satisfará? As oportunidades nem sempre ocorrem: precisam ser procuradas...

Venha cá, interrompeu-me Hugo. Acho que colocam alguma coisa na água irlandesa.

Sentou-se na grande cadeira de balanço de madeira e deu um tapinha no colo. Meus cabelos batiam no meio das costas. Ele curvou-se, enrolou um longo cacho na mão e puxou-me para junto de si.

Eu sempre me interessei por qualquer história de paixão, por isso me interessei pela da Sra. Talbot e William Mullan. Acreditava na paixão como as outras pessoas em Deus: tudo girava em torno disso. Mesmo antes de começar a perambular atrás de garotos aos 14 anos, compreendi, observando minha mãe, que paixão era o nome da coisa que ela perseguia, engatando um romance no outro. E o extraordinário para mim era o fato de o caso Talbot ter acontecido na época em que aconteceu — logo depois do pior ano da fome provocada pela falta de batata. A fome era uma das passagens da história irlandesa que sempre me voltava à cabeça. Certo dia, aos nove ou dez anos, eu brincava nos rochedos cobertos de algas do outro lado da rua, quando um homem passou empurrando uma bicicleta e parou para falar comigo. Era um historiador inglês. Disse-me que a fome atacara até mesmo ali, em Shore Road, onde eu achava que nada jamais acontecera. E que, quando chegou a fome, algumas pessoas viviam em inimagináveis trapos e miséria, nos buracos e fendas que permaneciam ali, acima da praia — onde costumávamos brincar de casinha. E que aquelas pessoas haviam sido dizimadas, sem deixar qualquer traço, a não ser que um monte de pedras na linha da maré alta fosse o monumento do túmulo de uma multidão. Perguntei em casa sobre o que aconteceu com a nossa família na época da fome. Como não morremos? Nenhuma resposta, para variar. Mas encontrei um jeito de relacionar as imagens que o historiador pôs em minha cabeça com a minha vida real. Meu pai vivia furioso quase o tempo todo, e minha mãe simplesmente andava por ali numa bolha silenciosa. Eu não entendia por que se deram o trabalho de ter filhos. Então juntei as duas coisas, a família e a fome, e passei a me perguntar como algo tão terrível, acontecido há mais de cem anos e já praticamente esquecido, teria sido capaz de arruinar a felicidade das pessoas.

Por esses dois motivos — por se tratar de paixão, e por ser um documento de uma época com que eu cismara desde a infância —, guardei as páginas do *Julgamento* Talbot num lugar seguro, e mesmo antes de ler todo o material com calma, sempre o tocava no escuro.

1

Quando cheguei à meia-idade, já podia proteger-me das crises, quando vinham de fora. Mantive minha vida tranqüila e árida durante muito tempo. Fui inquilina de um porão mal-iluminado, semi-enterrado nos fundos de Euston Road, por mais de vinte anos. Não gostava especialmente de Londres, com exceção do escritório da *TravelWrite*, mas também não conhecia muito a cidade. Jimmy e eu, os principais redatores da *NewsWrite*, agência distribuidora de matérias de viagens para cadeias de periódicos, vivíamos viajando. Nunca fomos o que se poderia chamar de exploradores; nunca estivemos em qualquer área próxima de guerra, fome ou desconforto. E escrevíamos sobre todos os lugares que visitávamos de forma bem entusiasmada: era a regra da casa. Mas tínhamos um bom chefe. Mesmo que fosse a quinta "Paris na primavera" ou a terceira "Sri Lanka: ilha das especiarias", Alex não nos deixava apresentar um texto rançoso. Às vezes, Jimmy acusava-o de perfeccionismo tolo, pois, de qualquer modo, toda matéria da *TravelWrite* era logo comprada. Mas a necessidade de satisfazer Alex foi boa para nós. E as pessoas lêem artigos de viagem bem-humoradas, imaginando-se em férias, com o mundo às mil maravilhas. Viajar é algo essencialmente otimista. Em parte por isso, mas sobretudo pela contínua dedicação de Alex, eu gostava do meu trabalho.

No fim, passei até a gostar, de certa forma, do meu porão. Acho que poucas pessoas o visitaram durante todo o tempo em que lá fiquei. Jimmy era meu amigo mais íntimo, e desde que chegara à *TravelWrite*, dos Estados Unidos, morara a vinte minutos de distância, no Soho, mas nunca entramos um na casa do outro. Criou-se entre nós um entendimento tácito de que se um dos dois dissesse que ia para casa, o outro não fazia qualquer pergunta. Uma vez, no início, Jimmy disse que ia para casa, e por acaso vi, do alto do ônibus, que ele parara um táxi e seguira na direção oposta. Depois disso, decidi não mais olhar em volta quando nos separávamos. De qualquer modo, meus silenciosos aposentos jamais foram brindados com a tagarelice que aperfeiçoáramos com o passar dos anos. E, durante muito tempo, não havia ninguém ali de manhã quando eu acordava. Sexo era coisa de hotel. Acho que eu não gostaria de perturbar a calmaria de onde morava.

Então chegou uma época em que comecei a perder o controle da tranqüilidade e da aridez.

Eu esperava minha mala, no salão de desembarque do aeroporto de Harare, quando comecei a conversar com o executivo de terno elegante, que aguardava sua bagagem ao meu lado. Conversávamos sobre novas companhias aéreas preferidas.

A classe executiva da Royal Thai é excelente, disse ele.

Ah, não me diga que se apaixonou por aquele papo tipo sou-sua-criadinha-escura, eu sorri para ele.

Aquelas garotas sabem mesmo como agradar, continuou, a sério, como se eu nada houvesse dito. Um carregador, com os pés nodosos, dormia na esteira da bagagem, e quando o carrossel se pôs a girar com um solavanco o pobre homem caiu diante de nós, e o executivo apenas recuou, enojado, depois tirou um lenço e passou-o nas brilhantes biqueiras dos sapatos, como se tivessem ficado sujas. Mesmo assim, aceitei a oferta que me fez de uma carona até a cidade. Ficamos parados por alguns instantes num sinal luminoso, ao lado de um bar que trepidava com gargalhadas e batucada.

Os africanos são muito musicais, disse ele. Grande senso de ritmo.

Mas o que estou fazendo aqui, perguntei a mim mesma, com esse chato?

Eu até que sabia a resposta: não, sabia apenas parte. Porém, se nada mais tivesse acontecido, eu nunca teria dedicado a isso um pensamento consciente.

Os homens não podem permitir-se essa incerteza. Em seu hotel, ele perguntou. Gostaria de entrar para um drinque? Ou subir até o quarto enquanto tomo um banho? Eu preferiria uma boa dose de malte puro na goela.

Recostei-me na cabeceira de sua grande cama e beberiquei o *scotch*, vendo-o dispor suas coisas bem-arrumadas — documentos, rádio e artigos de toalete. Quando saiu do banheiro sem camisa e com o cós da calça aberta, eu estava pronta para uns beijos e abraços. Estava morta de cansaço. Havia tomado um drinque. Estava inteiramente sozinha num país estrangeiro. Perfeitamente disposta a abandonar-me nos braços de qualquer um.

Mas logo depois eu já fazia cara feia por trás de suas cadavéricas costas.

Se eu soubesse como me encarregar disso sozinha, pensei. Se eu conseguisse ser autêntica, poderia trazê-lo mais para junto de mim...

Francamente, não sei como uma pessoa pode aproveitar tão mal seu corpo quanto aquele homem. Mesmo o melhor que dei de mim mal o fez soltar um ai. Mas depois pareceu sentir prazer de nossa relação. Pelo menos foi o que pensei. Convidou-me para jantar na noite seguinte e eu aceitei, embora não estivesse com vontade de pelejar por horas a fio tentando conversar. Eu estava muito bem-humorada quando ele me acompanhou e me pôs num táxi. Fora contato humano, não? Fui ao menos uma mulher generosa, não? Vi-me cantarolando de boca fechada ao pendurar as roupas no armário da pensão em estilo Tudor em que me hospedara, sob imensos jacarandás, cujos galhos em flor, sob a iluminação da rua, pareciam negros. Meu maior objeto de desejo: um quarto de hotel num lugar novo.

O telefone tocou. Era Alex, para dizer que precisava da matéria sobre a vida selvagem do Zimbábue em 48 horas.

Você acha que elefantes e girafas simplesmente andam pelo centro de Harare como as pessoas em Londres?, gritei, com sarcasmo, no telefone. Acho que imagina que há um parque de caça nesta pensão *onde acabei de chegar*. E desliguei.

Quando mais uma vez tocou o telefone, atendi, pronta para fazer um acordo sobre o prazo final. Mas era o executivo.

Como vai, minha gatinha irlandesa?, perguntou ele. Tenho pensado em você.

Oh, é mesmo?, disse eu, sem graça. Gatinha. Eu tinha 49 anos.

Infelizmente, disse, preciso sair da cidade.

Uma hora depois de eu ter estado com ele? Não esperara ao menos o dia seguinte.

E foi isso o que aprendi com ele — meu coração continuava ridiculamente vivo. Fiquei, é claro, magoada. Que fizera eu de errado? Na verdade, engoli as lágrimas.

E depois, continuou ele, preciso voltar direto para o meu escritório.

Não havia nada entre nós dois — nada, nem sequer afeição. Mas por conta da lembrança do que passáramos juntos, ou por esperança de alguma regeneração, eu cancelaria tudo que havia planejado, só para voltar a me enroscar em sua cama.

Não posso continuar assim, disse a mim mesma. *Lágrimas!*

Viajei para o leste alguns dias depois, a fim de fazer uma matéria rápida sobre um balneário de fontes termais nas Filipinas. Fui direto para a famosa cachoeira e, embora o ar cinzento e úmido cheirasse a ervas daninhas apodrecendo na lama, e em toda parte ao longo das alamedas entre as árvores em flor meninos mendigassem ou se oferecessem como guias, era possível ver a maravilha do local, com beija-flores sorvendo às bicadinhas ao redor dos lagos verdes que se agitavam, a cada queda d'água, até transbordarem em silêncio e deslizarem pela pedra lisa para o terraço seguinte. Ia ser fácil escrever uma história atraente sobre o lugar. Tomei notas e fiz fotos dos pássaros para identificação, depois tomei um ônibus para Manila. Cheguei no calor abrasador e poeirento do *rush* noturno. Meu hotel ficava na extremidade de uma movimentada pista de mão dupla. Percorri a avenida e cheguei ao cruzamento, onde havia um trecho de cerca viva coberta de poeira, da qual se estendeu uma mãozinha. Curvei-me. Duas meninas de uns sete ou oito anos, com as carinhas sujas, tinham uma caixa embaixo da cerca com um bebê dormindo.

Dólar!, disse uma delas. Depois ficou em pé no cruzamento, o tráfego passando pelos dois lados, levantou a saia do vestido esfarrapado e empinou a delicada pelve sob a calcinha puída. Eu não entendi qual a sua intenção, e talvez nem ela soubesse.

Peguei todo o dinheiro que tinha nos bolsos e dei-lhe. Então, em vez de me registrar no hotel, tomei um táxi para o aeroporto, sem pensar duas vezes.

Há crianças vivendo no meio da rua, disse eu.

É, disse o motorista. O pessoal do campo vem pra cidade e fica pelas ruas.

Fez-se silêncio. Ele pôs uma fita de Petula Clark.

Após receber meu dinheiro, diante do terminal de embarque, disse:

Não precisamos da porra da piedade de uma puta velha.

O vôo de volta para a Europa foi muito longo. Fiquei sentada no escuro, os olhos abertos e petrificados, enquanto os outros passageiros dormiam. O homem a meu lado desabou para o lado, o guardanapo da refeição ainda enfiado no colarinho, como um babador de bebê.

Cheguei a sentir vergonha de mim mesma pela maneira egoísta como reagi às crianças no meio da rua. Elas me fizeram pensar em mim — eu, eu, eu, como de hábito — e não na injustiça do mundo. Mas depois pensei: não é de certa forma bom que uma pessoa ainda se choque de verdade, mesmo que por apenas algumas horas e apenas consigo? Sentada ali, no denso ar noturno do avião, pensava: se alguém tivesse me perguntado, todos esses anos, você se interessa por sexo?, eu teria dito, com altivez: Não. Interesso-me por paixão. *Paixão*. Murmurei a palavra meio em voz alta. Que paixão? Nunca era a excitação de fato que me levava para a cama; era a esperança, como uma obstinada erva daninha subterrânea. Veja como você sempre acreditava, ainda na primeira roçada de uma mão pelo peito, que o teto deslizaria para trás e um firmamento estrelado logo surgiria. Isso nunca aconteceu. Nenhuma ficada de uma noite, em todos os anos, fez o que você queria que fizesse. Pior, a coisa toda está ficando cada vez mais patética. A verdade é que, disse a mim mesma, quanto mais velha, mais grata você se sente por ser desejada por qualquer pessoa, em qualquer circunstância.

Mas, se eu parasse com tudo isso, como conheceria alguém? Se não tive esse tipo de vida sexual, não teria nenhuma. Mas será que se podia chamar isso de sexo? Veja o executivo em Harare. Se você nem sequer é capaz de dar algum prazer, não se incomode em obter algum para si.

Então me pus a sorrir, lembrando-me de Harare, de outra coisa que acontecera por lá. Começara a conversar com uma mulher grandona, simpática, que pendurava a roupa lavada da pensão enquanto eu, sentada à varanda dos fundos, trabalhava no *laptop*. Ajudei-a a estender os lençóis. Mais tarde, atravessei com ela a cidade para ver o quarto suburbano em que criara sua família. Sentamo-nos na cama contando as histórias de nossas vidas uma à outra, até ela apoiar-se na prateleira da cozinha para preparar um guisado. Retirou um saco plástico de um prego na parede e mostrou-me suas relíquias. O rádio que sintonizava duas estações. O sutiã cônico cor-de-rosa, para as melhores ocasiões. Acompanhei-a quando despejou o guisado num balde para vendê-lo pelas enormes cervejarias ao ar livre das redondezas. Ela oferecia seu produto fazendo piadas maliciosas e, passado algum tempo, perdi a timidez e juntei-me à farra. Os homens riam de se acabar à visão de nós duas, e serviam-se do guisado, com uma concha, em pequenas cuias ao lado das garrafas de cerveja. Dançávamos e nos esfregávamos fingindo excitação, sacudindo os peitos para os caras. Vendida toda a panela de guisado, cansadas de tanto rir, vimo-nos seguidas por um bando de crianças.

Continuo não sabendo como tocar minha vida, disse a mim mesma.

No avião, o homem que dormia na poltrona a meu lado deixara de algum modo a cabeça cair nos punhos rechonchudos — a larga aliança num dos dedos brilhava no escuro — e fazia uns barulhos resmungões com o desconforto. Empurrei-o para uma posição melhor com o máximo de cuidado possível. No fim, também adormeci.

Em Londres, tentei encontrar Jimmy pelo seu celular. Algum dia teremos de enfrentar todas as coisas terríveis do mundo, queria dizer-lhe. Se ele deixasse. Jimmy me detestava quando eu ficava séria.

Jimmy quer que tudo se mantenha sempre numa boa, disse eu certa vez a Roxy, secretária da redação.

Bem, você, por quaisquer padrões, é um pouco emotiva demais, ela me disse.

Roxy era tão excepcionalmente impassível que preferi não levar esse comentário muito a sério. Mas guardei-o para examiná-lo com mais calma. Ninguém, em toda a minha vida, me disse qualquer coisa sobre mim, a não ser Roxy e Jimmy, e de vez em quando, em geral quando mal-humorado, Alex. Sob essa perspectiva, as três pessoas com quem eu trabalhava eram a minha família.

Jimmy não atendia o celular. Ocorreu-me que estivesse em Nova York. Mandei um *e-mail*.

Preciso falar com você, Jimmy, dizia a mensagem. Acho que pra mim chega de *TravelWrite*. Estou ficando velha, meu bem. Perdi o tesão pelo trabalho.

Enviei outro, trinta segundos mais tarde.

Não só pelo trabalho, Jimmy — o tesão desapareceu de *mim*.

Jimmy se hospedara no Mercer, mas já fechara a conta. Quando acabei conseguindo falar com ele, disse-me que o lugar estava tão na moda entre os jovens que o fez se sentir velho. Ia voltar num vôo com escala, via Miami, mas combinamos de nos encontrar à saída do trabalho alguns dias depois, numa casa de vinhos perto da redação — lugar que fora outrora um sombrio pub vitoriano e tinha agora uma personalidade esquizofrênica, com algumas cadeiras cromadas que pareciam totalmente equivocadas nos pesados salões de pinho escuro. Enquanto via Jimmy encaminhar-se para o bar, eu pensava no fato de ele dizer que se sentia velho. Quando era tão esbelto e cheio de vida! Tentara eu alguma vez entender realmente que a dor do envelhecimento de um *gay* pudesse ser diferente da minha? O garoto de falsa grife Prada atrás do balcão sorriu para ele. Todo mundo gostava de Jim, porque ele tinha uma cara amigável e um topete de cabelos cor de palha igual ao do Tintin. Claro que não queria se parecer com Tintin, mas com James Dean em *Juventude transviada*.

Acho que *está* parecendo meio *deanesco* esta noite, disse a ele ao nos instalarmos. Sabe, esses olhos ardentes, estreitos? Pálpebras inchadas após noites de excesso?

Fuso horário, disse ele. E por que está sendo tão boazinha comigo, cara Dona Freya? Se for um sintoma de sua crise de meia-idade, espero que continue sofrendo desse mal.

Que andou fazendo em Miami, meu querido Sr. Chatwin? Dificilmente estaria lá pelos excelentes vinhos.

Não se consegue uma garrafa decente de Sancerre ao sul da linha Mason-Dixon, disse Jimmy. Nem mesmo uma boa comida chinesa.

A melhor comida chinesa do mundo está em Seattle, disse eu, onde os projetistas da Boeing abrem restaurantes com o dinheiro dos seus fundos de garantia. Eles compram a matéria-prima lá. É disso que precisa a comida chinesa.

Sabe qual o problema com Seattle?, disse Jimmy. É longe demais.

Só é longe demais se você parte daqui.

Discordo, disse, sério. Há certos lugares que são longe demais, mesmo quando estamos lá. Seattle é um deles.

Conversávamos esse tipo de idiotice durante grande parte do tempo. Roxy dizia que isso a enfurecia. Mas, depois de vinte anos juntos, Jimmy e eu não nos ouvíamos mais. Dizíamos tudo um ao outro por sorrisos ou caretas, interrompendo ou prolongando um encontro, baixando os olhos para a mesa ou nos entreolhando, sorvendo um gole do vinho com gosto ou impassíveis. Uma vez, quando eu estava aborrecida, Jimmy disse: Que houve, amor? E Alex ficou furioso.

Como você *sabe* que houve alguma coisa com ela?, perguntou, frustrado. *Como?* Vocês dois parecem estar sempre do mesmo jeito.

Havia como reconhecer, naquela casa de vinhos, que alguma coisa estava acontecendo, mas tínhamos confiança um no outro e a resolveríamos no devido tempo. O fato de Jimmy pedir uma garrafa de vinho, por exemplo, em vez de começar com uma taça para cada um, dizia-me que, se eu insistisse em ter uma conversa séria, podia contar o quanto quisesse com ele. E minha falsa petulância ao nos abraçarmos na despedida disse-lhe que eu não criaria problemas, mesmo querendo saber o que tinha acontecido em Miami.

Por que não posso ter um *rendez-vous* com você?, perguntei. Por que não posso me deitar num colchão na piscina do hotel Delano, com um garçom muito gostoso me servindo uma cuba libre e uma fatia de torta de limão?

Mais tarde, benzinho, disse Jimmy. Quando ficarmos velhos, vamos nos mudar para South Beach e tratar da nossa artrite.

Vou sentir ciúmes de sua rabugice geriátrica, disse eu, acariciando-lhe os cabelos.

Foi a última vez que toquei nele.

Não vai ter sobrado mais nada, disse ele. Os rapazes já estarão todos mortos.

Eu tinha uma história engraçada para contar a Jimmy na manhã seguinte, quando cheguei no trabalho. Bem, talvez não tão engraçada assim. Eu vinha saindo da estação de Euston Road, a caminho de casa depois do nosso encontro, quando um par de pés, que parecia correr em minha direção pela calçada imunda, parou e uma voz de garota disse: Oi! Ergui os olhos e vi que, atrás do doentio sorriso em seu rosto, um cameraman apontava sua lente para mim. Fashion Channel Plus! cantarolou a garota, aproximando-se e pondo-se ombro a ombro comigo, sorrindo radiante para a câmera. Aqui é a loja Vox Pop! Oi! Estamos aqui, direto das ruas de Londres, para dizer-lhes o que vestem as pessoas mais estilosas!

A câmera com pernas de homem recuou e me enquadrou. Olhei para ver o que eu usava. Um terninho de lã carvão, que caía bem quando eu ainda fumava, mas os quilos que engordara desde então se projetavam agora entre os botões do paletó. Eu me lembrei disso ao vesti-lo, mas disse a mim mesma: Certo, mas e daí? Só vou para a redação. Depois concluí: É assim que pensa uma mulher deprimida. E eu estou profundamente deprimida.

Não sei por que estão me entrevistando, disse eu para a câmera, olhando com ar de contente e encolhendo a barriga. Receio não ser a última palavra em moda.

Esperava ser desmentida, claro.

Esquece!, gritou para o câmera, me dispensando. Essa mulher é uma negação. Deu-me as costas por um instante. Me desculpe por isso, disse, virando a cabeça para trás. Só estamos pegando pessoas que moram aqui. Londrinos.

Só isso. Nada de muito importante. Mas voltei para o porão arrasada. Moro aqui!, protestei em pensamento. Moro em Londres desde os meus vinte anos! E este é um terninho de grife — que custou um dinheirão, custou mesmo!

E no mesmo momento escolhi um psiquiatra nas Páginas Amarelas e deixei um recado na secretária eletrônica pedindo para marcar consulta.

Ia contar tudo isso a Jim.

Era a reunião de pauta naquela manhã. Alex, Roxy e eu esperamos e esperamos. O telefone tocou. Alex desligou e nos disse, os lábios brancos como giz: Jimmy está morto. Morrera durante a noite, de um ataque cardíaco.

Não chorei. Minha irmã, Nora, que conseguiu com perseverança me interpretar mal desde a hora que nasci, ligou-me pouco depois e disse: Está superando a morte de Jimmy com muita rapidez, não? Pensei que ele fosse seu grande amigo.

Ela se indispusera com Jimmy, porque certa vez, quando nos hospedamos em seu apartamento, ele lhe agradeceu com uma assinatura para um ciclo de sonatas de Beethoven no Carnegie Hall com uma piadinha de que assim ela mostrava ao mundo não ser apenas uma inútil irlandesa endinheirada. Nora é assistente pessoal de um figurão, ganha uma fortuna e tem extrema confiança em si mesma — mas não pôde dizer o que teve vontade de dizer na hora: Afinal, o que há de errado em ser uma inútil irlandesa endinheirada?

Mas o motivo de eu não ter chorado foi que não tive coragem.

Não sabia o que fazer. Passei os primeiros três ou quatro dias após a morte de Jimmy no porão. Ouvi Alex me chamar perto da caixa do correio na porta da frente, e, dois dias depois, minha amiga Caroline. Mas gritei que estava ocupada — lendo. Só saí quando nada mais restou para ler. Li todos os livros da primeira prateleira da estante, da esquerda para a direita, depois todo o *Julgamento* Talbot, que estava na prateleira seguinte, e finalmente os guias de viagem, nas de baixo. Após o enterro, parei de ler, e, em vez disso, escrevi o máximo que pude. Escrevi as matérias que haviam sido pautadas para Jimmy, além das incumbidas a mim. Não parei de me mexer e escrever até compreender, num *spa* caindo aos pedaços nas encostas de Tatras, que nada estava ajudando. Nem os bois arrastando os velhos arados até os pequenos campos que haviam sobrevivido nas encostas, e tampouco o cheiro de fumaça de lenha queimada e dos animais nos estábulos ao longo das estradas lamacentas das aldeias de casas baixas, quando caíam as frias noites de inverno. De nada servia estar ali sem Jimmy para ligar e dizer que eu ainda não vira um legume, ou que lia o novo Theroux e mais que nunca detestava o cara. Alô, sou apenas eu. Alô, Só Você. Onde está? Esperando diante do escritório particular do ministro, numa rica mansão. Tomando o café da manhã numa leiteria de um lugar cujo nome não sei pronunciar. Tudo bem com você? Tem alguém aí com quem conversar? Fui a uma horrorosa festa folclórica ontem à noite. O agente de turismo reservou os apartamentos na cobertura para o nosso grupo. Como vai Alex? O avião foi desviado. Esqueci de pôr as sombras para os olhos na mala. Comeu o pato com passas de Corinto? A colheita de milho não vingou e o pessoal está tentando obter um empréstimo do Banco Mundial. Estou com dor de dente.

Mas, de volta a Londres, eu não disse que pretendi abandonar o emprego. Não quis perturbar o silêncio que havíamos instalado à nossa volta. Alex na sua saleta de chefe, Roxy à mesa da secretária, e Betty, a senhora da administração, em sua sala, logo adiante no corredor. Eu fazia o mínimo de barulho possível, trabalhando no meu canto. Éramos delicados uns com os outros. Tentávamos não falar de Jimmy. Um dos seus tênis de ginástica ficara no chão debaixo de sua mesa. Nenhum de nós o retirou de lá.

De Burca, disse eu à recepcionista do psiquiatra quando chegou o dia da minha consulta. Kathleen de Burca.

Ela me olhou como se o fato de não me chamar Smith ou Jones fosse o fim da picada e largou a caneta. Depois, tornou a pegá-la, com toda lassidão.

Poderia soletrar?, pediu, como se fosse bastante natural que eu não pudesse.

Que fiz eu senão isso? Disse: É Burke, em inglês, se for mais fácil para você.

Então elogiei o arranjo de flores New Age em sua mesa — tentando bajulá-la, porque eu sentia muito medo. De fato, minhas bochechas tremiam de medo. Quando entrei no consultório do psiquiatra, com sua mobília antiga reluzindo à meia-luz, mais me lamuriava que chorava. Pensei que tudo poderia se dissolver naquele exato momento, e eu não teria condições de continuar. Deixara tudo na santa paz. Fizera meu trabalho, e deixara o resto empilhar-se atrás de mim. Temia que ele movesse uma coisinha na minha cabeça e tudo o mais desabasse.

Tem lenço de papel logo aí, ao lado da poltrona, murmurou.

Tentei dizer-lhe como as noites eram solitárias desde que eu conseguia lembrar. Entendo, murmurou. Entendo. Contei-lhe que meu melhor amigo era um *gay* americano, que morrera de repente e agora eu não tinha mais ninguém. Entendo. Comecei a ficar com o corpo bambo de tanto chorar. Uivei. Estou envelhecendo! Não fiz nada da minha vida! Entendo, disse ele. Irmãos? Um irmão em casa, com sua mulher e filho. E a mais velha, Nora, nos Estados Unidos. Meu irmão caçula, Sean, morreu aos seis anos e meio, e se eu tivesse ficado em casa talvez pudesse ter conseguido salvá-lo! Novo uivo. E três ou quatro bebês morreram logo após o nascimento. Por que fala deles?, perguntou. Não sei. Só que... coitada da minha mãe! Eu gemia e soluçava, mas de repente a tempestade de choro começou a passar. Tentei explicar-lhe: Estou deprimida demais até mesmo para me vestir direito. Usava um paletó no outro dia que nem cabia em mim! Doses de álcool? Eu me regalava na segurança daquele espaço sofisticado, e as mãos dele apoiadas tranqüilamente na mesa refletiam-se na superfície polida. Não me recompus e sentei direito, embora agora só de vez em quando me sacudisse um soluço.

Se você pudesse anotar num papel, dizia ele, apenas o quadro geral, idades das crianças na época da morte de sua mãe, esse tipo de coisa. Na próxima vez que nos encontrarmos, vou lhe pedir...

E então eu ouvi. Não ouviria, se não tivesse parado de chorar.

Alguém fez um movimento furtivo por trás de um biombo no canto mal-iluminado atrás dele.

Empertiguei-me de um salto na cadeira, como uma lebre na relva, e examinei seu rosto a fundo.

É muito comum, disse ele. Nossos estagiários têm permissão de monitorar as primeiras consultas observando o mesmo absoluto sigilo que o encontro prévio.

Minhas pernas tremiam quando me encaminhei para a porta.

Também fazem isso no seu país!, gritou atrás de mim. Eu lhe garanto!

Eu sei, disse a Nora quando telefonei para ela, que ele fez isso porque eu era irlandesa.

Nora ficou calada. Acreditava com fervor em sua própria analista. Há anos vinha tentando me convencer a fazer terapia. Chegara a me mandar um cheque em branco.

Talvez façam isso com todo mundo, disse ela.

Não fazem. Você sabe que não. Se fosse só ele... e se eu fosse uma professora de Hampstead...

Venha morar comigo!, disse ela. Venha pra cá! Ou vá pra casa! Não sei como você agüentou essa Inglaterra velha e esnobe durante todos esses anos.

Mas eu já tentara isso antes. Na última vez que houvera um pandemônio em minha vida, fui para Nova York e me hospedei na casa de Nora, com a idéia de talvez me instalar perto dela. Durou uma semana. E a Irlanda, sem dúvida eu não ia morar lá, embora o país estivesse em minha mente como nunca antes. Talvez a ida ao psiquiatra houvesse agitado as trevas de minha memória. Ou a releitura do *Julgamento* Talbot, embora na época não me ocorresse que — pouco depois da morte de Jimmy — eu absorvia o país.

Alguma coisa começara a se mexer dentro de mim. Percebi isso parada num zoológico particular perto de Londres, fazendo anotações para uma matéria que Alex queria sobre animais como atrações turísticas. Mais que exatamente um zoológico, era um lugar de preservação da espécie dos sagüis, em que se dirigia um programa de reprodução para salvar o mico-leão. Os micos tinham o dourado-avermelhado dos spaniels, com juba semelhante à do leão da MGM em volta da carinha minúscula e melancólica. Encostei a testa no vidro para observá-los em suas atividades. Adorei olhar para eles. Pendurados em galhos por uma das patas, giravam ligeiramente em vaivém, pensativos, acocoravam-se sob as grandes folhas carnudas do hábitat ou coçavam a cabeça com total indiferença ao meu exame minucioso. Acompanhei os movimentados pequenos afazeres de um mico-leão do tamanho da minha mão com um ainda menor agarrado à barriga. Mãe e filho. Que olhos pungentes.

Ocorreu-me de repente que nunca olhei para minha família como olho para os animais. Nunca ofereci um olhar mais demorado às pessoas pelas quais fui formada, querendo apenas ver claramente, como observo animais ou pássaros — apreciando-os sem segundas intenções. Minha família, em minha cabeça, tem sido do mesmo tamanho e forma desde que fugi da Irlanda. A mãe? Vítima. Nora, eu, Danny e o pobrezinho do Sean? Vítimas negligenciadas da condição de vítima materna. Vilão? O pai. Patriarca irlandês católico do estilo antigo; desagradável com a mulher, desamoroso com os filhos, ríspido com a jovem Kathleen quando tentava conversar com ele.

Ergui então a cabeça, como se sentisse o cheiro de alguma coisa estranha.

De que eu me ressentia, quase trinta anos após ver meu pai pela última vez, e quando ele já morrera há cinco ou seis anos? É impossível que eu *não tenha* mudado. Não podia hoje ser a mesma pessoa que era quando saí de casa. Isso simplesmente não era possível. Embora houvesse vivido por um longo tempo, durante os anos do porão, em estado de prostração, eu estivera viva. E tudo que é vivo muda o tempo todo.

Os micos, mãe e bebê, haviam desaparecido. Acho que atrás das grandes folhas de uma árvore tropical.

Onde estão vocês?, sussurrei, batendo de leve no vidro.

Os versos de um poema que aprendemos na escola entraram em minha cabeça e me dominaram enquanto eu voltava para o carro.

"Tem alguém aí?", disse o Viajante, batendo na porta iluminada pelo luar...

Um homem batia à porta de uma casa deserta, no meio da floresta. E dentro, na escadaria, estavam os fantasmas, certo? Que o escutavam.

"Diga-lhes que cheguei e ninguém respondeu... que cumpri minha palavra", disse o Viajante...

Tentei lembrá-lo corretamente.

"Tem alguém aí?", disse o Viajante, batendo na porta iluminada pelo luar.

E seu cavalo no silêncio da... alguma coisa... *triturou, ruidoso, as relvas do chão de samambaias da floresta,*

E um pássaro alçou vôo de uma torrinha acima da cabeça do Viajante,

E ele bateu na porta de novo, pela segunda vez. "Tem alguém aí?"

Formou-se uma imagem no fundo de minha mente, de silenciosos fantasmas à espera e atentos, e eu, o Viajante, cavalgando e evocando-os. Se eram os espíritos de Marianne Talbot e William Mullan, entreolhando-se nas escadas iluminadas por lampiões de Mont Talbot, ou os de minha mãe e meu pai — a corrente de seu relógio cintilando, o rosto dela uma pálida mancha sobre os ombros —, não me preocupei em esclarecer. Eu não pensava em pessoas. Era sobretudo uma forma, uma imagem indistinta que se instalou dentro de mim: eu de fora, diante de algum lugar, chamando, e trágicos fantasmas me escutando e esperando que eu os libertasse.

2

Bati à porta da saleta de Alex.

Chefe querido? Ocupado?

E disse-lhe que ia embora da *TravelWrite*.

Você não pode ir embora, foi a primeira coisa que disse ele.

Pensei por um segundo que ele fosse fazer algum tipo de súplica pessoal.

Mas o que disse foi: A associação comercial de viagem vai lhe dar o Prêmio pelo Conjunto da Obra no almoço da semana que vem. Eu não devia lhe contar.

Por que eu? Por que não Jimmy e eu? Fizemos o mesmo trabalho.

É. Bem, a princípio o prêmio era para você e Jimmy.

Fez-se uma pausa pesarosa, aí disse ele:

Gostaria de poder ter dito a ele, surpresa ou não.

Passado algum tempo, explodi: Prêmio pelo Conjunto da *Obra*! O Conjunto da *Obra*! Já ouviu falar em homenagem mais triste, Alex? Esse "Conjunto da *Obra*" foi a minha *vida*! Minha única *vida* escoada, passada, e eu nem sequer notei! E agora tenho quase cinqüenta anos e que vou fazer?

É no mínimo útil que tenha cinqüenta anos, Kathleen, disse ele, cauteloso. O sindicato faz um excelente acordo de aposentadoria aos cinqüenta...

Só tenho quarenta e nove anos e seis meses e meio, retruquei, irritada. Aposentadoria! Como se eu estivesse interessada em *aposentadoria*.

Eu sei, disse ele. Você também me parece jovem. E tem energia demais para não fazer nada.

Houve um silêncio.

Você é uma escritora nata, sabe disso. Devia continuar escrevendo. Um livro, talvez. Algum ensaio histórico.

Não sei nada da história, comecei, pessimista.

Então é a primeira irlandesa que conheci que não sabe.

Alex, não sei se tenho energia para tentar alguma coisa nova. A verdade é que me sinto vazia, agora que Jimmy se foi.

Você *pode* fazer alguma coisa, disse ele, sério. Verdade, Kathleen. Não existe isso de estar vazia. Jimmy a amava. Mas Deus também a ama. Deus a ama *mais*...

Ah, pelo amor de Deus! gritei com ele. Você e seu *Deus*!

E saí, batendo a porta do escritório.

No dia do almoço, no saguão do hotel, aproximei-me dele por trás e observei-o durante um tempo. Eu conhecia aquela postura de ansiedade. O círculo de pessoas elegantes em volta o deixava assim. Pusera seu melhor terno, aquele que Jimmy não conseguia nem olhar, tinha as mãos unidas nas costas e balançava-se de leve nos calcanhares. Seus cabelos negros, embora estivessem ficando muito ralos no alto da cabeça, continuavam lindamente sedosos. Usava sapatos de cadarços quando eu apostaria, sem pestanejar, que todos os outros homens calçavam mocassim. Se Jimmy estivesse aqui, diria: Pelo menos não são aquelas inacreditáveis coisas marrons.

Você está estonteante, disse-me ele — com sinceridade — quando qualquer outra pessoa veria que, mesmo espremida numa cinta, eu exibia uma indisfarçável barriguinha. E a cabeleireira me presenteara com estranhas mechas roxas. E os sapatos pretos fechados que usava pareciam ligeiramente pesados demais para o meu vestido. Mas Alex era tão desinformado quanto um bebê em relação a essas coisas.

Ora, não fique nervosa, Kath, sussurrou ao nos encaminharmos para a mesa principal. Não conhecíamos a maioria das pessoas sentadas ali.

Não fico nervosa em público, disse eu.

Era um convite para que ele me perguntasse o que eu queria dizer e para que eu explicasse o temor que sinto das pessoas conhecidas, não das desconhecidas, e então ele me disse o que sentia, e assim por diante. Mas Alex não sabia manter esse tipo de conversa.

O presidente apresentou-me como a decana dos repórteres de viagem. Estremeci. A mais velha, em outras palavras. Disse ser a primeira vez que o júri concedia aquele cobiçado prêmio a uma repórter de agência de notícias, mas que o falecido Jimmy Beck e Kathleen de Burca haviam durante mais de vinte anos dado fama à *TravelWrite*, devido ao material de alto padrão de blablablá. Percebi que Alex tinha o rosto pálido de emoção. Em seguida, levantei-me, fiz um breve discurso, e terminei aceitando o prêmio em nome do querido Jimmy, de quem muitos dos presentes se lembrariam com afeto, e também em nome de Alex, nosso chefe na *TravelWrite* — um editor genial. Então, o presidente me presenteou com uma taça de cristal Waterford. E Alex que, eu reparara, entornava o vinho, soltou um berro rouco de torcedor de futebol, quando todos os demais aplaudiam, polidamente, e gritou: Erga bem alto, Kathleen! Mostre a eles o que consegue fazer a pequena *TravelWrite*!

Todo mundo se virou para olhá-lo. Ele se recostou na cadeira, enrubescendo, pesaroso.

Então, para desviar a atenção dos outros de Alex, disse eu às pessoas na mesa principal quando voltei do tablado:

É isso aí! Abandono o posto no auge da profissão. Estou me aposentando. Vou fazer um novo tipo de literatura.

Vai escrever sobre o quê?, perguntou alguém.

A mulher em frente a Alex devia estar bebendo com a mesma rapidez que ele.

Você é irlandesa, não? perguntou ela. Então se curvou sobre o prato ainda não recolhido e, com um dedo, que terminava numa linha vermelha, deu um peteleco numa batatinha. A batata amarelada, em forma oval imperfeita, rolou pela toalha adamascada em minha direção.

Sobre batatas, na certa, disse ela. É o que os irlandeses conhecem. Batatas.

Todo mundo na mesa parou, imóvel.

Você está certíssima, disse-lhe, com um sorriso angelical. Que perspicácia extraordinária a sua!

E anunciei à mesa, como se estivesse totalmente confiante, uma idéia que me passou pela cabeça naquele exato momento.

Vou escrever alguma coisa, disse, sobre um escândalo ocorrido numa parte distante da Irlanda, quando a senhora da Casa Grande — uma inglesa — viveu uma tórrida paixão com um cocheiro. O nome dela era Marianne Talbot. Não sei exatamente o que aconteceu, mas vou me ausentar por alguns dias e tentar descobrir.

Quando foi isso?, perguntou alguém na mesa.

Em meados do século XIX, respondi, quando a Irlanda passava por uma terrível situação, após os anos da fome da batata. Um fato que esta senhora — apontei com a cabeça a mulher de unha pintada de vermelho — com toda certeza conhece. Na verdade, a coisa mais interessante do escândalo é a época em que ocorreu.

Oh, não sei, disse Alex, ainda encabulado pelo seu triste espetáculo. Não sei se haverá leitores para esse tipo de coisa. Muita gente já está saturada dos irlandeses e todos seus infortúnios.

Lancei-lhe um olhar feroz, mas nada pude dizer, porque tinha de ser leal a ele na presença de outras pessoas.

Naquela tarde, de volta ao meu porão, assim que tirei a torturante cinta, liguei para Caroline em sua grande mansão, no alto da colina.

Preciso sair deste porão, disse-lhe. Vou notificar o proprietário ainda hoje. Não sei onde vou morar depois, mas tenho de sair daqui, Caro. Não dá mais pra suportar esta casa. Não demorou muito eu vou para a Irlanda, fazer umas pesquisas. O que quero saber é: posso deixar algumas caixas com você quando empacotar as coisas aqui? E posso ficar aí por algum tempo, quando voltar da Irlanda, enquanto ponho tudo em ordem?

Claro!, disse ela. Vai ser ótimo ter você aqui. E a época é perfeita — eu já terei concluído as provas do bacharelado de Educação. Oh, vamos nos divertir à beça! Como nos velhos tempos.

Era típico de Caroline idealizar aqueles velhos tempos que nada tiveram de divertido. Houvera um bom período, quando tínhamos vinte e poucos anos e eu morava num quarto de sua casa ensolarada, construída em antigas estrebarias reformadas. Talvez me apressasse demais em protegê-la de modo geral. Talvez sentisse carência da proximidade de alguém com quem passara momentos felizes, agora que Jimmy se fora.

Jimmy. Enfiei-me na cama, embora ainda houvesse luz numa faixa distante do céu.

Passei o dia todo me ouvindo anunciar planos para o futuro, como se estivesse interessada neles. Quando só o que eu quero, disse a mim mesma, é sobreviver a este presente.

No dia seguinte, comecei a me mexer. Foi um alívio. Tomei um táxi para a rua Fleet e segui as placas da biblioteca, passando pelos Tribunais de Justiça, até o prédio da faculdade de Direito, Inner Temple. O homem da recepção disse que, infelizmente, o uso da biblioteca não era permitido a estranhos, a não ser nos casos em que a biblioteca tivesse a única cópia existente do livro ou documento em questão.

Mas nem sei o que procurar, disse eu. Pelo que sei, *existe* alguma coisa sobre o divórcio Talbot que só sua biblioteca tem.

Ele sorriu da minha ingenuidade.

Espere aqui, disse, que vou dar uma olhada em nossos catálogos.

Sentei-me a uma mesa embaixo da janela, num vão entre estantes altas, e fiquei vendo os advogados de beca passarem apressados de um lado para o outro, no pátio calçado de pedras. Fazia anos que não me sentava numa biblioteca — desde os tempos de estudante, e nunca com muita freqüência. Esquecera como gostava daquilo. Uma sensação de calma apoderou-se de mim à idéia de ficar sentada ali o dia inteiro, tomando notas no meu novo caderno de apontamentos Talbot. Graças a Deus, consegui parar de fumar.

O homem trazia apenas um livro ao voltar. E constatei que eram cópias encadernadas dos julgamentos sobre leis de divórcio, entre elas o *Julgamento* do caso Talbot. O original do xerox que eu já tinha. O professor de Hugo, é claro, xerocou dali.

Talvez encontre alguma coisa na Irlanda, disse o homem. O marido deve ter precisado entrar com processo de separação no Tribunal Eclesiástico de lá. As provas apresentadas nele talvez tenham sido preservadas na Irlanda. Mas dei uma busca no computador e nada encontrei nas bibliotecas jurídicas.

Não desisti. Saí, tomei o metrô direto para Colindale, entrei na Biblioteca Britânica e peguei um crachá de acesso à seção de jornais. Pois se a justiça não ficou muito interessada nesse caso o povo certamente ficou. Não havia muitos jornais irlandeses relacionados no período, mas encontrei um que talvez tivesse alguma coisa.

Mal comecei a ler o microfilme de *The Northwestern Herald*, quando prendi a respiração. Lá estava o nome — o nome do marido dela!

> *Setembro de 1850. Na última segunda-feira, o xerife substituto de plantão John O'Hara passou por Ballygall em direção às terras de Mount Talbot, propriedade do Sr. Richard Talbot, e, acompanhado pela polícia das comarcas vizinhas, despejou 83 famílias e derrubou 75 casas, totalizando mais de seiscentas casas derrubadas, além das dilapidadas nas diferentes saídas da cidade. No último dia 7, mais de uma centena de seres humanos perderam suas casas e tudo o mais que tinham. Muitas das pessoas desafortunadas que não conseguiram acomodação dos vizinhos viram-se obrigadas a morar debaixo dos arcos da ponte velha...*

A segunda vez em que se citava Richard era no inverno seguinte:

Novembro de 1851. Dezesseis pares de frangos d'água, três lebres, um par de coelhos e algumas narcejas foram confiscadas pelo Sr. Richard Talbot e outro cavalheiro. A capota só foi aberta no fim do dia e as aves, apesar do rigor do tempo, estavam em perfeitas condições.

Depois, numa coluna sobre admissões em asilos de pobres, havia uma insinuação crítica:

...Os desgraçados seres humanos dependentes dos donativos do Estado viviam agora em circunstâncias confortáveis e eram inquilinos do Sr. Talbot, mas os homens do Sr. Talbot arruinaram-nos, assim como a centenas de outros, cujas casas foram derrubadas e as terras entregues a uma classe mais favorecida. Os contribuintes locais foram usurpados pelos seus próprios senhorios, que os haviam atirado na pobreza.

Então o *Herald* era contra os latifundiários? Se assim fosse, com certeza noticiaria os trâmites legais do divórcio Talbot. Comecei a ler os editoriais para ver com quem ficava o apoio do jornal. Mas logo compreendi que, embora a folha expressasse o ressentimento dos comerciantes das cidades, cujos impostos mantinham o funcionamento dos asilos de pobres, isso não significava que tivesse alguma coisa contra os proprietários de terra. Nem contra os asilos para irlandeses. E tampouco contra o extermínio dos irlandeses.

1º de maio de 1852. O aldeão irlandês, homem com meia dúzia de acres, na área de direito comum, sua cabana sem piso, chaminé, janela, móveis e sem uma divisória entre os ocupantes humanos e animais, era um simples selvagem. Por mais calamitosos que sejam os acontecimentos pelos quais veio a passar, hoje agradecemos ao Céu por termos vivido para falar da classe como uma classe que existiu...

Pura conversa de jornal pró-establishment! Não havia nada ali desrespeitoso à família Talbot. E, claro, passei duas horas lendo todo o *Herald* e não encontrei nenhuma referência à vida privada da fidalguia rural. Tudo não passava de obsequiosidade com eles, a não ser sobre a questão de quem devia ou não pagar — de má vontade — para manter vivos os pobres desabrigados.

Examinei a lista telefônica das bibliotecas no Reino Unido e na Irlanda e consegui o número da biblioteca de Ballygall — sendo Ballygall, segundo os mapas oficiais de 1842, o nome da pequena cidade nos portões da propriedade de Mount Talbot. Mas ao entrar em contato com a biblioteca da Irlanda, soube que a pessoa com quem precisava falar era a bibliotecária-chefe aposentada, uma tal de Srta. Leech, que no momento montava a seção de história local deles. E a Srta. Leech não podia atender. Tente de novo daqui a uma semana.

Telefonei para Alex naquela noite e falei-lhe do trabalho do dia.

Nenhuma revelação até agora, disse eu. Mas de qualquer modo poderia me dispensar e adiantar uma licença para viagem por duas ou três semanas? Vou até Ballygall dar uma olhada. Aviso-lhe assim que encontrar uma base por lá; não vou levar o celular, porque não é esse tipo de viagem. Estou me mudando daqui antes de viajar, mas sempre posso ser encontrada através de Caroline. E, chefe, poderia pedir, por favor, à administração que dê entrada na papelada da aposentadoria? Realmente não agüento mais a *TravelWrite*, Alex. Acabei de descobrir que adoro bibliotecas.

Não acrescentei: uma biblioteca era o único lugar em que minha mãe sempre se sentia confiante. Mas pensei. Lembrei que ela entrava na biblioteca pública em Kilcrennan com aquele ar decidido, concentrado, altruístico, que outras mulheres têm em lojas de roupa. Para mim, foi agradável me lembrar dela assim.

Fiz hora no porão vazio, no dia em que voltei para a Irlanda. Pus um pano de prato limpo no assento da poltrona baixa ao lado da mesa e sentei-me. Usava meu terninho Mani para a viagem de volta ao lar. Bem, não viagem — visita à terra natal. Não prendi bem o fecho do cós, mas não dava para perceber sob o paletó.

Levantei-me e apaguei a luz da cozinha. O aposento aquietou-se em silenciosa escuridão.

As poucas vezes que me lembrava de que gostava desse lugar era durante as longas manhãs após uma viagem, quando andava por ali em silêncio, fazia as sobrancelhas com pinça, depilava as pernas, terminava de ler o livro que comprara no aeroporto, fazia pilhas de roupas para lavar e as para serem levadas à tinturaria, arrumava minha maleta de mão e guardava o passaporte. Saboreava as pequenas ações, porque eram necessárias. Não pareciam tão egoístas quanto quase tudo mais que eu fazia.

Jimmy dizia saber, quando eu entrava na redação, se viera ou não do porão. Dizia que, se eu tivesse vindo, trazia uma escuridão agarrada em mim.

Uma deusa como você, Kathleen, disse certa vez, devia *baixar* em Londres, não subir escadas para entrar na cidade.

Ele sempre me tratou como se eu fosse linda. Informou-me, no dia em que chegou à *TravelWrite*, que olhos cinzentos e cabelos negros eram a mais elegante de todas as combinações de cores. E quando voltou, após fazer sua primeira matéria irlandesa, disse que, além do meu colorido, eu era praticamente a única irlandesa alta no mundo.

Então, por que se enterra num porão, como suas irmãs camponesas posseiras?, perguntou. Queria dizer que eu evidentemente não dava a mínima para o lugar em que morava, e que devia dar. Só morei em três lugares em Londres, durante os meus trinta anos lá, sem contar os anos de estudante, sempre à deriva. Com Hugo, no sul de Londres. Em seguida, na mansão de Caroline. E aquele porão. Pensando bem: num sótão com Hugo; depois no térreo da mansão de Caro; e por último no subterrâneo, aqui. Morro abaixo desde então.

Está vendo? Caroline tocava a campainha. Rica como sempre, tinha estacionado na calçada.

Está vendo? Ela arreganhava um sorriso para mim.

Agora talvez você pare de desdenhar meu carro de tração nas quatro rodas, disse-me.

Ele também será útil para você. Ninguém precisa de um veículo tão possante, Caro, disse eu, para transportar duas caixas por menos de dois quilômetros em Londres.

Isso é tudo o que você tem? Ela parou na porta que dá para a cozinha. O primeiro sol do ano, que entrava pelo vestíbulo acima até os últimos degraus embaixo, debruava-lhe os cabelos louros com um fio de luz. Tínhamos exatamente a mesma altura, o que me agradava, em segredo, quando éramos jovens e saíamos para todo canto juntas. Eu adorava andar ao lado de uma beldade.

Certa vez ela me disse: Você tem uma aparência tão marcante, Kath. De menina-moça. E que curvas acentuadas!

Curti a observação durante anos, mesmo sabendo que Caroline dizia coisas extremamente simpáticas a todos que encontrava. Como Browning's Cast Duchess (a duquesa do livro de Browning), *ela sorria, sem dúvida, sempre que eu passava por ela; mas quem passava então sem receber sorriso idêntico?*

Eu gostaria de que fosse direto lá pra casa, disse ela. As provas começam na semana que vem, e o fato de ter uma pessoa inteligente como você por perto me faria ficar mais inteligente. É um pouco demais esse seu interesse repentino pela Irlanda. E não sei se a ponho no quarto de hóspedes ou se redecoro o andar de cima...

Não me ponha em lugar nenhum, disse eu. Apenas jogue estas coisas em algum canto onde não atrapalhem o caminho. Falaremos disso quando eu voltar de minha terra. E, de qualquer modo, acho que é uma mulher fantástica por ter voltado para a faculdade.

Desde quando a Irlanda é sua terra? Na época em que fomos a Belfast e bebemos todo aquele champanhe... você nunca falou nada de terra.

Belfast não tem nada a ver comigo. Belfast é a sua cidade. Sua turma provou mais ou menos isso.

Oh, não comece! disse-me. Sabe que não entendo nada de política.

Não comece você. Fingindo ser uma loura burra.

Ela voltou para o vestíbulo depois de arrumar as caixas no carro.

Vou direto para o aeroporto assim que o senhorio der uma olhada no apartamento, disse eu. Mas ligo pra você, Caro, quando estiver instalada em algum lugar. Tem um hotel em Ballygall chamado The Talbot Arms onde vou tentar me hospedar, mas não sei se vou ficar lá, talvez seja horrível. Uma cidadezinha na Irlanda...

Prometa! Ela se curvava para lançar um beijo no ar em algum ponto próximo do meu rosto.

Você *concede* seus beijos, falei. Como a rainha-mãe ou alguém do gênero. É ridículo. Nós só temos 49 anos...

Que há de especial nisso? perguntou ela, instalando-se no banco do motorista. Qual o número que vem em seguida ao 49? Cinqüenta! Temos quase cinqüenta anos!

Nel mezzo del cammin, comecei.

Pare de se exibir! Ela sorria para mim pela janela. Você se acha muito inteligente.

Mas eu sou inteligente! Pus-me a dançar ao lado do jipe enquanto ela o movia aos solavancos, tirando-o da calçada.

Desci correndo os últimos degraus até o meio-fio.

Eu sou inteligente e você é linda, gritei às suas costas, ela riu, arrancou e subiu a rua.

Notei uma sombra em seu semblante enquanto eu fazia palhaçadas. Mas que poderia ela fazer? Sempre fora educada demais, mesmo quando outra pessoa fazia sinal de que ia contestá-la, mesmo se desconfiasse de que o sinal fosse falso.

Ela me lembrava um daqueles jogadores de tênis ingleses que nunca chegavam à final. Não inexpressivos, mas sem o menor sinal de astúcia.

Desci e voltei à cozinha para esperar o Sr. Vestey. Sentado no parapeito, o gato da vizinha olhava para mim, concentrado e totalmente imóvel. Certa vez, quando me equilibrava em pé numa cadeira, tentando tirar uma mala da parte de cima do armário, caí no chão. O gato entrou pela primeira vez no apartamento, sentou-se sobre as ancas ao lado do meu rosto contorcido, estendeu uma pata peluda e tocou-me a face. Depois ficou ali a meu lado, e esperou até eu conseguir me levantar. Nunca contei a ninguém, nem a Jimmy, que eu pensava no gato quando me ausentava, e tentava voltar das viagens com o dia ainda claro, para poder ter esperanças de vê-lo. Ele nunca me deixou tocá-lo, e algumas vezes eu quis fazê-lo com tanta intensidade a ponto de sentir dor no estômago. Nem sequer cheguei a saber se era fêmea ou macho, por isso o chamava de diferentes nomes. Betty, chamei-o durante algum tempo. Ferdy. Inigo. Pangur, chamei-o com mais freqüência, como o gato do monge irlandês daquela poema. Nunca tive a intenção de amar um gato; foi ele quem despertou o amor que eu lhe tinha. Talvez eu estivesse traindo aquela coisinha, indo embora...

Deixe de bobagem, disse a mim mesma, friamente.

Eu um dia agradecera aos céus por aquele porão. Quando Caroline resolveu se casar e eu tive de me mudar, passei um mau momento tentando encontrar um lugar onde morar. Comecei a procura cheia de confiança — queria que fosse em Bayswater, porque, em *As asas do amor*, Kate Croy conheceu seu amado no Hyde Park. Eu não conhecia Londres bem o bastante para saber que não se pode simplesmente ir ao distrito de que se gosta e esperar encontrar um lugar. Não sabia que, após um dia sendo recusada em toda parte, eu usaria um falso sotaque inglês ao falar com corretores de imóveis. Jamais perdoarei esta cidade, disse a mim mesma na quarta manhã de busca, por me fazer rebaixar assim.

Esqueci que fora salva da Irlanda pela Inglaterra. Em vez disso, fortaleci-me enquanto percorria a custo longas distâncias, com a lembrança do ultraje de meu pai todas as vezes que nos contava sua história sobre a ida à Inglaterra para procurar emprego. Ele falava sobre isso nos jantares de domingo sempre que alguma coisa dita na hora do almoço no pub o fazia lembrar.

Fui para a Inglaterra, começava, quando esperava ser chamado para o serviço público, a fim de ganhar um xelim honesto...

O clímax da história era o aviso que ele vira na janela de uma pensão: NÃO SE ACEITAM NEGROS, IRLANDESES, CÃES. Ele berrava estas palavras.

Eu não sabia o que eram negros, na primeira vez que ouvi a história, mas sabia que não era certo ser igualada a cães. Perguntei a Nora, quando tirávamos a mesa e lavávamos a louça, e mamãe e papai haviam-se recolhido ao quarto.

Que é um negro?

São pessoas que vivem em países quentes e o sol os fez ficarem pretos.

Que é um xelim honesto?

Pare de me chatear.

Foi como um milagre quando o Sr. Vestey, da imobiliária Vestey de Bloomsbury, me entrevistou.

Sente-se, senhorita, disse. Pelo que deduzi do nome, é uma senhorita irlandesa?

Era um homem grandalhão, com a cara rosada, brilhante — igual à de um taberneiro.

Isso mesmo, disse eu, curvando-me para a frente, séria. Mas tirei meu diploma aqui, na Politécnica da Cidade de Londres. E, claro, já trabalho desde o ano passado em *The English Traveller*.

Quando ele falou comigo em tom agradável, o alívio me inundou os olhos de lágrimas.

Esta região será boa, então, disse. Muito prática, pelas estações das linhas principais.

Posso ficar com o apartamento, então?

Foi aí que ele fez uma pausa. O silêncio foi tanto que cheguei a ouvir o leve tiquetaque do relógio em seu enorme pulso.

Claro que pode! Uma jovem adorável como a senhorita!

O cumprimento não passou despercebido. Quem esquece elogios? Eu sempre lhe sorria quando o encontrava, durante todos aqueles anos, chegando e saindo dos escritórios acima de minha casa. Sorria-lhe antes mesmo de saber por que sorria, como se o alívio da tensão quando ele me dera o apartamento me houvesse deixado uma marca. Sentia-me à vontade com ele, de qualquer modo. Era uma figura e tanto — abotoado com ares de importância em seu terno de riscas finas, sob aquele rosto púrpura.

Muito úmido para o senhor, Sr. Vestey?, eu o interpelava, quando chovia, ou: Que tempo magnífico, Sr. Vestey! E ele me retribuía com um aceno cavalheiresco, murmurava: Srta. Burke.

Agora eu o ouvia atravessar a passos pesados o corredor acima.

A mulher em seu escritório, disse eu, aproximando-me dele ao entrar na cozinha, talvez precise passar um período numa escola de boas maneiras. Ela é extremamente grossa. Disse que o senhor teria de ver pessoalmente a condição em que deixei o lugar, porque já o alugou para as chamadas profissionais liberais antes, e porcos deixariam o apartamento em melhor ordem. Não é muito freqüente ouvirmos elogios feitos aos porcos.

Na verdade, é a minha mulher, disse o Sr. Vestey.

Eu girei nos calcanhares para olhá-lo.

Oh, lamento muito, desculpei-me. Não quis dizer...

Está tudo bem, respondeu. Já me acostumei.

Ficou parado em pé ali na pequena sala. Estava ainda tão corado quanto da primeira vez que falei com ele, mas agora parecia muito mais gordo. Um homem envelhecido.

Fiquei desorientada, vendo-o ali, parado, olhando para mim.

Quanto?, perguntou.

Como?

Quanto diria que me deve?

Não faço a mínima idéia. Tem uma rachadura no lavabo. Quarenta libras, talvez? Cinqüenta?

Você é uma mulher muito atraente, disse o Sr. Vestey. Eu sempre achei.

Olhei-o, boquiaberta.

Em geral, nunca aceitei irlandeses, continuou. Tive péssimas experiências com seus compatriotas. Para não dizer coisa pior. Mas você era diferente. Dei-lhe uma boa olhada quando veio me ver a primeira vez.

O senhor o quê?

Não me interessaria pelo dinheiro que me deve, se fosse boazinha comigo.

Que quer dizer?

Agora que está deixando o apartamento. E você disse que também está partindo da Inglaterra, não?

Bem, não. Vou à Irlanda, mas só por algum tempo.

Silêncio. A geladeira pôs-se a zumbir, como se houvesse ficado sobressaltada.

Você poderia ser agradável comigo, disse-me. Foi por isso que vim aqui. Ninguém vai saber quanto tempo ficarei neste apartamento hoje. Podíamos esquecer os negócios. E nos despedirmos como amigos.

O ar na cozinha imobilizou-se.

Fechou-se o círculo. Ele tomara o meu lugar — tentando esconder sua necessidade e à espera, para ouvir o que eu diria, em tenso suspense. Mas, também, de novo aquilo nada tinha a ver comigo. Era sobre comprar sexo. Eu precisava apenas me deitar.

Uma laivo de excitação àquele pensamento.

E embora minha mente andasse à cata de idéias, curvei a cabeça, virei-me e entrei no quarto. Acho que fiz isso porque, nos centímetros de ar entre mim e o Sr. Vestey, senti-o tremendo, e não me ocorreu qualquer idéia para dizer não a alguém naquele estado.

Ele ficou bem junto de mim, por trás, sem me tocar, enquanto eu puxava as cortinas sobre a luz branda. Eu sentia um distúrbio no ar do quarto escurecido. Ah! Ele pôs as mãos espalmadas em cada uma das minhas nádegas. Deixou-as ali. Senti seu tremor passar para mim — a princípio, delicadamente, depois mais como um estremecimento.

Tiramos as roupas sem nos olharmos. Ele se deitou meio desajeitado ao meu lado, os olhos firmemente cerrados. Sua respiração descontrolada era a mesma de um garoto excitado. Seus dedos enormes tremeram ao tocar-me entre as pernas. Então se deixou cair, pesado, em cima de mim, e pôs-se a socar o membro para todo lado lá embaixo. Como um cego tenteando com a bengala. Beliscou meus mamilos. Foi o que mais odiei. Na verdade, detestava ficar deitada de costas, impotente, com o peito achatado. O peso dele me esmagava. Tentei pensar nos termos mais profissionais possíveis. Fragmentos de idéias; não pensamentos. Claro, aquilo iria apenas lhe confirmar a idéia de que os irlandeses são vadios por natureza. Também pediria aquilo à inquilina irlandesa seguinte. Na certa, ela lhe daria um tapa na cara. Se as freiras da escola estivessem ali em volta, invisíveis, é o que esperariam que eu fizesse. Mas não me ocorrera isso, e a gente ou dá um tapa na cara de alguém imediatamente ou nunca mais. Era uma boa maneira, agora que acontecia, de despedir-me da Inglaterra. Eu escapara de receber um rótulo. Não se poderia chamá-lo de inglês, no momento, nem a mim de irlandesa. Aquela pessoa e eu éramos apenas postas de carne ligadas pela pele, uma encaixada em cima da outra. Aquela foi a primeira vez na vida em que me ofereceram dinheiro. Eu poderia dever-lhe centenas de libras. Até quanto ele teria chegado? Mas, mesmo assim, me fizera uma delicadeza anos atrás — não, não exatamente, mas preferira não me fazer uma indelicadeza...

Eu percebi, sob o turbilhão de vozes em minha cabeça, que fora uma coisa terrível o fato de tirar a roupa de cama enquanto arrumava a casa, de modo que estávamos expostos no colchão à mostra, sem nada para nos cobrir. Pessoas da nossa idade! Espiei com os olhos entrecerrados e vi o contorno dele. Também tinha os olhos fechados. E uma cabeça grande e calva, redonda como a de um bebê.

Ele começava a diminuir o ritmo. Eu não podia ficar ali deitada sem ajudá-lo. Fosse o que fosse que eu estivesse fazendo, de nada serviria se ele não tirasse algum proveito daquilo. De qualquer modo, se eu estava fazendo o que estava fazendo, meio-termo não tinha o menor sentido. Por isso, empurrei-o, deitando-o de lado, apoiei minha testa na dele e comecei a acariciá-lo com as mãos. E não muito depois, ouvi pequenos arquejos e em seguida um gemido alto.

Fiz uma tentativa, abraçando-o junto a mim por um momento, de parecer generosa e maternal. Mas não surtiu efeito. No fim, acabamos deitados um ao lado do outro, olhando para o teto, como estranhos banhando-se ao sol em espreguiçadeiras próximas demais.

Virei-me de lado. Escondi automaticamente a barriga, até mesmo dele.

Ele se levantou da cama e eu o ouvi pondo as roupas devagar.

Bato a porta quando sair, disse.

Certo.

Deixe as chaves na mesa, por favor.

Certo.

Felicidades em sua nova vida.

Obrigada, Sr. Vestey. O mesmo para o senhor.

Levantei-me quando ouvi a porta da frente bater, fui para o banheiro e lavei-me. Tive de usar detergente, porque jogara fora o último pedaço de sabonete. Quando tornei a vestir a calça, ela grudou em mim, desconfortável.

Depois voltei à cozinha e pedi um táxi.

Sentei-me mais uma vez na poltrona. Meu corpo tremia, começando a relaxar após a tensão. O gato da vizinha continuava me olhando do parapeito. Eu devia fazer uma oração agora, pensei, como sempre faziam os russos quando partiam em alguma viagem, agradecer pelo passado e pedir uma bênção para o futuro. Mesmo Tolstoi, ao fugir da casa que detestava, teria feito uma pausa para orar. Quanto à jornada em que eu ia embarcar...

Que não seja tarde demais, orei a ninguém. Veja a idade que tinha Tolstoi, e mesmo assim ele partiu! Que não seja tarde demais para mim!

Será que aquele homem não entendeu, perguntei a mim mesma, que eu lhe permiti fazer o que queria porque do contrário eu teria de discutir com ele? Porque me deitar com ele era a única maneira de não lhe revelar absolutamente nada sobre mim?

A campainha tocou. O táxi. Peguei a mala e o casaco e dei uma última olhada em volta. Encaminhei-me para a escada, mas logo parei.

Larguei as coisas no chão e fiz um cheque de cinqüenta libras, em nome da imobiliária Vestey. Enfiei-o debaixo das chaves que deixara na mesa da cozinha.

E saí, com todo o cuidado, para não ter de olhar o gato pela última vez. Subi a escada até o vestíbulo. Fechei a porta atrás de mim sem — ocorreu-me ao fazê-lo — conferir se tinha minha chave para entrar ali de novo. Nunca voltaria a entrar ou sair por aquela porta. Eu me lançara para fora do ninho.

Assustada, encostei-me na porta da entrada. Logo o tépido sol de primavera me banhou da cabeça aos pés, pois a varanda bloqueava o vento. Ergui o rosto para o dia radiante — o primeiro, após um longo inverno. No ponto mais alto do céu, uma única nuvem, como o vestígio mínimo de uma pincelada. No momento em que a olhei, a nuvem fundiu-se no nada, e o imenso arco ficou perfeitamente azul.

Orfeu ascendendo, disse a mim mesma. Lá vou eu.

3

Na esteira de bagagens, em Shannon, fiquei atrás de dois homens enormes. Pareciam cães de caça, pensei, dispostos a saltar para pegar suas malas pelos dentes. Quando não consegui passar-lhes à frente e resmunguei malditos *homens*, os dois sorriram para mim e um deles disse:

Não devia dizer isso. Somos visitantes. Tem de ser gentil conosco. É nossa primeira vez aqui.

Abri-lhes um sorriso radiante e derreti-me:

Oh, *me desculpem*. São muito, muito bem-vindos à Irlanda.

Afastei-me rindo comigo mesma. Eu, a embaixadora! Eu — que nem sequer conhecia as moedas correntes na Irlanda!

Sempre fui cautelosa em salas de desembarque, porque as coisas que se vêem às vezes doem. Uma criança gritando Papai! Papai! para um executivo de aparência comum, e o executivo avançando correndo, sem enxergar nada à sua volta, os braços abertos, o rosto transformado pelo sorriso de um anjo... Mas ergui a cabeça nesse momento. Minha terra natal. A sala tingia-se do verde das baixas colinas do lado de fora. Sol e ar entravam com o abre-e-fecha das portas de vidro dando para a pista, e uma mulher atravessou correndo um feixe de luz, a silhueta do casacão aberto esvoaçando em sua volta, para os braços de um homem. Os dois ficaram imóveis, rostos colados. Quando me virei, captei o olhar de uma mulher no balcão de aluguel de carros, também olhando os amantes extáticos, e sorrimos ao mesmo tempo, encolhendo os ombros.

Matérias Especiais da Agência *TravelWrite*, disse ela, olhando minha carteira. Que emprego fabuloso esse.

Acabei de me demitir...

Eu não daria a mínima de mandar o trabalho às favas, disse-me. Você não acreditaria... nos loucos com quem tenho de lidar! Hoje de manhã apareceu um camarada aqui...

Ela se acomodou numa posição confortável, inclinada no balcão para falar comigo, como uma dona-de-casa fala com outra por cima do muro do quintal.

De saco cheio. Não sei de onde ele era. Mas, disse que em toda a parte em que estive nessa viagem viu a seguinte placa: Desjejum irlandês completo. Que acham que eu esperava na Irlanda?, ele me perguntou — e estava mesmo zangado. — Um desjejum *norueguês* completo?

Em todo caso, seja bem-vinda a Shannon, disse ela, quando parei de rir. Voltou para passar férias? Ou ainda tem família aqui?

Lembrei dessa faceta da Irlanda — como as pessoas faziam perguntas pessoais umas às outras, e as faziam com tanto encanto que não havia remédio senão dar uma resposta também encantadora. As duas partes com perfeita consciência de que estavam sendo encantadoras, mas ainda assim apreciando o esforço empregado. Apesar disso, lamentei não ter trazido os Ray Ban que deixara de propósito com o celular.

Tenho família, respondi. Mas não estou aqui de visita. É complicado. Mas... você tem um carro pra mim?

Tenho, claro. Que modelo você procura?

Bem, como são as estradas nas proximidades de Ballygall? perguntei.

Ballygall! Trabalho aqui há dez anos e nunca ouvi ninguém perguntar por Ballygall antes.

A história que estou pesquisando aconteceu a oeste de Ballygall. Perto. Sobre um marido grande fidalgo proprietário de terras, que acusou a mulher de adultério com um criado.

Quando?

Um ano após a pior fase da fome.

Não dá para imaginar eles fazendo sexo durante a fome, disse a mulher.

As pessoas têm de fazer sexo, retruquei. Não importa o que aconteça. Mesmo em Auschwitz, eu acho.

Não se pode viver sem ele, disse a mulher, secamente, digitando no teclado com repentina brutalidade. Quando se precisa fazer. Muitas de nós precisamos.

Espichou a cabeça, com grande eficiência, para examinar a tela de cima a baixo.

Alguma chance de conseguir pôr a Autolocadora Flanagan numa matéria sobre a fome de batata? Meu chefe é tão esquisito que, se eu dissesse que lhe dei um desconto por isso, ele acreditaria em mim. Tenho um Audi novinho em folha. Se vai para Ballygall, vai precisar de um bom carro. Esse fim de mundo para onde vai é na província de Roscommon, Mayo ou Galway? Seja aonde for, eu diria que lá eles comem seus mortos.

Você nesse emprego é um desperdício, sabe? disse eu. Poderia ser uma comediante de primeira.

O carro está vindo, disse-me. Assine aqui. Aproveite a viagem. Cuide-se...

Eu *sei* me cuidar, respondi.

Não. Ela sorriu para mim. Não tenho tanta certeza.

Dei uma olhada furtiva em mim no reflexo da parede de vidro, ao me afastar. Tinha os cabelos presos dos dois lados com as travessas que comprara na Coréia e usava meu bom terninho italiano. Acima da roupa, sem um pingo de maquiagem, viam-se rugas, estrias e o contorno do queixo amolecendo. Tudo ao mesmo tempo! Estaria eu no fim da linha? Não, a infelicidade não vai se instalar em mim como na mulher embriagada que se saiu com a piada das batatas no almoço dos prêmios, vai? Eu não permitiria! Atirei o casaco sobre o ombro, empertiguei as costas, mantive as pernas juntas para sentir o roçar de uma coxa na outra e encaminhei-me com cauteloso orgulho para a saída.

A tarde escurecia enquanto eu me afastava do aeroporto, mas um irreal corte incisivo no horizonte mostrava um delicado cor-de-rosa muito distante, como se ali houvesse um mundo com seu próprio sol, do outro lado da nuvem.

As placas da estrada faziam arder meus olhos. *Aerphort. Lár an Cathair. An Tuaisceart.*

Ora, espere aí! Você nem sabe falar irlandês.

Sei, sim, um pouco. Conheço muitas palavras. E músicas.

Pus-me a cantar, *Anois teacht an Earraigh...*

Papai tentava usar irlandês em casa, mas nós, as crianças ali reunidas, ficávamos carrancudas e não deixávamos entrar nada em nossas cabeças. Mas as freiras eram diferentes. Nada do que nos ensinaram foi esquecido. Nora e eu cantávamos todas as perguntas e respostas no catecismo e enumerávamos as causas da Guerra dos Trinta Anos. Eu conseguia dar o exemplo de um anapesto bem construído. E recitar todo poema que acabávamos de aprender, sobretudo os poetas românticos que a irmã Pia mastigava para nós. E quanto às músicas?

Anois teacht an Earraigh — E assim o fez! Chegou a primavera! *Ó chuir mé in mo cheann é, ní stopfaidh mé choíche, go seasfaidh mé thíos i lár Chontae Mhaigh Eo...*

Desde que meti isso na cabeça, nada me deterá até instalar-me no Condado de Mayo...

Tentei encaixar as palavras na alegre melodia. Mesmo sozinha no carro escuro, pronunciar palavras irlandesas me deixava tímida.

Um cruzamento com sinais de trânsito. Eu chegara às imediações de uma cidade. Seguindo o meu antigo hábito, pus minha bolsa embaixo do banco do motorista e meu caderno de anotações no do carona.

Aerop. de Shannon animado, anotei, na pausa entre os sinais. Trânsito local Extraord. Verdade sobre conversadores (mulher). Irl. Ar rarefeito, sensação de chuva...

E logo depois larguei a caneta.

Queria arrancar de mim o lado profissional: a cantoria, o pensamento e as anotações. Eu estava de volta! Queria absorver aquilo em...

Parei num hotel.

Qual é o nome deste lugar?, perguntei à garota bem jovem, com rosto de flor, enquanto ela pegava meu cartão de crédito.

Que lugar?

Este hotel.

Oh, exclamou. Hotel Meio do Caminho.

Meio do caminho entre o quê, então?

Não sei, disse ela com timidez. Acho que ensinaram quando fazíamos nosso treinamento, mas não me lembro.

Um quarto bege com uma grande cama e uma janela dando para um estacionamento vazio. O tipo de quarto que me convém.

Sem pensar duas vezes, liguei para Nora. Seriam quatro horas da tarde em Nova York — ela já teria voltado à sua mesa, após a reunião da tarde com o chefe executivo do escritório. Nunca lhe contava sobre os meus sentimentos, se pudesse evitar. Mas alguém tinha de saber o que eu fazia nesse dia. Não suportava estar de volta após 29 anos — mais da metade de toda a minha vida — e ninguém além de mim saber.

Adivinhe onde estou, Nora?

Irlanda.

Fiquei pasma. Como adivinhou?

De onde mais você ia me ligar e pedir que eu adivinhasse?

Estou aqui a trabalho.

Pretende ir lá em casa?

Talvez siga pra lá se o trabalho correr bem, disse, despreocupada. Mas não estou nem perto de Kilcrennan. Desembarquei em Shannon, não em Dublin.

Não faz a menor diferença. Se está na Irlanda, tem de ir até em casa. Você sabe disso. Imagine se souberem que você está aí, e que não foi à Irlanda para visitá-los? E eles vão saber. Alguém vai acabar vendo você...

Quem é *você*, Srta. Manda-chuva, irritei-me, para me dizer como tratar Danny e Annie? Desde quando se tornou uma especialista nisso? Não voltou sequer uma única vez para vê-los. Não veio nem ao menos para se despedir de mamãe. E tampouco foi ao enterro do tio Ned!

Você também não!

Eu estava na China, trabalhando! Nem cheguei a saber...

Tio Ned poderia ter *comprado* Kilcrennan com o dinheiro que ofereci a ele anos a fio!

Desde quando tio Ned se interessou por dinheiro? Não importa, Nora, é ridículo falar disso agora. Tudo é história passada. E estou aqui pra trabalhar, não visitar família...

Que tipo de trabalho?

É meio o gênero histórico...

Esqueça a história irlandesa! Quando foi a última vez na história irlandesa que alguém trepou?

Charles Stewart Parnell?

Bem...

Charles J. Haughey?

Sabe perfeitamente o que quero dizer! exclamou Nora.

Preciso ir! disse eu. Mantenho contato. Estar aqui é olhar para você, menina...

Kathleen! Ouvi-a chamando, Kath!

Mas desliguei.

Furiosa comigo mesma, por tê-la deixado me irritar.

Quem passou o aspirador neste tapete não se esforçou muito, disse a mim mesma ao perambular pelo quarto, tentando recuperar o bom-humor. Mas continuava tinindo de raiva. Dinheiro! Ela e seu dinheiro! A palavra quinta-feira soa afetuosa para mim até hoje porque era o dia em que tio Ned ia de bicicleta à nossa casa em Shore Road, fizesse sol ou chuva, após receber seu auxílio-desemprego, e a primeira coisa que fazia era acender o fogão. Julgavam-no inferior a papai porque foi deixado na fazenda quando papai entrou no serviço público e a fazenda não rendia dinheiro, mas ele ia de bicicleta a nossa casa, com os sapatos de plástico cinza que seu vizinho trouxera da Inglaterra e seu melhor terno listrado, embora fôssemos as únicas pessoas que visitava. Não perturbem sua mãe, dizia, ao chegar silencioso à porta dos fundos e curvar-se para arriar o descanso da bicicleta. Sua pobre mãe não está no melhor dos dias. Mandava Nora à loja dos Bates comprar coisas para o chá e punha-se a remexer no fogão. Comíamos ovos fritos e rocambole. Ele nos mostrava como arrumá-los bem bonitos na travessa, depois a levava para mamãe, e o ouvíamos dizer: Como se sente hoje, Eileen? Voltava e tomava seu chá conosco. Não foi só o dinheiro. Ele nos mostrou como dar laços nos sapatos. Ensinou-nos a ver as horas no relógio. Escrevia anotações para a escola, levando horas para inseri-las em nossos blocos. Às vezes, ia até a loja e trazia um botijão de gás na bicicleta.

Anos depois, quando mamãe e eu passamos um dia em Dublin, pelo prêmio que ganhei no concurso de ensaios sobre o tema "A beleza deste mundo deixou-me triste", perguntei a ela, no ônibus de volta para casa — porque eu vivia pensando em amor —: Tio Ned nunca se apaixonou?

Paixão, disse ela, amargurada. Ninguém aqui jamais se apaixonou.

Tomei um banho, enrolei-me numa toalha grande, liguei o laptop e trabalhei. Durante a entrega do meu prêmio pelo Conjunto da Obra, li em voz alta o itinerário do primeiro dia da primeira viagem com tudo pago que fiz. Manhã: Milão a Garda, 140km, ida de barco a Malecesine, subida ao castelo, visita à destilaria de grapa, almoço: especialidade local, cinco pratos. Tarde: teleférico para monte Balfo, visita ao vinhedo Bolla, ida a Verona e ao anfiteatro, a Vicenza — excursão pelos prédios do Palladian, recepção oferecida pelo ministro de Turismo, jantar de sete pratos, noite em Veneza... A platéia riu, por dentro.

Em dias como esses, eu costumava ficar acordada bebendo com os demais, ou então seguia para o quarto de outra pessoa. Mas quando Jimmy foi para a *TravelWrite*, vi como era meticuloso no trabalho. E, quando em viagem, aprendi a disciplina de tomar notas ou redigir rascunhos, às vezes durante uma hora à noite, não importava onde nem o adiantado da hora.

Por isso, recostada no monte de travesseiros, abri o arquivo Talbot e espalhei as cópias do *Julgamento* na cama. Não precisava pensar em nada. Estava cansada demais para pensar. Copiei apenas mais um trecho da introdução do lorde Chanceler para a narrativa que eu começava a estruturar.

> *...O Sr. Talbot casou-se com a atual esposa, Srta. Marianne McCausland, em janeiro de 1845, e naquele mesmo ano, cerca de nove ou dez meses após o casamento, a Sra. Talbot deu à luz uma filha. Por volta de meados do ano de 1846, o Sr. e a Sra. Talbot, com a filha pequena, suponho, viajaram para o exterior. Lá permaneceram por um ou dois anos. Logo depois, o Sr. Talbot perdeu o tio Sr. Talbot, proprietário de Mount Talbot, aparentemente uma grande mansão, numa remota parte do oeste da Irlanda, e o Sr. e a Sra. Talbot, como era então chamada, herdaram a posse da propriedade.*

"Um ou dois anos." Então os Talbot poderiam ter facilmente chegado à Irlanda em 1847. O Ano da Grande Fome. Chamavam assim a cena da qual participei aos 16 anos. As freiras tinham montado um espetáculo histórico para comemorar o qüinquagésimo aniversário do Levante da Páscoa, e eu era uma das garotas famintas descalças, de xale, na parte de trás do caminhão de carvão de Murphy, que fora forrado com papel crepom e exibia um grande letreiro: "1847. O Ano da Grande Fome." Todas levávamos baldes com batatas, chorávamos e gemíamos, para o caso de alguém não entender o contexto, e um homem sentando na boléia tocava árias tristes num violino. O som do violino quase foi abafado pelo caminhão seguinte, que trazia Canon Murray lendo a Proclamação da República em um alto-falante. Mas, mesmo assim, quando encontrei por acaso tio Ned no estacionamento depois da encenação, vi as marcas das lágrimas em suas faces.

Deitei-me nos travesseiros. Disse a mim mesma. *Você está na Irlanda.* Mas mal conseguia acreditar. Enquanto, para Marianne Talbot, deve ter sido extremo o choque de vir morar na Irlanda. Talvez ela nunca tivesse visto nada semelhante ao caótico cais em Kingstown. Multidões e confusão talvez conhecesse de suas viagens no continente. Mas a Irlanda de então era um lugar exaurido por três anos de fome, e um lugar acuado de medo — um lugar que não sabia que a grande fome terminara. Sua gente afluía em massa pelos portos, não viajantes, mas verdadeiras hordas de imigrantes, arrastando e atirando tudo que ainda possuíam para dentro dos barcos, dirigindo-se uns aos outros em irlandês, chorando, lamentando, não partindo, mas fugindo. E ela teria seguido o marido que abria o caminho à força no meio da multidão, cabisbaixos, agredidos por estranhos cheiros e barulhos, atacados por mendigos...

Eu caía de sono. Folheei todo o *Julgamento* e encontrei um dos trechos que tinha a afetuosidade do tio Ned.

> *Consta dos depoimentos que a Sra. Talbot deu a Mullan gêneros de alimentos mais delicados que os em geral comidos pelos criados. A testemunha mencionou pão, manteiga e vinho, entre outras coisas, geléia e acepipes desse tipo.*
>
> *A Sra. Talbot também insistiu em que as camisas dele fossem lavadas duas vezes, e tendo ela mesma passado a examiná-las, enviou uma criada para verificar se estavam bem-entendidas, caracterizando um tipo de transações que só é explicado por uma longa intimidade, o que leva a crer na existência de relações sexuais criminosas entre as partes. Então que ocorreu depois? Ela mandou pôr novos botões em três ou quatro camisas do marido para Mullan...*

Isso era afeto. Não apenas atração física...

Não agüentei mais ficar acordada. Empurrei minhas coisas espalhadas para o lado da grande cama, e o sono me veio como uma interrupção, não um fim.

Enquanto eu percorria a Irlanda de carro no dia seguinte, acidentalmente fizeram-me lembrar de Jimmy no rádio. Tocavam uma música comovente, em seguida uma variação dela, depois mais uma, e quando terminou, o locutor disse: Vocês acabaram de ouvir a suíte orquestral *Jimín mo mhíle stór*, e eu soube fazer a simples tradução — *mo stór*, meu amado, *mhíle*, um mil — Jimeen, pequeno Jimmy, meu mil vezes amado. Eu sentia muitas saudades dele. Mas onde quer que ele estivesse, não se importava. Toda a falta estava dentro de mim.

É pela perda de Kathleen que você chora, disse a mim mesma.

Quando chegou a Londres, Jimmy alugou um apartamento — três cômodos e uma porta que dava para os frontões do telhado — na cumeeira de uma casa do século XVIII no Soho.

A pressão da água é terrível, disse ele, mas as tábuas do piso de carvalho são originais. E tem uma *boîte* na esquina, se algum dia eu vier a precisar fazer amor.

Em geral, ele era assim despreocupado consigo mesmo. Mas quando falávamos por evasivas — mentindo na redação ao discutir coisas como se Arthur Miller amava mesmo Marilyn Monroe — tanto os seus quanto os meus anseios revelavam-se de modo muito semelhante. Eu lhe disse, na noite do dia em que ele chegou à *TravelWrite*, que escrever sobre viagens é a ocupação ideal para quem quer esquecer o passado, porque nos faz girar em torno do presente.

Então estou no emprego errado, disse Jimmy. Tive uma infância muito feliz.

Seus pais não se importavam com o fato de você ser *gay*?

Ser *gay* em Scottsbluff, Nebrasca, não era nada, ele riu, comparado a não ser um jóquei em Scottsbluff, Nebrasca.

Eu gostava de lá, continuou. Gosto de lugares autênticos.

Deu para sentir o tom ensaiado. Ele dissera aquela frase muitas vezes antes.

Vejo que não gostava o bastante para ficar lá. Você agora está a uns bons milhares de quilômetros de Nebrasca.

Diga-me onde você foi criada.

Essa é a diferença, disse eu a Nora quando falei dele, entre Jimmy e os outros homens que conheci. Ele se interessa por mim como eu por ele.

Era verdade. Jimmy me perguntava muitas vezes sobre Kilcrennan. Eu percebia que algumas vezes era para evitar que eu lhe perguntasse sobre ele mesmo. Mas isso não me fazia estimá-lo menos, sabia que eram apenas coisas que queria ocultar. E eu precisava tão desesperadamente falar de casa que preferia não saber se ele realmente queria escutar. Mais tarde, naquela primeira noite, num café grego — sei que estava sendo sincero então, porque ainda posso sentir minha mão tensa na mesa de plástico vermelho, girando e esmigalhando um pedaço de pão árabe —, eu descrevi a última vez em que vi minha mãe. Ele chorou.

Não se esqueça, disse eu a Nora, na verdade nunca vi ninguém à altura dessa única lágrima derramada por mamãe. Não fui ao enterro. Ninguém jamais chorou por ela, pelo que sei, até Jimmy fazê-lo. Ele saiu, foi até uma cabine telefônica e ligou para dizer a sua própria mãe que a amava...

Hum! Nora bufou. Mais uma rainha do drama como você.

Desliguei na cara dela.

Foi durante aquele percurso de carro pela Irlanda que a dor inicial pela perda de Jimmy começou a diminuir. A Irlanda me distraía. Chocou-me sua simplicidade. Uma placa da estrada dava o nome da aldeia seguinte que, quando eu conseguia traduzir as palavras irlandesas em seus significados, acabava se revelando um nome adorável. O Moinho do Estranho. O Forte da Vaca Parda. Os Cisnes Alegres. E logo vinha a enfadonha realidade — uma rua larga de casas de dois andares de reboco cinza, tijolos cinza, uma única igreja grande cinza e dois pubs simples. Toda a história do lugar estava na linguagem. Era raro ver-se um prédio ou artefato dos séculos de vida social ainda inteiros. Ruínas de abadias e castelos. Depois nada. Depois coisas da época dos meus avós.

Em minha mente, eu não parava de recuar ao passado, aos dias de *The English Traveller*, quando me maravilhava com as aldeias da Inglaterra. Aldeias escondidas longe, no fim de estradas ladeadas por sebes que se estendiam pelos vales adentro, pontilhados de chalés com janelas baixas e separados por alamedas de pedra musgosa, e córregos fluindo para os lagos entre gramados. Minúsculas aldeias de pedra construídas acima de ancoradouros. Aldeias com igrejas antigas, entranhadas como cracas. Os caminhos para aldeias que se embrenhavam por bosques de faia, ocultos nas ravinas entre prados inclinados. A simplicidade e o refinamento de formas das sacristias estilo Queen Anne, os telhados das elegantes propriedades dos fidalgos rurais, vislumbrados por entre as árvores, e as escolas de pedra dourada por eles construídas. Os dispensários cobertos de rosas, doação de *Lady* fulana de tal... Eu lia os nomes nos memoriais de guerra. Imaginava-os... o senhor e o empregado transportados em seus caixões e cruzando o mesmo portão à entrada do cemitério. E os coloridos pubs com luminosidade crepuscular — The Plumed Feathers, The Coach and Horses. Eu não consegui superar o impacto num país em que todas as diferentes classes viviam em aldeias juntas. Aquelas aldeias eram jóias, dizia-me agora. Mas a Irlanda foi roubada. A Irlanda foi despojada e deixada nua.

Virei para nordeste. Não havia nenhuma aldeia ao entardecer, quando o carro passou a subir em curvas fechadas pelas baixas encostas de mato denso. Senti um tranco, como se a morte de Jimmy saísse de dentro de mim e se incorporasse à paisagem externa. A desolação do lugar assumia forma física por toda a parte. Via-se um longo trecho reto entre plantações de coníferas, imóvel e negro, e depois uma descida que desembocava num vale raso, sem habitação humana até onde a vista alcançava. Ovelhas lerdas atravessavam a estrada molhada. Quando diminuí a velocidade para deixá-las passar, ouvi o murmúrio de água na valeta. Fora-se a claridade do dia. O céu cinzento pairava bem baixo. No estacionamento do hotel, havia vívidos dentes-de-leão no gramado, e um arbusto de forsítia deitava galhos amarelos numa sebe de árvores novas de freixos brancos. Mas agora a primavera desaparecera desse vale.

Pobre Marianne, pensei, sem querer. Pobre moça! Imagine ser levada para aquele local assustadoramente solitário quando não passava de uma menina — uma senhorita elegante de Londres. Bem, eu não tinha prova alguma de sua suposta elegância. O *Julgamento* dos lordes dizia que o pai de Marianne, Sr. McCausland,

> *era um cavalheiro de herdade. Parece ter sido um homem de família, tendo o hábito de constante ou freqüentemente passar alguns meses da primavera nesta metrópole...*

Mas ela sem dúvida lia Jane Austen, e as moças ali tinham de cuidar das propriedades dos maridos. Emma vai primar pela casa do Sr. Knightley e Elizabeth amar a propriedade de Derbyshire do Sr. Darcy. Pobre da jovem inglesa que teve de atravessar o mar para essa desolação!

Ballygall. Seis quilômetros e meio.

Estava agora no fundo do vale, passando por um bosque. Árvores velhas, atrás de muros de pedra lascada, meio tombados, fundindo-se.

Deve ser essa! Deve ser a sebe que delimita dos bosques de Mount Talbot! Aquelas eram as árvores de Talbot! Aquela estrada alcatroada com certeza acompanhava a linha de terra ao longo da qual o cocheiro Mullan teria conduzido a Sra. Talbot... Ergui os olhos para os penhascos baixos, cheios de urzes, que isolavam o horizonte em todas as direções. Eu via o que ela vira. E que Richard vira, e William Mullan, e todos os homens, mulheres, crianças e animais que suportaram, da melhor forma possível, as várias angústias daquela época naquele fim de mundo irlandês.

Meu Deus, adoraria ter um cigarro, pensei.

Uma chuva fina começara a acumular-se no chão quando parei no saibro diante do hotel The Talbot Arms. Era um local pequeno, quadrado, de longas janelas de guilhotina e um belo pórtico, com narcisos em dourada dispersão, sob os grossos azevinhos. Um melro gordo de bico laranja pousou na pedra gasta dos degraus. Empertigou-se com ares importantes em suas pernas finas como gravetos. No último degrau junto ao chão, dormia um cão velho, alheio à umidade que escurecia a pedra clara. Agora que estava em Ballygall, eu poderia começar a tomar as notas sobre Talbot. Pequena cidade na colina, escrevi. Cinzento. Cão. Paz. Aí, disse a mim mesma: Bem, o cão e a paz dificilmente são relevantes, será que são? Agora você não está mais escrevendo matérias de viagem.

O saguão do hotel era maravilhosamente agradável. Um desbotado tapete persa estendia-se no piso de largas lajes há tanto tempo que se amoldara a elas e acompanhava seus relevos. Sobre o balcão da recepção, numa velha botija viam-se ramalhetes de salgueiros-do-rio com botões de veludo cinza. Atrás, uma trepadeira de sempre-vivas cobria a metade de uma janela de batente e, mais além, havia árvores e uma agulha de igreja. Lá no fundo, escadas levavam acima e abaixo, uma janela aberta expunha o canto de um bar de madeira escura e prateleiras com garrafas brilhando.

Ninguém por perto. Percebi então que o barulho baixo vinha de trás da pesada cortina atrás do balcão da recepção.

Ó de casa!, chamei.

Não temos quartos, disse a voz abafada de um homem. Lamento! Está lotado!

Mas não há carros lá fora, rebati antes que pudesse me conter.

Sei que não há carros, disse a voz. Há inúmeros quartos vazios esta noite e amanhã. Mas temos um casamento reservado pra sexta-feira e os convidados vão passar uma semana aqui.

Olhei mais uma vez o saguão em volta. O revestimento de ripas de madeira era tão delicado quanto um tecido pregueado.

Eu gostaria de ficar até eles chegarem, gritei. Por favor.

Chego aí num minuto, disse a voz. Meg acabou de dizer a Bobby que está grávida e Cheryl está ficando anoréxica. Você acompanha a novela?

Na verdade, não.

O cão entrou sacudindo-se e desabou aos meus pés.

Já vou!, disse a voz.

Em seguida ele saiu, ao mesmo tempo em que aumentava a música tema.

Um monte de lixo, disse. Era um senhor de paletó de *tweed* e camisa de flanela, com um espesso emaranhado de cabelos grisalhos e redondos olhos castanhos. Continuava com a expressão crédula e suave do que vira na televisão.

Seja quem for, a senhora é uma ótima surpresa. Mas vai ter o casamento. Há quartos magníficos no pub ali na praça.

Não, disse eu com firmeza. Este é The Talbot Arms. Quero ficar aqui se me aceitar.

Teve outra família aqui certa vez, disse ele, um pouco mais grandiosa que os Talbot — os Coby, do castelo Coby — e uma garota inglesa com um dote milionário, se entende o que quero dizer, parente distante deles, vai chegar para o seu casamento aqui. Já arrumamos a sala de jantar e o bar. Mas, claro, poderíamos mesmo assim cuidar de você até sexta-feira, se não se incomodar de fazer as refeições na cozinha. E temos uma pequena pousada no litoral, quando tivermos de pô-la para fora. Mas ninguém a chama de The Talbot Arms... é a casa de Bertie. Compramos com o dinheiro que ganhei num cavalo. Na verdade, minha falecida, que Deus tenha piedade dela, escolheu o cavalo. Eu sou Bertie.

Curvou-se por cima do balcão e apertou minha mão.

Restou algum Talbot?, perguntei, sentindo verdadeira tensão ao fazê-lo.

Por aqui, não, respondeu. Morei em Ballygall a vida toda — 63 anos — e nunca conheci uma pessoa da família Talbot. E o estranho é que vivo pensando neles. Tinham um jardim murado em sua propriedade, e eu desmatei um canto dele há um bom tempo, e cultivo algumas coisinhas para o restaurante aqui. Muitas vezes imagino se um antepassado Talbot vai aparecer do além e me pedir para pagar aluguel. Como lorde Lucan. Os advogados daquele garoto andaram à procura de terra para alugar muito depois do desaparecimento dele em pleno ar. Sabe o que eu diria, com certeza, a qualquer lorde que me pedisse aluguel! Somos uma república agora, meu caro. Vá se foder!

Encontrei por acaso a história do divórcio Talbot, comentei, sondando. Sabe, o que aconteceu há muito tempo? Em que a Sra. Talbot teve o... bem, imagino que o chamem assim, relacionamento com o cavalariço? Eu sou, ou era, jornalista. Gostaria de saber se talvez não haja algum livro sobre tudo isso.

Você precisa de Nan Leech! afirmou. É dela que precisa.

Sim! respondi. Srta. Leech, mas quando liguei para a biblioteca, disseram que ela não podia atender.

Tinha ido a Dublin, mas já voltou. Sei que esteve na biblioteca hoje de manhã... Ele discou um número e ouvi o toque de chamada em algum lugar.

Eu acho que ela já deve ter ido pra casa, mas... Ella!

Uma jovem de saia branca e camisa preta passava de mansinho pelos fundos do saguão.

Estou vendo você, Ella! É minha filha, disse-me, num sussurro alto. Está me dando uma ajuda enquanto mora comigo. O marido, só entre mim e você... Alô!, disse ao telefone. Aqui é Bertie! Nan está aí? Tem uma hóspede aqui no hotel à procura da Srta. Leech.

Ela está lá, informou, fazendo que sim com a cabeça. Teve sorte. Não poderia ligar para Nan Leech em casa, ela a comeria viva. Tome... ele passou o telefone para mim por cima do balcão. Foram procurá-la. Mandarei Ella subir para lhe dar uma ajuda.

E saiu arrastando os pés pelo corredor, em grandes chinelos de feltro. Sorriu para mim, calmo, enquanto esperava nos fundos pelo cão, que vinha mancando atrás.

Eu não poderia abandonar este lugar depois da morte da patroa, disse. Esta coisinha velha não teria gostado. Teria, querido? Ele se curvou até embaixo e disse, amoroso, ao cão. Seis mil libras, foi o que me custou este cão no ano passado.

O *cão*?

É. Uns caras da saúde pública nos pegaram preparando o desjejum dos hóspedes na cozinha, com este velho rapagão esperando para lamber as panelas. Tivemos de construir uma extensão da cozinha para a sala de jantar. Mas você vai descer e se lambuzar com a gente, enquanto estiver aqui, não? Não se importa com alguns velhos pêlos?

Oh, não, respondi.

O cão enfiou o focinho cinza encarapinhado na mão de Bertie.

Sessenta mil libras, e ele ainda valeria a pena, anunciou Bertie, e saiu andando sem pressa.

Aqui é a Srta. Leech. Uma voz ríspida.

Comecei a explicar-me.

Silêncio.

Tentei mais uma vez, só que a voz se extinguiu.

Disse que é repórter de viagens?

Sim.

Mas deseja se tornar historiadora?

Bem, não, não exatamente. Não... de modo algum. Estou apenas fazendo um pouco de pesquisa por enquanto... apenas me informando em termos gerais. Vou me aposentar em breve, e imaginei que poderia tentar escrever alguma coisa contando, mais ou menos, a história do que aconteceu aos Talbot de Mount Talbot em fins da década de 1840. Inseri-la em algum tipo de contexto...

E como se propõe a fazer isso, perguntou-me, se sua principal especialização é escrever artigos de viagem do tipo popular?

Freqüentei uma universidade! Na realidade, fui a melhor classificada do condado no Trinity College. Cursei literatura inglesa lá. Não tenho o diploma, mas só porque tive de abandonar as aulas dois anos depois. A literatura é cheia de história. E, de qualquer modo, muitos jornalistas escrevem... sabem como organizar o material, por exemplo, o que não se pode dizer de muitos acadêmicos. Já li diversos documentos sobre as condições da Irlanda logo após o pior período da fome, e teria feito mais pesquisa, mas fiquei impaciente, e vim logo para cá sentir, absorver a atmosfera do lugar. É o que a gente faz ao escrever sobre viagens... vai para o lugar e descreve-o de lá. E imaginei que se existisse mais alguma documentação sobre o próprio episódio do divórcio a senhorita a teria aqui...

Posso lhe garantir que temos coisas melhores a fazer nesta biblioteca, interrompeu-me com rispidez a Srta. Leech, do que dar uma olhada lasciva nas travessuras de alcova dos chamados lordes e damas que, para começar, não deviam estar em nosso país.

Escute, Srta. Leech, foi a minha vez de interrompê-la, não se aborreça. Ainda posso fazer uma apuração e ir até a Biblioteca Nacional em Dublin. Ou voltar para Londres. A única coisa que tenho até agora é o *Julgamento* da Câmara dos Lordes, que é cheio de detalhes. Se não houver outros documentos, então este servirá perfeitamente.

Absurdo!, gritou a Srta. Leech. Não é uma atitude responsável! Na verdade, embora eu não tenha me deparado com material impresso sobre os Talbot, nós de fato temos o *Julgamento* aqui e, de vez em quando, tem sido emprestado. As mulheres mais velhas falavam a portas fechadas do escândalo. Na verdade, o lugar de onde você está falando agora desempenhou um papel na história. A casa de Bertie era um vicariato até algum tempo depois da fome, e o vigário estava metido nessa coisa sórdida. Bastante mundano, o clérigo da Igreja da Irlanda.

Mas Srta. Leech...

Como disse que era seu nome?

Kathleen de Burca é o nome que uso, disse eu, nervosa. Caitlín de Búrca, na minha certi...

Que belo nome de batismo! disse-me, cordial.

Posso enviar algumas anotações descrevendo em linhas gerais o relacionamento, como apresentado no tribunal, comecei.

Mande-as para mim por Bertie. E venha me ver amanhã às duas da tarde. Não estou disponível nas manhãs no momento.

Mas Srta. Leech...

Amanhã, disse. Às duas em ponto, e desligou.

Ella subiu saltitando a escada na minha frente como uma menina, embora tivesse me dito no primeiro minuto que o marido trabalhava na Arábia Saudita, tinham dois filhos, e ele voltaria em breve.

Nossa! Mas que lindo! disse-me, contemplando meu casaco, ao pendurá-lo no armário. Era um casaco fabuloso — camurça preta debruada de *cashmere* preto.

Eu comprara com o pagamento de um roteiro para a TV francesa sobre *L'Angleterre Profonde*.

Quanto custaria um casaco destes?, perguntou-me.

Uma fortuna, respondi. Experimente.

Ficou tão comprido nela que caía drapeado em volta dos pés, como a cauda de um vestido de noiva. O rosto animado e os cabelos cacheados enfeitados com presilhas de plástico projetavam-se, meio fora de contexto, da gola preta. Tinha os mesmos olhos redondos castanhos de Bertie. O casaco parecia imensamente sofisticado. Ali parada, olhando-a, ocorreu-me a idéia de quando eu partira da Irlanda. Era uma garota de rosto intenso e nada mais, e me tornara o tipo de mulher que podia usar um casaco formidável como aquele...

Ela mal conseguiu se refazer do encanto para fechar a porta do armário. Examinou-me de cima a baixo.

Nunca se casou?, perguntou. Ou apenas não usa sua aliança?

Nunca, respondi. Sou uma profissional liberal.

Às vezes, é isso que eu gostaria de ser!, exclamou. Uma profissional liberal!

Mas você é uma profissional. Sorri-lhe. Faz dois trabalhos.

Diga isso a meu pai, sim? Talvez ele acredite, vindo de você.

Arrumei meu material de trabalho no tampo de couro gasto da escrivaninha, no nicho da janela. O *laptop*. O livro de capa mole sem valor. Duas histórias da grande fome irlandesa. Uma antologia de poemas, nos idiomas que eu vivia querendo aprender, que guardara comigo quando embalava o resto dos livros.

Abri a antologia ao acaso, e as páginas caíram em Eugenio Montale.

L'attesa lunga,

Il mio sogno di te non finito.

A espera é longa, traduzi. *Meu sonho contigo não terminou.*

Trabalhei com meu livro de anotações e a cópia do *Julgamento*. Fiz o resumo o mais preciso que pude, para que não desagradasse à volúvel Srta. Leech.

> *Richard e Marianne T. e sua filha vieram para Mount Talbot em 1847 ou 1848. William Mullan empregou-se na família como cavalariço em 1848. Três anos depois, Richard Talbot solicitou primeiro uma separação no Tribunal Eclesiástico em Dublin, e depois um divórcio total na Câmara dos Lordes. O* Julgamento *é a versão do que os três Lordes Juízes disseram sobre as provas, e seu veredicto, no caso do divórcio. Os depoimentos de testemunhas em que basearam sua decisão são (literalmente) os seguintes:*

1. Sendo Purcell mais um operário livre e sem compromisso, e trabalhando na propriedade não como trabalhador rural, mas por conta própria, desceu até a porta da entrada, pôs-se a fumar seu cachimbo e, andando em volta da casa, viu pela janela a Sra. Talbot e William Mullan, este em trajes de estábulo, com os braços em volta do pescoço um do outro. Estavam sentados no sofá, segundo sua descrição...

2. Mary Anne Benn diz que enquanto o Sr. Talbot esteve ausente no enterro de sua cunhada viu a Sra. Talbot e Mullan no boudoir *do Sr. Talbot, havendo uma cama naquele* boudoir*, às três horas da tarde.*

(N.B.: perguntar à Srta. Leech sobre a mobília e outros objetos que os fazendeiros ricos trouxeram para regiões da Irlanda assoladas pela pobreza. Que significavam as coisas para as pessoas nativas? Samambaias ornamentais em potes de metal. Estufas de ferro rococó. Bancos de pelúcia para apoiar os pés. Vestidos de cetim curtos com saias de imensos babados. Que deduzia Mullan da idéia de camas separadas para marido e mulher? Saberia um homem de sua origem usar palmilhas no sapato, ou o que é um colete passeio de piquê, ou como encerar um bigode? Quem estudava os costumes humanos: Talbot ou Mullan?)

3. Bridget Queeny diz que a Sra. Talbot ia com freqüência ao quarto de Mullan, e ela os ouvia conversando e rindo juntos; então, numa determinada ocasião, a Sra. Talbot, ao se encaminhar para aquele quarto, mandou-a com a criança até a oficina do carpinteiro, e assim foi deixada a sós com Mullan em seu quarto. Isto é corroborado por Michael Fallon, o carpinteiro, na forma mais veemente possível. Ele afirma que a criança foi levada para baixo; diz que viu Mullan no quarto com a Sra. Talbot; e que depois a criança voltou para o quarto, e chamou: "Mamãe, você está aí?"

(Como o empregado de um lorde proprietário de terras, Mullan devia falar inglês mas teria condições de dizer coisas complexas? Por ser tão distante, na área de Ballygall não se falava apenas irlandês em 1848/9 — de modo que o único inglês que ele conhecia era o dos criados — Meu amo, vossa senhoria, Deus lhe abençoe etc.? N.B.: não está correto, Srta. Leech? Marianne devia falar o inglês extravagante, exagerado, de uma moça inglesa do início da era vitoriana. Como entendiam eles as nuanças do que o outro queria dizer?)

4. A testemunha também viu os dois muitas vezes juntos no pomar, que se situava a certa distância da casa.

5. Os dois serradores dizem que viram Mullan e a Sra. Talbot deitados juntos na palha de uma das baias.

6. Maria Mooney diz que ao abrir a porta do quarto da Sra. Talbot viu Mullan e a Sra. Talbot na cama juntos — segundo sua expressão — "no próprio ato".

7. "Eles estavam sentados junto à lareira na sala de visitas. Ela solicitou que eu lhe trouxesse uma xícara de leite, eu saí e não voltei mais lá."

Isso é muito estranho para um cavalariço, sobretudo quando descrito por todas as testemunhas como sendo um homem de aparência em geral muito suja, e não com a atitude de uma pessoa elegante.

(Por que ela pediu apenas uma xícara de leite? Não pensou em perguntar-lhe se também queria uma? Ou estaria ele bebendo alguma coisa melhor... o uísque do patrão, talvez?)

Obrigada. Caitlín de Búrca

Pedi a Ella, quando subiu com um sanduíche quente, que enviasse as anotações por fax à Srta. Leech.

O filhinho dela trouxe o saleiro.

Meu nome é Joe, disse-me. *Cad is ainm duit?*

Corei como uma menina, mas despachei as palavras: *Caitlín is ainm dom.*

Seosamh is ainm dom, disse ele. Estamos aprendendo os nomes na escola.

Depois me contou que tinha um periquito numa gaiola lá embaixo. Perguntou se eu já tinha visto um periquito e se eu queria ir conhecê-lo agora.

E um irmãozinho, Ella lhe disse, com um sorriso persuasivo. Você também tem um irmãozinho no andar de baixo, não?

Joe ignorou-a.

Meu pai está no sul da Arábia, disse.

Ella deu-me um sorriso desamparado.

Ele é carpinteiro, disse. Papai lhe arranjou um emprego num hospital por lá, para juntarmos algumas libras e podermos comprar uma casa.

É, disse Joe. Vamos ter nossa própria casa. Você pode ver o periquito amanhã.

No silêncio depois que eles se foram, uma rajada de vento açoitou chuva na janela. Fechei as velhas cortinas de veludo. Agradeci a Deus por estar aquecida e em segurança. Se Jimmy estivesse ali, diria: Amanhã, antes de qualquer coisa, vamos encontrar a adega e o restaurante indiano deste fim de mundo.

Eu contara a Roxy e a Jimmy a idéia geral da história dos Talbot, num dos dias em que estávamos jogando conversa fora na redação. Os três vivíamos contando histórias uns aos outros. Se um de nós assistia a um filme, contava aos outros o enredo. Ou se líamos alguma coisa emocionante. Menos Alex — ele não saía de sua saleta. Mas eu gostava daquilo. Não me sentiria tão alegremente despreocupada, quando ficávamos ociosos, se não soubesse que ele mantinha tudo funcionando. Jimmy não se entusiasmou tanto quanto eu imaginara com a história de Marianne Talbot e William Mullan. Disse que precisava saber mais, para ter certeza de que um deles não estava explorando o outro.

Mas Kath, disse-me, a história sem dúvida faz seu semblante se iluminar.

Ouvi mais uma vez a chuva bater na janela. A redação da *TravelWrite* me faria mais falta do que qualquer outro lugar na terra. Eu me apegara a ela fisicamente, à sensação de estar enfurnada num canto distante, onde ninguém podia nos alcançar, lá em cima, no alto da água-furtada, sobre o conjunto superpovoado de escritórios, no sólido prédio vitoriano — bem junto ao telhado de ardósia, dando para uma paisagem de telhados de barro, pedra e cobre, e um pedaço de verde que encimava as tílias na escura pracinha embaixo. Roxy mantinha uma fileira de marias-sem-vergonha e gerânios em latas e potes encostados no vidro diante do parapeito. Eu gostava de ver os aguaceiros se aproximando dos telhados. A chuva batia em nossa grande vidraça e a visão desaparecia por um instante, o carmim das flores se avivava contra a cortina cinzenta e nós ficávamos trancados em nosso castelo, com os radiadores de ferro fundido tinindo e gemendo, como se ali dentro houvesse centenas de minúsculos vulcões.

Certa vez fui direto do aeroporto para a redação, tarde da noite. Entrei num táxi e segui pelas ruas desertas, brandi meu cartão de acesso para o porteiro Erroll, atravessei a rotunda de mármore cor de fígado da entrada, tomei o lento elevador que subia o prédio escuro e relaxei na sala silenciosa, despindo o mistério das formas que a habitavam ao apertar o interruptor, e esperara a luz tremeluzir ao longo do tubo fluorescente até se estabilizar. Passei toda a noite ali — perambulando pela água-furtada como Grace Poole, rindo de mim mesma — até adormecer na grande poltrona de couro. Ao acordar, me reacomodando, ouvi o delicado barulho da chuva na clarabóia inclinada acima de minha cabeça. De manhã, lavei o rosto na pia, desci correndo o prédio, saí como de minha própria casa, e fui à *delicatessen* em busca de um café e um pão doce com passas...

A batida da trepadeira contra a vidraça da janela de meu quarto verde dizia: agora tudo acabou.

Teria Jimmy suspeitado do meu projeto Talbot, imaginando se eu não me sentia atraída pela melancolia dele? Teria dito: *Onde* você está? Nas terras pantanosas do noroeste da Irlanda? Achei que tinha me dito que nunca voltaria à Irlanda.

Achei que tinha me perguntado, na última vez que demonstrei entusiasmo pelo seu país: "Por que não inclui as mulheres apavoradas nos *check-ins* do aeroporto de Dublin a caminho da Inglaterra para abortos secretos?"

Mas eu poderia lhe mostrar outra forma de vê-lo.

Dificilmente haveria duas pessoas com menos probabilidade de se sentirem atraídas uma pela outra do que a esposa de um lorde proprietário de terras anglo-irlandês e um criado irlandês. Cada um vinha de uma poderosa cultura que tinha em sua própria essência a definição do outro como estranho. Mas que passaram por cima de suas culturas para se aproximarem ainda mais. Os dois nem sequer tinham um idioma nativo comum, mas vararam camadas de costume e ousaram violar cada sanção, impelidos pela necessidade do desejo de se expressar.

Eu sabia do ato de amar como um anticlímax, mas continuava acreditando nele como um ato em que uma pessoa pode verdadeiramente conhecer a outra, e as duas constroem sobre o que aprendem. Parecia-me que William Mullan e a Sra. Talbot haviam sido construtores — haviam feito amor no sentido literal de "fazer". Haviam fabricado o amor. A paixão deles os levou ao amor. O *Julgamento* estava cheio de gestos de preocupação com Mullan. E ele — apesar de ter passado os três anos de convivência junto lutando contra seu próprio mundo e seu povo — permaneceu com ela, até mesmo quando nada mais lhe restara senão punição. Especialmente por ser uma jornada na qual eu falhava, acreditava que o corpo era o caminho para o coração, e o coração era o caminho para a alma. Quando contasse a história de William Mullan e Marianne Talbot, estaria pregando esta convicção.

E Jimmy... você também acreditava nisso! Devia sentir-se feliz...

Oh, deixa disso, Kathleen!, gritei, levantei-me e pus-me a andar agitada pelo quarto. Jimmy não vai se sentir alegre nem triste. Ele é nada! Seu corpo é cinza, fragmentos ósseos e pó!

Ele e eu fizemos certa vez uma viagem num bimotor sobre Manhattan. Íamos espremidos atrás do piloto naquela lata de sardinha, Jimmy enganchara o braço no meu pescoço, seu peso me comprimindo, enquanto voávamos acima dos arranha-céus e nos lançávamos pela movimentada baía. Ainda sou capaz de sentir seu lado encostado no meu, em nossos grossos casacos de inverno, ao contornar a Estátua da Liberdade, e lembrar o ritmo sensual do vaivém do corpo de Jimmy, afastando-se e voltando com ímpeto, afastando-se e voltando com ímpeto, para junto do meu, enquanto mergulhávamos e arremetíamos sobre o grande porto. E estar vivo é isso... estar de corpo presente. Estar ali para ser sentido. Não havia mais Jimmy, agora que seu corpo não era mais palpável.

Aproximei-me do antigo espelho na parede defronte à janela. Atrás da minha imagem refletida, o quarto era uma gruta, com misteriosas luzes e sombras movendo-se em suas leitosas profundidades.

Ele se fora para sempre.

Então acendi a lâmpada da mesa, a que ficava sobre a cama e a do teto. As sombras desapareceram na claridade. Olhei para a minha imagem no espelho, e despedi-me de Jimmy.

4

Fiquei indecisa se fazia ou não a cama de manhã.

Acho que sou mais uma amiga que uma hóspede, pensei. Tudo parece tão íntimo neste país.

Portanto, além de fazê-la, arrumei o quarto.

Desci na ponta dos pés, a fim de sair pela porta dos fundos. Mas quando entrei na cozinha, parei, deslumbrada. Uma suave luz matinal entrava no ambiente por duas janelas altas. O ar recendia ao perfume do amaciante das roupas postas para secar durante a noite em frente ao grande fogão cor de creme. Um pitoresco e sobrecarregado guarda-louças cobria uma parede, e uma mesa de madeira — de textura tosca, como areia — ocupava o meio da cozinha. Na mesa, viam-se duas fôrmas de pão feito em casa em suportes de arame. Abaixo da janela, havia um longo sofá arqueado, e alguém juntara jornais e brinquedos num dos cantos e tentara arrumar algumas coisas nos dois peitoris das janelas atrás dele — jarras, livros, um grande despertador, uma moldura de favos de mel semi-embrulhada em jornal, uma garrafa de vinho com um minúsculo ramalhete de salgueiro-dorio enfiado no gargalo, um maço de contas e cartas num prega-papéis. A sala era cheia de pequenos ruídos. O periquito movia-se discretamente atrás da capa que cobria a gaiola. Alguma coisa dentro do fogão provocou um leve chapinhar. O relógio vibrava todas as vezes que os ponteiros se moviam.

Passos. Bertie entrou na sala com uma criança bem pequena no colo, e Joe de pijama atrás.

Olhe só pra você, minha cara!, disse. Parada aí como um fantasma! Este é o irmãozinho de Joe, Oliver.

Lolver, disse a criança.

Cozinha... disse eu. Estive mais em museus que em cozinhas. Talvez até em mais capelas rococó que em cozinhas...

Sua perdida! disse ele, brincalhão.

Ajeitou o menino no sofá e ligou a televisão sem som. Vedetes de roxo se exibiam, mudas.

Vamos tomar uma xícara de chá, disse ele.

Haaah!, berrou a criança.

Ollie quer a colher dele, disse Joe, com ar de intérprete exausto.

Bertie deu a Ollie uma colher de madeira e o menino agitou-a alegremente para as dançarinas.

Deixe a pobre Spot entrar ali, pediu-me. Seu dono a deixa dormir ao lado da cama dele, mas quando ela fica conosco, eu a ponho na casinhola.

A cadela terrier entrou fazendo tanta festa que nos pusemos a rir. O velho cão, sobre seu cobertor, ergueu a cabeça cinzenta por um momento e tornou a adormecer com um alto suspiro. Deixei aberta a porta dos fundos. Um raio de sol estende-se na pedra da soleira da porta e ilumina um canto do tapete de lã vermelha diante do sofá. Tomamos chá com fatias do pão fresco e geléia de amora silvestre de Ella. As notícias chegavam no rádio em irlandês, e depois tocou Van Morrison cantando "*The Star of the County Down*".

Van, o Machão, disse Bertie, absorto. Lembro quando comprei pela primeira vez um LP de Van Morrisson, *Astral Weeks*. Foi no ano em que me casei. Eu deixava minha pobre mulher doida tocando "*Madame George*".

Fiz uma soma rápida na cabeça.

Você se casou bem tarde, comentei.

Sim, disse ele. Só queria o melhor, entende? Até ver que chegava a uma idade em que ninguém iria me aceitar se eu não me apressasse. Mas onde eu estaria agora sem Ella e seus meninos? Já juntou os trapos, se me permite a ousadia de perguntar?

Eu, não. Nunca fiquei bastante tempo no mesmo lugar.

Eu nunca estive em outro lugar além daqui, disse. Ballygall é o meu mundo.

Joe se remexia ao lado de minha cadeira, esperando que eu o notasse.

Adivinhe o nome do periquito, pediu. Anda... adivinhe.

Papa João Paulo XXII?, arrisquei.

Não! *Não*. É Pimenta! Periquito Pimenta!

Quase acertei, disse eu. Olhe... É melhor eu ir andando. Quero dar uma olhada por aí.

Você é uma mulher que dá muito duro, Kathleen, disse Bertie. Igual a mim! Não há justiça neste mundo. Eu adoraria treinar cavalos.

Com certeza não é tarde demais, disse, rindo para ele. O velho que treina para a Rainha não está na faixa dos noventa?

Fora daqui!, disse Bertie, e Spot, imaginando que ele falava a sério, deu o melhor de si para me ameaçar. Encaminhei-me, rindo, para a porta.

Tchau, Kathleen!, disse Joe.

Tiau, Atili!, macaqueou-o Ollie.

Fui sacudida por uma lembrança. Meu irmãozinho Sean certa vez, sentado à mesa, batendo a caneca, rindo alto e me chamando enquanto eu saía correndo pela porta: Atili! Atili! O som era igualzinho. Quase idêntico.

Protegi-me por uns minutos de uma pancada de chuva, na porta dos fundos. Isso acontecera no meu último dia em Shore Road — o dia que saí de casa e parti para a faculdade, em Dublin. Sean tinha três anos. Vi-o mais uma vez dois anos depois durante mais ou menos dez minutos, quando me ligaram para que eu fosse até lá, mas ele já me esquecera àquela altura. Não sabia mais meu nome. Vi-o acenando para mim da janela da casa da Sra. Bates, ao fugir da Irlanda no ônibus que saía de Shore Road para Kilcrennan. Mas nunca voltei a ouvi-lo dizer meu nome ou qualquer outra coisa. Morreu aos seis anos e meio. Algo dera errado com seu sangue, disse Danny quando me ligou. Ele morrera antes mesmo que eu soubesse que adoecera.

A chuva passou e surgiu um sol fraco lançando filigranas cintilantes na grama molhada do jardim. Esperei um pouco antes de dar a partida no carro, para ouvir os pássaros começarem seus cantos hesitantes — mais como se conversassem que cantassem.

O tempo não parecia se firmar. Sorri ao me afastar da cidade, lembrando uma conversa com Jimmy, certa vez, num pub grande e barra-pesada ao norte de Londres. Tomávamos uma caneca de cerveja, numa noite de verão, quando um corpulento irlandês aproximou-se de nós e, sem motivo algum, parou diante de Jim de uma maneira ameaçadora. Bem, teria sido ameaçadora, se ele não estivesse tão embriagado.

Vamos lá pra fora e lute como um homem, rosnou o sujeito para o pobre Jimmy.

Jimmy era o homem mais pacífico do mundo.

Claro que não, disse ao sujeito.

Vamos, babaca, berrou. Vamos lá pra fora, que eu acabo com você.

Não, disse Jimmy. Eu não quero.

Venha, vou acabar com você, disse o homem.

Não, disse Jimmy.

Ah, por favor, disse o homem. De modo não apenas polido, mas humilde. *Por favor*.

Nossa!, disse Jimmy, quando o homem se afastou, serpenteando, desconsolado. O que foi isso?

Ele só queria uma briga, disse eu.

Mas por que ele queria uma briga? Que há nos irlandeses para sempre quererem brigar?

Ele queria uma briga porque estava bêbado.

Tudo bem, disse Jimmy. Tudo bem... Vamos recapitular. Por que os irlandeses se embriagam?

Estranho você me perguntar isso, disse, imponente. Por que, por acaso, posso lhe dar a resposta. Li num livro — muito conceituado — que na Irlanda quase não há variação de temperatura. Sem nada dos extremos de calor e frio que se tem em outros lugares. Mas a condição meteorológica é extremamente variável! Por isso, se você fosse um fazendeiro irlandês e decidisse fazer uma determinada atividade num dia, se preparasse psicologicamente para fazê-la e, quando menos esperasse, a primeira coisa que visse pela janela fosse que o tempo tinha mudado e não servia mais para aquilo, ficaria enfurecido, e, por causa disso, você iria encher a cara numa taberna.

Jimmy olhou para mim.

E você disse que é um livro conceituado?

Com toda a certeza, respondi.

Então o motivo de o Godzilla ali querer me levar lá pra fora e acabar comigo é porque o mau tempo o aborrece?

Isso mesmo, respondi eu. Ou, é mais porque o mau tempo aborreceu seus antepassados.

Kathleen, disse Jimmy, faça-me um favor. Se algum dia eu voltar a lhe fazer uma pergunta sobre a Irlanda, nunca mais responda...

Do alto de uma larga estrada que percorria uns três quilômetros por um penhasco a partir de Ballygall, vi uma paisagem de colinas baixas e pequenos lagos nos vales pantanosos. Não havia uma única casa, tampouco campos e prédios de fazenda, à minha frente. Subi por uma saliência rochosa e olhei em volta, tentando ver os detalhes das coisas. Ali parada, senti desprender-se do cenário uma certa hostilidade, apesar da intermitente luz do sol de primavera. A relva era de um verde enegrecido ou cinzento, e os juncos que circundavam os lagos, de um azul de aço, pálidos.

O vazio era uma presença muito forte. Revelavam-se cifras exatas de quantas dezenas de milhares haviam morrido nos asilos de pobres naquele condado, mas parece que ninguém soube quantas pessoas haviam morrido sem a notificação dos registros oficiais. Sabiam que muitas famílias haviam sido expulsas, com uma ordem de despejo pregada na porta da casa e sua execução judicial devidamente notificada às autoridades, mas não quantas haviam sido rechaçadas de suas cabanas pela fome e pela febre. Os proprietários de terra e seus agentes haviam aproveitado a oportunidade que lhes dera a fome para desobstruir a terra, removendo as pessoas — perseguindo-as e eliminando-as quando caíram nas irremediáveis dívidas com o aluguel. Quando a década de 1840 chegou ao fim, metade da população contada no último recenseamento desaparecera. Mas, para começar, quantos milhares de pessoas nunca foram incluídos? As cabanas dos irlandeses pobres eram feitas de material ao alcance da mão — areia, palha, relva, torrões de turfa, cordas, pedregulhos e pedaços de madeira. Suas casas haviam-se fundido de volta na tessitura da paisagem como aquela diante de mim.

Fiquei ali e cerrei os olhos, tentando me lembrar da sensação de um piso de terra sob meus pés descalços. Lembrar os piores ataques de disenteria que eu tivera — o arrepio do suor frio na pele e nos ossos, o corpo todo tão doente e febril que a cabeça pendia e os joelhos envergavam. E tudo podia ser ainda mais terrível. Deitar na terra molhada, sob palha encharcada de chuva, o rosto pegajoso de suor, enquanto aquela coisa quente, amarelada, envenenada, pinga do meio das nádegas com crosta de terra e escorre pelas pernas... Teriam as pessoas agonizantes se contorcido e clamado a Deus? *A Dhia! A Dhia!* Ou emudecido? Num dos meus livros, cita-se um viajante dizendo que os acometidos de cólera inchavam e enegreciam — os rostos enegreciam — e morriam pelas estradas a caminho da cidade, porque haviam saído de lugares como os vales diante de mim e tentado rastejar até o asilo. Mas todos sabiam que o índice de mortes no asilo de pobres também era terrivelmente alto. Talvez não quisessem morrer sozinhos. Ou quisessem morrer alimentados.

Será que a morte por fome pára de doer a certa altura? Como morrer na neve? *Primeiro — o frio — em seguida o estupor — depois o deixar-se levar...*

Meu pai nos contou que a Rainha Vitória assinou um cheque de dez libras para o Lar dos Cães e depois um de cinco para o socorro aos sofredores irlandeses. O único sentimento que ele transmitia em relação à fome era ódio à Inglaterra.

Não havia nele piedade alguma. Nunca se imaginou entre as pessoas que saíram aos tropeços daquela paisagem encharcada, misteriosa, chapinhando ao longo da borda do pântano, a lama borbulhando entre os emagrecidos dedos dos pés. Pés de velhos com unhas enegrecidas... Pés macios de crianças. Pés marrons, brancos, roxos e disformes... As pessoas que teriam saído daqueles lugares para percorrer a pé a estrada pedregosa até Ballygall tinham membros retesados e faces fundas. Caminhavam em silêncio, ou teria eu ouvido, ali no alto daquele rochedo acima da estrada, o murmúrio dos bandos esfarrapados, andando em passos lentos, ou as vozes de mães chamando os filhos? De que nomes chamavam os filhos? Máire? Pádraig? Não deviam ser crianças bonitas vestidas de flanela vermelha. As alunas do convento no quadro vivo *1847, O ano da grande fome*, na parte de trás do caminhão de Murphy, no espetáculo histórico, eram impecáveis — minha amiga Sharon chegou a me emprestar esmalte incolor para as unhas dos pés. Mas as verdadeiras crianças da fome teriam sido como as que corriam em direção à câmera fugindo de bombas de *napalm*, bombardeios e terremotos — crianças com o nariz escorrendo e feridas nos cantos dos lábios, em faces tensas de medo e ódio...

Fiz o contorno e voltei para a casa de Bertie.

Invadiu-me uma sensação de mal-estar comigo mesma. Quem era eu para dizer o que sentia ou não meu pai? Imaginar o que sentem outras pessoas nunca vai muito longe mesmo quando a gente se esforça, e eu nunca me esforçara por ele. Mas ali estava eu, tentando imaginar todo um país na época de uma catástrofe inimaginável! Poderia ir além de uma imaginação momentânea do passado, a fim de encontrar um sentido para ele? Não uma explicação, mas um sentido? E não um sentido histórico, mas conectado à minha própria vida?

Em Shore Road, além do círculo de macadame alcatroado onde o ônibus fazia o contorno, havia uma faixa de turfa baixa acima da praia, relva tão espessa quanto camurça e esburacada com covas parecidas a abrigos subterrâneos. A gente entrava e saía dessas covas quando brincava de pique.

As pessoas moravam nessas covas, contei a Nora, depois que o inglês da bicicleta me contou. Quando chegou a fome, era ali que elas moravam. Mal tinham o que vestir ou qualquer outra coisa. Eram centenas delas. Ele está escrevendo um livro de história.

Nora retrucou:

Como pode dizer que não tinham roupas. Claro que andavam vestidas.

Ela não se interessava pela fome, apenas pelas pessoas nuas.

Como iriam à missa se não tivessem o que vestir?

Não sei, respondi. Como poderia saber?

Pensei naquilo durante algum tempo — como teria sido viver naquelas covas, onde a areia é sedosa, mas fria de rachar. Os bebês e as crianças lá dentro protegidos por galhos estendidos no topo, e as mães fora, na areia, tentando cozinhar batatas numa panela, na chuva e no vento, sobre uma fogueira de gravetos empapados da água do mar. Mas imaginar uma cena não era o mesmo que senti-la. Contudo, a fome e a destruição da Irlanda rural aconteceram apenas poucas gerações antes da minha. Algumas pessoas vivas tinham avós que viveram naqueles anos. O trauma deve ser profundo no material genético de que fui feita.

Não posso esquecê-lo, mas não tenho qualquer lembrança dele. Não é meu; mas de quem mais pode ser?

A Srta. Leech ocupava uma sala entulhada, no alto de uma escadaria escondida nos fundos do belo prédio de arenito, na praça que abrigava a biblioteca de Ballygall. Muito pequenina, tinha o rosto de duende inteiramente coberto de rugas, sedosos cabelos grisalhos, mal presos no alto, em forma de merengue. Os olhos escuros encaixavam-se no fundo das rugas, mas a pequena boca exibia lábios talhados e delineados com tanta perfeição que todas as vezes que eu os notava sentia uma grata surpresa.

Você é uma mulher de aparência muito cheia de vida, foi sua primeira observação dirigida a mim. E muito mais jovem do que eu esperava. Lembro-me de ter dito algo sobre um projeto de aposentadoria? Não me aposentei ainda, embora reconhecidamente agora só cuide do lado da história local, e tenho setenta anos.

Não estou exatamente me aposentando, disse eu. Mas tentando mudar de rumo.

Ela não pediu que eu me sentasse, embora estivesse sentada. Corrigi-me...

Estou tentando mudar de vida, disse, sem jeito.

Fez-se um longo silêncio.

Sente-se, Srta. de Burca, disse ela.

Meu sorriso de alívio deve ter sido tão bom que ela me sorriu de volta.

Já tentou buscar alguma inspiração na natureza?, perguntou. Quanto a mim, preciso lhe dizer que a cada dia que passa, mais admiro o Criador.

Disse-me ainda que interrompera o trabalho naquela manhã para ver uma garriça ensinar os filhotes a voar.

A mãe pássaro pusera-os em fila num galho defronte dela, contou. Nove filhotes. Coisinhas minúsculas. E ficou pousada no galho com moscas para eles no bico, e eles ali parados a olhar para ela, pipilando e chiando, até que acabaram criando coragem e, um a um, saltaram do galho e caíram, e ao pousarem nos galhos inferiores sabiam voar. Mas um pobrezinho não se mexeu. Você precisava ouvir os guinchos que dava! Berrava para ela, mas não conseguia pular. E sabe o que ela fez quando perdeu a paciência? Voou pra junto dele e o empurrou do galho. Derrubou-o à força!

Ela riu com a lembrança, e eu também ri para ela, maravilhada.

Dizem, retruquei, que no inverno as garriças dormem formando uma bola e as do meio se transferem para a borda, para que outro pássaro possa entrar e se aquecer.

As abelhas também fazem isso, disse a Srta. Leech. Muitas vezes eu as observo. Acredita no Criador, Srta. de Burca?

Acredito que houve uma Criação, disse eu, cuidadosa. Vejo e ouço coisas todos os dias que me fazem imaginar que deve haver um Criador. Mas...

É isso, disse ela. Exatamente. Mas.

Fez-se outro silêncio.

Ela olhou para mim, inquisitiva.

Essa história dos Talbot, perguntou, o que a interessa nela?

Bem... comecei. A singularidade, talvez. Quer dizer, ela era uma inglesa da classe alta e o homem envolvido um reles criado...

Talvez possa ter sido um criado para ela!, disse com irritação a Srta. Leech. Mas os Mullan eram uma família antiga e muito respeitada nesta localidade. Do século XVII... do século XVI.

Bem, eu não sabia. Este é um exemplo do que vim aprender em Ballygall. E também o fato de o caso acontecer logo depois da fome. Não voltei à Irlanda durante quase trinta anos. Vivi como uma espécie de pessoa sem nacionalidade, trabalhando em literatura de viagem. Imaginei que, como irlandesa, devia saber alguma coisa sobre a fome.

A fome causa muitos problemas, disse ela. Quando eu juntava material para uma exposição aqui, pelo aniversário de 150 anos, fui muito cautelosa. Mas um jovem instrutor no centro de treinamento pôs os adolescentes num projeto para digitalizar os registros do asilo de pobres — encontraram todos os livros do asilo quando o demoliram para construir o supermercado. Ele tentava ensiná-los a armazenar dados no computador. Mas, claro, os registros provocaram tumulto. Todo mundo começou a tomar conhecimento do que realmente aconteceu. Como fulano de tal foi admitido no asilo e sua fazenda tomada pelos vizinhos? Não teriam as grandes lojas da cidade feito uma fortuna com o fornecimento ao asilo, maquiando todas as transações? Teria o bisavô de fulano de tal sido demitido da supervisão da enfermaria de mulheres por se aproveitar de algumas das pobres? Oh, eu lhe garanto! Nossos próprios antepassados também faziam parte do sistema, você sabe. Ninguém da fidalguia rural morreu. Mas pode ter certeza de que, como os membros dessa fidalguia, nossos antepassados não se incluíram entre os inúmeros agonizantes. Se eu e você estamos aqui num lugar aquecido, tendo uma conversa agradável, precisamos nos perguntar como nossa gente conseguiu sobreviver? Que fizeram, para eu e você chegarmos a nascer? Todos que tinham um campo de repolho ou nabo puseram um guarda para afugentar os famintos. Nós fomos esses guardas, Srta. de Burca.

Preciso da sua ajuda, foi tudo o que consegui dizer. Muito mais do que imaginei.

Outro silêncio. Mas um silêncio afetuoso.

Enviei por fax algumas notas, Srta. Leech, disse eu, hesitante, do *Julgamento* Talbot...

Oh, dei uma olhada rápida nelas. É uma boa mudança frente às questões estilo *quiz-show* feitas pelos nossos bons cidadãos de Ballygall. Até agora, o único registro de Marianne Talbot que consegui localizar, além do *Julgamento* que você já tem, encontra-se nos livros de contabilidade da Hurky, uma loja de tecidos para cortinas que funcionava aqui na época. Examinei-as ontem à noite. Eles a chamam de Missy. A conta em nome dela foi aberta em 1848. Sra. Missy Talbot. Mas imprimi duas folhas de informação sobre o contexto da época. Pareceu-me, depois da nossa conversa ao telefone, que você não necessariamente as teria encontrado quando se dedicava a seus frustrados estudos de literatura... perdoe-me se eu estiver errada. Uma é um inventário, feito pelo professor local, de todas as posses materiais de uma comunidade de quatro mil pessoas em Donegal, em 1837. A outra é um inventário das posses de uma propriedade comparável a Mount Talbot, que tinha uma excepcional quantidade de terra. De fato, as propriedades aqui eram tão grandes que havia poucos proprietários de terra.

Então quais teriam sido os vizinhos da Sra. Talbot?, perguntei.

Ela não tinha vizinhos.

Então não tinha ninguém com quem conversar, arrematei.

Isso de conversar com pessoas, disse a Srta. Leech, é uma prática muito moderna. Quando eu era jovem, ninguém se queixava de não ter com quem conversar.

Ela levantou-se, contornou a mesa e entregou-me as páginas impressas. Movia-se com a agilidade de um pássaro, e embora eu fizesse menção de levantar-me, senti-me grande e desajeitada, por isso tornei a me sentar.

Se estou sendo um pouco dura com você, Srta. de Burca, é em parte para lhe incutir que, se tentar escrever uma reconstrução histórica do escândalo Talbot, tem muito trabalho a fazer. *Anos* de trabalho. Conheço os bens desta biblioteca e duvido que haja alguma coisa aqui para ajudá-la. Nenhum dos registros de Mount Talbot sobreviveu, como pode ter acontecido em muitos outros condados. Sabe, os Talbot não eram nada queridos. Isto para dizer da forma mais delicada de que sou capaz.

Talvez, então, eu devesse começar a pensar, em algum tipo de ficção? perguntei. Mas que se baseasse num *sentimento* pelo lugar e pelas pessoas...

Minha voz diminuiu, quase sumindo. Deu para eu ouvir como pareci insegura. Ela olhou-me por um longo momento e depois, por algum motivo, resolveu ser gentil comigo.

Bem, disse, se é com sentimentos que deseja começar, acho que poderíamos ir ao pântano em volta de Mount Talbot. Posso dar um jeito de me ausentar por mais ou menos uma hora. Porque, quando disse eu um minuto atrás que a Sra. Talbot não tinha vizinhos perto, devia ter dito: nenhum que ela chamasse de vizinho. A Sra. Talbot tinha vários milhares de vizinhos, claro. Moravam no pântano ao redor de sua mansão.

Ela se acomodou no banco a meu lado como uma menina, com sua viseira cinza e seu casaco vermelho, dando-me as direções do caminho no meio de uma propriedade salpicada de casas de tijolo com jardins-de-inverno, tão novas que se erguiam da terra bruta de um campo com vestígios de uma sebe espinhosa em volta. Adiante, uma pequena estrada de terra descia por entre muros de pedra até alcançar uma imensa extensão de pântano, lá embaixo.

Pare aqui, disse, saltando em seguida do carro. Está vendo?

Ficou na ponta dos pés e escolheu com a pequena e enluvada mão um retângulo de pedra polida dentro das pedras lascadas do muro.

Esta é a entrada de uma antiga e extinta casa. E veja mais em cima, onde o muro se torna alto, sem nenhum motivo. Este é o ponto mais alto do telhado de uma casa que desapareceu. Apenas nesta extensão de terra, desde a estrada principal até a curva na estrada de terra — no mapa oficial de 1842, de antes da fome —, há a indicação de 32 casas. Talvez dez pessoas por casa. Trezentas, apenas neste trecho. Qualquer terra perto de pântano, como aquela ali no fim desta estradinha de terra, onde havia terra marginal que pudesse ser ocupada por posseiros, era tão povoada quanto Bangladesh.

Fincou a ponta da botinha na borda lamacenta da estrada.

Saíamos de bicicleta e brincávamos por esta estradinha, disse, porque tínhamos certeza de que íamos encontrar peças de louça. As meninas, claro. *Chaneys*, era como chamávamos. Adoro pensar nisso agora — que usávamos essa palavra, sem saber que era a palavra *china*, pronunciada da maneira como a pronunciavam nossos antepassados. Sempre encontrávamos pedaços de cerâmica marrom esmaltados com uma camada branca e, certa vez, encontrei um quarto de prato com imagens chinesas. Guardei-o debaixo da escada, numa caixa de sapato que era minha casa de bonecas.

Voltamos para o carro e descemos para o pântano. No céu, até onde a vista alcançava, amontoavam-se majestosas nuvens com o bojo plano, e no azul-claro atrás delas exibia-se uma fatia incipiente da lua nova. Da mais distante cadeia de nuvens, escorriam listas de branco e cinza-carvão, inundando todo o céu.

Mau tempo sobre Mount Talbot, disse ela.

Conduziu-me por um caminho elevado, ao lado de uma clareira, onde se viam marcas de pneus na batida terra parda e brilhantes fragmentos de sacos plásticos de fertilizante presos nos arbustos. O pântano à nossa frente fora revolvido e desbastado, e as faixas abertas na turfa por grandes máquinas estendiam-se até o horizonte.

O delicado queixume das cotovias que voavam acima de nossas cabeças cessou quando a saraivada de uma chuva de granizo avançou com esplêndido ímpeto em nossa direção. Por um longo momento o barulho foi forte no teto do carro. Depois embiquei para a frente, as pedrinhas de gelo fundindo-se num brilhante clarão ao serem varridas para o lado, até o caminho terminar no sopé de uma pequena elevação. Fileiras de amieiros e lariços guardavam os charcos negros, os fossos ondulando-se em silêncio, e os pequenos canteiros de exuberantes ervas de campina erguendo-se da água. Saltamos do carro.

E a Srta. Leech disse:

Sabemos pelos registros da polícia que havia duas tavernas aqui. Portanto, um bom número de pessoas ainda deve morar nas imediações.

Não podiam ter exigido muito espaço.

Elas enterravam as batatas em qualquer terra disponível. Nada mais vingava aqui, porque é ácido demais. Mas elas tinham na época uma batata grande, grosseira, cultivável mesmo num pântano.

Estive certa vez na África, no Mali, disse a ela, e o único acesso à aldeia que eu buscava era por rio. Passamos dois dias no rio, e o garoto atracava o barco na margem, ou o amarrava numa ilha, para tentar comprar uma galinha. Conheci pessoas totalmente escondidas do mundo — bebês nus brincando na poeira, homens e mulheres em farrapos rindo e acenando para nós. Não tinham nada. O garoto nem podia pagar a eles com dinheiro, porque viviam tão isolados que o dinheiro de nada lhes servia. Deve ter sido assim, aqui, antes da fome. Não importa onde se estivesse nem o quanto fosse pobre, era possível se ligar a alguém de quem se gostava, encontrar um pedacinho de terra, levantar um barraco, ter bebês e viver de batatas...

A não ser pela chuva, disse a Srta. Leech. E o frio. Mas tem razão... talvez fossem, durante algum tempo, as pessoas mais felizes da Europa. Tinham uma herança inquebrantável de idioma, música, histórias, costumes e tradições que remontavam a centenas e centenas de anos. E a fé. Tinham a velha fé. Era uma civilização completa...

Ninguém pensa neles como civilizados, disse eu. Como não pensa nos malianos em farrapos. É tão fácil imaginá-los como se fossem infantis, que a morte e o exílio não os machucam de verdade...

Ficamos ali, absortas. Um vento leve, gelado, desviou-se do outro lado do pântano e golpeou-nos o rosto.

O nome deste lugarejo, disse a Srta. Leech, é Gurteenmullane. *Goirtín Uí Mhulláin*, o pequeno campo dos Mullan. Foi por isso que a trouxe aqui. Quando preparava a exposição sobre a fome, pedi às crianças que entrevistassem os avós. E uma delas escreveu que o avô chamava esta parte do pântano de “pântano de Mullan”, e disse que aqui onde estamos havia um chalé que todo mundo visitava ao sair e voltar da cidade, na época de seu avô, e que pessoas chamadas Mullan moraram nele.

Não há mais nada, agora?, perguntei.

Nada. Embora, não muito tempo atrás, eu tenha visto um estranho arbusto aqui coberto de flores brancas, que talvez fosse o último desgarrado de um jardim.

Percebi que ela tremia de frio e segurei o seu braço enquanto sondávamos o caminho por entre as poças, ao voltarmos para o carro. As cotovias haviam parado de cantar. O cenário desnudo mergulhara em total imobilidade no ar frio.

No carro, liguei o aquecedor ao máximo.

Este deve ter sido um terrível lugar para os jovens Talbot, disse eu, após a Grande Viagem. Paris, Nápoles...

Viajaram com nosso dinheiro! Nunca se esqueça disso!, disse a Srta. Leech. Deixaram estas terras destruídas, levaram tudo. Todos eles e sua arte e antiguidades! Ladrões! Eu fui uma menina nesta cidade na década de 1940. Não foi apenas por causa da pobreza, tuberculose e a forma como os homens debandavam daqui no trem que tivemos de trabalhar feito escravos na Inglaterra. O problema era que este era um lugar obtuso. Bronco como água parada. Só agora começa a sair do nevoeiro de superstição e ignorância. Os proprietários de terra roubaram *tudo*.

Mas Srta. Leech, disse eu, hesitante, *você* saiu daqui. E não é ignorante nem supersticiosa. Portanto, também havia pessoas como você...

Acha que eu tinha muita companhia? Acha? Acha que eu passava as noites entre os sabichões dos *salões* de Ballygall?

E estendeu o braço aberto pela imensidão do pântano em volta.

Mas era exatamente isso o que eu dizia há pouco, sobre ter alguém com quem conversar, retruquei. A solidão é muito ruim. Marianne Talbot devia se sentir muito solitária aqui.

Uma parasita ociosa! disse ela. Os da espécie dela faziam tudo o que queriam. Faziam a lei e a administravam. Nada fizeram por nós nos bons tempos, e nos ruins se abstiveram e nos deixaram morrer. Nem ao menos eram fiéis ao seu próprio código, qualquer que fosse. Veja sua amiga Marianne. O único que tinha de fazer era ser uma esposa correta, mas nem disso foi capaz.

Ela era jovem, comecei.

Era uma libertina!, a Srta. Leech quase gritava.

Como para me compensar de seu mau gênio, alguns minutos depois ela usou pela primeira vez o meu nome.

Quero lhe mostrar uma última coisa, Kathleen.

Guiou-me ao longo de uma estradinha sulcada até um lugar em que a imensidão de capim e água parda era interrompida por uma fileira de finas bétulas. Uma silenciosa pomba-trocaz varou o céu que escurecia.

Pare. Baixou a janela a seu lado. Está vendo ali?

Apontava um terreno irregular de turfa preta a pouco mais de meio metro e, além, um muro de turfa preta compacta que era a lateral de um antigo fosso.

Quando eu era menina, criada no outro lado da cidade, duas senhoras idosas moravam ali, disse. Haviam cavado uma espécie de gruta na turfa e coberto a frente com juta, sustentada por galhos de árvores. Elas iam de casa em casa, vendendo balas de cânfora e agulhas; miudezas. Mas as duas não eram vendedores ambulantes. Eram senhoras respeitadíssimas. Só que haviam sido despejadas. Como muitas outras pessoas pobres neste nosso país. Chamavam-se Biddie e

Mollie, mas ninguém era íntimo a ponto de chamá-las pelo primeiro nome. Sempre foram chamadas de Senhoritas Flynn.

Morreram ali. Primeiro Biddie, depois Mollie. Em algum momento na década de 1940. Por direito, deviam ter sido enterradas no lote dos pobres, mas o padre abriu uma grande sepultura para as duas. Era ali que moravam. Não entrariam debaixo de um teto se não fosse próprio.

Fiquei sentada, imóvel.

E agora, disse ela, depois que me deixar em casa, quero que vá ao Pat the Pizza na praça e peça a Nario que me mande uma das minhas preferidas. É uma espécie de pizza com sardinha enlatada que creio que ninguém mais em Ballygall comeria, mesmo que estivesse morrendo de fome. Mas eu a divido com minha gata. E nós a adoramos.

Eu não via a hora de ligar para o Alex. Precisava de um momento íntimo, após o longo e intenso dia. Queria um pouco de consolo. Entrei correndo para telefonar da saleta de Bertie, atrás do balcão.

Ele parecia infeliz.

Oh, disse, a redação está muito quieta. Roxy disse que vai voltar para Santa Lúcia e não sei o que vou fazer sem ela. E minha mãe não anda muito bem. Realmente não sei se devo continuar a levar a *TravelWrite* adiante, sem ajuda nenhuma. E você, Kath? Está se divertindo aí em Ball...

Desatei a rir. Depois tentei descrever o musgo amarelado e o junco cinzento do pântano.

Espere aí, Kathy! Pode me explicar isso direito? Pensei que tivesse ido até aí pra conseguir material de pano de fundo sobre... o caso do *Amante de Lady Chatterley*.

Bem, sim, Alex, mas agora que estou aqui...

Com licença, Kathleen... sinto interrompê-la, mas, pelo que entendi, o caso amoroso aconteceu *depois* da fome da batata...

Oh, Alex! *Eles* não souberam que era "depois". As conseqüências da fome estavam vivas por toda parte. E mesmo que proprietários de terra como os Talbot não tivessem sofrido necessidade alguma, devem ter ficado no mínimo apavorados, com a possibilidade de o custo da administração dos asilos de pobres os arruinar. E, de qualquer modo, num nível mais profundo, havia tanto horror no ar que deve ter afetado todo mundo que...

Lamento dizer, mas acho isso meio fantasioso, Kathleen, disse Alex, firme.

Bem, eu não acho.

Bem, eu acho. Mas, mesmo ignorando minha opinião, eu já lhe disse que considerava um livro sobre uma inusitada aventura amorosa e um sensacional caso de divórcio em plena era vitoriana bastante promissor, mas sem dúvida não penso o mesmo de mais um tomo sobre as dores da Irlanda.

Não foram "dores", Alex, disse eu entre dentes. Foi o nosso Holocausto. Bem, não... não deliberado, como o extermínio dos judeus. Mas o governo britânico se alegrou com o fato de estarmos sendo exterminados por acidente.

Fez-se silêncio do outro lado da linha.

Escute, Alex. Ouça com a mente aberta, só um curto parágrafo de um livro erudito, objetivo, sobre a fome. Juro que esta é a última vez que cito alguma coisa pra você.

> *Desde o verão de 1846, a praga da batata causou desgraça imediata e terrível, com o campo "de um mar ao outro uma massa de decomposição e decadência". Um historiador estima que entre 1,1 e 1,5 milhão de pessoas morreram de inanição e doenças relacionadas à fome, e testemunharam-se cenas quase inimagináveis de sofrimento em massa: "Infelizes curvados, quase nus no clima cruel, rondando os campos de nabo e esforçando-se por comer raízes"; "esqueletos esfomeados e espectrais, do tipo que não há palavras para descrever"; "criancinhas, os membros descarnados, as faces inchadas, mas enrugadas e com um tom esverdeado pálido".*
>
> *Por todo o campo, trabalhadores sem terra morreram às dezenas de milhares, e mesmo lojistas, citadinos e fazendeiros com relativo conforto pereceram dos efeitos das doenças propagadas pelos famintos e destituídos. Embora a própria praga fosse inevitável, seu impacto sobre a Irlanda foi aumentado pela reação do governo britânico, cegado pelo dogma do livre mercado e pela profunda, quase malévola, indiferença aos males irlandeses...*

Eu realmente entendo o que quer dizer, Kathleen, disse Alex, e disse-o bem devagar, como se estivesse prestando mesmo atenção. Mas é com o lado romântico da história que o leitor comum vai se relacionar. Acho com toda a sinceridade que você terá de ser muito cuidadosa com o material histórico...

Desta vez, fui eu que me calei.

Nunca tivemos nenhum desses problemas com matérias de viagem bem-feitas, francas, disse Alex, melancólico.

Já lhe contei a única piada boa de *O amante de Lady Chatterley*, Alex?

Não, Kathleen.

Connie gaba-se com a irmã da esplêndida vida sexual que tem com Mellors, e diz que, quando estão fazendo amor, ela se sente como no meio da Criação. E a irmã diz: "Acho que qualquer mosquito sente a mesma coisa."

Ri às gargalhadas, mas Alex, não.

Subi para o meu quarto, animada. Certa vez tentara explicar a Jimmy o que significava para mim, não importava em que parte do mundo me encontrasse, saber que Alex estaria à sua mesa, de manhã à noite, com um dos seus ternos baratos, fazendo o copidesque com toda a meticulosidade, as mãos finas e brancas no teclado, a altruística expressão do rosto examinando a tela de cima a baixo. A cúpula da catedral de Saint Paul atrás. O telefone à direita reservado para comunicação com o resto da agência *NewsWrite* e sua rede pessoal de anunciantes, editores, publicitários. O telefone à esquerda deixado só para Jimmy e eu.

Ele *sempre* está lá, disse eu.

Sim, dizia Jimmy, com azedume. Esse é o Alex.

No quarto, praticamente atirei minhas anotações sobre a fome para fora da mesa. Estava farta. E esta vida, agora? Liguei a chaleira na tomada para fazer chá, telefonei para Caroline em Londres e deixei o número da casa de Bertie na secretária eletrônica, com um beijo meu. Telefonei para o apartamento de Nora em Nova York — sabendo que ela estaria no escritório — e deixei o mesmo recado. Prendi meus pés sob o radiador, fiz 36 abdominais, depois tomei uma chuveirada, passei condicionador nos cabelos e enrolei-os numa toalha. Pus um xale sobre a camisola, refestelei-me na cama e pintei as unhas do pé, enquanto assistia a um antigo episódio de *Dallas*, com Sue Ellen de ombreiras.

Ella e eu fizemos uma boa fofoca em segredo quando ela veio deixar a bandeja. Pedi que voltasse e trouxesse uma garrafa de vinho e dois copos. Ela sentou-se na cama e fiquei sabendo que Bertie jamais gostara de seu namorado, que a noite em que tiveram de lhe contar que ela estava grávida foi terrível. Mas a Srta. Leech conversou com ele...

Quem?

A Srta. Leech. Nan Leech. É amiga de infância de papai — eles moravam em casas vizinhas, porta com porta, quando eram crianças, no outro lado da praça. O que importa é que ela o convenceu, e tivemos um belo casamento. E agora tem Oliver, além de Joe, e o vovô os ama de verdade. Se tudo sair bem na Arábia, vamos fazer um depósito para comprar um lugar só nosso. Eu adoraria ter uma casa só minha, não ter de olhar sempre pra trás, com receio de que os meninos façam alguma bagunça, entende? Na Arábia Saudita, não há com que, espero, meu companheiro possa jogar os salários fora. Por favor, meu Deus. Só que os meninos sentem saudades do...

Foi assim que ela se curvou para mim, eu ali a ouvi-la, sentada de camisola, mastigando, e o quarto cheirando a condicionador, que trazia de volta a época em que eu morava, na adolescência, com um bando de outras garotas numa pensão em Londres, chamada Pensão da Joanie. Não pensava naquilo há anos, talvez porque não me sentara, com os cabelos molhados envoltos numa toalha, a conversar com uma jovem. E o jeito com que eu me olhava no espelho, enquanto Ella falava e bebericava — também me fez lembrar daquela época. As garotas na pensão de Joanie nunca olhavam umas para as outras, mas se ocupavam com lixas de unha, cor de esmalte e rolos de cabeça, enquanto conversavam.

Abaixo da bainha da camisola, vi — e reparei com uma rápida pontada de infelicidade — que tinha a pele manchada na junção do tornozelo. Quando ergui a perna e me virei para olhar mais de perto, vi que as veias na parte de trás dos joelhos eram grossas e azul-escuras. Aquilo era novo, não? Depois, porque o espelho estava diante de mim, experimentei mover a cabeça, ouvindo Ella. Percebi que a pele do pescoço franzia-se quando eu o baixava. Curvei-me para a frente, examinei o espelho, e repeti o movimento: queixo baixo, franzidos na garganta; queixo erguido, garganta lisa.

E pensar que, quando eu era jovem, achava natural a minha textura! Nunca me ocorreu, como não ocorreria a Ella agora, que algum dia eu temesse olhar-me de tão perto.

Sinto uma falta enorme do meu marido, disse Ella, enrubescendo.

Quantos anos você tem?

Vinte e quatro. Ele deve voltar pra casa no meu aniversário de 25 anos. Está morrendo de vontade de voltar. Teme que eu saia com outra pessoa, disse, satisfeita, juntando as coisas e se preparando para descer. Mas não há perigo disso! Sou mulher de um homem só!

Marianne teria a mesma idade. Aos 25, não passam de garotas, apesar de terem bebês.

Como será que aprendem sozinhas? Como aprendem as regras? Uma senhorita bem-educada, como Marianne... quem a teria advertido contra a existência de forças internas que poderiam levá-la a entregar-se a um cavalariço no piso de um estábulo? Teria ouvido conversas embaixo da escada na casa do pai, na rua Harley, em Londres? Teria a criada a acompanhado às aulas de danças quando ela e outras senhoritas decorosas fofocavam, com risadinhas nervosas, atrás dos leques? Que palavras usavam para o corpo, ou para os garotos aos quais o corpo reagia? Teria Marianne uma mãe menos calada que a minha? Como pode uma pessoa como minha cunhada Annie, que teve o mesmo namorado — meu irmão Danny — desde os 12 anos, continuar, pelo que sei, a amá-lo e ser amada por ele até hoje, e os dois ainda se olharem de frente, intensos, um para o outro, quando conversam? Notei, sempre que os dois haviam ido a Londres em todos aqueles anos, que tinham total confiança um no outro. Por que não poderia ter sido este o destino de Marianne? Ou o meu?

Aos 14 anos, eu não sabia que o que acontecia comigo tinha a ver com meu corpo. Minha amiga Sharon e eu nunca tínhamos ouvido falar de puberdade nem de hormônios, e jamais chamamos de "sexo" a coisa que vivíamos procurando. Chamávamos de estar louca por este ou aquele garoto. Não louca por garotos — louca por uns específicos. Imaginávamos que nossa busca vinha do coração, embora fosse sentida no corpo. Eu era inteligente na escola, mas inteligência de nada servia para ajudar nesses mistérios. As garotas do colégio de freiras saíam todo dia para andar sem destino pela rua principal durante o intervalo do almoço, e os garotos do colégio dos Irmãos Cristãos surgiam de seus prédios ao mesmo tempo, e todos faziam filas para pegar batata frita, dando encontrões uns nos outros e risadinhas quando o escocês mal-humorado gritava para que esperassem a vez. Mas não eram sérios em relação a namoro. Comparados comigo e com Sharon, não. Eu e ela vivíamos pensando em garotos com um só propósito, como faziam todas as garotas da classe operária.

Não víamos a hora de ficarmos mais velhas. Não agüentávamos esperar pelo futuro. Éramos exatamente o oposto das pessoas da fome, deitando-se para morrer.

Descobrimos o principal sobre os homens, juntas, aos 15 anos. Um sábado, seguimos um padre velho e louco, em férias, de volta de suas missões. Ele contornou a ruazinha atrás do supermercado, jogou as duas frentes do sobretudo para trás e sua coisa despontou ereta da calça como uma tocha. Balbuciou numa voz esquisita — alguma coisa sobre comichão e lamber o bebê.

São todos daquele tamanho?, perguntei a Sharon.

Oh, sim!, ela respondeu. Porque eu estava dançando uma valsa lenta com o bonitão da loja de legumes sexta-feira passada. "*A Whiter Shade of Pale*." E ele roçava aquilo em mim e era do mesmo tamanho...

Enfiei-me na cama. O quarto cheirava a condicionador e esmalte de unha... exatamente como o da pensão da Joanie.

Aprendi muito lá. Londres foi o passo seguinte na minha educação sentimental, depois das ruas de Kilcrennan com Sharon. Na pensão, havia dois ou três sofás-cama em cada quarto, abertos, quase encostados no aparelho de calefação a gás. As garotas subiam na cama para pegar as roupas que haviam pendurado em ganchos nas paredes depois de passá-las a ferro. Viam-se sempre algumas de penhoar, com lenço de cabelo sobre os rolinhos, comendo biscoitos e tomando chá, na longa e estreita cozinha. Eram sempre biscoitos e bolo. Eu levava para casa frutas deixadas pelos hóspedes no hotel onde era camareira, mas ninguém na pensão parava de fumar por tempo suficiente para comê-las. Davam uma mordida e largavam. Havia mais seis garotas lá, e eu, a mais nova. Joanie arranjou emprego para todas nós. Éramos todas irlandesas, trabalhando em fábricas ou como arrumadeiras em hospitais e hotéis. Todas usávamos minissaias e botas brancas — mesmo as mais corpulentas, de pernas grossas e maltratadas pelo clima —, delineador e batom claro. Joanie tirava o aluguel dos envelopes dos nossos pagamentos antes de nos entregá-los. Mas nos dava cigarros quando acabava o dinheiro. Deixava-nos usar o telefone em seu quarto, onde a janela ficava sempre fechada e a calefação fazia o pequeno aposento cheirar ao talco de rosas deixado em sua penteadeira com babado de cetim.

Nas noites de sábado, ela se arrumava toda e ia com as garotas para os salões de baile em Kilburn ou Camden Town, embora tivesse uma aparência pesada, com batom cor de vinho e os cabelos pretos que pintava dia sim, dia não. Mas era velha demais para querer andar rindo à toa com elas. Voltaria mais uma vez a ser diferente delas na manhã seguinte, quando se punha a bater nas portas, gritando: Vão se atrasar para a missa! E elas, ainda com os olhos cerrados, resmungavam sob os lençóis: Foda-se.

Joanie era aparentada da Sra. Bates, da loja em Shore Road. Do contrário, eu nunca teria ido para Londres.

Quase pus tudo a perder. Perguntei a papai se poderia passar o verão em Londres, até saber se tinha conseguido uma bolsa de estudos para o Trinity College, e disse ele:

Que há de errado com a Irlanda?

Eu argumentei que poderia ganhar algum dinheiro.

Mas você não precisa de dinheiro para ajudar sua pobre mãe, continuou ele.

Por que *você* não ajuda minha pobre mãe?

Não consegui me controlar, embora morresse de vontade de ir a Londres.

Por que *você* não ajuda minha pobre mãe com os filhos que também são *seus*?

Mas me senti culpada por deixar mamãe. Nora embarcara num navio e se mandara para os Estados Unidos no verão anterior. Nem eu sabia que ela convencera tio Ned a pagar-lhe a passagem. Ao sair da loja, o Sr. Bates apareceu lá em casa num domingo, quando jantávamos, e comunicou que recebera um telefonema de Nova York de Nora, pedindo que nos dissesse como vai e adeus. Papai berrou com mamãe, dizendo-lhe que aquela filha dela devia ter falsificado o nome para conseguir um passaporte, e que ele era um funcionário público e teria de denunciá-la, e perguntou onde ela conseguiu o dinheiro. Mamãe não disse muita coisa. Usava o casaco de Nora, porque ela partira apenas com a roupa do corpo.

Nunca recebemos nada dela, a não ser o ocasional cartão-postal, embora ela tivesse me dito certa vez que pagara a tio Ned um mês e meio depois. Nunca enviou a mamãe um cartão de aniversário. Eu mandava de Londres uma libra por semana para mamãe. Eu e as camareiras espanholas entrávamos no hotel pelos fundos, pegávamos nossos cartões de limpeza e subíamos pelo elevador de serviço. Ouvíamos os rádios dos quartos o dia todo. Nas manhãs de domingo, eu ia ao correio a caminho do trabalho e punha duas notas de dez xelins num envelope selado e escrito "Sra. De Burca, Shore Road, Kilcrennan, Irlanda", com a caneta que existia então nas agências do correio, que a gente mergulhava na tinta.

Até o fim do verão, Luisa, Pilar e eu fizemos amigos em todas as partes, sobretudo nos bailes para trabalhadores estrangeiros promovidos por padres num salão no Soho, para que os jovens católicos se casassem uns com os outros. Os garçons dos bares em volta trituravam a pelve dentro de nós, lançavam-se de um lado para o outro da pista, curvavam-se para frente e para trás, deslizando, sem nos soltar, ao som dos discos que o padre tocava. "*Besame! Besame mucho...*"

Após mais ou menos uma hora, começávamos a gritar para o padre: Beatles! Toque os Beatles!

E ele punha *Sgt. Pepper*, e delirávamos...

Terminada a dança, a gente se via beijando algum cara, sentia uma protuberância morna tenteando e logo nos cutucando entre as coxas, e ignorava. Se ele tentasse nos fazer tocá-lo e a gente saltasse para trás, o cara dizia: tá bem, e beijava com mais força. Eu saía correndo atrás do ônibus para Cricklewood de pernas bambas, ao encontro das garotas com vestidos de raminhos de flores, na casa que cheirava a sabonete.

Na Pensão de Joanie, deitava-me na cama e lia quando as outras garotas estavam fora. Todas sabiam que eu não era igual a elas. Nem pagas elas teriam ido para a universidade. Mas, certa noite, quando chegou um grande envelope branco para mim do Trinity College, de Dublin, e eu comecei a fungar de alegria ao lê-lo, elas foram adoráveis comigo. Uma delas saiu correndo e comprou um bolo da loja do posto de gasolina.

Liguei para a loja Bates, e a Sra. Bates atravessou a rua para chamar minha mãe, liguei repetidas vezes, temendo que Joanie dissesse que eu estava há muito tempo no telefone.

A Sra. Bates voltou, sem fôlego.

Sua mãe não se sente bem o bastante pra vir falar com você, ofegava. Mas disse que está orgulhosa e que você é uma grande garota...

Curvei-me mais para baixo sob as cobertas em minha cama na pousada de Bertie. Eram lembranças muito felizes. Sharon e eu apertadas lado a lado em sua pequena cama, creme Pond's frio espalhado pelo rosto, cigarros espetados, uma de nós desfiando os detalhes sobre por que tal e tal cara era o máximo...

Mas a atmosfera do pântano mais uma vez insinuou-se, envolvendo-me toda, quando mergulhava lentamente no sono. Não adormeci como a garota de minhas recentes lembranças. Meu corpo envelhecera e se fatigara, e eu me estendia com as Srtas. Flynn em seu buraco no pântano, ouvia raposas a tossir na noite, ouvia pássaros pousados na lona impermeável. Ouvia a geada estalar na relva e a chuva a escorrer pelas valas gorgolejantes. Imaginei ter ouvido pessoas batendo de leve na cobertura do abrigo, para dizer que minha irmã morrera, mas não era verdade. Era apenas a trepadeira batendo na janela do banheiro na casa de Sharon, onde púnhamos os rolos no cabelo, umedecendo cada mecha espessa — na verdade não no banheiro de Sharon, batendo na janela deste quarto, quando o vento se intensificou.

5

Eu levava dez minutos para desembaraçar o emaranhado dos meus cabelos de manhã, e em geral me entediava e prendia-os antes de ficarem bem penteados. Mas hoje fui até o fim. Não tinha mais nada a fazer. Deveria ter ido a Mount Talbot com Bertie, mas a chuva escorria, impetuosa, pela janela.

Liguei para Londres da sala de Bertie a fim de dizer a Alex que ia me mudar para o chalé que o hotel tinha em Mellary, na costa, enquanto se realizassem as bodas nupciais.

Oh, Kathleen!, disse Roxy. Tomei a decisão! Vou voltar para Santa Lúcia e ver que tipo de trabalho consigo por lá. Eu devia treinar uma nova moça pra ficar aqui, mas não vou ter muito tempo. Comprei uma passagem datada num vôo barato que sai na semana que vem. Portanto, adeus, e Deus abençoe...

Pedi para falar com Alex.

Alex não está. Foi levar a mãe pra fazer um check-up. Mas deixo seu recado. E, Kath... Vou encomendar a meu primo, que é pastor, um belo culto pra Jimmy...

Sorri, voltando para meu quarto e pensando em Roxy. Foi a primeira secretária a permanecer na *TravelWrite* — as outras sempre consideraram nossa isolada água-furtada solitária demais. Mas Roxy fez amizade com a irritável Betty, da administração, logo adiante no corredor, e se estabeleceu conosco. Daquele dia em diante, a redação passou a cheirar a comida indiana ocidental. Todo dia ela trazia uma cesta com o almoço que sua mãe preparara. Uma cesta! E a mãe também a obrigaria a usar meia soquete branca, se Roxy não fosse tão grandona. Às vezes, mandava-nos pela filha bolos maravilhosos. Certa vez, num dia de inverno — lembro o amarelo-cinzento da geada miúda na luminosidade do céu — quando subi, depois de fumar um cigarro no porão com os contínuos, parei no limiar da porta de nossa sala e a batizei: playground encantado. Foi uma homenagem ao cheiro particularmente maravilhoso de café jamaicano e bolo de coco coberto de açúcar.

Recebi um telefonema, disse Roxy na hora do almoço daquele mesmo dia, de um rapaz dos Recursos Humanos pedindo que vocês preencham um questionário sobre a prioridade de suas metas.

Meu Deus!, exclamei. Esperam que a gente tenha metas?

Minha meta, disse Jimmy com o ar sério, é passar todas as manhãs na ginástica, todas as tardes no almoço e receber meu contracheque pelas mãos de um mensageiro.

Quero uma barriga plana e um rosto em forma de coração, disse eu. E um amor perfeito. E ter a minha vida de volta, para poder vivê-la mais uma vez e melhor.

Jimmy ergueu os olhos para mim, mas deixou passar.

Qual sua meta, Roxy?, perguntou.

Ver vocês trabalharem um pouco, para variar, respondeu Roxy, e Jimmy saltou em cima dela e pôs-se a fazer-lhe cócegas.

Acabamos comendo bolo, lambendo os dedos e fazendo huumm!

Engraçado, né?, disse Roxy, pensativa. Os três aqui juntos na Inglaterra. Porque nenhum de nós é inglês. Bem, eu sou cidadã britânica, claro...

Somos ex-ingleses, Jimmy e eu, disse. Viemos de antigas colônias.

Somos felizardos, nós três, disse Jimmy. Temos a Inglaterra, mas também nossas próprias pátrias.

Não "temos" a Inglaterra, disse eu. Talvez você tenha, mas eu não. Não passa um dia sequer sem que alguém me diga "você é irlandesa", num tom complacente.

Devia experimentar ser negra, disse Roxy.

Ora, então por que vocês duas estão aqui?, perguntou Jimmy. São livres, brancas e têm 21 anos, iguais a mim. Bem, se dermos demasiada ênfase aos aspectos de ser branco e ter 21 anos.

Porque é melhor que Santa Lúcia, disse Roxy. Lá eu já teria três ou quatro filhos aprendendo a andar e indo pra escola descalços...

Kathleen? Você também teria filhos em idade de aprender a andar, se tivesse ficado na Irlanda? É difícil imaginar a classuda Kathleen com filhinhos em volta.

Se há uma coisa, Jimmy Beck, que de fato não tenho é classe.

Classe *natural*, eu quis dizer.

Não se pode ter classe natural, retruquei. Tudo relacionado à classe tem a ver com mesuras sociais.

Oh, não fique tão exaltada, Kathleen! E também está tentando me enrolar. Por que está na Inglaterra, se não gosta daqui?

Não é que não goste daqui, disse eu com uma veemência que me surpreendeu. Eu não gostava de lá!

Meus olhos encheram-se de lágrimas. Fiquei estarrecida por senti-las. Os dois me olharam com expressões chocadas.

Não é nada bom na Irlanda!, gritei. Nunca mais quero tornar a vê-la! Não é lugar para uma mulher.

Jimmy aproximou-se e tentou me abraçar, mas eu não queria ser tocada.

Não terminou de comer sua fatia de bolo, disse ele, passado um instante. Dobrou uma folha de papel da impressora, arrumou o bolo com todo capricho nela e puxou a cadeira para junto de mim.

Abra! disse ele, e enfiou uma pontinha de bolo em minha boca, como se eu fosse um passarinho recém-emplumado.

Desculpe-me, Kathleen, disse. *Desculpe-me*, querida. Eu não pretendia magoar você.

Roxy apenas nos olhava, céptica, como se fôssemos atores.

Enfiei-me numa antiga calça jeans e num par de botas velhas que fora sensata o bastante para pôr na mala. Meu suéter era da Comme des Garçons, não que alguém em Ballygall percebesse. Eu pretendia andar pela cidade, mais tarde. Para mim, não havia nada melhor que circular a pé por uma cidade desconhecida. Sempre levava uma bolsa de plástico transparente para meu caderno de anotações, onde também enfiei a cópia do *Julgamento* — claro que haveria marcas da dinastia Talbot por toda parte.

Tornei a sentar-me na cama, surpresa, quando me ocorreu que aquela seria a primeira cidade irlandesa que eu percorreria a pé em toda a vida. Nem ao menos chegara a conhecer bem Kilcrennan, porque o local onde morávamos em Shore Road ficava na periferia, a uns cinco ou seis quilômetros do centro. Conheci o centro de Dublin nos meus dois anos no Trinity College. Mas apenas isso. A soma total da minha Irlanda. E, no entanto, conheço dezenas de cidades inglesas! Não sabia dirigir quando comecei a trabalhar em *The English Traveller*, por isso atravessava o país de trem de um lado a outro, em minhas tranqüilas e pequenas missões, desembarcando de compartimentos onde o tecido bege aveludado com relevos cheirava a poeira, perdendo tempo ao longo de plataformas, passando por intricados galpões de alvenaria e azulejos, portas em que se lia SINALEIRO Nº. 2, salas de refeições com bancos de madeira escorregadios pelo uso, nas quais o chá ralo era servido direto da chaleira em bandejas cheias de canecas grossas, e saindo nos saguões das estações, a cabeça erguida da alegre expectativa. Eu orientava meu caminho em direção à praça central pela agulha da catedral. Parava aqui e ali, tirava meu caderno da bolsa e fazia anotações. E aquilo me dava prazer — aquela sensação de fazer parte do lugar. Apenas olhar e tomar notas...

Kathleen! Kathleen!, Ella gritava do corredor. Papai disse que a chuva está diminuindo e ele vai com você à propriedade dentro de uma hora.

Maravilha!

Na mesa, eu tinha uma fotografia desfocada da casa de Mount Talbot, que descobrira num livro sobre solares da Irlanda. O lugar parecia um castelo escocês — todo de janelas góticas, o muro coberto de hera, chaminés e uma imensa torre de sino, como uma fortaleza. Examinei-a com vagar. Havia uma foto da nossa família em casa, todos parados em pé diante de Shore Road, com os cabelos esvoaçando na direção do vento, que eu percebi estar soprando do mar. O bebê Sean no carrinho na frente. Mamãe no meio, atrás de Danny vestindo seu terno de crisma com uma grande roseta na lapela. Nora e eu em nossos uniformes de escola. Uma foto só de pessoas, sem nenhuma casa; uma só da casa, sem pessoas. Nas outras fotografias do livro, viam-se senhoras com longas saias e grandes chapéus nos degraus da frente, e um menino segurando um pônei de lado para a câmera, alguém com um buldogue no colo e uma menina de avental, que se movera no momento errado e teria para sempre uma mancha no lugar da cabeça. Mas tal visão era apenas parte de um grande prédio, com árvores escuras atrás.

Comece a pôr as pessoas de volta na fotografia, disse a mim mesma — consciente de ser fantasiosa.

A casa, iluminada por candeeiros, velas e lamparinas, e pousada no soturno silêncio do pântano, devia parecer uma nave espacial. Marianne Talbot e William Mullan moviam-se ali dentro e os criados rastejavam, furtivos, em seu encalço. Descreveram-se no tribunal sete lugares onde os dois teriam tido encontros. Eu gostava disso. Como nas peregrinações irlandesas, eram sempre sete paradas/*estações* e sete orações a serem rezadas. A primeira estação — a sala de visitas onde Marianne tocou a sineta e pediu leite — seria o espaço usado durante o dia pela senhora, feminino, suavemente atapetado e decorado com delicado mobiliário dourado, transportado em caminhão por toda a Europa para aquele posto avançado. Contudo, viram ali em pé um cavalariço subalterno!

O Juiz Supremo da Câmara dos Lordes comentou: *um homem de aparência em geral muito suja, e sem as maneiras de uma pessoa elegante*. Mas que importa a aparência para os amantes? Ou o lugar? Hugo e eu fizemos amor em toda parte ao voltar de Paros. Na balsa. No trem de Bari a Roma. Encostados no nível mais baixo do muro da Basílica de São Clemente, enquanto os demais turistas subiam de volta à capela. Lembro o cheiro úmido do subterrâneo, e a nossa respiração acelerando-se no silêncio.

A segunda estação era o quarto de vestir onde ficara Mullan. A terceira, a sala de estar onde os dois foram vistos sentados juntos no sofá, com os braços entrelaçados. Depois o aposento de Marianne, onde Maria Mooney os viu "no próprio ato". Os estábulos onde os serradores da oficina do carpinteiro viram os dois no chão. O quarto de Mullan, em cima de um jardim, onde conversaram e riram. O pomar no qual os viram entrando.

Deviam parecer uma fruta apetitosa, um para o outro. Os corpos talvez houvessem amadurecido um dentro do outro.

Certa vez, eu passara mais ou menos meia hora no suculento gramado da borda de um pomar, em algum lugar de Kent. Lembro a lua laranja entre os galhos repletos de sombras negras em formato de maçãs, e o rapaz calçando uma sandália dourada em meu pé — lembro até a espessura das folhas da grama na sola do meu pé, e depois a firmeza dos dedos dele. Não foi uma transa por amor, claro, mas apenas decorrência de uma festa. A mulher dele nos viu voltando pelo gramado para as luzes do terraço.

A lembrança fez-me levantar, aflita.

Pensei em alguma coisa útil para fazer. Digitaria o inventário de uma propriedade comparável a Mount Talbot, a que a Srta. Leech me dera, no arquivo de "*Pano de fundo*" em meu PC. O que me ajudaria a manter um senso do que veria quando chegasse à casa. Lia-se na página:

> *Mount Talbot não era de modo algum um lugar grandioso — um Rockingham ou um Carton. Apenas, em termos de solares anglo-irlandeses, um chalé. Uma propriedade daquele tipo, embora imponente — com grande parte da terra pantanosa e íngreme — talvez oitocentos hectares, consistia tipicamente de uma mansão de 25 a 30 quartos, uma aldeia nos portões, um considerável número de casebres e casas de campo dependentes na vizinhança. As seguintes características de uma propriedade comparável teriam sido apresentadas dentro do próprio domínio:*
>
> *Jardins e pomares murados, gramados, casas construídas junto ao portão, e pelo menos um lago de peixes, um canil, um parque de cervos, um cercado de touros, um chiqueiro, uma sala de arreios e celas, uma horta, currais de bezerros, vários estábulos, incluindo um para caçadores, lagos de*

patos, sótãos para armazenamento de grãos etc., colméias, um muro de tijolo aquecido atrás do vidro da estufa para o cultivo doméstico de frutas exóticas, como pêssegos, e flores, como camélias. Uma estufa. Um jardim murado para legumes e frutas delicadas. Galpões com prateleiras de madeira construídos por carpinteiros, para depósito da produção da propriedade. Uma leiteria. Um número variado, mas muito grande, de gado e rebanho de ovelhas com pedigree. Porcas de reprodução e seus leitões. Uma serraria e uma ou duas moendas de milho. Um esqueleto de ermida ou castelo arruinado. Um depósito de gelo. Pessoal, incluindo, no mínimo, cozinheiras, arrumadeiras, copeiras, governantas, jardineiros, camareiros, empregados para as áreas externas, horticultores. E mobiliário, prataria, quadros, baixelas, tapetes. Nas estrebarias, veículos e vários tipos de equipamentos.

No caso dos Talbot, também havia uma casa em Londres, provavelmente com um quadro de empregados responsável pela manutenção.

No fim da página da Srta. Leech, o segundo inventário — feito na paróquia de Gweedore, em Donegal, pouco antes da década da fome. Também o copiei nas minhas notas. Com vagar.

A professora, escrevera Srta. Leech, lista os bens de quatrocentas pessoas:

1 carroça, nenhum coche ou outro veículo, 1 arado, 20 pás, 32 ancinhos, 7 garfos de mesa, 93 cadeiras, 243 bancos, 2 camas de plumas, 8 camas de palha ceifada, 3 perus, 27 gansos, nenhuma touca de bebê, nenhum relógio de pêndulo, 3 relógios de pulso, nenhum espelho de valor acima de 30 centavos e com não mais de 3 metros quadrados.

Kathleen!, gritava Ella no pé da escada. Kathleen! Papai está chamando.

Na cozinha, Bertie tinha a língua esticada para fora como uma criança, concentrado em espremer de um saco de confeiteiro punhados de massa fina em fileiras, numa fôrma de assar. Em pé sobre cadeiras, Ollie e Joe olhavam com interesse.

Foi um início de manhã molhado, murmurou ele para mim. Temi que a chuva fosse durar o dia todo.

Seu cabelo está todo espetado pra cima, disse-me Joe.

Pensei que a chuva fosse durar o ano todo, disse eu.

Oh, disse Bertie, largando o saco de confeiteiro e sorrindo para mim. Sol no fim de semana. Não que eu acredite, mas...

Já terei ido embora, disse eu.

Só até Mellary, Kathleen. Sabe, a temperatura lá é quase a mesma. Fica pouco mais de uma hora daqui. E você vai adorar o chalé — é ideal para uma escritora.

Ainda não sou uma escritora. Mas posso vir a ser a partir de hoje! A casa talvez me inspire. Tome — dei-lhe a lista com os sete locais constantes do *Julgamento* — é isto o que buscamos.

Ele tirou os óculos colados com fita plástica, após apalpá-los dentro de um bolso do cardigã.

Bertie, disse eu. Os animais que eles tinham na propriedade. As pessoas não pegaram os cavalos e gado pra comer durante a fome?

Pelo amor de Deus!, exclamou Bertie, ao mesmo tempo que Joe disse: Comer cavalos!

Que absurdo, Kathleen! As pessoas de fato sangravam gado, cavalos, mas os animais tinham de ser preservados durante anos. Nan Leech, quando fez a exposição da fome, exibiu uma espécie de desenho de um jornal inglês, homens em pé, com uma lâmina de barbear e uma vasilha ao lado de um cavalo...

Vovô!, Joe o cutucava. Vovô, eu nunca ia comer um cavalo, disse, cheio de pena.

Ninguém está lhe pedindo isso, disse Bertie.

Pegou um surrado paletó atrás da porta e enfiou na cabeça um molengo chapéu de *tweed*.

Ella, leve esses camarões para a cozinha do hotel, antes que nos despejem por violar as leis sanitárias. Fique de olho no que as faxineiras estão fazendo lá em cima. E assuma responsabilidade pelo hotel como uma boa moça. Não vou demorar muito.

Ouvi-o dizer isso, e fiquei surpresa. Como poderia não demorar muito? Mas também fiquei surpresa quando ele dissera no desjejum que me levaria à mansão antes de eu partir para o chalé — pois os preparativos para o casamento logo ficariam acelerados. Mas eu não disse nada, para não parecer algum tipo de crítica.

A grande avenida para Mount Talbot partia de uma propriedade abandonada, mas de arcada tripla com deslumbrantes ornamentos, que formava um dos lados da praça de Ballygall. Parecia um início de conto de fadas, a minha passagem junto a Bertie por baixo do rebuscado arco. Mas, percorridos uns cem metros, a avenida desaparecia num ermo de profundos sulcos de barro cheios d'água, onde tivemos de transpor a primeira de uma série de cancelas de metal envolvidas em arame farpado. Aquele lado da propriedade há muito tempo se tornara campos que a chuva reduzira a tufos de capim em superfícies escorregadias de lama, pisoteadas por cascos de gado. Caminhamos devagar ao longo de um barranco, acima de uma torrente que lhe inundava as margens, e nos dirigimos para um muro alto. Meu jeans roçava a pele dos meus joelhos e coxas. Já naquele início de ano baluartes de urtiga defendiam a brecha no muro, e árvores novas entrelaçadas curvavam-se desde o ponto em que a terra as abrigara entre pedras soltas. Viam-se pedaços de alvenaria tombados em toda parte sob a relva encharcada. Um galho bateu em meu rosto. Tropecei e rocei com as mãos num alto canteiro de ervas daninhas de pontas espinhentas. Minhas meias estavam franzidas debaixo dos saltos das botas. Fiquei com o rosto arranhado por sementes e capim.

Alcancei Bertie, que contemplava uma árvore retorcida.

Toda vez que vejo isto, disse ele, me pergunto se ele agüentaria ser transplantado. É um arbusto — um morangueiro. Eu adoraria tê-lo em casa. Os Talbot ganharam muito dinheiro — Nan me explicou tudo — na época da guerra contra Napoleão. Por isso, construíram um jardim irrigado, e passaram a trazer árvores ornamentais de todas as partes do mundo. Lembro uma avenida cheia de belas árvores antigas que seguia daqui até a cidade, mas um certo professor de Dublin chegou uma vez perguntando por elas, e o velho que comprou este lugar da Comissão Agrária as derrubou por pura ignorância. Disse que podiam envenenar seu gado.

Um jardim irrigado!, disse eu. Exatamente o que este lugar precisa.

Fizemos um lento progresso, afastando ervas altas, molhadas, até atravessarmos para uma larga extensão de calçamento de pedras, escorregadias com musgo.

Bertie parou.

Aqui está, disse.

Onde?

A casa.

Onde está a casa?, perguntei, olhando em volta.

Aqui.

Diante de nós havia apenas uma enorme plataforma, estendendo-se ao longe. Uma plataforma larga, nivelada, de pedra, coberta de musgo preto, galhos e excremento de pássaros.

Tinha vinte ou trinta quartos, disse Bertie.

Isto é tudo o que resta? perguntei, ainda incrédula. Isso?

Minha voz parecia ecoar do outro lado do concreto. As árvores pesadas em volta estavam imóveis e encharcadas.

Só isso, disse ele. Eu tinha uns seis ou sete anos quando tentaram cobrar impostos pela casa e o velho mandou destruir o telhado. Tinha uma grande sala com *bay windows* que era o salão de baile. Estava todo coberto de cacos de vidro quando éramos crianças. Uma sala de jantar, também, ou pelo menos uma sala com uma imensa mesa de madeira de grossos pés esculpidos. Brincávamos debaixo dela quando vínhamos aqui. Mas a coisa toda caiu em ruínas sem o telhado. E alguém nos anos 1960 terraplenou o que sobrou.

A casa fora construída no alto de uma elevação. Diante da plataforma, um campo cheio de moitas estendia-se em declive por entre o mato espesso até um pequeno lago. Depois deste, terminava o interior da mansão. No lugar em que haviam tombado as árvores, via-se o alto muro da propriedade, que desmoronara e achava-se perfurado aqui e ali por grossas brechas. Além do muro, a terra ficava mais pantanosa. Depois se erguia no horizonte em colinas que mal se distinguiam no céu baixo, matizado.

Trouxe minha câmera!, gemi, lamentando-me. Trouxe o *Julgamento* para ir a cada cômodo mencionado nele, fazendo um mapa! Ia ler pra você o trecho relevante em cada local.

Chegou tarde demais, disse Bertie. Não há nada aqui desde antes do seu nascimento.

Viramo-nos na direção contrária.

Algumas das dependências são as mesmas de antes, disse ele. A torre do sino está ali. E os muros do pomar e dos jardins. Tenho minhas próprias batatas na horta abaixo da colina, logo na entrada do que era o portão dos fundos da propriedade — o Grande Portão Oeste. Vou lá de carro. E tem este...

Passáramos por um afloramento de narcisos no pé de um lance de escada que levava a nada, e cruzamos um portão de entrada curvo quase oculto na espessa folhagem. Olhando para onde ele apontava, à frente, pude ver apenas que o gado fora cercado ali no pátio, coberto de lama pálida, viscosa.

Aproximei-me então.

O pátio da estrebaria!

Cada estábulo tinha uma portinhola de madeira sobre a abertura que dava para o pátio silencioso.

Uma daquelas aberturas fora por onde os dois serradores haviam espiado quando viram William e Marianne se entregarem um ao outro sobre a palha.

Volto num minuto, disse a Bertie.

Ele deu-me uma olhada. A chuva colara os cabelos dele na testa e o frio avermelhara-lhe o nariz, mas tinha os olhos castanhos muito intensos. Vi pela sua expressão a intensidade também nos meus. Abri-lhe um sorriso imenso de emoção.

Saltei e andei ao longo da borda do pátio até as portas duplas de carpintaria tosca, e entrei no primeiro estábulo onde encontrei a portinhola entreaberta. As fileiras de baias vazias estendiam-se ao longe. A palha sobre o piso de pedra era cinza como poeira. Não fora tocada durante muitos anos.

Estendi a mão e pousei-a na madeira descolorada da porta. As mãos deles haviam tocado aquela porta. Uma das baias fora seu ninho. Sob aquele teto, carne adorara carne.

Curvei a cabeça. Pesado silêncio ali dentro. Lá fora, o murmúrio de água escorrendo.

Quando saí, Bertie arrancava hera da arcada.

Sentei-me agachada na terra seca embaixo. Aos poucos, a curva interna do arco foi-se revelando, e vi que fora feita de pequenos blocos de pedra delicadamente cinzelados, e que Bertie descobrira um profundo nicho no lado liso inferior, embaixo da curva. De dentro do nicho, ele retirou uma pequena estátua de um caçador ainda perfeita, embora rajada de verde e preto pela umidade. Um rapaz de túnica e sandálias, com folhas de louro nos cabelos e um arco na mão.

Oh, Bertie!, gritei.

Sou o único que sei dela, disse ele. Oh! E agora, você.

Descansei, olhando o belo rapaz. Acocorado a meu lado, Bertie também o apreciava.

Eu já tinha vivido aquela cena antes, em algum lugar. Busquei-a em minhas lembranças. Um arco, um homem olhando-me de cima e uma vegetação espessa em toda a volta... Oh, sim! E depois o homem se sentou a meu lado e nós dois, exaustos demais para falar, dividimos uma garrafa d'água. Fomos tomados por um repentino senso da proximidade um do outro, um silêncio caiu sobre nós, um periquito bem no alto do dossel de árvores guinchou, e eu vi um lampejo da asa escarlate, o ar fremia de calor, e a infindável tagarelice de cigarras. O homem girou a cabeça e encarou-me com desejo. Fitou meus lábios, ainda molhados da água...

Foi no Camboja. Era um arqueólogo, trabalhando do outro lado da planície em Angkor Wat. Marcel alguma coisa.

Bertie e eu nos encostamos um no outro, reunindo nossas forças para tomar o caminho de volta. Gotas caíam com tanta força da hera nos dois lados da arcada, como se houvesse recomeçado a chover. Estávamos impermeabilizados.

Nada. E tenho quase cinqüenta anos.

Gostaria de uma bala de hortelã?, perguntou Bertie, tirando um dropes do casaco molhado; e, com as costas curvadas, pusemo-nos a caminho, chupando-os.

Ella limpava uma imensa pilha de camarões quando chegamos.

Eles especificaram camarões frescos, disse ela. Nunca mais. Estou ficando sem as mãos.

Deixe que as arrumadeiras terminem isso, disse Bertie. Elas não têm mais nada para fazer lá em cima.

Ella, disse eu, pesarosa, não existe mais casa lá!

Claro, mas, de qualquer modo, que interesse você tinha por aquele lugar tão velho?, perguntou. Tome uma xícara de chá. Já lhe contei que a noiva Coby vai trazer suas próprias flores silvestres da Inglaterra? Para entrelaçá-las nos cabelos, parece.

Mas não é uma piada?, exclamei. Eles voltam à terra dos ancestrais na querida Irlanda porque é tão pitoresco, e aí têm de trazer consigo sua contribuição do pitoresco de Sloane Square.

Ela vai usar veludo de seda creme ondulante, disse Ella. Sua secretária passou por fax todos os detalhes para a Dooney's, que vai fazer o vídeo. Ela vai se casar descalça...

Meu Deus, disse eu. Quantos camponeses descalços morreram de fome...

Ouça só você, Kathleen, protestou Bertie. Dinheiro não é problema algum para essa gente de Londres, deixe que eu lhe diga, graças a Deus. O pessoal de Ballygall não tem classe — prefere se mandar para a praia do Havaí, no Tullabeg, onde podem ir a uma discoteca após a refeição e comer frango de borracha. De que jeito você faria uma recepção, senhorita, já que é tão elegante?

Não somos uma família casadoira, os de Burca. Dois de nós três não somos casados. É a maioria.

Por que nunca se casou, Kath?, perguntou Ella.

Eu dizia a seu pai, nunca estou parada. E, acho, simplesmente, que nunca encontrei a pessoa certa...

Mas como sabe se é a pessoa certa?, cortou-me Ella.

Não sei, disse eu.

Como as pessoas sabem?, perguntou mais uma vez.

Sentei-me à mesa, tirei as páginas do *Julgamento* da bolsa e virei-as com a mão que aquecera na caneca de chá.

Não sei como as outras pessoas sabem, disse. Mas foi assim que os amantes de Mount Talbot souberam. Ouça o que disse ao tribunal uma das enfermeiras que vigiavam Marianne quando a prenderam em Dublin:

> *A Sra. Talbot me contou como começou e foi assim que começou.*
>
> *Ela entrou no quarto dele, e uma parte de seu corpo tomou contato com o dela, o que causou uma emoção de cima a baixo em seu ser, e este foi o começo de sua queda.*
>
> *Ela disse isso?*
>
> *Se disse "começo de minha queda"? Sim.*
>
> *Disse qual foi o aposento em que ela entrou?*
>
> *Não tenho certeza, mas deve ter sido o galpão dos arreios, porque ela me disse que ele estava guardando artigos nos devidos lugares...*

Que parte do corpo?, perguntou Ella.

Nem eu nem Bertie respondemos.

Não era apenas atração física!, disse eu. Continuou durante três anos! Se ele não passasse de um brinquedo, não poderia ter durado tanto.

Como, em nome de Deus, conseguiram se safar durante três anos?, perguntou Bertie. Com os óculos de volta no rosto, curvava-se sobre bandejas de profiteroles, inspecionando-os. Isso que é novidade pra mim, isso sim. Todo mundo da minha geração em Ballygall ouviu falar do escândalo Talbot. Mas eu nunca soube que o casal em questão ficou junto durante tanto tempo. Eu gostaria de saber o que fazia esse marido enquanto isso!

Só um minuto, disse eu. Virei as páginas, à procura do trecho específico.

Pelo que vejo, Richard Talbot nunca suspeitou de nada, durante todo o tempo, e os criados mantiveram a boca fechada. Mas depois apareceram dois verdadeiros desesperados e conseguiram empregos em Mount Talbot. Tinham sido despedidos de tantas casas de fidalgos rurais que quase se poderia descrevê-los como criados viajantes. Chamavam-se Halloran e Finnerty. Você já viu algum filme de caubói em que alguém chega a cavalo a uma fazenda isolada à procura de trabalho? Eles devem ter sido desse tipo.

Hud!, disse Ella. *Hud* não era assim?

Em todo caso, disse eu, Halloran foi admitido por Richard como mordomo, e Finnerty como copeiro. E eles passaram a seguir Marianne:

> *Halloran e Finnerty vinham observando a conduta da Sra. Talbot e seguiram seu caminho até o quarto de Mullan, depois foram informar ao Sr. Talbot; Halloran e o Sr. Talbot foram até o quarto. Encontraram a porta trancada; chamaram: "William, você está aí?" Não houve resposta, e eles arrombaram a porta; e viram, segundo relataram, a Sra. Talbot atrás da cortina com a filha, e este homem, Mullan, em pé junto à lareira...*
>
> *Ocorreu, disse o juiz supremo, uma violenta explosão, e o Sr. Talbot separou-se da Sra. Talbot e levou embora a filha. O marido correu até a mulher, e separou a inocente criança da mãe, que julgou não mais digna de sequer segurar a própria filha...*

Tem uns Finnerty ali no cruzamento, disse Bertie. Seriam os mesmos?

Que podiam os dois estar fazendo de tão ruim assim no quarto, perguntou Ella, se a filha estava com ela?

Bem, não sei o que faziam naquele exato momento, disse.

Joe entrara na copa e subira mais uma vez na cadeira ao lado da mãe, tentando comer a casca de um camarão.

Não importa o que estavam fazendo, disse Bertie.

Pagaram por isso, de qualquer modo, disse eu. De uma forma assustadora. Ela, ao menos, pagou.

> *No 19º dia de maio de 1852, o Sr. Talbot descobriu, ou considerou que descobrira, que a mulher rompera seus votos matrimoniais... Uma grande comoção é descrita por testemunhas como tendo ocorrido no pátio diante da casa, quando o Sr. Talbot arrancou a criança da mãe, saiu e deixou-a com os criados.*
>
> *A Sra. Talbot ficou muito transtornada e, no dia seguinte, o clérigo do lugarejo, reverendo McClelland, levou-a para a estação ferroviária mais próxima, e o trem postal a conduziu até Dublin. Ali, hospedou-a num hotel chamado Coffey, na rua Dominique.*
>
> *No decorrer de dois ou três dias, a Sra. Talbot foi transferida para uma residência em Rathgar-Road, subúrbio de Dublin. Após passar três semanas nessa residência, o senhor que cuidara dela, reverendo McClelland, retirou-a pelo Canal para este país e ela foi levada para uma casa nas imediações de*

Windsor. Foi posta naquela casa sob a insinuação, verdadeira ou imaginária, de que não se achava em plena posse das suas faculdades mentais. O lugar em que a mantiveram, ou alegaram que ela se encontrava, era desconhecido. Ali permaneceu sob a custódia de uma mulher até por volta do mês de dezembro seguinte, quando seu domicílio foi descoberto por pessoas das relações da Sra. Talbot, a saber, por um Sr. e Sra. Paget, sendo o Sr. Paget um renomado advogado...

Tiraram a filha dela!, disse Ella, assustada.

Richard atirou-a num manicômio, disse eu. Idiota! Alegou que ela tinha enlouquecido e a pôs em isolamento, e ela poderia ter ficado escondida a vida toda, se esse tal de Paget não a tivesse encontrado...

É a nossa casa!, disse Bertie. Esta casa! Parecia meio chocado e meio deliciado. Onde estamos agora! A do Sr. McClelland! Era aqui o vicariato na época, e o Sr. McClelland o vigário. Eu sempre soube disso. Esta casa em que estamos agora!

Richard simplesmente se mandou e deixou a filha com os criados!, disse Ella. Que criados? Bem que eu gostaria de saber. Onde estava o cara com quem a Sra. Talbot andava se encontrando?

Joe não gostou da repentina agitação dos adultos na copa. Desceu da cadeira e enterrou o rosto no quadril da mãe, como faria uma criança muito menor.

Tudo bem, Joe, disse eu. É só uma história. Como as que mamãe lhe conta quando você vai dormir.

Ella sentou-se, levantou-o e o pôs no colo.

Tem mais alguma coisa?, ela me perguntou. Essa história é tão boa quanto as da televisão.

Por enquanto, chega! disse Bertie. Ollie está chamando, filha. E você, Kathleen... lamento, mas preciso que junte suas coisas para podermos arrumar seu quarto. Enquanto isso, vou preparar uma caixa com comida para você levar para Mellary, assim não precisa se preocupar com compras. Ella, quero que arrume o salão e as escadas assim que der o almoço a Ollie. Joe, vá comprar livros de colorir pra você e seu irmão. Kathleen, liguei para a loja Spar em Mellary e pedi a PJ pra ir até o chalé e ligar o aquecimento, e basta você telefonar para lá se precisar de alguma coisa, não deixe de ligar, pois é a única loja do lugar.

Corri à saleta de Bertie e liguei para a Srta. Leech.

Tenho de partir para Mellary esta tarde, disse. O pessoal do casamento de Coby chega hoje à noite. Há alguma possibilidade de me receber antes de eu ir?

Vou recebê-la, Srta. De Burca. Mas estou cansada demais pra discutir o assunto Talbot hoje. Não partilho do seu interesse aparentemente inesgotável por adultério.

Não foi apenas adultério, protestei. Ela mandava lavar as camisas dele de maneira especial, dava comida a ele e o procurava para lhe dar instruções sobre a charrete, quando poderia simplesmente mandar um dos criados dizer a ele o que queria... tudo isso consta das provas.

Eu me pergunto se você não passou tempo demais na Inglaterra, Kathleen, disse. Porque...

Preparei-me para ouvir algo desagradável quando ela usou meu primeiro nome.

...a história dos Talbot é o tipo de coisa que interessaria a um público inglês. História sem economia, história sem política, sem qualquer confusão. E os ignorantes ingleses são atraídos pela história de Mount Talbot porque acreditam tratar-se de um caso envolvendo semi-aristocratas. Fazendeiros canalhas, a maioria deles! E tinham valores podres! Esta dormindo com aquele; aquela dormindo com este. Enquanto as pessoas decentes morriam de fome...

Srta. Leech, interrompi. Srta. Leech, aquelas pessoas, também, sabe, as da história dos Talbot. Elas também tinham alma. Suas vidas também importavam para elas. E se elas se amavam...

Amor!, gritou a Srta. Leech. Eu sabia que você ia meter amor nisso!

Bem, eu me interesso pelo amor! O amor é a melhor coisa que já aconteceu à maioria das pessoas, ricas ou pobres.

Você é incorrigível, Srta. De Burca. Mas vou pôr a chaleira no fogo como sempre faço, às três e meia, e espero que se junte a mim para uma xícara de Earl Grey.

É uma infusão de chás bem inglesa, disse eu.

Não tenho nada contra os ingleses, disse ela, a não ser duas coisas: primeiro, a Reforma; e depois, a ocupação da Irlanda.

Bertie mal teve tempo de se despedir de mim. A cozinha parecia enxameada de garotas que haviam chegado para ajudar. O focinho preto e branco de Spot despontava por debaixo da mesa, tremendo de excitação. O velho cão, como sempre, dormia em seu tapete ao lado do fogão.

Você logo voltará a ficar conosco, disse ele. Tenho uns professores com reserva após o casamento, mas posso pô-los em quartos duplos. E, se quiser alguma coisa, basta ligar. Já disse a PJ em Mellary para deixar o telefone conectado em linha direta com você, porque está sozinha.

Slán, a Sheosaimh, disse eu a Joe.

Ainda não estudamos isso, protestou.

Cuide-se!, disse Bertie. Abraçou-me contra seu casaco de *tweed*. Veja lá, não vá se meter em encrencas!

Disse isso à guisa de brincadeira. Virei-me antes que visse meu rosto, pois fiz uma cara de choro ao ouvir aquelas palavras — as exatas palavras que minha mãe dissera a última vez em que me disse alguma coisa, no dia em que Sean batia com a colher em sua cadeira alta. O dia em que saí de casa para a faculdade. Não se meta em encrencas, em qualquer coisa que faça, disse ela. Mas disse curvando-se para mim do canto da sala, sem me tocar. Tenho de confessar que minha mãe não sabia abraçar.

Nem eu, pensei.

6

Um céu sombrio e baixo pairava acima das coloridas lojas na praça. Imaginei sem dificuldade a colina antes da existência de uma cidade ali, quando os lobos uivavam nas florestas de carvalho durante os longos invernos. Desviei o carro ao passar por uma pilha de baldes prateados caídos do meio-fio. Uma loja de vídeos com uma Sharon Stone de papelão em tamanho natural. Embalagens de ervilha graúda empilhadas na janela de uma leiteria antiquada. Uma grande loja de tecido com manequins lascados e mantas penduradas ao longo do comprido corredor de entrada. A biblioteca com seu lindo lance de escada e altas janelas georgianas bem em frente dos portões de Mount Talbot, e feitas da mesma pedra cinza esbranquiçada. Ao lado da biblioteca, as vitrines do supermercado eram cobertas de brilhantes cartazes amarelos que anunciavam as PROMOÇÕES DA SEMANA. Um dos muros do estacionamento, atrás, fizera parte do asilo de pobres, dissera-me a Srta. Leech. O dono do supermercado não deixou o comitê da COMMEMORATION (Homenagem) da Fome pôr uma placa ali. Era melhor esquecer todo aquele tipo de coisa, dissera ele à Srta. Leech. Tenho de pagar aos garotos em idade escolar agora o salário de um homem para fazer algum trabalho por aqui, tão bem anda a Irlanda.

Entrei num posto de gasolina e enchi o tanque. Estava parada ao lado do carro, tirando o invólucro de uma barra de chocolate, preparando-me para pegar o carro e voltar para a biblioteca, quando pensei: Isso é ridículo! E remexi os bolsos à procura de cinqüenta centavos em moeda. Em seguida esperei o telefone ficar vago atrás de duas garotas às risadinhas. Quando as moedas caíram direto no compartimento de devolução, pensei: Não importa, vou-me embora, não há pressa alguma. Então tentei mais uma vez; as moedas foram registradas e eu disquei os números.

Annie? Annie? Dan? Mas era a secretária eletrônica.

Alô, queridos, disse eu, aqui é Kathleen. Esperem até eu lhes contar... nunca poderiam adivinhar... Estou na Irlanda! Acabei de chegar aqui! Estou trabalhando, mas talvez tenha algum tempo para dar um pulo aí e ver vocês todos antes de partir... ver sobretudo a pequena Lilian. Estou a caminho de Mellary agora, indo para um chalé onde vou ficar mais ou menos uma semana... mais trabalho... e não trouxe o celular comigo, mas vão me conectar a uma linha direta lá, portanto, ligo para vocês quando fizerem isso.

Depois disse eu: Preciso lhes contar uma coisa. Jimmy faleceu. Coração. Faz dois meses e meio.

Os bipes começaram a avisar.

Estou ótima! Eu torno a ligar!, gritei. Eu torno a ligar!

Voltei para o carro me sentindo tão leve que ri comigo mesma. Por que não liguei antes? Sou uma mulher que foi apanhada não apenas em um, mas em dois golpes; e o de Fiji não fora nada divertido. E ali estava eu, juntando coragem para ligar para uma dona-de-casa e um pequeno fazendeiro, que eu conhecia praticamente de toda a vida, e não tinha a menor intimidade! Todos os vagos problemas entre mim e eles existiam apenas na minha cabeça. E não poderia ser o fato de eu lhes contar sobre Jimmy que me detivera. Eles mal o conheciam. Fomos os quatro a uma partida de futebol Irlanda/Inglaterra em Wembley certa vez e cantamos "*Só há um Jackie Charlton*" com a melodia de "*Guantanamera*", e depois a um restaurante tailandês. Os garçons apresentaram uma dança folclórica em volta de nós, entre cada prato, com sinos de prata nas mãos e Dan lhes perguntou se por acaso tinham alguma coisa tipo batatas. Vejam só, foi perfeito que no primeiro telefonema em muito tempo eles não estivessem em casa...

Deixei um recado simpático e simples. Afinal, dificilmente se pode dizer a um irmão que mal se conhece "eu amava Jimmy". Sinto uma terrível falta dele. Era como um irmão pra mim.

Eu continuava andando com os passos ligeiros, despreocupados, ao subir a escada dos fundos da biblioteca. A Srta. Leech usava uma pequena boina, num ângulo petulante, possivelmente para desviar a atenção de sua fisionomia cansada.

Ora! Ela me lançou um olhar feroz, e começou sem qualquer cumprimento. Quanto às "notas" que me passou por fax — o resumo dos sete encontros de Marianne Talbot com o jovem Mullan...

Oh, não tem importância, disse eu. Esqueça as notas.

Sou uma bibliotecária profissional, assim como você é uma escritora profissional. Meus comentários sobre seus comentários são os seguintes: sim, toda a área na periferia da cidade era de língua irlandesa até a década de 1870, e o primeiro idioma de William Mullan teria sido o irlandês. Segundo, os comerciantes católicos de Ballygall tinham mobílias sofisticadas, a mesma da fidalguia rural, e na certa as pessoas sem qualquer propriedade se maravilhavam com elas, como fazem e sempre fizeram em todas as partes do mundo. Por fim, não faço a mínima idéia de qual seria o motivo de a Sra. Talbot querer um copo de leite.

Senti-me ruborizar ao ver como ela fez minhas perguntas parecerem tolas. Mas logo se desculpou.

Acho, contudo, apressou-se a dizer, que o jovem casal vale mais do que sugeriria uma simples relação dos seus encontros testemunhados por criados. Devo confessar, na verdade, que eles são mais dignos de nota do que eu sempre imaginei. Talvez porque nunca tenha lido antes o *Julgamento* exatamente até o fim — eu era meio intolerante quando jovem — e não tinha me dado conta dos indícios de que William Mullan talvez se preocupasse profundamente com a Sra. Talbot, e ela com ele. É o que agora concluo do seguinte trecho:

Pegou o *Julgamento* e leu-o em sua voz alta, precisa:

> *Parece que este homem, Mullan, seguiu a Sra. Talbot; ele chegou a Dublin um ou dois dias após a chegada da Sra. Talbot. Ela chegou, e um dia ou dois depois chegou Mullan, que lhe escreveu um bilhete quando ela estava no hotel Coffey, parece ter chegado ao hotel com aquele bilhete. O bilhete foi posto na mão do Sr. McClelland, que ali estava como protetor dela, e assim que o leu ele destruiu o bilhete, não permitindo que ela o visse. O que aconteceu foi que, desejando a Sra. Talbot saber o que dizia o tal bilhete, ele mencionou que Mullan a procurara e queria vê-la. Ela ficou então extremamente ansiosa por ver Mullan. Expressou um grande desejo de vê-lo e disse: "Permita-me vê-lo; e não apenas permita-me vê-lo, mas eu desejo partir com ele para a América", ou alguma expressão desse tipo. Isso ocorreu no hotel de Coffey.*

Sempre achei esse o detalhe mais importante de toda a história, disse eu. Daria tudo pra saber o que ele dizia no bilhete.

É de todo improvável que cheguemos algum dia a saber, disse ela.

Se eu conseguisse encontrar um registro da prova como foi apresentada pela primeira vez na íntegra, comecei... Richard entrou com um processo de separação aqui, no Tribunal Eclesiástico, antes de ir à Inglaterra procurar o dos lordes...

Eu pensei nisso, disse ela. Mas os registros do Tribunal Eclesiástico eram guardados no prédio dos Quatro Tribunais em Dublin, destruído pelo fogo em 1922, no primeiro ato de repressão dirigida contra os verdadeiros republicanos irlandeses...

Deve haver alguma coisa em algum lugar, disse eu. Cheguei aqui com o *Julgamento*, e até agora não encontrei um único indício a mais para levar um livro adiante! Nem as ruínas da casa estão mais lá.

Ficamos caladas.

Imaginei que deveria haver outros documentos, disse eu, com que eu pudesse começar a montar um quebra-cabeças. Os registros comerciais da propriedade de Mount Talbot, talvez, de modo que eu pudesse dizer, por exemplo, que em tal e tal data — o dia em que os amantes foram vistos entrando no pomar, por exemplo — cem quilos de nabo foram tirados de Long Field, ou Richard Talbot encomendou uma espingarda de caça à Purdey's, ou William Mullan estava entre os criados que faziam uma fila diante do escritório no pátio para receber os salários. Imaginava que talvez houvesse um jornal de Ballygall — mensal ou quinzenal — para que eu pudesse entremear a história privada com a pública...

Tínhamos uma biblioteca aqui, disse a Srta. Leech, desde a década de 1890. Mas os bibliotecários não davam muito mais valor às relíquias do sistema de arrendamento de terras do que dava qualquer outra pessoa. Minha coleção de Estudos Locais é a primeira do gênero — levou todo esse tempo para aceitarmos nosso passado. Mas não desista, Kathleen. Uma ajudinha ao menos eu poderia lhe oferecer. Um rapaz muito simpático da cidade estuda biblioteconomia em Dublin, mas por acaso está em casa no momento. Declan. Consta que a mãe desejava que ele entrasse no sacerdócio, mas parece que isso não vai acontecer e ela considera bibliotecário a melhor opção depois de padre. Vou pedir a ele que pesquise os jornais nacionais para você. Será bom para ele. A sua busca é daquelas com as quais ele vai ter de lidar a vida toda.

É muito bondosa, disse eu. Não sei o que faria sem você.

Talvez tenha de descobrir, disse ela, decidida.

Não ousei perguntar-lhe o que queria dizer.

Ela contornou a mesa, com todo o seu metro e meio. Prendera um broche celta no lado da boina. Não se movia com sua agilidade habitual.

Se ligar no fim da semana que vem, meu jovem amigo talvez tenha algo para informar. Já estará de volta ao hotel de Bertie.

Obrigada, Srta. Leech, disse eu. Obrigada por toda a sua ajuda. Sinto realmente muitíssimo...

Baixei os olhos para seu enrugado e velho rosto. Uma meia-lua de pele marrom-escuro sob cada olho. Estendi involuntariamente a mão para ela. Mas ela viu o movimento e virou-se na cadeira.

Eu revejo e repasso minha vida — disse ela, olhando acima dos telhados de Ballygall — e me pergunto se teria acontecido alguma coisa interessante comigo caso eu tivesse nascido nos Estados Unidos ou na Itália, ou mesmo na China ou na África? As mulheres da minha geração na Irlanda, que desejavam trabalhar no serviço público — e eu queria ser bibliotecária ou professora —, tinham de renunciar ao casamento. E se eu tivesse tentado ser uma esposa, mesmo assim? Não estaria agora jogando bridge com ignorantes para passar o tempo.

Eu não via o rosto dela.

Imagine! disse ela, desolada. Jogar baralho, para passar o tempo, quando resta tão pouco tempo para pessoas da minha idade!

Na verdade, continuou, reanimando-se e virando-se mais uma vez para mim, pessoas de *todas* as idades têm muito pouco tempo, mas são tolas demais pra ver isso.

E, consciente ou não, deu-me um largo sorriso.

Ainda no carro, quando seguia para Mellary, a idéia não me saía da mente. Não o fato de Mullan ter seguido Marianne. Mas a imagem daquilo — a poderosa imagem do homem ali em pé, parado à espera, numa rua de Dublin. Devia haver sinais luminosos ladeando a porta do hotel e, parado ali, ele devia ficar meio visível ao lado daquela tremulante iluminação.

Em Oxford, uma cruz de metal no asfalto no meio de uma rua assinala onde os primeiros mártires protestantes morreram queimados na fogueira. Deveria haver uma cruz na rua Dominick, em Dublin. "Aqui Esperou William Mullan, Amante Fiel."

Enquanto seguia ao volante pela estrada, essa imagem começou a fundir-se com outra que trazia em minha memória muitos anos e então recuperava, perfeitamente intata. A de um vendedor ambulante africano que vi, certa vez, parado na praça de uma aldeia, numa noite de inverno na Sicília — de pé ao anoitecer, a neve começando a polvilhar seu roto chapéu de lã, o semblante impassível, intermitentemente iluminado pela luz projetada no céu noturno pela regurgitação do Monte Etna.

Escolhi pensar na Sicília. Uma lembrança só minha, de minha própria vida. Queria isolar-me dentro de mim mesma. Estava cansada de todo o esforço que tivera de fazer na Irlanda. Esgotada por todas as pessoas, vivas e mortas, que começava a conhecer. Demasiados sentimentos eram exigidos de mim, quando prestar atenção até mesmo numa única pessoa fora mais do que eu quisera fazer durante a maior parte de minha vida. Não é justo, disse a mim mesma; tenho de me preocupar com as pessoas e ninguém no mundo se preocupa comigo! Não encontrei Alex quando liguei! Imagine! Não importa, claro, não preciso dele para nada em particular... Mas mesmo assim.

Era o último dia de uma conferência de editores de publicações de viagem, quando vi o mascate. Poderia nunca tê-lo visto. Estávamos na Sicília havia cinco dias, os três da *TravelWrite* no Grand Hotel et des Palmes in Taormina, em janeiro, quando ainda era possível ver limões nas árvores desfolhadas, e o sol da manhã era quente o suficiente além das portas envidraçadas para eu tomar meu café refestelada no sofá. Sentia-me muito contente. Fizera do meu luxuoso quarto um lar — vinho do supermercado gelando no frigobar, meu saca-rolhas, meu rádio, meu romance folhetinesco aberto com cuidado e minha maquiagem arrumada no banheiro de mármore sob um espelho iluminado por pequenos projetores. Alex estava satisfeito comigo, porque eu presidira um seminário e fizera uma apresentação muito elogiada. Disse a Jimmy que só reprovara aquela coisa parecendo uma camisola velha que usei durante a apresentação. Quando Jimmy lhe disse que meu assimétrico Yamamoto era a peça de roupa mais notável da cidade, ele me contou, Alex lançou-lhe um olhar de educada descrença. Quanto ao próprio Jimmy, estava irado comigo, porque a não ser quando de fato trabalhava, ficava tímida. Encostava-me na parede, nos intervalos, com uma pedra.

Que pessoa mais assustada, disse Jimmy. Parece dizer: Que venham a mim, pois serei execrada se for até eles.

Não é isso, disse eu. São duas razões: uma que não sei conversar fiado, e outra que não tenho certeza de que alguém queira conversar comigo.

Vou denunciá-la a Nora, disse Jimmy. Precisa de um terapeuta. Todo mundo aqui sabe que você é fantástica, menos você. Qualquer pessoa ficaria feliz de conversar com você.

Na última tarde fomos até o alto das colinas numa excursão de ônibus. Encostei o rosto ao passar pelo pálido reflexo delas, esforçando-me por vê-las pela janela. Muros partidos, capim bruto, um velho de boné de beisebol a conduzir um rebanho de ovelhas com uma vara e um cão empertigado. O mesmo cenário de qualquer lugar do mundo onde existam ovelhas. Mas, com certeza, aquele pastor tem um dialeto diferente do siciliano falado mais embaixo no vale, não importa qual a diferença da linguagem dos demais pastores. Como se de algum modo o próprio lugar insistisse em ser criativo...

O ônibus parou à beira da estrada. O motorista desligou o motor.

Oh, uau!, disse alguém, e logo a passagem entre os bancos encheu-se de câmeras de vídeo retiradas de bolsas e pessoas vestindo os casacos para uma rápida corrida ao gélido ar vespertino. Do outro lado do vale, muito acima do horizonte, surgira um pico nevado, imenso e distante, numa fenda nas nuvens. O Etna! O céu em volta era de um profundo azul-marinho. Do profundo azul-marinho brotou — pam! — um enorme clarão, uma fumaça que se encrespou e se desfez em círculos, e uma fenda rubra rasgou a neve. O Etna em erupção. O acontecimento foi tão simples e tão grandioso que fez os repórteres de viagem parecerem crianças. Quando o frio nos impeliu de volta ao ônibus, a contenção já desaparecera. Todo mundo amontoou-se nos primeiros bancos. O ônibus reiniciou a subida pela serra, a noite entrando furtivamente no grande anfiteatro negro de colinas, onde a primitiva luz carmesim surgia e desaparecia.

Era tarde demais para a ida ao bar que o organizador do passeio prometera. Mas o ônibus continuou subindo até uma aldeia cinza nas colinas, um recanto de muros, grossos, voltados para si mesmos. Alguns primeiros flocos de neve começaram a cair ao sairmos correndo por uma praça até um bar pouco iluminado, pedindo aos gritos *espressos* e conhaques. Voltei-me na porta, para olhar o Etna.

Vi um velho em pé, de costas, na calçada de pedras diante do bar. Era um africano — muito alto e magro, atrás de uma banca com o que pareciam brinquedos, pacotes de pilhas e ferramentas de plástico. Usava um casacão velho, um roto chapéu de lã enfiado na cabeça, até a testa. Absolutamente imóvel, como se o frio e a escuridão lhe houvessem escoado a vida. Vi que tinha os olhos fixos no breu.

Este bar vai fechar assim que sairmos, pensei. O dono vai trancá-lo, fecharse em casa, e não mais haverá movimento algum aqui nesta aldeia numa noite tão fria. E tampouco algum barulho, a não ser as tímidas risadas dos aparelhos de televisão atrás das paredes. A neve simplesmente cairá nas alamedas escuras.

Oh! Aonde ele irá?

De volta ao hotel naquela noite, a imagem do vendedor ambulante não me deixou. Fiquei pensando nos flocos de neve caindo nos ombros de seu casaco fino. Sentei-me ao jantar com a delegação canadense e logo tentei ser generosa — ouvir com atenção e não falar demais nem de menos. Tinha tanto pelo que me mostrar grata.

Deixe os outros irem pra cama, disse um dos homens pra mim à meia-noite. Você e eu vamos beber e nos conhecer melhor.

Ele pediu outra taça de vinho.

Mas fui ao banheiro feminino e pensei no assunto, e decidi não voltar à mesa Atravessei o saguão direto até a escada e subi para o meu quarto.

À minha frente, Alex subia devagar os degraus.

Oi, disse ele, e esperou por mim. Não se dava conta de como estava gracioso, curvado em minha direção, ali acima na escada.

Foi boa a noite?, perguntou.

Havíamos chegado a uma ampla janela envidraçada e revestida de metal no primeiro andar. Flocos cinzentos de neve caíam em redemoinho da escura noite e roçavam o vidro.

Foi, disse eu. Melhor do que lá fora. Encostei a mão no vidro gelado e estremeci.

Vi você olhando o cara africano, disse ele.

Arregalei os olhos para ele, impressionada. Imagine Alex olhando para mim sem eu saber! Como eu estava? Se de perfil, deu para reparar no meu queixo duplo?

Vi que estava preocupada. Eu também fiquei preocupado com ele, continuou Alex. Conheço algumas pessoas aqui em Palermo que poderiam ser úteis e dei um telefonema para eles.

É mesmo? Fiquei pasma. Conhece pessoas em Palermo?

Elas disseram que conhecem o sujeito, disse Alex. Ele tem família em Catania. Iam providenciar para que voltasse ainda esta noite. E você, minha querida, disse, sorrindo para mim, tudo bem?

Atravessamos juntos o corredor e ele pousou de leve o braço em meu ombro.

Não pegou uma gripe, espero, pegou, Kathleen? Você está tão calada.

Não. Estou ótima.

O meu é este, disse ele, e pôs-se a enfiar a chave numa porta. Afagou-me a cabeça, dando-lhe uns tapinhas, com uma daquelas lindas mãos que eu sempre admirava nas reuniões da redação. Cabelos revoltos, os seus. Sorriu-me. Bonitos.

Na manhã seguinte, quando estávamos todos diante do hotel, à espera dos ônibus para o aeroporto, disse eu a Jimmy:

Gosto *mesmo* de Alex. Ele tem seus mistérios, ah, isso tem. Não, Jimmy... é *sério*, gosto mesmo dele.

Jimmy absorveu-o com um olhar.

Por acaso a fada endiabrada derramou alguma poção mágica em seu ouvido durante a noite?, perguntou, com frieza. Alex é hoje exatamente a mesma pessoa extremamente limitada que era ontem.

Não me importa, disse eu. Gosto *muito* dele.

Bertie tinha razão sobre o chalé em Mellary. Eu ficaria feliz ali. Atravessei a varanda e parei ao chegar à sala. Aconchegante, tomada por uma dourada luz crepuscular. Desde minha infância poderia reconhecer que o distante e lento soluço — mais que um ruído, uma ondulação no ar — era o mar numa praia rochosa. Uma sala branca com duas janelinhas, um vaso de gerânios cor-de-rosa em flor, num parapeito fundo. Um fogão e uma pia num canto. Uma pequena lareira. Uma poltrona. Tapetinho de sisal, uma velha e grossa manta estendida diante da lareira. Uma mesa e duas cadeiras. Um quadro do Sagrado Coração de Jesus e uma pequena lâmpada vermelha na parede. Um banheiro, um degrau partido pela grossa parede dos fundos e os aquecedores elétricos eram os símbolos do mundo moderno; sem isso, seria uma casa fora do tempo.

Olhei meus pés no tapete. Mal podia acreditar que me haviam levado até ali.

Era a primeira casa irlandesa em que eu entrava desde os meus vinte anos, pensei. A última em que entrei foi aquela na qual fora criada! Nunca me dera conta disso antes... E desde então dificilmente chegava a completar uma temporada sozinha numa mesma casa. Mudara-me várias vezes entre os anos de estudante em Dublin e quando fiquei com Poly em Londres. Em seguida, vivi na água-furtada entre os castanheiros com Hugo, depois, com Caro, morei na mansão que seu pai lhe dera, e só então me instalei no porão sozinha. Fui até a pia a fim de encher uma chaleira para o chá. Pensei: Também mal cuidara de mim. Mal chegara sequer a cozinhar. Mantinha vinho e leite no refrigerador. Tinha sempre latas de atum para o gato da vizinha, e às vezes um hambúrguer para o bichano. Mas nunca uma sacola cheia de comida, como a que trouxera da casa de Bertie. Olhei em volta. Também nunca tivera um escorredor de pratos de madeira, nem vassouras e tampouco uma lareira com atiçador e pinças em suportes encostados na parede. Fazer chá era como repetir um ritual de infância. Deixar a torneira aberta até a água ficar cristalina e fria. O pequeno suspiro da chama do gás butano antes do fogo inflamar-se em meu fósforo. Abri a caixa de leite e encontrei uma caneca. E voltei-me, para olhar mais uma vez o ambiente. Paredes muito grossas, curvas e baixas. Que abrigo de paz!

Exatamente como a casa de tio Ned, onde experimentei talvez minha única verdadeira semana como dona-de-casa. Com um homem que me enaltecia, agora que eu pensava nisso, sem o ar de desaprovação de meu pai...

Enquanto a água da chaleira fervia, trouxe o resto de minhas coisas, fui para o quartinho de dormir e arrumei a larga cama de metal. Era tão grande e macia que rolei nela como uma criança por alguns minutos quando terminei de fazê-la.

Meus Deus! Quem dera que eu tivesse o gato da vizinha aqui comigo!

Enfiei um suéter e saí correndo no início do crepúsculo até o monte de turfa na última empena da casa. Juntei um grande feixe de turfa endurecido nos braços. Fragmentos do pântano duros como pedra. Eu mal conhecia turfa, porque o carvoeiro em sua carroça puxada a cavalo saía de Kilcrennan e vinha até a junção onde a Shore Road se desviava em direção a uma ponta distante e, quando mamãe tinha dinheiro, ele nos entregava um saco de carvão vegetal polido. Perto da portinhola do chalé, vi arbustos de urze secos num afloramento rochoso. Tornei a entrar, peguei a faca de pão, cortei alguns galhos nodosos e, equilibrando neles pequenos pedaços partidos da turfa, consegui acender o fogo. Ajoelhei-me no tapete, fitando as chamas e absorvendo o cheiro de giesta queimada. Não lembrava quanto tempo fazia desde a última vez que acendera uma lareira — uma verdadeira lareira, como aquela, não um fogo à toa em alguma cabana de toras de estação de esqui.

Recostei-me na poltrona com meu chá, um pratinho com pão, manteiga e salmão cozido do casamento, fitando as chamas do fogo feito por mim. Como também não tirava os olhos do pequeno retângulo engradado do aquecedor na casa de tio Ned, com a mesma satisfação.

Cait! *Cait!* Entre no carro...

Oh, *não!* Já há algum tempo deitada em minha cama, lendo *Adeus às armas*, rezara para que todos me deixassem em paz, em particular ele. Chegara de férias, e acabara a paz em nossa casa.

Durante o jantar na véspera, Nora disse que tinha adorado uma minissaia e papai pôs-se a desfiar um monólogo sobre a cultura nativa, perdida com a derrota dos chefes militares galeses em Kinsale, e que novas forças se concentravam contra a Irlanda, para destruí-la. Disse que para ele era um mistério Nora querer andar como uma porca imoral. Então, assim que de algum modo se refez, ela retrucou que era boa em matemática e adoraria estudar contabilidade. Quando papai e mamãe voltaram do pub, mamãe foi direto para o quarto, mas ele arrancou Nora da cama e zombou dela, obrigando-a a tirar moedas do seu sobretudo e contá-las na frente dele.

Que é que há de enredo com ele?, sussurrei, quando ela voltou para a cama. Que bicho o mordeu?

Não conte nada a ele, pediu Nora, quase chorando de humilhação. Ele nos odeia! Que mal lhe fizemos? Em todo caso, tenho uma minissaia! A Sra. Bates fez pra mim. Branca. Ponho por baixo do uniforme todas as manhãs e, às vezes, quando estou com ela, colho flores nas cercas e as enfio nas sandálias de salto alto.

Cait! *Levante-se e vá se aprontar!*

Mas, papai...

Imediatamente!

Quero que vá pra antiga fazenda, disse ele, já na rua, quando nos encaminhávamos para a casa de tio Ned. Tenho problemas a resolver.

Esse era seu jeito de falar.

Ao chegarmos no caminho que dava na casa do tio Ned ele parou. Ficou um instante olhando fixo para frente enquanto o carro estalava, quebrando o silêncio.

Tome, disse ele, tirando seu pente preto de um bolso interno do paletó e me entregando. Se arrume.

Como sabe, Caitlín, disse com sua voz mais firme, sou membro do serviço público da República da Irlanda — um servidor, se poderia dizer, recrutado para a defesa do estado, do lado civil, exatamente como um cara do exército, do lado militar. Não posso ser associado a nada que ponha minha posição em descrédito.

Não, concordei. Sim, você está certo.

Por isso preciso lhe pedir que se abstenha de comentar com outros o que vou revelar, continuou. Nem com sua mãe. Ned está na prisão.

Como?, soltei um grito agudo, e deu para perceber a satisfação em sua voz, ao confirmar, solenemente.

Sim. Prisão de Mountjoy.

Ned? Tio Ned?

Sim, disse ele. E o peso cai sobre meus ombros.

Então — com o máximo de ênfase em como isso fora um choque para ele — papai contou-me que Ned fora na véspera a Dublin participar de uma manifestação organizada pela Associação de Pequenos Fazendeiros locais sobre preços de gado. O grupo de tio Ned juntara-se a uma multidão vinda de todas as partes do país. Ninguém percebera, mas ele levara duas galinhas numa maleta de mão, na qual fizera buracos de ventilação, e abriu-a, de propósito, quando o ministro surgiu na escada do Departamento de Agricultura, e uma das galinhas voara e se empoleirara no topo do microfone. Foi uma ótima piada, ao menos para os fazendeiros, só que mais tarde naquela noite a situação ficou violenta, quando a polícia tomou de assalto o prédio e os fazendeiros que o ocupavam se recusaram a sair. Ned não pôde sair porque tentava encontrar sua ave.

Um guarda disse ter tomado um murro de Ned.

Ned?

O oficial talvez tenha se enganado, eu concordo com você. Mas de qualquer modo, Ned pegou sete dias. Quero que tome conta da casa, Caitlín. Vá para lá todos os dias, dê de comer aos animais, deixe uma luz acesa à noite, tranque bem quando sair e cuide para que tudo fique em ordem.

Mas, papai, eu ia dizer, por que não pede a Danny? Danny vive indo à casa de tio Ned... mas qualquer menção a Danny era agitar um pano vermelho diante de um touro. Por isso, disse: Mas, pai, por que o segredo sobre isso? Claro que tio Ned vai virar um herói.

Apenas não quero que se fale nisso. Na minha posição. E sua mãe não está bem...

Como vou fazer para ir e voltar de lá?

Tem a bicicleta de Ned, não?

Mas, papai, sábado...

Que tem sábado? Virou a cabeça bruscamente para me olhar feio. Não vai querer dizer que põe uma pessoa como Sharon Malone à frente de seu tio, vai? O que vocês duas fazem não é mais do que ficar zanzando pelas ruas. Sabe que tenho minhas fontes na cidade.

E arrancou com o carro.

Saltamos diante da velha casa, atravessamos a ruazinha de terra e cruzamos juntos a sebe alta. Pegamos a chave onde sempre ficava escondida, embaixo de um emaranhado de rédeas velhas na parede lateral do galpão. Empurramos e abrimos a porta da frente, entrando na organizada sala. Pendurada no trilho, a toalha do chá branca e quadrada. Todos os pratos haviam sido guardados, as duas plantas de Ned apoiadas no escorredor de pratos em molheiras com água. O relógio de parede mantinha seu constante tique-taque. A porta de ferro do fogão estava aberta, com um amontoado de jornais sob gravetos e paus espetados com as pontas para cima, prontos para receber um fósforo aceso. Era a sala mais tranqüila na casa mais segura do mundo.

Houve uma tremenda agitação na porta. Elvis, o cão de Ned, empinava-se na soleira, choramingando e escavando o chão com as patas, faminto e excitado.

Sei como resolver isso, pai!

Na copa, peguei o saco de ração e a concha, depois uma lata de soro de leite na prateleira e borrifei-o nos torrões secos. Levei a cumbuca para Elvis. O cão devorou a comida, sorveu toda a água que eu pusera na tigela ao lado, e em seguida desabou estendido na soleira, com a cabeça apoiada nas patas, olhando-nos em estado de alerta.

Sabe como cuidar do gado?, perguntou meu pai.

Sei, muitas vezes ajudei tio Ned com eles.

Sabe remendar o pneu da bicicleta, se por acaso furar?

Sei. Ele tem uma caixa de metal, a gente pega uma bacia...

Você é uma grande menina, disse ele. Melhor que qualquer menino. Felizardo do homem que fisgar você...

Naquela semana, repintei as pedras brancas que margeavam o canteiro de Ned com a tinta que encontrei no galpão. Arranquei todas as ervas daninhas dos lírios-do-vale. No sábado, nem fui à cidade. Fiquei ocupada em casa, pondo flores num jarro na mesa encerada para quando ele chegasse, e estendendo as folhas boas para seu chá sob um pano limpo. Fui generosa ao encher de forragem os cochos do gado, deixei migalhas de pão que trouxera de casa para os gatos selvagens que moravam no galpão e levei uma hora diante da porta da frente, tentando fazer com que Elvis ficasse parado enquanto o lavava com a água de uma bacia. Muitas vezes, depois disso, imaginei que aquele devia ser o modelo de uma parceria feliz. Somos felizes no trabalho e fazemos tudo com muita vontade porque sabemos que vamos ser elogiados.

Meu pai bateu cedo na porta do quarto, me chamando, na manhã de domingo do retorno de Ned. Passei por cima de Nora ao sair da cama e me vesti em um minuto.

Veja o mar, disse eu, quando saímos para entrar no carro.

Era uma coisa que só acontecia algumas vezes por ano, em manhãs sem vento como aquela. A água refletia o céu perfeito como um espelho. Mais adiante, no fim da praia, na pequena elevação diante da baía onde se erguia o acampamento alemão de férias, os penhascos baixos refletiam-se com exatidão na água resplandecente. Cada detalhe se duplicava como se, durante a noite, um truque de mágica houvesse sido preparado. A ampla imensidão azul da água, a estrada branca, as margens gramadas, a fileira de cabanas, nossos rostos e costas — tudo se banhava naquele sol novo e fresco. Não se ouvia um único barulho, além do distante e repetitivo suspiro da areia seca sucumbindo à silenciosa enchente da maré.

Isto é que é manhã!, disse papai. Um dia perfeito! Meu Deus, é a manhã ideal para se comer cogumelos!

Ficamos no topo da colina atrás do terreno de tio Ned durante talvez uma hora. Lá em cima, o mato baixo, de tão vigoroso e verde, espesso e cheio de orvalho, dava-nos a sensação de uma coisa viva ao pisarmos nele. Caminhamos a passos lentos pela encosta da colina, atravessamos os bosques de faia que acompanhavam a linha da estrada e subimos até os pequenos campos de Ned, chegando então à turfa. O ar ali no alto era novo em folha — brincando amistoso à nossa volta, mas ainda envolto no gélido frio do amanhecer. Acima, ao longe, cotovias chiavam e soltavam sons esganiçados, e bandos de tordos castanhos rodopiavam à nossa frente, enquanto andávamos pelo cume da colina, como a nos conduzir pela manhã gloriosa.

Meu pai cantava. Eu ouvia a sua voz rouca, cantando consigo mesmo. *Come, in the gondola, come. Komm in die Gondol* — e então alguma coisa sobre Veneza, gôndolas, amor, passando depois para uma espécie de chamada que talvez fosse do gondoleiro ou do amante em fosse lá qual opereta que lhe viera à mente. *Hái-ri-hii!* Ouvi-o clamar. *Hai-rô-hoo!*

E aí se voltou, andando pesadamente em minha direção pela relva.

Veja! Veja, Cait! As grandes palmas das mãos, em forma de concha, cheias de pequeninos e brancos cogumelos com delicadíssimos talos cor de linho cru...

Meu fogo em Mellary já diminuía de intensidade e começava a faiscar — dando vazão à energia compactada na turfa, exatamente como as lembranças desprendendo sua força. Nenhum dos detalhes daquela manhã com meu pai jamais se apagara. Quando estava em algum belo lugar na Inglaterra, um lugar bem inglês — como a galeria de arte em Petworth, com os deslumbrantes Turners nas paredes e a névoa no parque lá fora, ou numa das cidades georgianas cor de creme em Yorkshire, *ou a contemplar de cima a curva da chapada ondulada e coberta de pastagens do outro lado*, até a fachada de glacê do pavilhão de Brighton — eu pensava: a Irlanda não tem nada igual a isso. Mas... a colina onde pegamos os cogumelos! Em nenhum outro lugar me sentira tão pura como cristal, nem tão revigorada.

Terá havido algum dia
Um tempo tão bom, desde então ou antes...?

Fui até a sacola de comida de Bertie. Sim, ele pusera vinho e também um saca-rolhas. Que homem gentil!

Mas apesar de todas as felizes lembranças e do vinho, não dormi bem na primeira noite em Mellary. Tomei um banho, e o velho caco de espelho na parede ao lado da banheira revelou-me, num ângulo meio disforme quando me levantei para sair, um fio branco no tufo de pêlos pubianos. Uma angústia atravessou-me da cabeça aos pés. Tive de tornar a me sentar na água que se esvaziava.

Não vai melhorar, disse a mim mesma. Nunca deixará de embranquecer de agora em diante.

Acordei com um carro parando em derrapagem junto à janela do quarto e uma forte batida na porta.

Uma dos nossos, graças a Deus, disse o cara de macacão marrom, balançando a cabeça para mim. Em geral, Bertie manda para cá velhos ianques e alemães. Sou PJ da loja, apresentou-se, passando apressado por mim carregando uma caixa de ferramentas ao entrar. Vou fazer o telefone funcionar. Eu cuido da leitura dos medidores, limpo as sepulturas, e minha mulher tem a loja Spar logo adiante na aldeia. Portanto, o que eu não sei, ela sabe. Bertie dizia há pouco que você é escritora. Ganha muito dinheiro, agora, escrevendo artigos?

Depende, disse eu. Não estou escrevendo artigos agora. Estou fazendo pesquisas sobre algo que aconteceu logo depois da fome.

Você não me parece o tipo de pessoa que escreve sobre fome, disse PJ.

Pareço o quê, então?

Mais uma modelo, disse ele, juro. Uma das moças da televisão que lê as notícias. Mas... fome. Na última vez que apareceu o Sudão na televisão, disse eu a ela... este é o mundo agora para nós, os homens partindo para a guerra e as mulheres abandonadas, tentando alimentar os filhos.

A fome que me interessa é a da batata, expliquei. Os irlandeses não estavam em guerra na época, as batatas simplesmente não vingaram.

E por acaso eu não sei disso? Como poderia esquecer, circulando por aí todo dia na caminhonete? Veja! disse ele, agachando-se para apontar pelo parapeito da janela o pedaço de campo entre a casa e as moitas de urze.

E talvez porque a luz do início da manhã captasse a textura da terra, vi o que ele apontava. Sulcos largos e fundos por todo o campo, sob a camada superficial de relva. Ondulações.

Camadas preguiçosas, disse ele. Para cultivar batatas. Sulcos da fome é como são chamados.

Mas são tantas, disse eu, estupidamente.

Claro que centenas de pessoas moravam aqui, disse o carteiro. Somente nesta faixa de terra. Na época, deveriam existir mais de mil sulcos por aqui. E era da batata que todos subsistiam. Foram todos para a América, os que não morreram. E, se eu fosse mais moço, também teria ido para a América! Hoje estaria lendo a *Playboy* todo dia, e pro diabo com este terrível poleiro velho.

Pôs-se a dar risadinhas no telefone.

Alô, *compadre*!, berrou no bocal. Ligue de volta pra mim!

O telefone tocou.

Não. Não, não posso. Bem, conserte quando a caminhonete voltar... Fizeram a maior confusão da última vez, também. Desculpe, senhorita, não tem telefone até amanhã.

E, num instante, desapareceu.

Não me importei, só que preferia estar em contato com Alex. Saí com o casaco sobre a camisola e segui o vento fresco até o local onde o mar entrava por uma praia rochosa e roía a borda do campo gasta pela erosão, a menos de cem metros do chalé. Mais uma vez junto ao mar! Só que o mar em Shore Road era muito calmo. Um brilho no horizonte, na maior parte do dia. Ali havia constante vitalidade. Pôs-se a cair um chuvisco tão leve que só me dei conta ao ver as marcas das gotas na sedosa superfície da água, avolumando-se e distendendo-se, as marcas das gotas de chuva se formando e reformando. Depois um vento ensolarado seguiu-se ao chuvisco. Vi a massa volumosa começar a quebrar-se em ondas. O vento soprou com mais força, e as ondas começaram a se erguer e ondular. Meus cabelos açoitavam-me o rosto, virei-me, e uma lufada me soprou, rindo de alegria, de volta para a casa.

Saltei dentro do carro o mais rápido que pude, a fim de explorar o lugar. Na estrada principal, virei à esquerda e tomei a secundária que ia para a aldeia de Mellary e a balsa de ligação com Mellary Harbour. Ao fazê-lo, vi pela primeira vez um panorama de toda a baía, e parei na campina, estarrecida.

Conhecia todos os pontos onde aquele Atlântico se quebrava nas costas ocidentais, percorrendo toda a curva da terra. Visualizava dez ou doze lugares que eu visitara banhados pelo mesmo oceano, desde uma compacta aldeia em meio a campos de alcachofra na Bretanha às dunas de areia da Namíbia. Vira a neblina que vinha dele todo dia, quando escrevia uma matéria sobre correntes de golfo em Portugal. Morara alguns metros dele num dilapidado acampamento turístico, de uma praia no Senegal, onde os caranguejos estalavam em volta dos pés de minha cama a noite toda. Mas nunca pisara na costa oeste de uma ilha do Atlântico, no exato momento da transformação da primavera na primeiríssima manifestação do verão — nunca vira antes uma encosta de pequenos campos tão vasta como aquela, a relva entremeada com o marrom de ervas daninhas e juncos, campos de um verde suave e resplandecente que embalava os olhos, e depois os estarrecia com o imenso panorama do turbulento mar turquesa. Mal se via um sinal de vida, a não ser pela agulha de uma igreja na aldeia, sobre a baía para onde as ondas se precipitavam céleres. A terra parecia abandonada. Nenhum celeiro. Apenas duas ou três pequenas casas brancas de fazenda trepadas num penhasco uma ao lado da outra, uma enorme praia muito longe, embaixo, e uma faixa aberta, vazia, de pasto de ovelhas adiante. Lá estava meu chalé em seu promontório. Mas sem barcos nem ancoradouros, e tampouco colheitas. Só um grande descampado no primeiro plano, e atrás o fabuloso mar, transbordando de energia.

E o tempo dançava por todo o imenso panorama como uma dimensão à parte. No breve tempo em que o contemplei, um temporal chegou a toda do mar. O céu escureceu. Em questão de segundos, passara o redemoinho de chuva. A estrada à frente ficou emoldurada nas ofuscantes gotas do pára-brisa. Logo se restauraram o ameno azul do céu, a clara luz do sol, e eu mais uma vez pude baixar a janela do carro. E na repentina paz, um melro, pousado numa âncora no topo de uma montanha que se elevava no vale, gorjeou com tanto vigor que vi seu peito rechonchudo subir e descer.

Muito chuvoso o oeste da Irlanda, sempre ouvi falar, dissera Alex na última vez em que eu fora à redação. Ri da lembrança. Mais uma vez o céu escurecia, para fazer cair em redemoinho outro aguaceiro. Não deixe de levar um guarda-chuva, certo Kath?, insistira.

A Sra. PJ era bisbilhoteira e desagradável.

Você é muito bem-vinda, disse. Uma escritora famosa! Veja lá, não vá botar todos nós em seu livro! PJ instalou o telefone pra você? Deve ser terrivelmente solitário lá naquele chalé, sem um amigo. A não ser que tenha um amigo com você? Aposto que sim. Disse eu a PJ, uma escritora famosa, tenho certeza de que não vai ficar naquele velho chalé sozinha.

Não sou uma escritora famosa, disse eu, determinada.

Claro, o que ia querer no chalé só escrevendo?

Olhei-a e respondi: Tenho andado doente.

Ela me olhou — sem a menor dúvida, a imagem da saúde — de cima a baixo.

Não tem ninguém pra cuidar de você, se está doente? Sua mamãe ou seu papai?

Não. Responder com apenas uma palavra era, eu sabia, a maior grosseria que se podia fazer naquele país.

Tem pão de ervas?, perguntei.

Temos pão de forma, disse ela. Se quiser pão grã-fino, vai ter de fazer a travessia até Mellary Harbour. Ou ir de carro. São 15 minutos de balsa na primeira opção, ou uma hora de carro na segunda. Mas, só pra tirar dúvidas, que há de mal no pão de forma?

Desde quando pão de ervas é grã-fino?, perguntei.

É fácil ver que andou fora, disse ela.

Parei indecisa diante da loja. Agora o sol se firmara e a temperatura esquentara bastante, graças a Deus. Me arranjaria com algumas camisetas. A lembrança de meu pai sorrindo, ao aproximar-se de mim pela campina com os cogumelos, não me deixava. Pus-me a fazer cálculos mentais. Alex tinha quase cinqüenta anos naquela noite no corredor de hotel, quando minha atitude com ele mudou e se aprofundou. E não era cinqüenta ou por aí a idade do meu pai, na manhã em que fomos procurar cogumelos? Poderia ele ter sido um homem que eu de repente conseguisse *ver*, como vira Alex?

Voltei para o carro a fim de tomar a balsa para Mellary Harbour.

Estranho — Jimmy nunca condenou meu pai, mesmo depois que lhe dera um exemplo após outro de sua grosseria.

Íamos para a casa dos pais de Jim, em Scottsbluff, no estado de Nebrasca, passar o Natal. Sentávamo-nos os quatro de pantufas enfeitadas com Papai Noel fosforescente no sofá, e víamos horas seguidas de televisão, numa bruma amena e aconchegante.

Numa das vezes passou *Cantando na chuva*.

É com esse que Jimmy se parece, disse eu. Gene Kelly!

É, disse o pai, solene, mas Jimmy também tem um cérebro.

Se aparecia um bombardeio ou tiroteio do IRA quando víamos televisão, o Sr. Beck dizia, tão previsivelmente quanto um relógio: Eu trabalhei com alguns rapazes irlandeses. Eles me explicaram a coisa toda. Há certos e errados dos dois lados.

Por mais banal que fosse, essa atitude me fazia relaxar, depois da Inglaterra. Eu me sentia à vontade para desabafar com o Sr. Beck, porque ele não me julgava por antecipação. Lembro, por exemplo, de lhe haver dito que o repertório de danças irlandesas começou quando a população nativa — descalça, murmurando em seu idioma que nenhum proprietário de terra conhecia, furtiva e com raiva — observava, atenta, atrás de portas e janelas, a fidalguia anglo-irlandesa dançar, depois levava decoradas as polcas e mazurcas para suas cabanas de piso de terra, pegava a rabeca e incorporava as danças de salão às dela.

Eles as roubaram do opressor, gritei para o Sr. Beck.

Deixe os ingleses pra lá, disse ele. Não passam de um povo europeu de estilo antiquado. A única inglesa que aparece na TV aqui é a Princesa Dyana.

Eu dormia como um bebê debaixo das mantas cor-de-rosa a cada noite, com o aquecimento da casa combatendo a neve do lado de fora.

Mas todo ano era uma variante do primeiro.

Passados apenas poucos dias, Jimmy tinha o que obviamente era uma briga simbólica com o pai sobre quem ia devolver o carro alugado no aeroporto. Jimmy insistia em fazê-lo. E quando chegávamos ao aeroporto e estacionávamos, ele saía correndo na minha frente e entrava no prédio — deixando as malas para eu carregar — e, quando eu acabava alcançando-o no bar, já quase liquidara um martíni.

Pelo amor de Deus, eu protestava. O que há com você?

Pais! Ele tremia. Eu via. Não apenas as mãos, mas também os ombros.

Mas Jimmy, dizia eu, desanimada, eles são pessoas tão adoráveis.

Eu sei, retrucava ele, irritado. Senhor! Chamava o barman.

Ele é seu pai, eu começava.

São pais em segundo lugar, dizia Jimmy. Mas homens primeiro.

7

Alguns carros e um caminhão esperavam a pequena balsa do outro lado do estuário ao norte de Mellary. Eu devia ter sugerido a Alex uma matéria intitulada "As grandes travessias de balsa do mundo", pensei. Em Seattle, atravessava de ida e volta o ancoradouro, a água tremeluzindo como pára-quedas assentando-se no chão. O rio Meuse, na campina fluvial perto de Dordrecht, onde eu me sentava embaixo de um imenso carvalho no calor do verão, à espera da barcaça fazer o retorno pela água esmeralda. O Tisza, onde tentei descer com o pequeno Lada pela rampa de acesso à balsa, enquanto os homens gritavam em húngaro tentando erguê-la, e um velho sentado na margem, ao vê-los caírem de costas na grama, desabou de tanto rir. O enorme barco branco no mar cor de água-marinha que me trouxe levou a Paros, e Hugo.

Aquele delicado ancoradouro irlandês.

"Uma estrada branca serpeia por entre matas emaranhadas até o largo estuário, e a menor balsa do mundo aproxima-se chispando de mim, com as tão típicas colinas baixas da Irlanda atrás..."

Pare com isso, ralhei comigo mesma. Pelo menos não pegara meu caderno de anotações. Não era fácil esquecer o velho hábito de rascunhar na minha cabeça descrições para a *TravelWrite*, embora agora parecesse trivial descrever um lugar como se ele fosse apenas o que eu via dele.

Os rádios dos carros enfileirados na estrada sintonizavam todos a mesma estação. Uma mulher aumentava e abaixava o tom de voz, agitada, enquanto as pessoas entravam e saíam dos carros para passear pelo quebra-mar.

Some day my happy arms will hold you,
*And some day, I'll know that moment divine...**

*Um dia com satisfação a envolverei em meus braços / E conhecerei um dia esse momento divino. (*N. da T.*)

Estendi-me faustosamente ao sol, perto do carro. Sentia minha liberdade e saúde. Livre como um pássaro, e o verão não muito distante. Peguei uma pedra plana da estrada, curvei-me sobre o quebra-mar e a fiz deslizar cuidadosamente por sobre a água lisa que invadia, silenciosa, a resplandecente lama negra. Fazíamos isso quando éramos crianças em Shore Road. Era um dos meus talentos.

*When all the things you are...**

A fila de carros para a balsa começou a andar. Uma porta de carro bateu na hora exata.

*Are mine.***

Batida de porta.

Eu sentia as ondas batendo debaixo da balsa. Na brisa e no sol, a água brilhava com tanta intensidade que eu desviei o rosto da amurada. Então, Senhoras e senhores!, veio uma voz entusiástica sobre o Tannoy. Se olharem na direção do mar, verão um cardume de golfinhos...

Virei-me, e surgiu a primeira forma reluzente, rechonchuda e maleável, dando uma pirueta acima da confusão verde e branca da água; e a cada arremesso era seguido por outro golfinho, depois outro e outro.

São tão bonitinhos! Uma americana curvava-se com uma câmera de vídeo sobre minha cabeça.

A filha dela se espremera diante de mim na amurada cheia de gente.

A gente come eles, mãe?, perguntou.

A gente come eles?, perguntou-me a mulher.

Acho que não, respondi. Nunca ouvi falar de pessoas comendo golfinhos, mesmo quando passavam fome.

Acho que devem ser muito gordurosos, disse o homem que se apertou no espaço do meu outro lado. Acho que seria como comer uma tira de borracha encharcada de óleo de peixe.

Eca, fez a criança. Com tanto nojo, que a mãe, eu e o sujeito rimos. Ríríamos de qualquer coisa, era muito agradável ficar ali espremida com outras pessoas perto da amurada, no sol, o vento e o borrifo espumante da balsa movendo-se pelo estuário com aqueles ruídos explosivos e abruptos de descarga.

Em cinco minutos, a balsa começou a aproximar-se da praia. Desligaram-se os motores, e o barco deslizou os últimos metros. No silêncio, o ar enfeitava-se

---

*Quando tudo o que você é... (*N. da T.*)

**Me pertence. (*N. da T.*)

com o gorgolejo e o grasnido minúsculos, contínuos, das cotovias bem acima dos campos em volta.

Parei por um segundo, encantada com o som.

O homem recuou para me deixar passar, quando desci os degraus de ferro até o convés dos carros.

Sabe... as cotovias?, perguntei. São donas de tudo, até onde seu canto alcança. É uma espécie de forma cônica, propagando-se de onde elas estão. Onde as ouvimos, é território delas.

Você é professora? perguntou, quando nos desviávamos, abrindo caminho entre os carros no cercado.

Ah, não, disse eu. Meus Deus! Sou tão didática assim?

A balsa bateu na rampa de concreto.

Pode me esperar?, gritou ele acima do retinir das correntes e do rangido do motor do barco engrenando a inversão de marcha. Pode esperar por mim, no estacionamento?

Virei-me para olhá-lo, surpresa.

Sim.

Cabelos grisalhos à escovinha, um rosto bem delineado, um corpo socado. Indiscutível. Parecia com todos os homens de meia-idade em que a gente mal repara — circulando por lojas de departamentos, talvez, à espera das respectivas mulheres.

Aceita um café?, perguntou, no estacionamento de carro da balsa, falando da janela do motorista do seu carro para a do meu. Estou dando uma volta aqui, a caminho de Shannon, até a área de Sligo. Fica quilômetros fora do meu caminho, mas esta manhã, quando desci do avião e vi o lindo dia, decidi simplesmente aproveitar o tempo sem pressa e seguir meu faro. Sei tanto de onde estou quanto o homem da lua. Por isso... quem sabe você não tem meia hora?

Eu diria que sim de qualquer modo, por centenas de motivos. Estava num chalé sem trabalho para fazer, todos os lugares eram tão maravilhosos e eu não tomava um café há dias. Em todo caso, sempre dizia sim.

Não sou daqui, disse eu. Fui para a Inglaterra há muitos anos. Estou em Mellary por acaso.

Oh, certo, disse ele. Só agora notei. Você também está com um carro alugado. Moro na Inglaterra desde os 15 anos. Vou sempre ao clube irlandês para tomar uma cerveja, mas lá só se fala de esportes...

Gostei dele. Não muito da voz — um sotaque híbrido meio esquisito, irlandês rural, mas de vez em quando uma palavra pronunciada da maneira como a pronunciariam os Beatles. Adorável, disse ele. Os olhos pequenos ainda conservavam um azul estimulante, e a pele em volta enrugava-se em curvas ascendentes quando sorria, como a de Paul Newman. Tinha o colarinho da camisa amassado debaixo do pesado abrigo, com as pontas espetadas para cima. O pescoço saía da camisa velha curto e grosso. Devia trabalhar ao ar livre, porque, sob os cabelos cortados rentes e nas costas das enormes mãos, a pele era avermelhada e bronzeada.

Para perto de que área próxima a Sligo você vai?, perguntei.

Ballisodare. Conhece?, perguntou, ávido por saber.

Não. Sou de perto de Kilcrennan e estou fora desde os vinte anos. Mas uma freira em nossa escola era de Ballisodare. Lembro porque ela nos contava a lenda de Cuchulainn, na qual ele tenta reter a maré na baía de Ballisodare... assim, ia para o meio da sala e fazia todos os gestos...

Qual era o nome dela?

Irmã Imaculada.

Não... o nome real.

Gleeson?

Um dos Gleeson da oficina?

Como eu poderia saber?

Os dois rimos.

Acha que fazem *capuccino* no Mellary Harbour?, perguntei. E um sanduíche de ovo?

Vamos! disse, e deu a partida no motor do carro. Depois inclinou mais uma vez a cabeça para fora e me perguntou: Qual é o seu nome?

Kathleen.

Eu podia ter adivinhado, disse.

Como?

Você parece uma Kathleen. Tem cabelos cacheados.

Pareço uma Kathleen *faminta?*

Oh, tudo bem! Sorriu. Sei entender uma indireta! E arrancou do estacionamento com um floreio.

Segui atrás dele por estradas cravadas entre margens brancas, contornando uma baía rochosa, percorrendo a larga rua principal de Mellary Harbour até um cais gramado e calçado de pedras.

A única coisa que sei deste lugar, disse eu ao saltarmos dos carros, é que um repórter de Londres veio aqui durante a fome. A cidade estava abarrotada de pessoas famintas que tinham sido expulsas de sua terra, e ele não conseguiu se refazer do barulho. Simplesmente não conseguiu se refazer... toda uma cidade cheia de pessoas dando gritos lancinantes.

Que diziam nos gritos? Que palavras?

Uma das coisas era: Salve-nos! E... Faça alguma coisa por nós! As reportagens foram tão dilacerantes que pessoas na Inglaterra começaram a coletar dinheiro.

Os ingleses são pessoas decentes, disse ele.

Os ingleses comuns são. Os da classe alta, não.

Tem razão.

O primeiro pub que vimos servia café e ainda tinha um pouco de sopa, embora o almoço houvesse oficialmente terminado, e os últimos fregueses começavam a sair. Sentamo-nos um ao lado do outro num banco acolchoado, na ponta de uma grande e velha mesa de madeira. Tomamos sopa e comemos pão.

Ele se chamava Shay.

Bem, Kathleen, disse, e eu esperei.

É ótima em arremesso de pedras. Eu vi, lá no quebra-mar, enquanto esperávamos o barco.

Acontece que o pub ficou vazio. Havia uma lareira acesa perto de nós, por isso continuamos sentados no nosso canto mal iluminado. Talvez se um de nós se deslocasse e sentasse no comprido da mesa, onde havia espaço para se esticar... Mas nenhum dos dois se mexeu. Ficamos apenas sentados ali, quietos, bem juntos um do outro, na paz do pub vespertino, e o vidro da jarra de água diante de nós mudava de aparência sob a cambiante luz que entrava pela janela acima. Conversamos um pouco. Música ambiente em pubs, carvão em vez de turfa, nada em especial. Tomamos café e depois, passado algum tempo, pedimos mais. Até que, quando o lado dele roçava o meu, comecei a sentir um ligeiro calor me percorrendo à flor da pele. Quando tínhamos de estender os braços para pegar xícaras e leite, o movimento interferia no reflexo luminoso que se formara entre o lado do meu corpo e do dele. O céu enchia-se de nuvens acima da meia-cortina na janela. Decidimos pedir sanduíches. O barman foi até um cômodo nos fundos prepará-los. Agora não havia mais ninguém no pub além de nós. E, de vez em quando, o leve crepitar do fogo que se propagava pelo carvão e o pesado tique-taque de um relógio de pêndulo em algum lugar quebravam o silêncio.

As prateleiras de garrafas, copos e espelhos resplandeciam como um tesouro. Sentados lado a lado, observávamos o barman. Tinha as costas voltadas para nós, a cabeça inclinada para trás e apontada para uma pequena televisão numa prateleira acima. Sinuca. O brilho vermelho da lareira a nosso lado refletia-se na madeira envernizada do balcão do bar. A coxa de Shay estendia-se junto à minha. Quando se tocavam de leve, eu sentia um ligeiro arrepio.

O barman contornou o bar e parou, fitando pacificamente o fogo.

Ainda assim, dá pra sentir um frio cortante, disse ele.

Que tal tomarmos uma bebida?, sugeriu Shay.

Caminhando sem pressa, o barman voltou para trás do balcão.

Que vão querer?, perguntou.

Que vai querer, Kathleen?, perguntou-me Shay. Vinho?

Como sabe que eu bebo vinho?

Você tem cara de quem bebe vinho. Vinho bom.

Aqui não tem nenhum vinho bom, disse o barman. Vocês estão na Irlanda.

Todos os pubs perto de onde moro na Inglaterra, disse Shay, servem muito vinho.

É, disse o barman. Eu também sirvo, mas acho que é bebida ordinária. Pelo menos é o que me dizem os turistas. Riu com vontade.

Quer ir a outro lugar?, perguntou-me Shay.

Oh, não. Estou satisfeita aqui.

Pedimos uísque quente e, quando o barman o pôs na mesa, estendemos as mãos no mesmo momento e nossos dedos se tocaram. Os meus são bastante largos, mas os dele mais ainda, as unhas espessas e gastas.

Ele viu que eu as olhava.

Venho pra cá de onde moro, entre Liverpool e Chester, com muita freqüência, e fico uma ou duas semanas, disse, para dar uma mão ao meu pai. Ele tem uma espécie de distribuidora de gasolina e óleo em Ballisodare. Faço as entregas pesadas e esse tipo de coisa, porque meu pai trabalha sozinho. Além disso, meu pai é o treinador não oficial do time de futebol do município, por isso vamos a algumas partidas. Não vou ficar a semana inteira desta vez, porque tenho um grande trabalho à minha espera em casa. Tenho um escritório de paisagismo. Estou tentando ganhar a licitação para a manutenção das terras do governo do meu conselho.

Depois de uma pausa, disse, Sim, este sou eu, eu e meu escritório de paisagismo. Sou uma espécie de jardineiro. Na verdade, é o que sou, um jardineiro.

O sorriso que me deu após essa confissão foi tão doce quanto o de um bebê.

Podia ser um jardineiro tão bem-sucedido aqui quanto na Inglaterra. Estou hospedada num chalé em Mellary, e o cara que liga o telefone me disse que no lugar não restou ninguém que saiba consertar coisas numa casa, nem sequer um jardineiro, por isso vive com um pé lá e outro cá. Você podia ganhar uma fortuna, se voltasse pra cá.

Eu me casei com uma inglesa há trinta anos. Nunca pensei em voltar depois disso.

Mais uma vez as pessoas começavam a entrar no pub. E nós continuávamos ali sentados. A luz agora desaparecia acima da meia-cortina.

É melhor eu ir levantando acampamento, disse ele.

Percebi um leve questionamento na maneira como disse ele isso.

Vim aqui comprar pão de ervas. É melhor eu sair e tentar encontrar uma padaria antes que fechem.

Vão ficar preocupados na casa para onde tem de voltar?, perguntou.

Não o encarei, e minha resposta foi casual.

Não, moro sozinha. Não há ninguém pra se preocupar.

Achei que senti o ar mudando.

Que a faz ficar num lugar como esse, sozinha?, perguntou, interessado.

Sou escritora, respondi. Bem, jornalista. Planejava escrever uma história sobre algo que aconteceu há muito tempo. No interior daqui. Mas estou tendo muita dificuldade em conseguir os fatos objetivos.

Não pode inventar?

Não. Não posso inventar fatos.

Ele pôs a mão sobre a minha, apoiada na mesa, não a segurando, mas a abrigando, como se agora passássemos a ter duas conversas — a com as palavras e aquela. Ficamos ali sentados assim.

O tipo da coisa a que não estou nem um pouco acostumada, pensei, devaneando. Parece que me lembro de um terrível número de homens que nem sequer pegavam minha mão, muito menos a protegiam...

Agora tinha certeza de que Shay sentia a outra metade do que eu sentia.

Um bando de moças começou a largar as bebidas e as bolsas na mesa.

Vou só fechar a conta, disse, e foi até o bar.

Minha mão parecia abandonada, porque ele tirara seu calor.

Examinei-o. Sim, era um homem de aparência comum. Andava sem pressa e instalou-se solidamente diante do balcão. Os sapatos eram velhos, de couro macio, e alguém os mantinha engraxados. Tirara o abrigo e ficara só com a camisa amarfanhada, uma barriguinha, depois o cinto e a calça informe. As roupas de um joãoninguém. Curvou-se sobre o bar e apoiou-se nos cotovelos ao falar com o barman. Notei a forte curva de suas costas, e que ele não tinha consciência dela. Se fosse eu que estivesse apoiada no bar, ficaria imobilizada só com a idéia dos olhos dele em mim. Mas ele e o barman pareciam inteiramente à vontade. Homens de meiaidade movendo-se em seu próprio ritmo. Eu sentia o prazer dos dois numa conversa ritual corretamente mantida.

Falavam sobre cães em pubs quando voltei do banheiro das mulheres.

Onde moro, na Inglaterra, todo mundo leva seus cães aos pubs, disse Shay. A maioria, cocker spaniels.

Bem, aqui não é permitido. Os visitantes ingleses me fazem passar o diabo. Os irlandeses não podiam estar menos interessados. Os velhos cães que a gente vê aqui são só para trabalhar.

Quando eu era menino na Irlanda, todo mundo adorava seus cães.

Está revendo o passado por lentes coloridas, meu amigo, disse o barman. Eu não queria ser um cão na Irlanda. Eles vivem uma vida de cão por aqui!

E assim ríamos ao sair do pub.

Era ainda crepúsculo, não escuridão. A rua terminava num quarteirão de velhos galpões e depósitos de grãos — a maioria semi-arruinada. Entre cada prédio, via-se um estreito beco com compactos muros de pedra. Entramos num e nos encaminhamos para o estacionamento próximo ao cais.

No primeiro momento, seguíamos lado a lado e separados; no seguinte, fundimo-nos numa só pessoa, e eu senti as pedras nas costas quando ele me comprimiu contra o muro. De olhos fechados, puxou-me para junto de si. Ergueu a mão de dedos grossos e pôs-se a apalpar meu rosto, com rapidez, batendo de leve com suas impressões digitais por todo o meu rosto, como se quisesse desvendá-lo de algum modo primitivo que saía dele sem nenhum constrangimento.

Enfiou então dois ou três dedos em minha boca, e eu os tenteei com a língua. Arquejei. Um calor inundou-me, de cima a baixo, eu o senti *entumecido* e alegrei-me por encolher a barriga para pressioná-lo nela. Éramos da mesma altura, e eu retribuía pressão por pressão, cingindo-lhe as coxas com as minhas, que pareciam fortes e vivas. Eu tentava com os braços e as pernas tocá-lo em toda parte. Ficamos com boca mergulhada em boca, olhos fechados, mãos cegas buscando, moldando, agarrando-se. Era impossível encontrar duas pessoas mais francas em relação ao desejo.

Na verdade, desprendi-me do abraço para recuperar o fôlego. Nada em mim devia ser agradável de ver. Beijos como aqueles nos deixam com a boca pendendo aberta, o rosto flácido.

Tentei voltar para sua boca em busca de mais, mas ele me afastou para um lado, a fim de que a luz de um poste me iluminasse em cheio. Por todo o meu rosto deviam-se ver trilhas sinuosas de saliva.

Você é uma mulher maravilhosa, disse, muito sério. Posso acompanhá-la até onde está hospedada?

É o que quer fazer?

Sim.

Quer vir comigo?

Tudo bem para você?

Acha que pode me seguir até o outro lado e não se perder?

Não vou me perder.

Já no cais, junto à água escura, antes de nos separarmos para entrar nos carros, ele me abraçou.

Sussurrou-me no ouvido. Eu tinha esquecido. Eu tinha esquecido.

No carro, voltando para a balsa — os faróis dele surgindo e desaparecendo atrás, mas sempre acabando por reaparecer —, toda atividade em minha cabeça foi suspensa. Eu apenas dirigia a uma velocidade média, os sentidos precipitando-se à frente, como se eu fosse dar uma nadada num dia quente. Julguei sentir um cheiro picante no carro, mas quando afastei a gola do casaco e enfiei a cabeça para cheirar, só senti calor. Havia uma longa espera pela balsa no estacionamento escuro. E fazia muito frio, quando por fim embarcamos, para sairmos dos carros. Saltei e sentei-me ao lado dele no banco, mas nos sentíamos constrangidos, a balsa avançava com esforço porque começara a ventar, ele ligou o rádio numa estação de música popular e achei que não ficava bem pedir-lhe para desligar. Fomos depressa demais, pensei, mas agora estávamos atolados naquilo. Quando chegamos ao chalé, já se desfizera a magia que baixara no pub. Eu voltara mais uma vez ao meu normal, e ele também.

Paramos no meio da sala.

Você devia ter um cão, observou. Tão sozinha, aqui.

Só vou ficar uma semana.

Onde você mora?

Em Londres. Bem... morava. Ainda não tomei nenhuma decisão a respeito.

Fez-se um pesado silêncio.

Então olhei para o chão e perguntei: Que tal irmos para o quarto?

Acho que deveríamos, disse ele.

Fomos para o quarto. Estranhos. De fato, agora parecíamos ridículos para mim. Não acendi o abajur. Da sala, vinha um pouco de luz.

Vi que ele não tirara a camiseta nem a cueca quando se enfiou na cama de frente para mim. Nem as meias — os pés se engancharam nos meus. Os beijos agora eram apenas molhados e insossos. Nada do que acontecia transpunha meu frio cérebro defensivo. Apesar do grande esforço com que tentava, não consegui ajudá-lo a ter uma ereção. Passado algum tempo, ele se agachou sobre mim e fez alguma coisa em si mesmo com a mão. Mas continuou não acontecendo nada. Preparei-me, para suportar ser acariciada até também malograr.

Lamento, sussurrou, pesaroso, em meu ouvido.

Está tudo bem, disse eu. Verdade. De qualquer modo, foi uma tarde deliciosa. Não se preocupe.

Eu o sentia ouvindo, tenso, o tom da minha voz, para ver se eu estava sendo sincera. E realmente estava.

Ele desabou no travesseiro, com um suspiro de alívio.

Lamento sinceramente, Kathleen, disse numa voz desarmada. Não é para inventar desculpas, mas tenho tomado pílulas para um probleminha de pressão alta que talvez não sejam as melhores nesse tipo de situação.

Não tem importância, Shay, disse eu. Sinceramente.

Ajoelhei-me a seu lado na cama, de repente, cheia de energia. Eu gostava dele, com ou sem sexo. Era um homem muito autêntico.

Posso pedir-lhe uma xícara de chá? perguntou, animado. Não tem mesmo nenhum tipo de pão na casa?

Tem salmão, respondi. E profiteroles. Curvei-me e dei-lhe um beijinho de aprovação na testa.

Chá! Ora! *Profi*... o que disse... são bolinhos? Redondos? Vou querer uns. Pegou meu rosto com as duas mãos e sapecou-me um beijo no nariz.

E a igualdade?, perguntei, remexendo na semi-escuridão à procura de minha camisola. Vai simplesmente ficar deitado aí, como um sultão, enquanto eu dou duro na cozinha?

Eu dou duro por *você*, disse ele. Só me diga o que fazer.

Assim, revolveu com cuidado as cinzas da lareira, retirou-as e reacendeu o fogo, enquanto eu punha todas as coisas que Bertie me dera na instável mesinha de bar.

Espere! Tem um pedaço de papel? Arrancou uma folha do meu caderno de anotações, dobrou-a e calçou o pé mais curto da mesa, para nivelá-la.

De que está rindo?, perguntou, erguendo os olhos para mim.

Nada, disse. Só estou de bom humor.

Estava me lembrando Jimmy me dizendo que eu idealizava o casamento, e eu respondendo que achava quase um milagre duas pessoas separadas às vezes trabalharem lado a lado, com mútua afeição por objetivos comuns.

Fizemos o piquenique metade na mesa e metade no tapete diante da lareira. Ele me perguntou sobre minha família. Disse eu que os irlandeses sempre perguntam aos irlandeses sobre família, mesmo quando são de meia-idade, e Shay disse que eu não era de meia-idade.

Eu sou de meia-idade, disse ele. Tenho 57 anos.

Bem, tenho 47, disse eu. Não conseguia falar a verdade sobre minha idade.

Ele ficou agradavelmente espantado.

Vi você recostada no muro, atirando pedras, disse. Pensei: que esplêndido par de pernas! Mas... não tinha intenção de tentar desembarcar com você, apressou-se a dizer. Honestamente! Pensei que fosse uma moradora local. Nunca cantei uma mulher na minha vida. Não saberia como...

Não?, duvidei, indicando com um gesto as roupas de baixo dele e a minha camisola.

Shay riu, curvando-se para a frente, e tentou assentar meus cabelos rebeldes.

Bem, em todo caso, e sua família? Que fazia seu pai?

Era funcionário público. Inspetor de pesos e medidas. Percorria a costa leste para cima e para baixo. Só vinha para casa nos fins de semana. Morreu poucos anos atrás. Não o vi mais desde os vinte anos. Culpava-o por um monte de coisas.

Desde os vinte anos! disse, chocado. Que coisa triste...

Não! Tivemos péssimos momentos com ele. Minha pobre mãe...

Shay não era muito mais velho que eu, e vinha de um lugar pequeno, também distante da cidade. Por isso eu não teria de explicar certas coisas. Surpreendeu-me a constatação de que era o primeiro irlandês com quem eu estivera, sem contar os garotos com quem eu e Sharon voltávamos a pé de festas, indo de um vão de entrada após o outro para um rápido amasso. Mas ele entendera uma coisa: como nos marcou, aos filhos, o fato de papai ser um entusiasta da língua irlandesa e sair todo sábado para uma caminhada em volta de Shore Road, saudando os vizinhos em voz alta: *Go mbeannaí Dia dhíbh!*, embora ninguém mais ali houvesse algum dia dito uma palavra em irlandês, e apenas murmurasse: como está, Sr. de Burca, isso quando respondiam. Depois, papai levava mamãe para almoçar no pub. Ela o acompanhava calada, no bom blusão preto, um monte de batom nos lábios e as mãos tremendo um pouco na alça da grande bolsa de mão. Quando voltavam, iam direto para o quarto. Depois, ele saía assobiando, atravessava o corredor a passos cadenciados, sem fazer barulho, entrava na cozinha e pedia a um de nós que levasse uma xícara de chá para ela.

Disse eu a Shay que aquela não era de forma alguma uma casa feliz. Minha mãe sofria de depressão.

Não contei que se disséssemos a meu pai que não tínhamos chá, leite, nem fosse lá o que fosse, ele fazia um ar de vaga surpresa e dava a alguém uns trocados para que fosse comprar na venda. E mamãe abria a porta do quarto quando a criança passava.

Quanto ele lhe deu?, perguntava, em voz baixa, para meu pai não ouvir. Me dá o dinheiro! Ou: Pede à Senhora Bates para abater uma libra da conta.

Não entendíamos nada. Eu sempre ficava nervosa quando os dois estavam juntos. Danny vomitava, literalmente, da tensão.

Disse eu a Shay: Ela nunca tinha um centavo. Acho que papai a mantinha sem dinheiro de propósito, para dominá-la. Entende o que quero dizer?

Oh, sim, ele assentiu com a cabeça. Conheço o tipo.

Ela era linda quando estava bem. Lembro uma vez em que fui com ela a um café em Dublin e ela lambia o creme e a cobertura de framboesa de um enorme sorvete num copo. Chamava-se Boneca Triste...

Eu me lembro das Bonecas Tristes, disse. Eu era do time municipal, dos dentes-de-leite, e jogamos em Croke Park. Perdemos, mas meu pai me levou ao Cafolla, e foi isso que pedi.

Engraçado, disse eu.

Minha mãe morreu quando eu tinha 14 anos, disse ele. Então larguei a escola. Eu precisava estudar, mas não fui feito pra isso mesmo. Hoje lamento mais que tudo no mundo. Vejo você que teve toda a educação que se pode ter... o computador naquele quarto, e as coisas que dizia na balsa.

Oh, eu teria largado a escola se pudesse! Eu e minha amiga teríamos ido aos bailes todas as noites de nossas vidas se nos deixassem. De que morreu sua mãe? Eram muitos filhos?

Desastre de automóvel. Não, eu era o único. O que tornava tudo muito mais difícil. O bom foi que, quando fui para a Inglaterra, ninguém sabia o quão jovem eu era, por isso dançava nos bailes populares três noites por semana. Durante anos. E era como se estivesse em casa. Conjuntos irlandeses. Garotas irlandesas. Embora a gente fizesse de tudo, *twist*, passos acelerados e tudo mais.

Eu e minha amiga só tínhamos permissão de ir uma vez por mês.

Ele se afastava das chamas do fogo, o rosto vibrando de interesse por esses fragmentos. Tinha uma aparência bem melhor de camiseta do que naquelas roupas. Mas percebia-se que não dava a mínima para a sua aparência.

Teríamos enlouquecido por você quando era um rapagão, disse eu. Sharon e eu.

Enlouqueça por mim agora. Estou aqui. Ou estarei aqui em questão de minutos, quando acabar de lavar a louça.

Peguei uma escova no parapeito da janela do quarto e desembaracei um pouco os cabelos, prendendo-os com uma fita. Depois arrumei a cama e me deitei.

Fora um ótimo dia, embora o sexo tivesse sido um fiasco. Mas Shay não era o tipo de cara que detestava a mim ou a si próprio por isso. Ouvi-o no outro cômodo balbuciando uma melodia, contente consigo mesmo, enquanto punha os pratos lavados na pia. Era um mistério... com quem ele imaginava estar, ou o que pensava fazer. Mas dane-se. Era tão gostoso ter outra pessoa na casa aquecida, com o vento e o mar lá fora. Uma pessoa tranqüila. Alguém com quem eu poderia conversar se quisesse. Ele era bem-vindo a dividir a cama comigo. Não houvera hóspedes para passar a noite no porão por longos anos. Aquele velho necrotério. Lá, eu nem sequer sabia como estava o tempo.

Eu começava a adormecer.

Mamãe *era* encantadora quando voltava à tona. Mas exagerei um pouco ao dizer a Shay que ela era linda. Tinha um lindo sorriso, justiça seja feita — um sorriso infantil.

Em todo caso, por ora bastava. Eu precisava dormir.

Fui apenas ao banheiro fazer xixi e escovar os dentes. O tapete de sisal machucava as solas dos pés, e Shay, que passava a tranca na porta da frente, riu de mim quando tentei atravessar o chão saltando. Apagou as luzes, entrou no quarto e tirou as últimas peças de roupa do corpo. A grande cama cedeu e chiou quando ele se aconchegou, nu, junto às minhas costas. Começou a dizer alguma coisa, mas adormeceu com um ronco bem no meio da primeira palavra. Deixou o braço largado em cima de mim, o queixo apoiado em minha cabeça, a respiração pesada eriçando meus cabelos. Em todo o comprimento do meu corpo, eu sentia o dele, quente, adormecido, atrás.

De repente, no meio da noite, despertei atenta, deitada de lado e afastada de Shay. Meio sentado, apoiado num ombro às minhas costas, ele parecia o marido num túmulo etrusco. Acariciava de leve, muito de leve, o contorno longitudinal do meu corpo. Sem pressa, a mão começava girando em concha em volta do ombro, deslizava pelo lado do peito, entrava na rasa reentrância da cintura, subia pela curva do quadril e descia pelo lado da coxa. Repetidas vezes. A mão parecia mais uma coisa respirando na pele que a tocando. Fiquei ali, sonolenta, absorvendo aquele ritmo, imaginando a mão e a metade do corpo que ela acariciava. Comecei a me derreter. Bem no fundo, sob o osso púbico, era como se uma substância negra desse seus primeiros e fortes sinais de erupção.

Fale-me de você, sussurrou.

Não estou a fim de falar, sussurrei de volta.

Tem filhos?

Não.

É casada?

Não.

Sempre foi escritora?

Sim. Não estou a fim de falar...

Por que foi para a Inglaterra?

Sentei-me na cama e acendi a luz.

Escute, disse com rispidez, por que sou eu que tem de ser interrogada?

Ele sorriu-me dos travesseiros. Estava mesmo bonito, relaxado daquele jeito e risonho.

Ah, venha para cá, querida, disse, devagar, e não fuja de mim.

Puxou-me delicadamente de volta para seus braços. Abriu minha camisola e acariciou meus seios com sua mão enorme.

Com a outra em concha, ergueu um pouco minha nuca, e levou meu rosto para junto do dele.

Você é minha menininha, disse-me, confiante. Não é? Não é minha menininha?

Completamente indefesa, eu estava aberta e molhada com aquele tom de voz. Shay me puxou para cima dele. Com um longo e esquisito estremecimento, penetrara-me fundo. Por um momento infindável, e ao mesmo tempo por apenas alguns minutos, fiquei ajoelhada sobre ele, a cabeça jogada para trás, e suas grandes e sólidas mãos me puxavam com força pelos quadris para cima e para baixo, triturando-me. Curvei-me sobre ele, que me mordeu um peito e apertou o outro com a mão. Depois desprendeu a boca da minha, deixou a cabeça cair para trás e, do mais fundo de si, começou a gemer.

Um bom tempo depois, murmurou que era melhor ir tomar uma chuveirada, e disse eu que não tinha chuveiro.

Acho que os dois adormecemos depois, abraçados. Quando tornei a acordar, ele decididamente continuava com os braços em volta de mim. Uma suave luz derramava-se pelo quarto. Kathleen, dizia. Este é um verdadeiro nome irlandês. *Vou levá-la de volta a sua terra, Kathleen.* Gosto dela. Sou Shay, na Inglaterra, desde que parti. Mas meu pai ainda me chama de Seamus. Às vezes eu não sei com quem ele está conversando.

Continuou falando de si mesmo por algum tempo, inocentemente. Não me dei o trabalho de acordar o bastante para responder. Os garotos que Sharon e eu namorávamos no abrigo do ônibus, Shay podia facilmente ser um daqueles, adulto. Adormeci de novo.

A manhã foi ainda melhor. Ele me arrumou. Puxou a camisola de cima do pescoço até embaixo, afofou os travesseiros e ajeitou a cama para eu descansar com conforto. Estremeci quando voltou a entrar no quarto equilibrando com cuidado o bule de chá e o leite numa tábua de cortar pão.

Não encontrei uma bandeja, disse. Sente-se, moça.

Não precisei nem sequer segurar a caneca. Ele a manteve sob meus lábios e eu sorvia o chá como uma criança.

Boa menina, disse, com ternura.

Limpou minha boca com os dedos. Depois se deitou por cima das cobertas, olhando-me.

Não há a menor dúvida de que devo ter um anjo da guarda, disse, sorrindo-me. Que me fez virar à esquerda e ir a Mellary Harbour. Que tipo de acaso foi esse?

Depois me perguntou se eu ainda era católica.

Eu já me sentia à vontade para conversar sem rodeios com ele. Se não houvéssemos feito amor, não teria muita importância, mas agora que havíamos feito — agora que nos conhecíamos um ao outro daquela forma — tudo era diferente.

Contei-lhe que meu pai era um bom católico da velha guarda, e nunca parara de engravidar minha mãe. Fui para a Inglaterra, disse-lhe, quando vi que a Irlanda era governada segundo as regras católicas, e que a Igreja Católica baseava-se em mandar nas mulheres.

Mas a Inglaterra também não é tão maravilhosa para os irlandeses, disse ele. Sobretudo quando as coisas iam mal na Irlanda do Norte.

É, disse eu. Eu muitas vezes sentia medo. E vergonha, também, às vezes.

Com os seus braços à minha volta, eu falava, encostada em seu peito, a cabeça dele acima. Depois ele me levantou e tocou de leve meus lábios com a boca.

Você é uma mulher corajosa, disse ele. Sem ninguém para cuidar de você.

Eu me sentia tão feliz que me pus a cantar "*Tea for Two*" no ouvido dele.

Day will break
and I will wake
and start to bake
*a sugar cake...**

E ele se juntou a mim.

Ninguém para nos ver, para nos ouvir, para... *No one to see us, to hear us, to...* oh, esqueci a letra!, disse ele. Vá dormir, quando acordar tomaremos café. Vou só dar uma saída até aquela loja na aldeia por onde passamos ontem à noite.

Pão fresco, disse eu.

Mais alguma coisa?

Sim. Volte logo.

Ouvi-o atiçando o fogo. Era delicioso tornar a mergulhar no sono e ouvir a casa sendo preparada para o dia.

Ele voltou ao quarto e deu-me um beijo no cocuruto da cabeça.

Obrigado, sussurrou. Nunca serei capaz de lhe agradecer o bastante.

E suco de laranja, disse eu. Na embalagem de papelão.

Sentia frio quando acordei. As cobertas haviam escorregado. O chalé estava inteiramente silencioso.

Shay!, levantei-me da cama, avançando devagar. Shay!

*O dia vai nascer / eu vou despertar / e começar a preparar / um bolo bem doce. (*N. da T.*)

Corri para a sala. Onde ficava o relógio? Ali. Meio-dia! Mas ele saiu de manhã cedo! A aldeia ficava a apenas dez minutos!

Olhei para o lugar onde ele deixara o saco de viagem ao tirá-lo do carro na noite anterior, ao lado da porta.

O saco desaparecera.

A dor era tão insuportável que tive de repetir várias vezes para mim mesma, sem parar, para fazê-la passar: Você só o conheceu por 16 horas. Apenas mais um caso de uma noite. A forma como ele mentira fora a única parte inusitada.

Tentei trabalhar. Que mais podia fazer? Não era mais uma garota para jogar tudo para o alto. Empurrei a mesa de volta para a janela e sentei-me diante do laptop. Faria a parte mecânica.

Tentava não pensar naquilo. Mas, ininterruptamente, o assunto me inundava — por que ele fizera algo tão indelicado assim? Que fizera eu para merecê-lo? Eu acreditava, de verdade, pela minha experiência de vida e de olhar o mundo, que os homens odiavam as mulheres. Mas havia todos os tipos de exceções, teria apostado tudo em que *aquele* homem não me odiava — não odiava *esta* mulher.

Virei as páginas do *Julgamento* — quase cheguei à última. Copiei em meu arquivo o pequeno trecho da narrativa sobre o que aconteceu depois que William Mullan seguiu Marianne até o hotel Coffey e enviou-lhe o bilhete. O clérigo o destruiu, embora ela lhe houvesse implorado o bilhete.

> *Ele a levou de Mount Talbot para Dublin, para o hotel Coffey, na rua Dominic, e depois, disse, para Rathgar Road. "Tomei como obrigação visitá-la, e ficava às vezes com ela cinco horas por dia, pois me considerava responsável por tê-la aos meus cuidados." Ela se achava num estado de extremo nervosismo e ele tentou acalmá-la, e disse: "Quis que se juntasse a mim em oração. Jamais consegui fazê-la rezar. Mas redigi uma forma de oração em que pus, à guisa de confissão, o que concebi ser o estado de seu caso."*

"Nunca consegui fazê-la rezar."

Que arrogância a deles! Na noite passada, lânguida na cama, acham que algum velho padre teria conseguido me fazer arrepender? Arrepender-me *do quê?* Não me arrependia de nada do que fizera na noite passada, embora estivesse agora pagando por aquilo, e fosse continuar pagando. Se eu tivesse de rezar, rezaria de *gratidão* por ter-me aberto mais uma vez com alguém, finalmente. E pelo milagre de as pessoas se atraírem umas pelas outras.

Fui para o banheiro e curvei-me sobre a banheira, para ver meu rosto no espelho manchado. Ele ainda não havia refletido o novo dia. Eu continuava rechonchuda e rósea da noite. Se ele tivesse ficado, eu confiaria nele, me entregaria. Mas poderia ficar? Talvez fosse viúvo? Não. Não tinha cara de viúvo. Destilava bem-estar, na verdade.

Ia do banheiro para a sala, da sala para o quarto, e depois fazia o caminho inverso.

E se eu nunca mais tiver um amante? E se for direto para o túmulo, sem nunca mais fazer amor?

Não diga isso!, ordenei a mim mesma.

Sentei-me e arriei a cabeça na mesa.

Não agüento mais, disse em voz alta. Levantei-me para aliviar a dor. Tinha o corpo hirto. Sentia o caminho que ele percorrera dentro de mim. Não gostou de mim? Pensei que tivesse gostado. A ternura com que me deu de beber o chá. O jeito como olhava meu rosto. Talvez o carro houvesse capotado e ninguém o vira na vala...

Ele fugiu de mim. Muito simples.

Voltei para a mesa. Tinha de trabalhar. O tempo jamais passaria se não trabalhasse. Mas... que trabalho? Já copiara quase toda a história de Marianne e Mullan. Não havia lugar algum para onde seguir daquele ponto. Eu não tinha nem sequer uma folha de material novo. Tinha apenas a experiência da ida até o pântano e da lembrança das pessoas que ali viviam, da ida até a mansão em Mount Talbot e das pessoas que ali moravam. E eram experiências que haviam acontecido *comigo*, não com eles, Marianne, William, Richard Talbot, e tampouco com os anônimos irlandeses, mortos ou fugitivos. E eram sensações, não fatos...

Estiquei-me, e senti a costura do meu jeans me apertar entre as pernas, onde os nervos ainda latejavam. Imaginem se tivesse que seguir direto desse dia até o túmulo, sem experimentar mais uma vez a sensação dos braços de outro ser humano à minha volta?

Oh, Jimmy!, disse ao ar em volta.

Passado algum tempo, comecei a me acalmar. Ajudou-me o fato de ver-me de repente como olhada de cima, do céu — uma mulher alta, andando agitada de um lado para outro numa casinha, num solitário promontório, enquanto do lado de fora texugos e raposas dormiam sob as margens terrestres cobertas de ervas e urzes. Saí e parei diante da porta da frente. Soprava um vento forte. O ar estava impregnado do barulho das ondas e cheiro de sal. Vindo do alto-mar ao largo da baía, o vento entrava da esquerda para a direita, curvando o mato, quase o aplainando. Vento oeste. O vento oeste de Shelley. *Make me thy lyre, even as the forest is: What if my leaves are falling like its own...?**

E se eu não pensasse na história como sendo a dos Talbot, mas de Marianne? Se chegasse a ela de dentro, não de fora?

A caminhonete do correio de PJ veio a toda pela ruela e parou cantando o pneu diante da varanda.

Ele passou esbaforido por mim ao entrar, e foi direto ao telefone.

Tive de pedir ajuda a Pat, disse. Mudaram tudo agora, as conexões são diferentes. *Compadre*. Ligue de volta pra mim.

Pat ligou de volta.

Maravilha! disse eu a PJ.

Oh, tenho recados pra você na caminhonete, disse ele.

Saiu e voltou correndo pela porta, com uma caixa de papelão. Vi o leite, a bisnaga de pão e a ponta de uma embalagem de suco de laranja.

Seu amigo mandou trazer isso, assim que o padeiro chegasse com o pão fresco.

Notei um envelope debaixo das compras. Kathleen, em letras maiúsculas, escrito a lápis.

Não toquei no envelope. Nem sequer tornei a olhá-lo, enquanto PJ continuou ali, embora brilhasse no canto do meu olho.

Espere! disse eu. PJ, por favor, poderia esperar um instante? Tenho algo para enviar pelo correio.

Sentei-me à mesa e escrevi um bilhete para a Srta. Leech. Bem, não escrevi, exatamente — peguei meu caderno de apontamentos para reproduzir a citação de Henry James correta, a fim de impressioná-la.

> *Cara Srta. Leech,*
>
> *É enorme minha esperança de que esteja se sentindo melhor, e mais uma vez obrigada por toda a sua ajuda. Aguardo com impaciência o momento de revê-la quando voltar para Ballygall. Concordo com Henry James em que "a ficção histórica está condenada a ser de segunda categoria. Pode-se multiplicar o tanto quanto se queira os pequenos fatos que se obtêm de fotografias, documentos, relíquias e gravuras, é quase impossível a composição de um romance histórico... Temos de pensar com nosso aparato moderno...*

---

*Faz de mim tua lira, como é a floresta: Que importa se minhas folhas caem como as dela...? (*N. da T.*)

simplificar o passado com um espantoso tour de force *— e mesmo assim só é fraude".*

Mas se eu juntasse as miscelâneas do caso Talbot numa história, apenas para minha própria satisfação, não estaria tentando fraudar ninguém, estaria?

Mellary é maravilhosa.

Le gach deia-ghuí,

Caitlín de Búrca.

Dei o cartão a PJ, e assim que deixei de ouvir o barulho de sua caminhonete, tirei o envelope da caixa da mercearia, fui para o quarto e sentei-me na cama. Shay fechara o envelope com a borda de um selo. Apenas um parágrafo! Letra desenhada, anelada, numa página pautada. Deve ter comprado um caderno de caligrafia. Lembrei a textura porosa do papel da escola.

Se eu não fosse, depois nunca mais conseguiria ir. Nunca poderia deixá-la, se ficasse. Você é Tudo o que um homem pode desejar. Uma Rainha no mundo de joões-ninguém. Você vai Sempre ficar na minha Memória. Shay XXX.

8

O LIVRO TALBOT

Ela odiou o cheiro da casa. Soube disso logo no primeiro dia em que foram para Mount Talbot. Haviam-se demorado no vestíbulo revestido de lajes, e Richard afogueara-se com a agitação da chegada a uma casa irlandesa depois de uma viagem tão longa, e levara Mab no colo para junto da lareira, pondo-a no tapete de pele de urso que ali havia. Candeeiros de querosene em suportes de metal ladeavam o alto consolo da lareira e, mais adiante no fundo do corredor, sob a curva da dupla escadaria, onde os criados se haviam reunido para acompanhar a chegada do novo patrão e sua família, viam-se mais candeeiros, embora desta vez sem mangas de vidro: um pavio de cabo de amarração flutuava em cada pequeno reservatório de querosene. Sob o cheiro das lamparinas, exalava-se o penetrante odor de cinza de turfa velha dos fogos de muitos anos.

Ela mal podia acreditar em como era sem graça e gasto aquele ambiente, comparado à casa de seu pai na rua Harley. Parecia que durante muitos anos não se gastara um único tostão em cortinas, tapeçarias e mobiliário. Foi até a lareira, pegou Mab e enterrou o nariz na carinha fofa da filha, ouvindo os criados conversarem entre si na língua irlandesa.

O cheiro era mais intenso pela manhã. Quando já estavam em Mount Talbot havia mais ou menos um ano, Richard e ela dormiam até bem tarde de manhã. Às vezes os dois se obrigavam, com relutância, a despertarem juntos, espreguiçando-se e revirando-se sob a pilha de mantas e edredons por trás das mofadas cortinas do leito conjugal. Outras, acordavam em quartos separados, se Benn houvesse conseguido alguém para ajudá-lo a separar Richard de sua garrafa de vinho do Porto e carregá-lo para o quarto de vestir no andar de cima. Ainda assim, a primeira coisa que ela ouvia de manhã era o ronco do marido, pelas portas entreabertas que os separavam. Ouvia-o fungando e pigarreando quando acordava. Ouvia-o aliviando-se no urinol. Ouvia seus pés descalços ressoando com estrépito quando ele vinha vê-la, atravessando o mais rápido possível as frias tábuas do assoalho do quarto de vestir. Ela esperava, afundada na cavidade da velha cama que seu corpo aquecera durante a noite, os olhos cerrados. Se ele puxasse o cordão da sineta ao lado da lareira, ia querer água quente para se barbear. Se não puxasse, ia possuí-la.

Mas isso foi um ano depois.

Era diferente quando haviam chegado a Mount Talbot, embora a condição da localidade fosse então muito pior, e ela e Mab não tivessem permissão para sair da mansão. Os dois ainda acordavam na mesma cama. Richard se levantava logo ao romper do dia. Às vezes, podia ser ainda noite escura quando ele se esgueirava para fora da cama; atirava alguns torrões de turfa sobre o fogo ao passar pela lareira a caminho do quarto de vestir. Nas manhãs ensolaradas, às vezes assobiava.

Inúmeras atividades exigiam sua presença ao nascer do sol. Barlow, o agente, e Tracy, o administrador, esperavam pelo patrão no escritório todas as manhãs. Mantinham em andamento muitos planos para a reorganização da propriedade. Conversava-se sobre a possibilidade de Richard fretar seus próprios navios, a fim de mandar os arrendatários e inquilinos para o Canadá. Coby já fizera isso. Do porto de Sligo para o rio São Lourenço (nome consagrado): os custos haviam sido inferiores a quase um terço da despesa com a alimentação das pessoas que seguiam a pé para Dublin, faziam a travessia até Liverpool e eram embarcadas dali para Nova York ou Boston. Se Richard tivesse certeza de que poderia confiar em Barlow, ele murmurou a Mariane numa manhã, recostado nos travesseiros — ela acordara com o marido suspendendo sua camisola até o pescoço —, ele faria o mesmo.

É um investimento, não uma perda. Dois fazendeiros da Escócia mostram-se dispostos, em termos substanciais, a adquirir a terra que estamos desflorestando com os despejos. Têm um plano para o cultivo intensivo de nabos.

Na época, ela se interessava por assuntos como esse. De qualquer modo, os escoceses talvez proporcionassem alguma companhia a Richard, ou a ela.

"Por que não confia em Barlow? Ele não é católico romano." — disse Marianne.

"Os cálculos dele mudam a cada apresentação de contas. Num dia, sou responsável por quinhentos homens, suas mulheres, velhas mães e dezenas e dezenas de filhos. Na próxima vez que refaz as contas, são oitocentos. Ou então ele não tem certeza de quantos são. Isso agora que já desapareceu todo o campo de cima transformado em valas para os mortos, e eu talvez não ouse ará-lo! E mesmo assim... quando me enveredo mais adiante a cavalo em direção a Mayo, sinto que tenho tantas bocas inúteis nas terras de Mount Talbot hoje quanto antes da falta da batata..."

Quando Marianne chegou a Mount Talbot, a mansão pareceu-lhe tão artificial quanto um cenário de ópera. A desolada paisagem irlandesa fazia-lhe parecer irreal. Não havia aconchegantes casas de camponeses com famílias aninhadas nos muros em volta. Nem sequer um lar no sentido comum — a família Talbot morava apenas metade do ano na propriedade irlandesa. Quando os pequenos Talbot voltavam, no início do ano letivo, para a escola inglesa, os pais em geral voltavam à residência principal, a que ficava na Inglaterra, onde também haviam sido escolhidas suas futuras esposas. Não eram fazendeiros, e pouco faziam pela terra. Denominavam suas divisões de maneira grosseira: o Campo Longo, o Campo do Pântano, o Bosque de Baixo. Quando convocavam o administrador para discutir uma expedição de caça ou pesca, usavam esses nomes. Não sabiam que cada curva das veredas, cada elevação e depressão da terra, cada pequeno bosque, cada fosso e lago tinham um nome específico. Não poderiam imaginar com que intimidade a população local conhecia a terra. Os verdadeiros nomes eram em irlandês, e as únicas palavras irlandesas que os Talbot conheciam eram algumas ordens. Os homens e mulheres que trabalhavam na casa ou nos terrenos da propriedade podiam ridicularizar os patrões ao alcance de seus ouvidos, ou conspirar contra eles, que os Talbot jamais saberiam. Quando morreu a tia de Richard, no primeiro ano da escassez de batata, todos se puseram respeitosamente ao longo da alameda, enquanto o corpo era transportado para o cemitério da Igreja da Irlanda. Mas se davam o trabalho de comentar alguma coisa sobre a falecida, diziam uns aos outros que era uma velha e perversa megera.

Apesar de toda a conversa de fome, Marianne só vira pessoas mortas uma vez. Quase no fim da viagem, na chegada a Mount Talbot. Passaram as últimas noites hospedados na casa da prima de Richard, Letitia, no condado vizinho, onde se realizava uma competição de tiro. As próprias senhoras conduziam ao meio-dia suas carruagens leves de duas rodas e puxadas por cães. Levavam, envoltos em guardanapos brancos dentro de cestas, uns filés de cavala fritos, uma galinha assada recheada de cogumelos e uma perna de carneiro com cebola picada e noz-moscada, para os homens. Pararam num lugar no campo acidentado onde dois caminhos se cruzavam. Num círculo em volta de um poço próximo, via-se um passadiço de pedras. Letitia dissera que as pessoas rezavam ali.

Ao descer da carruagem, Marianne pisou num barranco coberto de grama. Pega de surpresa, gritou, e poderia ter caído, não houvessem as outras senhoras acudido às pressas, uma delas segurou-a. Atrás, no espaço entre o barranco e o poço, estendiam-se três corpos de costas, lado a lado. Um homem de rosto amarelo ocre. Um rapaz de uns 16 anos. E uma menina de uns cinco ou seis. Tinham as faces pálidas e esquálidas, mas nada pior que isso. Um manto cobria a parte inferior dos três. Seus estômagos, imensamente distendidos, projetavam-se numa curva saliente sob o manto.

"Morreram de fome", disse Letitia. "Creio que é excepcionalmente terrível nesta área. Eles comem capim, parece, e é por isso que as barrigas incham dessa maneira."

Embora chocada, Marianne também ficou instigada. Desde que se casara, sentia muitas vezes esses dois sentimentos ambivalentes, mas o inesperado encontro com aqueles irlandeses mortos foi a primeira vez em que haviam sido provocados por um fator externo à sua vida pessoal.

Seus deveres como mulher de Richard Talbot haviam-na a princípio chocado terrivelmente e, no início da viagem de núpcias, os dois só cumpriam um dos deveres. Depois todos, incluindo aquele, foram-se tornando cada vez mais tediosos que qualquer outra coisa, embora ela nunca dissesse o quanto, nem para si mesma. O marido aguardava a morte do tio, época em que herdaria Mount Talbot. Marianne ficaria contente de morar com a mãe de Richard em Adfert, no sudoeste da Irlanda, mas as únicas relações de Richard com a mãe não passavam de assuntos formais. Ela o mandara para a escola na Inglaterra, disse ele, indiferente à sua recusa, e os meninos de lá o chamavam de "Porco atarracado", e uma vez o amarraram a um banco da sala de aula durante a noite, deixando-o ali até o dia seguinte — numa noite de inverno! —, e quando a classe chegou de manhã e ocupou seus lugares, encontrou-o choramingando semicongelado e fedendo à sua própria incontinência. Richard contou tudo isso à jovem esposa, numa das primeiras noites que passaram juntos.

"Porque eu era baixo. Era por isso", disse, estremecendo nos braços fortes e alvos dela. "E também diziam que eu era irlandês."

Richard e Marianne, com seu criado de quarto, a criada dela, Mab e a enfermeira mudaram-se de uma estância balneária para outra, enquanto esperavam tomar posse da propriedade irlandesa. Desciam às noites para as ornadas salas de jantar, arrumados e elegantemente vestidos, e sentavam-se um defronte ao outro. Ele começou a se queixar do silêncio da esposa, e ela retrucou:

"Mas você disse que lhe causava grande prazer eu ser calada!"

"Beba um pouco do vinho, mocinha. E sorria para as outras senhoras. Preste atenção ao que digo... sorria! Este lugar é, acima de tudo, enfadonho."

Os lugares foram Carlsbad, Hamburgo, Baden. Passavam uma temporada em Bagni de Lucca um ano depois das núpcias, quando, para seu espanto, ela se tornou uma parceira completa do marido no ato de fazer amor. Agora, tinha uma vida íntima que a acalmava. Nessa época, percorrendo os macios atalhos entre os bosques de castanheiro ao redor do pequeno balneário, confidenciou a Richard que os anos lhe haviam parecido interminavelmente longos quando era criada como a mais solitária criança na casa da rua Harley. Que sua lembrança mais antiga era a espera pela volta da mãe, porque ninguém lhe dissera que, quando ela tinha três anos, a mãe morrera de febre. E que sua primeira lembrança do pai era o olhar de aversão que ele dera a seu pequenino ser, quando a encontrara explorando o imenso corredor, e depois tocara a campainha atrás do divã otomano e dissera:

"Leve esta criança, Horton, e não deixe que desça do quarto de brinquedos, a não ser sob específicas instruções minhas."

Ela contou a Richard, em fragmentos, que se tornara muito amiga do pai quando ficou mais velha e aprendia um pouco de latim com o tutor, contou-lhe também sobre quando passou a comprar muitos livros com sua mesada, em vez de balangandãs e bugigangas.

"Pedi a ele para freqüentar um curso de palestras sobre poesia inglesa", disse ao marido. "Isso foi aos 15 anos, e meu querido pai me deu permissão. A criada me acompanhava e dizia que não podia haver coisa pior... os bancos no ateneu eram muito desconfortáveis! Mas veja, Richard, ele não gostava que eu freqüentasse aulas de dança, e eu tinha pouquíssimas oportunidades de conversar com outras moças da minha idade, além de não ter irmã nem irmão. Adorava ainda mais a poesia, porque raros visitantes entravam no meu quarto. E meu pai gostava de me ver como uma mulher com interesse intelectual e literário. Se minha tia Paget não me levasse para passar um mês em sua casa todos os invernos, eu nunca teria conhecido nada além de livros e das conversas com meu pai."

Mesmo nos momentos em que se abria em extrema confidência, ela não dizia a Richard que se desesperara com a idéia de nunca se casar, até ele pedir-lhe a mão. Sabia que era uma moça grandona, pesada. Assim lhe dizia o pai. E até a Sra. Horton, que sempre fora como sua avó, chegava quase a rezar por ela quando a vestia, nas três ou quatro noites por ano em que a tia Paget a levava a bailes. Seu pai era o menos social dos homens, e o dote dela, apenas razoável. Se Richard Talbot não a houvesse pedido em casamento, talvez passasse o resto da vida com o pai.

E o nascimento de Mab! Levaram-na para o *ospedale* em Lucca na hora do parto. Ninguém a avisara. Mais uma vez, o choque, e mais uma vez, a emoção. Nem sequer sentia necessidade de dormir, no primeiro ano, de tão absorvida que ficava com o bebê. As mãos! A orelha! A curva da bochecha! As dobrinhas entre as minúsculas coxas rechonchudas, de onde algum dia, surgiria uma criança... Marianne mal conseguia acreditar na maravilha da filha, e em si mesma, por ter posto no mundo uma criança. Ela se tornou vagarosa e serena, e indiferente ao pai, que a magoara a princípio por raras vezes responder às cartas que lhe enviava. Richard fazia muito bom uso do volumoso corpo da esposa.

E depois, a chegada à Irlanda. As únicas conversas eram sobre morte, ruína e febre, Letitia e as demais se grudavam umas nas outras como se vivessem sob constante ameaça. Teria sido estimulante morar perto de Letitia, onde havia tantas diversões. Mas Mount Talbot ficava muito isolada. Apesar disso, o próprio isolamento no início entusiasmara Marianne. Às vezes, acomodava Mab entre as almofadas de veludo debruadas de galão, numa poltrona junto à janela do salão de baile, e declamava os poemas que lembrava de cor. O piso de tacos começara a empenar um pouco com a umidade, e viam-se muitas rachaduras nas vidraças das altas janelas com toldos. Mas tudo isso fazia a casa parecer ainda mais um castelo de conto de fadas.

"*Assim, nunca mais nos dispersaremos, a vagar*", dizia ela, em sua voz mais poética, ao bebê de olhos arregalados...

> *"So late into the night.*
> *Though the heart be still as loving,*
> *And the moon be still as bright..."**

*Assim, indo já alta a noite. / Embora com o coração ainda tão cheio de amor, / E a lua ainda tão clara em seu intenso esplendor... (*N. da T.*)

A sala, de táboa acústica, fazia os versos ressoarem, e a criança ria da estranheza daquilo. Mas Marianne, que não conseguia ficar um segundo longe da filha, corria e erguia-a para encostar sua face na dela, beijá-la e murmurar:

"Quem é a ovelhinha da mamãe, hem?" — porque aprendera as coisas que as mães dizem aos bebês nos anos em que descia para ficar com os criados e ouvir suas conversas em Harley Street, quando não jantava com o pai.

Marido e mulher viveram amistosamente durante um longo tempo.

Ela aprendeu que podia contar com certas reações dele.

— Os trabalhadores têm uma aparência tão selvagem! — dizia, às vezes, fazendo-o sorrir. Ou: — Muitos mendigos continuam vivendo em volta de nossos muros, Richard — lamentava, aninhando-se nele, e ele a enlaçava, protetoramente. Ou: — Não gosto de passar pelo Grande Portão a caminho da cidade, Richard. Mab põe o corpo para fora da charrete e receio que eles toquem nela.

— Seria melhor não sair além dos portões, minha cara.

— Oh, Richard, preciso ver as coisas que chegam à loja do Sr. Hurley. Mab não pára de crescer! E sinto-me solitária sem o Whitely. Papai me deixava ir ao Empório Whitely várias vezes por semana, com a Sra. Horton...

Richard também conversava com ela.

— Hurley comprou a terra bruta além do grande pântano, durante os anos ruins. Barlow disse que ele oferece roupas e passagens para Dublin, se as pessoas que se dirigem para o barco assinarem. O velho Sr. Treadwell teve de dar uma palavrinha a ele quando saímos com as armas. Os Treadwell estão neste desgraçado país desde a época da Boa Rainha Bess. Estranho ter de pedir a *Hurley* permissão para os tiros!

E assim os dois conversavam, a princípio, sobre as coisas de seu cotidiano.

A parteira inglesa que cuidou de Marianne dissera-lhe, ao erguer o bebê e ver que era uma menina:

— Fique deitada imóvel quando o líquido do seu marido penetrar em você. Não se mexa. É assim que se fazem os meninos.

Marianne contou a Richard, e os dois ficaram imóveis um nos braços do outro, meio a sério, meio rindo.

A esperança de engravidar mais uma vez dava-lhe alguma idéia em com o que se ocupar no futuro. Porque na Irlanda a vida se arrastava com muita monotonia.

— Todas as senhoras dizem a mesma coisa — disse ela a Richard. — Há pouca coisa para uma senhora fazer neste país, sobretudo em partes como esta. Mal é possível visitar ou ser visitada. A Sra. Treadwell e Lady Coby fizeram muitas obras de caridade, o reverendo McClelland conta muitas histórias da bondade delas e da sopa que davam durante a praga da batata, e assim por diante. Mas elas são velhas senhoras, Richard. Eu sou jovem, e tenho de cuidar de Mabbie. E Mount Talbot fica num campo tão ermo. Se houvesse outras senhoras para me acompanhar, eu poderia visitar os doentes e coisas assim...

— Você tem de cuidar de mim, além de nossa filha — respondeu, apertando com as pequenas e pesadas mãos as costas rechonchudas da mulher. — Que seja apenas esta a sua ocupação, minha cara.

Mab era de compleição delicada, como o pai. Nascera com os cabelos cor de prata de que muito se falava na localidade quando chegara. Ela era bem-vinda em toda parte. A única pessoa em Mount Talbot que não conhecia limites. Brincava na curva da grande escadaria e na escada dos fundos. Adorava e confiava na mãe e no pai, mas também gostava de Mary Anne Benn, Hester Keogh, Maria Mooney, o administrador Sr. Barlow, o mordomo Benn e Margaret, sua criada pessoal, os garotos Boylan, que cuidavam das lareiras, o Sr. Cooper, o cocheiro dos primeiros anos, Mullan, que ajudava o Sr. Cooper, e Lolly, o cão de Mullan. Quando Marianne ouvia as orações da filha, percebia que incluía na lista para a proteção dos anjos os nomes dos homens e mulheres que deviam trabalhar na propriedade, mas que ela mesma não conhecia. E a menina usava nomes irlandeses com a mesma facilidade que os ingleses, enquanto Richard, que passara metade de sua infância na Irlanda, tinha grande dificuldade com a pronúncia nativa.

Ela conhece todo mundo da casa, dizia, gabando-se, Marianne. Sabe os nomes das meninas do pântano, trazidas para cá apenas para ajudar nos dias da lavagem de roupa. Mas Mariane não tinha ninguém com quem se gabar.

Mab conhecia até as pessoas da cidade, porque recebera permissão para ir lá uma ou duas vezes com a Sra. Benn e sua criada, e dois dos homens da casa. Era exibida lá como se fosse da realeza. Também conhecia seu jumento, os cães da casa, os cães e cavalos do estábulo, a gralha domesticada da Sra. Benn, os coelhos que a Sra. Tracy mantinha numa coelheira no quintal, dois vira-latas do velho Sr. Boylan e inúmeros outros animais e pássaros. Citava-os igualmente em suas orações.

— Mamãe! — lançava-se por baixo das pesadas cortinas orientais que pendiam de um lado ao outro da entrada do pequeno quarto de vestir de Marianne, em vez de perder tempo abrindo-as. — Mamãe! As gaiinhas entraram de novo na cozinha! A Sra. Benn teve de correr atrás delas.

— Não diga "gaiinhas", Mabbie. Galinhas.

— Mamãe! Posso ir com o Sr. Tracy quando ele for para casa tomar chá? Porque tem uma boneca lá que a Sra. Tracy tinha quando era pequena igual a mim, que o irmão dela fez de um pedaço de madeira.

Dançava, impaciente, no velho tapete persa. Com matizes de azul e rosa, mantinha aquecido ao quarto escuro.

Atrás da criança, as compridas janelas de vidraça davam para uma grama cerrada no local onde antes existiam gramados simétricos. A tia de Richard fora uma grande jardineira, em intensa competição com a prima Letitia, vinte milhas a leste, e Lady Coby, vinte milhas ao sul. Mas Richard acertara as contas com os dois jardineiros no dia em que chegou a Mount Talbot, junto com os três criados mais velhos da casa, por medida de economia. Um jardineiro foi para Dublin, mas os outros quatro continuaram sendo alimentados na cozinha dos criados, e dois deles moravam com suficiente conforto num quarto atrás do parapeito da arcada ornamental que levava ao parque dos cervos. Richard nunca soube.

Os jardineiros eram da geração que falava apenas irlandês. Os criados domésticos haviam vindo da Inglaterra, ou falavam inglês. Mas nos pátios e jardins em volta da fazenda, mesmo os que falavam inglês conversavam entre si em irlandês. Mab tinha leves noções do idioma.

— *A Dheaide!* — chamava, alegre, quando avistava o pai. — *A Dheaide!*

Nem sequer sabia que cumprimentava o pai em irlandês.

Richard queixou-se com Marianne.

— *Aiada aiada!* Que linguagem incompreensível é essa? Dê uma ordem! Não devem falar a língua nativa nesta casa! Farei disso uma condição de emprego! Nossa gente, quando volta da Índia, não tem filhos que parecem pequenos indianos. Mab é uma menina inglesa — disse, categórico. — Um botão de rosa inglesa.

Marianne escrevia ao pai quase toda semana. O nascimento da neta fora a primeira coisa que fizera na vida capaz de despertar o interesse dele por ela. Embora houvesse deixado claro que desejava logo um neto.

"Mab é uma criança extremamente feliz e agitada", escreveu Marianne. "Tudo o que faz é com enorme rapidez. Anda por toda a casa, embora seja apenas uma menininha, e a casa tenha vinte ou trinta cômodos. Era um lugar soturno e pesado quando o tio de Richard morava aqui, disse-me Lady Coby. Agora Mabbie circula por todo lado — dançando, pulando e escorregando, apesar de Richard e eu implorarmos para que tome cuidado. Passa o dia rindo!"

À noite, Marianne mandava todos embora, enquanto dizia as orações com a filhinha e a enfiava na cama entre os brinquedos. Muitas vezes ficava com ela por um longo tempo, sempre se maravilhando de ver a menina passar do estado de acordada para adormecida no curso de apenas uma longa respiração. A mãe examinava-lhe o rosto. A delicada órbita do olho e, acima, a fina sobrancelha. A sutil sombra que se escondia na face. O desenho dos lábios. Os dedos. A leve covinha na nuca, sob os cabelos, era o orgulho e a alegria de Marianne.

"Os cabelos são tão excepcionais que é difícil saber de onde vieram", escreveu Mariane ao pai. "Os de Richard são cor de areia, e — ouso dizê-lo — já começam a ficar meio ralos. Minhas próprias mechas nunca atraíram elogios. Mas ali está nossa filha, com cabelos tão louros que nem uma única visita que aparece aqui em casa deixa de dizer que são os mais belos que já viram. Parecem fios de açúcar, disse Lady Coby ao vê-los."

Mas depois que Mab adormecia, Marianne nada tinha para fazer. No verão, às vezes ainda era plena luz do dia quando a filha ia para a cama. No inverno, passavam-se longas horas na fria sala de estar até ela poder recolher-se. Richard não se interessava por música e, de qualquer modo, o piano fora terrivelmente avariado pela umidade. O casal sentava-se junto ao fogo. Richard tinha sua garrafa de licor e Marianne seu bastidor de bordado, ou um dos livros de poesia que trouxera — não havia livros de ficção nem de poesia na casa, apenas nobiliárquicos, panfletos sobre acasalamento animal e a Bíblia. Mas ela ficava ali, sonhando, com mais freqüência do que costurava ou lia. Quando Richard estava fora, Marianne subia para seus aposentos mais cedo. Às vezes, quando saía do quarto de Mab, no ponto mais alto da casa, circulava pela casa ao som da chuva ou do vento. Atravessava o corredor do andar de cima, protegendo a vela das correntes de ar, dizendo a si mesma sem consciência do que fazia: Que vou fazer agora? Que vou fazer?

Nessa época, tinha 26 anos.

Não circulava por toda a casa. A Sra. Benn isolara dois corredores de quartos, mesmo antes de Marianne conhecê-los. Mas Richard dizia-lhe com bastante freqüência que talvez deixassem a casa. Que não havia nem haveria contribuintes o suficiente no distrito para financiar a alimentação e a moradia da plebe indigente. A situação, dizia, embora melhorasse para o povo, arruinava a fidalguia.

Por volta de fins de 1848 não se viam mais corpos nas estradas nem nas valas, embora se encontrassem ossos nos mais inesperados lugares — despontando de barrancos de terra; sob um solitário espinheiro de um campo; atrás da soleira do que fora outrora uma loja. As pessoas continuavam morrendo, mas agora dentro de casa, no asilo de pobres e nos poucos ambulatórios anexos. Era impossível esquecer isso o tempo todo. Ao descer a escada externa de pedra do tribunal acima da sala de sessões, onde se dirigia para o banco dos magistrados, junto com dois dos três comerciantes da cidade, Richard era assediado por esqueletos vivos. Nada diziam, além dos sussurros de *Sua Excelência! Sua Excelência!*.

Disse ele a Marianne:

— Parecem amaldiçoar quando nos chamam. Para dizer a verdade, eu também gostaria muito de amaldiçoá-los!

Entre as paredes da mansão, a vida era confortável. Ressoava a risada de Mab. A mãe encorajava-a. Chegavam das cozinhas os aromas da comida sendo preparada para o jantar dos Talbot. A cadelinha de Mullan, Lolly, latia no conjunto de estábulos. Mullan não a soltava no terreno sem ele. Soubera — fazia parte das crendices da época — que no campo os cães selvagens eram gordos. Diziam que em distantes assentamentos de barracas, os cães haviam comido os corpos no interior delas, e atirado os ossos para tantos lados que ninguém sabia quantos cadáveres haviam estado ali antes. Ele não queria que Lolly corresse por lá com aqueles cães.

Marianne escreveu ao pai:

> *Fui à cidade fazer umas comprinhas. Era como estar num sonho. Há lojas muito semelhantes às de Londres, mas dificilmente se encontra alguma coisa nelas. As ruas que levam até a praça têm casas de uma certa elegância, que abrigam os escritórios dos profissionais liberais, mas mesmo assim vêem-se muitas com tábuas pregadas em cruz nas portas. Contudo, ali se realizam sessões periódicas dos tribunais. E na Feira Verde havia uma multidão bem calçada e tudo mais. O tribunal é um belo prédio de arenito polido, meio parecido com o que vemos em nossas cidades menores, na Inglaterra. Richard ficou feliz com a volta de uma força policial para Ballygall, porque o posto da única guarnição militar mais perto daqui fica no outro condado. Ele teme que as pessoas se tornem agitadas. Disse que embora o condado esteja excessivamente calmo, agora os irlandeses são uns sujeitos muito excitáveis.*

Escreveu pensando nas palavras que mais impressionassem o pai.

Os irlandeses são uns sujeito muito excitáveis.

Ao mesmo tempo, sabia que os londrinos não se interessavam pelos habitantes da Irlanda.

Mullan levava na bolsa as cartas de Marianne, toda semana, de Mount Talbot ao escritório do correio em Ballaghdereen, e recolhia a correspondência para a propriedade. Era a primeira vez que o serviço de correspondência voltava a funcionar em mais de um ano. Fora suspenso, explicou o chefe do correio a Mullan, não porque nas partes mais ermas — na estrada principal, longe de tudo — os pobres se estendiam no meio da pista gritando por socorro, e tampouco porque era difícil manter os cavalos seguros, à noite, contra as pessoas que os sangravam, mas porque era impossível encontrar em todo o noroeste cocheiros com força suficiente para cumprir a tarefa. Talvez fosse verdade. Os homens mais fortes foram os primeiros a tomar o barco dos emigrantes; os que ficaram — que se julgaram felizardos porque arranjaram emprego construindo a estrada das Obras de Socorro perto do lago — mal conseguiam suspender uma marreta.

Virava o ano. Era fevereiro de 1849 — os mortos do inverno —, a estação do ano em que a própria Mount Talbot ficava quase inteiramente à mercê de si mesma, porque o rigoroso clima, os dias curtos e as estradas em péssimo estado a isolaram do mundo exterior. Seu isolamento foi tão completo que Marianne deixou de inquietar-se. Nas manhãs, nessa época, abria a cortina de sua cama e via ao longe a pálida vegetação no lago. Nos dias de ventania, folhas secas sopradas das clareiras rodopiavam pelo céu. Às vezes tinha de esperar o fraco sol dissolver a poeira de geada nas vidraças da janela até poder ver a curva de relva encharcada, cintilando com a neblina da noite, e as árvores cinzentas.

Naquela manhã, tocou a campainha e pediu chá. Gostava de sentir-se serena e poética. Pôs-se a recitar seu amado Shelley.

— *"Sou filha da Terra e da Água, e o fruto do Céu..."*

As palavras acalmavam-na como se fosse embalada.

— *"Atravesso os poros do oceano e das costas; posso me transformar (I change), mas não posso morrer..."*

Richard ouviu-a pela porta entreaberta, onde se barbeava no quarto de vestir.

— Que palavras são essas, Marianne?

— São um poema, Richard, um famoso. Do poeta Shelley, que morreu jovem.

— Já ouvi falar de Shelley. Ele foi a Dublin quando meu pai estava lá e incitou o povo irlandês a se insurgir. Os guardas precisaram dizer algumas coisas ao jovem meninote, eu lhe garanto!

— Vê os bosques, Richard? Disse ele que as folhas eram "multidões atacadas pela praga". Não são palavras esplêndidas?

— A praga está a menos de uma milha desta casa. Suas orações seriam mais convenientes que poesia.

Ele entrou no quarto, as botas bem engraxadas como as de um dançarino estalando nas tábuas polidas. Pôs-se nas pontas do pés para ver o rosto no espelho turvo que já perdera metade da moldura dourada. Alisou os cabelos para trás com movimentos alternados de duas escovas, enfiando com os dedos a camisa engomada mais para dentro da cintura do culote. Aproximou-se da cama e curvou o rosto sorridente, encostando-o ao de Marianne.

— É uma menina travessa! É? Travessa, travessa! Vire-se! — Marianne virou-se de bruços, paciente.

Mas aí, abruptamente, Richard ergueu a cabeça. Cobriu-lhe as nádegas com a manta.

Ouvira os passos de Mab atravessamdo correndo o longo corredor em direção ao quarto — a batida dos sapatos nítida, ao pisar diretamente nas tábuas, e abafadas onde havia tapete. Sorriu para Marianne, que também a ouviu e sentou-se na cama. Mab tinha algumas brincadeiras que fazia com eles e adorava repeti-las.

A menina espichou o pescoço pela porta.

— Sabe, Marianne — disse Richard —, acho que vi uma garotinha há um minuto.

— Uma garotinha, Richard? Acho que não tem garotinhas nesta casa. Eu com certeza não vejo nenhuma garotinha.

— Vê, sim, mamãe! Vê, sim. Eu sou uma garotinha! — E Mab irrompia no quarto. O pai erguia-a nos braços e beijava-a, com ternura.

— Jantaremos na casa de Coby após a reunião do Conselho de Guardiões da Lei — disse ele a Marianne. — Não me espere acordada. Explicarei aos Coby que você não vai circular por aí nesse momento, devido ao estado do país.

E saiu.

Ela ouviu Hester Keogh falando com o rapaz da copa quando se aproximaram do quarto. Ele ia acender a lareira e retirar o urinol debaixo da cama. Hessy poria sobre a mesa a bandeja com pão de ervas, um ovo cozido e chá. Ela desceria, e dali a uma hora traria o jarro de água quente de Marianne.

Nada mais havia a fazer, além de supervisionar a lição da Bíblia de Mab, escrever cartas e ler seus livros, o dia todo. E a noite toda: Richard ia jantar fora.

A Sra. Benn bateu de leve na porta de Marianne e entrou.

— Precisamos preparar a casa para a estada do meu pai — disse Marianne à governanta. — E também tem seu acompanhante...

A Sra. Benn, ao atravessar o quarto, mal fez uma pausa, disse:

— Estamos preparados para receber qualquer grupo de visitantes. O Sr. Talbot tomou todas as providências em relação às refeições, e sobre o que quer que se traga do celeiro, e a forragem dos cavalos do Sr. McCausland.

Marianne acariciou os cabelos de Mabbie. Encolheu os ombros para si mesma. O pai precisa receber o melhor possível de Mount Talbot. Ela só quisera que ele viesse para mostrar-lhe Mabbie. A filha de Marianne McCausland era uma menina tão linda quanto qualquer outra do Império, e Marianne gostaria de fazer-lhe essa surpresa. Mas também — pelo que lhe dizia respeito — ele poderia regressar a Londres e ficar lá para sempre. Parecia-lhe uma coisa verdadeiramente terrível que a houvesse deixado sem nenhuma explicação sobre o desaparecimento da mãe, sem sequer haver tentado aliviar a solidão pela falta que sentia dela. Quando pensava no amor infindável que Mab exigia e que nele se fortalecia! De qualquer modo — ele casara a filha com um irlandês, e se a Irlanda não lhe agradasse, não era culpa dela. Não tinha como desempenhar o papel de anfitriã. Nem sequer sabia o que diziam os criados, quando os ouvia conversando ou cantando. Não podia se movimentar pela casa. E não havia ninguém para apresentar ao Sr. McCausland. Marianne tinha fama de intelectual, porque não fazia jardinagem nem cavalgava. E ninguém, além da prima Letitia e os Coby, se dava o trabalho de visitá-la. Mas os Coby estavam tentando vender...

Foi o Sr. McCausland, quando chegou de Londres, que notou alguma coisa errada em Mabbie. Haviam dito à Sra. Benn que iam pegar um torrão de açúcar para o burro. Depois desceram o lance de escada do lado de fora do quarto de vestir e atravessavam a alameda sob a arcada que levava ao primeiro pátio do estábulo, quando o avô se virou, para dizer a Mab que os acompanhasse. Viu que a neta mancava.

— Por que a criança está mancando? — perguntou à Marianne.

Nesse momento, Mab ergueu os olhos para os dois, aproximando-se deles. Marianne percebeu que o rostinho, embora pálido, de algum modo escurecera. Mab tinha os olhos abertos, mas não enxergavam, como se olhasse para dentro de si mesma, preocupada. Com as faces em sombra, franzindo as sobrancelhas, sem um laivo de luz no rosto — a criança, coxeando ao chegar até eles, parecia distante, e até mesmo mais velha.

Marianne imobilizou-se, completamente tomada por um medo tétrico. Tentou dizer alguma coisa.

Mab disse:

— Mamãe, me machuquei!

— Bem, então vamos buscar o médico — disse o Sr. McCausland, animador — e vamos mandar a dor embora.

Nem a filha nem a neta o ouviram. Mab examinava, ansiosa, o rosto da mãe, e a mãe retribuía-lhe o olhar, ávida. A mãe ajoelhou-se em seguida diante da filha e levou sua cabecinha envolta em cabelos de prata aos seios, aconchegando-a num profundo abraço.

Ordenou ao pai:

— Traga a charrete da menina até aqui. Mande Cooper buscar o Dr. Madden e não retornar sem ele. Diga a Benn que quero que destranque o láudano e trago-o para cá junto com uma cerveja.

Ficaram então, mãe e filha sozinhas, cingidas num solene abraço.

E Mab, mesmo coberta por um manto, quando Mullan a ergueu delicadamente, acomodou-a na charrete e pôs-se a conduzi-la com cuidado para a casa, girou a cabeça para continuar vendo o rosto da mãe. Caminhando aos tropeções atrás, Marianne não desgrudava os olhos da filha. Os olhos das duas não se desprendiam uns dos outros.

A criança ficou muito doente por quase quatro meses. Quando tornou a descer os lances da escada externa e surgiu diante da casa — movendo-se muito devagar, e olhando em volta quase todo minuto à procura da mãe —, mudara. Tinha os cabelos castanhos e opacos. Crescera e emagrecera muito, parecia desajeitada, e sua risada confiante desaparecera. O lugar também mudara. Viam-se falhas e capim alto em vários pontos do cascalho. Quase todos os criados das dependências externas haviam ido embora quando o mau tempo passara, no segundo lote de passagens doadas para a América. Todo mundo sabia que os Talbot não concediam mais arrendamentos. A maioria das famílias nem sequer plantava batatas para colher mais tarde. Houvera muitos anos de praga. A propriedade guardara sementes de batatas, armazenadas nos porões da própria casa, onde não podiam ser roubadas nem comidas. Mas nenhuma das pessoas em volta plantava.

Até mesmo a criança sentiu o abandono em volta.

— Mamãe! Estou com frio! Quero entrar. Estou grande demais para andar na minha carroça puxada pelo burro... — Pôs-se a chorar.

Mais tarde naquele dia, a Sra. Talbot saiu e ficou embaixo da arcada, ao lado do estábulo coberto de lama, para chamar Mullan.

— William Mullan!

Ele desceu de seu quarto sobre os estábulos próximos pelos degraus de pedra, os cabelos molhados de bombear água.

— Dona? — disse.

Eram os dois jovens e cheios de saúde, mas aí terminava a semelhança. As roupas de Mullan, magro como um arame, eram puídas, as botas pequenas demais para ele, e dolorosamente gastas no calcanhar. Ela agora estava muito mais carnuda e movia-se com mais lentidão do que quando chegara à Mount Talbot, mas suas roupas eram luxuosas — pusera um xale de *cashmere* sobre uma jaqueta de veludo e uma saia de seda preta bordada em preto.

— Ela sabe que o burro foi embora. Foi embora, não?

— Sim, dona. Não conseguimos obter forragem para ele nem deixá-lo sair para pastar porque teria sido levado.

Ele falava devagar, pois embora houvesse feito seu aprendizado no idioma inglês com o professor de visita, e a linguagem do quadro dos criados fosse inglês, sua língua materna era o irlandês.

— Diga a ela que deu a outra criança. Uma criança pequena. E por favor arranje outro burro.

— Acho que o Sr. Cooper disse, dona, que o patrão disse, dona, que a Srta. Mab devia cavalgar um pônei com um pouco mais de vida.

Ela encarou-o, fulminante. Era muito competente, quando se tratava de proteger Mab. Mullan desviou o olhar. Percebera que a seca suavidade cor-de-rosa na superfície externa do lábio escurecia, quando ficava úmido, na mais interna.

— Talvez não exista nenhum pônei adequado disponível no momento — disse ela. — Talvez fosse mais fácil para a Srta. Mab se chegasse outro burro ao estábulo.

Ele ergueu a cabeça e olhou-a. Não sabia as exatas implicações da maneira como colocara as palavras. Mas sabia, pelo tom e a forma com que ela mantinha a cabeça erguida, que indicavam alguma coisa. Após um momento, entendeu.

— Há uns dois velhos burros desgarrados, vadiando no pântano, que seriam ótimos animais para se ter por aqui, bem tranqüilos — disse.

Ela abriu um sorriso radiante, juvenil.

— Vou pedir a Sra. Benn para dizer a Srta. Mab que demos o outro burro a uma menina igual a ela — disse ele. — E que um novo camarada vai chegar logo.

Marianne pensou, depois: É um rapaz muito jovem, eu não tinha percebido.

Ele se sentia maravilhado com a pele dela. Muitas vezes estivera perto dessa senhora e de outras, ajudando-as a entrar e sair de carruagens e carros. Mas nunca antes notara uma pele mais fina que seda.

As manhãs no aposento de Marianne agora raras vezes eram felizes. O inverno fora longo. Ela não repelira o marido durante o período em que Mab adoecera, mas ele sabia que a mulher relutava. O que o fizera endurecer com Marianne: quem era ela para afastar-se dele, quando ainda não lhe dera um filho? E naquele inverno muito frio e úmido, em que pouca ou quase nenhuma turfa fora ceifada no verão anterior, os carpinteiros haviam partido para a América e era impossível tornar confortável qualquer lugar da casa. A taverna de Templeton e o Castelo Estranho ficavam no Tribunal das Propriedades Impedidas, e Richard tinha de viajar vinte milhas para participar de um jogo de baralho. Marianne engordava. Richard pegou uma dobra da nova carne na barriga dela uma noite e beliscou-a com força. Perguntou-se em voz alta como conseguiria um filho numa porca como aquela. Mas de manhã disse alguma coisa sobre o vinho da noite anterior não estar agradável. Agora não havia mais um motivo para os dois dormirem até tarde e acordarem sem trocarem ao menos uma saudação.

Ela gostava do cheiro de algumas árvores no arvoredo, do cheiro das peras no muro aquecido do pomar interno e do cheiro da carpintaria, embora quase nada se fizesse à época. E os estábulos — gostava do cheiro dos cavalos, embora não fosse nenhuma amazona. Mas detestava o cheiro do cortinado em volta da cama dos dois.

Richard disse:

— Não vejo nenhum motivo para você comprar novo cortinado. Não sobrou sequer um centavo para desperdiçar. Muitos anos se passarão até esta propriedade recuperar o que a praga nos custou. Tracy teve de fazer uma excursão até Mayo para arranjar homens a fim de trabalhar nos campos. Não querem ficar, disse ele, nem em troca dos melhores salários. Ficam sabendo o preço da passagem para a América, embarcam e partem...

Mesmo quando reabriram as lojas na praça, metade da cidade de Ballygall estava vazia. Não apenas dos que embarcaram — mas dos que desertaram. Simplesmente, abandonada. Vielas, ruas inteiras, e uma casa atrás da outra — vazias. Ao longo das estradas, viam-se aldeias fantasmas. Em alguns casos, haviam-se rendido, angustiadas, quando a turma do despejo ia de casa em casa, derrubando a pancadas o colmo entre as empenas. Mas se ainda tivessem telhados, significava que as pessoas daquele lugar se haviam simplesmente uma manhã posto a caminho pelas veredas até a estrada principal e dali se dirigido para um porto. Com os muito idosos e as crianças numa carroça puxada por um ossudo e velho cavalo, se houvessem mantido um vivo. Com suas posses nas costas, ou carregadas em cestos de pesca de vime penduradas em paus, levavam consigo turfa ceifada do pântano. Seguiam devagar, e com muitos tropeços, pois as pessoas naquela época não se mudavam quando estavam em boa situação. Acreditavam, durante o maior tempo possível, que poderiam escapar daquela sina. Só iniciavam a caminhada quando a privação e a doença as impeliam.

Todo assentamento humano fora devastado. Mas a paisagem parecia exatamente a mesma.

Se os Talbot nunca souberam quantas pessoas viviam em suas terras nem acreditaram em tudo que lhes contavam, era porque naquela paisagem as pessoas podiam fundir-se. Os proprietários de terra e seus homens não conseguiram acompanhar os irlandeses pântano a dentro, onde os assentamentos de barracas baixas, cobertas de relvas, mal perturbavam o ritmo do caminho elevado para pedestres à margem de uma estrada, dos bosques de aveleiras, das clareiras cobertas de grama e do lago marrom. Richard Talbot nunca soube quantas pessoas haviam morrido em suas terras. Soube quantas haviam morrido no asilo de pobres de Ballygall, porque assinou as minutas da União. Desde a inauguração, em agosto de 1847, até então, maio de 1849: 8.761 pessoas. Soube quantas dessas deram Mount Talbot como seu lugar de residência: 3.080 pessoas. Mas onde a maioria das três mil morara, antes de ser admitida no asilo — alegando pobreza absoluta —, ele não saberia dizer.

Ela planejara fazer com que Richard lhe permitisse comprar os novos cortinados, pondo na conta. A certa altura, a Hurley quase interrompera suas atividades, e a maioria das outras lojas em volta da praça fechara as portas. Mas depois um ferrageiro de algum lugar mais ao norte abrira uma loja com uma carroça cheia de baldes num galpão abandonado na periferia da cidade, e a loja ficava cheia o dia inteiro não de fregueses, mas de homens ansiosos por conversar uns com os outros, como se houvessem saído de um esconderijo. Em seguida, reabriu a loja de ferragens logo adiante na praça. O Sr. Hurley apresentou então a primeira grande encomenda em dois anos, e logo enviou uma carreta até o final da estrada de ferro em Athlone, para recolher a nova mercadoria. Mas, àquela altura, Marianne não mais se interessava. De que serviria? As mantas também cheiravam a cinza de turfa. As desfiadas cortinas de veludo penduradas na janela. O travesseiro e o colchão de Mab. Os pedaços de lençóis de linho com que Benn polia os copos. A sobrecasaca de Benn...

William Mullan viu o que desaparecera, porque o vira quando estava lá.

Uma larga alameda rodeava as muralhas de Mount Talbot, e um caminho saía dessa alameda e seguia, cortando o pântano. Primeiro passava por um campo com toscos balaústres de madeira, onde Mullan mantinha os cavalos prontos para serem selados, quando esperava a ordem de preparar a charrete para as excursões do Sr. Talbot. Na primavera de 1847, construiu-se no campo uma torre de observação. *À noite*, arrebanhavam-se o gado e os cavalos e mantinha-se guarda armada dos animais. Mas, em questão de meses, havia pessoas tão desesperadas que se dispuseram a correr o risco de serem baleadas, e bandos atacaram o campo noite após noite. Numa manhã, ao alvorecer, dois dos jovens O'Connor arrebanharam o gado e começaram a conduzi-lo para leste. Os dois nunca mais voltaram: recolheram tudo o que ganharam com o gado vendido na feira em Moate e enviaram o resto de volta a Barlow em mãos por um sujeito de Ballygall. Daí em diante, Mullan deixava os cavalos no estábulo o tempo todo, e dormia ao lado das baias. Guardava as rações de aveia no depósito de gelo na borda do lago, onde ninguém pensaria em escarafunchar. Ele próprio cortava capim, com sua gadanha, para manter os cavalos em segredo.

Meia milha adiante, havia uma brecha no talude ao lado do caminho. Ali funcionara a taberna ilegal. Onde poucos anos antes houvera um piso de terra batida, com um largo banco de madeira e dois vasilhames para ponche, guardados num nicho da lareira, via-se apenas o apodrecido colmo cercado de novas relvas que continuavam a crescer. Mas, em 1847, assim que os dias começaram a ficar longos, o taberneiro Pat levara o que pudera para a cidade. O vestido de domingo da mulher e seus próprios sapatos. O surrado medidor de aguardente. Até o gancho de onde pendia. Na loja de tecidos, Hurley dera-lhe um guinéu por seus pertences.

William Mullan estivera na fria taberna aquela noite com alguns homens.

— *Beidh orainn imeacht* — disse Pat, depois de servir cada homem. — Mesmo que abandonemos os velhos. — *Beidh orainn eirí as an áit seo!*

— *Cad é? Cad é?* — sentou-se o garoto surdo no chão, recostado na parede de terra, e fitou-lhes.

Pat curvara o rosto bem próximo ao pálido rosto do garoto, e fazia gestos largos.

— Vamos! Temos de sair desse lugar! — bramiu Pat para ele. — Nada teremos para comer! Estão levando as casas! Estão depenando os campos!

Nesse dia, William Mullan foi cavalgando até lá e examinou a abandonada taberna de piso de terra batida. Metade do colmo caíra dentro, mas não havia no mundo motivo algum para que não fosse reconstruído. Uma colônia inteira de famílias morava agora na terra comum ao longo da encosta da colina, em abrigos feitos de pedra, galhos de tojo e terra. Os homens ali preparavam seu próprio uísque e bebiam.

Mas os caras que conheciam todas as músicas e histórias haviam partido, pensou William, consigo mesmo. Sentíamos a falta deles. Gente como os garotos O'Connor. Não se divertia na bebedeira...

Eu devia partir para a América, disse a si mesmo. Deixar correr esse lugar. Dar o fora, com a ajuda de Deus!

Mullan era órfão desde os 15 anos. Tinha muito apreço por seus pertences. A maioria, roupas que lhe haviam sido passadas quando se tornou subcocheiro. Guardava-as penduradas em pregos, na baia em que fizera seu retiro, numa ala vazia do estábulo. Tinha um manto, um chapéu alto, um sobretudo, um paletó para os veículos ligeiros e uma camisa de linho para as ocasiões em que levava cavalos até o cascalho, para mostrar ao Sr. Talbot. Dormia ali, em muitas noites, numa pilha de mantas velhas. Diziam que, ainda menino, ele levara quatro cavalos de Ballinasloe para um certo capitão de um exército no continente. Tinha o aspecto bem-cuidado de um soldado. Todas as manhãs, quando atravessa o pátio até a cozinha, para pegar seu chá e mingau, já lavara o rosto e a cabeça de corte de cabelos rente. Mesmo no inverno, quando os outros criados aconchegavam-se em casacos mofados, ele saía para trabalhar de camisa de flanela e culote. Mantinha as botas limpas, por mais surradas que estivessem. Nas manhãs de domingo, Mary Anne Benn deixava-lhe uma cuia de água quente no parapeito da janela, e ele se barbeava com a lâmina afiadíssima, erguendo bem alto o queixo, e inspecionava seu reflexo na janela da cozinha, movendo-a delicadamente de cima a baixo, em cada bochecha. Depois atirava a água suja pelo pátio coberto de grama, dispersando as galinhas.

Não era de muita conversa, mas os outros irlandeses levavam em alta conta qualquer coisa que dizia. Os proprietários de terra em volta não souberam, e tampouco os comerciantes católicos na cidade não entenderam plenamente, porque os Mullan sempre haviam sido a família dominante entre as pessoas que viviam no trato de terra no pântano e em sua extremidade oposta. Os meninos Mullan haviam sido mandados para a escola em todas as gerações. Os bens da família haviam sido confiscados — sua terra concedida aos antecessores dos Talbot em algum momento após a batalha de Aughrim: o avô de William vira o primeiro dos Talbot transformando-a num pasto de ovelhas. Até poucos anos, William guardara algumas cabeças de gado numa extremidade do terreno, mas no verão de 1847 vendeu-as por uma miséria. Haviam emagrecido de tanto serem sangradas, onde se deitavam à noite nos campos, por pessoas fracas demais para roubá-las.

Agora cavalgava por uma paisagem que sempre parecera, aos passantes, vazia de animais e pessoas. Mas ele crescera conhecendo os posseiros que moravam ali em barracas, entre arbustos de aveleiras, um trato cultivado com batata diante de cada porta baixa. Aquelas pessoas pouco precisavam da cidade, e a cidade, nada precisava delas. Os homens conversavam o dia todo nas tabernas e as mulheres, entre si, nas clareiras entre as barracas, seus bebês deitados na relva, ou amarrados — ao começarem a ensaiar os primeiros passos — por longos cabrestos de palha, pelo receio de que caíssem nas valas. Quando William Mullan passava por aquelas pessoas magras, sorridentes e seminuas, elas lhe inclinavam a cabeça, em sinal de respeito. Não faziam parte de nenhuma classe. Mas viam-se como membros da clã de Mullan, embora ele não tivesse dinheiro nem poder.

Haviam esperado, a longo prazo, que as protegesse. Mas quando faltaram as batatas dois anos consecutivos, e o xerife mandou soldados para escoltar os homens que colavam avisos de despejo nas tábuas das portas, ele não lhes pôde dar proteção alguma.

Todas aquelas pessoas haviam partido. Mal se via um vestígio delas.

O próprio Mullan tinha um barraco no pântano. A mãe morara ali, e a casa rústica conservara traços das mulheres mortas. Houvera um jardim diante da fachada, e ainda era possível identificar a olho nu onde a grande e velha porca fizera uma depressão na terra fofa com seu constante girar de costas. Arbustos frutíferos, agora matagal, haviam ladeado a borda externa do trato de batata. Ela cultivara ervilhas — grossas e redondas que deixava crescer, depois descascava e moía em farinha — e as plantas haviam brotado eretas e se semeado muitas vezes, transformando-se em arbustos com uma profusão de flores brancas. A casa ficara desocupada anos a fio, e a porta empenada da sala era facilmente aberta, revelando seu piso de terra batida. Não tinha mobília, a não ser uma cama, sem o colchão, e um banquinho. Numa saliência da lareira, ficava um pedaço de espelho. Era famoso na localidade por ser o único objeto do gênero ali no pântano. A concertina da mãe, com as laterais desfeitas, pendia da parede. O fragmento de espelho valia dinheiro, mas embora coisas terríveis houvessem sido feitas por pessoas famintas, nada fora roubado da casa de Mullan.

William fora até lá falar com a mãe. Valorizava-a mais que qualquer outro ser humano. Acreditava que estivesse no céu, mas também perto dele, e nunca mais perto do que quando ele voltava ao barraco que continuava cheio da presença dela.

— Sabe mais que qualquer pessoa, *A Mhama* — pensou —, que não sou um cara precipitado. Lembra quando Tadhg Colley quis que eu fosse para a América? E eu não quis me arriscar? Bem, não é esta a hora de partir? Na propriedade, a Casa Grande está caindo em ruínas. Desde que a criança adoeceu, são raras as vezes em que se pede uma charrete ou carro... Tudo continua errado. Não restou ninguém, a não ser muito no alto do morro, onde eles moram embaixo do tojo!

Enterrou cabeça entre as duas mãos. Lolly rastejou atrás dele, onde se sentou no banco, e encostou o corpo em suas pernas.

Um bando de "crianças selvagens" morava em casas que haviam sido abandonadas, nas ruelas atrás da praça principal. Diziam que matavam cães e os comiam. Sem dúvida, moravam no que conseguiam arranjar. Furtavam repolho, ou tinham a boca manchada de bagas. Às vezes, também se valiam de maçãs para comer, apesar da guarda que Tracy tentava manter nos pomares de Mount Talbot. A cozinha improvisada dos quacres desaparecera, mas três freiras haviam chegado da Bélgica e esperavam permissão do bispo para abrir um lugar em que pudessem abrigar crianças recolhidas das ruas. Aprendiam frases em inglês e irlandês para falar com as crianças, que não se lembravam, ou não conseguiam se lembrar, de quem eram filhos. Algumas tinham cicatrizes. Quando os quacres se haviam estabelecido pela primeira vez na cidade, as crianças esforçavam-se para alcançar a borda de ferro da panela na fogueira, para pegar um punhado de mingau de aveia escaldante.

As freiras tentavam atraí-las para seu espaço com pão.

Hurley comentou com o sacerdote da paróquia que primeiro os quacres e depois as freiras belgas haviam chegado e estavam distribuindo de graça a comida que os donos de lojas católicos descobriam que lhes sobrara no estoque de alimentos com data vencida, não vendidos.

— Eles vão arruinar as pessoas que são a espinha dorsal desta cidade, padre.

— Então a ruína será total — foi tudo que disse o sacerdote.

Chegaram dois homens altos da colina para ver William Mullan. Eram de famílias cujos barracos no vale haviam sido derrubados pelos homens com o aríete, seguindo as ordens de despejo obtidas em nome do Sr. Talbot e de lorde Coby. Haviam subido as colinas com as famílias, quase invisíveis ao escalarem por entre as heras, e construído seus abrigos embrenhados nos arbustos sob o cume.

Esperavam no fim do pátio, sentados contra a parede externa do bloco dos estábulos perto do poço, onde Mullan devia passar quando fosse pegar água para os cavalos, mas não podiam ser vistos pelos criados da casa.

— *Bhfuil aon tabac agat?* — murmuraram, quando ele agachou-se para cumprimentá-los.

— *Fan nóiméad.*

Mullan atravessou o pátio até a porta da cozinha.

— Mary Anne, dê-me aquela lata do tabaco de Tom Tracy...

— Ele vai estripar você vivo.

— Nem vai notar a falta do tabaco suficiente para apenas dois cachimbos.

Os homens da colina tragaram fundo, com os olhos cerrados.

— Tem comida lá em cima? — perguntou-lhes Mullan.

— Tem mais, agora que muitos se foram. William, há chance de algum bico por aqui? A gente podia semear as sementes que Barlow e Tracy guardaram para o patrão. A gente podia ir a muitas casas em toda parte e consertá-las em poucos dias. E fazer um grande trabalho para o patrão. As coisas não estão fáceis para nós lá na colina. Não temos professor, e o padre que nos procurou não fala nada de irlandês, e as mulheres não entendem o que ele fala. Duas crianças morreram depois do último inverno.

— Só precisamos de um pouco de comida para começar — disse um deles. — Somos pessoas de paz. Podíamos morar perto do lago, onde todo o pessoal partiu para a América.

— Não — disse William Mullan —, os proprietários não querem gente como vocês. Não estão mais plantando batatas. Vai tudo virar pasto de ovelhas. Uns escoceses estão chegando para morar nas casas de pedra e fazer o trabalho.

— A gente faria um grande trabalho, William.

Puseram-se a lamuriar-se com ele como faziam com os forasteiros.

— Não pensem que vai haver um tempo melhor — disse ele, ouvindo as próprias palavras, e logo depois se lembrou que foi naquele momento que abandonou toda a esperança e afastou-se do mundo em que fora criado. — Mesmo que mantenham vivas as famílias neste ano, no próximo, se ficarem aqui, vão ser mandados para diferentes áreas do asilo de pobres em Ballygall. Ou vão morrer como raposas envenenadas. *Beidh oraibh dul go Meiriceá!* Precisam partir. *Beidh oraibh!*

Exausto, Mullan caía de sono durante todo o caminho de volta, que percorrera a cavalo desde a casa da mãe. Já amanhecia quando se aproximava do portão de Mount Talbot.

Passou pelo acampamento dos despejados, agora quase uma aldeia colonizada. As pessoas haviam erguido alpendres de troncos encostados nos muros da mansão, cobrindo-os com torrões de relva.

Havia centenas deles a certa altura. Agora, pelo menos vinte famílias tinham ido embora Mullan conhecera a maioria deles; brincara com os homens quando ainda eram todos meninos. Desmontou do cavalo e avançou com cuidado, em silêncio, até o portão. Não queria que ninguém surgisse rastejando e o puxasse, dizendo: *Faça alguma coisa por nós. Faça alguma coisa por nós.*

Lolly esperava-o sentada tranqüilamente na porta que dava para a ala esquerda do estábulo. Ele se agachou imediatamente para prender o focinho dela com a mão e afagar as sedosas orelhas da cadela. Ela fitou-o no fundo dos olhos, impassível.

— *An raibh tú ag fanacht orm?* — murmurou. — *An raibh?*

O cavalo seguiu sozinho em direção à própria baia. Depois se virou para esperar o dono e baixou a cabeça para que ele tirasse a rédea. Desafivelado o arreio, Mullan ergueu a sela e entrou na baia ao lado. Tirou o casaco, mas continuou com as botas. Deitou-se nas mantas e persignou-se. Lolly se acomodou na palha ao lado, fitando-o sobre o longo focinho.

Mullan pediu a Deus e a Maria que velassem por ele à noite, como sempre fazia desde que a mãe lhe ensinara as orações. E acrescentou a frase que agora dizia muitas vezes, uma repetição do que ele e os demais haviam dito quando as coisas andavam péssimas, o padre não podia mais se locomover e tinham de abrir a cova no campo de cima, a fim de empurrar mais corpos lá dentro.

Que a luz eterna os ilumine. *Et requiescant in pace. Amen.*

Das pessoas acampadas junto às muralhas, elevava-se de vez em quando um clamor tão alto que era audível dentro da Casa Grande.

Marianne não abria as pesadas cortinas de brocado sobre as janelas de sua sala íntima. Mas ainda assim ouvia quando o baixo zumbido de súplicas e rogos aumentava e dava lugar a gritos lancinantes.

Ocras! Ocras!, ouvia-os gritarem, sabendo que aquilo significava que queriam comida.

— É um fato muito curioso — ouviu certa vez o vigário dizer ao marido — que, quando os rostos deles ficam inteiramente cavernosos, próximos da morte, surge uma fina penugem na pele. Como a penugem nas groselhas.

Aquele foi o verão dos piores despejos. A terra era desmatada em clareiras. Jovens protestantes na Escócia, dizia-se, conheciam os mais modernos métodos de cultivo e esperavam apenas a ida para o oeste da Irlanda a fim de pô-los em ação.

As pessoas despejadas permaneciam em volta das ruínas de suas casas durante algum tempo, tentando construir um canto onde se abrigarem, ou fazer pelo menos uma fogueira no espaço entre os muros. Contudo, todas acabaram tendo de partir. Não apenas se destruía a casa feita de barro, pedras brutas e torrões de relva; tudo o que a família conseguira guardar ao longo dos anos de colheitas ruins, ou animais, era levado pelos feitores para saldar as dívidas de aluguel em atraso.

Elas uivavam e berravam quando os homens contratados saíam a cavalo do gabinete do xerife no prédio do tribunal e pregavam um aviso de despejo em suas portas.

"Essa é a terra onde nascemos! Não podemos sair dela!" Palavras escritas numa carta a Richard Talbot por um velho acampado na praça com a mulher, os filhos e os netos. Todo mundo ali sabia da carta e esperava uma resposta, mas ela não veio.

Um bando após o outro de despejados chegava silenciosamente à praça, antes do dia clarear, as mulheres trazendo todas as tigelas ou panelas que a família ainda possuía. Desciam a colina e atravessavam a cidade adormecida, sem — como observou Hurley para o dono da loja de ferragens na casa ao lado, ao abrirem as lojas e pendurarem as mercadorias do lado de fora em compridos mastros — uma palavra de despedida.

William Mullan fora criado nas encostas no fundo do pântano, tão movimentadas e populosas quanto uma rua de cidade. Por volta do outono de 1849, não restara uma única família.

Naquele local nada se move, disse ele a si mesmo um dia, apenas o vento no mato.

Em sua mente, Mullan já partira. O velho mundo terminara. Ele teria de recomeçar do zero.

Mas a forma com que as coisas mudaram à volta dos dois não fora o início da história. Nenhum dos amantes sabia o que de fato a desencadeara.

Estavam no depósito de arreios — o primeiro compartimento à esquerda da porta principal para os estábulos, ela acabara de dizer alguma coisa, e ele tinha os olhos baixos, como deviam estar os de um criado, mas fitava furtivamente a boca de Marianne movendo-se e revelando um interior secreto, suculento. Ela queria que uma sela fosse consertada — a em miniatura, de couro vermelho, que Richard mandara um artesão em Galway fazer para a filha quando ela tinha apenas três anos. Marianne imaginou, deitada na cama naquela manhã, que se a sela ainda existisse, podia ser consertada, limpa e tornar-se um lindo objeto para se guardar como lembrança daqueles dias felizes. Ela podia ter mandado qualquer um aos estábulos, claro, mas decidira que Mullan era o único capaz de entender o que gostaria que fosse feito. Por isso, quando Richard partiu a caminho da cidade, conduzido por Cooper, ela atravessou o pátio, entrou pela porta do grande estábulo e parou no limiar do depósito de arreios. Suas botas macias não fizeram barulho algum, e ele só percebeu que ela estava ali quando, pressentindo alguma coisa, virou-se e a viu parada a menos de meio metro, em silêncio, as baias mal iluminadas estendendo-se atrás. Marianne disse algo e, sem a mínima premeditação, a mão sem luva de Mullan, quase que por vontade própria, ergueu-se e tocou com delicadeza a sua boca. Ela arquejou. Mas não se esquivou. E sem medo ou ousadia, mas como num transe, ele que para ela era pouco mais que uma das presenças humanas na casa, deixou cair a mão e suavemente desenhou a reentrância de sua cintura, saindo e deslizando mais uma vez pelo contorno do quadril. Mal tocando seu casaco preto. Os dois petrificados. Sob o grosso tecido do redingote, especialmente na área delineada pela mão de Mullan, Marianne sentia como se um ímã percorresse seu corpo. Ela o fitava como se aquele olhar a pudesse salvar de afogar-se. Diante dela, ele tinha os olhos semicerrados. Nas faces dele, via os pêlos não barbeados e a textura da pele embrutecida pelos rigores do vento. Mullan abriu então os olhos e os dois se fitaram em cheio, os olhos de um cravados nos do outro. Ela voltou-se e encaminhou-se devagar para a Casa Grande.

Esperou-o, depois disso, durante o dia todo. Agora perambulava, incansável, por lugares a que nunca se dera o trabalho de ir antes — os corredores dos fundos da casa, os terrenos praticamente vazios da fazenda, por entre as árvores emaranhadas no arvoredo coberto de vegetação, pelos atalhos cobertos de musgo do pomar e, onde quer que fosse, procurava-o.

Acreditava poder ouvir o tempo passar.

Mas a passagem do tempo não a aliviava da dor que dela se apossara. Esperava. Nada mais havia a fazer, além de esperar. Nunca duvidou de que aquilo que esperava, embora não soubesse o que seria, acabaria por se realizar.

9

Continuei ali à mesa e baixei os olhos para o teclado.

Deixaria os meus amantes assim, antes de magoarem ou serem magoados. Todo presente contém seu passado. Eu dera a Marianne e a Mullan fragmentos de um passado, embora o *Julgamento*, nada dissesse. Meu próprio passado martelava-me de lugar algum, dilacerando-me. Certa vez ouvi a música da gôndola no rádio de um táxi, em Edimburgo. *Komm in die Gondol*... disse o locutor, Fritz Wunderlich, da opereta *Uma noite em Veneza*. Era também mais uma manhã de primavera, como aquela em que meu pai e eu fomos à cata de cogumelos, embora não tão perfeitamente alta e azul como de tanto tempo atrás. Ele morrera um ou dois anos antes, e eu escutava de um jeito novo o tenor cantando a melodia alegre e ritmada — a música que tão bem expressava a expansividade e exuberância de um homem. Não consegui continuar. Saltei do táxi e subi, meio obcecada, até os jardins no topo de Castle Hill. Sentei-me num banco e esperei amainar aquele turbilhão de pena e remorso. Que vidas obstinadamente atrofiadas, as dos respeitáveis irlandeses da geração de meu pai! Aterrorizava-me a idéia de que eu fosse tão pouco amorosa quanto ele, e que o único motivo de não haver causado tanto dano era o fato de ninguém depender de mim, como nós dependíamos dele.

Mas, mesmo que fosse pouco amorosa, eu não era insensível. A perda de Jimmy ainda me doía no coração. Teria eu contado a ele sobre Shay?, perguntei-me. Não creio. Sobretudo nos últimos anos. O canalha passou a perna em você e se mandou, ele teria dito. Jimmy aprovaria minha idéia de escrever a história de duas pessoas com uma paixão que varara a ferro e fogo a convenção, mas na certa também ficaria irritado com a aventura amorosa de Talbot. Eu poderia apostar que ele teria cismado com Richard Talbot e sua ignorância, ou silêncio. Seria Richard Talbot gay?, talvez dissesse, e eu retrucaria: Jimbo, você tem de encontrar gays em toda parte? Ao que ele responderia: Eles, nós, estamos em toda parte, e depois iniciaríamos nosso longo debate sobre a possibilidade de uma pessoa ser chamada de gay, se não sabe que é gay. A única ocasião em que tivemos um irado arranca-rabo foi quando Jimmy especulou sobre a possível homossexualidade de Alex. Isso é o que *pensaria* um americano vulgar, reducionista, que se recusa a encarar problemas muito piores do que os de qualquer Alex, comecei. Ele nunca mais apresentou essa teoria.

Tentei me comunicar com Alex enquanto transformava o último pedaço de salmão de Bertie num sanduíche. Encontrei apenas uma secretária eletrônica em sua casa, e nenhuma resposta na redação. O pão mofara, reparei. Há quanto tempo já estava ali? Que dia fora mesmo? Sexta-feira eu saí de Ballygall. Sábado, conheci Shay na balsa. No domingo, ele desapareceu e eu comecei a escrever a história. Desde então, atirava-me algumas vezes na cama para um sono de algumas horas. Mas não abandonei minha história até tê-la esvaído de mim no papel.

Alex deveria estar na redação. Era muito estranho ele não estar lá.

O telefone tocou. Talvez Shay — mas era Alex, parecendo tão exausto que nem tive tempo de me sentir aliviada.

Consegui seu número no hotel onde imaginei que estivesse hospedada, Kathleen, disse. Levou uma eternidade até alguém atender, e o barulho no fundo era terrível. Eu queria lhe avisar que vou me ausentar da redação por algum tempo. Só para o caso de... Mas, de qualquer modo, não vou continuar falando com você. Ainda nem me deitei. Minha mãe está muito, muito fraquinha. A pobre velhinha está se desmilingüindo porque garante que um anjo a mandou não comer, por isso o médico vai tentar interná-la numa enfermaria geriátrica. Talvez seja bem distante de Londres, e vou ter de arranjar um lugar perto da clínica onde possa me instalar, para visitá-la e cuidar dela.

E você *está* comendo?, perguntei. Que tal cuidar um pouco de si mesmo?

Estou bem, sussurrou.

Acho que não está, não, querido chefe.

Betty vai cuidar de tudo e manter as pessoas informadas até eu voltar. Ela fez um arquivo de todas as matérias da *TravelWrite* que já estão prontas para distribuição.

Deixe o seu número com ela, Alex. Vou deixar o meu, se me mudar daqui. Mantenha contato!

Quando foi que deixei de manter contato com você, Kathleen? Eu mesmo não me sentiria feliz se perdêssemos o contato. Só espero que tudo aí esteja melhor para você do que para mim aqui.

Tá tudo indo às mil maravilhas comigo, Alex!

Ouvi minhas próprias palavras, destinadas a poupá-lo de qualquer preocupação comigo. Mas, *tudo indo maravilhosamente* de uma maneira estranha, não?, pensei. Nada aconteceu como eu imaginara que ia acontecer, mas, mesmo assim...

Preciso ir, disse ele. Por favor, reze por minha mãe e por mim, sim?

Eu rezar para *você*?, perguntei, estonteada, ao desligar. Mas fiquei meio enrubescida. Gostei de ele ter me pedido isso.

Rezei de fato por eles. Circulando devagar em volta do chalé, rezei um Pai-Nosso, uma Ave-Maria e uma Glória a Deus nas Alturas. Depois fiquei sem saber o que fazer. Teria de enfrentar a Sra. PJ, se fosse fazer compras. Mas, lá isso me importava, comparado à vergonha que me invadia de cima a baixo todas as vezes em que pensava em Shay saindo de mansinho e pondo a mala no carro, enquanto eu desabava de volta ao sono com aquela cara de felicidade? A carta dele não ajudou muito. Era o tipo da coisa que faria um patriarca ao estilo antigo — decidir sozinho que ia sair furtivamente e se desligar de mim. Por que não conversar comigo, como uma pessoa moderna, e comunicar-me diretamente da sua decisão? Embora tenha gostado dele exatamente por isso — por ser um cara antiquado, eu teria dito: *Fique*, se ele tivesse pedido minha opinião. Não importa como isso ameace qualquer vida que você tenha — *Fique!* Ele deve ter sacado que era esse o meu jeito de ser.

Saí, vagando agitada até a praia, e teria iniciado a longa caminhada pela borda dos campos, mas fui interrompida pela visão das focas. Ao longe, bem abaixo de mim, lá estavam elas em rochedos que a maré já lambera — o macho de pescoço grosso, parecendo um touro, e uma lustrosa e macia foca mãe, girando a cabeça e desviando os olhos pálidos de seu macho para o bebê foca na pedra ao lado da dela, depois do bebê para o macho. A grande foca macho estendia-se, de lado, pesada e à vontade, como fizera Shay. Sólidas e protetoras presenças masculinas, os dois. E movia lentamente o torso flexível de um lado para o outro, de tal maneira que, através de sua pele, eu senti — o que não sentira por mim mesma — o calor do sol da manhã daquele dia. Lágrimas saltaram-me aos olhos com o deslumbramento da visão das focas e o quadro patético das três contra a tela de fundo do mar. Era como se as lágrimas limpassem meus olhos: depois disso, vi tudo — a cintilação em cadeia das pequenas ondas na baía e o jorro de delicadas folhas novas na cerca viva de espinheiros da estradinha. E a luz cristalina que moldava os velhos campos, como uma mão amorosa acariciando-os — campos que eram turquesa no topo da colina, iam escurecendo e ficando verde-jade na imensidão que se precipitava em direção à resplandecente baía.

Subi e avancei pela colina, tomando a trilha de volta para o chalé. Os muros brancos haviam-se acinzentado e viam-se salpicos de lama atirados em toda a sua extensão por tempestades de inverno, mas a casa erguia-se como se fora indestrutível.

Parei no mato, perto dos maltratados arbustos de urzes.

Eu sabia por que as focas me haviam dado vontade de chorar.

Porque eram uma família.

Ensaiei um tom leve para o telefonema. Oi, Annie! É você, Annie? Adivinhe quem é, Annie? Aí me lembrei que já lhes deixara o recado sobre Jimmy. Eu não podia ser tão espevitada assim, com meu adorado amigo morto. Sentei-me por uns minutos na poltrona, fechei os olhos, tentei me acalmar e encontrar alguma honestidade em mim mesma. Então telefonei.

Alô? Alô, *Annie?* Alô, aqui é Kathleen.

Oh, Kathleen, estávamos esperando sua ligação. Recebemos seu recado. Ficamos muito sentidos, um homem tão adorável, e um amigo tão bom para você.

Eu sei, eu sei. Mas vamos deixar pra falar disso outra vez? Temos o resto das nossas vidas pra chorar a morte dele, certo? Escute, que tal receber uma visitante? Acho que posso conseguir um ou dois dias de folga dessa parte do trabalho.

Oh, é *maravilhoso!*, gritou Annie. Um pouco de *glamour* em nossas vidas, afinal! Que notícia fantástica. Quando virá? Espere até Lilian saber!

Preciso desligar!, cortei-a. O telefone não é meu. Vejo vocês hoje à noite ou amanhã!

Eu deixara a combinação em aberto, por instinto. Fiquei preocupada o tempo todo, enquanto arrumava o chalé. Nas vezes em que me encontrei com o casal em Londres, nos últimos 25 anos, sempre tive de me preparar para sua minuciosa inspeção. Ainda nem sinal de namorado para Kathleen? Reparou que ela agora usa óculos de leitura? Ela tem um cartão Visa ouro... Eles e Nora eram as únicas pessoas que podiam comparar o que eu era agora com o que eu fora. Não era nada hostil a maneira como me olhavam. Mas faziam uma análise crítica. E desta vez eu estaria no território deles. Não teria como conferir o relógio de pulso após uma hora e dizer: Lamento, mas vou ter de pegar um avião. E quem sabe o que diriam de mim depois? Ela está começando a mostrar a idade que tem, nossa Kathleen...

Casais dedicados, como Danny e Annie... nunca dizem a ninguém o que realmente pensam, apenas um ao outro.

Desfiz a cama e arrumei-a rápido com lençóis novos do armário. Depois despejei o chá e o açúcar na geladeira vazia. Enfiei o saco de lixo em outro saco plástico e botei na lata diante da porta, firmando a tampa com uma pedra. Escovei os dentes, juntei as coisas do banheiro e arrumei o saco de viagem para o fim de semana.

Deixei o laptop. Também virei a poltrona, ao lado da lareira apagada, de frente para a porta. Pela primeira vez em dias, pensei em roupas. O conjunto de calça e paletó, a saia e o vestido que trouxera de Londres eram completamente disponíveis à minha vida irlandesa, e nem sequer cheguei a usar minhas sandálias Manolo de salto alto. Punha-os agora na poltrona. Se Shay voltasse, saberia que eu continuava por ali. E não haveria bilhete algum para PJ ler...

Peguei o carro e afastei-me, deixando a porta destrancada. Se descobrissem isso, eu diria que esqueci.

No alto da colina, reduzi a velocidade e olhei pelo retrovisor a imensa extensão da baía. Uma esquina, e desaparecera.

Tenho me machucado na vida, pensei, deixando para trás tantos belos lugares.

Eu nunca saíra antes do oeste para o leste da Irlanda — como se rumasse para os portos da costa leste em companhia de ancestrais fantasmagóricos. As pessoas que haviam emigrado daquele lugar talvez nunca tenham reencontrado os seus. Uma encosta de morro dando para oeste, um mar aproximando-se para descansar embaixo e fluentes cantos de pintarroxos, tordos e melros. A grama não podia ter em nenhum outro lugar um verde tão vívido quanto aquele. Talvez, pensei, fosse por isso que os irlandeses que iam para a América ficavam nas cidades. Não era tanto porque a terra os traíra, e apodrecera sua comida antes que pudessem comê-la. Era mais porque sabiam que não seria possível apaixonarem-se por outro campo.

Não sou uma típica emigrante irlandesa, disse a Jimmy, no início do nosso relacionamento, mas fui rechaçada do país pela dor.

Depois disso, ele às vezes me dizia:

Você precisa voltar, Kath, antes de poder ir em frente.

É uma observação enigmática, eu lhe disse certa vez, e não fica menos enigmática pelo tom cheio de sentimento que você põe nela.

Eu sou americano, disse ele. Nós adoramos esses pequenos ditados emotivos.

Fomos assistir juntos ao *ET* — começando a chorar mais ou menos um minuto depois do início do filme, porque um coelho se perdera no meio do mato, em seguida com a sábia carinha do ET, depois ainda mais porque a mãe de cabelos louros se vê inteiramente só, e então quase nos desmanchando quando o crisântemo reviveu e a criança ressuscitou dos mortos. A garotada atrás de nós trepava por sobre as poltronas e gritava com os amigos, não prestando a mínima atenção à tela, enquanto nós dois íamos ficando cada vez mais comovidos. E a sério, ainda por cima. *Telefone, minha caasa*, passou a me dizer Jimmy com a voz do ET desse dia em diante. E mais ou menos a cada seis meses eu ligava para Danny e Annie. Não havia por que não fazê-lo; não havia problema.

Uns oitenta quilômetros interior a dentro, comprei um hambúrguer e um café; comi refestelada ao sol, recostada num velho muro. Talvez aquele lugar houvesse sido antes uma estalagem. Naquele cruzamento, grupos desgarrados de toda parte do oeste se fundiam. Devia haver dança, bebida e música, assim como luto e muita dor. Eu partira de casa de cabeça erguida, amaldiçoando aquela Irlanda, morrendo de vontade de dar o fora. Quantos deles estiveram exatamente na mesma situação?

Levantei-me. Mais 144 quilômetros até Kilcrennan. Fui até a loja do posto de gasolina e comprei uma fita em oferta de Sinatra que vira antes e entrei no carro. Mas não adiantou. Imaginei que ficando arrebatada com a autoridade da voz seca, a dicção precisa, o divino fraseado... poderia esquecer de mim mesma. Em geral, funcionava. Mas aquelas eram gravações amadoras dos primeiros concertos de rádio, e faziam até mesmo Sinatra parecer lugar-comum. Como se ele fizesse parte da conspiração para me obrigar a lembrar...

Eu tinha de enfrentar. Ia para casa. Bem, ia para a localidade da casa. Pelo que eu sabia, minha verdadeira casa — a cabana em Shore Road — não mais existia. Como me prepararia? Fucei minhas lembranças... Sim! Eu tinha uma ótima... Bem, não tão boa quanto a manhã dos cogumelos, nem quanto a ida a Dublin com mamãe, quando ganhei o concurso de redação. Havia, porém, mais gente envolvida. Nora partira para os Estados Unidos, mas todos os demais estavam lá. Mamãe e papai à mesa, o que já era raro. Annie também, na qualidade de namorada firme de Danny, embora só tivesse 13 ou 14 anos — não que alguém a houvesse convidado, mas ela era irredutível no que dizia respeito a Danny e instituíra-se como parte da família. Meu pai era muito mais agradável com ela do que com Danny.

E Ned também estava presente — especialmente por mim, porque era o domingo em que partiria para Dublin a fim de ingressar no Trinity College. Ninguém nunca deixara a casa antes, porque Nora simplesmente desaparecera com o que escondera na mochila.

Talvez por isso todos houvessem feito um esforço por mim.

Mamãe não tentava acender o fogão a lenha aos domingos — preparava a refeição no de gás de botijão. No dia em que parti de casa, ela deixou o toucinho fritando quando foi com papai até o pub, eu e Annie lavamos as batatas e pusemos na panela quando começou a partida de futebol no rádio. Minha mãe voltou para casa sozinha um pouco mais cedo. Comprara na mercearia, para a ocasião, uma lata de ervilhas e outra de cenouras.

Não pensem que meu pai pretendia começar a infernizá-la. Eu mesma disse que estava conseguindo um quarto em Templeogue.

Teampall Mealóig!, entoou ele. *Mealóig* — que fez parte de São Mallock. E era onde ficava a igreja dele — seu templo, daí, *Teampall!*

Aflorava os lábios enormes e enrolava os *eles* como se tivesse a língua presa a alguma idéia magnífica. Essa era uma das coisas mais chatas nele, pensei, não pela primeira vez. Se o nome de qualquer lugar era mencionado, ele o traduzia do inglês para o irlandês e depois começava a explicar a todos o que queriam dizer as palavras irlandesas.

O ônibus número 49, que vinha da rua O'Connell. Estou certo ou errado, Eileen?

É isso mesmo, murmurou ela.

Sentado na cadeira alta atrás dela, Sean fazia uma terrível zoeira. Mamãe lhe dera uma cumbuca com uma batata assada no leite, e ele tentava fazê-la saltar em pleno ar. Lembrei disso agora. Era um garotinho tão engraçado. Alguma coisa ligada ao sangue, me disse Danny, quando ligou para *The English Traveller*. Ele simplesmente se desfez. Mas teria a própria criança se deixado morrer?

Templeogue foi onde morou sua mãe, papai voltou mais uma vez à antiga conversa. Pergunte por lá, Cait, e descubra se alguns de seus aparentados pelo lado de sua mãe estão interessados em conhecer alguém com o nome de Búrca.

Não sabíamos no que estava querendo chegar quando falava da família de mamãe.

Acho que ele foi obrigado a se casar com ela, disse-me certa vez Nora. A certidão de casamento na caixa de papelão debaixo da cama dela dizia janeiro e o aniversário de Nora era em julho. A certidão dizia "ajudante clerical" para a ocupação de papai e "vendedora de loja" para a da mamãe.

Não sei nem como ela conseguiu manter um emprego numa loja, dissera Nora. Não sabe nem que dia é desde que a conheço.

Ela também foi obrigada a se casar com ele, disse eu. Não se esqueça disso.

Se aquele fosse um domingo comum, mamãe já teria se retirado para o quarto, a fim de escapar da perseguição de meu pai; e ele, se sentindo muito satisfeito consigo mesmo, pingava uma gota de uísque na caneca de chá que tomava com a comida, e nos dava aulas sobre qualquer coisa política que lhe viesse à mente. Mas mamãe não seria escorraçada naquele dia. Na verdade, ele só tentava aborrecê-la por hábito. Estava de ótimo humor.

Ela disse: Vai me escrever?

Vou, sim, respondi. E também, porque não me custava nada dizê-lo: E você bem poderia ir a Dublin me visitar.

Não use o conjunto da Sra. Bates no ônibus, disse ela. Vai amassá-lo todo.

O conjunto foi um presente por eu ter ganho a bolsa de estudos. Fora da irmã da Sra. Bates em Boston. Mamãe disse que só os botões do casaco valiam uma fortuna.

Vai ficar amassado na mala, também, disse eu.

Papai disse: Vou até a Sra. Bates pegar umas folhas de papel pardo para embrulhá-lo. Quando eu estava na FCA, guardava a camisa extra embrulhada em papel pardo, e sempre comentavam que minhas camisas eram impecáveis. Danny! A que corresponde a sigla FCA? Rápido!

Fórsa Cosanta Áitúil, respondi, arruinando seu joguinho. Sabe, papai, se eu fosse homem, adoraria fazer parte dela, também. Freqüentar cursos, fazer treinamentos militares e freqüentar aulas de tiro...

Ele lançou-me um olhar desconfiado, mas saiu e foi para a casa dos Bates. Nunca fazia coisas como ir à loja. O que me fez ver toda aquela partida com mais seriedade.

Minha mãe seguiu-me até o quarto e ficou me vendo pôr na mala o embrulho do conjunto, o macacão da escola, o pijama e a foto autografada dos Beatles.

Tenho um presentinho para você, disse. Por ser uma garota tão formidável, Kath. E por ingressar no Trinity College.

Era uma caixinha de papelão preto brilhante, gravada com o nome do relojoeiro da cidade de Kilcrennan em ouro. A caixinha era debruada de cetim. Numa mínima almofada de algodão de lã, um fino colar de cristais. Ergui os olhos para ela, e ela me olhava, a boca apenas reta nos cantos — pronta para retribuir meu sorriso. Mas foi muito triste imaginá-la abrindo a porta do relojoeiro, entrando com sua grande bolsa de mão, quase sempre vazia, porque não tinha dinheiro algum dela.

Oh, mãe..., eu quase chorei.

Não se meta em encrencas!, minha mãe me cortou imediatamente. Ali, parada em pé no quarto, tinha a luz da janela em cheio no rosto. Kathleen, qualquer coisa que faça, cuide-se! Não se meta em encrencas por nenhum motivo!

O que talvez quisesse dizer: Não engravide, caso que correspondia a si mesma. Ou talvez: Você é uma pessoa imprudente e poderia arruinar sua vida sendo despreocupada demais com o perigo. Caso que se tratava de mim.

Meus pais não atravessaram a rua até o ponto onde o ônibus fazia a curva acima da praia. Danny, Annie e Sean, cambaleando pela estrada como um bêbado até tio Ned dar-lhe uma garupa no pescoço, foram despedir-se de mim. Tchau, Attly! Tchau, Attly! Minha mãe e meu pai olhavam da janela de seu quarto. A corrente atravessada no colete dele brilhava, e o rosto dela era uma mancha pálida atrás do ombro do marido.

Claro, o conjunto de duas peças desaparecera. Eu soube que isso aconteceria quando levei o embrulho. Em Dublin, sempre usava minha velha jaqueta com capuz da escola e uma minissaia.

Perdi o colar apenas uma semana após ganhá-lo. Nunca tivera nada parecido com aquilo e não o tirava do pescoço. Nem sequer percebi quando a corrente se partiu.

Apeguei-me ao conjunto da Sra. Bates. Quando eu ainda estava em Trinity, minhas amigas tinham uma senhoria que as deixava guardar coisas em seu porão nos feriados. Eu levava minha caixa de papelão para guardá-la ali e todas as vezes, em cima dos livros e LPs, eu via o embrulho de papel pardo com o conjunto dentro. Minha mãe morreu. Depois, quando fugi para Londres, não parei para levar nada, por isso deixei o conjunto. Se o tivesse levado, teria ido para a lata de lixo quando soube que morrera. Quando tive certeza de que morrera.

Certa vez, contei a Jimmy tudo sobre aquela última refeição. Ele me olhou muito sério e disse: Será que ouvi você dizer que era uma das suas *melhores* lembranças?

Bem, disse eu um minuto depois, entendo o que quer dizer. Mas, na verdade, foi uma ocasião deliciosa. Talvez eu não tenha explicado direito. Mas todo mundo estava lá... e esta foi uma das coisas boas. Não houve uma briga. Mamãe me deu um presente. E, entenda, passei a ser estudante com toda naturalidade, também me divertia muito, tinha dois ou três empregos e não podia me dar o trabalho de voltar pra casa, nem sequer no Natal. Nunca voltei nos dois anos seguintes, que antecederam sua doença. Por isso as palavras que me dissera naquele dia foram as últimas que ouvi de minha mãe.

Agora eu gostaria de ter uma chance de contar aquele dia para Shay. Ele entenderia algumas pequenas nuanças que Jimmy não pôde entender. Quão especiais foram os legumes enlatados. Que coisa mais extraordinária um pai ir à venda comprar papel pardo para uma filha. E aposto que Shay nunca teve em sua casa uma refeição especial para ele, a não ser que a mãe e o pai lhe dessem festas de aniversário. E sem nenhum traço de animosidade. Papai nem quis dar continuidade àquela piada de mau gosto com a família de mamãe. Annie ficou de mãos dadas com Danny, desafiante, quando fomos para a parada do ônibus, embora papai pudesse vê-los. E Sean dando risadinhas como um duende, no alto dos ombros de tio Ned, agarrando-se com as mãos rechonchudas, grudentas, àquele paciente homem e tapando-lhe os olhos quando a brisa soprada da praia o fazia perder o equilíbrio.

Meu estômago contraía-se na medida em que me aproximava de Kilcrennan. Realmente, talvez fosse uma idéia melhor me manter afastada — quem sabe vir em outra ocasião. Não que aquele fosse parecido com o lugar que eu lembrava. Os subúrbios no lado oeste da cidade eu, sem a menor dúvida, nunca vira antes, mas as árvores diante das casas não-geminadas já não eram novas. Seguia em direção ao centro o mais devagar possível. Não me sentia nada bem. Era melhor ir até a ponte ao lado do hospital e virar à direita, direto para Dublin. Ah... um hotel. Novo. O Shamrock Manor. Entrei com o carro, registrei-me, verifiquei se tinham um porteiro noturno, caso eu voltasse tarde, e paguei adiantado um pernoite. Lavei o rosto e penteei os cabelos o melhor possível, prendi-os atrás com o máximo de cuidado, e passei uma camada de batom cor-de-rosa e uma pincelada de rímel. Afinal, Annie pensava em mim como uma pessoa charmosa. Pus brincos. Tinha um blusão de camurça para jogar sobre o *jeans* e o suéter. Suspendi as alças do sutiã, para me dar uma silhueta melhor.

Uma única vida, resmunguei comigo mesma, *pode levar tanto tempo para galgar seus primórdios errados, e talvez nunca...*

Sempre usei poesia para espantar os males.

Não parei o tempo todo de lançar os olhos ao telefone. Poderia cancelar, sem o menor problema. Annie nunca desconfiaria que eu estivesse mentindo. Aí, poria minhas coisas de volta na mala. Não necessariamente falaria do quarto a ninguém, mas o manteria reservado para o caso de algo sair errado.

Desci a colina, passando pela estação — a colina onde fiquei no albergue, ao voltar da faculdade para visitar mamãe, quando ela estava no hospital. E depois, com tudo dentro de mim tremendo de choques das lembranças, parei o carro num canto de um terreno baldio, segui por um beco, que eu conhecia bem das minhas rondas de adolescente com Sharon, dando na avenida principal, e virei à direita. Não havia ninguém atrás do balcão da lavanderia a seco, mas através de um suporte de cabides cheios de roupas vi minha cunhada sentada a uma mesa, consertando alguma coisa.

Annie!, chamei, em voz baixa.

Sem dizer meu nome, nem qualquer outra palavra, ela se precipitou em minha direção e nos abraçamos por muito mais tempo do que já havíamos feito antes. Parecíamos sobreviventes encontrando-nos após um desastre. Em parte, ela me dizia o quanto se solidarizava pela perda de Jimmy. Mas também me dizia que aquilo não era apenas uma saudação, mas uma acolhida de boas-vindas à casa, após quase metade de uma vida. Eu nunca soube realmente como tocar as pessoas, a não ser como parte do sexo. Com Nora, meus cumprimentos eram ossudos, defensivos. Mas dessa vez consegui ser natural. Abraçava Annie com a mesma intensidade que ela a mim. Sei o que é bondade. Annie é boa.

Oi, meu bem!, disse eu, descontraída.

Oi, desbravadora! Mas você fica incrível de jeans! Faz vinte anos desde que entrei num par de jeans.

Já viu suas orelhas, Annie? Modelos fazem operações para ter orelhas rentes na cabeça como as suas.

Vi então que a pequena Lilian, com seu uniforme de colégio religioso, entrara de mansinho na loja e parara ali com a mochila ainda na mão, olhando fixamente, extasiada, para nós duas. Largou a mochila e meio desligada apalpou as próprias orelhas.

Não esqueça de contar a seu pai, disse-lhe Annie, que sua mãe tem orelhas lindas. Foi o que disse a tia Kathleen. E agora... uma xícara de chá? Vai até lá em casa ver Danny? Ele sabe que você talvez chegasse hoje. Lilian faz o dever de casa aqui, e depois vamos ao encontro de vocês, por volta das seis.

Lilian era tímida demais para falar neste primeiro encontro. Colocou-se semi-escondida atrás de Annie — uma Annie mais rechonchuda do que a que eu vira na última vez, com cabelos grisalhos, no lugar dos antigos poucos fios grisalhos. Também não sentia vontade de falar. Os cabelos da menina lançavam-se da raiz para trás do perfeito oval da testa de uma maneira exatamente igual à do pai, que por sua vez era idêntica à de nossa mãe. Não sei dizer quantas vezes olhara a forma como aquela curva de cabelo virara para trás do rosto de mamãe e pensara que era igual à que se via numa estrela de cinema.

Sou sua afilhada, Lilian de repente lançou a cabeça para a frente e disse: Tenho quase nove anos.

Então enrubesceu e recolheu-se de novo atrás da mãe.

Dois fregueses entraram na loja.

A Srta. Lilian e eu vamos sair e comprar alguma coisa gostosa para tomar com o chá. Depois vou até sua casa, pra ver Danny. Acha que é um plano legal? E você me mostra a que loja ir?, perguntei à criança.

Ela se voltou e olhou para a mãe, mas pegou na minha mão e conduziu-me pela rua. Parei, maravilhada, ao ver que quase nada mudara desde a época em que eu estudava na escola do convento. Era uma rua estreita, ladeada de lojinhas antigas, que eram as fachadas de casas, onde se entrava por portas que davam na rua, com maçanetas. Tinham cozinhas isoladas por cortinas, e as mulheres saíam correndo para atender os fregueses, entre o preparo das refeições da família. O tráfego seguia em passo lento, e as pessoas passeavam entre os carros.

Quer ouvir uma piada?, perguntei a Lilian, porque sentia sua tensão. Que disse o sutiã ao chapéu? Desiste?

Nenhuma resposta, embora ela apertasse minha mão com mais firmeza. Conduzi-a ao atravessar a rua. A palma da minha mão ardia com os detalhes dela — o cetim dos cabelos, o osso do ombro, as omoplatas parecendo os brotos de asas.

Que foi que disse ele?

Como?

O sutiã para o chapéu?

Oh. Vai na frente, que eu vou dar uma levantada nesses dois.

A velha na loja arrastava-se atrás do balcão.

Esta é minha tia da Inglaterra!, anunciou Lil. A sua voz ficou de repente forte e o tom bastante seguro.

A mulher nos examinou por entre os potes de guloseimas.

Claro que sei disso, disse à criança. Eu estava dando uma boa olhada nela, parada ali adiante. Primeiro pensei que fosse uma estranha, mas depois percebi.

Ela se virou para mim. Sua mãe era uma bonita mulher, também, claro, o Senhor tenha piedade dela... Aparecia aqui para comprar uns doces quando vinha ao centro a caminho da biblioteca. Nunca vi um sinal de sorriso dela.

Onde está ela agora?, interrompeu Lilian.

Voando por aí com os anjos, disse a velha. Você não pode vê-la, mas ela pode ver você. Está de olho em você, para ver se é uma boa menina.

Ela é uma ótima menina, senhorita, disse eu. Por isso, poderia deixar que ela escolha uns bolos gostosos ali?

Após nossa expedição, Lilian não parou de conversar, mesmo quando ninguém lhe dava atenção.

Eu fui criada a seis quilômetros e meio de Kilcrennan, onde Shore Road terminava no mar. A meio caminho dali, a estrada que vinha da cidade atravessava um renque de faias. Era ali que ficava a velha casa, a fazenda da família, onde morara Tio Ned, e agora Danny e Annie.

Enfiei o carro na beira do gramado e saltei embaixo das belas e imóveis árvores, quase nuas. Invejei Danny e Annie por terem acabado por decidir-se a morar ali. Invejara tio Ned em seu tempo. Quando eu morava em Shore Road, nossa casa era simples e este lugar era em tudo oposto. As árvores enormes, de troncos lisos cinza-elefante, flanqueavam a estrada, e o fosso era ladeado por seixos cobertos de musgo. As entrelaçadas folhas das faias ao longo da filigrana de galhos permaneciam fechadas e escamosas, mas o sol desse dia as abria. No dia em que encontrei por acaso tio Ned no estacionamento, depois do espetáculo histórico da escola, ainda descalça e com o balde de batatas de minha participação no quadro vivo Ano da Grande Fome, eram essas faias que o preocupavam. Katey, dissera, sabe aquela fileira de faias ao fundo do campo de três hectares? Bem, são belas árvores e todo mundo pára para admirá-las. Mas também são as árvores do antigo proprietário. Os velhos Cooper-Bellews. Bem, não eram dos piores, e pagaram a passagem para a América de alguns moradores que despejaram de suas terras. Mas mesmo assim...

Meus pés com tênis não faziam barulho algum na terra macia da alameda. Subi a ladeira entre as altas e pálidas sebes de espinheiro, onde folhas novas haviam começado a desabrochar nas velhas urzes brancas. As quelidônias emitiam um brilho amarelo escuro e verde-musgo na vala. Os espinheiros-pretos chegavam quase ao fim de seu espumante florescimento, mas eu ainda sentia o cheiro de sua doçura. Na parte de baixo do terreno seguinte, havia uma faixa prateada de uma inundação de primavera, e dois cisnes deslizavam na água. O ar transmitia vida com o méééé dos carneiros, mas Danny deve ter ouvido o carro parando a uns cem metros da casa. Curvava-se no portão entre os baluartes da sebe de sempre-verde que ocultava o chalé, exatamente como se curvava tio Ned. Com uma camisa branca amassada, penteava para trás os fios de cabelos que saltavam da testa larga. Os olhos de minha mãe dominavam seu rosto redondo, límpidos no dele, quando eram nublados no dela. Não me espantei; já me acostumara a ver o fantasma dela entrar no pub em Londres, nas vezes em que nos encontramos para um drinque quando ele aparecia para ver partidas de futebol. Embora sua boca tivesse uma curva para baixo, o sorriso transformava-a completamente.

Tive a impressão de que já vira aquele sorriso antes. Teria sido em meu próprio espelho?

Você tem muito mais cabelo do que imaginei que tivesse, disse eu.

Você também. Tem mais que a maioria das pessoas.

Annie disse que ela e Lil vão chegar por volta das seis.

Não tem problema! Já descasquei as batatas. Faço o que quero do meu tempo.

Este lugar parece exatamente o mesmo!

E é o mesmo. Annie é mão-de-obra escrava naquela lavanderia e nunca tivemos dinheiro para uma reforma.

Mas você não tem emprego?

Ele tinha um emprego na manutenção da fábrica de computadores, mas o abandonara, disse-me quando já havíamos entrado. Eu examinava minuciosamente seu rosto, enquanto ele falava. O nariz era maior do que eu lembrava. Na verdade arredondado. Mas os olhos, claros como sempre. Eu lembrava aquele olhar desde que o vira em sua cara de bebê.

Alguns dos rapazes são músicos como eu, dizia, e quando tocávamos num casamento ou coisa assim, nunca chegávamos ao trabalho na hora. Então decidi abandoná-lo. Além do mais, com os descontos, o salário não era muito. E eu queria fazer uma experiência com cruzamento seletivo.

Que é isso?

A gente compra bezerro de raça com pedigree. Depois vende os filhotes.

Parece excelente.

Oh, é mesmo! Dá muito dinheiro. No momento, estou levantando capital. Annie está começando a se cansar de ficar em pé o dia todo naquela loja velha, e claro que o carro leva tudo que ela ganha. Mas estamos meio atados por enquanto, até eu montar meu esquema e começar a funcionar.

Fez chá.

Finalmente, consegui olhar em volta. Sentava-me ao lado da mesa quadrada, embaixo da prateleira com o rádio, o Sagrado Coração com a lâmpada vermelha e o grande relógio de estanho. Havia biscoitos prontos numa travessa e as xícaras eram de boa qualidade. As floridas. Era exatamente o que faria meu tio para uma visita.

A sensação do oleado na mesa sob meus dedos me trouxe de volta uma inundação de felicidade.

São as coisas do tio Ned?, perguntei. Como poderiam ser?

Papai vinha sempre aqui e fazia a maior bagunça em toda a casa, disse Danny, porque a terra estava arrendada no tempo dele. Nunca mudou nada. E deixamos o lugar quase idêntico. De qualquer modo, as lojas na cidade em que vão fazendeiros como eu continuam iguais ao que sempre foram. O desenho das coisas é igual ao da época de tio Ned. Claro, agora tudo é feito na China.

Percebi com um sobressalto que uma coisa que julguei ser uma almofada na cadeira ao lado do fogão era um enorme gato.

É de Annie, disse Danny, acompanhando meu olhar. Chama-se Furriskey. O gato mais preguiçoso, ganancioso, da Irlanda. Gato — *amach leat!* Lil diz que entende irlandês. Sabia que a madrasta não deixava o velho dizer nada em irlandês? Dizia que isso afugentava as pessoas de seu abrigo para pessoas idosas. Ele falava em irlandês comigo quando ela dava as costas, mas eu mal conseguia entender.

Em todo caso, eu também não o entendia, acrescentei.

Tudo bem, disse Danny, de certo modo. Mas ele ficou feliz ao me ver tocar músicas antigas, ficou mesmo, o pai. Toquei no enterro dele. Estava abarrotado de gente.

Fiquei desatualizada, pensei comigo mesma, quase entrando em pânico. Achava que Danny e eu éramos inimigos...

Sentamo-nos e tomamos chá. O fogão era novo, a óleo, posto exatamente onde ficava o antigo, com o pano de prato estendido no mesmo lugar. O linóleo do piso era do mesmo tipo. O banco de madeira artesanal, em que me sentava, era o mesmo em que me sentara na infância. Parecia quando eu era criança que havia no meio daquele espaço um ponto invisível de paz, e que tudo ali se curvava àquela paz. As coisas novas não faziam a menor diferença naquela sensação de estar num ambiente benigno.

Danny pegou para mim um par de botas debaixo da escada e saímos para ver os terrenos. Segurou o portão aberto para eu passar.

Você parece estar-se exibindo à moda do campo, disse ele. Nunca imaginei que alguém que fizesse parte dos Burke agiria assim.

Bem, é isso aí, disse eu — meio frouxa, porque continuava sentindo o impacto da expressão que ele usara. Fazer parte.

Alguns bois vieram em nossa direção, num balanço contemplativo.

Que pestanas imensas eles têm!, exclamei.

Não falamos muito das pestanas deles por aqui, disse ele, rindo para mim.

Levou um longo tempo para destrinçar os pedaços de arame, ou desfazer os nós da corda que prendia os portões. Não era pitoresca, a fazenda. Os campos sulcados estavam cobertos de cardo, a praga da lavoura. Mas mesmo assim a folhagem nova nas emaranhadas sebes de pirilteiro irradiavam verde-esmeralda e o ar era maravilhosamente fresco e leve.

Você deve se sentir muito grato por o velho ter-lhe deixado este lugar.

Ele não deixou pra mim, disse Danny. Deixou para a madrasta. Ela pôs a fazenda em leilão.

Pensei que o lugar pertencesse à família! Pensei que fosse o tipo de propriedade que passaria de homem para homem. Não foi por isso que Ned a deixou para papai? E de qualquer modo, como você comprou? Não vale um dinheirão para um construtor?

Avançávamos com cuidado, voltando pela sulcada estradinha lamacenta onde o gado vinha alimentar-se.

Eu a comprei por um preço bastante justo, disse Danny. Não apareceram outros interessados no leilão. Todos por aqui sempre souberam que este é o lugar dos Burkes. Sempre será o lugar dos Burkes. Mesmo antes da fome, era da nossa família.

Uma senhora, bibliotecária, que conhece tudo sobre a fome, me disse que se estamos aqui é porque sobrevivemos à fome. É óbvio, quando a gente começa a pensar nisso, mas quem pensa nisso? Você tem alguma idéia do que fizeram os Burkes, para sobreviver?

Nem sequer um palpite, disse Danny. Talvez Lil estude a fome na escola, mas até então eu sei tanto sobre isso quanto aquele mourão ali do portão.

Vou levá-la a Shore Road, disse ele.

Fomos de carro em direção ao mar. Chocalhamos e guinchamos colina abaixo, em seu velho Ford salpicado de lama, passando pela loja dos Bates e o pub, e ao longo da fileira de cabanas que davam para a margem de seixos rolados, onde o rio se espraiava nas ondas que entravam. Preparei-me. Depois juntei coragem e dei uma olhada na última cabana. Não havia nada para ser visto. Quem morava agora lá não era como nós. Viam-se plantas floridas nas duas janelas, persianas brancas, e haviam construído uma varanda de vidro diante da porta da frente.

Metade da colina atrás das cabanas era riscada com novas casas em filas geométricas. A outra metade pareceu por um momento coberta de lixo. Logo depois percebi que eram sepulturas — que o antigo cercado que ficava atrás da igreja se espalhara morro acima.

Ela está lá em cima, disse Danny. Em algum lugar na primeira fileira, acho. Sean está em Kilcrennan — têm um espaço para as crianças no grande cemitério. E nosso velho homem também está enterrado ali.

Não está falando sério! Na mesma sepultura que mamãe?

Oh, sim. Na Irlanda, ninguém é enterrado com a segunda mulher.

E onde está Ned?

Ned está perto de nossa casa. Abriram o velho cemitério especialmente para ele, porque foi um herói da Associação dos Pequenos Fazendeiros.

Vamos embora, disse eu. Não precisamos nos dar o trabalho de subir até lá.

Dei alguns passos em direção ao fim da estrada. Cerrei os olhos e prestei atenção ao som que conhecia como minha própria respiração — o murmúrio raso do rio perto e os leves talhos das pequenas ondas mais adiante na praia. Um estacionamento asfaltado ocupava o lugar onde antes ficavam a moita de turfa verde, espessa, e os buracos semelhantes a casamatas de areia fria.

Vamos voltar, disse a Danny quando me encaminhei para o carro. Procuro a sepultura dela em outra ocasião.

Assim, manobrou e deu meia-volta. Uma confusão de cassetes espalhava-se no piso do carro e, num deles, seu rosto abria-se num enorme sorriso para mim.

Danny Burke!, li alto. Tesouros de Tin Whistles. Ora, mas vejam só!

Não mandei um pra você? perguntou, com modéstia.

Liguei toca-fitas e aumentei o volume ao máximo. Subimos a serra de Shore Road com ruidosas golfadas do cano de descarga quebrado e uma melodia de giga extravasando atrás, e os dois ríamos com um quê levemente histérico, como crianças que fugiam com alguma coisa escondida.

Naquela noite, sentei-me à mesa da pequena cozinha, sentindo o familiar cheiro de bacon fritando e ajudei Annie com as couves-de-bruxelas.

Chegamos até Sharon em nosso resumo das principais fofocas de Kilcrennan.

Ela e o marido são ricos como Creso, disse Annie. Circulam pela cadeia de discotecas de que são donos em seus BMWs idênticos e recolhem pessoalmente o dinheiro do caixa. Têm uma casa na Flórida. Duas piscinas. Você devia ver o bronzeado dela. E está imensa! Annie lançou a cabeça para trás e deu uma sonora gargalhada. Bem, eu mesma não sou exatamente *petite*!

Olhei para minha cunhada. Tinha o rosto de menina, a não ser pelos pequenos cortes entre as sobrancelhas.

Você parece tão jovem, Annie!

Por que não pareceria?, exclamou. Tive uma vida esplêndida, não devo agradecer a Deus? Veja... só por Ele nos ter enviado Lilian, depois de tanto esperarmos! Tenho sido mesmo abençoada, ah, se tenho, de todas as formas. Mas ganhei uns resistentes quilos com a reposição hormonal. Você teve algum problema com a mudança de vida, Kathleen?

Acho que ainda não comecei a ter, disse eu. Ainda não parei de menstruar. Mas andam acontecendo coisas. Meus tornozelos incharam num vôo longo, e na verdade nunca mais voltaram ao que eram. E começaram a aparecer manchas pelo corpo. Acho que não são nada de mais. Apenas a idade.

Como tem superado a perda de Jimmy?

Que choque ouvir alguém dizer o nome dele! Ouvi-lo realmente pairando no ar... Ela saiu e foi até a copa, deixando-me sozinha por um minuto. Não deu, por acaso, de cara com sua madrasta na cidade, deu?, perguntou, animada, voltando com maçãs para descascar. Você não a conheceria, mas ela sem dúvida reconheceria, não é muito mais velha que você, e você sempre se destacou, com os cabelos e tudo, e sendo tão maluca. O pessoal aqui a chama de Kathy Bates. Sabe? Aquela personagem do Stephen King, que não deixava o cara sair da cama? Circula um boato por aqui de que ela era cruel com seu pai, obrigava-o a ir pra cama depois do chá.

Pelo menos não lhe fez sete ou oito filhos, se incluirmos os que morreram, disse eu. Como minha pobre mãe.

Não há dúvida de que era uma enfermeira competente, disse Annie. Se não soubesse como se cuidar, quem saberia? Sabia que seu pai se tornou muito popular? Abriu um curso de irlandês que vivia abarrotado de alunos. Vinha me visitar na loja quando saía de lá. Metade do Sinn Féin o freqüentava, mas também havia montes de pessoas de fora da cidade. Eu sentia pena dele, por voltar para casa com aquela lá. Ele foi bem castigado por se casar de novo.

Fez uma pausa e perguntou em seguida. E você? Um bom partido como você? E essas roupas tão lindas! Não gostaria de saber que não tem ninguém, sobretudo agora que o pobre Jimmy passou desta pra melhor...

Bem, realmente eu não sei, disse, meio sem graça. Pra lhe dizer a verdade, realmente não sei o que aconteceu. Se tivesse ficado na Irlanda, imagino que teria me casado... Tenho olhado por aí desde que voltei desta vez, e vi um certo tipo de casal irlandês, ele é treinador de time GAA, ela é grande, bonita, tímida, e os dois têm três filhos ruivos, todos se remexiam na parte de trás do Toyota. Gostaria de ser aquela mulher...

Ela largou a faca na mesa.

Está me gozando, é? Claro que você nunca seria aquilo, Kathleen! Não era você! Levar a sogra pra tomar chá num hotel, todos os domingos. Lavar o uniforme dos meninos. Seu marido fora toda noite, conversando sem parar sobre jogos de futebol como se fossem casos de vida e morte... você teria enlouquecido! Eu talvez me acomodasse a essas circunstâncias, se não tivesse conhecido Danny. Mas você, Kathleen! Você sempre pensou em ir embora de Kilcrennan. Uma das primeiras coisas que me disse quando eu tinha 13 anos, e nunca conheci ninguém como você, foi que estava juntando dinheiro pra se mandar daqui.

No jantar, Lilian sentou-se no meu colo, e o gato olhou feio para todos nós, do abrigo de um caixote de papelão.

Contamos histórias da família. Todos esbanjavam encanto em suas pequenas historietas, e rimos um bocado. Danny contou sobre a primeira vez que levou Annie à nossa casa, e que mamãe não dirigiu uma única palavra a ela durante uma hora. Quando enfim, mamãe lhe perguntou qual era seu escritor preferido, ela teve de dizer que não tinha nenhum. E Annie contou a ida de Danny à casa de sua família depois de uma famosa partida de futebol, quando tinham acabado de sair juntos pela primeira vez, e o pai dela se recusando a acreditar que meu irmão tivesse algum parentesco com o que chamou de aquele velho maluco, Inspetor de Burca. E eu contei a briga que tive com Nora para tirar o pequeno Danny do carrinho de bebê, quando eu perdi o controle da barra do instável guidom, muito alto para mim, e Danny foi arremessado de cabeça na estrada.

Lilian correu até o pai, agarrou a cabeça dele e se pôs a apalpá-la. Anunciou então, triunfal, que sentia um calombo.

Não contei que o forro da base do carrinho de bebê era feito de três painéis de resina amarela, o do meio destacável, de onde se desprenderam antigas migalhas de pão manchadas do xixi do bebê, que ficaram girando pelo chão. Também não disse que briguei com Nora para tirar Danny do carrinho de bebê só porque queríamos chamar a atenção de mamãe.

Não consegui disfarçar que quando Lilian se empoleirou em meus braços e recostou a cabeça em mim, tive um lampejo de Shay dizendo, olhando para mim de onde estava deitado: Um homem pode ficar assim para sempre. E aquele desejo por ele me atravessou como um raio.

Quem sabe o que não disseram os outros dois?

Contei-lhes a história de Talbot.

A gente nunca pensa que faziam sexo durante a Fome, disse Annie.

É o que todo mundo diz. Mas faziam. Ou... esses dois fizeram. Com todo mundo os espionando o tempo todo.

Oh, esse tipo de história vai vender com certeza!, disse Danny, entusiasmado. Sexo sempre vende. Está pondo os detalhes? Claro que poderíamos dar algumas dicas nossas, Annie!

Havia crianças na história?

A filha dos Talbot, Mab. É descrita nas provas como "notavelmente perspicaz e inteligente".

Como a nossa Lil! disse Danny, maravilhado, girando a menina sobre a mesa e sapecando-lhe um beijo estalado. E Lil, quando crescer, vai ler a história de sua tia Kathleen. Não vai, querida? Mas agora é hora de ir para a cama.

Ela vai ser uma viajante, Lil, disse Annie. Como a tia.

A menina correu até o armário e tirou uma caixa de sapato cheia de cartões-postais que eu lhe mandara de todas as parte do mundo. Revistou a caixa e ergueu-os para mim. Tinha tanta autoconfiança na presença dos pais que chegou até a fazer uma tentativa na leitura das palavras. A Torre Eiffel. A Grande Muralha no Xi'am. Flores de Primavera perto de Heraklion.

A escolha de um cartão para a família de Danny sempre fora um pequeno ritual, assim que chegava a um lugar novo, começava a caçar uma imagem. Sentava-me então a uma mesa de um bar, aos degraus de um monumento, para escrever-lhes e dizer-lhes onde estava. Nunca deixei de fazer isso uma única vez sequer. Mas o fazia por mim. Jamais imaginara os cartões sendo guardados. Estarreceu-me ver tão grande interesse da família por receber notícias de mim. E impressionaram-me as dezenas e dezenas de cartões que eu enviara. Nunca devia ter deixado de viajar. A permanência, copiei certa vez de uma revista, é o que todos queremos quando podemos amar e ser amados; a mudança é o que queremos quando não podemos.

Agora que Jimmy se fora, eu não conhecia uma única pessoa com quem pudesse conversar esse tipo de coisa. Não que ele gostasse muito de meus arroubos filosóficos.

Você me faz me sentir solitária, queixei-me uma vez com ele. Sempre carente de risos. Nunca me levando a sério.

Oh, sem essa, Kath, dissera. Você é *tão* baixo-astral.

Levei Lilian até seu quartinho logo na saída da cozinha, onde ela adormeceu e, depois de ajeitá-la sob a manta, fiquei ali. Ouvia o murmúrio dos outros dois lá fora. Lil dormia com a leveza de uma pluma. Eu gostava da noite caindo nas trevas, e a respiração dela indo e vindo. Sentei-me ali, contente, olhando o teto. Pude perceber que alguém o pintara com uma brocha sem todos os pêlos. Lilian ressonou alto e mais uma vez se aquietou. Dormia mais profundamente, chutando as pernas, depois lançou-se para junto de mim, como pedindo para ser abraçada, e eu passei meu braço de leve à sua volta.

No ônibus de volta para Shore Road, no dia em que fui a Dublin com mamãe, quando ganhei o prêmio pela redação, deve ter sido assim que me senti com ela. Sentadas aconchegadas no fundo, eu sob seu braço, bem junto dela. O mesmo braço, aliás, o direito. O dia fora um enorme sucesso, e estávamos muito cansadas. Havíamos circulado pelos departamentos de roupas da Clery's e da Arnott's não uma, mas duas vezes. Mamãe disse a caminho da cidade que era a maneira de fazer aquilo — dar uma olhada primeiro, ver o que valia a pena, *depois* comprar.

Eu adoraria um casaco, disse eu. De lã de carneiro, conhece esse material, mãe? Só tenho meu casaco da crisma. Nós duas precisamos de casacos. O seu está grande demais para você, e o meu, pequeno demais.

Não temos o bastante para casacos, disse ela. São muito caros. Esqueça.

Vou comprar uma minissaia.

Não vai, não! Seu pai a mata.

Vou comprar presentes para todo mundo. As meias-calças de Nora. A meia verde de Danny para o futebol. E ainda vai sobrar muito dinheiro.

Mamãe não quis entrar na redação do jornal, e eu tive de ser incisiva com ela, dizendo-lhe que não podia ficar do lado de fora como uma mendiga. Mas ela pareceu desaparecer numa parede quando me dirigi a uma garota no balcão, para perguntar o que eu devia fazer. Três das quatro mulheres de saltos altos atrás do balcão ouviram a garota falando comigo e sorriram para mim, dizendo que eu era uma grande menina e me dando parabéns.

Aquela é minha mãe, disse eu, apontando.

Ela é uma bênção para a senhora!, gritou uma das mulheres para minha mãe do outro lado. Ela simplesmente concordou, balançando a cabeça com timidez, agarrada a sua grande bolsa de mão. Mas os olhos cintilaram. Não sei o que a mulher viu, mas ela saiu de trás do balcão com uma cadeira de madeira e a levou para mamãe se sentar. Levaram-me escada acima para o departamento de fotografia, depois um sujeito no escritório me deu cédulas de uma libra num belo e grosso envelope branco. Até o envelope era valioso para mim.

Contamos mais uma vez as notas, quando saímos, encostadas uma na outra, por medo de que um ladrão nos visse. Estávamos na baixa amurada de pedra sobre o rio Liffey, com seu cheiro de sal, e gaivotas discutindo acima.

Isto é pra você, disse eu, dando-lhe cinco notas. É seu presente.

Cinco!, sussurrou. Cinco! Oh, o que eu vou comprar?, disse, distraída, quando nos viramos, o dinheiro bem escondido, e mais uma vez atravessamos a ponte O'Connell em direção a Clery's.

Fomos direto comer numa sorveteria. A garçonete pôs o pedido de mamãe diante de mim e o meu diante de mamãe, porque eu pedi ovos com fritas, e ela um *sundae* numa taça alta com fios de calda de framboesa e creme cor de marfim em cima — tanto creme que escorria pela borda da taça, e mamãe curvava para a frente e lambia-o.

Então o que você disse, para que lhe dessem o prêmio?

Hem?, perguntei. Fiquei totalmente surpresa por mamãe me perguntar alguma coisa sobre mim.

Sobre o que era o concurso que você ganhou?

"A beleza deste mundo me deixava triste, esta beleza que passará", disse eu. Padraig Pearse. Não dá pra acreditar que ele ia terminar entre as pessoas rebeladas que foram fuziladas, dá, sendo tão poético assim?

E o que você disse?

Sentia-me sem graça de dizer-lhe. Oh, escrevi coisas sobre a praia, sabe, nas noites de inverno, e os pássaros ali no escuro, o jeito como piavam. E música. Quando passo pela casa daquela professora de piano a caminho do ônibus e paro diante da porta...

Você tem a inteligência do seu pai, disse ela, com admiração.

Tirei a maioria das minhas idéias de livros. Franzi o cenho para ela, não queria ter nada a ver com ele.

Mamãe recostou-se na cadeira de cromo, sorrindo para mim, como se fôssemos duas garotas saindo juntas. Nossa mesa ficava na janela, e atrás dela eu via as pessoas passando apressadas e o tráfego na rua.

De qualquer modo, você se parece com ele, e muito, disse ela. É uma grande menina, Kathleen. Uma das melhores. Mas mesmo assim é uma partícula tirada do velho bloco.

Bloco está certo, disse eu, considerando-se que ele é um homem sólido, grande. Com isso, pusemo-nos a dar risadinhas.

Ela comprou um vestido de algodão na Clery's, depois de experimentar uma leva completa de vestidos. Eu comprei um blusão preto de gola pólo, porque era o que usavam em Paris. E no ônibus, no último trecho até Shore Road, quando dormitávamos nos assentos, balançando na luz crepuscular, disse ela: Foi um dia maravilhoso! Estou muito orgulhosa de ser sua mãe.

Sua mãe se sentia orgulhosa de você?, arrisquei.

Não. Foi tudo o que disse.

Eles sabem de nós?

De quem?, perguntou, vagamente.

Pelo amor de Deus, mãe! *Nós*. Seus filhos.

Sabem que sou uma mulher casada, disse ela. Algum tempo depois, acrescentou: Ou... sabiam. Talvez estejam mortos, agora, pelo que sei.

Fez então uma longa pausa, antes de acrescentar: Ou me interessa saber.

Já não via o teto. Tirei a roupa, a não ser o sutiã e a calcinha, ergui a manta e enfiei-me ao lado de Lil. A criança milagre. Os dois estavam casados há muitos anos antes de Annie engravidar. Ainda deviam continuar fazendo amor. Mas é possível dizer assim quando se trata de duas pessoas casadas há séculos, e que jamais sonhariam em ir para a cama com outra? Para que serve o ato de fazer amor, se um já ama o outro? Se um conhece bem o outro? Eu não conseguia imaginar sexo que não fosse uma tentativa de descobrir alguma coisa — isto é, uma aventura, uma exploração.

Não conseguia imaginar sexo que não fosse uma procura de amor, pensei, fazendo de propósito o ritmo de minha respiração acompanhar o de Lil — inspira, expira, inspira, expira — e logo semi-adormecia.

Preciso pedir a Nora que pergunte à sua psicanalista — se a mãe de uma pessoa não a ama, então, é o que diz todo mundo, ela passa a vida em busca de amor. Mas fazem isso com sinceridade? Querem mesmo ser amadas? Ou são forçadas a fazer quase tudo para manipular aqueles a quem amam a *não* amá-las? Para poderem voltar ao primeiro estado — o estado de *não* ser amada?

Ouvi Danny lá fora no quintal chamando o gato.

Furriskey! Furriskey!

Depois o ouvi rindo, ao tornar a entrar na copa.

Esse seu gato é tão burro que nem se lembra do próprio nome.

Veio então uma rajada de risadas do aparelho de televisão.

Desligue isso, amor!, gritou Annie. Elas estão dormindo!

E a trilha sonora transformou-se um zumbido distante, alegre.

10

Eu não poderia agüentar mais aquilo de manhã. O banheiro era frio de rachar e não muito limpo. Reparara a mesma coisa quando levara os pratos para a pia depois do jantar — sujeira em volta dos canos e manchas de gordura na parede. Na época do tio Ned, o lugar era imaculado. Annie disse que arranjaria problemas se chegasse atrasada para abrir a lavanderia, e Lilian também gemia que chegaria atrasada à escola. E se eu ficasse com Danny, que faríamos o dia todo? Já havíamos resolvido as coisas importantes na véspera. Sobre o que conversaríamos? Ele deve ter sentido o mesmo que eu, porque falou alguma coisa sobre levar o carro para consertar e me deu um beijo sem graça, desaparecendo antes mesmo de tomar uma xícara de chá.

Ele saiu feliz e tão lépido quanto um cabrito, porque sua visita foi muito agradável e correu tudo bem, disse Annie. Então. Deixe assim.

Ela foi até a copa fazer o chá. Peguei minha mala enquanto ela continuava lá.

Uma última coisa, disse eu, quando ela voltou — como se sempre houvesse ficado entendido que eu só ficaria até aquele momento. Teria um envelope, Annie?

Não está indo embora, está? perguntou, parada ali, sem expressão. Não vai embora tão cedo, vai? Fiz uma cama pra você passar esta noite...

Não pude olhar para ela. Percebi como ficou magoada.

Fiz um cheque de mil libras em nome de Danny e pus no envelope que ela pegou para mim. Rabisquei nele "Para suas melhorias agrícolas. Presente, não empréstimo". Ela me viu escrevendo, impassível. Não podia ver de quanto era o cheque e eu não lhe disse — era uma quantia muito alta pelos padrões de Kilcrennan. Mas precisava ser generosa já que estava dando ao pobre Danny uma chance enquanto tinha um pouco de vida pela frente.

Dê isso pra ele?, pedi, e ela fez que sim com a cabeça. Não sorriu.

Vamos lá, disse eu, então. Você e Lil... me acompanhem até o carro.

E elas acompanharam. A última coisa que vi foram as duas em pé na estrada, me dando adeus e mandando beijos. Por toda aquela extensão da estrada, uma luz tremulante dançava por entre os rendilhados galhos novos das faias.

Considerei por um minuto a possibilidade de virar o carro de direção, quando elas haviam desaparecido, e ir até Shore Road uma última vez, visitar sozinha o túmulo de mamãe.

Não.

Basta.

Haveria algum lugar em Kilcrennan com um bom café italiano, num ambiente minimalista com toalhas de linho, a decoração em madeira e aço escovado, talvez suco carmesim de uva-do-monte, numa mesa de laca, e qualquer coisa como um brioche e geléia de figo para comer? Talvez a área de convivência de uma academia de ginástica, onde jovens bronzeados com roupas de esporte cinza se exercitavam antes de ir para a cama, de camisas Frette, para um levar o outro ao orgasmo simultâneo?

A idéia de encontrar um lugar assim entre Kilcrennan e Mellary...

Bem, que tal ir a Dublin? Eu não tinha de voltar para o hotel de Bertie antes de sábado. Todo mundo dizia que Dublin agora era elegante, embora eu me lembrasse de uma cidade abandonada, enfumaçada, cheia de coisas belas e decadentes, onde crianças cansadas esperavam sob sombrias entradas de pubs e as filas para os ônibus arrastavam-se na chuva, sombrinha atrás de sombrinha.

Quem sabe, ir à Biblioteca Nacional? Mas eu não precisava. A Srta. Leech cuidava de mim — meu pequeno e saltitante Virgílio, essa mulher.

Podia ir à praça Merrion, subir os degraus do Departamento de Agricultura e prestar meus respeitos a tio Ned...

Vi-o a última vez numa noite em que eu me julgava linda. Quando estava em Trinity — meu segundo ano, e ganhava o bastante em meus empregos de camareira para me divertir à beça. Fui com um bando de amigos ao Baile de Trinity, num belo vestido alugado, e ao amanhecer, após dançar a noite toda, seguíamos amontoados, cansados, pela calçada da praça. Via-se nos degraus do Departamento de Agricultura uma aglomeração de mantas e casacos pesados — um protesto de manifestantes da Associação dos Pequenos Fazendeiros, já dormindo. Havia um homem sentado num saco de dormir, recostado numa coluna e quando passamos vi que era tio Ned. Parei imediatamente diante dele, que me olhou sem se mexer. O vestido de baile era de veludo verde-musgo, e minhas amigas haviam entrelaçado contas prateadas em meus cabelos, mais rebeldes naquela época. Ele me lançou um olhar tão pesaroso, desejoso, como eu nunca vira antes e — percebi imediatamente — que nada tinha a ver comigo.

Eu desconfiara que Ned gostava de mamãe. Passou-me pela cabeça a idéia na época em que cuidei de sua casa. Porque se esperava que fosse um grande segredo que Ned estava na prisão, mas ele deixou escapar na primeira oportunidade. Levou o chá para mamãe na quinta-feira após sair, como de hábito, e perguntou-lhe como se sentia, ela disse que não conseguia dormir. Disse ele que ela devia experimentar o ar de Dublin, que ele nunca dormiu melhor do que na cadeia de Mountjoy, e ela perguntou *como?* Então ele acabou contando tudo. Na época, imaginei que ele tivesse revelado o segredo por inocência. Mas quando seus olhos encontraram os meus naquele amanhecer em Dublin, percebi que quisera que ela soubesse de sua aventura — que ela o admirasse. Percebi, pelo jeito como me olhava, que Ned Burke amara minha mãe. Curvei o rosto, em resposta ao dele, num sorriso amoroso, de mulher feita.

Não. Não iria a Dublin.

Ia voltar para o chalé.

A questão era a seguinte: se Shay quisesse me encontrar, era lá que ia me procurar.

Rumei para o oeste, mas após duas horas de viagem saí da minha rota e desvieime para Athlone. Perguntei à mulher de uma loja de vestidos onde havia uma boa cabeleireira e passei quase duas horas num salão surpreendentemente chique, fazendo minhas luzes. O café era muito bom e eles tinham as últimas novidades em esmaltes. Portanto, eu era uma mulher renovada ao sair. Sentia-me mais dona da situação. Passei numa *delicatessen*, voltando para o carro, e foi delicioso poder comprar queijo francês, pão artesanal, tomates orgânicos e um vinho caro para as últimas noites em Mellary. Ser meu eu cosmopolita, mas também ter uma casinha irlandesa para abastecer — claro, era o ideal!

Parei diante da *delicatessen*, distraída. Fazia um lindo dia. O mais fresco dos verões parecia ter-se estabelecido na Irlanda, mas ainda hesitante — como se o bom tempo fosse apenas um empréstimo. Perguntei-me se havia a mais remota chance de conseguir fazer Alex passar umas férias bem curtas comigo. Se a mãe estivesse em segurança no hospital, haveria alguma maneira de eu convencê-lo a viajar para algum lugar, só por uma semana, antes que tivesse de enfrentar o pior? Talvez algum lugar com praia, mas também com uma carga espiritual. Digamos, a península de Halkidhiki. Os hotéis eram luxuosos para os padrões gregos, e havia excursões diurnas aos mosteiros do monte Athos. Só homens, claro. Escandalosa misoginia, travestida de religião. Embora Alex não soubesse como se comportar em praias. Não sabia nadar no mar, explicou-me numa ocasião — só na piscina. Jimmy podia ter morado numa praia. Disse-me certa vez que eu e ele, quando ficássemos velhos, íamos comprar uma casa numa ilha grega, ao que disse eu: Tudo bem, mas *não* em Mykonos — nunca mais quero ver um belo rapaz alemão de tanga. Agora arrependia-me de ter-lhe dito isso, mesmo de brincadeira. Jimmy não ia querer morar em Mykonos quando fosse velho, ia? Será que os *gays* velhos ficam ao redor de lugares onde estão os jovens? O que pretendia fazer de sua vida na velhice — se não houvesse algum companheiro por perto? Eu era sua amiga: devia ter tido sensibilidade para perceber tudo que ele não disse! Oh... como eu ia passar sem ele? Férias de verão, Natal, tudo que necessitava de um plano — era ele o meu camarada! Eu nunca compraria uma casa numa ilha grega sozinha. Sentada em algum pátio aos setenta anos, vendo o mar azul, uma trêmula e velha expatriada com o sistema de alarme ligado.

Encontrei o carro e parti mais uma vez para Mellary. Continuava apenas com a fita ruim de Sinatra, por isso tentei ouvir uma discussão sobre partidos políticos, mas era imcompreensível. Desliguei o rádio.

Em todo caso, eu não queria ser velha na Grécia! Lá, não! Nem quando era o cenário de minha maior felicidade, quando eu ainda era jovem. Nem quando a vi pela primeira vez e ainda era pura. Ou incauta, talvez seja uma palavra melhor; sem a menor dúvida, talvez já estivesse estragada por dentro.

Eu muitas vezes via meu primeiro amor, Hugo, nos corredores e na cantina da Politécnica da Cidade de Londres. Ele era minha idéia de herói saído de um livro. Parecia alguém que devia estar em Oxford ou Cambridge — não hoje, mas na década de 1920. Remando, ou fazendo piquenique, ou deitado no longo gramado ao lado de um campo de críquete.

Optamos pelas mesmas disciplinas no segundo ano de jornalismo. Ele se sentava nos fundos da sala, durante os seminários, e eu também. Trocávamos informação básica. Hugo se interessava por política e tirava um diploma de bacharel em Direito ao mesmo tempo que o de jornalismo, com a perspectiva de começar a carreira em administração de jornal. Eu apenas esperava arranjar um emprego num jornal de Londres. Que achava eu da situação na Irlanda do Norte? Meu Deus, disse eu, na verdade não tenho acompanhado o desenrolar da situação. Talvez um emprego numa revista seja mais conveniente para você, disse ele.

Eu admirava as maneiras dele. Notei, ao vê-lo lendo, enquanto esperávamos o professor entrar na sala, que só lia um livro de cada vez, e lia-o devagar. Carregava o mesmo clássico editado pela Penguin de alguma fábula medieval alemã por algumas semanas. Eu tentava ler logo tudo que existia na terra. Tinha quatro ou cinco livros em leitura — Dostoievski, *Love Story*, Françoise Sagan, Angus Wilson, Hart Crane, Catherine Cookson; eu lia qualquer coisa. Mas, com ele, aprendi a ser mais seletiva. Eu admirava suas roupas — usava as de homem feito, em vez de jeans — roupas antigas. Perguntou-me se eu gostava de Schubert. Oh, sim!, respondi, desnecessário dizer, e ouvi assim que pude dois LPs na grande loja de discos em Oxford Circus. O mais engraçado foi que gostei mesmo de Schubert. Ouvi umas músicas maravilhosamente emocionais cantadas por um homem, o acompanhamento ao piano entrando e saindo a ondular da sua voz como outra música; depois ouvi o quarteto *A morte e a donzela*. Foi a primeira obra de música de câmara que ouvi na vida. Na semana seguinte, quando esperávamos o palestrante, comentei com Hugo que a melodia — a lenta melodia no meio — me lembrava gatos, a maneira como adejam as caudas elegantemente quando decidem sentar-se.

Ele olhou para mim.

Você não anda com a turma dos cabeludos?, perguntou.

Oh, não, menti. Eu diria que, em geral, ando mais sozinha que em bando.

Mamãe ia adorar a voz dele, pensei. Lembra um pouco a de Leslie Howard em... *E o vento levou*.

Os estudantes de comunicação, aos pares e com um gravador, receberam ordens de trazer uma reportagem ou um artigo. O professor, muito por acaso, escolheu me pôr com Hugo. Eu mal conseguia respirar de tanto prazer.

Meu tio é um baronete totalmente sem importância, disse ele. Vamos até à Câmara pra ver se ele sabe de alguma notícia.

Isso é meio óbvio, retruquei.

Houve uma pausa.

O dono do pub onde trabalho e sua mulher não param de brigar, disse eu. Podíamos ir lá e gravar o que ele acha dela, depois o que ela acha dele, e editarmos os dois juntos.

Não tenho muita certeza se isso é jornalismo, disse ele.

Estávamos sentados no anfiteatro vazio.

No pub onde trabalho há um velho que bebe e que combateu na Guerra Civil espanhola, comecei.

Meu primo esteve na Albânia no ano passado, disse ele.

Não conhece ninguém, além de sua família?, perguntei, rindo para ele, desejando mantê-lo comigo.

Você tem alguma família? Ou este pub, de que não pára de falar, é a sua família?

O sorriso dele também foi um sinal para mim.

Quando interrompemos as aulas para as férias em junho, ele me disse que ia para a Grécia — Naxos, com os pais, para uma casa de campo.

Vou morrer de saudade de você, Kathleen.

Qual é a ilha seguinte?, perguntei.

Paros, acho.

Fingi não prestar atenção. Fomos ao cinema algumas vezes nas últimas semanas, sempre com as mãos firmemente entrelaçadas. E quando ele apareceu no pub onde eu lavava o chão, na manhã em que partiu, disse eu: Estarei no cais de Paros. No dia do meu aniversário. Vinte e oito de julho. Festa de são Nazário e Celso.

Ele apenas arregalou os olhos para mim.

Os primeiros mártires cristãos, disse eu, como se isso tudo explicasse.

Ele continuou apenas me fitando. Foi uma reação bastante gratificante, mas também me deixou acordada à noite, preocupada.

Paguei com suor e sangue pelo gesto magnânimo. Trabalhei dois turnos no hotel, e faxinei o pub todas as manhãs. Escrevi a tio Ned, pedindo-lhe que tirasse minha certidão de nascimento. Depois lhe escrevi, envergonhada, pedindo o restinho de dinheiro de que precisava para a viagem. Ele mandou um pequeno maço de libras irlandesas num envelope com o endereço em letras maiúsculas nos dois lados e todas as junções cobertas de fita adesiva.

> *...Tudo aqui, graças a Deus, vai bem, e Danny é uma grande ajuda para mim. Espero que seu namorado saiba que grande garota é você, Kathleen. Está muito seco aqui e sem a relva dos primeiros anos. Seu tio Ned.*

Muitas vezes, durante os anos em que fui repórter de turismo, eu ficava num novo quarto de hotel, contemplando, inconseqüente, o canto do gramado embaixo, ou a insípida e falsa cor pastel da parede, e sentia juntar-se minha própria essência em volta de mim, como se, envolta em um espaço anônimo, os limites do meu eu estivessem seguros. Senti esse bem-estar pela primeira vez quando percorria a Europa, depois ao largo da borda do continente, em Pireu, em seguida no Mediterrâneo cor de safira, passando pelas ilhas brancas até o cais em Paros, para unir-me a Hugo. A viagem permaneceu comigo como um trecho de música — a idéia de viajar...

Eu usava um par de sandálias que parecia bom o bastante na Inglaterra. Comprara um vidro de esmalte vermelho numa cesta de promoção. Contei minha teoria à moça da loja — que dedos dos pés pintados assinalavam o grau de feminilidade de uma moça, mesmo que não exibisse qualquer outra manifestação disso. Ia ficar de sutiã até chegar a Paros. Enfiara as cédulas de dracma no passaporte e o passaporte junto ao seio, debaixo do sutiã. A outra preciosidade estava enfiada na outra taça — um envelope plástico de pílulas anticoncepcionais. Começara a tomá-las um mês antes. Só para prevenir, era o que me dizia toda manhã. Só para prevenir. Tinha duas calcinhas e um sutiã limpos na mala, outra camiseta, um vestido, um maiô e uma sacola de plástico do supermercado com meus artigos de banho. Pintara as unhas. Levava ainda *O sol também se levanta*, e um livro sobre a Grécia na década de 1930, de algum inglês sensível, *Guerra e paz*, um caderno de anotações para escrever observações e um baralho para jogar paciência. Viajava tão compacta e eficiente quanto um caracol.

Bem no fundo de minha mente, havia uma mancha dourada. Era amor, ou Hugo, ou paixão. Não importava o que pensava ou fazia — conversar com um rapaz na fila e aceitar que me pagasse uma xícara de café, ler os nomes de lugares glamourosos nas placas que indicavam os destinos nas laterais dos vagões-leitos na plataforma de Calais —, ainda assim conseguira manter-me imóvel, absorta, diante daquela luz dourada.

No calor de Paris naquela noite, enquanto esperava o trem noturno, percorri meio assustada as ruas em volta da Gare du Nord, mas atraída por uma surpresa atrás da outra: os cintilantes frutos do mar nas vitrines de restaurantes; a forma como as mulheres — simples secretárias — usavam lencinhos amarrados no pescoço e entravam e saíam sensualmente de lojas, os saltos altos estalando; uma mulher de mais de um metro e oitenta de altura com um vestido tribal e um grande turbante escarlate, gritando com uma criança negra num imaculado smoking branco: *Venez! Venez!* As ruas estavam quentes. Meus pés incharam. Quando tirei as sandálias no compartimento do trem, naquela noite, as tiras haviam-se afundado na carne. Fiquei com lanhos, com um X desenhado no peito dos dois pés.

Sentia muita fome. Então a corpulenta mãe da família que dividia o compartimento pôs-se a abrir um embrulho atrás do outro de coisas envoltas em papel pardo e enroladas em jornal, tiradas das sacolas de compras a seus pés. As pernas gordas se abriram e mostravam a pele branca acima das longas meias pretas, enquanto ela cortava fatias de uma fôrma de pão crocante, a fôrma penetrando na saia muito apertada e esticada na altura do colo. Os brincos de pingentes dourados pendiam quase até o maciço peito. O filho e a filha tinham uns dez anos e os dois arreganhavam sorrisos brancos; eram tão gordos que também tinham seios. Com um rosto pardo e cabelos grisalhos cortados rentes, o pai aceitava sem expressão tudo o que a mulher lhe estendia. Mas ela mantinha um monólogo que exigia resposta. *Mais oui*, dizia ele, com rítmica regularidade. *Mais non*. As crianças mastigavam. E eu também mastigava. Tentei ser educada e recusar, mas os dois, marido e mulher, insistiram até a minha capitulação. Eu poupara durante todo o dia, preocupada com meu dinheiro. Então, sentada no compartimento quente, comi pão com uma fatia de presunto. Uma pêra e uma ameixa. Uma costeleta de carneiro. Queijo branco como giz com uma pitada de azeitona. Uma fatia de torta de groselha. Dois copos de vinho cor de rubi feito em casa e servido da garrafa de plástico do pai. Uma lata de Coca-Cola que o garoto empurrou para mim com a mesma cortesia dos pais.

C'est bon — les voyages! disse eu. Não sabia as palavras exatas em francês para o que queria dizer. Queria dizer — a viagem está deliciosa. Queria dizer — se isto é viagem, quero fazer para sempre. Querendo dizer o trem a varar a noite, nosso temporário assentamento humano no compartimento, o prazer de encontrar pessoas tão generosas como eles, e os lugares desconhecidos do lado de fora das janelas escuras como breu — os lagos, as fundas alamedas, as aldeias de janelas fechadas, as ruas com sinais luminosos de trânsito piscando nos cruzamentos vazios — tudo bem atado ali, àquele mundo, enquanto passávamos voando, seguros e bem.

Les voyages — ils sont beaux! Queria dizer que tudo que seria claustrofóbico num cômodo comum se tornava mágico pela dramaticidade do trem. Uma estação passada como um açoite — um rosto que fugia, luzes de sódio, o u-u-u do apito do nosso trem. As rodas martelando. Diminuímos a velocidade. Uma fronteira. Lembravam-me de todos os livros de suspense que eu lera. Os filmes de Richard

Burton. Os corpos dos fugitivos que acabavam pendurados no arame farpado. Saí para o corredor e abri a janela. Um campo de ervas negro à luz do trem. Atrás de nós a via férrea, o contorno de um prédio e luzes tão altas como se estivessem em torres de observação, refletindo-se em anéis de luzes coloridas no céu da noite. Alguém me chamou numa língua estrangeira.

Um rapaz parou a meu lado, agarrou o corrimão e espichou a cabeça pela janela. Mostrou-me um cigarro apagado, um sorriso atento no rosto cigano.

Não tenho isqueiro, *monsieur*, disse eu, e voltei de fininho para a segurança da família.

A mãe arrumara e guardara tudo. Quando me acomodei, o marido reduziu as luzes ao mínimo. A menina dormia envolta em seu casaco, no assento ao lado do pai. O menino dormia num dos lados da mãe. E eu adormeci no outro lado dela, a cabeça apoiada no saltitante travesseiro de seu quadril, acordando apenas uma vez para protestar com um resmungo quando ela me afastou delicadamente e pôs minha cabeça no assento, na hora em que a família deixou o trem em alguma parada, durante a noite.

Houve um incidente péssimo na Suíça, quando acabaram verificando que eu estava na classe de trem errada e fui posta para fora numa estação para esperar a certa. Confiei num faxineiro norte-africano que se ofereceu para me comprar um café, mas ele me interpretou mal, e, quando eu não quis subir ao seu quarto, descontou sua raiva em mim, no corredor de uma pensão perto da estação. Mas na balsa que partiu da Itália, conheci outro homem, um grego, que permitiu que eu ocupasse o outro beliche de sua cabine, sem temores, pois ele tinha uma filha em casa exatamente como eu. Era um sujeito encantador. De fato olhou para mim — ficou parado na soleira da porta da minúscula cabine, olhando para mim. Retribuí-lhe o olhar, um olhar que indicava minhas dores nos pés e nos ombros. Ele tinha a fisionomia cansada e usava uma túnica branca como aquela usada por Marlon Brando. Transportava um caminhão-tanque de óleo vegetal para a Bulgária. Olhou-me por um tempo longo demais. Eu simplesmente desatei a chorar. Ele se virou, saiu e não voltou à cabine a noite toda. Deve ter ficado acordado. Bateu na porta pela manhã, despertou-me para o café, comprou pão, fatias de pepino e uma caneca de metal com café preto. Quando olhei pela janela, passávamos por um longo promontório coberto de mato. E aquilo era a Grécia. Acabávamos de entrar em Igoumenitsa.

Anos depois, li *Eleni* e lá estava mais uma vez o nome; a família Gage partiu para a América através de Igoumenitsa. Consideram-na um monte de lixo.

Mas adorei tudo naquela cidade de concreto, quente, empoeirada, com seus bares sujos, motoristas de caminhão morenos refestelados na sombra, lendo revistas em quadrinhos.

Tomei o ônibus interurbano de Igoumenitsa a Atenas. Levou dez horas. Não me importei. De qualquer modo, mal podia andar com os pés machucados. Um rapaz, sentado no meio do ônibus, era o encarregado da manutenção. Vendia água gelada numa caixa de madeira. E de vez em quando vinha até nós com uma toalha embebida em água de rosas. Só uma para todos nós — não era mesmo a classe executiva da Japan Air. A gente limpava as mãos e passava-a adiante. O motorista tinha um rádio sintonizado em música *bouzouki* e *rock* do Oriente Médio, mulheres uivando com vozes cavernosas sobre — imaginei — amor. A estrada era terrível — o pouco que vi, porque as velhas senhoras à minha volta não me deixaram abrir as cortinas puídas. Resmungaram qualquer coisa e apontaram o sol. Usavam blusões pretos com mangas longas e lenços de lã nos cabelos, num calor de quarenta graus centígrados. Mas assim que espichei a cabeça para fora, vi uma placa de estrada para Tebas. Fora ali que o próprio Édipo vivera — ali mesmo, onde havia um posto de gasolina no cruzamento. Em Atenas, fui para o segundo andar do ônibus para Pireu e me sentei no banco da frente, enquanto ele abria caminho pela cidade apinhada de gente e movimentada, ao crepúsculo quase noite. Do meu poleiro, eu via tudo — estonteantes cabarés iluminados, prostitutas carrancudas com calças quentes, garçons suando e tragando cigarros nas portas dos fundos de restaurantes, grupos de estátuas, policiais apitando em engarrafamentos de trânsito, fontes em jardins escurecidos.

Depois o ônibus se esvaziou, e começamos a chacoalhar por um largo bulevar. O ar quente que batia em meu rosto, entrando por uma janela e saindo pela outra exalava um odor diferente. Ergui a cabeça e inspirei. O mar! Oh... o mar!

O vento se intensificou naquela noite. Moças inglesas mostraram-me onde ficava o albergue de estudantes, mas eu estava excitada demais para entrar. A forte lufada quente lançava a água contra o cais, batendo os iates e os pesqueiros uns nos outros, e os mastros e correntes retinindo como sinos e címbalos. As grandes balsas que atravessavam carros para as ilhas resistiam à força das amarras, o vento esquentou ainda mais, ondinhas gorgolejavam pela borda do cais e fios d'água escorriam pelos estacionamentos e borrifavam as barracas de madeira na lateral, onde homens vendiam passagens para a travessia. Ininterruptamente, pessoas chamavam e gritavam no escuro, homens sentados lado a lado em fileiras — de uma forma que eu jamais vira antes — nos embaçados bares, gritavam às gargalhadas, atiravam as cartas de baralho nas mesas de plástico e moviam entre os grossos dedos as grandes contas marrons para alívio de tensão. Naquela noite, deitada sob o fino lençol, ofegante de tanto calor, senti o quanto me aproximava de Hugo. Agora nada poderia me deter.

Éramos transportados pelo Pireu por largos e altos ventos, e quando o barco de Paros partiu, afastando-se do porto, as gaivotas acima no ar puro, nossa proa rasgando uma espumosa cunha pela água cheia de vida eram coisas de transparência cristalina e celestial. Fiz um ninho no canto do convés de cima, atrás de um barco salva-vidas. O longo dia envolveu-me em sua paz. Meus pés saravam no sol. Meu corpo descansava nas quentes ripas de madeira. Eu pegava meu livro e mais uma vez largava-o, porque não mais conseguia pensar — a mente só sabia dizer: Hugo, Hugo.

Mais tarde, ao anoitecer, fiquei com frio e juntei minhas coisas para descer para o salão. Parei no convés superior para olhar a cozinha atrás de um balcão. Um velho dava duro, lançando grãos de café numa fileira de sacos plásticos e jogando pratos e xícaras dentro de uma pia. Cantava sem parar no máximo da voz rachada. A cozinha era aberta dos dois lados ao glorioso ar e atrás do velho eu vi um panorama do mar escurecendo no outro lado do barco. Vi, atrás de sua cabeça curvada, que passávamos por uma ilhota. O velho atirava os pratos para todo lado e de repente, além dele, na parte mais alta da ilha, abriram-se ao campo visual as perfeitas colunas de um templo clássico. Iluminadas. Douradas, contra o azul-marinho do céu. Um alto friso de esvoaçantes colunas douradas de milhares de anos — as primeiras que meus olhos viam. Eu e minha mala, o guardião da cozinha, o templo antigo — tudo uma única coisa. Tudo misturado e se confundindo, enquanto o grande barco trepidava e sibilava pelo escuro Mediterrâneo, rumando para o que seria o amor.

Quando cheguei à ilha, mal comi, para economizar, e, num albergue, paguei o mínimo por uma vaga com uma cama de metal, uma pia e o direito de usar o banheiro do outro lado do jardim. Nadei e deitei-me na praia, bronzeando-me para Hugo. Assustavam-me o calor que me fazia arquejar, os avisos escritos que eu não entendia, as pessoas que se aproximavam na praia da minha parca pilha de posses e podiam roubar meu dinheiro e passaporte, o dono do albergue parado no meio dos limoeiros, fingindo molhá-los. Mas eu estaria onde dissera que ia estar, quando chegasse o barco de Naxos.

A imensidão do imaculado céu azul. A grande balsa branca contornando o promontório e reduzindo os motores ao deslizar pesadamente ao longo da borda do cais. Carros, caminhões com engradados e sacas, uma multidão de gente. Velhas gritando e acotovelando-se com fotos das casas que tinham para alugar. Vans. Motocicletas. Bicicletas — mais gente... Nenhum sinal de Hugo. Eu mal conseguia me mexer de tanta decepção, quando me afastei.

Uma motocicleta circulou por perto e deu meia-volta, parando. Hugo tirou o capacete.

Não a reconheci, disse ele. Parece uma estrela de cinema.

Valeu muito a pena. Ele me olhou durante toda a nossa primeira transa, como se não devêssemos perder um segundo da visão um do outro. Sua doçura me inundava, espalhando-se do que ele extraía ali embaixo, onde nossos corpos se juntavam. Eu nem sequer imaginava que existisse em meu corpo um tão grande reservatório de doçura. Perdera a virgindade logo após minha ida para a faculdade em Dublin, num hotel onde trabalhava no bar, na noite de uma partida internacional de rúgbi, com um cara da Escócia. Foi horrível. Também fiquei apavorada com medo de engravidar, e, depois disso, embora conhecesse um monte de rapazes, não fiz sexo com nenhum deles. Mas agora! Todo o meu eu se dispersava em Hugo. Fechamos os olhos no fim, como se cada um de nós se voltasse para dentro de si mesmo. Meu ser foi tomado por uma torrente de sensações que corria cada vez mais rápido rumo a uma delicada represa. Fiquei detida na borda por um momento e depois transbordei, escorri e fui arremetida para o estrondo de uma catarata abaixo. A explosão ocorreu em toda parte, um jorro de diamante após o outro.

Chorei de felicidade e alívio, e ele me abraçou com apaixonada força.

Sussurrei-lhe: Obrigada. Obrigada.

Não pegamos no sono naquela noite. A cama de metal no meu quarto de albergue era instável, os lençóis e o colchão de espuma não paravam de escorregar, acabamos nos deitando no chão. Com o dia quase amanhecendo, atravessamos a viela até a cidadezinha. Um bando de pássaros brancos como a neve pousara na praia, todos de frente para o horizonte a clarear-se, à beira do mar impassível. Seguimos andando pelo porto. Havia um bar aberto com dois ou três pescadores, cada um à sua mesa, sentados em silêncio diante de uma xícara de café e um copo de água. Sentamo-nos em igual silêncio.

Não ficamos cansados sequer um momento durante o dia. Ele levou-me na moto pelos morros acima. Acomodávamo-nos sob grandes árvores de copas largas diante de bares da aldeia. Refrescávamos nossas cabeças quentes por causa dos capacetes sob canos que pingavam na rua. Dormimos por algum tempo, como João e Maria, no macio terreno de um caramanchão de pinheiros. Em uma das pontas da ilha, ao cair do crepúsculo, Hugo alugou para nós um quarto com uma cama grande e esburacada, numa casa de madeira, de uma velha. O chuveiro era uma mangueira apoiada nas espessas vinhas ao ar livre, diante da janela. A água amaciou minha pele. Lavei a calcinha para a manhã seguinte com um pedaço de sabonete, pendurei-a num galho e saí para a taberna com a mão de Hugo espalmada em minha nuca. Sentia que ele reclamava meu corpo, que nunca estivera tão vivo como então, nu e zumbindo sob o fino vestido de algodão.

Eu estava linda naquela noite. Sei porque via isso nos olhos dele.

Em toda minha vida, foram quatro as vezes em que me senti linda. Em Merrion Square, quando tio Ned viu em mim o rosto de minha mãe, foi a primeira. E naquela taberna em Paros, sentada sob uma árvore cheia de agitados passarinhos, na noite quente, em frente a Hugo, eu fui linda pela segunda vez.

Pare aí!, disse meu eu atual. Deixe isso como está aí!

Parei num posto de gasolina, pouco antes da saída para a estrada de Mellary, fiquei ali, comi dois cachorros-quentes de microondas e bebi uma garrafa de água mineral.

Mas não podia parar.

Fomos morar juntos quando voltamos para Londres. Eu fiquei muito confiante, no plano sexual. Passou-se um ano e meio. Recebemos nossos diplomas de jornalismo, eu trabalhava numa agência de viagens, com a esperança de conseguir um emprego como repórter de matérias turísticas. Hugo concluía os estudos de Direito. Deu-me a cópia do *Julgamento* dos Talbot, mas aquilo nada significava para mim, naquela época. Nunca mencionamos nosso futuro como casal.

Numa manhã de domingo, um bando de pombas-trocazes bradava nos castanheiros no parque crepuscular. A luz do sol fluía em volta da improvisada cortina indiana na janela junto a nós, e fragmentos de cores quentes banhavam a brancura de nossa cama do outro lado do piso.

Vamos nos levantar e ir à missa, disse Hugo.

Oh, você está brincando, grunhi debaixo do edredom de penas. Virei-me e enrosquei-me em suas costas. Missa! Que tal escovarmos os dentes e fazer em vez disso alguma coisa séria, como um beijo?

Gosto de missa, disse ele. A igreja jesuíta logo ali na rua tem uma missa cantada em latim às 11 horas. É linda.

Conheço as palavras, disse eu. Bem, ao menos, conheço a *Glória* e o *Credo*.

Essa, sim, é a minha namorada!, disse Hugo. Captei o tom de satisfação em sua voz.

Era um convertido. Fora batizado como católico aos 14 anos, pelo bispo de algum lugar, na capela particular do castelo do lorde alguma coisa. Para não dizer coisa pior, não éramos em hipótese alguma o mesmo tipo de católicos.

Dê-me um último abraço, então, murmurei sob a pele de suas costas. Minhas pernas pareciam meio bambas com o sexo da noite e tão pouco sono.

Não! Hugo girou na cama e levantou-se de um só movimento. Você tem exatamente uma hora, disse. Vou sair pra comprar jornal e leite. Trago uma xícara de chá assim que comprar o leite. E depois, a missa.

Quando ele saiu, chutei a coberta para baixo e estiquei-me nua ao sol.

Sentia uma palpitação constante e profunda, como se a própria vida me amaldiçoasse ultrapassando a camada cansaço. Levei as mãos em concha aos lábios entre as pernas e senti o calor que se desprendia deles. Estiquei as pernas, deliciando-me com o leve atrito entre a pele das panturrilhas e a textura do lençol. Mudei de posição na cama para banhar os seios no calor de um losango de sol. Pareciam elásticos.

Até minha cabeça está perfeita, pensei. E o rosto. Virei a cabeça para o lado, fisguei uma mecha de cabelos na boca e lambi-a.

Oh, oh, oh!, disse em voz alta. Eu podia explodir! Contorci-me para me levantar, apoiada nos joelhos, enfiando a cabeça no travesseiro, e me ajoelhei por uns minutos.

Obrigada, meu Deus!, exclamei. Mesmo que eu nunca Lhe agradeça mais uma vez por alguma coisa, Deus, obrigada por tudo isso!

Depois, comecei a rir de mim mesma.

Estava no chuveiro, os olhos bem cerrados contra a espuma de sabão que escorria dos cabelos, quando ouvi a porta do banheiro abrir-se.

Oi, meu bem!, cantarolei.

Não houve resposta. Abri um olho. Sasha, o rapaz francês do andar de cima, entrara, fechara a porta e recostara-se nela.

Ei! gritei. Fora! disse eu, sorrindo. Não me sentia nua, porque jorros de água escorriam pelo meu corpo e porque ele olhava para o meu rosto, à procura de alguma coisa.

Eu penso em você o tempo todo, disse ele. Não sei o que fazer.

Tinha cabelos macios cortados bem rentes ao couro cabeludo, e os olhos castanhos no fundo dos meus.

Vi vocês. Não tive intenção, mas a porta estava aberta. Você e Hugo no colchão, e ele fodendo você.

Fechei a torneira e fiquei ali, imóvel. A mente completamente vazia.

Kathleen! Ele arriou o calção no chão. Quando me agarrou, a camiseta ficou encharcada do meu corpo molhado.

Simplesmente me penetrou, sem dificuldade. Encheu-me toda. Quando seu movimento parou, porque ele já estava todo dentro, era isso o que eu era: um receptáculo completamente cheio até a borda. Quis gemer de decepção quando ele se pôs a mover com mais rapidez e me tirou a sensação de preenchimento, mas não emiti um único ruído, como se não estivesse presente. Ele deixou cair a cabeça em meu ombro quando os últimos tremores lhe percorreram o corpo. Seus cabelos pareciam uma pele de animal.

Após um minuto, ele se desviou de mim e tornou a abrir o chuveiro. Pegou o sabonete, pôs-se a me lavar delicada e rapidamente, eu ali parada, começando pelos ombros e braços e terminando, agachado, aos meus pés.

Os dois ouvimos a batida da porta da frente, quando Hugo entrou, voltando da loja. Sasha saiu do banheiro sem ser visto. Fui até a pia e comecei a escovar os dentes.

Quando entrei na cozinha, Hugo girou a cabeça, virando-se no balcão, onde fazia torrada e lia um jornal.

Bem, Kathy, disse, você parece estar pronta pra comer!

Fazia calor na igreja. O sol que atravessava a janela de vitrais lançava um brumoso arco-íris de partículas de poeira pelos bancos reluzentes. Minhas pernas estavam tão bambas que eu precisei apoiar-me na bancada. Cantava na missa da escola nos dias santos. Tinha algo formatado em minha cabeça, como uma paisagem amada, e esse algo era o ritual da missa. Quando o padre iniciava o movimento para o momento da transformação do pão em vinho, eu o sentia como o início da ascensão de um monte sagrado.

Sursum corda. Corações ao alto!

O nosso coração está em Deus.

Então ele entoava o Prefácio e o ritmo da recitação se acelerava. Eu esperava, feliz, pelo momento que adorava, quando as palavras do orador, não importa que forma assumissem em qualquer dia, entravam — explodiam — na afirmação: Santo! Santo! Santo! Curvava-me de joelhos, agradecida, e enterrava o rosto nas mãos. Via, como diante de mim, a parede de pedras brutas de uma sala na Palestina, e os rostos desconcertados dos homens à mesa, quando Cristo tomou o pão, e disse as palavras impossíveis. Isto é meu corpo. Uma migalha de pão! Este é — erguendo nas mãos o cálice com vinho — meu sangue.

O padre chegou ao Pai-Nosso, e no momento em que ia me virar para Hugo e oferecê-lo, o sinal da paz fluiu em nossa direção.

Que ofereçamos o sinal da paz uns aos outros, dizia o sacerdote.

Olhei para Hugo e tentei reunir em minha expressão toda minha alegria e gratidão.

A paz do Senhor esteja sempre convosco.

Paz, disse ele, tomando minhas mãos nas dele.

11

Quando fui flagrada e Hugo me botou para fora, tive de contar a Nora, porque naquela época ela me telefonava de Nova York uma vez por semana, e eu tinha de me livrar dela. Ela nunca se encontrara com Hugo, mas as boas maneiras dele quando atendia o telefone quase a faziam humilhar-se.

Só fiz isso poucas vezes, disse eu.

Oh! Como pôde? Como *pôde*, Kathleen? Ela quase chorava. Não poderia ao menos ter respeito próprio, mesmo que não respeitasse Hugo?

A sucinta resposta a isso foi não. Eu não sabia o que era respeito próprio, nem como era, e tampouco quais as suas recompensas. Queria experimentar coisas! Queria experimentar tudo! Mal falava com Sasha, mas ia ter com ele todas as vezes em que me esperava na escada quando eu chegava do trabalho. Não sentia o menor prazer no sexo, a não ser o atletismo da coisa, e o que causava nele. Também não sentia nenhum prazer sexual em minha outra infidelidade. Esta era no trabalho, quando ia com o porteiro que as garotas chamavam de Al Sexy ao escritório dele, embaixo da escada. Foi o primeiro negro que toquei. Nora teria ficado chocada se eu tivesse criado coragem para lhe contar sobre Al. Um *zelador! No chão!*

Sentia-me no topo do mundo durante os poucos meses em que tive os três. Sentia-me o máximo, cheia de confiança, energia e *boa* — mais bondosa e delicada com as outras pessoas do que fora em toda a vida. E tudo continuava excelente com Hugo. Eu sempre o queria mais depois que saía com um dos outros. Mas, mesmo assim, o que eu fazia não tinha a ver com sexo. Não precisava de ninguém além de Hugo para isso. Nem tinha a ver com homens, necessariamente. Acho que se uma mulher tivesse demonstrado interesse, eu teria ido com ela, ávida, para aprender outra faceta do grande mundo. As satisfações que eu tinha se davam na cabeça. Se houvesse alguma outra forma de fazer o que eu fazia... Mas eu nada mais tinha para pagar meu impulso além do corpo em que vivia.

Estava deitada de lado na cama de Sasha. Ele tinha a cabeça enterrada em meus seios. Hugo entrou sorrindo, e seu rosto então se transformou numa gárgula, depois o inferno desabou aos trambolhões sobre mim. Ele me arrastou literalmente para fora da casa. Empurrou-me escada abaixo, as mãos suadas em minhas costas, o joelho cutucando-me entre as nádegas, cutucando-me cheio de ódio — fora daqui! fora daqui! — exatamente onde gostava de me lamber, dar palmadas e beijar. Dava gritos estridentes. Tornou a subir correndo a escada para atirar com força minhas roupas e livros em caixas e esvaziá-las no degrau da frente, atrás de mim.

Mas aí Caroline interveio.

Estava parada no fundo do corredor. Eu mal a conhecia, mas sabia que nos gostávamos pela maneira como sorríamos quando percebíamos a presença uma da outra, embora ela parecesse à primeira vista uma rainha de gelo — alta e calma, cabelos lisos, cor de manteiga. Visitava a casa de vez em quando, e passara a fazer biscoitos de haxixe com alguns dos outros estudantes. Eu estivera rindo com ela mais cedo, antes de subir furtivamente com Sasha. Atrás dela, ele fazia um gesto de chupar com a boca. Fingi ignorar o sinal; gostava de deixá-lo inseguro. Virei-me e disse a ela: Pelo amor de Deus, por que vocês simplesmente não fumam a droga? E ela disse que não aprovava o hábito de fumar.

Ela imediatamente atravessou o corredor e pôs-se a recolher minhas roupas. Ia me ajudar! Embora fosse uma inglesa rica, como Hugo. As roupas espalhavam-se no degrau da entrada. Um minivestido. O velho blusão. A calcinha preta que o porteiro Al me disse que lhe dava tesão.

Hugo tinha os olhos vermelhos de tanta raiva.

Oh, deixe disso, Hugo, disse Caroline.

Tinha o mesmo sotaque dele.

Entre agora no carro, disse-me.

Hugo... Voltou-se para ele e tentou pegar-lhe a mão.

Eu saí dali.

Que diabo fez você para deixá-lo tão furioso? perguntou ela, quando arrancamos com o carro.

Eu estava tendo um pequeno encontro com Sasha. Hugo entrou no quarto de Sasha. Mas não era nada, Caroline. Não dou a mínima se jamais voltar a ver Sasha.

Oh.

Após um ou dois minutos, ela disse: Se não gosta dele, por que faz isso?

Não sei! Não imaginei que fosse ser flagrada. Nem sequer pensei na possibilidade de isso acontecer.

Ela rumava para o centro.

Onde a deixo?

Na verdade, não tenho pra onde ir. Eu morava lá, sabe... Desatei a chorar.

Oh, não chore! Você vem comigo pra casa, Kathleen. Ainda não tenho muitos móveis, vai ter de dormir em almofadas e lá não tem talheres, copos nem coisas assim. Mas a gente se arranja perfeitamente.

Poucas pessoas teriam sido tão bondosas. Em minha cabeça, ela parecia uma fada madrinha. Era fácil imaginá-la com aqueles cabelos dourados numa longa veste branca, estendendo uma varinha de condão.

Passado algum tempo, Caroline disse: Sempre ouvi dizer que você e Hugo são loucos um pelo outro.

Oh, nós éramos. Eu sou. Não sei por que fiz isso.

Oh, pelo amor de Deus, Kathleen! Você não pára de dizer que não sabe, como um bebê.

Mas eu não sei, Caroline, disse eu, carrancuda.

Então fiz o máximo de esforço que pude, na época, para explicar a mim mesma.

Nunca consigo ver algum motivo para dizer não. Sei que a gente deve ser fiel e tudo mais, mas não sei por quê. Tipo... se Hugo não tivesse descoberto, continuaria sendo feliz. Portanto, Caroline, que significa isso? Eu só estava tentando viver a vida ao máximo...

E voltei a chorar.

E isso se aplica a ele, também? Hugo também poderia viver a vida ao máximo?

Oh, acho que não, disse eu, surpresa a ponto de parar de chorar. Nunca aconteceu, por isso não sei como me sentiria. Mas acho que ficaria arrasada.

Como sabe que nunca aconteceu?

Caroline!

Não! Só quero dizer que... se você estava se dando bem, ele também podia estar.

Mas ele não faria, retruquei, perdida, ao passar a pensar em Hugo.

Ele logo virá atrás de você, disse ela, confortadora. Quando se recuperar do choque.

Não virá. Aposto. Ele era louco por mim, tudo bem, mas não me amava.

Essa lembrança completa da época de Hugo, enquanto dirigia pela Irlanda até Mellary, era uma coisa que eu jamais me permitira antes. Muitas vezes pensava em alguns fragmentos dela, claro. Quando via um determinado sorriso aturdido no rosto de uma moça. Quando Jimmy falava da Grécia. Quando ouvia um homem gritando, estridente, de raiva.

Expliquei a mim mesma o que aconteceu de diferentes maneiras, em diferentes épocas da vida. Minha *disponibilidade*, como a chamava, em vez de promiscuidade, era culpa de papai, por não me amar, ou de mamãe, por fazer amor com ele quando nem sequer falavam um com o outro, ou culpa dos dois, por não me mostrarem nenhuma outra versão de intimidade, além da sexual, entre um homem e uma mulher. Era culpa da Irlanda católica, por me jogar no mundo sem um fiapo de senso de moral íntima, e da Inglaterra, por me fazer sentir inferior e não bem-vinda, a não ser quando alguém queria me foder. Era culpa da década de 1960, por inventar a pílula e a minissaia, e também da história, por fazer um mundo em que todos tinham de curvar-se ao ideal burguês de fidelidade ou ser punido.

Hoje, acho que sempre fugi, assustada, da felicidade. Eu andava sempre o mais perto possível da possibilidade de fazer o destino destruir minha felicidade, porque era isso que *conhecia*. *Conhecia* a decepção. Desde a infância, era íntima do clima melancólico da casa em Shore Road. E por desconhecer a felicidade comum, escolhi Hugo para adorar, e então, à parte a beatitude do sexo, tratava-o como se não fosse real, como se houvesse saído de um livro.

Esforcei-me ao máximo para culpá-lo pelo que aconteceu. Desta forma, consegui acreditar por um longo tempo que um relacionamento onde haveria o *verdadeiro* amor continuava à minha espera. A deslealdade não seria problema algum. Eu não precisaria ser boa, porque desejaria alguém além de meu companheiro.

Nesse meio tempo, enquanto esperava, a vida toda, desde que fosse solicitada e independentemente do quanto fosse humilhada, eu sempre disse sim. Mas era um sim tão vazio... Aos 25 anos, fechei as portas. Enfiei-me rastejando no porão de Euston Road, e o único homem a quem me revelei desde então foi Jimmy. Apaguei a garota ardente que eu fora. Esqueci a doçura do desejo, até acordar na noite passada e encontrar Shay me acariciando com tanto prazer que minha alma disse aos meus sentidos que era seguro corresponder, que era a coisa de verdade...

Saí da estrada principal e comecei a seguir as estradinhas sinuosas até Mellary. Logo veria o mar. Cinco minutos depois da aldeia, chegaria ao ponto alto e toda a imensidão da baía se abriria embaixo de mim e de meu pequeno chalé, em seu campo no promontório. Oh... que promessa de amor houvera com Shay, e que lembranças de perda despertara seu desaparecimento!

O que agora me magoa é que naquela época eu não era uma garota má, de jeito nenhum, embora imaginasse que sim. Hugo viu uma pessoa inteiramente má quando olhou para mim, mas não era uma imagem verdadeira completa — intimamente era puro caos, por trás daquela fachada. Era imprudente por medo. E acabei com meu orgulho próprio muitíssimo cedo. Iniciei a vida de mulher com tanto vigor, numa direção tão errada, e tomei um choque tão grande com o que aconteceu com Hugo, que minha vida acabou se tornando uma vigília diante do templo de Eros — acreditando mais que ninguém no amor carnal, e em ser mais que ninguém capaz de conhecê-lo.

Mas não previ que era isso que ia acontecer — que minha vida seria marcada pelo meu mau entendimento da paixão.

O que vi — a explicação que dei a Nora quando tive de lhe telefonar para dizer que não estava mais com Hugo — era o que veria uma imigrante de 24 anos na Inglaterra.

Ele não era assim tão entusiasmado por mim, entende, Nora. Nunca se casaria comigo.

Como é que você sabe? perguntou ela.

Nunca me levou à casa dele para conhecer a família.

Dê graças a Deus. Já pensou se ele tivesse apresentado, acabaria levando-o para conhecer a sua.

Não, Nora. Estávamos uma noite com todo o pessoal num pub e eu me divertia à beça, conversando bobagens, quando o ouvi, sem querer, ao voltar do toalete, dizer que concordava com John Betjeman em que não havia nada mais tedioso que toda aquela baboseira irlandesa.

Você disse alguma coisa a ele na época?, perguntou Nora.

Não.

Sacaneou-o, em vez disso.

Não, o que eu fazia não tinha nada a ver com ele!

Silêncio.

Hugo menosprezava os irlandeses, disse eu. É uma verdadeira afronta dizer que falamos demais.

Mas falamos mesmo, disse Nora.

Ele era inglês demais para ignorar a aparência de uma pessoa, Nora. Nunca me respeitaria. Não me levava a sério.

Isso, sim, é o maior disparate! Você *fodeu* com o *colega de quarto* dele!

Ele nunca poderia *esquecer* que eu era irlandesa, disse eu, com teimosia.

Hugo não foi atrás de mim. Escrevi-lhe e disse que não sabia por que tinha feito aquilo, e que se ele me aceitasse de volta eu nunca mais faria de novo. Ou podíamos ao menos nos encontrar para conversar, como amigos? A carta de uma jovem.

Minha carta voltou, sem ser aberta, mas rasgada em quatro partes, dentro de um envelope sem nada mais. Era outro aspecto da coisa. Se fosse apenas um amigo, teria sido mais bondoso comigo. Mas amantes — os amantes têm o direito de ser extremamente cruéis com aqueles que os decepcionam. E foi assim que acabei superando a história — dizendo a mim mesma: Bem, se isso é amor, pode ficar com ele.

Cheguei a Mellary sem sequer observar o fim da viagem. Uma barafunda de carros tentava entrar na praça, portanto algo devia estar acontecendo. Tive de retornar por uma rua secundária para chegar ao estacionamento atrás do pub High Chapparal. Precisava de leite. Manteiga. Combustível para a lareira. O ar era maravilhoso ali perto do Atlântico. Inspirei profundamente, ao seguir a pé pela alameda até a loja Spar, e disse a mim mesma: Esta é a Irlanda; *fique aqui agora*. Mas era difícil livrar-me da teia de lembranças em que fui colhida.

PJ descia da cadeira, em geral ocupada pela Sra. PJ.

O serviço foi suspenso!, disse ele, rindo. Estamos fechados. Nem todos nos vendemos, graças a Deus!

Do que está falando?, perguntei.

Chegou aqui esta tarde um grande homem que passou 15 anos na prisão no norte, por denúncia de um facínora da RUC.

Aqui onde?

Aqui. Na praça. Estamos erguendo uma placa para o centenário do levante de 1798. Dois homens desta localidade foram enforcados e quatro levados para a Austrália.

Não pode ser o centenário.

Por que, não?, ele perguntou, com um ar beligerante.

Mil setecentos e noventa e oito. Estamos em 1999.

Oh. Certo. Estávamos esperando nosso homem sair de Long Kesh...

Mas 1798 não foi, digamos, sobre igualdade? Fizemos um espetáculo na escola e exibiram a bandeira francesa e a inglesa no quadro vivo de 1798, e a idéia era que as pessoas pobres, as classes baixas, se levantavam contra as altas em toda parte nesta época. Não era só sobre o desejo da Irlanda de pôr os ingleses pra fora.

Ele me olhou sem expressão.

Não estavam todos os povos envolvidos em 1798?, perguntei, desesperada.

E daí que estivessem?

Protestantes e também católicos, PJ.

E daí?

Mas seu orador que estava em Long Kesh não era do IRA? Bem, e o IRA não é sectário?

Claro que não! Os irlandeses queriam os ingleses fora deste país antes mesmo da existência dos protestantes.

Oh, esqueça o que eu disse!, cortei-o, irritada.

Isso era exatamente o que pensava fazer, respondeu imediatamente.

O palco era um caminhão de carroceria aberta que fora empurrado até a parte mais alta da praça. Três cadeiras desiguais de cozinha haviam sido arrumadas em fila atrás de um microfone, mas não havia ninguém lá. Alguém pusera um gravador de fita num banco perto do microfone, e dali vinha uma música de violino. Uma grande e encardida bandeira tricolor fora pregada na parede dos fundos do palco, e ao longo da frente, presa embaixo por tijolos, via-se uma faixa de folhas de computador impressas. MELLARY LEMBRA 1798. MELLARY LEMBRA 1798.

Distribuíam-se cadeiras de plástico do salão ao lado da igreja. Um velho ofereceu-me uma.

A imprensa é bem-vinda!, disse. Não temos nada a esconder em Mellary!

Não sou a... comecei, mas ele já se fora.

Enfiei a cadeira embaixo de um incipiente sicômoro. A música de violino terminou.

Testando um dois três! Testando um dois três!

As pessoas começaram a se juntar. O cara da cadeia falou no microfone, devagar, em irlandês, o que obviamente aprendera num livro:

Fáilte romhaibh a dhaoine uaile go léir...

Nossos prisioneiros nunca deveriam ficar na cadeia!, dizia.

Havia no máximo vinte pessoas nas filas de cadeiras, numa tarde de dia útil. Dois rapazes que passavam pela calçada gritaram: Jogo limpo! Bom sujeito!

Olhei para minhas mãos enquanto o homem falava. Nunca fizera outra coisa com elas além de digitar palavras. E carícias, se elas podem ser incluídas como uma atividade. Olhei com atenção o ex-preso para descobrir se o fato de ele ver o mundo de modo tão diferente do meu se revelava sozinho. Nada. Tinha um rosto estreito, com o pomo-de-adão bem marcado, olhos nervosos e os dedos muito brancos, com exceção de dois na mão direita, com manchas de nicotina. O mundo dizia que ele era nobre e que reagira à injustiça, embora na certa houvesse matado gente — de qualquer modo, ajudara a matar. Mal orientado, mas um idealista, seria o consenso sobre ele. E também eu não fora uma idealista? Como eu poderia ter tanta certeza, quando era jovem, de que errara na vida, se não tivesse um ideal do que seria o certo?

Tive a liberdade de um homem a vida toda, pensei. Mas as satisfações masculinas são um mistério para mim.

Um senhor mais idoso, com medalhas na lapela, aproximava-se agora do microfone.

A Athair, a Chathaoirligh, agus a dhaoine uaisle go léir...

E depois — com murmúrios de aprovação — repetiu-as, mas desta vez em francês: *Monsieur le Curé, Mesdames, Messieurs, vous êtes bienvenus*, temos entre nós aqui hoje, e graças a Deus que os temos, os descendentes de dois dos bravos homens de Mellary condenados à deportação para New Geneva, Austrália, pelo suposto crime de administrar e prestar juramento ilegal para ser membros de uma organização fora da lei — os Irlandeses Unidos...

Imagine se eu pulasse no caminhão, agarrasse o microfone e dissesse: Feri outras pessoas muito fundo, e elas me feriram. Quero que me ajudem a ver como acabar com esse mal. Imagine se dissesse: Tive minhas próprias guerras inglesas. Fui derrotada em minha época.

O pai de Caroline fora parte disso, e me ajudara a decidir o rumo que tomei para o porão mal iluminado. *Sir* David tivera grande importância em minha vida, eu começava a entender, embora só tenha figurado nela por cerca de um mês. Talvez eu estivesse certa em explicar o que ele me fez — e o que eu fiz em resposta — em termos da nossa nacionalidade. Na Inglaterra, em meados da década de 1970, afinal, havia uma campanha de bombas do IRA em andamento, que envolveu irlandeses matando empregados domésticos e adolescentes ingleses que saíam para tomar uma cerveja, donas-de-casa que faziam compras e crianças brincando. Teria sido difícil em qualquer tempo ser irlandesa descontraída em companhia de ingleses ricos como *Sir* David, que provavelmente nunca conhecera outros irlandeses, a não ser em forma de motoristas, jóqueis, jardineiros. Na atmosfera daqueles anos, era mesmo quase impossível.

Mudei-me com Caro, na noite em que Hugo me pôs para fora, para a casa construída em antigas estrebarias que o pai lhe dera pelo diploma de artes. Ele morava em Hong Kong, mas viera a Londres passar algumas semanas e sentia prazer em ajudá-la a montar a nova casa. Quando fui apresentada como a pessoa que ocuparia o outro quarto, ele comprou para cada uma de nós um pufe recheado de bolinhas de isopor e uma esteira acolchoada japonesa.

Não há favoritas! anunciou, com sua risada jovial de sempre, quando ligou para dizer que a loja ia entregá-los. Pretendo tratar vocês duas, jovens senhoritas, exatamente da mesma maneira!

Mas Caroline, que flertava com o pai como a filha querida que era, telefonava-lhe para se queixar dos namorados, e ele ligava de manhã cedo para aconselhá-la. Eu a invejava, ali sentada com seu caro quimono à mesa da cozinha ao sol, murmurando com ele. Fazia gestos — sorrindo-me, para que me servisse café do bule — e enroscava-se no telefone como um bebê.

A princípio, ele me observava, atento. Talvez conhecesse uma versão do motivo de Hugo haver expulsado a mim de casa. Ou então decidira que eu era pobre e insegura, que precisava da proteção de Caroline. Ou talvez pressentisse alguma corrupção em mim. Ou fatalismo. Realmente não importa por que acabou me esperando no corredor do apartamento, seguiu-me até o banheiro e enfiou a carnuda língua na minha boca, ou porque, quando se ofereceu para me deixar no metrô, trancou rapidamente as portas do carro e, sem uma palavra, debruçou-se em mim e não me deixou sair até eu lhe esfregar o membro por cima da calça. O que importa é que eu me submeti. Simplesmente suportava, como se esse fosse algum século passado, quando era aquilo que sempre ocorria. O fidalgo e a criada mocinha. Embora naquela primeira vez eu acendesse um cigarro ao saltar do carro e o fumasse parada diante da estação de Hampstead — e eu só fumava na rua em caso de emergência.

Ele arranjou para nós duas nossos primeiros bons empregos — Caro numa revista de educação e eu na sofisticada revista mensal, chamada *The English Traveller*. Bastaram alguns telefonemas. Sentado à mesa da cozinha, fez as ligações na nossa frente, depois arrulhamos para ele, dando-lhe beijinhos secos, como menininhas.

A esfregação continuou por todo o mês em que ele ficou por perto. Sei que muitas pessoas esperariam que eu me mandasse, ou me queixasse a Caro, ou pelo menos ameaçasse contar a Caro. Mas eu não poderia fazer isso. Estava sozinha. Não me pareceu que eu pudesse fazer alguma coisa. Os dois eram muito apegados, porque a mãe de Caro se retirara para a Cornualha após o divórcio e mal mantinha contato com a filha. Caro optara por mim em vez de Hugo porque sempre ajudava as vítimas da injustiça social, mas não ficaria do meu lado contra o pai. Eu perderia meu precioso lar. Acima de tudo, a perderia, deixaria de ser sua amiga e ela, minha amiga. Perderia as idas a bares nos fins das manhãs de sábados, as risadas sem fim, ao circularmos juntas pelo supermercado — eu muito orgulhosa, em segredo, por estar com uma mulher tão linda, loura e privilegiada. Perderia nossas noites, de pijama, refesteladas nos pufes de bolinhas de isopor diante da televisão sobre o polido assoalho de madeira. Só por causa de alguns amassos! E eu gostava muito dela. Não queria lhe contar nada desagradável sobre seu adorado pai. Por isso, era sempre até mesmo mais cautelosa que ele, em evitar que ela desconfiasse. Eu não era inconsciente. Lera *The Golden Notebook* e participava — embora sozinha, cantando junto com as demais — das passeatas femininas. Lia *Spare Rib* todo mês e vivia falando a Caro, apenas vagamente interessada, do movimento feminista. Mas não enfrentava *Sir* David. Nem sequer saía do apartamento para evitá-lo. Agia como se nada estivesse acontecendo. Claro, que mal, em todo caso, há em ser apalpada?, pensava eu. Embora dissesse a mim mesma, depois de algum tempo, com um certo ressentimento: Na verdade, ele não está só me apalpando. Não se interessa por mim. Está me usando para ter sensações em si mesmo.

Um sacerdote chegava agora na plataforma.

Antes de pedirmos ao Sr. Molloy, Conselheiro do Condado e antigo membro do Dáil Eireann, que descortine a placa, louvemos este evento a Deus, por Sua Mãe Santíssima, com seu rosário sagrado. Primeiro Mistério Glorioso, a Ressurreição... Pai-Nosso...

Ouvia-se o sujeito de Sinn Féin rezando junto em irlandês com sotaque de Belfast. *Ar n-Athair. Or Nohir.*

Todos nos ajoelhamos. Ajoelhavam-se sobre abas de bolsas e jornais dobrados. Tirei meu casaco e ajoelhei-me nele. Não rezava um rosário desde que saíra da escola. Uma oração bonita, fácil. Embalando, repetidamente, como os cânticos de qualquer religião.

Caroline me fascinava. Foi a primeira garota rica que conheci. Sua riqueza parecia revelar-se em detalhes como os delicados e pequenos tornozelos, feitos de ossinhos frágeis como os de um pássaro, que se assentavam com tanta facilidade nas sandálias de salto alto a estalar, circulando. Ela era esguia e magra, tinha seios pequenos que pareciam envoltos por auréolas, como as aveludadas pétalas de amores-perfeitos castanhos. Não usava sutiã, as calcinhas eram tão pequenas que pareciam lencinhos de mão sob as caras roupas que tirava do lotado armário e jogava em cima dela pelas manhãs. Os cabelos secavam e se transformavam numa folheado de ouro: escovava-os para trás, com a escova que usara no semi-internato, prendia-os com pequenas travessas, enquanto falava ao telefone, e enfiava coisas valiosas na bolsa a tiracolo. Uma fita cassete em miniatura, um frasco de Joy, a grande agenda preta, tampões. Fiquei menstruada, ouvia-a dizer às vezes ao telefone, como parte normal de uma fofoca com as amigas ou amigos, e eu, que não diria tal coisa em quaisquer circunstâncias, ficava impressionada e me sentindo mal.

Eu nunca faria sexo oral com seu pai. Ele ofegava, mas eu não cedia — e nestes momentos virava sua igual, alçava-me a seu patamar.

Ele foi embora. Eu me perguntava se se comportava com as garotas chinesas da mesma maneira que comigo — Hong Kong também fazia parte do Império Britânico. Ou se era só comigo que se arriscava. Receava que houvesse em mim alguma coisa denunciando que eu formaria um conluio. Caroline tinha o namorado ocasional que passava a noite com ela, e se preocupava comigo porque, embora eu saísse com rapazes, jamais dormia com alguém. Dizia: Kathleen, se quiser trazer alguém para casa, sinta-se à vontade — sabe, o quarto é seu, faça o que quiser nele. Ela não sabia que eu ficara congelada no fundo de mim. Que eu ainda sentia o joelho de Hugo me chutando na parte mais estreita das costas escada abaixo. Que continuava me perguntando — tanto tempo depois que partira — como *Sir* David soubera que eu não criaria problema? Sentia-me tão distante da garota que fora a Paros quanto a lua fria do sol quente.

Segundo Mistério Glorioso, a Ascensão do Nosso Senhor.

Ave Maria, cheia de graça...

Pelo menos tinha meu maravilhoso emprego novo. Eu venerava como um herói a senhora idosa que era a editora e única outra redatora de *The English Traveller* — uma revistinha surpreendentemente lucrativa, pessimamente impressa, que circulava desde a década de 1920. Ela era a líder. Eu, sua auxiliar de confiança, e todos os demais marinheiros de primeira viagem que tínhamos o direito de atormentar. Eu trabalhava com o maior afinco para ela.

Mas minha guerra anglo-irlandesa pessoal continuava. Uma vez, quando escrevia uma matéria sobre "Belezas ocultas do Peak District", voltei para o hotel e encontrei a polícia à minha espera. Era uma motorista principiante e achei que fizera alguma coisa errada na rua. Mas eles me levaram, contornaram os fundos, do outro lado de um pátio, até onde minha mala estava guardada num bagageiro na entrada de uma garagem.

O gerente e o chef de touca branca espiavam pela porta da cozinha.

Poderia abrir a mala para nós, por favor?

Claro.

Solte a parte de trás, disseram, quando tirei meu despertador de viagem. Retire a bateria.

Esvaziei todo o conteúdo da mala e pus na frente deles. Roupas íntimas pretas — velhas e novas, de minha época com Hugo, quando eu ainda me achava *sexy*, gostava de mim e comprava roupa íntima para lhe agradar... Não!, disse a mim mesma, não pense nisso. E agora as roupas íntimas significavam que minhas coisas não pareciam as de uma terrorista. O policial pegou o livro que eu guardara na mala e sacudiu. Depois olhou o título. Eu ia a Sheffield, por isso estava lendo Arnold Bennett. *Anna of the Five Towns*.

Desculpe por isso, disse o policial mais velho. Não existem muitos irlandeses por aqui.

Não foi nada o pequeno episódio. Não levou nem cinco minutos. Tinham todo o direito de fazer aquilo. Mas por um longo tempo depois, pensei: Eles poderiam ter plantado alguma coisa! Sabe Deus o que aconteceu com outros irlandeses...

Aprendi a pedir tudo — um prato, uma bebida, informações — em voz baixa e com um sotaque tão neutro quanto consegui. Aprendi a erguer os olhos para a televisão — as imagens de faixas do outro lado das estradas, os compradores avançando com sangue nos rostos, ambulâncias brancas cantando ao fazerem as curvas de tranqüilas propriedades habitacionais — sem nenhuma expressão no rosto. E ler meu jornal, sorrindo para todo mundo, não dizendo nada que chamasse a atenção. Era como na casa de Caroline: eu era alegre como todos os demais, mas ocultava uma atenta vida secreta.

O zumbido do rosário era monótono. Não adiantava sair com discrição, sem ser notada. Os dois PJs estavam muito à vista e rezando com fervor, e eu não poderia fazer minhas compras. Sentei-me numa cadeira. Via por algumas expressões em volta que nem todo mundo esperara que o padre desfiasse todas as cinco dezenas até o fim, e não se mostravam nada satisfeitos com aquilo. E também começava a esfriar. A primavera ainda não se suavizara inteiramente no início de verão. Verifiquei as horas no relógio de pulso. Quinze para as seis. Apalpei os cabelos. Pareciam brilhantes graças a enorme quantidade de condicionador que a cabeleireira pusera, em Athlone, quando eu fazia as luzes. O sujeito de Sinn Féin continuava rezando em irlandês, embora ninguém mais o fizesse.

Quarto Mistério Glorioso, a Assunção...

O sentimento antiirlandês de Alex foi um choque total para mim. Sobretudo por eu ter descoberto já em meados da década de 1980, quando tudo corria muito bem entre os irlandeses e ingleses, quase sempre, na Inglaterra.

Viajávamos num trem, indo para um encontro geral da *NewsWrite* numa casa de campo transformada em hotel, nos condados centrais. Alex, Jimmy e eu. Alex abriu o laptop no tampo da mesa. Os PCs ainda eram novidade, e eu percebia a grande satisfação com que ele brincava com o seu. Vi uma vez um anúncio — um homem deitado numa cama de hotel, a gravata afrouxada mas os punhos da camisa abotoados, brincando em seu PC. COM NOSSO NOVO MODEM GLOBAL, VOCÊ NÃO FICARÁ PERDIDO NUM PAÍS ESTRANGEIRO. O homem do anúncio parecia severo e competente, como Alex se esforçava por parecer. Quando ficava absorvido daquele jeito, fazia-me me comportar-me como uma criança. Eu me ouvia a mim mesma, desamparada, falando alto e querendo chamar atenção.

Cara ou coroa!, disse eu a Jimmy, tirando uma moeda. As próximas "Vinte e quatro horas em buracos infernais que você detesta".

Era o nome que déramos para uma série de cidades européias que a *TravelWrite* andava oferecendo.

Por favor, por favor, troque Dusseldorf comigo, implorei. Em vez dela, eu aceitaria de bom grado Nicosia. — Embora pudesse seguir viagem até Viena para ver a exposição de Vermeer...

Não, disse Jimmy. Eu quero Dusseldorf. A cena gay na Alemanha é muito mais evoluída que a de Chipre.

Alex intrometeu-se, cortando a nossa conversa. Tentei me convencer depois que ele sentiu, inconscientemente, ciúmes de minha brincadeira com Jimmy. Mas na certa o havíamos insultado por nem ao menos consultá-lo, como editor.

Eu imaginava que vocês, irlandeses, eram unha e carne com os alemães, disse, irritado. É só ver como tomaram o partido deles na guerra. Empanturrando-se de bifes, quando nós estávamos dispostos a lutar até o último homem. Também conseguiram sua recompensa, não, no chamado Mercado Comum? Seus velhos camaradas simplesmente despejaram dinheiro na Ilha Esmeralda, não foi?

Nessa altura, Jimmy abriu ostensivamente o jornal da manhã e desapareceu atrás.

Meu desejo é que vocês, ingleses, parem de falar de "vocês, irlandeses", comecei, devagar. Há irlandeses e irlandeses, entre eles as dezenas de milhares que ingressaram nas forças britânicas, muitos dos quais foram mortos. Acontece que examinei a fundo a questão, e sei que, na época, o Partido Trabalhista irlandês era tão desesperadamente necessário, sobretudo na construção de aeródromos, que o Parlamento inglês não quis que a Irlanda lançasse o recrutamento. Seus principais espiões da MI5 conseguiram convencer Churchill de que os irlandeses eram neutros, mas neutros a favor dos aliados. E, então?

Realmente, Kathleen, disse Alex, sem jeito, foi uma observação desnecessária essa sobre os bifes. Desculpe-me.

Tínhamos de ir a um seminário de estratégia administrativa naquela tarde, num deslumbrante salão jacobino na casa de campo, com pavões no terraço coberto de relva do lado de fora e imensos carvalhos sombreando o gramado. Sentei-me ali, imaginando o que teria feito Henry James com aquele cenário, enquanto tinha de suportar uma tensa jovem de Armani discorrendo baboseiras sobre as três etapas para a satisfação do consumidor, o chefão da empresa sentado atrás dela avaliando nosso entusiasmo. Alex dormia a sono solto. Empurrei minha cadeira para ocultá-lo do chefão. Ele começou a arriar em direção ao chão. Mudei mais uma vez a cadeira de lugar e escorei-o fisicamente, encostando-me nele. Respirava fundo e devagar, como um menino inocente.

A verdade era que eu sentia de fato vergonha sobre a guerra. Vira alguma coisa em Londres — uma antiga entrada de estação do metrô que teria abrigado os londrinos à noite durante as blitzes aéreas. Ou morria o pai de alguém e eu ouvia: Esteve em Dunquerque, ou: Esteve na estação ferroviária de Burma... Eu vivia atenta a fragmentos de informação sobre o papel da Irlanda na Segunda Guerra Mundial — por isso pude saltar em cima do pobre Alex com minhas citações. E muitas vezes me senti terrivelmente envergonhada na Europa central. Parada ali, em lugares como a profunda pedreira de onde milhares haviam sido atirados para a morte, no campo de extermínio em Mauthausen, numa manhã de outono, quando a névoa se erguia do chão como um mal visível. E a casa de Anne Frank em Amsterdã — as terríveis marcas de sua pequena altura gravadas na parede, crescendo para nada. O recital dos nomes dos mortos, prolongando-se pela eternidade no museu do Holocausto, em Jerusalém. As velas pelas crianças mortas. E os campos pantanosos em Tessalônica, onde haviam posto os judeus gregos dentro de vagões rumo a Auschwitz. O estádio perto do cemitério Père Lachaise, onde mantinham as crianças judias de Paris antes de despachá-las.

Certa vez me embriaguei em Munique e passei uma hora tentando conseguir o número do telefone do convento em Kilcrennan. Depois insisti em que tinha urgência de falar com a freira que nos ensinava história.

Eu chorava, sentada oscilante na beira da cama.

A senhora tem idade suficiente para se lembrar, irmã! Por que não combatemos os nazistas? Por quê? Por quê?

Onde está você, Kathleen?

Estive hoje em Dachau.

Nós não sabíamos, querida menina...

Devíamos ter sabido! Os ingleses foram tão valentes! E as privações que sofreram! Vi uma receita de torta de maçã para o tempo de guerra, irmã... uma camada de maçã cozida, uma camada de cinzas de freixo, uma camada de maçã cozida, uma camada de cinzas de freixo...

A guerra civil recomeçaria por aqui, disse a freira. Ainda não tínhamos nem vinte anos de independência da Grã-Bretanha, em 1939!

Dois erros não compensam um acerto, gritei pelo telefone.

Não seja tão infantil assim, gritou a freira.

Tivemos de ficar por ali bebendo xerez naquela noite, na conferência administrativa, antes de entrarmos para o jantar. Até Jimmy concordou que Alex ficou o máximo com traje passeio completo.

Preciso me desculpar, Kathy, disse ele. Eu estava fora de mim hoje de manhã. E como disse você, realmente não conheço nada de história.

Não se preocupe, Alex. Espero não ter sido rude com você.

Oh, não! Fui eu que comecei tudo.

Não faz mal, Alex, disse eu, quando Jimmy pôs-se a resmungar.

Que pecados eu devo ter cometido numa vida anterior, implorava ele ao teto, para merecer o castigo de conviver com vocês dois?

O murmúrio do rosário de repente terminou num sincero "Glória ao Pai, Glória a Ti, Senhor!" Pedimos a Deus num apressado P.S. que levasse todas as almas para o céu, sobretudo as dos que tivessem mais necessidade de Tua misericórdia.

E agora, dizia o sacerdote, o Sr. Hughie Shannon, cujo tataravô foi sentenciado a mil chibatadas e à prisão em 1798, tocará no acordeão "*Boolavogue*"!

Aplausos contínuos do pequeno número de pessoas que não saíra às pressas nos últimos 15 minutos.

Um senhor muito velho e pequenino, quase escondido atrás de um imenso acordeão, era ajudado a subir os degraus até o palco.

At Boolavogue as the sun was setting
O'er the bright May meadows of Shelmalier
A rebel band set the heather blazing... *

O sacerdote cantava em voz alta ao microfone.

Fantástico, não?, disse a mulher a meu lado. Material da pesada!

Fui avançando com esforço pela rua até a mercearia. Atrás de mim, diante do microfone, a Sra. PJ, com um casaco justo verde-alface, lia uma lista de agradecimentos a todos que haviam ajudado a fazer daquele dia um tão grande sucesso, mas não restara ninguém para ouvi-la, e o crepúsculo começava a baixar.

Passei pelo pub High Chapparal e vi pela porta aberta que já havia um grupo de jovens no salão escuro, os rostos intermitentemente laranja e roxo com a iluminação de discoteca. Também cantavam. Um rapaz lindíssimo, com um chapéu de caubói, zurzia Garth Brooks, em pé numa mesa, requebrando-se para trás e meneando impetuoso a pelve para cima e para baixo. Um barman que se virava atrás dos sifões no bar ergueu o rosto. Viu-me na porta, sorriu e acenou-me para que entrasse.

Oh I've got friends in low places... **

Uma fila de moças gingava com os braços enlaçados umas nas outras, ondulando os grandes traseiros metidos em jeans, usados especialmente naquele salão...

'Cause I've got friends in low places
Where the whiskey drowns and the beer chases
my blues away
And I'll be okay... ***

---

*Em Boolavogue, quando o sol se punha / Nas luminosas campinas de Shelmalier em maio / Um bando rebelde punha a urze em chamas... (*N. da T.*)

**Oh, tenho amigos em espeluncas. (*N. da T.*)

*** pois tenho amigos em espeluncas, onde o uísque afoga e a cerveja afugenta minha tristeza / e eu fico bem.... (*N. da T.*)

Num impulso, entrei, e sentei-me num canto escuro perto da porta. O barman largou tudo que estava fazendo, aproximou-se e limpou a minha mesa.

Tenho visto você por aí, disse ele. Fiquei imaginando se não gostaria de tomar um drinque.

Era tímido demais para olhar para mim, e continuou limpando a mesa. Um homem de seus quarenta anos, com um rosto comum e um corpo forte, de jogador de futebol.

Vou tomar só uma Coca, disse eu.

Por conta da casa, frisou ele quando a trouxe.

Ri comigo mesma — deve ser a iluminação me favorecendo. Realmente me senti honrada.

Caroline e eu íamos ao pub nas noites de sexta-feira. Fazíamos parte de uma turma jovem que se reunia ali. Comecei a imitá-la. Às vezes chamava alguém de fofura. Sentia-me mais esbelta. Corria para o ônibus a passos de galgo, como se tivesse a graça dela. Comprei uma bolsa a tiracolo e jogava-a nos meus ombros como ela fazia. Mas nunca ficava igual a ela. Seus edredom e travesseiros, sempre meio caídos do colchão para o chão, eram brancos e luxuosos, cheirando a perfume. Ela tinha o antebraço tão impecável que concluí que as pessoas ricas são de fato menos peludas que as pobres — que eliminaram o pêlo, os odores, as espinhas e os rolos de gordura em séculos a fio de acasalamento com os de sua própria espécie.

Depois ela se apaixonou perdidamente por Ian, e foi o fim daquilo tudo.

Mas pouco antes de o amor acontecer, fizemos uma viagem — que lembramos depois como se não passasse de uma alucinação.

A editora de cabelos prateados de *The English Traveller* ofereceu-me uma viagem com tudo pago para Belfast, como um presente.

Mas, disse eu. Os problemas...

Era 1975, quando as coisas andavam péssimas na Irlanda do Norte.

Acho que vai constatar, disse ela, que eles ficarão imensamente alegres em vê-la. Espero que sejam como nós durante a blitz, sabe, dêem o melhor de si. A mulher da agência turística ficou inteiramente maravilhada ao saber que você vai. Talvez queira levar uma amiga, falou-se numa suíte e num carro para esperá-las no aeroporto.

Você disse a ela que sou irlandesa? Tive coragem o suficiente para perguntar.

Disse eu à mulher do turismo, respondeu a editora, com toda firmeza, que *The English Traveller* é totalmente apolítica. Vocês vão visitar museus, parques e esse tipo de coisas.

Convidei Caroline para ir comigo.

É só por uma noite, expliquei.

Belfast, disse ela, admirando-a. *Belfast?* Nossa! Não posso dizer que algum dia pensei em ir a *Belfast*. Mas com certeza seria interessante conhecer seu país.

Não é meu país. É em torno disso que gira a luta, Caroline. É o seu.

Bem, eu não faço questão, disse ela, educadamente.

Bem, ele a quer. Os unionistas querem você. Os republicanos, não.

Vamos deixar a política fora disso?, perguntou, esperançosa.

Escute, Caroline. A política é a única coisa interessante em Belfast. Tire os carros blindados, as pichações, o ódio e os assassinatos, e que vira Belfast, senão uma cidade mercantil britânica? O tipo de lugar que, se houvesse um comércio de lã, teria J. B. Priestley escrito romances sobre ele?

Quem é J. B. Priestley?, perguntou Caroline.

Fomos para o aeroporto de Heathrow cedo, para iniciar a viagem. Caroline comprou-me uma camisola de cetim numa loja de roupas íntimas, na esperança de que eu arranjasse algum dia um amante. Eu lhe comprei uma fita de Kathleen Ferrier cantando Bach, na esperança de que ela adquirisse bom gosto. Em seguida, tomamos martíni de vodca com uma cebolinha dentro. Depois, no avião, tomamos duas garrafinhas de champanhe cada, e ainda pedimos à arrogante aeromoça mais duas para pormos nas malas.

Repare bem, Caroline, disse eu, tentando despertar sua consciência, que essa aeromoça só sorri para os homens. Não dá a mínima para nós.

Somos as únicas mulheres na primeira classe, disse ela.

É. Eu diria que o nosso tipo ainda não existe em Belfast.

O motorista Sam era um homem de meia-idade, com um rabo-de-cavalo fininho atrás de uma grande cabeça redonda, e um peito de pombo num paletó de bombeiro, sobre seus jeans justos no quadril. Andava num verdadeiro saltitar legalista em seus sapatos de camurça grossa. Não parecia conhecer uma mulher de aparência comum com sotaque irlandês e uma de aparência rica com sotaque de Hampstead, as duas com olhos que denunciavam um ligeiro pileque.

Ele largou as malas no hotel Europa. Não saltamos.

Faça o registro por nós, Sammy querido, dissemos da parte de trás da limusine. E depois vamos tomar uma bebidinha em algum lugar bem, bem Belfast.

Ele nos conduziu pela Shankill Road até uma boate num terreno baldio, no fundo de um labirinto de casas de tijolo vermelho, muito coladas umas nas outras. Tivemos a maior dificuldade para atravessar o entulho com nossos saltos altos. Sammy precisou amparar Caro no trajeto e depois voltar para me buscar. Lá então — pelo que consegui me lembrar no dia seguinte — mulheres caladas, com penteados barrocos em seus cabelos louros, nos vigiaram a noite toda com um ar malévolo, através de Bacardis e Cocas, enquanto Sammy trazia uma série de homenzinhos espirituosos para nossa mesa.

Sem dúvida pareceram muito espirituosos na hora, concordou Caro, depois. Ai, meu Deus, estremeceu ela. Acho que subi ao palco e cantei Neil Diamond. "Sweet Caroline"! Ai, me diga que eu não fiz isso!

Não, na verdade cantou algumas músicas de Tom Jones, disse eu. Você fez uma espécie de dança pélvica para "It's Not Unusual".

Ai, *não!*

Depois Sammy nos levou de volta para o hotel. Meteu-nos pela porta giratória e nos abandonou.

Um porteiro aproximou-se e perguntou: Senhoras! Desejam que eu mande alguma coisa para sua suíte?

Caroline, estão tentando nos fazer ir para a cama, disse eu.

Não! Não! Eu não vou!

E avançamos cambaleando para o salão de estar do primeiro andar e pedimos — lembro o dueto com o garçom — um copo de, não, você tem meia garrafa — não — traga uma garrafa mesmo de — oh, tudo bem, champanhe.

Porque começamos com champanhe, disse Caroline. Ou pelo menos, acho que começamos.

A última coisa de que me lembrava foi que decidi entregar a Irlanda do Norte a Caroline para acabar com a guerra.

Endireitei-me no sofá, derramando champanhe em mim mesma de cima a baixo.

Homens e mulheres morrem há séculos por estes bons seis condados, disse eu. Bom, talvez nem tantos séculos assim, mas ultimamente morreram, Caroline. Não foi justo o que fizeram com os católicos, Caroline. A terra da Irlanda para o povo da Irlanda. Bem, agora essa terra é sua para fazer progredir em paz nos séculos futuros.

Caroline, por sua vez, aprumou-se ainda sentada.

Tudo bem, Kathleen. Prometo que vou dar o melhor de mim.

Prometa, Caroline! disse eu, quase chorando. Promete?

Prometo, Kathy. Prometo mesmo.

De algum modo, conseguimos subir até a suíte com suas duas imensas camas. Íamos ver o último filme da noite, mas não encontramos nenhum aparelho de televisão.

Fui acordada uma ou duas horas depois por um barulho e pus-me sentada de um salto, a boca seca e nauseada. Na cama, usava a nova camisola de cetim e só um pé de sapato.

Oh, foda-se, gritei para o helicóptero do exército pairado acima, parecendo um enorme cortador de grama na direção das janelas da cobertura. Tomei quatro pílulas de Anadin, enfiei-me na cama e adormeci.

Terminei minha Coca no High Chapparal, sorrindo comigo mesma com o pensamento em nós duas ainda moças.

Obrigada! Vejo você a qualquer hora, gritei para o barman do outro lado.

Não esqueça, retribuiu ele, a despedida. Venha quando quiser. Eu cuido de você!

Saí, ainda sorrindo, e dei de cara com um sujeito atarracado, andando pela rua em minha direção.

Receei que tivesse ido embora, disse ele.

Era Shay.

12

Olhei para o cara. Roupas comuns, olhos azuis com aparência cansada, um tenso franzido de sobrancelhas no rosto.

Você disse que ia comprar o jornal...

Estou aqui, agora, disse ele, prontamente. Devia estar no avião pra Liverpool...

Não tenho nada pra comer, disse eu.

Não consegui pensar em outra coisa para dizer. Mas isso bastou.

Que pena, disse ele, e todo o seu rosto se desanuviou num sorriso. Porque estou viajando desde as sete da manhã e morto de fome.

Tem um hotel... comecei.

Não podíamos ir para casa?, perguntou.

Abri-me no mais íntimo de mim àquela palavra... casa.

Ele ficou pacientemente a meu lado, enquanto eu fazia minhas compras com a Sra. PJ, ainda com seu bom casaco verde.

Peixe fresco? perguntou ela. Não me faça rir. Isto é o oeste da Irlanda, aqui só se compra peixe fresco por acaso. O daquela baía ali passa por esta aldeia num caminhão refrigerado toda manhã, e volta num caminhão diferente de Dublin para o supermercado. Ele também é da sua família, Kathleen? Ela abriu um sorriso forçado e radiante para Shay.

Não, respondi.

Escolhemos dois grandes bifes bem vermelhos do balcão de carne e um saco de batata coberto de terra.

São melhores desse jeito, disse a Sra. PJ. Espere só pra ver — parecem bolas de farinha, essas batatas. Eu arriscaria dizer, senhor, que de onde vem quase não se vêem batatas como essas, não é?

Shay não entendeu a indireta. Apenas pagou e levou as duas sacolas de plástico, para o meu carro. Não muitos homens carregaram sacolas de compras para mim, em toda a minha vida. Foi o que nos salvou — as compras, depois o descascamento das batatas juntos em pé diante do escorredor de pratos, amaldiçoando as facas cegas, ele me falando da nova geração de cortadores de grama e eu lhe contando que trazia de volta do trabalho um Big Mac para o gato da vizinha, mas quando parei de fumar não me atrevia a entrar num McDonald's, pois vivia faminta o tempo todo.

Vamos deixar tudo isto aqui, disse eu, após comermos com prazer — bife estorricado de tão frito em cima de batatas brancas cozidas, ao lado de tomates vermelhos vivos. Foi uma comilança muito diferente das beliscadas na comida que eu dava nos restaurantes em toda parte do mundo, em companhias tão insignificantes que eu rezava para o tempo passar logo.

Ah, não, disse ele. Sou um perito em lavar pratos. Mas não me apresse. Termine seu vinho.

Sentei-me junto à lareira. O rádio tocava música orquestral de dança.

Adoro esse tipo de música, disse ele. É para homens da minha idade.

Cantarolamos de boca fechada "*Cherry Pink and Apple-Blossom White*".

Estávamos relaxados como um velho casal.

Qual das duas você prefere, perguntei, a Inglaterra ou a Irlanda? Passei o dia todo pensando nos problemas que tive quando estava iniciando a vida na Inglaterra.

Essa é a pergunta milionária, disse ele, sério. Eu nunca tive uma opção quando era menino e, quando fiz a cama na Inglaterra, tive de deitar nela. Acho que os Estados Unidos combinariam melhor comigo, mas ninguém tinha o dinheiro da passagem. Contudo, sem a menor dúvida, acho que os ingleses são mais corretos que os irlandeses. Noto isso fazendo os livros de contabilidade de meu pai, em Sligo... os fregueses são escorregadios como peixe, quando se trata de pagar as contas.

Acredito em você, concordei. Os ingleses são mais corretos. Meu chefe não tiraria nem uma folha de papel da redação, de tanto que é honesto.

Shay punha meu laptop de volta na mesa que esvaziara.

Você não me contou que estava escrevendo sobre algo passado há muito tempo? Que não tinha conseguido todos os fatos? Bem, como é? Que tipo de coisa?

É sobre um amor louco, passional, Shay, respondi, adejando as pestanas para ele.

Oh. Bem, estou certo de que não existe muita gente que possa ensinar isso a você.

Ajoelhou-se ao meu lado, curvou a cabeça e encostou-a muito de leve em meu peito. Baixei a minha, apoiando o queixo na bem penteada cabeleira grisalha dele.

Estou surpresa de que tenha se lembrado do que disse eu, murmurei.

De tudo. Cada palavra que disse. Vou me lembrar para sempre.

Ali ficamos, juntos — mal nos tocando, imóveis —, e após algum tempo teve início uma palpitação que vinha do fundo de mim e, aos poucos, um ritmo forte começou a nos percorrer de cima a baixo. Ouvi-o engolir em seco, tentando falar. Mas não conseguiu. E eu tampouco consegui. Então me levantei e segui para o quarto.

Foi necessário apenas um momento para eu sucumbir à seriedade de seus lábios fechados ao tocarem delicadamente os meus. Apalpei a pele de seu rosto. Era áspera na linha dos maxilares e depois se suavizava sob os olhos cerrados. Ele de repente enfiou a língua em minha boca quente e começou a sugar febrilmente, como se quisesse beber tudo em mim. Afastou minhas coxas com a mão e começou a acariciar-me entre as pernas. Embaixo. Embaixo. O tecido grudava nas dobras de minha pele quando comecei a ficar molhada.

Ele retirou sua boca da minha.

Eu pensava em você de manhã e de noite, disse ele.

Eu poderia não estar mais aqui, disse eu.

Disse eu a mim mesmo desde que saí de Sligo: Ela vai estar lá, vai. Sim, tem de estar...

Você disse que ia comprar suco de laranja, sussurrei em seu rosto.

Mas eu expliquei, disse ele. Sobressaltou-se, recuando, o rosto vívido do esforço de me convencer. Não recebeu minha carta? Disse eu que tinha de partir, senão jamais conseguiria ir embora!

As palavras arrebatadas. O rosto comum. Eu nunca ouvira um homem falar naquele tom.

Seus dedos me acariciavam com urgência, como se também pudessem me convencer. Imploravam. Pareciam que jamais se cansariam, como se precisassem me acariciar até eu me dissolver sob eles.

Depois fiquei observando um raio de luar instalar-se no profundo parapeito, nossos corpos exaustos separando-se um do outro na cama.

Vamos até a praia dar uma caminhada?, perguntei.

Vestimos nossas roupas em silêncio.

A noite suave parecia nos tranqüilizar.

Oh!, disse ele, lançando a cabeça para trás.

Uma espessa margem cinza-escuro se estendia ao longo do horizonte. Atrás, uma distante nuvem continuava tingida de cores de balas.

Oh, eu tinha esquecido como este ar é cristalino! Dá pra cortar o ar, onde eu moro.

Não sei o que quer dizer este céu, disse eu. Parece misterioso...

Mas está vermelho. Veja! Lá, bem ao longe. Céu vermelho à noite, deleite de pastor.

Sim, mas veja o desenho. Parece as escamas de um peixe, disse eu. Céu de nuvens, céu de nuvens, jamais úmido, jamais seco por muito tempo. Se aquela nuvem se dissipasse, talvez pudéssemos ver algumas focas. Vi três outra manhã. Mamãe, papai e filhinho.

Acredite se quiser, eu salvei um filhote de foca uma vez, em Ballisodare. Tinha se perdido. De manhã, muito cedo, quando eu pescava. Levei-o para casa e fiz uma espécie de lago nos fundos com pedras e plástico preto. Voltei em casa, da escola a foca tinha entrado em casa, e estava sentada numa velha poltrona, com a nadadeira apoiada no braço, ouvindo a música do rádio. Meu pai me obrigou a levá-la de volta para o mar...

Passei o braço em sua cintura, deslizei a mão por baixo do cós e deixei-a na pele macia de sua barriga, amorosa.

O mar, sob a borda do último campo, era quase imóvel. Mas muito cheio. Avolumava-se, em grandes curvas e vãos deslizantes, a superfície parecendo petróleo.

Shay disse: Vou poder ver como você fica à luz do luar.

Senti-me confusa, aliviada porque ele ia ficar, mas tímida com a idéia de que ia examinar os detalhes do meu corpo, e cautelosa, para o caso de ele se tornar sentimental e falso.

Vai ficar, então?, perguntei.

Me receberia?

Tenho alguma opção?

Oh, sim. Virou-se de frente, com o mar e o céu escurecendo atrás, e tomoume nos braços. Sentia-se uma centena de vezes mais confiante desde que estivéramos na cama.

Oh, na verdade você tem. Pode escolher.

Até quando pode ficar?

Amanhã de tarde.

Sim.

Tudo bem, disse eu depois. Conte.

Eu sou de Ballisodare. Fui para a Inglaterra à procura de trabalho, ainda jovem. Casei-me com uma inglesa, que conheci num baile, quando trabalhava na construção. Moramos perto de Chester, temos duas filhas, e as duas são casadas e moram perto de nós. Chamei minha loja de jardinagem de "e Filhas" meio por brincadeira, e porque somos muito unidos.

O quê e filhas?

Como?

Qual é seu sobrenome?

Oh. Após um momento, perguntou: Isso tem importância?

O meu é de Burca, disse eu à queima-roupa.

Isso é Burke? Kathleen Burke, disse devagar. *E quando os campos estiverem frescos e verdes, eu a levarei mais uma vez para casa, Kathleen...*

De Burca, disse eu. Meu pai o mudou para uma versão irlandesa, num rasgo de patriotismo.

Minha mulher cuida dos netos quando as meninas estão no trabalho, um menino e uma menina. Eu terminava minha cota de trabalho de paisagismo e ia para o pub. Mas há alguns anos passei a vir aqui com mais freqüência, para dar uma mão a meu pai, e peguei o jeito irlandês. Minha mulher não se interessa muito pelo lado irlandês das coisas, o que é muito natural, não vem aqui desde que as meninas eram pequenas. Por isso, agora, vou ao Clube Irlandês quando saio para beber, mas ela em geral fica em casa, vendo televisão. Ou, a maioria das noites, as meninas aparecem para ver a mãe.

Sua voz era cálida e amorosa.

Não há nenhum espaço para mim, disse eu. Você é feliz no casamento.

Eu sei, disse ele.

Meu sobrenome é Murphy, acrescentou após uma pausa. Fico meio constrangido com ele. Todo irlandês malsucedido na Inglaterra se chama Murphy.

Num determinado momento naquela noite, ele perguntou: Você gosta de mim?

Ah, bem, gostar...

Ainda não nos conhecemos o tempo suficiente?, murmurou, refestelado na velha e quebrada poltrona diante da lareira, cujo fogo conseguira transformar em chamas. Usava apenas a calça que enfiara, eu de camisola, sentada em seu colo. Tremi de frio, ele me enlaçou com um braço e me aconchegou junto ao peito, como faria um pai.

Não havíamos acendido as luzes quando saímos do quarto. Ele jogara carvão em pedra no fogo, enquanto eu fazia chá.

Acho que nos conhecemos, disse ele. É como se eu já a conhecesse antes. Nunca fiz nada igual a isso. Nem mesmo contei mentiras. Bem, raras vezes. Mas alguma coisa aconteceu, com você. Eu a vi recostada no muro atirando pedrinhas na água, no dia em que tomei a balsa. Vi o vento levantando sua saia e alguma coisa aconteceu comigo. Não encontro as palavras, Kathleen. Era como se eu precisasse falar com você, não importa o quê.

Com a mão apoiada confortavelmente em minha barriga, ele beliscava de leve a dobra de gordura. Em geral eu contraía automaticamente os músculos, para disfarçar a barriga. Mas, com ele, me permitia ser eu mesma.

O segredinho da minha menininha, disse ele.

Estávamos semi-adormecidos, ele cantava com a boca fechada alguma coisa sem melodia.

A lhama embala assim os filhotes, disse eu. Poucas pessoas sabem disso.

O mundo parecia absolutamente silencioso. Eu sentia o ritmo pesado e lento de seu coração. Tentava me lembrar se alguma vez sentira tanta paz.

Só quando estava sozinha, pensei comigo mesma, o que me pareceu uma grande revelação. Virei a cabeça preguiçosamente e enfiei-a em seu braço e beijei a lisa parte de baixo. Se estar com Shay era como ser eu mesma, seria ele a minha outra metade?

Talvez você seja a minha outra metade, disse eu, sob a pele quente de seu braço.

Ah, não. Não sou nada parecido com você.

Certa vez eu estava deitada na cama, numa noite de verão, num hotel no cais de uma aldeia do Lago Constance. Devia ser pleno verão: a pálida e prateada luz da noite nunca se esvanecia inteiramente, e eu não conseguia me desligar dela até pegar no sono. Fora para lá de bicicleta, de Konstanz, lembro. Eu fazia parte de alguma expedição turística em Estrasburgo, atravessara a Floresta Negra de trem e alugara uma bicicleta. Aquela noite requintada era minha recompensa por um dia de ciclismo. O quarto ficava sobre a porta da frente do hotel: a parte de baixo da janela nivelava-se com as copas das tílias que debruavam o passeio. Decorosos casais passeavam de um lado para o outro sob as lâmpadas entremeadas nos galhos, a noite toda. Eu jantara lá fora, o livro apoiado no saleiro. Truta grelhada com carne branca e firme. No meio da noite, deitada na cama alta, eu abrira a janela escancarada para o lago que tremeluzia, na altura do rosto. Bastava alguns passos para que eu e o lago fôssemos um só. Lembro a sensação do linho nos travesseiros sob a cabeça. De vez em quando, o distante lamento de um pássaro ou o repentino pipilar de uma ave aquática enfatizavam a grande bacia de silêncio em que estavam suspensos cama, quarto e lago. Elevava-se da água uma névoa perolada.

Era assim que eu me sentia, no meio da noite, nos braços de Shay.

O fogo apagou-se.

Minha Kathleen, sussurrou ele. Vai se resfriar.

Não estou com frio...

Mas de fato adormeci por algum tempo em seus braços. Quando despertei, ele fitava meu rosto.

Também dormiu?, murmurei.

Não tenho tempo para dormir, disse ele.

Não diga isso ainda!, eu me sentei, agitada. Ainda temos tempo de sobra!

Ele me olhava de cima.

Não quero arruinar tudo que construí!, gritou comigo, como se eu o estivesse ameaçando.

Ele partiu na tarde do dia seguinte. Eu nem sequer fui até a porta. Não teria condições. Perguntei-lhe quando poderia voltar. Respondeu que não sabia. Disse eu que não estaria ali; se continuasse na Irlanda, estaria no hotel The Talbot Arms, em Ballygall.

Você é a Irlanda pra mim, disse ele, olhando-me com um ar triste do outro lado da sala, a mala na mão. Os cabelos cacheados e tudo mais. E parte o meu coração ter de deixá-la.

Então eu fico simplesmente esperando por aqui?, perguntei. Chorava copiosamente. É só o que posso fazer?

Só, respondeu.

Deitei-me na poltrona depois que ele se foi. Tinha a parte de cima da camisola aberta. Via um seio. Uma faixa de irritação cutânea cor-de-rosa com pontos roxos na pele branca estendia-se do mamilo até a metade do busto. A certa altura da noite ele o chupava, tirou da boca e tornou a pôr e recomeçou a chupar com mais força e mais profundo que algum dia sonhei ser possível. Baixei os olhos, tomada de volúpia — deleitando-me com a visão da gorda curva do seio e a cabeça ali enterrada —, quando vi pelo canto do olho uma coisa na cama. A dentadura de Shay! A dentadura! Ele tirara a dentadura, para me dar prazer sem me machucar!

Senti-me enojada e chocada, a princípio. Mas essas reações se davam em algum lugar distante, fora de mim. Não pensei mais na dentadura, nem reparei quando ele a pôs de volta na boca.

Agora eu beliscava meus mamilos machucados para machucá-los ainda mais. Para fazer a lembrança dele durar mais tempo.

Estou envelhecendo. Se nunca mais estiver com ele, vou morrer antes de morrer.

Mas quando me lavei, uma Kathleen desgrenhada e de olhos luminosos me olhou do espelho manchado no outro lado do banheiro. Fiz a cama, esticando com ternura os lençóis e travesseiros que usáramos. Pensei em enfiar-me ali e dormir. Mas estava agitada demais. Quatro e meia da tarde. Quinta-feira? Sim — Quinta-feira. Era melhor dar uns telefonemas. Nora. Caroline. Fazia séculos que não falava com Alex. Mas não fui para o telefone. Poderia ligar amanhã, quando voltasse para Ballygall. Ainda não queria voltar para o mundo cotidiano.

O quarto parecia inundado de uma luz que entrava e saía. Abri a porta da frente e espiei pela varanda. Sim! Uma agitada série de nuvens brancas atravessava o céu azul do dia, como bolas de boliche rolando. Pus um ovo numa panela com água fria e reduzi a chama ao mínimo. Depois tornei a sair, contornei os fundos da casa, lutando contra a brisa, e atravessei o gramado que o vento mantinha rente e denso, até onde começavam as leiras de um canteiro de batatas. Agachei-me e, de olhos fechados, a melhor forma de sentir, corri as mãos pela borda áspera do sulco. Como se talvez houvesse algum para mim na vaga do tempo. Como se, eu podendo me ver pequena o bastante no esquema das coisas, talvez não me importasse de perder o doce amante que encontrara tão tarde. Mas ouvia o vento curvar a sebe de pilriteiro, ouvia as ondas fragmentárias, espadanadas, chegando rápidas ao longo da praia, e a dor era tão forte quanto elas.

Resgatei meu ovo cozido e fiz uma taça para ovo quente com um copo de vinho protegido com tiras de jornais. Depois me sentei nas listras de sol e sombra ao lado da janela profunda e comi. Alguém no rádio cantava "If I Loved You".

... Off you would go in the mist of day,
Never, never to know,
*How I loved you...**

Virei as páginas de minha antologia bilíngüe de poemas, à procura de um alemão, em particular, de que eu precisava naquele momento. Rilke. O tom transmitia: resigna-te. Dizia: assim são as coisas.

Immer wieder... começava assim. *Immer wieder ob* — alguma coisa assim...

Und den kleinen — não seria *Die*? Não. *Den kleinen kirchhof, mit seinen Klagenden namen...*

Achei. Sim.

Repetidas vezes, embora conheçamos a mentira da terra do amor,
E os pungentes nomes em seus pequenos cemitérios,
E embora saibamos que os outros terminaram numa terrível e silenciosa vala.
Repetidas vezes, saímos juntos para sentar-nos sob as árvores antigas,
Deitamo-nos juntos, repetidas vezes, dois a dois...
Zwischen die Blumen, gegenuber dem Himmel...
Entre as flores. Rostos voltados para o céu.

Depois busquei os poemas italianos e, segurando o livro aberto numa citação de Montale que me pareceu à espera para minha história, fui até a mesa e continuei o Livro de Talbot.

---

*E você partiu na névoa do dia / Sem nunca, nunca, saber / Como eu a amava... (*N. da T.*)

13

O LIVRO DE TALBOT (*continuação*)

L'attesa lunga,
Il mio sogno di te non finito
Longa é a espera,
Meu sonho contigo não termina.

Depois que Mullan tocou sua cintura, Marianne ficou em compasso de espera, sem qualquer certeza de que a espera terminaria. Ela conspirava e planejava.

Ela pegou Mab pela mão e levou-a até a cozinha.

— Eu soube, Sra. Benn — disse, entusiasmada —, que há um lindo carneiro órfão numa caixa...

— O carneiro foi para o jardim, senhora.

Ela descera ao meio-dia. Não pôde se conter, quando ouviu a sineta dos criados. A sineta continuava pendurada do lado de fora da cozinha para chamá-los nas horas das refeições, embora só restasse um punhado deles. Quatro ou cinco moças e três ou quatro homens eram todos os comensais na ponta da sólida mesa de madeira. O agente Barlow fora para o sul, para uma propriedade dele. O administrador fora para os Estados Unidos, cultivar no vale Susquehanna. As duas criadas da leiteria haviam ido para um hotel em Boston.

E se William Mullan se fosse, e ela nunca mais tocasse seu rosto?

Marianne avançou alguns metros pelo piso de lajes. Olhou para a parede de tijolos caiados de branco, não para nenhum dos criados.

— Se Mab tivesse um pequeno cabresto, podia sair puxando o carneiro por aí — disse Marianne.

— William Mullan! — disse a Sra. Benn. — Ouviu o que a senhora disse?

Marianne sentiu um calor inundá-la de cima a baixo, assim que soube que ele estava ali, curvado sobre a mesa, de costas para ela. Avançou da porta para as costas dele: dois metros, um metro e meio, um metro... Sentia a excitação dos criados por estar visitando a cozinha. Não ousava olhar para ele. Depois se retirou para o limiar da porta. Era uma coisa que nunca lhe acontecera com o marido — aquele jorro de calor. Nem sabia que podia acontecer. Não tinha ninguém a quem contar. Ninguém jamais saberia.

A não ser... que ele soubesse. Se pudesse estar a sós com ele!

Na verdade, teve de apoiar-se na parede ao subir pela escada. Sentia dores entre as pernas por estar no mesmo cômodo que aquele criado.

Assim, andou de um lado para o outro da casa. À espera.

Não aparecera um hóspede durante quase um ano, tão grande era o risco de febre. E a cidade ficava silenciosa mesmo nos dias de feira. Antes, os caixeiros viajantes, corretores e mascates tomavam cerveja e comiam pão com os fazendeiros locais nas casas autorizadas, nos dias de feira. Mas agora a polícia patrulhava o lugar. Os pubs não abriam as portas da frente, mas as dos fundos ficaram cada vez mais movimentadas com as chegadas e saídas. A vida voltava aos poucos, pelo menos à cidade. Mas na própria Mount Talbot, todos pareciam exaustos.

— Coby só fala em vender tudo — disse Richard, uma noite. — E informaram-me que o velho Sr. Treadwell continua em Londres, e talvez não retorne à Irlanda. Sou o único cavalheiro de alguma relevância em metade do condado. Isso não pode durar.

Mas Marianne atravessava os corredores e subia os lances de escada com renovada energia. Pela primeira vez, começava a conhecer a casa. Se ousasse, pediria a Benn a grande argola de chaves da propriedade, que nunca tivera sob sua responsabilidade. O boudoir, a grande sala de jantar e todos os aposentos sociais ficavam cada vez mais empoeirados. Mas ali embaixo, onde rondava, no nível dos depósitos e celeiros, parecia-lhe que a vida pulsava por toda a casa.

Uma semana depois, William Mullan cavalgou até a cabana atrás do pântano que fora de sua mãe.

Um dos motivos de nunca ter-se casado era que mantinha muito viva a lembrança da mãe. Seu carinho com o filho ia muito além do habitual naquele lugar.

A maioria das mulheres ali tinha muitos filhos, mas como ela ficara viúva quando só tinha um, William era seu orgulho e alegria. Ele aprendeu com ela o que era ternura. Por exemplo — os homens dali raras vezes demonstravam afeição por seus cães, embora muitas vezes sentissem orgulho deles, e fossem competitivos com os outros homens em relação aos animais. Ninguém repreendia as crianças por brutalidade mesmo premeditada com os filhotes ou cães velhos. Mas William e a mãe, quando estavam sozinhos, adoravam cães. Tiveram uma vez um galgo tão insistentemente amoroso — deitando a bela cabeça no colo de um dos dois enquanto conversavam —, que William não deixou os homens pô-lo em competição com os demais cães, embora fosse apenas um menino quando os enfrentou. Nunca contava mentiras sobre si mesmo; não precisava contá-las. Mas espalhava que o cão tinha um defeito no tendão do joanete. Não se incomodava que o gozassem pela pieguice de menina, mas não queria que zombassem do cão.

Pessoas dos mais distantes pontos no pântano o esperavam sob um pequeno bosque de bétulas no início do caminho elevado. Não se ressentiam de que ele continuasse tendo um cavalo e um cão. Todos os que trabalhavam na casa grande se ressentiam muito. Além disso, guardavam na memória que os homens dos antigos chefões sempre haviam tido excelentes animais.

As mulheres ajoelharam-se no caminho elevado, bloqueando-lhe a passagem.

— Faça alguma coisa por nós, *a Liam!* Faça alguma coisa por nós!

Ele só pôde se desviar e seguir seu caminho.

Já no chalé, passou a rédea em volta de um galho de amieiro. O pequeno bosque de amieiros erguia-se da água — o chalé sob o pequeno monte ficava apenas alguns metros mais alto que o pântano encharcado. Lolly adorava aquele lugar. Virava estonteada, escorregando ao passar por William, atravessava a relva curta e entrava na água, lançava arcos de bolhas no ar imóvel, depois fazia como um raio o caminho inverso até William, girando em círculos em volta de suas pernas, arquejando e depois arremetendo a toda para dentro da água, como se fugisse de uma perseguição encarniçada. Quando se exauria, desabava aos pés dele, diante de suas botas, mergulhando em instantâneo e profundo sono. Em sua baia no estábulo, ele às vezes a encontrava acordada à noite, sentada vigilante no escuro. Mas ali, na casa da mãe, ela dormia um sono profundo após seu êxtase, e os suspiros e pequenos gemidos faziam companhia a ele no silêncio.

A Mhama, disse ele à sombra da mãe, *tá fíoreagla orm.*

Tentava descrever o tipo de medo que o paralisava, além da humilhação que era para ele sentir medo — ele, que nunca sentira medo, nem sequer quando a batata não vingara pelo segundo ano consecutivo, e as pessoas começaram a adoecer. Os rostos das crianças escurecendo. Mas raras vezes chegou além de dizer, repetidas vezes, que sentia medo.

Níor chuimhnigh mé uirthí!, dizia. Nunca pensei nela!

Mesmo calado daquele jeito, sentado no tamborete com as costas no muro, olhando a lareira no espaço vazio do outro lado, onde a mãe estaria sentada se vivesse, a cadela sentiu a perturbação do dono e rosnou.

Ele não disse diretamente que se assustava com o impulso de tocar e ser tocado por Marianne Talbot. O uso de tais palavras jamais seria permitido entre a mãe e ele. Nunca falara de sua intimidade com uma mulher. Quando entregava cavalos de Ballinasloe, certa vez, a uma tropa acampada acima de Turim, gastara parte do pagamento com as mulheres que acompanhavam o regimento. Uma imensa lua laranja como nunca vira antes na Irlanda resplandecia nos dorsos dos cavalos que mantivera por perto, mesmo enquanto se relacionava com as mulheres. Não soubera falar a língua delas, assim como não sabia falar o inglês da Sra. Talbot. Talvez falasse com uma mulher de sua própria gente. Mas nunca pensara em se casar. Naqueles tempos? E que teria para legar a um filho? Aqueles dois aposentos? Um campo, aqueles poucos hectares pantanosos?

— Estou perdido — sussurrou William Mullan consigo mesmo. — Me extraviei.

O cão dormia encostado em suas pernas. Sombras inundavam o quarto.

Naquela primeira vez que Marianne fora ao galpão dos arreios inspecionar a rédea para o carneiro de estimação de Mab, os dois haviam sido delicados e tímidos, e nem sequer chegaram a entreolhar-se. Mas, no dia seguinte, quando mais uma vez atravessou o pátio, a fim de pedir algum tipo de enfeite — um molde das iniciais de Mab, talvez, para ser gravado em relevo nas tiras de couro —, os dois caíram nos braços um do outro. Todo mundo ali no pátio viu a Sra. Talbot dirigir-se para as estrebarias, mas era apenas mais um detalhe da vida cotidiana do lugar.

Ele a enlaçou pela cintura, nos fundos do cômodo, atrás da tela de arreios pendurados. Os dois tremiam. Ele curvou a cabeça e apoiou a boca, entreaberta, na dela. Não houve beijo. Mas puderam extravasar suas emoções.

Os dois trocaram o mínimo possível de palavras dali em diante. Às vezes, ele murmurava, ao conduzir um cavalo e passar por ela, quando Marianne descia os degraus laterais da sala matinal: Na antiga leiteria, depois do almoço. Ou ela às vezes suspirava, se levasse uma cesta de turfa até a lareira no vestíbulo: Estarei no pomar esta noite. Mas nada falavam sobre o que faziam. Nenhum dos dois conhecia muitas palavras para as partes de seus corpos. E nunca haviam conversado um com o outro, embora houvessem ficado muitas vezes sozinhos desde que Marianne fora para Mount Talbot.

O hábitat da paixão deles, por onde andavam sem destino como dois animais, era silencioso. Não era silêncio total — sempre se ouviam os barulhos da casa e do restante da propriedade. Ovelhas arrebanhadas num cercado distante. O rangido de carroças de turfa chegando do pântano. Mas o casal ficava em geral mudo. A não ser quando arquejavam e grunhiam, esquecendo de si mesmos, um dentro do outro. Então, mais uma vez, paz e silêncio. E, depois, ela vivia num cálido sonho com ele.

Marianne tinha uma caixa de marchetaria na cômoda. Guardava jóias nela. As que usara na infância; pérolas soltas; algumas medalhas enegrecidas. Alguém lhe dera uma bolsinha com botões de diamantes de uma roupa antiga. Agora ela os usava como uma forma divertida de contar as vezes que estivera com ele. Sentava-se no vão da janela de seu boudoir acima do lance de escada na lateral da casa. Vira o topo cor de areia da cabeça do marido parado nos degraus abaixo da janela, à espera de que Mullan trouxesse a carruagem. Via a cabeça escura de Mullan embaixo, enquanto ele conduzia os cavalos agitados até os degraus. Os cabelos louros desapareciam sob o teto preto da carruagem. Os rentes cabelos pretos ficavam de repente mais próximos, quando Mullan pulava para o assento do cocheiro. Ela via de relance o rosto fechado dele, ao se erguer um pouco quando ele se acomodava na posição.

Era aquela visão que a fazia arder. Aquela visão enquadrada ao longe. Cruzava as pernas sob a saia e pressionava os punhos entre elas, apertadas, comprimindo a carne dolorida até o osso. Desejava o rosto não visto — fazê-lo virar-se sobre si mesmo. Queria vê-lo mais uma vez em cima dela, quando a colhia entre as coxas, recuava e penetrava-a. Queria vê-lo embaixo dela, quando os lábios dele se soltavam do seu seio. Lembrava-se do fascinado rosto de Mullan, moreno e avermelhado, estendido em sua coxa branca, na primeira vez em que a lambeu entre as pernas. A boca parecia um pequeno músculo que se retesava na parte mais sensível e de seu âmago para o qual ela não sabia nome algum.

Estivera deitada na despensa ao lado a leiteria rente ao chão, entre sacos de grãos. Ainda havia tantos ladrões de grãos que os sacos haviam sido transferidos para ali — dentro da casa. Ele a levara até lá naquela tarde, empurrando-a à frente, levantando suas saias. Ela sentia elevar-se o cheiro dos grãos, da poeira e de si mesma.

— Vou devorar você — ele meio grunhira em seu ouvido. Pronunciava devorá. Vou devorá você. Isso fora no quarto encontro dos dois. Até então, haviam sido seis vezes. Ela pôs seis botões enfileirados no parapeito da janela.

Ela passou grande parte do dia em sua sala matinal. Os ruídos do mundo exterior entravam no silêncio que a cercavam. Chuva jorrando de uma calha. Uma carroça com as rodas a guinchar, saindo para o pântano. Não conseguia sentar-se ao piano, por causa da tensão que a estonteava, e por estar sensível demais para sentar-se com conforto. À noite, às vezes, ele a esperava no corredor quando ela subia, depois que Hessy e os criados domésticos haviam terminado as orações domésticas e trancado a casa. Ela não podia pedir que ele estivesse ali — apenas rezar para que estivesse. Ela via-o na sombra tremeluzindo na periferia da luz de sua vela. Ele aproximava-se, tomava-lhe o toco de vela, largava-o e começava a apalpá-la. Sempre havia um segredo nas roupas dela que dizia a ele que sua paixão nunca a deixava, como as correntes de um flagelado. Preparava aqueles segredos, passando os dias com ele. Ela teria deixado meio frouxos os ganchos da saia do corpete, ou desenlaçado o espartilho, ou retirado o colete de crina de cavalo e o reforço embaixo, para que ele pudesse apalpar suas pernas por cima da saia de musselina. Às vezes, tirava as calças compridas e ficava nua para ele sob a anágua de crinolina, para que ele corresse as mãos nela logo nos primeiros minutos, juntos, mudos, como sempre. Às vezes, após algum tempo, ele já esquecera tudo, a não ser sua excitação, e ela o ouvia dizendo repetidas vezes alguma coisa baixinho, na língua nativa.

De vez em quando, ele a vira alisar os cabelos de Mab, da requintada cor prateada, quando mãe e filha estavam sentadas na carruagem, à espera de Richard. Vira-a empoleirar a menina em seus joelhos quando chorava por alguma coisa, e fazê-la saltar para cima e para baixo:

Quem é a flor do rebanho?
Quem é a rosa do jardim?
Quem é a preferida da mamãe?
Quem é a minha queridinha?
Upa, upa! Upa!

Mullan lembrava que a vira levar a criança até onde preparava uma das pequenas carruagens que a patroa conduzia sozinha. Fora uma brilhante manhã de verão, pouco depois que ela chegara à casa. Aproximara-se dele sobre o pálido cascalho e tudo ofuscara. A criança dormia, um bracinho em volta do pescoço da mãe que encaixava com a alva mão o corpo da filha no ombro.

Ele queria proteger Marianne assim. Tratá-la com delicadeza, mostrar-lhe que estimava cada fio de cabelo em sua cabeça, fazer dela sua criança, esbanjar com ela a proteção que a vira demonstrar com Mab. Eram emoções inteiramente novas para ele. Desde a infância, quando a mãe lhe passava o pente fino nos cabelos, à cata de piolhos, não tivera muita oportunidade de tocar ou ser tocado por outros seres humanos. As pegajosas mulheres que acompanhavam o acampamento perto de Turim. As mãos da mãe, que alternavam ondas de calor e frio enquanto as segurava um dia e uma noite em seu leito de morte. Cavalos. Cães. Mas cães não eram pessoas; ele afogara os filhotes de Lolly sem pestanejar, embora ela os procurasse em lamentável desespero.

Mullan quase não bebia em companhia de homens: apenas um uísque de vez em quando. Marianne levou certa vez uma garrafa de vinho para ele, tomou a bebida, ficou dengosa e se deitou a seu lado com o vestido da noite, enlaçando-o nos braços. De outra vez, sentou-se, baixou o veludo do vestido e soltou os seios. Ele despejou vinho sobre eles. Ela disse: Prove!, e encheu-lhe a boca com um seio. Ele sugou-a por tanto tempo que um músculo inchou no seio atrás do mamilo e transformou-se num focinho duro.

— Oh, veja! — disse ela, espantada.

Na sala de estar, uma hora depois, sentada num sofá diante da lareira, defronte de Richard, parecia ver um álbum. Quando ele ferrou num sono cheio de roncos, ela apertou o seio por cima do tecido do vestido. Mas ele não endureceu de novo sob seus dedos.

No abrigo de tufos de erva sob os arbustos de tojo, alguém disse: "William Mullan levou uma sacola de comida do patrão para as cabanas perto do entroncamento. Estão todos doentes lá. Deitados no chão. Fui pegar Paudie e o encontrei caído no chão, a mulher estendida a seu lado, sob a manta dele e os filhos também sob a manta, todos gemendo como bezerros. Mullan tem dado essa comida lá. Mas eles não querem. Querem remédio do médico."

Marianne pensava num toque ou num som, e uma fisgada de êxtase rememorado a fazia parar de repente — andando numa alameda, atravessando o corredor ou erguendo os braços quando a criada a vestia para jantar. Às vezes tinha de fechar os olhos por um momento. Não via as imagens exatas, nem falava consigo mesmo as palavras. Ficava suspensa numa atmosfera espessa como fumaça.

Não se importava de cruzar a cidade. As pessoas de aspecto fantasmagórico nas ruas, que Mullan repelia da carruagem com o cabo do chicote, eram as mais fortes. O médico lhe dissera. As mais fracas, sobretudo as idosas, haviam permanecido nas cabanas e ali morriam, se iam morrer mesmo.

— Mas o Dr. Madden disse que agora acabou. O pior já passou — disse Marianne ao marido, uma noite.

Quando ocuparam seus lugares à mesa naquela noite, foram incomodados por grotescas figuras que haviam atravessado o jardim e batiam de leve nas amplas janelas da sala de jantar, a menos de três metros do lugar onde se sentava Richard.

— Como atravessaram os muros? — perguntou ele, tocando a campainha. — Vá chamar Benn.

Richard olhava do outro lado da mesa, além dos candelabros já acesos contra o crepúsculo do anoitecer e do pescoço nu da mulher, os rostos e mãos encostados no vidro.

Os dois pararam de comer, embora Richard bebesse lentamente o vinho.

Mullan e Benn chegaram lá fora. Os intrusos foram retirados das janelas.

Após algum tempo, Benn entrou e postou-se junto à porta.

— Estão do outro lado dos muros, patrão — disse. — Moravam naquela aldeia no alto da estradinha de terra atrás de West Gate. Primos de Michael O'Connor. Não estão mendigando comida. Estão à procura de trabalho, ou da permissão para voltar para suas casas e trabalhar para si mesmos.

— Chame os policiais — disse Richard.

— Já acabou, o médico me contou — disse Marianne. — O tempo ruim. As pessoas que vemos andando por aí são fortes, embora estejam tão magras. Todos os que não são fortes morreram.

Quando Benn voltou à sala de jantar, Richard disse-lhe:

— Instrua a todos que atendem à porta da frente que o Dr. Madden não deve ser admitido nesta casa, a não ser por específico convite meu, antes que todo o temor da febre desapareça do distrito de Mount Talbot.

Os amantes dispuseram de longo tempo juntos apenas uma vez, por volta do primeiro ano de sua aventura. Foi quando Richard instruiu Mullan a levar a Sra. Talbot para despedir-se da prima Letitia, no condado ao lado, a vinte milhas. A trilha estendia-se sobre montes baixos, onde todos os habitantes haviam morrido ou recebido passagem para o navio americano. Nem sequer restavam marcas do lugar em que haviam morado, tão destruídas estavam as cabanas. No topo das colinas, Mullan parou os cavalos, prendeu-os com cordas, desceu os degraus e entrou na carruagem, onde ela já o esperava, enternecida de desejo. Ele ajudou-a a sair — uma luz de sol enevoada, dourada, inundava a manhã de outono — para a pequena campina que antes fora o jardim de um chalé. Seguia na frente dela, tapando o sol. Tinha a silhueta de um gigante para os deslumbrados olhos dela.

Depois, ele teve de ficar um longo tempo ajoelhado diante dela, enquanto ela se despia dos corpetes e anáguas na carruagem, arrancando os carrapatos de ovelha que se haviam grudado em sua pele, ao estender-se comprimida na grama. Os minúsculos pontos pretos brilhavam na pele branca e as unhas dele eram grossas e calosas, deixando semicírculos vermelhos de onde arrancava os bichos.

Seguidas noites depois, assim que Maria e Margaret acabavam de preparar o banho e saíam, ela mesma beliscava aquelas marcas vermelhas, para impedi-las de sumir. Enquanto causava as brandas feridas em seu corpo, podia reviver aquele momento — um homem calado, ajoelhado diante dela. Os raios de luz que entravam sob o teto e atingiam os planos do rosto dele. A cabeça concentrada, curvada junto à pele dela.

Em algum momento no início do ano de 1850, houve um fato que, para William Mullan, assinalou o fim da grande fome.

Alguns emigrantes já haviam voltado dos Estados Unidos. Um conterrâneo do outro lado do lago disse a William que os índios comiam as pessoas lá, e que agora ia tentar a Austrália. Chegava dinheiro então, regularmente, pelo correio, algumas lojas na praça vendiam pão feito numa padaria em Athlone, e as pessoas o compravam com dinheiro americano. Mas em nenhum outro momento ele esteve mais certo de que acabara o tempo ruim como quando recebeu uma mensagem de alguns homens que conhecia. Eram pessoas respeitáveis como ele, que haviam conseguido recursos para ajudá-los a atravessar os anos difíceis, mas agora abandonavam suas casas no longo vale e desistiam do esforço de continuar morando na terra de Talbot. Haviam comprado passagens para Nova Orleans. Enviaram uma mensagem para Mullan, dizendo que os encontrassem na casa de sua mãe.

Quando chegou lá, num dia chuvoso, cinco ou seis homens de calças esfarrapadas e botas puídas, água escorrendo das abas dos chapéus, abrigavam-se o melhor que podiam sob o beiral do telhado de colmo. Partiriam no dia seguinte em direção a Dublin para embarcar no navio rumo a Liverpool, de onde singrariam para o Novo Mundo. Esperavam Mullan chegar de Mount Talbot para dizer-lhe a quem haviam enterrado, nos últimos anos, na terra fofa do jardim de sua mãe, para que todos os que voltassem buscando notícias de sua gente pudessem obtê-las dele. Não ouviram o cavalo no lamacento caminho elevado, por causa da chuva. Mas a cadela aproximou-se correndo e cumprimentou-os dando pinotes diante deles, mexendo o focinho branco no crepúsculo. Um minuto depois, Mullan desmontou.

— *An bhfuil cead againn...?* — disse um dos sujeitos, em voz baixa.

— *O! A Chairde!* — Mullan mal conseguiu dizer: "Meus queridos amigos..."

— Você vai estar aqui quando já tivermos partido — alguém murmurou. — Portanto, lembre-se...

— Máire Mhicil Eoin — disse alguém.

— Seán an Chóta.

— Leanaí Uí Choileáin.

— O garoto surdo.

— Seán Ó Muirthile.

— Padraig O'Connor...

Faziam o sinal-da-cruz a cada nome.

William pegou o *Northwestern Herald*, ao sair do escritório de Richard, para seu amigo, o sacerdote da paróquia.

— "A onda da emigração flui nesta parte do condado com uma rapidez quase incrível", leu em voz alta. "Na última segunda-feira, não menos que 87 homens e mulheres deixaram a localidade. Duas aldeias onde residia a melhor classe de camponeses estão praticamente desertas, com exceção de que ainda se encontra aqui e ali um velho ou uma mulher. O destino deles é Nova Orleans. Tinham aqui bondosos e indulgentes proprietários de terra, mas nada poderia induzi-los a permanecer na Irlanda..."

— *Bondosos* — disse o sacerdote, e riu consigo mesmo.

Às vezes, Richard lia o jornal para Marianne. Próximo ao fim de 1851, com um pé na grade da lareira no aposento dos dois, leu alto num tom cheio de ressentimento:

— "O Sr. Barão Richards sentou-se na câmara do Tribunal das Propriedades Oneradas às duas horas, em busca de acordo, para analisar e decidir a proposta que lhe fora feita pela Companhia de Seguro de Vida de Londres, para comprar a

Propriedade Coby por uma soma de 186 mil libras esterlinas. Os direitos da sociedade anônima sobre essas propriedades equivaliam a 240 mil libras esterlinas..."

— Coby tinha sessenta mil hectares, Marianne! — Richard balançou a cabeça. — Liquidado! A responsabilidade por todo esse distrito foi deixada a mim.

Levou o jornal para o escritório, a fim de lê-lo mais uma vez. Sua ocupação naquela manhã era expedir ordens de despejo como proprietário de terras que ele, na condição de magistrado, iria assinar. Era maçante porque era ridículo, como tudo mais em relação a ser proprietário de terras irlandês naqueles tempos. Sentia-se tão entediado que vivia adormecendo.

Mesmo depois de um ano, ano e meio, dois anos, dois anos e meio, os amantes não se haviam cansado um do outro. Encontravam-se com menos freqüência que no início, e às vezes simplesmente se sentavam um ao lado do outro, no vão oculto entre as pilhas de sacas de grãos, na pequena leiteria. Tinham um lar ali, com uma cama que William fizera de grossas camadas de saco de linhagem. Durante um longo tempo, a cama deles fora uma baia não usada nos fundos do estábulo grande. Marianne gostava da baia, sobretudo porque não sentia o cheiro da casa. Mas várias vezes os dois quase haviam sido surpreendidos. Só a cadela os salvara, latindo com tanta fúria que o visitante não ousara destrancar a fechadura da porta de madeira. A leiteria também era perigosa, claro. Mas ela nunca se cansara dele. Seu desejo físico já estava, àquela altura, quase saciado. Embora continuasse ansiando por alguma coisa que não poderia ter, porque agora queria a companhia dele.

Disse:

— Meu marido viajou para Dublin.

— Eu sei — disse Mullan. — Eu o levei até a estrada. Vários outros cavalheiros estavam lá.

— Quero você na minha cama.

— Não.

— Sim.

— Não. Isso é pura loucura.

— É.

Ela curvou a cabeça devagar até a garganta de Mullan, desceu pelo peito e depois até a barriga. Os lábios frouxos, que Marianne projetava fazendo biquinhos, deixaram trilhas molhadas e pequenas marcas franzidas por todo o corpo dele. Chegaram aos pêlos pubianos. De repente empertigou-se, o corpo rechonchudo movendo-se com a leveza que adquiria quando os dois estavam juntos.

— Sabe a palavra que os irlandeses dizem quando mendigam? — perguntou ela. — *Ukrish?*

— *Ocras* — corrigiu Mullan. — Fome.

— Bem, estou *ukrish* por uma noite na cama com você. Quero que venha para minha cama quando Richard viajar. Ninguém vai saber.

Os dias continuavam penosamente longos para Marianne, embora agora ela não mais quisesse deixá-lo. Sua sala matinal era quase sempre fria, os cortinados e tudo mais estavam gastos, e até mesmo, como ela observou com petulância para a Sra. Benn, rasgados. Das janelas, não via nada além do monte pantanoso que cobria até o horizonte atrás da mansão. Agora não escrevia muitas cartas — recebia poucas que exigiam respostas. O pai adoecera e mudara-se para uma casinha à beira-mar em Hove. Suas únicas relações íntimas eram com os primos dos pais, os Pagets, que nenhum vínculo tinham com a Irlanda. Quando a prima Letitia voltou para Londres, os convites para eventos sociais no distrito tornaram-se, na verdade, muito escassos. Mab precisava de instrução, mas era frágil e não agüentava mais de uma ou duas horas de ensino dado pela mãe. Depois, Marianne e a filha deitavam-se juntas num sofá sob a espessa manta de pele que o tio-avô de Richard trouxera da Rússia para a Irlanda.

Às vezes havia um livro de poesia na mesa ao lado de Marianne, mas dificilmente ela o lia. Vivia quase o tempo todo num leve sonho feito da lembrança do que fizera com Mullan da última vez, e da antecipação do que poderiam fazer na próxima em que estivessem juntos. Mas o sonho não bastava. Havia momentos em que uma furiosa agitação se avolumava dentro dela.

Pensou em pedir a uma das criadas que lhe calçasse as botas. Mas que visitas podia fazer uma senhora? Richard dissera-lhe que não visitariam as novas pessoas que se haviam mudado para as imediações do condado. Ela andava de um lado para outro no quarto. Mandou chamar Halloran, que viera como mordomo, para lhe perguntar quando o grupo de Mount Talbot voltaria da corrida de cavalos com obstáculos em Boyle. Quisera ir, porque Mullan estaria com eles, mas Richard disse que ainda havia muitos membros da seita terrorista Molly Maguirista em Roscommon, e de qualquer modo não passava de uma reunião rural primitiva, porque nenhum cavalheiro se apresentara para ser cavalariço. Marianne temeu que Halloran adivinhasse sua emergência em saber quando Mullan voltaria, porque ele vira os dois saindo do pomar juntos uma noite, e ela tivera de chamá-lo e comentar que a filha precisava de maçãs frescas para comer.

Halloran disse que o patrão provavelmente voltaria na noite seguinte, mas só viajavam durante o dia, por causa dos Molly Maguires. Marianne mandou trazer a criança, pegou o baralho e jogou uma partida de copas com ela. Imaginava uma vida diferente com a filha. As duas ocupariam seus lugares no camarote de um teatro, e um alto acompanhante de engomado traje noturno ficaria em pé atrás de sua cadeira, segurando seu leque; ou ela e a filha estariam num empório de Londres como, digamos, o Whiteleys, e seu acompanhante, com as mãos em luvas sobre uma bengala de ébano, à espera delas numa das cadeiras da recepção, enquanto ela e Mab olhavam as mercadorias. Em seus devaneios, Mab era sempre feliz. O acompanhante não tinha rosto.

O vigário, Sr. McClelland, observou, quando tomava o café da manhã em Mount Talbot, que os nativos abriram essas lojas enterrando seus mortos, e que só agora havia novos caixões para serem comprados.

— No fim, na pior fase — disse —, quebravam e retiravam algumas pedras do barranco à beira da estrada, empurravam o corpo naquele declive, e depois repunham as pedras no lugar.

A única companhia que Marianne tinha era seu próprio corpo. Estimava-o, acariciava-o, apalpava-o, virava-se de um lado para outro diante do espelho, amassando-se e dando-se tapinhas. Olhava para as mãos, as unhas, apertava a parte de baixo do antebraço para ver a pele branca avermelhar-se. Tinha pouco uso para as horas do dia, além de esperá-las passar.

Nos grandes despejos, muitas vezes ocorriam problemas, e sempre se ouviam lamentações.

— E não é apenas a população nativa — disse Richard ao tenente que comandava os soldados da escolta dos meirinhos. — Nossa própria gente anda em péssima situação. Os Partingtons, ao norte de minha terra, foram embora sem sequer tentar vender. Cruzaram a porta da frente, desceram os degraus, entraram nas duas carruagens e partiram. Eles no primeiro carro, os criados ingleses e a bagagem no outro. Nem se detiveram para fechar a porta. Seus camponeses cercaram a casa como gafanhotos assim que a carruagem fez a curva e ganhou a entrada, contou-me meu administrador Finnerty. Mas não encontraram comida alguma. Os Partingtons devem ter levado consigo todas as reservas.

O Dr. Madden recebeu mais uma vez permissão para visitar Mount Talbot, agora que a doença estava em declínio. A cada vez, examinava Mab, tomava um refresco e contava a Marianne as novidades do distrito. A velha Sra. Treadwell levara-o, por exemplo, pelos corredores escuros e dilapidados embaixo das salas de estar da Pensão Treadwell.

— Também havia ratos lá — contou a Marianne. — Está mantida pelos velhos serviçais. Ela tinha alguma comida. Mostrou-me seu estoque. O bastante para três meses, eu diria.

"— Mas, doutor! — disse-me. — Esqueci-me completamente de meu dever de hospitalidade!

"E pediu a um dos velhos que trouxesse uma garrafa de Marsala para a sala de estar.

"— Vou lhe dizer uma coisa, Sra. Talbot, bebi aquele Marsala como água. Nunca senti antes o frio penetrar de uma forma tão terrível em meus ossos.

"Virei-me para vê-la quando já tinha subido. Ela estava ali em pé nos degraus sem sequer um manto.

— Por que não se junta ao Sr. Treadwell em Londres?, perguntei. Vou ajudála de todos os modos." Eu apontava aqueles bosques ao redor da casa e dizia: "Como pode saber até onde estão invadidos pela vegetação e escuros, Sra. Talbot?". E um aguaceiro desabava daquele céu cinzento. "Como espera", eu ia começar a dizer. E ela me cortou. "Vim para cá recém-casada há cinqüenta anos", disse. "A Irlanda é meu lar."

— Você é a melhor das esposas, minha Marianne — disse Richard.

Ficara tão embriagado após as primeiras taças de vinho do jantar que tombara adormecido diante dela na mesa, a cabeça caída no peito, roncando. Ela subiu para o quarto de Mab e leu para a filha. Ele deve ter pedido a Halloran para levá-lo para a sua cama. Já adormecera quando Marianne entrou no quarto. Ela entrou com sua vela. Viu as botas do marido ao lado da lareira.

Dissera-lhe do outro lado da sala:

— Tire a camisola esta noite, Marianne.

Ela soprou a vela, e antes de se meter na cama revolveu as cinzas para diminuir a intensidade das brasas do carvão vegetal na lareira. Não queria que houvesse luz com a qual se vissem os hematomas em seu corpo. Treinara Mullan para deixá-la com hematomas. Queria ver as marcas de sua perícia nela, e ele raras vezes se arrebatava como ela queria. Mesmo assim — se Richard visse...

Assim que o marido dormiu, abaixou-se, tateou ao lado da cama no escuro, à procura da camisola, e enfiou-a mais uma vez pela cabeça.

O sacerdote morava num chalé baixo com telhado de colmo, atrás da igreja, em Fair Green. William Mullan ia visitá-lo de vez em quando e eles tentavam responder às cartas que agora não paravam de chegar. *Diga à minha querida mãe que seu filho Patrick se encontra no momento em Springfield, Massachusetts. Meu nome é Elizabeth, sempre conhecida como Tetty — onde estão minhas irmãs que foram para Sligo, a fim de embarcar no navio para Quebec? Por favor, diga ao meu irmão, se ainda estiver vivo, que há de tudo aqui e esses dólares o trarão para mim, assinado, Marcus Cody que era o rapaz chefe na loja de Hurley...*

— Fui repreendido pelas autoridades, eclesiásticas e civis — disse o sacerdote a William Mullan —, por conta de uma carta que enviei no pior momento da catástrofe. Uma carta de que eu mesmo me esquecera. Mas o serviço público britânico jamais esquece. Recebi uma circular dos Comissários do Socorro há quatro anos, quando a grande fome se abatia sobre nós. Abri-a, certo de que continha o plano para o alívio do terrível e imerecido sofrimento dos súditos de Sua Majestade nesta parte do seu reino. Respondi àquela carta circular o seguinte.

Pigarreou, e leu-a em tom monocórdico:

> *"Senhor, peço que fique ciente do recebimento de sua carta transmitindo-me a solicitação dos Comissários do Socorro para que me comunicasse com o tenente deste condado, visando à designação por ele de um comitê de socorro para este desesperado distrito. Gostaria de afirmar, para informação dos comissários, que não sabemos o endereço do tenente desse condado; fomos informados que ele se encontra, no momento presente, em alguma parte da Inglaterra. Há apenas três cavalheiros residentes num raio de cinqüenta milhas em volta daqui. Há apenas o clérigo para comunicar as carências das pessoas. Na ausência da maioria da magistratura, na ausência do tenente deste condado, e com os proprietários de terra ausentes, só nos resta implorar com toda a seriedade à Comissão que não deixe que toda gente daqui morra de fome. Não pedimos esmolas. Pedimos emprego."*

— O novo bispo recebeu não uma cópia da minha carta, mas a própria carta, através do escritório do Subsecretário de Educação. Não toleraram tamanha insolência, parece, nem sequer em seu arquivo. E o bispo me escreveu dizendo que vou ensinar latim numa nova escola de meninos, em Dublin. Duvido que eu volte a ver Ballygall outra vez. Se vier comigo, William, arranjo-lhe um trabalho na escola. Não há mais nada aqui para você. Vamos, caro William.

— Não posso deixar Mount Talbot.

— Venha comigo!

Silêncio.

O padre suspirou.

— William, você é um homem na plenitude da vida...

Mullan balançou a cabeça, sem olhar para o padre, e nada disse.

Virou-se e afastou-se da casa do sacerdote a passos firmes, pelas ruelas dos fundos, atrás da praça. As lojas ali haviam sido abertas para as pessoas do campo. Eram galpões abertos, onde se vendiam os produtos em cestas no chão. Estavam quase todas fechadas àquela hora, com tábuas toscas. Não se via nem um lampejo de luz das janelinhas acima, onde duas ou três famílias antes se amontoavam em cada sótão. O capim já crescia entre as pedras dos muros da ruela. O céu baixo, o crepúsculo imóvel, a rua deserta eram todos uma coisa única.

— Maria, Mãe Santíssima! — disse ele, baixinho. — Ajudai-me! Ajudai-me! — Como se pressentisse alguma coisa terrível.

Se o padre ainda estivesse ali, com o marido, na noite em que foi descoberto o adultério de Marianne Talbot, talvez o desfecho de todo o caso houvesse sido diferente. Mas os homens que lidaram com Marianne não tinham resposta alguma, nem sabedoria, a que recorrer. Richard Talbot e o Reverendo McClelland sempre haviam sido forasteiros. E Halloran e Finnerty não pertenciam a lugar algum. Já estavam há nove meses longe de seus postos, em Mount Talbot, quando a capturaram.

Marianne Talbot ia ser conduzida até a casa da Sra. Treadwell. Richard soubera pelo médico que a velha senhora agora se recusava a comer.

— Precisa trazê-la para cá — dissera Richard. — Marianne, ofereça-lhe o melhor que temos! Não nos arrependeremos disso.

Marianne levantou-se bruscamente da mesa do café. Richard pensou que era de impaciência para partir na missão de misericórdia.

Mullan simplesmente exibiu o chicote às mulheres maltrapilhas que moravam sob os arcos, quando diminuiu a velocidade para sair pelo Portão Sul. Era fácil, agora, mantê-las afastadas das rodas. Elas sabiam que nada conseguiriam obter dos habitantes de Mount Talbot. Marianne mantinha fechadas as cortinas da carruagem. Mas embora não houvesse visto as mulheres, de algum modo uma mão, a palma suja de lama erguida para rogar aos céus, entrou pela fenda entre a capota e o chassi, e ali ficou até a carruagem ganhar velocidade. Ela encolheu-se dentro de sua manta.

Mal podia esperar a saída da cidade, pois poderiam parar em qualquer lugar que Mullan escolhesse, tão pequena era a probabilidade de serem vistos. Nada se movia no campo inundado pelo pálido verde de maio. Ela não ergueu a cortina para olhar a paisagem lá fora, nem aquele lindo dia. Passara a ansiar pela escuridão, e pelo cheiro do forro da carruagem que dominava suas narinas sempre que afundava o rosto no largo assento de couro. Imaginou que ele fosse parar, naquele dia, logo depois que saíram do caminho elevado, numa trilha que subia pelo bosque de urzes e desembocava nas colinas baixas. Tirou as luvas e enfiou as mãos debaixo da saia, dentro da calcinha, abriu as pernas e beliscou os carnudos lábios entre elas, em deliciosa antecipação.

A carruagem parou, e ela sentiu uma leve oscilação enquanto Mullan fazia os cavalos frearem, mas ele não veio para junto dela, limitou-se a bater na porta, como faria um criado.

— Pelo amor de Deus! — exclamou ela, curvando-se e destrancando a porta. — O que é isso?

Em pé, pouco abaixo, o rosto dele fitava-a, sóbrio.

— Venho esperando uma oportunidade para falar com você — disse ele.

— Também ando esperando uma oportunidade para falar com você — sorriu Marianne. — Venha para cá!

Deu uma pancadinha a seu lado no assento.

Em vez disso, ele se curvou e baixou os degraus da carruagem.

— Venha você comigo — disse —, são apenas alguns passos.

— Não! Venha você aqui e me aqueça.

Acabou por entrar na carruagem, mas sentou-se defronte dela, sem tocá-la.

E disse, num tom pesado:

— Não me interessa mais ficar por estas bandas. Meu amigo Tadhg Colley e eu vamos seguir logo para Liverpool, para embarcar no navio americano.

— Não quero que vá!

— Corremos perigo de sermos descobertos, você e eu. É importante para nós.

— Eu não concordo — disse ela. Com uma rabanada sentou-se ao lado dele. Pôs os lábios em suas frias faces e com a mão tentou virar-lhe a boca para junto da sua.

— Vamos! — disse. — É tolice perdermos nosso tempo nisso, quando precisamos chegar à casa da Treadwell.

Ele tomou-lhe as mãos.

— Você é minha mulher. Minha esposa, como eu gostaria de chamá-la. Você será a mãe de meu filho. Vou tê-la em minha cama toda noite, e vou-lhe dar as cavalgadas que aquele fidalguinho jamais lhe poderia dar.

Ele não sabia como aquelas palavras soaram grosseiras. Fizeram entristecer o semblante de Marianne.

— Eu não tenho a menor necessidade de ir para os Estados Unidos — disse ela, após uma pausa. — E não quero que você vá. Logo Richard partirá para Londres. Você vai poder dormir a noite toda em minha cama. O dia todo. Manterei os outros criados longe...

— Nos Estados Unidos, não há criados. Vamos ser marido e mulher.

— Não quero mais falar sobre esse assunto — disse Marianne. — A disparidade de condições... mas, não importa! Não vou me dar o trabalho de lhe explicar. Siga viagem.

Ele começou a levantar-se. Depois tornou a sentar-se e mais uma vez tomou-lhe as mãos. Levou o rosto para junto do dela e fitou-a dentro dos olhos.

— Eu nunca pedi isso antes. — disse com vagar — Fique comigo! Seja minha mulher! Podemos pegar a menina e partir agora. Ninguém sabe de onde vêm as pessoas que desembarcam dos navios. Nos Estados Unidos, não pedem às pessoas que mostrem certidões de casamento...

— Vá! — disse ela, e desviou o rosto rubro e irado. — Como eu poderia fazer isso? — gritou. — Em que me tornaria? Vá!

À noite, ela atravessou o pátio em direção à baia, porque não suportaria não ter qualquer intimidade com ele naquele dia. Levou a filha. Todo mundo a viu sair com a filha. Mas Mab era uma criança calada. Marianne muitas vezes imaginava que ela não via o que faziam as rápidas mãos dos amantes.

Mullan ficou assustado com a ousadia dela. Após um instante, disse:

— Preciso sair para ver o cavalo do patrão.

Ela esperou, parada no cômodo escuro, que tinha uma pequena lareira, mas sem fogo. A criança sentou-se na borda do estrado, que era a cama de Mullan. Sentia crescer a irritação da mãe. Primeiro, Mullan fora difícil — até mesmo insolente — na viagem à casa dos Treadwell, e a deixara excitada. Depois, a Sra. Treadwell se recusara a deixar a casa onde agora passava quase o tempo todo numa cama que a última criada dera um jeito de levar para a cozinha. As duas, a Sra. Treadwell na cama e a velha criada numa cadeira ao lado, olhavam fixo, como crianças, para Marianne, que parada à porta da cozinha, lhes implorava que saíssem com ela.

— Não, obrigada — fora só o que dissera a Sra. Treadwell.

Ouviu-se um uivo da casa distante e um barulho mais próximo de gritaria, por isso a criança e Marianne já se haviam posto de pé, com medo, quando passos precipitados chegaram ao topo dos degraus e a porta abriu-se, escancarada.

— Ele sabe — disse Mullan. — Mostraram ao seu marido as coisas que você me deu e eu guardei na baia dos fundos. Ele está na casa grande com Halloran e Finnerty. Disse a Halloran para lhe dizer que vá procurar o vigário e que eu fosse para o inferno...

— Vamos, Mab! — disse ela. — Vamos voltar para casa!

— Não vá para casa — disse Mullan.

Nesse momento, Halloran e Finnerty entraram no quarto, e Richard, sem olhar ninguém mais, correu para Mab, puxou-a das mãos da mãe e levou-a à sua frente ao sair pela porta.

Os gritos da criança diminuíram. Não se ouvia som algum no quarto de cima, a não ser a densa respiração de Halloran.

Não houve abrandamento. Na porta da frente, Richard, do outro lado, respondeu com um berro às batidas dela:

— Meretriz! — Ela desceu correndo os degraus, contornou as janelas francesas da sala matinal. — Meretriz! — ele rugiu de dentro. Ela correu, ofegante e tomada de pânico, pela borda do arvoredo até a grossa porta onde a casa principal se juntava à ala oeste. Ele soubera para onde ela correra. — Meretriz! Meretriz! — gritava, enfurecido do lado de dentro. — Suma daqui antes que eu vomite na sua cara de meretriz!

— Mab! — gritou Marianne. — Mab!

— Não pronuncie o nome da minha filha, sua meretriz!

Mullan esperava quando ela voltou aos tropeções ao pátio da frente, para contornar a ala até a entrada dos criados.

— Todas as portas dos fundos estão trancadas a sete chaves. Você precisa se abrigar com pessoas respeitáveis. Deixe-me levá-la ao vigário.

— Sim! — arquejou Marianne. — O vigário me trará de volta para cá, e aí Richard vai me deixar entrar! Ele não gritaria com o vigário.

— Vá para a carruagem — disse Mullan. — Eu a encontro lá daqui a pouco.

— Não, não — gritou ela, agarrando-lhe o braço. — Não me deixe. Venha rápido! — Começou a puxá-lo.

— Halloran disse que levou Lolly para dentro de casa e a amarrou junto à lareira na sala de estar. Eu preciso...

— Não! — gritou com ele. — Venha comigo!

Desceram a rampa de acesso à casa. Ele tinha de esperá-la, pois ela caminhava muito devagar, voltando-se sem parar, o corpo se arrastando. Seus soluços pareciam os de uma criança. Se o céu negro acima deles estivesse iluminado por estrelas, teria feito frio. Mas com muita freqüência as noites de primavera em Mount Talbot eram escurecidas por uma nuvem baixa tão espessa que nem o vento a perturbava. Depois, sempre que fazia esse tipo de noite, dizia-se que o tempo estava como a noite em que a Sra. Talbot foi posta para fora de casa — não fria, mas muito escura.

Marianne foi ficando cada vez mais fora de si. O melhor que Mullan pôde fazer, quando ela não mais conseguiu percorrer a avenida até Ballygall, foi apoiar as hastes da carruagem no espigão de pedra de uma ponte, ajudá-la a entrar, e envolvê-la em seu casacão cinza no canto em que ela se aconchegava. Depois conduziu o cavalo por entre as árvores e deixou-o pastando no gramado baixo.

Saiu meio a correr pela avenida escura, passou pelos posseiros adormecidos sob o Grande Portão e contornou os limites da cidade silenciosa até onde morava Tadhg Colley, num chalé baixo, defronte da Grun Fair.

— A Sra. Talbot e eu fomos descobertos — disse.

Tadhg Colley deu um soco na mesa, furioso.

— Que temos nós a ver com essas pessoas, William?

— Quem poderia comprar o campo de meu pai?

— Hurley talvez, mas não por um preço justo. Agora, é possível comprar terras por uma ninharia.

— Quando eu receber o dinheiro, você nos ajudaria a tomar o navio? — perguntou Mullan.

— De que lhe serviria uma mulher como aquela nos Estados Unidos? Aquela mulher nem conseguiria chegar a Sligo! Nenhuma dessas senhoras trabalha. —

Disse isso com desprezo. — Vou lhe dar o dinheiro agora mesmo, e saia sozinho desse inferno em que se meteu!

— Eu gostaria que ela me desse um filho — disse Mullan, em voz baixa.

— Um filho... com uma mulher daquelas! — disse, Colley, assustado. — William, você pode arranjar uma família na América...

Ouviu-se uma batida na janela. Colley foi até o outro lado da sala e olhou pelo vidro.

— Tracy — disse.

Os três sentaram-se no mesmo banco de escola das aulas do professor itinerante, o mesmo desde que tinham dez anos.

— William! — disse Tracy, ao entrar na sala — o patrão trouxe mais policiais de Roscommon. Mandaram os homens de Coby atrás de você. Levaram suas roupas e as botas. Estão prontos para botar você na cadeia ao primeiro raio de sol...

— E minha cadela? Onde está Lolly?

— Sua cadela está... — Tracy se interrompeu. Depois disse: — William, tem cães à beça na América.

Mullan tomou as mãos dele nas suas.

— Me dê sua palavra, Michael, que vai cuidar da Sra. Talbot! Não deixe Talbot e ela sozinhos no mesmo quarto. Ela vai estar em uma situação horrível quando amanhecer...

Mullan desabou em prantos. Fez-se um momento de silêncio, e depois Tadhg Colley tirou uma caixa de uma prateleira, abriu o cadeado com a chave presa à corrente de seu relógio e contou as cédulas. William dobrou-as com cuidado e enfiou-as no bolso interno do casaco. Os três homens ficaram ali juntos por um momento. A rua lá fora e a sala estavam em completo silêncio, a não ser pelo áspero ruído dos soluços que, quando William saiu pela porta, Tadhg Colley não pôde conter.

14

Dormi profundamente depois que acabei de escrever. A certa altura da manhã de sexta-feira, acordei e comecei a arrumar o chalé, pondo um saco de lixo no meio da sala e jogando nele tudo que encontrava. Estou farta de limpeza de casa, pensei, irritada — o porão na Euston Road, e agora aqui! O que eu mais fiz durante anos a fio foi deixar algum dinheiro para a camareira e pendurar as toalhas de banho antes de sair de um quarto de hotel, e isso em consideração aos dias em que morava na pensão da Joanie e trabalhava com as garotas espanholas —, empurrando devagar nossos carrinhos de limpeza por corredores, como velhas, e gritando umas às outras acima do barulho dos rádios que ligávamos nos quartos. E eu ainda não consegui voltar à redação! Como teria algum dia coragem de esvaziar minha mesa, quando a marca de Jimmy estava em toda parte?

Comecei a varrer em volta da porta do chalé, mas levantei tanta poeira que desisti. Deixaria dinheiro com a Sra. PJ para uma faxineira quando fosse acertar a conta do telefone.

O telefone. Melhor dar alguns telefonemas. Levar adiante a minha vida.

Alex não estava na redação.

Liguei para Betty, na Administração.

Quanto tempo Alex pretende ficar fora, Bet?

Ele não sabe, Kathleen. Está com a mãe em algum asilo de velhos, por enquanto. Deixou um número de telefone que posso lhe dar — não reconheço o código. Mas não há problemas aqui — ele deixou tudo em perfeita ordem. Um arquivo inteiro de material de reserva, corretamente identificado, classificado, folhas anexadas com os contatos de profissionais para o *copy*. É um milagre de organização, esse homem!

Talvez a mais excitante qualidade masculina que já ouvi na vida, disse eu.

Trabalhei para homens excitantes, disse Betty. Me machucaram.

Alex estava muito calado. Fez um esforço para perguntar sobre mim e a quantas andava a história na Irlanda, mas sua voz começou a fragmentar-se.

Ela está definhando rápido, Kathleen. Até hoje de manhã, imaginei que poderiam fazer alguma coisa por ela, talvez levá-la para a Unidade de Tratamento Intensivo. Mas acabei de conversar com o médico. Nos próximos dias, disse ele, na falta de um milagre...

Onde você está? perguntei. Onde estão seus amigos?

E Kathleen! Nem sequer tenho certeza de que ela me reconhece.

Sinto muito, muito mesmo, Alex.

O médico disse que talvez seja melhor eu me despedir dela, Kathleen. Mal posso acreditar nisso! A vida toda nós dois passamos juntos quase o tempo todo, só os dois, porque eu mal me lembro de meu pai. E nunca, nunca tivemos uma discussão, Kathleen! Nunca! Nem sequer levantamos a voz...

Mas Alex...

Quase ia dizendo: será que isso é sempre uma coisa saudável? Mas detiveme a tempo.

Os médicos nem sempre acertam, você sabe, disse eu.

Oh, o médico de minha mãe é um dos principais especialistas no campo geriátrico, Kathleen, disse ele, com reverência. Lembra do padre Gervase, que celebrou a missa do enterro do pobre Jimmy? Bem, o médico é amigo pessoal dele, por isso é que dei a sorte de internar mamãe aqui. Não aceitam qualquer pessoa, entende, é um asilo particular...

Interrompeu a conversa comigo, e ouvi várias vozes abafadas do seu lado.

Preciso ir, Kathleen! O médico está fazendo suas visitas. Mantenho contato! Ou você liga para a redação...

Desliguei, arrasada. Alex passava pela pior época de sua vida, e eu nem sequer sabia exatamente onde estava. E mesmo que soubesse, dificilmente poderia aparecer por lá, como se fosse da família... *E* ele na certa estava sendo levado na conversa por vários médicos... era uma grande mosca-morta para homens com títulos antes dos nomes. Eu gostaria de saber quanto cobravam dele pelo tratamento no asilo.

Ele ia sentir sua dor tão profundamente, quando acontecesse! Eu não tinha a menor dificuldade em pensar em Alex como uma criança, mesmo sendo já um homem de meia-idade. Um poço de inocência é o que ele é. Sofreria a perda da mãe, quando chegasse a hora, com o completo abandono de um menino. Ele me magoara, na nossa época; essa era a primeira vez que eu tinha de pensar nele próprio tendo de deixar de lado a mágoa. Ia ficar chocado ao descobrir o que é o sofrimento. Enquanto eu era experiente nisso. A gente tem de desenvolver mecanismos de sobrevivência, quando é criada em Shore Road.

Nora. Hesitei tanto sobre o que dizer a ela, que um pardal abriu caminho a bicadas pela varanda, percebeu onde estava e saiu mais uma vez esvoaçando pela porta aberta, antes que eu pegasse o telefone. Já estaria em apuros caso ela já tivesse sido acusada de que fazia três ou quatro dias que eu visitara Danny e Annie. Ia querer saber cada mínimo detalhe de Kilcrennan, da casa de Ned e de Shore Road. Não entenderia por que eu não correra a um telefone para contar-lhe tudo. Por outro lado, não podia deixar de lhe contar que estivera em casa.

Eram seis da manhã em Nova York.

Liguei para a secretária eletrônica no escritório, deixei uma alegre mensagem sobre como Danny, Annie e Lilian estavam bem, que a velha casa parecia quase a mesma, mas Kilcrennan agora era uma cidade grande, e que todo mundo perguntara por ela...

— Acabei não me dando o trabalho de subir até a sepultura de nossos pais — terminei, sabendo que ela aprovaria essa minha decisão. Nora nunca perdoara a nenhum dos dois. Dizia que a haviam afastado tão inteiramente do casamento que ela nunca quisera nem sequer um namorado, quanto mais um marido. Nora Não-me-toques, eu a chamava.

Liguei para Caro, que, ao atender o telefone esbaforida, no momento em que saía correndo para a biblioteca para fazer uma revisão crucial me informou: o mais difícil dos trabalhos do bacharelado da semana era naquela tarde.

Faz muito tempo que não sei de você, disse ela, despreocupada. Acabo de receber as lindas flores que me mandou como votos de boa sorte para essas provas apavorantes.

Oh, *me desculpe!*, disse eu. Oh, Caro... esqueci! Faz tanto tempo!

Bastava dizer-lhe... Eu fiquei fora de mim porque conheci um homem numa balsa, estive com ele duas vezes e foi maravilhoso... e ela teria sido compreensiva comigo. Mas não pude. Ou dizer: fiquei transtornada porque fui visitar meu irmão e a família dele. Ou então: estou tentando decifrar o que a história de Talbot significa para mim, e isso vem me deixando preocupada.

Preciso mesmo me apressar, disse ela. E não sei o que você quer dizer com "faz tanto tempo". Falei com você na semana passada.

É mesmo?

É, disse ela. Você estava num hotel em algum lugar. Telefonou e me deu o número de lá. Tinha conhecido uma bibliotecária maravilhosa....

Minha Nossa Senhora! Só faz uma semana?

Sim, Caroline disse.

Oh.

Está tudo bem com você?

Estou ótima...

Pronto. Telefones dados. Mala no carro. Tudo em ordem.

A não ser o projeto Talbot.

E a não ser por Shay. Imagine — ficar na Irlanda por causa de alguém! Para quem eu era metade real e metade um sonho! Fui até a porta do quarto e olhei a cama despida, as tábuas brancas do teto, a janela baixa.

Não importa o que aconteça, disse a mim mesma — e não me impressionei com a minha própria solenidade —, ninguém jamais poderá apagar essas duas noites com ele.

Uma das orações russas para quando se deixa um lugar seria apropriada neste momento, pensei. Aquele quarto era abençoado. O chalé no meio do campo rústico era abençoado. No topo da colina, parei e baixei o vidro da janela do carro, olhei o anfiteatro e o mar defronte. O mar, sob um quase imperceptível véu de chuva de verão, estava tão imóvel quanto a terra. A bela vista, totalmente solitária, também era abençoada.

Apenas o céu tinha vida. Bem longe no horizonte, caíam escuros véus de chuva, embora, acima de onde despontava a agulha da igreja de Mellary, a luminosidade varasse a nuvem. Depois, passou o cinturão da sussurrante chuva e o céu começou a clarear. Eu ouvia os barulhos dos arbustos e da relva perto de mim, respondendo ao fim da chuva. Os sons eram tão delicados que um trator sendo ligado em alguma parte abafou-os. Então, de repente, cessou aquele barulho, e mais uma vez voltou o silêncio. A terra se acalmara. No silêncio do dia lavado, fresco, um melro se pôs a cantar.

Afastei-me e rumei para Ballygall o mais rápido que pude. Para variar, o rádio do carro tocava jazz estilo Dixieland, em vez de música triste ou falatório.

Caroline parecera bastante ressentida, em se tratando dela. Em geral, não era de reclamações. Devia realmente estar ancorada pelas provas, se começava a dar tudo de si. Mas, claro, jamais se pusera à prova antes desse bacharelado. Seu primeiro diploma foi uma coisa pequena, em algum lugar fácil. Ela nunca trabalhara para valer, à parte criar Nat, porque seu emprego no jornal de educação era uma brincadeira. Estaria realmente zangada comigo por esquecê-la? Senti uma pequena chama de alegria com a idéia de que talvez estivesse — seria um raro sinal de que eu era importante para ela. Eu nunca soubera o que ela vira em mim, para tornar-se minha amiga no dia em que Hugo me pôs para fora. Nunca tive coragem de perguntar. Parecia-me não ter ouvido dela uma palavra franca sobre mim em todos aqueles anos. Embora, quando rompemos nossa amizade, tanto a separação quanto a reconciliação tivessem ocorrido completamente sem palavras, da parte dela. Enquanto eu, nunca me esqueceria, me encostei na parede de plástico de um telefone público no aeroporto de Oslo e balbuciei sem parar no telefone, na esperança de perdão...

Quando apareceu Ian, foi como se Caroline fosse Eva e Ian, o primeiro homem em que ela punha os olhos após comer a maçã — o único homem em toda a criação. Enlouqueceu por ele como se ele fosse uma comida de que ela fora privada toda a vida. Lembro que pensei, quando ela parou de trabalhar depois que o conheceu, que eu simplesmente nunca fora livre a ponto de enlouquecer por Hugo daquela maneira; sempre tive de trabalhar. Mesmo para alguém tão escrupulosamente despretensiosa como Caroline, o dinheiro significa a possibilidade de satisfação de nossos desejos.

Quanto a mim, quando Ian apareceu, ela simplesmente esqueceu minha existência. Já convivíamos intimamente há mais de um ano, e eu apenas começava a acreditar que éramos amigas, mas ela me olhava com total ausência quando nos encontrávamos por acaso em sua casa. Ian era um professor divorciado de algum lugar do norte, com olhos e cabelos negros, um corpo magro e rijo, e um sorriso mau como o de um peixe — o exato oposto do alegre grisalho e cor-de-rosa *Sir* David. Ian e Caroline foram ao quarto dela, onde internaram-se, por mais ou menos três meses. Uma vez ouvi gritos abafados e, de vez em quando, choro. Passava pelo seu quarto uma noite, quando a porta se abriu e a vi de relance sentada na cama, nua, com as mãos, calçadas em luvas de borracha laranja, das que se usam na cozinha, trançadas acima da cabeça. Talvez tenha sido a imagem — um corredor, uma porta escancarada, uma cama — que me fez lembrar de mamãe, porque eu nunca testemunhara de fato um momento íntimo entre ela e meu pai. Mas minha mãe, quando papai estava em casa, tinha uma atitude de escrava. Ver minha querida Caro transformada em objeto fez-me tremer. Eu ia para o pub irlandês na esquina e sentava-me ali com meu livro, protegida pelos vigorosos e bombásticos barmen. Às vezes, nem sequer lia. Ficava ali sentada olhando para a frente, como as outras pessoas solitárias, embora fossem emigrantes da década de 1950, muito mais velhas que eu.

Numa manhã de sábado, Caroline saiu do quarto usando uma grande camiseta e tocou meu ombro ao passar para pôr uma chaleira no fogo, e eu comecei a pensar num assunto para conversar, quando percebi que ela chorava.

Disse-me que estava grávida.

Você faria uma xícara de chá pra mim? E quando fizer — desviou o rosto — pode pôr um pouco de veneno. Tenho de tomar uma decisão. Preciso fazer Ian se casar comigo. Senão vou ter de fazer um aborto.

Contornei a mesa, agachei-me a seu lado e acariciei seu rosto.

Ela afastou a cabeça.

Tenho de decidir logo. Acho que são nove semanas de gravidez. Ele me mandou fazer o que quiser, para ele tanto faz. Mamãe — disse-o com um pálido sorriso, pois as duas não eram nada chegadas — vem hoje do campo pra almoçar comigo, e papai chega amanhã de avião.

Então já contara à mãe e ao pai...

Que porra de homem deixa o destino do filho a cargo da namorada, como se a gravidez nada tivesse a ver com ele, comecei.

Escute, disse Caroline. Não me diga nada dessas coisas. Eu o amo. Só isso.

Amor!, retruquei. Já lhe disse as palavras de Borges: "O amor é uma religião organizada em torno de um deus falível." Lembro que li isso pra você...

E eu não aceito o aborto, disse ela.

Eu não sabia até onde podia ir. Queria xingar Ian de todos os palavrões existentes. Queria levá-la naquele momento para uma clínica. Todo o contentamento e prazer dela arruinados por um homem de merda! Mas ela não me escolhera para sua conselheira. Poderia dizer, ao que parecia, que ele nunca visitava os dois filhos? Poderia dizer: o jeito como você entra na frente dele no quarto me faz lembrar da minha mãe, e ela foi a pessoa mais infeliz que já conheci? Não podia. Ela me lançaria um olhar que dizia: *sua* mãe? Parecida *comigo*? E eu não poderia provocá-la... ela era frágil demais. Podia apenas tentar mostrar o quanto gostaria de ajudá-la.

Fazíamos aniversário no mesmo dia, e séculos antes eu reservara para nós um fim de semana num spa, como um presente. A confiança de reservar para nós, juntas, um fim de semana inteiro fora só era possível por acreditar que ela realmente gostava de mim. Tentava agora convencê-la com jeito a levarmos o combinado até o fim, embora tudo fosse diferente; disse que pagara adiantado, embora não houvesse pago. Nenhuma reação. Disse então que faria bem a Ian se virar sem ela por dois dias. Deixe-o ver como é que é a coisa. Isso a balançou.

Entrei no quarto de Caroline naquela manhã de sexta-feira, para ajudá-la a pôr algumas coisas na mala, embora eu não quisesse respirar ali dentro, para não sentir o cheiro dele.

Onde está seu maiô, Caro?

Oh... não vou nadar, mesmo.

Sabe, você devia. Vou pô-lo na mala assim mesmo. Onde guarda seu creme hidratante? É essa bolsa de maquiagem que quer?

E assim por diante. Era como lidar com alguém em estado de choque.

Era como se a tivesse visto atravessar o saguão para o trem de Canterbury, naquela noite. Estremeci por dentro. Não estava nem um pouco enjoada. Era o relacionamento com Ian que a arrastava e fazia andar a passos lentos.

O que aconteceu foi que ela e os pais haviam decidido que devia se casar com Ian, mas ao ligar para ele, pouco antes de partir para a estação ferroviária, não obtivera resposta. Eu não podia fazer nada. Ela não aproveitou nem um pouco o spa, embora a certa altura se lembrasse de sua educação, me desse um sorriso lívido do outro lado da concorrida Jacuzzi, e dissesse: Isto é muito relaxante, não? Deve ter ligado dez vezes para a casa onde Ian alugava um quarto, durante o sábado. Consegui não dizer nada. Mas quando estávamos em nossas camas naquela noite, a luz apagada, não agüentei ficar calada.

Não faça isso! Não leve isso adiante. Não faça isso! Ele não presta! É um rato! Que crueldade de não dizer a você onde estaria no fim de semana, o canalha! E de quem foi a idéia de engravidar você? O canalha nem tentou proteger você?

Eu preciso dele, Kathleen!, gritou ela. Embora encolhida sob os lençóis, esticou o braço e tentou me tocar no escuro, para me fazer entender.

Você não precisa dele! Tem dinheiro de sobra, pais prestativos e eu farei qualquer coisa, cuido do bebê à noite ou nos fins de semana, qualquer coisa. Podíamos nos mudar para um lugar maior e eu poderia arranjar facilmente um emprego que não me deixasse tanto tempo fora como o da *The English Traveller*. Porque ele não vale nada. Sei disso. *Eu sei*. Ele vai fazer você muito infeliz...

Não me importo. Não me importo se ele não me faz feliz. Eu sou louca por ele. É isso que você não entende, Kathleen. Não me importa o que ele faça.

As palavras pairavam no ar.

Adormecemos e a manhã seguinte era nosso aniversário. Cantamos "*Parabéns pra você*" em nossas camas, uma para a outra. Fazíamos 25 anos.

Eu devo ter dirigido cada vez mais devagar quando a velha história sobre Caroline me voltou, porque quando parei um minuto para olhar em volta, ainda estava a 32 quilômetros de Ballygall. Atravessava um alto desfiladeiro entre colinas — um lugar inteiramente silencioso, a não ser por uma torrente, que corria entre pedregulhos à beira da estrada, alimentada pela água que escorria pelos declives de mato bravo, verde. Aquela estrada trilhava o antigo caminho ao lado do riacho, e as cabanas das pessoas deviam ficar logo ali embaixo, nas margens, ao lado dos lagos espumosos, abaixo da estrada. Não havia variação em qualquer parte do monocromo de verde hostil, a não ser pelas pedras de granito tombadas. Eu ansiava por descer das colinas para os postes de luz, o tráfego e os modernos bangalôs. E por chegar logo ao aconchego do hotel de Bertie, onde sabiam meu nome, e Joe e o pequeno Ollie viriam correndo... Mas aquele desfiladeiro no terreno elevado era o lugar certo para lembrar que, quando eu era jovem, aprendi a pressentir a aspereza debaixo de toda aparência suave. Eu traía Hugo mesmo quando parecíamos tão apaixonados, e o pai de Caroline, por trás de todo o encanto paternal, me usou como um objeto. E fui praticamente posta na rua quando minha suposta amiga se apaixonou por Ian. Não havia em parte alguma amor verdadeiro. Em cada rosa havia um verme oculto.

Foi abrupto o fim da amizade de Caroline. Não tive mais de duas semanas para encontrar um lugar para onde me mudar de Hampstead. Seria tempo suficiente se eu estivesse a fim de rachar um apartamento como uma estudante. Mas queria morar sozinha. Esgotara o otimismo do fundo de mim. Temia todo mundo. Significara muito mais do que eu poderia dizer ter sido acolhida por Caroline, havia até mesmo alguma coisa desequilibrada em relação aos meus sentimentos por ela, embora eu reduzisse isso às nossas diferentes nacionalidades. Por exemplo, o físico de Caroline mais do que me agradava — maravilhava-me. E lembro que pensava comigo mesma: sou tão ruim quanto *Sir* David. Ele decidiu que podia pôr as patas em mim, embora jamais houvesse posto em nenhuma das amigas inglesas da filha. E eu observo cada coisinha nela como jamais observaria se ela fosse simplesmente uma moça americana, ou francesa. Como se fosse meu oposto...

Meus sentimentos por ela estavam ocultos, não transpareciam nem mesmo para mim. Andei e andei por toda a Londres, quando tive de deixar nosso apartamento, em tamanho desatino que não podia analisar. Fiquei desesperada para encontrar um lugar onde pudesse morar sozinha e não me meter mais em nenhuma enrascada. Então o Sr. Vestey me salvou. Eu tinha vontade de beijar-lhe as mãos. Teria ficado com o porão em Bloomsbury pelo aluguel que ele pedisse, mas quando me deu as chaves para ir até lá dar uma olhada e eu vi os cômodos escuros e silenciosos, reconheci meu mausoléu perfeito.

E seria impossível desconfiar de nada disso pelo jeito como eu e Caro aparentávamos! Voltamos e fizemos juntas uma tentativa de limpeza na casa de Hampstead na noite em que nos mudamos. Ela tinha os luminosos cabelos louros presos com uma fita, e pulávamos em volta ao som das músicas de *Sgt.Pepper Lonely Hearts Club Band*, que tocava em alguma estação no seu rádio. Deixamos os quartos um pouco manchados, mas direitos, tomamos juntas o metrô, cansadas e felizes conosco mesmas. Seguimos nossos caminhos separados na estação de Warren Street, agarrando-nos uma a outra poı um minuto, com as pessoas movimentando-se em volta. Eu queria tanto lhe dizer: sabe, eu também gosto de você.

Fez-me sentir velha a compreensão de que era melhor não dizê-lo. Teria ela me ouvido? Se tivesse, que teria significado minha declaração para ela? Eu não disse. Chorei, indo para casa. Imaginei que não nos conhecíamos mais uma a outra.

E agora sei quase todos os detalhes de sua vida! Quase posso vê-la, a cabeça ainda loura debruçada sobre um compêndio de estudo, preparando-se conscienciosa para as provas de segunda-feira. Meus pertences estão guardados em sua casa em Londres. Morarei com ela quando voltar para a Inglaterra. Falei com ela hoje. Sempre nos falamos, em vez de realmente conversar. A reticência era alguma coisa que tínhamos em comum desde o início. Embora eu, quando jovem, imaginasse que a reticência dela fazia parte da genialidade cortês de sua personalidade, enquanto a minha era a dissimulação de uma forasteira, isso era problema meu, não dela. Caroline não é responsável por eu gostar muito mais dela do que de mim.

Enfim, o barulho do cascalho de The Talbot Arms. Nenhum carro. Que dia era aquele? O grupo do casamento devia ter ido embora. O velho cão dormia como um pesado monte de trapos abandonados no largo degrau de baixo. Fiz festinhas em sua cabeça malhada ao passar e fui respondida pela pálpebra semi-aberta de um olho leitoso. O hall estava ainda mais aconchegante do que me lembrava e, mais uma vez, apesar de sua elegância, fez-me recordar da cozinha do chalé de tio Ned. Um som de televisão filtrava-se de trás da cortina da sala íntima. Bertie assistia a uma novela.

Embora sentado em sua poltrona, tinha o rosto sombrio à luz vinda da tela. Joe estava deitado em seu peito, semi-adormecido.

Algum problema, Bertie?

Kathleen!, ele começou a levantar-se.

Deixe-me sentar aí com você, disse eu.

Ele tornou a afundar-se na poltrona e eu me sentei na outra cadeira. Na televisão passava campeonato de esqui na Eslovênia. Vimos vários homens de capacete sendo empurrados, parecia, de uma cabana e zunindo ao se precipitarem por uma descaracterizada encosta coberta de neve. Cada vez que um cara caía da cabana em nossa direção o visor digital no canto da tela retornava a zero.

Assistimos por três ou quatro minutos. Joe voltou a dormir. Ouvi a campainha de um telefone seguida da voz de Ella conversando com alguém na varanda.

Bertie disse, por fim: Vim aqui para um descanso. Eles sabem me deixar em paz.

Também preciso de um descanso. Mas tenho de sair e ver a Srta. Leech.

Ela deixou um bilhete para você. Está lá na sala dela. Vai até Dublin esta noite. Ele lançou-me um olhar de lástima.

Não está nada bem, disse, soturno. Cheia de inquietações. Vai até o Saint Luke para se consultar com um dos especialistas de lá. Ela acha que ninguém sabe, a não ser eu, além da mulher que faz nossa contabilidade. Sua irmã trabalha na mesa telefônica lá e mantém de olho todo mundo na cidade.

Onde?

Útero.

Não pode ser extirpado?

Depende se se espalhou...

Que idade ela tem?

Setenta e cinco. Disse ao *Northwestern Herald* que tinha sessenta e tantos quando fizeram uma matéria sobre ela e a Exposição da Fome, mas isso foi lorota. Veja, ela nunca quis que ninguém soubesse sua idade, porque não queria se aposentar. Mas sei até o dia, porque éramos vizinhos, criados juntos, e quando eu estudava em meus livros de escola na biblioteca, tentando entrar na faculdade, ela era minha idéia do que uma mulher devia ser. Pra você ver há quanto tempo conheço Nan. Eu a admirava com aquele conjunto de saia e casaco. Eram então de saias longas, retos, com uma fenda, lembra? Não. É jovem demais pra lembrar. São 12 anos de diferença entre Nan Leech e eu. E poderiam parecer cem anos quando eu tinha vinte. Não diga nada, Kathleen, sobre o câncer! Ela mataria qualquer pessoa que lhe dissesse alguma coisa! Teve de me dizer porque vou lá e alimento seu velho gato, e vou levá-la até o trem. E buscá-la. Eles mandam a gente de volta dos exames numa ambulância, sabe, o Conselho de Saúde, mas nem morta ela seria flagrada numa ambulância.

Comecei a rir com isso e ele também sorriu, um pouco.

Um esquiador caiu muito feio e deslizou ladeira abaixo, curvando uma baliza após a outra contra a neve.

Olá, queridinho!, disse eu a Joe.

A criança me olhou com ar solene. Spot foi embora, disse. O dono dela levou ela embora pra sua casa.

Vai voltar, começou Bertie a dizer, e de repente abriu um sorriso radiante para mim.

Eis o que vamos fazer!, disse, com ar de satisfação. Alugar a casa de Felix pra você! Felix vai partir mais uma vez amanhã, e ia trazer a cadela de novo pra cá, mas fiquei preocupado porque vamos receber professores na noite de domingo e eles criam um inferno. E Spot adora um pouco de bagunça. Não tem o menor senso de...

Ele tem senso, vovô!, disse Joe. Ollie foi engatinhando para o jardim e ia saindo pelo portão na rua, quando Spot latiu.

Pegue meus óculos ali, filho, disse Bertie ao menino, enquanto eu procuro o número de Felix.

Quem é Felix?, perguntei.

É um amigo nosso, mas é arquiteto e vive viajando. No momento, acho que trabalha no Brasil e vai se casar com uma moça lá, segundo ele. Tem uma casa na estrada em que você podia ficar e cuidar de Spot. Lembra de Spot? A pequena terrier? Uma cadela e tanto, mas uma trabalheira. E, se quiser, venha fazer as refeições conosco...

Escute aqui, Bertie, disse eu. Isto é um hotel. Este prédio onde estamos sentados. Já pensou em deixar seus hóspedes ficar de fato aqui, em vez de espalhá-los por todo canto?

Gostou de Mellary?, ele perguntou.

Nem dá pra dizer quanto.

Bem, espere até ver a casa de Felix. Confie em mim. E os professores só vão ficar quatro dias; depois você pode voltar pra nós.

Abri o envelope da Srta. Leech.

Cara Srta. de Burca

Chegou às minhas mãos um documento de meu jovem colega Declan, em forma de panfleto, escrito por John Paget, advogado da rainha, que parece ter sido um conhecido da Sra. Richard Talbot. Li-o com atenção e mais avidamente do que gostaria, mas parece afirmar com extrema persuasão que a Sra. Talbot era inocente das acusações a ela feitas pelo marido. Trata-se de uma inesperadíssima reviravolta nos fatos, você vai concordar, e não vejo a hora de conversarmos sobre isso na quarta-feira da semana que vem, quando terei retornado a Ballygall. Lamento que, devido a circunstâncias pessoais, não esteja disponível pelo telefone.

Este panfleto talvez tenha circulado, mas jamais foi publicado. Na verdade, é uma considerável raridade, e muito me compraz tê-lo adquirido para a coleção local de Ballygall. Está confinado na prateleira trancada aqui, e que não seja consultado em outro lugar senão em nossa sala de leitura. Seria preciso obter orientação profissional de nossos colegas no departamento de conservação do serviço bibliotecário em Dublin, no que se refere à futura questão de fotocopiá-lo.

Tomei providências para que o documento de Paget esteja à sua disposição no sábado, a partir das 10 h da manhã.

Recebi seu cartão-postal ref. a Henry James e tenho de dizer que concordo com ele não apenas em relação à ficção histórica, mas à ficção em si. Fraude de fato é le mot juste. *Espero sinceramente que você não tenha aderido à escrita disso.*

N. Leech, Mestre em Artes (UNI). F.L.A.I.

Volto em alguns minutos! Disse eu a Bertie, e atravessei correndo o jardim até a rua.

A florista estava fechando, mas fiz mímica de urgência pela porta para a mulher, que tentava tornar-se invisível atrás dos vasos cônicos e metálicos de flores.

Não... disse ela, quando acabou abrindo a porta.

São apenas flores para a Srta. Leech da biblioteca, disse eu. Aqui... dinheiro vivo! Empurrei as notas para ela. Rosas. Margaridas. Qualquer coisa, menos cor-de-rosa. Mas o que eu quero é a mensagem.

Ela me deu um pequeno cartão.

Não vou poder entregar antes de fechar a loja.

Está certo! Não para a biblioteca... para a casa dela!

Srta. Leech,

Sinceramente, aguardo com impaciência vê-la na hora que julgar conveniente. Estarei na casa de alguém chamado Felix, que Bertie vai arranjar para eu alugar. Perdoe-me por abandonar a disciplina do fato.

Caitlín de Búrca.

Se ela soubesse como eu me deixara levar! Não conseguia pensar em ninguém que desaprovasse mais completamente a história que eu havia fantasiado em torno dos fatos do divórcio dos Talbot. Inventara uma tia Paget em minha história, porque vira por acaso o nome... dizia-se no *Julgamento* que os parentes vivos de Marianne, além do pai, chamavam-se Paget, e que foi um Sr. Paget que seguiu a pista dela até o asilo em Windsor. O presidente do Conselho de Justiça da Câmara dos Lordes comentara o fato de que, quando se descobriu o adultério de Marianne, seu marido e o Sr. McClelland deram sumiço nela — esconderam-na, de fato, primeiro em Dublin e depois em Windsor. O juiz observou — com muita brandura, devo dizer — que mesmo que o pai estivesse acamado, seus outros parentes — os Paget — deveriam ter sido informados da situação em que ela se encontrava, para lhe oferecerem refúgio se assim desejassem. O *Julgamento* não especificou, exatamente, qual era o grau de relacionamento entre os Marianne e os Paget. Eu tomara a liberdade de conceder-lhe uma tia Paget. Mas, também, que liberdades não tomara? Se a Srta. Leech algum dia descobrisse a fantasia que eu construíra sobre o tema do *Julgamento*, o mínimo que eu poderia esperar seria extrema desaprovação. Era difícil até mesmo decidir de que ponto de vista ela contestaria mais — como historiadora, como irlandesa ou como mulher. Mas que me repreenda, se algum dia descobrir! Que seja mordaz como quiser, se isso significar que está bem de saúde!

Fiz uma oração por ela enquanto voltava da cidade — uma oração com a qual sempre me sentira à vontade, porque a via como de mulher para mulher, como telefonar a alguma mulher que mal se conhece para ajudar numa emergência, porque o seu filho está no mesmo jardim-de-infância que o dela.

Lembrai, Ó Mãe Cheia de Graça..., comecei, mas ainda nessas primeiras palavras comecei murmurar, pois sempre murmuramos orações. Então recomecei, devagar, estreitando meu ângulo de visão para tentar me concentrar. Em minha mente, pude ver a Srta. Leech de pé num caminho ao lado de uma casa de campo abandonada. Sua mão pequenina em uma luva vermelha apontava o formato de uma porta num muro de pedra.

Lembrai, Ó Mãe Cheia de Graça, que nunca souberam os que se afastaram da Árvore da Piedade, implored thy help or sought thy intercession was left unaided. Turn them Most Gracious Mother-no, that's wrong. Será esta a Salve Rainha? Ah, não tem importância!... principalmente a Srta. Leech. Livrai-a acima de todo mal. Também a Alex, agora que me lembro e também a mãe dele, que está enfrentando a morte. Também ajudai, por favor, Caroline com suas provas, pois isso é muito importante para ela. Ajudai-me a saber o que devo fazer comigo... O fruto do Vosso ventre, Jesus. Está definitivamente errado. Não tem importância, pelo amor de Deus — são todas idênticas! ó Misericordiosa, ó Clemente, ó Amorosa, ó Doce Virgem Maria, rogai por nós, ó Santíssima Mãe de Deus para que sejamos dignos das promessas de Cristo.

15

No dia seguinte, fui à biblioteca ler o folheto de Paget.

O sujeito à recepção da sala de leitura subiu ao segundo andar para buscá-lo, e eu fiquei ali à espera, rígida de excitação, como uma criança antes de sua festa de aniversário. Assinei ao recebê-lo e levei-o para minha mesa entre as pilhas de livros. Queimava, encostando as pontas dos dedos. Virei-o nas mãos. Trouxe-o para junto do rosto. As capas de papelão cor de vinho estavam ressecadas e descoloridas, e uma delas pendia dos fios grossos da encadernação. Talvez nunca tenha sido tocado desde que fora encadernado. Uma etiqueta desbotada nas margens dizia: "À Biblioteca do Queen's College, Leicester, Doação do Autor". Eu não me cansava de mover os dedos pelas páginas finas e empoeiradas. Quando me dei conta de que algumas das páginas permaneciam coladas, e que eu com certeza seria a primeira pessoa viva a lê-las, senti um calorzinho de prazer.

> *Talbot v. Talbot, Uma Declaração de Fatos.*
>
> *"Acredito que ela seja inocente de todas as acusações, e formei essa opinião e firme crença, sabendo como sei, que tais acusações foram apoiadas por pessoas inteiramente indignas de crédito, e COMO CONVICTAMENTE CREIO, RESULTANTES DE UMA INSENSATA CONSPIRAÇÃO."*
>
> *John Paget C.R.,*
> *Londres:*
> *Impresso por C. Roworth e Filhos, Bell Yard, Temple Bar. 1854*

Que declaração sonora, pensei, quase rindo sozinha. Não é algo extraordinário a lealdade familiar? Porque eu nunca nem sequer por um momento esperava ser convencida por qualquer defesa que John Paget fizesse. Nunca me passou pela cabeça que Marianne e Mullan talvez não houvessem sido amantes. Toda a questão fora submetida a dois longos processos — no Tribunal Eclesiástico em Dublin e nas Casas do Parlamento em Westminster. E não só por isso: Marianne não negara o adultério ao reverendo McClelland, na manhã depois de ser acusada. Foi por isso — quando o fato foi transmitido a ele por seu próprio vigário — que seu pai não a defendeu. E por isso não se fizeram perguntas sobre seu desaparecimento.

E, mesmo que ela *houvesse* negado, havia todas as provas. Halloran e Finnerty, mordomo e administrador, respectivamente, haviam-na flagrado no quarto de Mullan. Mary Anne Benn contara sobre a garrafa de vinho que a Sra. Talbot deu a Mullan. Os dois serradores haviam visto o casal junto sobre as palhas dos estábulos. Purcell vira-os sentados afetuosamente num sofá com os braços enlaçados no pescoço um do outro. Bridget Queeny vira-os indo para o pomar. Pelo amor de Deus, Maria Mooney vira-os *na cama*. Talvez eu não acreditasse nos Lordes Juízes da Lei, mas acreditava em todas as testemunhas. Por que mentiriam? Por que Richard mentiria?

Comecei a ler.

Fiz algumas anotações.

Passados poucos minutos, minha mão tremia com tanta força que eu mal conseguia escrever.

Recostei-me, cerrei os olhos e tentei me acalmar, para compreender plenamente o que John Paget defendera tão passionalmente naquele ano — de repente vi a importância da data da publicação — quando ainda era possível tentar ganhar pela argumentação. Mil oitocentos e cinqüenta e quatro foi o ano entre o fim dos processos de separação conjugal no Tribunal Eclesiástico na Irlanda, onde Marianne fora representada apenas por um advogado designado pelo tribunal, e o início do processo de divórcio no Parlamento, em Westminster. Ainda havia uma chance de que as descobertas de Paget pudessem mudar tudo.

Por que ele se deu o trabalho? Ela não podia agradecer-lhe. Quando finalmente encontrou-a no asilo em Windsor, diz ter ficado profundamente transtornado com o espetáculo de sua mente confusa e com sua atitude submissa e temerosa. Foi cavalheirismo, acima de tudo, que o fez defendê-la. E este foi o meu primeiro choque, antes mesmo de tentar acompanhar sua argumentação. Que ela estivesse, na verdade histórica, louca — frágil e louca — apenas sete meses depois que Richard Talbot e o reverendo McClelland a internaram, mudava a imagem que eu tinha dela. O que eu imaginara sobre ela não chegara a esse ponto. Gostava de pensar nela como forte e rechonchuda — cheia de saúde, como Kate Winslet em *Titanic*. Pensava nela como trazida da Inglaterra para um remoto e desolado rincão da Irlanda, sobre o qual pairava como um miasma o sofrimento da fome, e sendo suficientemente jovem e com vitalidade para insistir, mesmo naquele lugar, numa vida sensual. Nenhuma lei, regra, costume, obstáculo prático poderiam impedi-la de celebrar, com William Mullan, a vida de seu corpo. Pensava nela como tendo olhos tímidos e uma atitude pudica, mas lábios naturalmente rubros e um corpo que queria romper os ganchos e botões das ricas roupas que o continham.

Talvez tenha sido assim quando menina, e John Paget a conhecia então, e foi levado a defendê-la pelo lamentável espectro em que o casamento e a Irlanda a haviam transformado.

Ele começa o panfleto em tom solene.

> *Atesto que, desde o mês de agosto de 1852, tenho sido infatigável em meus esforços para obter informação sobre as monstruosas acusações feitas contra a Impugnante [usou o termo obsoleto para ré, como se Marianne estivesse no banco dos réus], como resultado consegui fortalecer minha absoluta convicção da total inocência da Impugnante, e convencer-me de que essas acusações são uma trama de invenções e falsidades; atesto que também acredito que a Impugnante seja inteiramente inocente porque, tendo vivido já há onze meses sob o mesmo teto, em comunicação diária e horária, jamais observei o mínimo olhar, palavra ou ação inconsistente com a mais perfeita pureza e delicadeza mental; e o mais convincente para mim, percebendo com a constância com que faço, é como essa mente continua insana. A Impugnante jamais me disse que era inocente, e na verdade duvido que tenha alguma consciência de que alguém a acusa de ser culpada.*

Estava tão louca — que nem sequer sabia quem era, ou onde estava!

Mas como enlouqueceu minha robusta e lasciva Marianne?

Richard Talbot, afirma John Paget, enlouqueceu-a deliberadamente.

John Paget encaminhou seu depoimento juramentado ao Tribunal Eclesiástico — a prova que os juízes na Casa dos Lordes haviam tido à sua frente, quase não tenham feito referência ao documento em seu *Julgamento*, e que eu, portanto, jamais vira.

Eu não sabia que uma criada chamada Hall, que fora para a Irlanda com Marianne, prestara o seguinte juramento:

Eu conhecia bem o Promovente, o fidalgo Richard Talbot, e Marianne McCausland, também conhecida como Talbot, a Impugnante. Morei com a Sra. Talbot como camareira pessoal até deixar Mount Talbot pouco antes de a criança adoecer. Durante esse tempo que residi em Mount Talbot, observei que o Promovente tratava a Impugnante com indiferença, frieza e rudeza. Vi mais de uma vez o Promovente se recusar a responder perguntas feitas a ele. Fui contratada em Londres e, antes de nossa partida para a Irlanda, a Impugnante pediu-me que comprasse pequenos artigos de que precisava. Eu comprei, gastando cinco xelins de meu próprio dinheiro para uso dela. Ela prometeu me pagar com o primeiro dinheiro que recebesse. Partimos de Londres sem que eu fosse paga.

Cerca de três meses depois da nossa chegada a Mount Talbot, recebi três xelins e sessenta centavos dela, em dois pagamentos. Sempre que pôde, ela expressou seu pesar por não ter meios de me pagar toda a quantia restante que me era devida até a noite da véspera de minha partida de Mount Talbot; pagou-me então três moedas de quatro centavos que conseguiu da filha, as quais a filha parecia não desejar dividir de bom grado, e disse que jamais as receberia de volta; os seis centavos restantes, a Sra. Talbot me pagou com selos postais. Sei e atesto que, como a Impugnante era tão desprovida de dinheiro, se via freqüentemente obrigada a pedi-lo emprestado aos criados da casa para comprar até mesmo o que vestir. Fui demitida ao que parece, pelos termos da demissão, em conseqüência da determinação do Promovente de não manter uma criada pessoal para a Impugnante.

Nunca vi a Impugnante e William Mullan, em nenhuma ocasião, em conversa íntima. Nunca, em nenhuma ocasião, durante a minha permanência em Mount Talbot, por desejo da Impugnante ou outro motivo, peguei ou levei carne, ovos nem outros artigos de Mount Talbot ao dito quarto de William Mullan. Nunca soube que a Impugnante tivesse o poder ou a oportunidade de enviar ou dar tais artigos a qualquer pessoa; não tinha permissão nessas questões nem para seu próprio uso.

Vi e conheci sua refeição durante dias como consistindo de nada mais que uma fatia cortada de rosbife seco e, como bebida, apenas cerveja, que nenhuma criada decente beberia, e ela se queixou comigo da falta de alimentação adequada.

Meu Deus!, pensei comigo mesma. Desde que voltei à Irlanda, pensei sobre fome — se continua doendo ou se, após uma fase de desesperada ingestão de raízes, bagas e batatas podres, a pessoa se deita e vem a indiferença. Nunca,

nunca imaginei uma senhora numa casa grande sendo sistematicamente subnutrida! Uma mendiga estendendo-lhe a mão, quando saltava da carruagem e se dirigia à entrada da igreja do Sr. McClelland — aquela mendiga ofegante, descalça, maltrapilha, talvez tivesse em comum com ela, sob as roupas elegantes, uma corrosão no estômago.

John Paget continuava destacando os itens de provas prestadas sob juramento, cada uma demolia outro pedaço do cenário apaixonado que eu inventara:

> *Eu não considerava a Impugnante uma mulher de mente decidida; vivia em geral deprimida, e observei que tinha a aparência de choro.*
>
> *Ao me contratar [o Sr. Talbot] disse na presença e ao alcance dos ouvidos dela, que queria uma pessoa capaz de assumir toda a administração de sua casa, pois, disse, a Sra. Talbot era apenas uma criança, e não sabia nada...*

Este depoimento foi de uma governanta que chegara a Mount Talbot mais ou menos um ano depois de Marianne. A governanta conclui seu depoimento, declarando:

> *...atesto que a conduta, atitude e comportamento geral da Sra. Talbot eram os de uma senhora casta e pudica, e de estrito decoro; e ela era, em minha opinião, a pessoa mais improvável de se comportar de maneira imprópria, creio verdadeiramente que fosse incapaz de fazer isso. Não acredito que a Impugnante seja culpada de uma relação sexual indecorosa e criminosa com o referido William Mullan.*

E Paget citava o seguinte trecho de uma respeitável senhora, conhecida de Marianne — a única testemunha de uma classe superior à dos criados — que visitou o casal por volta daquela época:

> *P. Quando os visitou, em que termos viviam os Talbot, pelo que observou?*
>
> *R. Em termos muito afetuosos, mas acho que ele a negligenciava muito em seus trajes, e em todo o estabelecimento. Ele a negligenciava; tratava-a com enorme negligência. Seus vestidos muito me impressionavam. Ela nunca tinha dinheiro algum.*
>
> *P. Creio que a Sra. Talbot recebeu cinco mil libras do pai, por ocasião do casamento?*

R. Recebeu. Mas não posso dizer, que me lembre, que algum dia a vi com qualquer dinheiro em sua posse.

P. Na época em que observou a Sra. Talbot sem dinheiro, o Sr. Talbot mantinha caçadores em casa?

A. Sim; dois caçadores...

Interessante o "termos muito afetuosos". Como se encaixava isso com todo o resto? Seria Marianne tão louca pelo marido que aceitava as privações como sinais de amor? Dizia-lhe que ele dirigia palavras de amor, ao mesmo tempo que a tratava com perversidade, para enlouquecê-la com a incoerência? Mas por quê? Por que Richard armaria uma verdadeira campanha para arrasar Marianne?

Porque, informa-nos Paget, a propriedade Mount Talbot foi legada a Richard Talbot com a condição de que tivesse um filho!

Ele teve de livrar-se de Marianne para poder casar-se com outra pessoa. Não bastava apenas separar-se. Tinha de conseguir um herdeiro legítimo. E o único meio possível, na época, de divorciar-se de uma mulher inocente era fazê-la, de algum modo, confessar adultério, e depois rechear a confissão com o depoimento de testemunhas subornadas ou criados contratados.

Imaginei que o *Julgamento* fosse um resumo de todas as provas tanto nos processos irlandeses quanto ingleses. Agora via que cada um dos três lordes havia reconstruído o argumento que o levasse à conclusão a que chegara, e cada um, claro, favorecera as provas que o convenciam daquela conclusão; desse modo, favoreceram as provas que faziam Marianne parecer culpada, e despacharam sem cerimônia as que provavam o contrário. O que John Paget estava fazendo era chamar a atenção para a prova que favorecia a inocência dela. O motivo de eu nunca ter sabido disso foi simplesmente porque os Lordes Juízes haviam acreditado que ela era culpada.

Uma governanta subalterna, por exemplo, dissera sob juramento:

Atesto que um dia, quando morava em Mount Talbot, e estava a caminho da sala de jantar para receber ordens, ouvi o Sr. Talbot dizer a um cavalheiro então presente, mas que eu não conhecia: "Oh! a Sra. Talbot é delicada demais para ter mais filhos." A conversa cessou com a minha entrada na sala. Atesto que o Promovente era frio e indiferente em seu trato com a Sra. Talbot, e sei que não lhe concedeu dinheiro algum enquanto estive na casa.

Levantei-me e pus-me a andar de um lado para outro nos fundos da biblioteca, atrás da última fileira de estantes.

Por que Richard Talbot trancara-a no asilo da Sra. Trueman quando estava certo de obter o divórcio? Por que a necessidade de tirá-la de cena, se ela *admitia* o adultério? Será que alguém teria visto que ela estava confusa demais para saber o que admitia?

Eu começava a acreditar na inocência de Marianne Talbot.

As histórias, diz John Paget, que os criados — Mary Anne Benn, Maria Mooney e assim por diante — sob juramento contaram sobre sua patroa eram... *inacreditáveis ou impossíveis. Tinham estampada a falsificação em cada palavra; e durante anos mantivera-se silêncio absoluto sobre questões que, caso fossem reais, deviam ser tão públicas quanto o sol do meio-dia...*

Ele apresenta a prova de outros criados que moravam em Mount Talbot na mesma época, e declararam sob juramento versões favoráveis a Marianne sobre os episódios escolhidos como base para o processo pelos Lordes Juízes. Uma certa Hester Keogh, por exemplo, testemunha que acompanhou de fato a Sra. Talbot à adega *e a bebida foi sidra de framboesa. A Sra. Talbot pegou apenas uma garrafa e subiu para o quarto levando-a; e pediu-me que levasse para cima um pouco de água quente, pois queria fazer uma bebida para a criança, que se queixava...*

Não foi vinho?, pensei. Eu mesma me sentia desorientada. Não foi vinho? Mas o vinho era um dos detalhes mais eróticos!

Diz outra testemunha:

> *Atesto que a filha da Sra. Talbot me contou, vários meses antes de adoecer, que a Sra. Talbot foi com ela ao quarto de Mullan para secar suas meias que estavam molhadas.*

Ainda outra:

> *Atesto que qualquer pessoa que fosse ao quarto do citado William Mullan devia ser vista pelas outras nos referidos aposentos e escritórios. Era necessário atravessar um pátio que ficava diante de vários apartamentos, e que era uma movimentada passagem para os criados. Atesto que o quarto de William Mullan era de fato o pior lugar a que ela poderia ir se tivesse algum*

objetivo impróprio. Não creio que qualquer pessoa pudesse ir ou passar pela porta de entrada de Mount Talbot, cruzar o portão lateral que levava ao pátio do estábulo das ditas dependências, até o galpão de arreios e o andar de cima para o quarto onde dormia William Mullan, sem passar pelas janelas do escritório do administrador ou pela lavanderia, ou por alguns dos aposentos dos demais criados; era raro não haver homens no depósito dos arreios, em particular o responsável pela caça e seu filho, pois naquele cômodo ficava uma grande caixa com pequenos animais de caça.

As duas testemunhas oculares que disseram ter visto a Sra. Talbot com Mullan no estábulo ficaram desesperadamente confusas quando seus interrogatórios foram cruzados. A atitude do tribunal com elas não ajudou sua confusão. Cita-se o advogado dizendo:

Eu nunca testemunhei nada mais obstinado e repulsivo que os olhares desses homens, nem mais insatisfatório e suspeito que o modo como apresentaram suas provas. Estremeço ao pensar que dos testemunhos desses desgraçados talvez dependam questões de vida e morte...

A prova deles foi dada, diz John Paget, *com a habitual astúcia de seus rostos.* Não morria de amores pela Irlanda; deixa muito claro, com outras observações na mesma linha de pensamento, que Richard Talbot conseguira a falsa incriminação de Marianne *porque* estavam na Irlanda — porque as testemunhas irlandesas eram tão mentirosas que podiam ser levadas a dizer qualquer coisa.

Os beijos enviados pela filha? Constatou-se que isso foi sugerido pelo advogado de Richard Talbot, como algo de que ela conseguiria se lembrar se tentasse, a uma criada que se mudara de Mount Talbot. Diz a ex-criada:

Atesto que no último mês de abril o advogado do Sr. Talbot me mandou chamar no Castelo de Durrow, de Lady Ashbroke, onde eu residia como criada da senhora. Disse ele que a Sra. Talbot fora vista no pátio mandando a filha beijar Mullan, que quando a criança beijara Mullan, ela beijou a filha, e ele explicou que dali em diante a Sra. Talbot mandava beijos para Mullan e recebia-os de volta pela filha.

Disse eu a ele que nunca vira nada daquilo, embora estivesse quase o tempo todo com ela e a filha...

John Paget dá seguimento a isso com uma boa questão:

> *...Quando o advogado disse isso a Margaret Hall, excedeu seu dever e não exerceu um sadio discernimento. Disse o que não era verdade. Se ela foi vista cometendo esse grosseiro e tolo ato de prostituir sua própria filha para alimentar sua luxúria, por que os advogados de acusação não chamaram a pessoa que a viu? A sugestão foi simplesmente uma monstruosa e infundada falsidade.*

O ato de amor na própria cama de Marianne que foi testemunhado por Maria Mooney? Mais uma vez, John Paget mostra um certo desdém com uma testemunha irlandesa:

> *Parece, segundo a prova de um certo Sr. Quirk, que Maria Mooney apresentou certa ocasião, num juramento feito numa cervejaria sobre uma nota de uma libra (que em seu julgamento seria sem dúvida considerado como equivalente, em relação à solenidade, ao Novo Testamento), sua palavra sobre a inocência de Mariana, e que ela também afirmou que foi "o mais infernal erro que já cometera até então, e que podia prová-lo". A Sra. Mooney, contudo, embora admita ter professado a inocência de sua patroa a quase todo o mundo, com exceção de Quirk, nega que houvesse tido qualquer conversa com ele na vida, "e nunca sequer viu o sujeito na cervejaria de Kelly".*

Paget continua, mostrando sua satisfação por Maria Mooney ter mentido a respeito de tudo. E proferiu um golpe pesado:

> *Uma mui respeitável criada da senhora jura que se lembra nitidamente da ocasião a que se refere Mooney, e afirma que naquele exato momento em que se afirmou o suposto ato de adultério no aposento "a Sra. Talbot estava na biblioteca tomando uma lição da filha, e repetindo uma oração, como era seu costume toda noite antes de ir para a cama".*

E Bridget Queeny, que disse ter visto a Sra. Talbot ir sozinha ao quarto de Mullan? *Foi demitida do serviço por não fazer manteiga do agrado do patrão, ou porque era suspeita de levar coisas para a família, que morava perto.*

Mary Anne Benn? Que levara o copo de leite à sala íntima e onde vira Mullan? Demitida *por ser brigona e falar demais...*

*

Comecei a separar as diferentes testemunhas e os diferentes tons de voz em categorias relevantes para uma constatação de culpa ou inocência.

Primeiro, as provas do mal tratamento que Richard dava a Marianne.

Segundo, as sobre o caráter e a credibilidade dos criados.

E terceiro, havia o detalhe do último dia de Marianne em sua casa, em companhia da filha, a agressão e terror que a levaram ao colapso nervoso. Fora de si, não conseguiu se defender: por isso foi julgada culpada. Na época da expulsão, estava, pelo menos temporariamente, louca. A história das últimas 24 horas de Marianne em Mount Talbot, reestruturada por John Paget, era uma importante prova de caráter — do caráter de Richard Talbot. Era tão nociva a Richard Talbot que ficava difícil não acreditar que ele fora, o tempo todo, um sádico.

Resumi os fatos de dezenove/vinte de maio de 1852.

Halloran, o mordomo recém-chegado, parece ter sido o instigador no dia. Portanto, tornava-se importante perguntar — quem era Halloran? Percebi ter sido um sujeito com um passado extremamente caótico incluindo *o retorno* dos Estados Unidos para a Irlanda em 1847 — o ano da grande fome. Não pude resistir e copiei a lista dos nomes dos empregados, embora não tivesse a menor relevância para a história de Marianne — mas o número deles tinha. A maioria cheirava a uma classe que desaparecera — as famílias protestantes que detinham a posse da terra e o controle do comércio da Irlanda antes da independência. Eram os nomes de famílias inglesas e anglo-irlandesas cujo principal, mas não único, contato com os familiares de um De Burca teria sido de patrão ou empregador a criado ou empregado.

Eu teria quase aplaudido todas as dificuldades que a errante carreira de Halloran deveria ter causado a esses patrões, geradas nos demônios que o impeliam, e especular com simpatia sobre sua curiosa parceria com Finnerty, não fosse a crueldade dele com Marianne. Não há evidência alguma de que ela o tenha prejudicado. Por que deveria ele, então, organizar a derrocada dela? Sentiria ciúmes da intimidade de Mullan com ela? Ou seriam ele e Finnerty, e talvez Richard Talbot, totalmente avessos a mulheres? O tratamento de Richard a Marianne durante todo o casamento sem a menor dúvida indica que ele a desprezava. Sobre Finnerty, nada sabemos, a não ser que quando o nome de Halloran é mencionado, também ele tem de ser mencionado. Escreve Paget:

Durante os últimos cinco anos, Halloran esteve em nove empregos. Três meses com o Sr. Blackburn. Três meses com o Sr. Pollock (foi demitido por bebida). Três meses com o Sr. Plulgate (demitido por bebida). Seis meses com o Sr. Verschoyle. Seis meses com o Sr. Gabbet. Quatro dias com o Sr. Studdart. Sete dias com o coronel Smith (demitido por bebida). Seis meses com o Sr. Brennan. Trabalhou 27 meses e 11 dias durante os sessenta meses dos cinco anos. Ele se recusa a responder se obteve o emprego do Sr. Gabbet com uma recomendação falsa: conhece um homem chamado Maginnis, mas se recusa a dizer se falsificou demissões para ele; e se recusa a dizer se obteve ou não a vaga do Sr. Studdart por uma demissão falsificada. Mas admite que esteve confinado em Richmond Bridewell durante três meses por falsificação, e que foi trabalhar com o Sr. Talbot um mês depois de sair da prisão...

Seu encarceramento terminou menos de um mês antes de ele entrar no serviço do Sr. Talbot, onde não estava há muitas semanas quando o Sr. Talbot lhe entregou o aviso de demissão por embriaguez...

Como, então, Halloran chegou ao ponto de ter nas mãos o destino de Marianne Talbot?

Na noite de maio em questão, o mordomo — acompanhado como sempre pelo administrador Finnerty — foi à taverna vizinha à residência. Depõe a governanta:

Halloran me disse que ofereceu ponche a Mullan e o fez beber no Kelly's, a fim de trazê-lo de volta para Mount Talbot.

Depositaram o embriagado Mullan em seu próprio quarto. Depois seguiram Marianne e a filha, vendo-a entrar no aposento de Mullan. Diz Paget:

Está provado que a Sra. Talbot tinha o hábito de visitar, em companhia da filha ou de uma de suas criadas, as dependências de todos os criados, para se certificar que se mantinham em condição saudável (uma supervisão de praxe que os criados domésticos na Irlanda parecem ter tornado necessária)...

Os dois criados trancaram-na no quarto de Mullan. Depois foram buscar Richard. Richard acusou sua mulher de adultério e arrancou-lhe a filha.

Depôs a criada da casa:

O Sr. Talbot, antes de partir de Mount Talbot, deixou num pedaço de papel uma porção muito pequena de chá (e insuficiente para uma refeição) para a Sra. Talbot e alguns torrões de açúcar. Quando cheguei ao seu quarto no segundo andar, ela chorava; exibia claros sintomas de agonia mental e sofrimento, e disse que ia enlouquecer. Finnerty e Halloran trancaram as portas e se recusaram a deixar qualquer pessoa ver a Sra. Talbot.

Continua John Paget...

O Sr. Talbot arrumou então suas coisas e foi com a filha até o escritório de seu agente, deixando vinte libras para pagar as despesas da retirada da Sra. Talbot, uma pequena quantidade de chá e açúcar para seu desjejum, e 9 libras e 12 xelins, o saldo de salário devido a Mullan.

Parece que o Sr. Talbot agiu com singular frieza e autocontrole, apesar do choque...

Richard deixou Marianne — depois de tirar-lhe a filha — trancada a noite toda em seu quarto, na casa principal, com dois perigosos aventureiros e Mullan, presumivelmente embriagado demais para ajudá-la. Pelo argumento de Paget, além do fato de ser injustamente acusada, Marianne foi tão aterrorizada naquela noite — sobretudo por Halloran, que foi visto por uma criada ao lado da sua cama, segurando seus pés (há aqui uma clara sugestão de estupro) — que enlouqueceu.

Ele concluiu:

No meio do dia, sem o menor aviso, esta frágil, infantil, inocente mulher é de repente e violentamente acusada pelo marido, na presença de três criados, de adultério; a filha, que jamais saíra do seu lado desde a hora do nascimento, lhe é arrancada; ela é trancada no andar de cima aos encargos de seu acusador; fizeram-se tentativas para induzi-la a deixar a casa com o suposto adúltero; Halloran, Finnerty e Mullan se embriagaram, e Halloran mostrou-se violento com a cativa. Ela protesta com desesperada veemência sua inocência e luta com violência para obter acesso ao marido; é impedida à força, tenta se atirar pela janela. Este estado de agonia continua por 18 horas, quando o Sr. McClelland surge afinal em cena, e — como ele afirma — "repreende-a por sua relação sexual criminosa com Mullan".

McClelland toma providências para levá-la embora. E a dupla sinistra, Halloran e Finnerty, faz sua última aparição...

Peter Conboy, o porteiro da residência em Mount Talbot, jura que na tarde daquele dia, mais ou menos meia hora antes de a Sra. Talbot partir, deixou entrar Halloran e Finnerty pelo portão: estavam os dois muito embriagados, "cambaleando ao cruzarem o portão". "Finnerty nada disse, mas sorriu; e Halloran me perguntou: 'A Sra. Talbot já saiu?' Respondi: 'Não.' 'Bem,' disse ele, 'se ela não sair quando eu descer, vou arrastá-la para fora como um cão.'"

John Paget também diz que, pouco antes da partida de Marianne, *Halloran tentou roubar o estojo de maquiagem dela, encontrado na despensa dele, após ser cuidadosamente colocado na carruagem pela governanta.*

Eu não tive o menor problema, depois de tudo isso, em concordar com a tese básica de John Paget. Qualquer um ficaria fora de si pelo que fora feito a Marianne Talbot. Dezoito horas! Com a filha arrancada dos seus braços! Não se podia ter confiança alguma em sua chamada confissão. E também pouca confiança se podia ter naqueles que apresentaram provas contra ela.

Levantei-me e fiquei na alta janela nos fundos do quarto, contemplando os telhados imóveis e as ruelas de Ballygall.

Ainda persistiam estranhos aspectos em todo o caso.

Vejam a frase introduzida ali como algo sem qualquer importância, no sumário de defesa de Paget:

...fizeram-se tentativas para induzi-la a deixar a casa com o suposto adúltero...

E mais acima:

Parece, escreveu Paget, *que Halloran e Finnerty entenderam, e agiram segundo esse entendimento, que deviam, se possível, levar sua patroa embora COM MULLAN, e que as vinte libras foram deixadas para esse propósito.*

Que estava acontecendo? Claro que seria mais que conveniente para Richard Talbot se Marianne fugisse de fato com Mullan; isso o pouparia do transtorno e da despesa de ter que escondê-la e comparecer ao tribunal e lidar com as suspeitas dos John Paget deste mundo. Mas por que acreditou na possibilidade de que ela faria isso? Desconfiava realmente da infidelidade da mulher? Ela havia perdido a razão?

Não, não era possível. Ninguém negou o grande amor dela pela filha. Nunca a abandonaria. E todas as testemunhas citadas por Paget haviam dito sob juramento que não havia o mínimo motivo para acreditar que Marianne houvesse algum dia pensado, e muito menos tido de fato, um relacionamento adúltero.

Mas não poderia ter havido algum tipo de inocente, melancólico, desejo — contra todas as barreiras de classe — pelo homem que cuidava de seu cavalo, conduzia sua carruagem e puxava a filha no burro? Poderia Mullan ter-se comovido pela maneira como ela era tratada? *Poderia ter-lhe levado comida, quando o marido a mantinha quase sem nenhuma?* E não teriam homens grosseiros como Richard Talbot e Halloran interpretado mal a delicadeza dele?

Eu nunca poderia saber.

Por enquanto, pelo menos, podia apenas aceitar ser convencida pelo consubstancial tratamento de John Paget da questão que mais me transtornou:

> *Na terrível noite em que explodiu essa detestável conspiração contra a Sra. Talbot, e seu marido a abandonou aos piores ultrajes de luxúria e embriaguez — quando o dinheiro era fornecido por ele e toda circunstância de horror foi acumulada durante 18 horas na mente dela para impeli-la aos braços do homem por quem se dizia que nutria uma frenética paixão, ela foi?*
>
> *Não.*
>
> *Esta única palavra é uma demonstração de sua inocência e da profunda e monstruosa culpa de seus acusadores.*

As luzes na biblioteca apagaram e acenderam duas vezes, mas eu estava absorta demais para me mexer. O velho da recepção se aproximara de mim e tocou meu ombro.

Receio que vamos ter de fechar agora, murmurou. Sábado fechamos uma hora mais cedo.

Eu não queria entregar o livro. Desejava tê-lo a meu lado enquanto pensava e tentava encontrar o caminho com o que ficava sabendo.

Posso pegar este livro de novo?, sussurrei para ele.

Terá de pedir à Srta. Leech, disse ele. Lamento, mas agora sou obrigado a trancá-lo no cofre dela.

Olhei em volta para me certificar de que ninguém me via, e dei um beijo no velho livro. Pelas tragédias ali contidas.

Entreguei-o então ao homem no balcão, e saí como um autômato da sala.

A biblioteca ficava na praça de Ballygall. Parei no alto da escada, inspirando o ar da tarde, dando-me alguns momentos — como a gente faz quando sai de uma biblioteca — para pôr no fundo da mente o que estivera lendo, enquanto retomava a vida real. O ar estava tépido. O verão devia estar bem próximo. Como sempre, a fila de carros para o supermercado avançava em volta da praça, passando pelos portões semi-arruinados de Mount Talbot.

Eu saía como de um choque que me tomara de cima a baixo. Não era apenas ficar diante de uma biblioteca onde estivera lendo um livro. Fora ali que tudo acontecera! Aquela biblioteca fora o tribunal onde Richard Talbot desempenhara a função de magistrado. Deve ter subido por aqueles degraus gastos. Aquela arcada do outro lado da praça — a própria arcada pela qual passara a carruagem, com a desgraçada Marianne envolta em sua manta, e o Reverendo McClelland sentado — com certeza — o mais longe possível dela. Os cavalos teriam trotado ao sair pelo portão, o cocheiro os inspecionado no meio-fio, depois estalado o chicote, e a carruagem virado à direita, para começar a longa viagem até a estação ferroviária. Ela — uma verdadeira mulher — teria lançado àquela praça seu último olhar com olhos inchados pela perda da filha, de toda a segurança e toda a felicidade. Teria as mãos entrelaçadas no colo. E agora, ali, pensando nela, eu não sabia o que teria sido mais trágico — seu desesperador desvario com aquela reviravolta inacreditável em sua vida, caso fosse inocente, ou a dor de ser arrancada do homem que adorava acima de qualquer coisa, e da filha, caso fosse culpada.

Dos dois jeitos, no fato real, uma jovem — perfeitamente bem em todos os sentidos — viera da Inglaterra para a Irlanda e entrara naquela praça atrás dos cavalos da carruagem de degraus altos de Talbot em 1848. Saudável, confortável, segura — a filhinha sentada firme a seu lado no colo da babá. Talvez Marianne suspirasse, com compaixão, à visão dos mendigos em volta do portão, que enfraquecidos pela fome não conseguiam erguer as mãos em direção à carruagem que reduzia a velocidade. Eram os mendigos de seu marido, afinal. Mas, na certa, ela se retraíra. Eu mesma fiz isso, em pequenos aeroportos na África e na Ásia, parada na escuridão diante de algum terminal mal iluminado, e só deduzindo um vulto macilento, sem pernas, saltando apoiado nos braços em minha direção, ou um anão puxando-me a manga, ou cegas com as mãos estendidas, ou ainda crianças marginais, ágeis como ratos.

Era inconcebível, no dia em que ela chegou, que apenas quatros anos depois seria conduzida para fora daquele mesmo portão, uma mulher arrasada — pelo menos tão infeliz quanto os pobres famintos em volta, e talvez mais desesperada. Podiam implorar-lhe, quando passava por eles: Faça alguma coisa por nós! Faça alguma coisa por nós, minha senhora! Mas ela não tinha lugar algum a que recorrer em busca de compaixão.

E fora destruída em nome de quê? Que ganhara Richard Talbot com essa atitude? Por tirar-lhe a filha? Por tirar-lhe a liberdade, quando a mandara cumprir uma sentença de prisão perpétua em Windsor? Por insensivelmente, e depois perversamente, passo a passo, aterrorizá-la até desestruturar sua razão? A mansão e os jardins eram agora restos destruídos de muros invadidos por vegetação numa imensidão de ervas daninhas, escombros e lama. Os grandes pomares agora transformados em selva de pântanos estéreis e infectos atrás de portões enferrujados. A casa se fora. A terra se fora. Os Talbot e os de sua espécie haviam sido inteiramente esquecidos pelas famílias irlandesas que agora riam com os filhos de bonés de beisebol acenando pelas janelas de trás de seus carros ao entrarem na fila do supermercado.

Richard Talbot pensou em garantir sua riqueza e nome levando-a à loucura. Mas ela foi punida por nada. Os Talbot já estavam a caminho de sumir da história da Irlanda e do mundo. O sacrifício da pobre Marianne não impediu a ruína do marido. Ele a esmagou, e o que aconteceu foi que isso não teve maior repercusão do que esmagar uma borboleta. John Paget termina seu panfleto dizendo ao leitor que Marianne já morava em sua casa desde que ele a resgatara de Windsor, e que *não se descobriu nenhum traço de leviandade nem de impureza entre as ruínas de seu intelecto, onde tudo é puro, simples e infantil...*

Aqui não temos nenhuma cidade cuja posse seja eterna! As palavras da Bíblia vieram-me à mente, e cerrei as mãos quentes. Apressei o passo e cheguei mesmo quase a correr pela rua, sentindo a sacola com meus blocos de anotações baterem na coxa. Queria estar na luz e no companheirismo da cozinha de Bertie. E queria dizer a todo mundo — Alex, Bertie, Caro, Nora... Adivinhem! Vamos... Adivinhem! Ela era inocente! Marianne Talbot nunca foi uma libertina. Escutem só isto!

Mas a única pessoa que vi naquela noite, foi Bertie, e ele teve uma reação com a qual eu nunca sonhara.

Minha história dos Talbot está passando por uma crise, disse eu. Parece que ela não fez nada.

Não fez o quê?

Não teve um caso com o cavalariço.

Graças a Deus!, disse Bertie, com fervor, e persignou-se.

E com sinceridade, também.

Fiquei abalada. Não me ocorrera que, para um católico como Bertie, a morte não tenha necessariamente levado paz a Marianne. Talvez continuasse sendo punida pelos pecados que cometera na terra — sofrendo, na outra vida, por toda a eternidade.

Naquela noite, abri meu laptop para registrar as anotações do dia. Meu olho foi atraído pelas imagens invertidas de meus gestos no ondulante espelho velho. Sempre imaginava que as ondulações do espelho indicavam que Marianne estava no outro lado, tentando me alcançar. Distribuí as citações em suas categorias: provas dos criados, os prós e os contra; atitude de Richard com M; fatos do último dia em Mount T.

Abri então uma categoria final: William Mullan. Depois digitei sr. Mullan, para mostrar-lhe um pouco de respeito.

Quando John Paget começou a demonstrar interesse pelo caso de sua desgraçada sobrinha, foi à Irlanda — sem saber que Marianne permanecia encarcerada em Windsor — procurá-la. Na manhã do décimo quarto dia de agosto de 1852, ele escreve:

> *Eu conversava no pátio da estalagem em Athlone com um homem que nos conduzira na véspera. Revelou-se no curso da conversa que esse homem, que não tinha a mínima idéia do objetivo de nossa viagem, conhecia Mullan, e que, na manhã de 20 de maio, Mullan entrara no pátio da estalagem em Athlone; contara-lhe a briga em Mount Talbot, dissera-lhe que fora "por causa do rancor e da maldade dos outros criados", a menina estivera dando de comer às galinhas, e o Sr. Talbot ralhara severamente com ela por ficar com os pés molhados, e a Sra. Talbot a levara àquele quarto para secar as meias na lareira; que ele estava limpando suas coisas no outro lado do aposento; e, para usar as próprias palavras do homem, ele "nunca pensou em sua patroa mais que o senhor, Sir".*

Isto era o mais perto do que eu chegara até então de palavras do próprio Mullan.

Escovava os dentes quando me dei conta.

Mas se não houvesse nada mesmo entre Marianne e William — por que ele a seguira até a rua Dominick? Que havia na carta que enviara a ela? Por que ficara do lado de fora esperando uma resposta? Por que iria à procura dela, logo ele, se o que fazia era professar sua inocência?

Voltei para a mesa, e para minhas anotações.

No *Julgamento*, o juiz da Câmara dos Lordes sorrira desdenhosamente de Richard ser ressarcido em 2 mil libras em sua ação por danos contra Mullan.

A quantia... era apenas simbólica. O homem partira para a América, e em sua posição na vida não poderia ter pago dois mil pence.

Mas John Paget, C.R., mostrara essa fuga também sob uma nova luz:

> *Após a frustrada tentativa de obter uma entrevista com sua patroa, Mullan recorreu a um advogado para defendê-lo na ação por conversa criminosa movida contra ele por seu patrão; e fez semelhantes representações ao promotor, a inocência de sua patroa e a sua própria, como ele fizera antes ao condutor do carro, e só foi induzido a abandonar sua defesa ao descobrir que o total de dinheiro que seria capaz de juntar era ridiculamente insuficiente para pagar as custas de sua defesa; e, ao pisar no convés do navio que ia levá-lo para sempre de sua terra nativa, acompanhara seu último adeus aos parentes com uma sincera e enfática declaração da inocência de sua patroa.*

Meti-me na cama.

Como Paget sabe disso?, pensei comigo, ali deitada. Com quem andava falando? Ou simplesmente recorreu à licença poética no fim de sua história? Não sabia que tudo que lhe diziam os irlandeses entrevistados na certa era o que achavam que ele queria ouvir? Embora Mullan com certeza houvesse emigrado. Eu mesma pisei num convés e acenei em despedida da minha terra nativa aos vinte anos. Na verdade eu nem reparei que deixávamos o porto porque estava cheia de vodca, lágrimas e raiva...

Ouvi as pisadas fortes de Bertie atravessando o hall de entrada e ele removendo a barra de ferro da porta. A barra de ferro do Sr. McClelland. Talvez eu conseguisse pensar com mais clareza quando saísse daquela casa, cujas tábuas corridas foram pisadas, o revestimento fora tocado, as folhas de madeira das janelas empenadas pelo vigário que detestava Marianne. Mudar me faria bem. Pelo que eu sabia, Felix era jovem, na dele e internacional. Sua casa não teria fantasmas nos espelhos. E eu teria a terrier Spot como minha amiga e guarda-costas.

Tentava manter a mente clara, mas ela não parava de resvalar de volta para o que eu sempre acreditara desde garota, ao folhear pela primeira vez a cópia do *Julgamento*, na cama do meu amado — que Marianne e Mullan eram amantes apaixonados, como eu e Hugo. Tinha na cabeça uma imagem muito exata de Mullan na rua Dominick em Dublin. As janelas do térreo e do primeiro andar de um prédio georgiano como o hotel Coffey seriam tão altas e de parapeito tão baixo que se Marianne se encostasse nela — esticando-se para olhá-lo, ou gritando o nome de Mab — ele a teria visto. Todo seu desesperado corpo ficaria emoldurado na janela. E ela o teria visto. Isso piorava tudo, os dois verem um ao outro da cabeça aos pés — como se houvesse apenas um pequeno espaço e algumas vidraças de janela a separá-los, e não toda lei feita até então para manter um homem e uma mulher separados, e toda convenção, e toda possível consideração prática.

Que dizia no *Julgamento*? Que o bilhete de Mullan *foi posto na mão do Sr. McClelland, que ali estava como protetor dela, e ele após o ler destruiu o bilhete, não permitindo que ela o visse.* Marianne então disse que queria vê-lo. Lembro que a frase dita pelo juiz foi que ela estava *extremamente ansiosa* por ver Mullan — que pediu não apenas para vê-lo, mas disse: *Eu gostaria de partir com ele para a América.* Teria desejado isso como uma coisa nova, agora que perdera tudo e não tinha mais o mínimo futuro entre sua própria gente? Ou sempre quisera fugir com ele? Ou haviam os prepotentes à sua volta — Halloran, Richard Talbot — plantado em sua confusa cabeça que era aquilo que se esperava que ela fizesse?

Vou ter simplesmente de esperar, disse a mim mesma. Vou deixar minha mente apoiada na contradição, do jeito que aconselhava Keats. Capacidade negativa: "Quando um homem é capaz de existir em incertezas, mistérios, dúvidas, sem qualquer irritável recurso a fato e razão..."

Mas eu tinha de sair da cama, e digitar uma citação final. Escrevi-a bem no topo de minha história, antes da primeira frase.

No *Julgamento*, está escrito que após alguns dias no hotel Coffey, Marianne foi levada para um cortiço em Rathgar Road, subúrbio de Dublin, onde era guardada por uma enfermeira. Supus que a transferiram do hotel para Mullan ou qualquer outra pessoa que a procurasse não conseguisse encontrá-la. A história contada à proprietária da casa foi de que ela estava doente.

A enfermeira que a guardava em Rathgar Road foi chamada para depor perante os Lordes Juízes, assim como a senhoria.

A enfermeira explicou que tentou impedir que Marianne conversasse com a senhoria, porque esta era muito sensível. *Impedi que a Sra. Talbot tomasse chá com a pessoa em cuja casa morávamos. Era uma mulher perspicaz...* Mas Marianne de fato conversou com a senhoria e, segundo esta, foi muito franca, e contou à senhoria que — pelo qual suponho que falava sério — fora muito íntima de um cavalariço.

Digitei a pergunta e a resposta:

> *Advogado. Ela o chamou de cavalariço?*
>
> *Senhoria. Sim, deste cavalariço. Disse que fora se encontrar com ele, e ele lhe dissera que teria um filho se ela se entregasse a ele. Ela disse que considerava seus abraços mais quentes que os do marido... A Sra. Talbot disse que precisava de alguma coisa para amar; e eu desejei saber o que ela queria dizer com querer ter alguma coisa para amar.*

Esta era a frase. A última. O significado era um pouco obscuro, mas mesmo assim eu entendi. Fiquei comovida por chegar tão perto de uma citação direta de Marianne. E pela simplicidade do que ela disse. A senhoria desejou saber o que ela queria dizer com querer ter alguma coisa para amar. Portanto, a verdadeira, histórica Marianne Talbot — fosse ela culpada ou inocente, louca ou sã — deve ter dito a sincera frase: Quisera eu ter alguma coisa para amar.

16

Acordei me perguntando se Marianne Talbot fora apaixonada pelo marido. Richard, sem dúvida, seria incapaz de inventar o tocante detalhe de mandar a filha ser beijada e depois pegar os beijos da criança. Mas e se soubesse disso porque Marianne também fazia com ele? Talvez o adorasse, e mandasse Mab correr para ele e pegar beijos para ela. Parecia-me uma dessas coisas que uma jovem esposa faria, sobretudo se estivesse sendo bastante feminina diante de uma indiferença ou hostilidade.

Eu diria isso de minha mãe, pensei. Pelo menos ela não sorria com timidez nem afetação. Era tão calada com o marido quanto com todos os demais.

Mas obedecia a ele. E permaneceu com ele.

Entrei na banheira. A água estava um tanto fria, mas eu preferi deixá-la assim mesmo.

Marianne devia ficar em seu quarto o máximo possível, não? Seu grande aposento seria mais frio que nossa casa em Shore Road. Muito mais frio. Aquelas casas fidalgas — com espaços imensos — nunca haviam sido aquecidas e não poderiam ser quentes. Mesmo no verão, sob os tetos dos grandes cômodos, ou ao longo dos altos corredores, o ar devia conservar sua natural frieza. Claro, ela teria um fogo — os torrões de turfa exalando calor das rasas lareiras com suas grades elevadas. Ou lenha úmida, crepitando... Mas não — talvez ele não lhe tenha dado uma lareira. Se cuidava para que tivesse pouca comida, sem dúvida também a deixava sem combustível.

Talvez a pobre tenha sido atraída para o quarto de Mullan por conta de sua lareira.

A criança molhou as meias, Mullan, disse em voz alta. Vamos secá-las nesse fogo.

E depois tentando disfarçar os arrepios de alívio, parada junto à filha diante da brasa, com as chamas avermelhando suas faces pálidas, aquecendo-se, afinal.

Minha mãe tinha apenas sua própria respiração para se aquecer durante cinco noites da semana. E não por que sua toca, no meio do colchão encaroçado, fosse sempre quente porque ela ficava tanto tempo na cama. A cama esfriava durante as longas horas do dia, quando tudo o que ouvia ao permanecer sozinha em casa era a torneira pingando na pia da cozinha, e o despertador de papai tiquetaqueando na prateleira acima do fogão. Sei disso porque quando ela esteve fora, certa vez, tendo um aborto ou um bebê que morreu, entrei na ponta dos pés em seu quarto, fiquei ao lado da cama e prestei atenção para ouvir o que ela ouviria. Não se ouvia o barulho do mar do quarto dela ao menos naquele dia.

Pelo menos, mamãe não tinha de falar. Nenhum forasteiro jamais entrava em casa, a não ser tio Ned, e, quando se tratava de uma emergência com bebês, a Sra. Bates. Minha mãe era extremamente solitária: sei pela maneira como ela se relacionava com os personagens dos livros que lia e pela maneira como assistia a filmes na televisão, com esperança e interesse na fisionomia, como se socialmente envolvida com aquelas pessoas. *Núpcias de escândalo*, por exemplo, eu diria que ela não respirou durante a transmissão. Mas pelo menos ninguém a olhava. A não ser eu, claro. Mas uma criança não conta.

O quanto Marianne gostava de Mab? Seria tudo para ela? Sobretudo enquanto a menina era pequena. Será que Mab era para ela o que eu teria sido para mamãe, se mamãe só tivesse a mim? A mãe de Sharon era boa para mim — tentando tirar com uma esponja manchas do meu uniforme de escola, e pegando um pedaço de presunto da salada que preparara para o chá de Sharon e fazendo um sanduíche para mim. Ela fazia coisas que me causariam um ataque de ressentimento contra mamãe. Deitada ali na cama. Enlouquecendo-nos com seu silêncio. Mas quando mamãe dizia alguma coisa, valia a pena ouvir. Disse, por exemplo, que Anna Karenina estava certa ao se atirar debaixo do trem, que não podia fazer outra coisa, pois Vronsky começava claramente a afastar-se dela. A gente esperaria um longo tempo para ouvir a mãe de Sharon dizer uma coisa assim.

Eu me levantava de manhã no meu porão, serpeava até a cozinha, nua, fazia uma caneca de chá forte, com leite, e ligava a Rádio Três para ouvir um pouco de música e também descobrir que horas eram. Não dava para saber no permanente crepúsculo do porão e eu preferia não olhar o relógio, com diversão. Podia ser qualquer hora; minhas noites eram tão agitadas que às vezes eu dormia até bem tarde da manhã; outras, não passava das seis e meia ou sete. Com muita freqüência, ao me sentar na poltrona com meu chá e um cigarro, entrando devagar no dia, sentia-me feliz com o destino que me levara a viver sozinha. Meu apartamento era meu. A escolha da música, minha. A nuvenzinha de fumaça estava ali por minha opção. Eu tinha certeza de que inúmeras mulheres tornavam a infelicidade suportável relaxando com os pequenos confortos que preparavam para si mesmas. Mas as casadas — bum! Tinham de se empertigar, como camareiras cansadas voltando ao serviço depois de um intervalo, quando os maridos chegavam. Richard Talbot atravessando a passos pesados o vestíbulo em Mount Talbot com os cães atrás, atirando o chicote numa mesa. Meu pai se lançando indolente em casa, em Shore Road, nas noites de sexta-feira às sete horas, tirando as coisas de trás do carro, preocupando-se com ninharias e cuidadoso, antes de cumprimentar alguém. Então, mais tarde, a cama partilhada...

Certa vez, Nora me disse: Sabe de uma coisa, Kathleen?

O quê?

Ela deve gostar dele.

Como?

É a única explicação.

Isso foi numa tarde de domingo, quando os dois estavam no quarto e nós limpávamos a cozinha.

Olhei-o com toda a atenção quando ele saiu por volta das cinco da tarde. A testa reluzia. Estava só de meias.

Papai, começou Nora, que fazia o dever de casa sentada à mesa.

Não me venha com papai, disse ele, suavemente. Estou ocupado. Ligou o rádio, pôs seus quatro sapatos pretos sobre um jornal e começou a engraxá-los para a semana seguinte.

Caroline não manteve contato comigo quando saímos da casa que dividíamos. Soube que o bebê recebeu o nome de Nat e que os três moravam em algum lugar do outro lado do Tâmisa. Ela de fato voltou a me procurar, mas só quatro anos depois.

Não estava tão envelhecida quanto oxigenada e esgotada.

Ele me deixou, disse ela no degrau da entrada. Tinha os olhos fundos de tanto chorar.

Nehuma palavra sobre mim, nem sobre como eu estava. Foi direto ao maldito Ian.

Disse ele que íamos sair para jantar. Fez três meses ontem. Não, anteontem. Fiquei emocionada, porque nunca saíamos. Ele não gosta que eu deixe Nat sozinha à noite. E no meio do jantar, simplesmente, se levantou e disse: Estou deixando você.

Mas não é só isso, Kathleen. Isso eu poderia agüentar. É que ele nada mais disse, a não ser quando, ao se afastar da mesa, se voltou e falou: Nunca a amei. Nunca.

Eu a ouvi, o melhor que pude, durante muito meses. Cheguei a não pegar trabalhos no exterior. Sentava-me à mesa do meu apartamento e Caroline na poltrona, tão próximas que nossos joelhos quase se tocavam.

Ela sofria tanto que olhar para ela me deixava quase nauseada.

Foi como se tivessem posto meu coração num ácido, disse Caroline. Esse ácido está me corroendo.

E a verdade era que toda ela virara um sofrimento. Fora tomada pela mesma força que, num primeiro momento, a enchera de paixão por Ian.

A única coisa que eu podia dizer, repetidas vezes, era que a dor ia passar.

Quando? Quando?

Não posso abreviar seu sofrimento, Caroline. Oh, quem dera eu pudesse!

Nat se enfiava entre os joelhos da mãe quando ela desabava na poltrona. A boca caía de descontentamento e os grandes e debruados olhos me fitavam com puro ressentimento. Ele brincava da melhor maneira possível no espaço que tinha. Agarrava-se a uma das coxas da mãe, depois à outra, e tentava se balançar.

O parque, mamãe!, dizia. Vamos para o parque.

Ela acabava despertando e dando-lhe uma resposta.

Fique pronto e vamos para o parque num minuto. Mas que acha, Kathleen? Acha que ele na verdade me amou, e talvez se...

Meu Deus, Caroline, eu não sei. Mas acho que dizer "eu nunca a amei" mostra pelo menos que aquele verme tem algum sentimento.

Certos vestígios da experiência como esposa ainda se prendiam a Caroline. Ela me olhava exatamente com a mesma reprovação de Nat. O simples insulto de Ian não era permitido.

Vamos, Nat, dizia, como se a criança a estivesse esperando. Que horas são, Kathleen? Tenho um compromisso.

Passei um tempo na Austrália naquele outono. No dia em que voltei, ela telefonou.

Kathleen, cheguei em casa depois de fazer uma compra em Sainsbury e o encontrei à minha espera. A primeira coisa que fez foi perguntar por que deixei papai trocar o carro sem consultá-lo? Pensei que tinha voltado para ficar! Em todo caso, ele chegou em casa, mandou Nat ver os desenhos animados e quase me arrastou pela escada acima, me atirou na cama e... oh, Kathleen, não dá pra lhe contar como foi tudo maravilhoso!

Não é interessante o casamento?, perguntei. Onde quer que estivesse, pressentiu que você começava a melhorar um pouquinho. Aí, apareceu a fim de arrastar você de novo para o fundo do poço.

Oh, e Kathleen... depois disso ele se levantou de um salto, disse que tinha de ir, e eu corri atrás dele até a escada, puxando-o, apavorada que Nat chegasse e nos visse. Disse eu a ele: Como pode ir depois do que acabamos de fazer juntos?

Ele disse: O quê? O que fizemos juntos? E eu respondi, fiquei realmente sem graça, mas saiu assim mesmo: Bem, amor. Acabamos de fazer um sexo fantástico.

Não foi sexo pelos meus padrões, disse ele. Foi como um espirro bastante satisfatório.

Ela ficou completamente calada após esse episódio. Deve ter assustado sua mãe, pois acabou surpreendendo-a ao lhe propor que Nat ficasse em sua casa no campo enquanto ela descansava um pouco.

Não é maravilhoso, Kathleen?, perguntou Caroline. Mamãe disse que todas as suas amigas sabem como entreter uma criança, embora ela não. Disse até que vem à cidade buscá-lo, se eu não quiser dirigir até lá.

Então ela sorriu de verdade pela primeira vez em meses.

Oh, Kathleen! Nat vai ter uma avó! Será tão bom pra ele! Nat, meu filhote, você vai ter uma vovó!

Peguei-o no colo, rodopiei-o e disse: Os dias felizes estão de volta mais uma vez, menino.

Era uma das coisas que eu pretendia perguntar ao psiquiatra, quando decidi consultar um — não na primeira sessão, claro, mas depois, quando nos entendêssemos melhor um ao outro. O que leva uma mulher a virar um capacho? O que a faz ver uma outra pessoa bastante comum como um Golias ameaçador? E de onde vem a terrível dor de perder o opressor? E não são esses relacionamentos uma tamanha agressão à realidade que não podem durar toda a vida? Minha mãe era o equivalente emocional de um vulcão extinto... Não podia deixá-lo, com as crianças, a pobreza, a Irlanda e, de qualquer modo, não tinha para onde ir. Se tivesse podido deixá-lo, ou se ele a tivesse deixado, acabaria se recuperando, como Caroline?

Mas Caroline não melhorou durante anos. Pode-se até dizer que nunca melhorou, porque se escondeu atrás da perfeita imitação de mulher elegante, superficial, como as de sua classe. Recentemente fora à ópera em Verona e tudo mais, com um advogado de seu círculo de festas e jantares. Mas nunca dormira com ele, pelo que sei. Era impossível imaginá-la dormindo com outro alguém. E aquela garota tão linda que fora! Tão luminosa e dourada... Eu gostaria de perguntar ao psiquiatra se é alguma perda enorme, ocorrida na infância, que deixa a pessoa exposta a tão grande sofrimento. Ou a imaginação transforma a hostilidade do outro em algum tipo de desafio biológico? Ou é todo esse excesso de sentimento uma forma de narcisismo?

Ora, eu não esperava que um psiquiatra tivesse as respostas. E não só por causa do fiasco do estagiário atrás do biombo. Agora — pensando nisso tudo enquanto me vestia, escovava os cabelos à luz do sol do velho quarto verde de Bertie —, eu via como um erro do mesmo espectro da paixão conferir o poder de explicação a outra pessoa. Eu não poderia privilegiar a versão do mundo de um psiquiatra, ora. Alguma coisa mesmo no curto tempo com Shay me tornara vigorosa. Sentia-me bastante apoiada no bom senso. Conseguia ver algumas coisas com muita clareza. Por exemplo, que o tempo é o terceiro vértice de todo relacionamento, e se Marianne e Mullan *estavam* juntos o importante é que ficaram juntos por três anos, e essa duração sugere mais amor que paixão. Ou, por exemplo, que mamãe e papai nunca conversavam como fazíamos eu e Shay. E que, embora o silêncio deva acrescentar intensidade aos nossos momentos íntimos, também deve encarquilhar a alma deitar-se ao lado de alguém que não fala com a gente. Ou, por exemplo, se somos amados quando bebês, aprendemos a amar. E continuamos precisando ser amados. Não há a menor dúvida, por exemplo, que a volta da mãe de Caroline para ela foi o que começou a curá-la.

Ela nunca reparou isso, e eu nunca lhe disse. Eu pensava na época que pouco amor na infância — que foi o que ela teve da mãe — deixa a pessoa completamente vulnerável quando tenta aumentá-lo. Quando a gente cresce e compreende que nunca foi amada, se convence, de certa maneira, de que nunca teve o que então acredita que não merece. Eu nunca fiz a ninguém as exigências que Caro me fazia. Nunca pedi a ninguém que me ouvisse, enquanto definhava e chorava por Hugo; apenas me afastei de todas as coisas de amor, como se após cair num ninho de cobras, eu houvesse compreendido que o ninho de cobras estava dentro de mim.

Se eu tivesse um filho, pensava sempre, saberia os erros que não cometeria. Eu o amaria tão completamente que ele seguiria pela vida sorrindo e calmo. Mas alguma coisa dentro de mim estava errada. Vi certa vez uma peça em exibição num dos museus Smithsonian em Washington — de vestuário infantil feita de uma única pele macia de animal. O povo Inuit, do Círculo Ártico, mantém seus bebês dentro dela — uma minúscula roupa inteiriça, com braços e pernas que terminam em bolsinhas para as mãos e os pés. Colocavam o bebê dentro e depois a abertura era fechada com camadas de camurça. Onde ficaria o bumbum do bebê, vê-se um tufo de musgo. Jogava-se fora o tufo quando o bebê fazia cocô e trocava-se por musgo novo. Era um mecanismo que lembrava um bebê de verdade — os delicados membros sacudindo-se, a cabeça girando e dando risadinhas. As pequenas metades redondas do bumbum seriam sedosas. Fiquei ali olhando a vitrine e aceitei o fato de que nunca existiria um bebê de Kathleen — que as palavras não soavam direito. Não me senti particularmente contrariada. Eu saíra da casa de minha mãe não gostando de bebês.

Foi quando fiquei mais velha que comecei a me emocionar com a beleza de recém-nascidos. Pelo milagre de sua criação. Por sua pequenez, desamparo e amabilidade diante do mundo. Uma vez, no Shedd Oceanarium em Chicago, cheguei a chorar encantada com uma baleia beluga recém-nascida curveteando como uma dançarina solitária no grande tanque de água escura. Profundas pregas ainda marcavam o corpo branco até pouco tempo retorcido no ventre da mãe baleia. Subiu pela parede de vidro e olhou-me com inocentes olhos cor de passas de corinto...

Quanto mais velha eu ficava, mais perguntas fazia sobre o propósito de minha existência, se não fosse para ter um bebê. E, claro, perguntava a mim mesma por que acontecera de nenhum de todos os bilhões de homens no planeta *querer* que eu lhes desse um bebê. Talvez eu seja estéril, pensei, por causa disso — porque nenhum daqueles *quisera* me fertilizar.

Não contei a Jimmy quando me internei num hospital por alguns dias para fazer testes de fertilidade. Não tentara engravidar com ninguém em particular, mas sentia uma sensação de desconforto cada vez maior.

O idoso especialista me chamou ao seu consultório no dia em que eu ia sair.

Achamos que há antigas cicatrizes aqui. Apontou uma radiografia dos meus ovários. É possível que tenha tido uma infecção tuberculosa na infância não diagnosticada?

Eu poderia ter tido lepra na minha infância, respondi, que ninguém teria notado.

Houve um silêncio.

Algum dia poderei ter filhos?, perguntei.

Não gostamos de dizer nunca, disse ele.

Saí do hospital, joguei o saco com as coisas para minha estada no hospital numa lata de lixo, e tomei um táxi direto para a redação. Se eu não tivesse nenhum outro lugar para ir além do porão, eu teria desmoronado. Quando entrei na redação — e não foi fácil, por causa do meu inchaço, causado pelas sondas —, Roxy estava emburrada porque, sentado em frente a ele, Alex lhe fazia uma preleção constrangedora, mas valente, sobre a importância de ortografia, vírgulas e pontos finais, pois ela estava destruindo matérias que Jimmy e Kathy haviam escrito com grande cuidado e que ele, Alex, editara com o mesmo cuidado. No momento em que passei, Alex, sem se levantar, entregou-me um maço de contas assinadas e sorriu para mim. É só uma questão de ler de novo tudo que você digitou, continuou ele a dizer, porque você é uma moça muito inteligente, Roxanne, só que é descuidada... A sala estava aquecida, nuvens passavam pela nossa janela em forma de meia-lua e de algum lugar vinha um aroma de cravos. Roxy, vendo um meio de escapar da repreensão, perguntou: Ponho a chaleira no fogo? Os gerânios no parapeito exibiam o mais claro dos vermelhos-corais. Jimmy ergueu a cabeça bem-feita e me olhou. Eu devia estar com o rosto muito pálido, porque seu sorriso de repente ficou imóvel. Achava que eu tirara alguns dias de folga para me encontrar com um homem.

Não muito depois, eu estava no convés do iate de alguém e fui para casa com o sujeito simpático com quem estivera conversando. Para ele, era óbvio que aquilo tinha quase a mesma importância que uma ida à academia de ginástica, mas eu me sentia muito solitária. No apartamento dele, o quarto sem ventilação, com uma grade de proteção de ferro de um lado ao outro da janela lacrada, fizemos sexo numa cama d'água. A cama tinha ares de hospital, minha carne grudando no politeno. Ele era um atleta, recuou do meu corpo, apoiou-se nos braços acima de mim e golpeou, golpeou.

Mas isso é ridículo, pensei. A gente faz a mesma coisa para engravidar...

Talvez, na verdade, fosse o pior de tudo. Estar sempre em perigo de perceber o ato de amor como uma pantomima.

Nunca chorei por causa desse lado das coisas quando era criança. Mas uma vez, em Berlim, fazendo uma reportagem sobre novos museus, parei atônita, ao passar por uma banca de jornais na estação de Ku'damm, e deparar-me com as capas de revistas pornográficas. Um peito enorme atrás do outro. Uma revista tinha a foto de uma loura erguendo peitos volumosos com as mãos, de modo que os mamilos projetavam-se retos à frente. Grandes tetas!, dizia a legenda. Chupe e veja! Diante dessa foto, fitando-a imóvel, um operário turco tremia de frio.

Olhei para ela e para ele. Depois olhei para mim mesma olhando.

Eu queria — um intenso e incoerente desejo sexual avançou por todo o meu corpo — ao mesmo tempo ser alimentada e alimentar. E não havia a menor chance.

Devia ser fevereiro ou março, porque me lembro do céu metálico atrás das árvores sem folhas, e de que chorei, pelo abandono, andando sozinha, pois fazia tanto frio que todo mundo tinha olhos lacrimejantes.

Sou órfã de mãe em todos os sentidos, eu sofria.

Queria fazer sexo ali. Os peitos volumosos também me excitaram. Mas depois pensei em minha mãe me amamentando — o que ela fez — e me senti enojada. Não entendia como os homens conseguiam manter a distinção entre o seio erótico e os seios da mãe. Em Berlim, voltei à eterna questão: como minha mãe nos segurava, minúsculos seres, junto à sua pele e nos enchia de si mesma, e ao mesmo tempo nos olhava com tanta indiferença três ou quatro anos depois, sentados à mesa fazendo nosso dever de casa e esperando, sem coragem de abrir a boca, que ela preparasse alguma comida? Parecia a maior das ironias que a maternidade a houvesse matado. Mas vejam como o útero define vidas! Marianne Talbot nunca teria sido levada à loucura se fosse dona de um útero saudável e tivesse dado a Richard um menino perfeito, garantindo a herança de Mount Talbot. Caroline talvez não se houvesse rendido tão explicitamente a Ian se a pele em volta dos olhos dela não ficasse arroxeada e inchada da gravidez quando disse ele que nada tinha a ver com qualquer uma das decisões que ela tomasse.

E eu. Apertei o zíper da calça *jeans* na barriga macia. Em algum lugar, enterrado no fundo daquela carne, imaginei, havia um órgão encarquilhado.

Da forma de uma lágrima. Os úteros têm a forma de uma lágrima.

Na vida real, em maio de 1852, Marianne Talbot deve ter compreendido com mais clareza, a cada passar de hora, que sua filha lhe fora tirada para sempre. Isso é dor. Isso é o que eu chamaria de dor. Ela teria sido mergulhada num inferno vivo. Se estava no inferno — a mente frenética deve ter reconhecido —, estava sendo punida por pecar. E se estava sendo punida, devia ser culpada. E nada negou. Exatamente como, num julgamento-espetáculo, a pessoa acaba dizendo a seus atormentadores: O senhor está correto, senhor. Sim, senhor. Tudo que disser.

Eu escrevera na última página do meu caderno de anotações um trecho do folheto de John Paget. Era sobre culpa e loucura. Quando Paget levou Marianne para ser examinada pelos médicos dele, todos a diagnosticaram como louca. E não se surpreenderam — conheciam muitas loucas. O trecho que copiara era do mais ilustre dos médicos que depuseram sobre Marianne:

> *Conheci, ao longo de minha prática, uma senhora de personalidade comum, mas que acabou por se destruir durante um ataque maníaco, que declarou haver sido repetidas vezes culpada de ligação criminosa com um homem da área médica, ao qual ela só vira uma ou duas vezes. Outro caso foi de uma jovem senhora prestes a casar-se, que enlouqueceu e declarou que fora seduzida pelo futuro marido e dele engravidara. Ela se recuperou e constatou-se que aquela declaração fora um total delírio de sua parte. Num terceiro caso, uma jovem senhora que morava com o tio e a tia, e que tinha muitos delírios, declarou, entre outras coisas, que seu criado na mesma casa a seduzira e dormia freqüentemente com ela. Recuperou-se e ficou comprovado que todas as suas declarações não passavam de simples delírios. Sou médico consultor do sanatório Hanwell, onde há quinhentas insanas internadas; e tenho conhecido muitas mulheres casadas, internas no referido sanatório, que declaram que na noite anterior à da declaração, homens, às vezes identificados pelos nomes, entraram em seus quartos à noite e tiveram relações com elas...*

Irmãs dignas de pena!

As mulheres no sanatório afirmando sexo imaginário, e Marianne afirmando culpa imaginária, me pareciam merecer uma misericórdia especial. Alguma coisa verdadeira nelas tentava sair — alguma força vital continuava tentando se expressar através delas. Elas parodiavam o impossível ideal de mulheres que haviam aprendido em moças a ser lascivas à noite, mas a manter a sexualidade na linha à luz do dia pela vergonha e autodesprezo.

E, claro, o fato de haverem definido as mulheres no sanatório de Hanwell, e Marianne rastejando pela mansão de John Paget na Inglaterra, como loucas não fazia das restantes de nós sãs. As ações delas, e as minhas, e as de muitas mulheres que eu conhecera em minha vida, eram variações sobre o mesmo tema. Os delírios sobre amor, a ida a camas em quartos trancados com homens encontrados em bares, a exposição de corpos, os juramentos matrimoniais prestados contra a razão a homens cruéis, os dias que se tornavam suportáveis com tranqüilizantes, os beijos dados de olhos cerrados. Não é grande a distância que separa a pobre louca no sanatório de Hanwell balbuciando desconexa que fora fodida pelo jardineiro da senhora que derrama uma lágrima, em sua impecável cama na casa de repouso, por Madame Butterfly cantando em êxtase num distante rádio sobre o maravilhoso dia em que Pinkerton voltará para ela. Mesmo quando parecemos estar unidas em segurança no casamento, podemos ser levadas por um sonho de realização e plenitude que nos conduz como ovelhas acossadas para um penhasco por um cachorro doido — a uma terrível queda.

Desci e fui para a cozinha em busca de desjejum. Ollie avançava pelo tapete como um caranguejo, em direção a... Spot! Spot voltara!

A terrier se aproximou de mim, fez um bocado de festa e esfregou o focinho em minha panturrilha. Tinha um rabo branco no meio de seu pelo preto e abanava-o com generoso entusiasmo.

Felix partiu mais uma vez, disse Bertie, e manda dizer que você é bem-vinda em sua casa. Vou levar você e Spot pra lá mais tarde, se lhe for conveniente. Os professores chegam por volta da hora do chá. Têm o primeiro de seus seminários esta noite. Trabalho, que nada! Escola de brincadeira, é como seria certo chamar isso.

Dois patos viviam embaixo das árvores no fim do jardim do hotel, num cercado coberto de mato, feito de um velho portão e das pranchas de madeira de um barraco. Pus Ollie no meu colo e elevei-o com Joe para ver os patos. A luz do sol nesse dia estava muito forte e tão estável que dava para vê-lo restaurando a grama e os arbustos ainda lamacentos da primavera. Ficamos sob um salgueiro que tremeluzia com novas folhas de claríssimo verde, e os patos diante de nós grasnavam ativamente de perfil. Tudo em volta era suave. A luz, as folhas de salgueiros, os braços redondos das crianças, o leve ceder da terra preta debaixo dos pés. A luz nos salpicava, e Ollie cantava com os patos.

Eu sabia como a cena devia parecer linda. E de repente odiei a coisa toda. Não queria fazer parte dela. Fui tomada por uma onda de rejeição e larguei a criança no caminho. Que fazia eu naquele lugar ensopado, sossegado, com aquelas pessoas que andavam tão devagar? E ficando sentimental com crianças, cães e tudo mais? Dê-me alguma coisa com uma certa classe! Eu precisava de umas das brilhantes observações de Jimmy. Ou apenas sagacidade. Os azulejos na porta dos fundos da cozinha haviam feito me lembrar do Palm Court do Ritz, em Madri, e de um momento em que o atravessei, perfumada, elegante e usando um vestido sumário, em direção a um homem que se levantou atrás dos copos e velas da mesa do restaurante para me cumprimentar. Estava vestida de Jasper Conran. Os detalhes não importavam — que o homem era bastante soberbo, e não parava de soltar algumas palavras em catalão, sabendo perfeitamente que eu não podia acompanhá-lo. O que importava era seu traje de passeio, o perfumado ar da deslumbrante sala e aquele momento de me encaminhar para ele com minhas sandálias de Rita Hayworth abertas atrás quando eu era toda artifício — uma pessoa elegante, vivamente colorida, metropolitana, despreocupada. Ai... eu *sentia saudade* de tudo aquilo!

Peguei mais uma vez Ollie no colo e começamos a voltar para a casa. O negócio era: se eu pudesse ter de volta aquela noite no Ritz, ia querê-la? E, não... talvez não a quisesse. Dezenas de países, centenas de restaurantes, milhares de refeições — de quantos me lembrava com alegria? Comecei a pensar em desjejuns em varandas, piqueniques em florestas, cafés aromáticos em bares iluminados... Refeições de que gostava.

E então meu coração se aqueceu, antes mesmo de minha mente identificar a lembrança. Poucas mesas diante de um prédio à beira do cais, numa noite quente, um pequeno cantinho rodeado por uma sebe, as luzes dos iates atracados passeando de um lado para o outro, a toalha de mesa presa com clipes para não ser desfeita pela tépida brisa que vinha do Adriático. Nós três ali. Meus queridos amigos. Meu querido Jimmy e meu querido Alex. O jantar que dividimos em Trieste numa noite de frívola felicidade, dois anos atrás. Mesmo apesar de, na manhã seguinte, eu ter de sair correndo.

Jimmy deve ter ido até meu quarto no hotel me chamar para o desjejum e visto que eu fora embora. Ainda assim, ele me seguiu até a estação de trem. Era onde eu tinha de estar. Ele me viu. Fez uma careta do lado de fora da janela na qual, dentro, desabara o meu rosto, absorto. Passou pelo alto da janela uma revista, uma garrafa d'água e uma caixa de frutas cristalizadas.

Está indo pra Veneza?, articulou sem som.

Fiz que sim com a cabeça. Todos os trens de Trieste parecem ir para Veneza.

Eu reprimia uma torrente de lágrimas de gratidão. Ele deve ter corrido pelas ruas, entrado e saído das lojas, até me encontrar na estação! O trem rangeu, tiniu e começou a se mover pela plataforma. Jimmy articulou sem som uma última coisa. Cuide-se, tenho dito.

Nós três da *TravelWrite* havíamos sido convocados para um seminário internacional da *NewsWrite* no hotel Colomba D'Oro em Trieste, embora costumássemos fazer tudo ao nosso modo em nosso sótão londrino por anos a fio. Por que deviam interferir? Alex, de vez em quando, dizia: Somos muito bem-sucedidos como somos. E Jimmy sempre dizia que o motivo de ele ter ficado na *TravelWrite* era que jamais via os patrões.

Mas o pessoal dos recursos humanos nos fizera ir ao tal seminário, Preparação para o Milênio. Era um foro bastante estranho — não havia sequer um centro médico no hotel por trás de todo o luxo e dourado. Mas o chefe de Nova York era um entusiástico da Abertura para o Leste, e Trieste representava um gesto para seus contatos húngaros e eslovenos. Alguns dos alemães haviam chegado pelas vias expressas em carros com tração nas quatro rodas e iam para o platô Kajarska atirar. Eram homens grandalhões, ruidosos, que rangiam ao entrar e sair do saguão do hotel com sapatos marrons e complexo traje de camurça e veludo *cotelé*. Riam das tiradas espirituosas uns dos outros em tons vagarosos, profundos. Eram tão confiantes quanto enormes meninos de dois anos.

Não é justo que o pobre e ansioso Alex tenha de falar perante sujeitos como esses, disse eu a Jimmy.

Eu sei, concordou ele. Espero que não entre em colapso nervoso.

Estávamos no salão de baile, Jimmy e eu, ensaiando Alex. Havia uma fileira de longas janelas com acabamento dourado e vistosas cortinas de veludo roxo. Através do vidro fosco, as silhuetas das pessoas na rua passavam apressadas, e de poucos em poucos minutos a sala era escurecida por um bonde de passagem. Fizemos Alex sair de trás de uma das cortinas, contar seis passos, e depois virar-se, sorrir e dizer: Boa noite, amigos, colegas e, acima de tudo, companheiros arquitetos no projeto Escrever Este Maravilhoso Mundo. Ele errava repetidas vezes. Teríamos caído de tanto rir, não fosse por sua fisionomia pálida.

A princípio, disse eu a Jimmy, quando demos a Alex um intervalo para o café, imaginei que ele não conseguia dizer as palavras porque são um verdadeiro lixo. Mas depois vi que não conseguia dizer porque significam muito para ele.

Ele tinha de falar por cinco minutos, na última hora do dia. Havíamos imprimido em grandes folhas de papel um resumo de seus principais pontos: os viajantes atuais trarão de suas viagens as mesmas riquezas que os viajantes de tempos antigos. Respeito pela ponte de herança cultural entre novo e antigo. Alex ensaiou repetidas vezes. Projetou-se no parquê. Vi seu reflexo no piso. Os bondes rugiam lá fora. Nós treinamos até o fim.

Tudo bem, Alex, mais uma vez.

Ele nos olhava desesperado. Mas no fim saiu direito: E assim, amigos, ao entrarmos num milênio em que o mundo dos negócios é cada vez mais entregue ao abstrato domínio da eletrônica, o projeto Escrever a Realidade do Mundo pensa no futuro, não no passado, olha para a frente, não para trás. Celebramos o que existe e, acima de tudo, damos boas-vindas ao que virá. Obrigado.

Nossa Mãe! Deus Todo-Poderoso!, disse eu a Jimmy. Como, meu Deus, ele saiu com esse lixo?

Xiü, fez Jimmy. Ele está muito orgulhoso disso.

Venham para o quarto comigo, disse-nos Alex, quando faltava meia hora para começar. Jimmy entrou no banheiro com ele para repassar pela última vez o discurso, enquanto Alex fazia a barba. Eu sempre gostara de uma coisa na aparência de Alex — aquela sombra escura que lhe percorria a pele sem brilho nos fins de tarde, como se houvesse mais vida nele do que se podia imaginar pela sua estrutura esguia e os finos cabelos negros.

Fiquei perturbada por estar em seu quarto. Não queria ver nenhum de seus segredos, embora tentasse conhecê-lo melhor há bastante tempo. De vez em quando o convidara a me acompanhar a pré-estréias ou almoços de lançamento de panfletos temáticos em restaurantes chiques, ou coquetéis da indústria, ou só para tomar um drinque comigo e Jimmy — uma cerveja gelada numa noite de verão, ou um uísque quente nos meses em que as ruas já estavam escuras ao sairmos do escritório. Ele nunca aceitou. Nada sabíamos sobre ele, a não ser que morava com a mãe. Nunca falou de nenhuma mulher nem amiga, e tampouco de um animal de estimação. O que muito surpreende, em vista da competência de Roxy em conseguir reservas, que todo mundo no prédio usava, é que ninguém sabia aonde Alex ia nos feriados. Ele voltava da folga com o mesmo terno de trabalho meio grande demais, sem parecer nada diferente.

No quarto do hotel, sentei-me no sofá em frente à cama. À direita, na alcova da janela, havia uma mesa ornada, onde se via uma pequena pasta de couro de viagem com fotos. Dois ou três livros pequenos ao lado. Não consegui distinguir os detalhes do outro lado do quarto. Eu o ouvia entoando as frases que Jimmy lia. Sei que podia ir facilmente até a janela e decifrar as pistas na mesa. Mas não o fiz. Era superstição. Eu queria que o dia desse perfeito para Alex. Queria ser apenas sua amiga, desejar-lhe tudo de bom. Fiquei ali onde estava, e segui atrás dos dois quando voltaram para a sala de conferência.

Bem, ele não caiu em desgraça, disse me Jimmy quando Alex — no seu novo terno, que Jimmy disse ser ainda pior que seus ternos habituais — se sentou diante de uma respeitável quantidade de aplausos. Para um homem tímido, fez um bom trabalho.

É, concordo. Bastante engraçado, dava para ver que ele foi absolutamente sincero.

Quando Alex ia se instalar de volta em seu lugar, o maior chefão de todos fez questão de levantar-se, atravessar a sala se desviando das mesas e curvar-se para dizer algumas palavras de congratulação. Também poderia ter posto explosivos debaixo de Alex. Quando o alcançamos, na recepção antes do jantar, tinha o rosto afogueado, os olhos brilhantes e conversava com um dos grandalhões alemães, brandindo o copo de xerez como se não houvesse amanhã.

Queridos!, gritou, largou o copo e abraçou Jimmy e depois a mim, sapecando-nos beijos nas faces. Os alemães o olharam como se fosse um louco. Afinal, estivéramos todos juntos mais ou menos uma hora atrás.

Oh, por pior que possa ter terminado, foi uma noite adorável!

Alex o cumpridor de seus deveres! disse: Vamos sair daqui e comer sozinhos.

Era junho, o ar da noite ainda estava quente, e descemos correndo um lance de escadas, atravessamos uma arcada barroca e saímos numa praça que se abria para o cais. Caminhamos ao longo de balsas, iates e cargueiros na ondulante água verde, pulando as cordas que se estendiam pelas lajes do antigo cais.

Jules e Jim, brinquei com eles. Eu como a Jeanne Moreau.

Acho que nunca me senti tão feliz. Acho que foi a única vez que acertei — o equilíbrio entre pensar em mim mesma como inteligente e competente, e também como tendo afeto no coração e serenidade nas veias. Eu não apenas amava os outros dois. Amava a mim mesma, e meus cabelos na brisa que soprava do mar, a cintura baixa e as sandálias vermelhas combinando com o esmalte das unhas. Os dois pegavam-me pela mão para me ajudar a pular as cordas. Devia estar valendo a pena me olhar, rindo ali no crepúsculo de verão, junto à água. Um homem que passava parou e disse para si mesmo qualquer coisa como *carina*, baixinho, como se saboreasse minha alegria.

Depois nos desviamos do tráfego para atravessar a rua, e nos instalamos em uma mesa de restaurante, atrás de um retângulo de sebe.

Vinho! pediu Alex. *Vino!*

Não comemos muito do peixe cheio de espinhas, mas bebemos vinho sem parar, pedindo o tempo todo ao garçom mais *grissini*. Depois cada um comeu um *crème caramel* para ingerir pelo menos um ovo como nutrição, e por fim tomamos pequenos cálices de *sambuca*.

Con la mosca?, disse o garçom. Zzz, zzz. Fez um gesto de vôo com a mão.

Jimmy o examinava.

Ele falou de uma mosca. Acho que é mosca, não mosquito.

Si, disse o garçom, assentindo com a cabeça e sorrindo. Cheio!

Pôs um grão de café na superfície da *sambuca*.

Cheio!, disse, apontando uma.

Parece ser mesmo uma mosca, disse Alex, sorrindo, radiante.

Oh!, disse eu, encantada. O vilão em *Volpone*. Não se chama Mosca? Oh, que nome fantástico para um vilão!

Os homens olharam para mim. *Meus* homens, pensei então com carinho.

Em seguida o garçom flambou a superfície do licor, e o grão de café torrou na chama momentânea. Depois sopramos as chamas e bebemos o *sambuca* com uma pitada de café.

Discutimos o discurso de Alex sob todos os ângulos possíveis. Seu triunfo foi ficando cada vez maior. Brindamo-nos com os *sambucas* que logo ficamos impacientes para flambar. Várias vezes.

Não sei o que aconteceu em seguida. Poderia ter perguntado a Jimmy, pelo menos sobre a parte entre o restaurante e o hotel, mas a coisa toda era demasiado dolorosa para falar. Não foi apenas o despertar no escuro, boca seca e suja, a bexiga ardendo, ao lado de Alex na cama, com a saia enrolada até a cintura, embora fosse muito ruim. Comecei a perceber que Alex tinha os olhos arregalados — que estava deitado imóvel, com a cabeça no travesseiro, olhando o teto. Acabei dizendo: Oh, meu querido — num tom descontraído, na esperança de que pudéssemos fazer uma piada daquilo. Mas ele não falou nem se mexeu. Saí da cama como se tivesse sido espancada.

Minha blusa, sutiã e calcinha eram um emaranhado na cadeira. Enfiei-as. Não conseguia vesti-las direito, enfiava-as rápido demais, tremendo demais. Levei séculos. Durante todo esse tempo, nada se ouviu além do silêncio vindo da cama. Encontrei minha bolsa e saí do quarto. O homem do balcão da recepção me levou de volta ao meu quarto. Eu não sabia onde estava minha chave. Ele foi maravilhosamente educado comigo.

Quando ouvi o hotel despertando, fiquei debaixo do chuveiro um tempão, depois me enchi de maquiagem com mãos trêmulas. Tomara toda as aspirinas que tinha, mas ainda sentia dor na nuca. Uma garrafa de vinho, talvez, que eu bebera. Antes dos licores...

Estava nervosa e com um nó no estômago por ter de encarar mais uma vez Alex. Mas fiz isso porque tinha de fazer. Entrei no refeitório. Havia uma longa fila no bufê. Vi Alex sozinho ali, em pé. Fiz o que teria sido natural na véspera: encaminhei-me para perto dele, mantendo as mãos baixas, por causa da tremedeira.

Ele recuou. Ele, real e fisicamente, saltou para trás quando me aproximei, como se eu fosse um diabo. Olhou-me com uma expressão horrorizada. Aquele jeito com que me olhou era muito mais próximo do ódio que do constrangimento.

Abri a boca para dizer-lhe alguma saudação matinal comum, mas não consegui falar, de choque. Virei-me e saí apressada. Só ao encontrar meu assento no trem para Veneza voltei a respirar normalmente.

A corrida de Jimmy atrás de mim até a estação ajudou-me pelo menos a chorar. Quando eu já estava no local mais longínquo que pude alcançar — em Veneza, em seguida no Lido e depois ao outro lado do Lido — consegui abrir as janelas de batente do quarto de hotel de pé-direito alto, claro e sentar-me com o rosto voltado para o sol.

Ele me conhecia há anos e anos!, gritei comigo mesma. Não podia ter sido simpático? Que há de tão terrível em ir para a cama? Uma pequena transa, pelo amor de Deus, entre pessoas de meia-idade?

Ele me culpava: senti isso em sua rigidez na cama. Não a si mesmo. Não a nós. A mim mesma. Mas mesmo que houvesse sido eu a responsável pelo rumo das coisas...

Bem, fui eu, claro. Ele nunca aceitara tomar um drinque comigo, logo, dificilmente, iria querer ir para a cama comigo de repente.

Mas, droga! Qual o grande problema aqui? Eu não pretendia me embriagar. Não pretendia que nada daquilo acontecesse. Que mal fiz a ele, afinal? Que tipo de homenzinho mesquinho era ele que não podia me dirigir uma única palavra, ou nem sequer me dar um aperto de mão e deixar a coisa por aí?

Então pensei comigo mesma: teria eu deixado? Não. Eu teria sido encorajada. E *este* é o grande problema. Trabalhávamos juntos há 18 anos. *É* um grande problema, nós dois na cama semivestidos, embora nada houvesse acontecido.

Meu corpo, assim como meu coração, parecia chocado. Eu não sabia dizer se acontecera algum tipo de relação física. Ainda me sentia muito nauseada, enrijecida e inchada em todas as partes.

Aposto que fui eu que tomei a iniciativa de tudo.

Mas mesmo que tivesse sido eu...

E assim por diante. Meu pensamento rodava em círculos.

Veneza no início de junho é a pura perfeição. Eu já estivera na cidade uma vez antes, ao iniciar a carreira de repórter de turismo, visitando-a sozinha, quando Caroline fora passar o Natal em Hong Kong. Sentara-me, então, curvada sobre um tépido aquecedor num quarto de fundos barato, com piso de pedra. Eu era tão pobre quanto Mary McCarthy quando escrevia sobre a Itália, lembro ter pensado, num momento de autocomiseração; quisera eu ser tão brilhante quanto ela. Como sempre preferi concentrar-me no que eu não conseguira, em vez de no que conseguira: a baixa luz prateada através do gélido nevoeiro na lagoa, e descer da balsa na ilha de Torcello, a única visitante, e percorrer as hortas cobertas de geada, atravessar o pequeno canal, fluindo escuro sob fragmentos de gelo, entrar na basílica onde eu mal via o mosaico do Juízo Final em meio à nuvem de minha própria respiração gelada.

Dessa vez fiquei num dos grande hotéis do Lido, num quarto de espelhos desbotados, tapetes antigos e longas cortinas de musseline, onde a sacada se nivelava com as copas das tamargas que margeavam o terraço. Abaixo do terraço, a água mal lambia a praia. À noite, eu voltava da cidade na lancha do hotel e jantava no terraço, a lagoa uma presença sombria além da areia cristalina e revolvida. As velas na mesa ficavam douradas em suas atarracadas jarras de vidro. Haveria tempo naquele dia para ver alguma coisa. Os Carpaccios, talvez, que eram cheios de vida e diversão. Ou eu poderia vagar pelas travessas, entrando em cada igreja por que passasse, andando por toda a ilha até o quarteirão do gueto, onde todos os altos prédios de aluguel continuam tão desolados quanto na época em que ali se isolavam os judeus de Veneza à noite. Poderia sentar-me na grande *piazza*, pedir café e bolo no Florian, pagar com o cartão de crédito da *TravelWrite* e ver as pessoas, os pombos e a luz brincando na fachada de São Marcos. Poderia comprar "*As asas da pomba*" numa livraria, encontrar uma tranqüila *piazetta*, ler os capítulos de Veneza sentada em gastos e antigos degraus, ao som de uma fonte pingando, crianças brincando e os gritos de aviso de barqueiros no canal em algum lugar fora da visão. Não precisava fazer nenhuma dessas coisas. Podia nadar bem ali. Ir a pé pelas silenciosas *villas* atrás do hotel até a rua de comércio e comprar uma roupa de banho, e quando voltasse da água me refestelaria numa cadeira de vime e sentiria as gotículas secarem em meu corpo ao luminoso e fresco calor de início de verão.

E todas essas glórias nada significariam, só porque um homem me magoara. Bem, eu mesma me magoara, através de um homem. Oh, eu não sabia de que diabo chamar a coisa que acontecera! Nem sequer sabia o que acontecera.

Tentei ligar para Jimmy no hotel de Trieste.

Todos os hóspedes da *NewsWrite*, senhora, foram para a recepção da Câmara de Vereadores, e depois vão jantar no castelo Miramar. Sim, eu anoto o recado...

Miramar! Rilke morou no castelo Miramar! Curvei-me na minha suntuosa cama. Oh, ter sido um poeta como ele! Ter sido grandioso! Pensar em ritmos! Ver a vida, a morte e o amor em profundas e belas formas — não ser suburbano, um joão-ninguém com uma imaginação insípida, suficiente apenas para ter uma paixonite pelo patrão e se lamuriar de humilhação, mas não o bastante para perceber o mistério da existência, como Rilke. Memorizei uma observação de um artigo que li certa vez a seu respeito — que "ele tinha um amargo conhecimento de si mesmo, da fraqueza da qual vinha sua força". Bem, por que eu não podia esperar ser assim...

Aí comecei a rir, embora continuasse chorando. Estou acostumada com esse lamúrio nas mais mesquinhas situações, disse a mim mesma. Mas pôr-se a chorar porque você não é um gênio já é demais!

Era isso que eu ia fazer, mesmo assim, pensei, sentando-me na cama. Vou lê-lo. Não o leio há anos. Vou até a livraria em Veneza ver seja lá o que tenham de Rilke em inglês.

Pulei da cama, fui ao banheiro e lavei as lágrimas do rosto. Ter o projeto de Rilke me alegrou. Na certa ele seria uma melhor proteção para mim, quando eu ficasse velha, do que qualquer homem. Eu ia saltar para o outro lado da lagoa rumo ao esplendor de Veneza na lancha veloz do hotel.

Decidi continuar mais uma vez seguindo viagem, e deixei para outro dia a resolução sobre como enfrentar a redação.

Inventei desculpas para ficar fora por um longo tempo. Meio adoentada. Uma licença de algumas semanas para me recuperar da doença. Uma estada com Nora em Nova York. Uma viagem à Califórnia para fazer algumas matérias sobre o Museu Getty. De um restaurante barato em Los Angeles, liguei pela segunda vez naquele dia para Jimmy, e disse ele com lassidão: Volte, Kathleen. Você é tão necessária para nós como somos para você.

Nós?, perguntei. Pra nós?

De uma vez por todas, Kathleen, me escute direito. Você está sendo egoísta, além de ridícula. As coisas não acontecem à toa com você, sabe, você também tem uma influência sobre as coisas. Parece achar que não tem influência sobre as pessoas, mas tem.

Jura que vai me encontrar no hall e ficar comigo quando eu subir para a redação? Só no primeiro dia?

Está sendo *boba*, disse ele.

Vou melhorar! disse eu. Vou me esforçar.

Eu também. Vou me esforçar para melhorar você.

Alex foi perfeito. Agiu como se nada houvesse acontecido — tanto que comecei a me perguntar se eu não tinha dramatizado demais a coisa toda. De vez em quando, lembrava-me do rosto dele no quarto escuro a meu lado, fitando o teto de olhos arregalados, mas ele agora era tão igual ao que sempre fora que a lembrança começou a parecer irreal. Continuava sendo o que sempre fora na redação — prestativo, exigente, mal-humorado, confiável. Mas se Jimmy não tivesse morrido, e nós não nos tivéssemos tornado tão íntimos na noite do enterro, eu nunca teria conhecido a versão de Alex das coisas. Eu teria prosseguido na vida, como muitas outras mulheres, desconcertada, e mesmo assustada, pela distância que pode haver entre a instintiva generosidade do corpo e qualquer bem que dele venha.

17

Eu seguia o carro de Bertie, roçando nas sebes de *pilriteiro*, subindo por sinuosas veredas e atravessando o que parecia um pântano disforme. Depois ele fez uma curva e eu vi embaixo um lago oval margeado de juncos, perfeitamente posicionado em sua cavidade cercada de verde. O carro dele desapareceu. Percebi então que não havia portões nem entrada para carros; Bertie entrara na casa de Felix por uma brecha na margem e sobre um platô de mato baixo, flexível.

Abaixo, numa dobra no terreno, a poucos metros da água, o que parecia uma casa de fazenda em ruínas era a casa. Os pequenos campos em volta do lago eram riscados pelo luminoso amarelo-mostarda do tojo e, debruçadas sobre a casa e abrigando suas ebúrneas pétalas na ardósia e no capim bruto em volta, e até na água imóvel, viam-se duas cerejeiras silvestres. Spot precipitou-se sozinha pela encosta do campo abaixo, latindo de alegria. Entramos na construção de paredes de pedra e chegamos a uma plataforma de madeira que dava, do alto, além de uma parede de vidro e de uma varanda, para a água, os juncos e os campos. Descemos uns degraus de madeira para ver os quartos e banheiros do térreo, e depois voltamos para o andar de cima subindo por uma escada externa até a sala principal e a plataforma de tábuas corridas.

Viu!, disse Bertie, demonstrando satisfação. Não disse! Não é maravilhosa?

Nossa, Bertie! Que mudança! Em Mellary, eu me senti como se já tivesse estado lá, entende? Aquelas paredes grossas do chalé, podia-se pôr qualquer coisa atrás delas... Tempestades. Fidalgos. Proprietários de terras. Negros e amarelos. E era difícil trabalhar só por morar ali. Toda vez que eu saía para pegar um balde de turfa, tinha de me compadecer do homem que a poupou e da mulher que teve de cozinhar nela. Mas este lugar é de outro planeta.

Ele mesmo a construiu com alguns amigos que moram aqui, disse Bertie. Haveria grandes artistas por aqui se dessem um jeito de se mexerem.

Voltei andando com ele até seu carro por um caminho pavimentado de lajes.

Felix pegou-as na borda do lago, disse Bertie. Existia uma aldeia inteira ali antes da fome. Existiam pessoas ali desde quase a época dos dinossauros. Certa vez, ele encontrou um pote de madeira que tinha mil anos.

Acha que ainda estarão escavando espremedores de limão Alessi daqui a cem anos?, perguntei. Será que alguém vai ligar para saber como nós éramos?

Anime-se, Kathleen. E se não puder se animar, basta pegar o telefone e me chamar que eu venho salvá-la. E, de qualquer modo, os professores terão ido embora daqui a poucos dias, azar o deles.

Obrigado por tudo, Bertie. Mas principalmente por me deixar cuidar do cachorro.

O vale era tão cheio de luz que imaginei as pessoas dali como se estivessem nos negativos de fotos — cinzentas, com feições brancas — contornando o lago com suas trouxas. Descendo a encosta da colina. Saindo de suas moradias abandonadas carregando fatias de pão recém-assado em seus xales, e deixando a terra natal para o silêncio iluminado de sol. A fome já acabara na época em que haviam partido; eles não eram mais como as crianças nos campos de concentração, que de tão famintas comiam suas etiquetas de identificação — comiam seus próprios nomes. Mas os irlandeses também perdiam seus nomes, porque se afastavam da própria língua quando partiam, a caminho de qualquer lugar em que terminasse sua jornada.

A luz inundava a casa. Eu não reparara a princípio que, além de as paredes dando para o lago serem de vidro, o telhado também era uma estrutura de vidro intercalada por vigas. Jamais esperara me encontrar sozinha num remoto vale irlandês, sem nada para fazer. Sempre tivera algum projeto, toda a vida. Agora não tinha mais viagens para planejar. Agendar compromissos com Roxy, anotar passagens, imprimir mapas da internet, contatos telefônicos, fazer anotações de material já escrito sobre o lugar, conferir meus horários na *Cook's*, comprar moeda vigente, fazer malas. Nunca mais. Oi, benzinho! Vou cancelar o desvio para Ambon porque os cristãos estão espancando os muçulmanos e vice-versa. Você usou o Valentino? O passeio de Harley-Davidson foi um desastre — vinte centímetros de chuva num dia e todos aqueles caminhões encharcando nossa roupa de couro. Como vai sua sinusite? Eles nos deixaram entrar do jardim de Monet logo depois do amanhecer. Vejo você na segunda...

A princípio, o pânico me invadiu. Como eu ia chegar ao fim? Podia deixar algumas libras na mesa e dar uns telefonemas. Mas não para Nora. Em todo caso; era meio-dia em Manhattan, e aos domingos as mulheres do círculo de Nora realizam *brunches* altamente competitivos após a missa. Eu quase voltei a fumar de tensão, na última vez em que estava lá e participei do *brunch* de Nora. Uns dois anos após o fiasco com Alex em Trieste. Nora serviu pãezinhos judeus de um lugar especial que só ela conhecia no Lower East Side, suco de laranjas orgânicas e grandes filés para corpulentos e dignos irlandeses-americanos que começavam a prosperar. Ela pusera proteções de plástico sobre os sofás, com medo de vômitos, e todas as superfícies estavam repletas de descansos para copos, paninhos de mesa e descansos de travessas com NB bordado.

Sua sala de visitas era exatamente o oposto do despojamento na casa de Felix. Era uma imensidão de veludo castanho-amarelado e enormes abajures de terracota.

Este lugar vale um milhão, disse ela. Eu arquejei, obediente.

É. Talvez mais. Isso é que é a América. Qualquer um pode ganhar dinheiro aqui.

Acho que eu não poderia, disse eu.

Claro que poderia, se não fosse tão esnobe.

Disparou-me um olhar impessoal. Eu me esquecera por completo que ela podia ser formidável.

Sabe que poderia, disse. Você é muito mais inteligente que eu. Mas a maioria das pessoas não é boa o suficiente para você, não é? E não se pode ter preconceito nos negócios.

Não estou no ramo dos negócios, disse eu, com raiva.

Eu sei. É por isso.

Recuperei minha compostura pouco depois, quando ela me empurrou para a suíte de hóspedes. Era uma exuberante selva de florais e babados.

Eu mesma decorei, disse ela, satisfeita. O visual estilo antigo. Mais europeu do que em geral fazem aqui. É uma espécie de lembrança da velha terrinha.

Que velha terrinha, perguntei.

A Irlanda.

Não existe *chintz* na Irlanda, disse eu.

Oh, não é uma exata reprodução. É mais uma interpretação.

Adorei este comentário. Precisava contar logo a Jimmy. Mas ao mesmo tempo, eu a admirava. Inconscientemente, Nora estreitava os olhos e comprimia a boca quando contemplava sua casa. Astuciosa, parecia. Satisfeita consigo mesma. Mas, também, de onde viemos senão de uma longa linhagem de pequenos fazendeiros?

Não era aquele apartamento seu campo e seu rebanho? Por que não ia se parecer com um camponês que se dera bem na feira?

Com quem mais poderia falar? Alex estava inacessível, a não ser que decidisse ligar para Bertie e anotar meu novo número, ou Betty na Administração talvez tivesse notícias dele quando a redação abrisse no dia seguinte. Eu deixaria Caro para amanhã, assim poderia transmitir meus votos de sucesso na prova. Se a Srta. Leech voltasse, eu poderia conversar com ela sobre o livro de Paget. Se ela voltasse bem...

Liguei o laptop e olhei a última anotação que fizera. Era a exclamação de Marianne em Rathgar — de que gostaria de ter alguma coisa que amar. O passo seguinte para ela na vida real foi o Reverendo McClelland levá-la para a Inglaterra, do outro lado do mar, e trancá-la num sanatório em Windsor. Quando eu pensava naquela longa e silenciosa jornada, dizia a Marianne em minha mente: Fuja! Fuja! Mas ela então era apenas uma pobre senhora louca com imensas saias de crinolina. Ou, se não louca, enlouquecendo. Talvez não houvesse perdido completamente o juízo até se ver trancada — pelo que sei, para o resto da vida. Mas eu deixaria Marianne de lado até poder falar com a Srta. Leech. Comecei a examinar as prateleiras de livros de Felix, para ver se ele tinha alguns interessantes.

Mas acabei não lendo. Aquele era um lugar muito especial, admiti afinal para mim mesma, e um tempo especial. Durante meio dia, depois um dia inteiro e mais outro dia, fiz o que dificilmente me lembro de ter feito antes: nada. Naquela primeira tarde, tomei um banho de chuveiro, vendo através da parede de vidro uma galinha guiando seus minúsculos frangos por entre os juncos, no deslumbrante banheiro revestido com azulejos do exato azul-esverdeado da colina do outro lado do lago. Havia uma cadeira de mármore dentro para se sentar, bocais e duchas que vinham de todos os lados. Lavei os cabelos com o xampu de algas marinhas de Felix, assinado por um chique cabeleireiro masculino em Milão. Depois abri uma lata de atum. Espalhei metade no pão com manteiga, para mim, e pus metade num prato de metal no piso de lajotas diante das portas francesas da cozinha. Os três magros gatos selvagens cinza-fumaça a princípio estremeceram de medo, mas, após devorar o atum, brincaram na longa relva debaixo da escada externa, beliscando-se e depois perseguindo um ao outro, avançando e saindo do sol da tarde emitindo sombras alongadas, como fios de seda. Secando os cabelos no leve crepúsculo, eu desembaraçava cada emaranhado, e os fios esvoaçavam à minha volta. Acordei uma vez durante a noite, para ver se Spot estava ao lado da cama, e senti minha cabeça repousando sobre meus cabelos, que até para mim pareciam exalar o delicioso ar do vale.

No dia seguinte diferentes condições meteorológicas chegaram e passaram, deixando a casa imersa em sol, depois escurecida por uma nuvem, e mais uma vez liberta ao sol, quando a nuvem foi varrida pelo vento. À tarde, o tempo ficou estável. O vento amainou, reduzindo-se a uma levíssima brisa, e a casa então translúcida me envolveu em sua tranqüilidade. Sentei-me no terraço de madeira com Spot dormindo a meus pés. Quando me agachei a seu lado para segurá-la um instante, tinha o pêlo quente do sol. O céu era um grande arco do mais perfeito azul. Alguns azulejos nos telhados de antigas mesquitas no Irã são de um azul sem um laivo de qualquer outra cor, e o azul resplandece como um horizonte entre um céu branco de calor e as casas de concreto castanho-acinzentado no crepúsculo do deserto. Ali, o céu era um daqueles domos virados de cabeça para baixo, e a abóbada celeste tornava tudo puro na verde concavidade embaixo. Parecia conter em seu espaço a própria essência do início de verão. Eu sentia cada movimento que fazia — meu pé pisando a flexível relva do campo, a brisa tépida levantando os cabelos e soltando-os mais uma vez em meu pescoço desnudo. Eu respirava deliciada o ar tão fresco que era como se fosse recém-fabricado. Ouvia cada camada de som, desde o líquido guincho das cotovias no céu acima, os sussurros dos juncos no lago, até o suave lambido da água no pardo crescente da praia.

O sol mergulhava, numa rebelião de rosa e púrpura ao longo do horizonte, eu fiz um ninho de almofadas nos degraus externos e olhei atenta os gatos caçando pela sebe acima e abaixo. Então, antes que escurecesse, deitei-me no sofá diante da televisão com Spot. Uma mulher no Texas assassinou seu professor de golfe. Uma ópera chinesa. Uma longa discussão sobre as implicações econômicas da desvalorização do iene.

Naquela noite, arrastei o colchão até o terraço e recolhi-me ainda no crepúsculo. O lago a escurecer parecia balançar, mas não se mexer, a poucos metros de distância. Eu teria ficado assustada em qualquer outro lugar por estar tão vulnerável a criaturas noturnas. Mas ali, após tantas horas na quieta presença da água e dos campos, sentia-me parte do vale. Um cisne passava pela água sombria quando me deitei entre os travesseiros, esperando a sonata para piano de Schubert que eu pusera — a última, a que ele compunha quando sabia que estava morrendo. Eu levava este CD a toda parte desde a morte de Jimmy, uma verdadeira mania. Nunca me cansava de tocá-lo. Ouvia-o como se pudesse ouvir a forma da morte. Ou ouvir Schubert aceitar a morte, em nome de todos os seres mortais além dele mesmo.

Eu vivia conversando com Jimmy sobre música, mesmo que ele não se interessasse de verdade. Tocara esta peça para ele, embora nem sonhasse que poderia perdê-lo. Disse a ele: Essa música descreve a experiência de morrer, como se já tivesse acontecido e sendo entendida, e ao mesmo tempo é a experiência da morte. É isto que é tão confortante nessa música, acho — evocar a experiência muito além de nossa compreensão e ainda assim controlá-la. Que acha, Jim?

Jimmy disse: Quando meu pai morreu, tocaram no acordeão *"You'll Never Walk Alone"*, e quando minha mãe morreu, deixou instruções para uma seleção de *Os três tenores em Roma*. Logo, não espere que um filho de Scottsbluff, Nebrasca, saiba do que você está falando.

Disse eu: Shore Road, Kilcrennan, não era exatamente Viena, sabe...

Quando menos esperava, comecei a chorar. Chorei e chorei, empapando o travesseiro e o lençol sob o pescoço. As pequenas galinhas-d'água e os gatos ossudos estão ocupados agora em viver, pensei, exatamente como sempre estiveram. Mas os seres humanos têm de lidar com o passado e o futuro. Senti o luxo do meu ninho de lençóis e travesseiros, e senti tanto por minha pobre mãe, tentando fazer o velho fogão pegar com gravetos da linha da maré na praia, salgados demais para pegar fogo. Até de meu pai eu sentia pena. Aquela casa — tão linda e confiante! E papai com suas coisas da Velha Guarda irlandesa, andando por ali com seu terno azul-marinho gasto, cumprimentando os vizinhos como um potentado e, em casa, gritando "dêem logo o fora, diabos", ao nos enxotar para ir à missa. Ele nunca morou num lugar luminoso como aquele em que eu estava em toda a vida. Apresentava-se, alinhado e brilhando, ao sair de nosso velho banheiro com o roupão manchado e a touca de banho rasgada. Imagine como teria assobiado no magnífico banheiro de Felix! A Irlanda do tempo dos meus pais desperdiçava suas pessoas como se elas não tivessem valor. E quanto aos seus avós, como as pessoas que moravam ao lado do lago... Elas também tiveram seus Jimmies, e os perderam. Seus Jimíns. Seus milhares de vezes amados. No carro, ao sair de Ballygall, um homem no rádio cantou uma melodia de amor feita pelas pessoas cujos fantasmas enferrujavam nos juncos abaixo de mim. *Eu teria me casado com você mesmo que você não tivesse uma vaca, uma nota de libra, nenhum dote, amor do meu coração. Minha mais amarga tristeza é que você e eu, amor do meu coração, não estamos em Cashel, e por uma cama embaixo de nós, uma prancha de madeira do pântano*... e Marianne — os membros presos sob camadas e camadas de crina, barbatana e musseline engomada — sem jamais saber a sensação de uma camisa de algodão e shorts, e a polida delicada madeira de um terraço sob pés sujos, descalços. Eu mesma poderia ter vivido num lugar como aquele em que estava, gemi, quase toda a vida, em vez de morar naquele buraco em Londres — aos vinte e cinco, trinta, quarenta, quarenta e cinco anos. Quanto mais velha eu ficava, mais pesado era o fardo de ainda não ter sido feliz.

Esta vai ser um noite terrível, pensei. Mas não foi o que aconteceu. Eu tinha as pálpebras grudadas de lágrimas, mas, aos poucos, elas começaram a rarear e uma ou outra brotava e escorria pela dobra do pescoço. E quando menos esperava, estava esfomeada. Acordei Spot, estendida a meu lado, vesti o suéter, e fomos as duas para a cozinha. Fiz torradas com queijo para mim e com sardinha para ela, representei o papel de alguma *chanteuse* dos anos 1940 entoando '*Beguin the Beguine*' e tomei uma taça de delicioso vinho de um armário cheio de garrafas geladas. Sentia-me extraordinariamente bem. Arrumei tudo, e voltamos para nossa cama. Estamos tão aconchegadas quanto pulgas no tapete, disse eu a Spot.

Eu gostaria de uma miscelânea de Cole Porter em meu próprio enterro, além da sonata de Schubert. Se ainda escutasse, por assim dizer. Espantava-me não conseguir lembrar que música tocara na cerimônia fúnebre de Jimmy, na falsa capela medieval do crematório. Mas também, Alex tomou todas as providências. Deixei tudo para ele. Após a manhã que descobrimos que Jimmy estava morto e eu enchi a cara de gim num pub perto da redação com Roxy e Betty, só fui para casa e li. Alex me ligava o tempo todo para dizer o que descobria e providenciava. Ataque cardíaco. Cremação. Soube-se que Jimmy tinha um amor recente, mas o cara estava numa clínica de Aids em Miami já fazia um ano, e o diretor da clínica disse que ele não estava bem o bastante para saber da morte de Jimmy, mas que ele e toda a equipe iam sentir muitíssimo a falta do Señor Jimmy. Eu só dizia sim, sim, a tudo. Não vi ninguém durante alguns dias. Três ou quatro.

Outro motivo de não me lembrar dos detalhes do serviço fúnebre de Jimmy foi que eu estava em estado de choque.

Quando Alex passou para me buscar e me dei conta de que nós dois usávamos preto da cabeça aos pés, disse eu: Fomos mais que apenas pessoas que trabalharam com ele. Bem, depois que o Sr. e a Sra. Beck faleceram, éramos a sua família.

Bem, você realmente era a família dele, disse Alex. Indo aos Estados Unidos com ele para o Natal e tudo mais. Eu nunca fui *amigo do peito* dele. Mas acho que ele sabia que eu o tinha em grande conta. Sabia, sim — Alex se voltou e me encarou —, não sabia?

Sabia, disse eu. Claro que sim.

O carro se meteu com esforço na chuva torrencial até a Holloway Road, no meio do intenso tráfego em direção a Higgate. Alex disse que sempre chovia em enterros e disse eu que não sabia disso, porque nunca fora a um antes.

Nunca foi a um enterro!

Não. De alguém que eu conhecia, não. Já vi funerais, claro. No Egito, eles passavam, os homens, carregando o cadáver e gritando...

Você é católica e nunca foi a um enterro!

Que tem católico a ver com isso? Acontece que não voltei à Irlanda para o de minha mãe, e meu pai morreu lá alguns anos atrás e eu mal conhecia o homem.

Então é melhor eu lhe explicar, disse ele. Hoje o serviço religioso vai ser bastante anglicano, conservador e ritualístico. Incenso e assim por diante, comunhão dos dois tipos, pão e vinho. Acho que Jimmy ia gostar disso.

Oh, sim!, disse eu. Ele gostava, um pouco de exagero.

Não vou poder me sentar com você, Kathleen, disse ele. Na verdade — e aí pareceu ficar sem palavras —, vou ajudar o padre Gervase.

Fiquei sem palavras. Passado algum tempo, perguntei: Então os protestantes também têm coroinha, é?

Na verdade, não, disse ele.

Quando aprendeu o que tem de fazer?, perguntei.

Bem, na verdade, eu sempre soube. Havia uma pequena fundação anglicana perto de nossa casa quando eu era menino. Teria me juntado aos monges, só que meu pai morreu... Mas desde os 18 anos sou irmão leigo. É uma espécie de fundação dissidente. Nós nos chamamos Irmãos da Anunciação. Fiz os votos quando tinha 21 anos. É pra lá que vou nas minhas férias. O mesmo mosteiro de sempre.

Votos de quê?

Pobreza. Castidade. Obediência. Os de praxe.

Se Jimmy estivesse ali! Conversei com ele quando Alex, metido numa sobrepeliz, se pôs ao lado do padre e segurou o recipiente de metal, cuja água-benta aspargia sobre o caixão.

Que tal *isso*, meu querido Jimmy! Quem, em milhões de anos, imaginaria que *essa* é a história. Um *pastor*, Jimbo. Nosso chefe era um *pastor*!

Foi oferecido um bufê de almoço num hotel em Muswell Hill. Os amigos de Jimmy, que pareciam tão insensíveis voando em volta do bar do Salisbury à noite, fechavam os olhos de tristeza e mal-estar. Ficaram falantes entre si por um momento e depois mais uma vez se calaram. O chefão, o superior de Alex na *NewsWrite*, não parava de pagar rodadas de bebidas, tentando impressionar Caroline. A mãe de

Roxy com um chapéu fôrma de pudim sentou-se ao lado da filha dando-nos uma prévia do que Roxy viria a se tornar.

Alex curvou-se e me sussurrou: Eu a levo para casa a hora que você quiser.

Ele desceu ao porão. Liguei o ventilador de teto, pondo-o no máximo, abri uma garrafa de champanhe, que era a única coisa que tinha na geladeira, e nos sentamos à mesa da cozinha. Durante a tarde, nós dois, em diferentes momentos, curvamos a cabeça sobre a mesa branca e choramos. Veio à tona todo tipo de coisa. Os Beck em Scottsbluff no Natal, o jeito como gritávamos as respostas nos programas perguntas e respostas, o modo como Jimmy ficava sombriamente irado com o pai, embora tenha ficado de coração partido quando o velho morreu. A mãe de Alex com oitenta anos ainda preparando toda manhã seu desjejum. A morte de minha mãe, e o fato de eu nunca ter voltado lá desde então. O enterro daquele dia, em que a chuva parara quando estávamos na capela e se instalara uma verdadeira tarde primaveril quando saímos. Que não havia jovens nem crianças no enterro de Jimmy, nem se falava deles.

Também não haverá no meu, disse Alex.

Disse isso tão claramente. Foi tristíssimo ouvi-lo.

Muito, muito mais tarde naquela noite, o assunto de Trieste veio à tona. Foi o próprio Alex que trouxe.

Aquela noite em Trieste, Kathleen. Foi a única vez na minha vida. Não poderia explicar para você. Foi uma surpresa tão grande. Fiquei tão nauseado de tudo que bebemos. E você não voltou à redação por quase dois meses e eu não tive coragem de conversar com você... E eu queria lhe dizer: O que fizemos foi tão gostoso! Foi tão adorável! Disse a Deus assim que me recuperei da ressaca... Eu nunca soube o sacrifício que fazia por Vós até agora.

Para mim, era novidade que houvéssemos feito alguma coisa adorável, mas não ia lhe dizer isso. Apenas sorri de um jeito misterioso.

Depois, estragando tudo, como sempre, disse eu. Bem, se algum dia quiser experimentar de novo, Alex...

Mas ele apenas me deu dois beijos na face, segurando meu queixo, como fazia Jimmy.

Deus realmente existe, disse ele. Não sente Sua graça em todos nós hoje? Não sou tão inteligente quanto você, Kathy. Só amá-Lo já consome todo o meu tempo.

Ouvi a chuva antes de senti-la. As estrelas desapareceram, todo o vale pareceu ter sido sugado por um enorme, suspiroso, trago de ar no escuro, e então ouvi a falange de gotas de chuva avançar em minha direção do outro lado do lago. Só deu para puxar a tempo o colchão pela soleira. Spot fez um grande escarcéu por ser acordada tão de repente, mas nos acomodamos de novo logo atrás da porta corrediça, a poucos centímetros do lugar onde a chuva batia no terraço. Era um ruído maravilhoso e hipnótico, e comecei a sentir na cabeça os primeiros rodopios de inconsciência. Mas antes de adormecer, lembrei uma última coisa do dia do enterro de Jimmy.

Eu estava parada num canto afastado da capela após o serviço religioso, enquanto Alex organizava todos dentro dos carros. Olhava dois pássaros alegres dando trambolhões num arbusto. Os galhos do arbusto, ainda cobertos de gotas de chuva, cintilavam ao sol. Padre Gervase atravessou a vereda correndo em minha direção, a caminho do portão. Parou e ficou ao meu lado.

Tentilhões!, disse. Tinha a voz cheia de prazer. O único colorido é o macho, e a lisa é a senhora sua esposa.

Estranho, não, disse eu, que seja ao contrário no mundo humano? A não ser pelos bispos, cardeais e padres como o senhor, padre Gervase, com suas vestes. Ostentam suas cores. Mas não querem senhoras esposas.

Oh, também podemos querê-las, disse o velho, mas talvez queiramos alguma coisa a mais.

Pessoas procuravam umas às outras, e um rádio tocava uma alegre música popular numa caminhonete que alguém deixara de porta aberta, do outro lado da grade.

Bem, disse padre Gervase, amavelmente, pondo-se a caminho: Deus a abençoe!

Muito obrigada, disse eu. Com toda sinceridade, e eu nem sequer acredito em Deus.

Conhece o velho ditado?, perguntou ele. Não importa se você acredita n'Ele, o importante é que Ele acredita em você.

Não sei o que fazer, espantei-me por lhe dizer. Estou cheia do meu trabalho e meu melhor amigo morreu. Não sei se continuo com o que sei fazer, ou se poderia tentar alguma coisa que nesse estágio avançado...

Eu não sonharia em aconselhá-la, disse ele. Uma bela mulher como você. E que não acredita em Deus e tudo mais...

Ah, padre!, sorri-lhe. Não me desanime.

Foi só uma brincadeira! Só uma brincadeira! Escute, disse baixinho. Uma coisa. É apenas algo que um dia descobri sozinho. Faça o que for menos passivo. Faça o que for mais ativo. Isso é mais humano.

A Igreja da Inglaterra lhe paga para andar por aí distribuindo conselhos?, disse eu sorrindo.

É isso aí!, disse ele. É um grande meio de ganhar a vida.

Aqui é como Barbados, disse eu a Caro, quando lhe telefonei na manhã seguinte. Foram as melhores férias que já tive. E na Irlanda! Spot já está ofegante com o calor e ainda é apenas hora do café.

Oh, não fale, disse ela. Quando tenho quase mais uma semana para ficar sentada numa escrivaninha como ginasiana.

Vamos cair na gandaia quando eu voltar, disse eu. Tomar coquetéis no Savoy e tentar pegar homem...

Ora, *Kathleen!*, disse ela, em sua voz mais decorosa.

Fiquei felicíssima comigo mesma depois desse telefonema. Pelo menos falei de homens. Vinha censurando toda referência ao fato de que existem dois sexos desde que Caroline e eu reatamos após nossa separação.

Próximo ao fim da tarde, me dilacerei em lágrimas deitada no terraço, ouvindo os CDs de Fred Astaire. Peguei o carro e fui até Ballygall comprar algumas roupas de emergência para a onda de calor. Na Drapery Hall, uma mulher resmungona me vendeu duas saias de algodão de uma caixa onde se lia "Saias — Senhoras — Variados" escrito com pincel atômico preto. Depois deu alguns passos atrás do balcão de madeira, até uma faixa em que algum nível conceitual constituía o departamento de adolescentes, e vendeu-me duas camisetas de uma caixa assinalada: "Garotos — G.G.". Deixei a sacola no carro, percorri a rua e entrei na porta dos fundos do hotel, para saber se havia alguma notícia da Srta. Leech e cumprimentar todo mundo.

Kathleen, pegue o bebê!

Oliver precipitava-se a toda, apoiado no bumbum, mas usando os braços e pernas como remos, para a porta do pátio. A mãe largou a chaleira que começara a encher na pia, correu e pegou o menino por trás. A princípio ele se contorceu, mas depois começou a gemer alto.

Pobre amiguinho!, cantarolou Bertie perto do rosto furioso do neto. Sua mãe é malvada? Ela faz você chorar?

Ele tá ficando muito pesado pra carregá-lo por aí, pai, disse Ella.

Claro que vai estar andando sozinho por aí muito em breve, disse Bertie. Não é, filho? Aqui, me dê ele aqui. Pegue um biscoito da lata, Kathleen. Um com uma bela cobertura de glacê. Vamos ensinar-lhe a andar. Sua mãe lhe ensinou — ele sorria para a filha — nesta mesma cozinha, e você saía por aquela porta e ia para o jardim. Você era como Tarzan. Eu nunca vou me esquecer disso.

Fomos todos para o gramado. Eu me sentei no banco do jardim com Spot a meus pés e, quando estreitei os olhos, a forma dos três se confundia com a sebe atrás deles — dois grandes blocos rosados de cada lado do bloco cor-de-rosa da criança — parecia como um friso clássico. Ou um trecho de um Poussin, ou de um Cézanne... Suas vozes se extinguiram por um momento quando fechei os olhos para sentir o sol. Lembrei, sim, que estava à beira de uma piscina, em algum lugar quente. Sei que, sob meu guarda-sol, eu redigia uma matéria. Devia ter sido há muito tempo, porque eu usava uma máquina de escrever portátil. Um homem e duas crianças bronzeadas brincavam na piscina, e a mãe, deitada numa espreguiçadeira ao sol como uma lontra lustrosa, lia uma revista. As crianças não paravam de gritar: Mãe, olhe pra mim! Mãe, veja o que eu sei fazer! E fui sentindo o estômago ficar cada vez mais tenso, com medo de que o pai se aborrecesse com elas por quererem mais a atenção da mãe que a dele, e que fizesse alguma coisa desagradável com ela ou os filhos. Tive de me levantar e ir embora.

Ella mantinha Ollie reto diante dela, segurando os braços rechonchudos do filho. Ele se encaixava perfeitamente na saia da mãe. Ela o fazia andar para a frente, guiando-o para adiantar o oscilante pé descalço — primeiro este, depois o outro — com cutucadas de suas coxas largas. Ele devia se sentir muito seguro — preso com tanta firmeza no abrigo das pernas de Ella. Mas seu rostinho redondo desaprovava, os lábios comprimidos pelo esforço. Olhou para o avô acocorado no mesmo nível dele, a poucos metros no gramado. Viu os braços estendidos, com um biscoito amarelo em cada mão.

Olhem só que grande Ollie!, diziam. Este, sim, é um bom menininho!

Ficamos imóveis, nós espectadores, mas Ella e Bertie eram tão flexíveis quanto juncos, curvando-se sobre o menino sem pensar em nada além dele. Ollie se esforçou adiante e a mãe soltou os braços, e por uns segundos ele vacilou, ali à luz do sol, reto pela primeira vez. Pareceu, por uma fração de segundo, que tudo o aguardava. Até os patos na pequena banheira sob a macieira pararam de grasnar. Então caiu, duro, sobre o traseiro acolchoado. Não teve tempo de chorar, porque Ella o pegou mais uma vez.

Taí um bom menino!, Bertie gritou para ele, amoroso. É o melhor menino do mundo!

O calção e a fralda haviam caído em volta dos tornozelos. Ele os olhou embaixo, desorientado, e depois ergueu o rosto para a mãe, esperando que fizesse alguma coisa com aquilo. Ela livrou as pernas dele com um único movimento.

Impeliu-o à frente de novo junto ao seu corpo, as mãos grandes e vermelhas na pele branca dos ombros de Ollie. O tronco magro, o cor-de-rosa do bumbum e o minúsculo pênis pareciam novos para o mundo. Mas ele estava mais confiante agora. Ela mais uma vez o soltou e mais uma vez ele cambaleou, e ela o pegou. Mas não caíra. Ella o soltou de novo. As pernas rechonchudas o sustentaram firmes.

A mãe curvou-se sobre ele, aprumou-o, soltando outra vez, e desta ele conseguiu — saiu tropeçando pela grama para o acolhedor abraço do avô. Talvez cinco ou seis passos precipitados fora tudo que fizera, mas mudara de um par de braços para o outro sem cair.

Bem! Mas você não é uma pessoinha incrível!

Começavam os louvores...

Atirei-me no banco do jardim, senti inundar-me uma tensão que eu desconhecia. Aqueles eram os momentos finais da primeira infância de Ollie e o começo de uma nova vida. E eu sentia que também cruzara um limiar. Ficar absorvida por ver uma criança aprender a andar! Eu! Ter chegado a um lugar onde conheci pessoas que ensinavam crianças a andar!

Attily!, chamou Ollie, numa confusão de cair, levantar-se e tentar correr para mim.

Deixe Kathleen em paz, filho, disse Bertie. Kathleen agora tem de entrar e tomar seu chá, para comemorar.

Saímos para um passeio ao longo da alameda ao cair do sol, a cadela e eu. A cena no jardim entrara em meu coração, pensava nela enquanto andava por entre sebes de pilriteiro com relevos floridos de um branco cremoso. Libélulas nos imitavam à nossa frente, na trilha coberta de grama.

Deve ter acontecido isso com as pessoas que conheço e que estão ótimas. Suas mães devem tê-las impelido para o mundo. A mãe fica atrás do filho e deixa-o avançar nas pernas trêmulas, arqueadas, e ele sabe que há uma massa de amor atrás e acima de si — tão atenta a ele que mesmo que caia, está seguro. De fato, quando cai, é mais amado ainda. Deve ser isso que dá às pessoas saudáveis o dom da desinibição. Podem se soltar, sem pânico. Podem perscrutar tudo, ou ouvir tudo na íntegra, sem omitir coisa alguma para guardar dentro de si — as bocas ligeiramente abertas, os olhos brilhantes, as cabeças desviando-se de um orador para o outro. Podem olhar com perfeita candura nos olhos das pessoas que amam, seus eus esquecidos. Não têm medo de esquecer de si mesmos. Não têm de labutar para dizer a verdade. São eles mesmos completamente. O abrigo do amor os torna honestos.

Sei andar, disse a mim mesma. Mas o meu aprender a andar só ia até aí. Se eu não era o que desejava ser, o que podia ser? Não há braços amorosos para os quais voltar.

Ao sair da vereda, uma idéia me deteve por um momento. E se minha mãe fosse criada numa instituição? Um daqueles brutais orfanatos, talvez, onde açoitavam a criança que fazia xixi na cama? Isso explicaria porque ela não sabia que as mães deviam amar seus filhos...

Ah!, disse a mim mesma, voltando pelo campo para a casa no crepúsculo que se acumulava: Parta, já! Apenas dê o melhor de si. Faça o melhor que puder.

18

Eu acabara de acordar na manhã seguinte quando ouvi o barulho de um carro entrando por trás da casa.

Spot lançou-se escada abaixo.

Esperei, sem ansiedade.

Um voz chamou com doçura da base da escada.

Kathleen? Acorde, Kathleen! Kathleen, onde está você?

A voz de Shay.

Um leve orvalho cobria as roupas de cama. Uma parte de meu antebraço, que ficara fora do edredom, também estava coberto de gotas de orvalho. Quando me pus de joelhos, saindo do ninho de edredom e travesseiros, tive de sacudir a chuva dos cabelos e as gotas respingaram o terraço como lantejoulas.

Ele sorriu para mim do alto da escada.

Não se levante, disse. Estou me acostumando a preparar sua xícara de chá matinal. Onde está a chaleira? Estou morto de sede. O senhor idoso no hotel me deu pão com passa de corinto que tirava do forno assim que eu cheguei, à sua procura. Espero que tenha manteiga. Alguém já lhe disse que parece uma menina quando está deitada?

Ele não é tão velho, disse eu. Bertie não é. Tem 63. Você não é tão mais novo.

Não fosse meu descaramento, disse ele. Você devia dizer: Querido, que maravilha ver você!

Querido, que maravilha ver você! Mas então, que faz aqui? Achei que só vinha à Irlanda uma vez por mês.

Que acha que estou fazendo aqui?

Cheguei a cochilar quando ele saiu para fazer o chá. Para ver como tudo era descontraído.

Uma gaivota desceu do azul e veio andando pelo terraço, ar empertigado, em direção a nós com um olho cintilante que parecia um furo de alfinete.

Imagine, disse Shay! Gaivotas! Neste longínquo interior! Jogou uma casca de pão na frente da ave.

Ela pensa que esta casa é um barco, disse eu.

Parece mesmo um barco.

Quando saí me arrastando das cobertas e me levantei para ir ao banheiro, ele me pegou pelas coxas, encostou a cabeça em minha barriga e deixou-a ali.

Vou tomar uma chuveirada, disse.

Não, disse ele em voz baixa. Adoro seu cheiro pela manhã. Está me ouvindo? Não vá.

Tristão e Isolda, pensei, quando escovava meus dentes. Eles enlouqueceram de amor no barco para a Cornualha. E em *Brideshead Revisited*, como é mesmo o nome dele? Daquele que faz amor com Julia pela primeira vez num transatlântico.

Quando voltei, Shay segurava as roupas de cama para eu me enfiar nelas. Junto aos dele, meus pés só ficaram frios por um momento.

Oh... e *nós!*, pensei, deliciada. *Nós* nos conhecemos num barco! A balsa para Mellary Harbour!

Minha linda menina. Minha linda menina.

Repetiu várias vezes essas palavras carinhosas. Numa delas, baixou minha cabeça e sussurrou-me no ouvido: Posso mimá-la? Posso mimá-la, Kathleen, até doer? Diga sim! Vamos, diga!

Eu ouvia vagamente a respiração de Spot ficando cada vez mais agitada à medida que os barulhos que fazíamos iam se tornando mais rápidos e altos. E quando por fim abri os olhos, ainda embaçados por uma onda após outra de êxtase, a pobre cadela, de pé ao meu lado, examinava meu rosto com seus olhos negros, para ver se eu precisava de proteção.

Está tudo bem!, murmurei-lhe. Este é meu amigo, o Sr. Shay.

Mesmo assim, sabe? disse eu a Shay quando voltamos ao normal. Embora..., o que estamos fazendo, seja uma coisa animal, não acho certo que um animal inocente estivesse vendo.

Bem, eu acho certo. Nunca me senti tão certo em toda a vida.

*

Vamos nadar? perguntou ele, mais ou menos por volta do meio-dia, quando já estávamos cansados de brincar um com o outro.

Nadar? Na *Irlanda*? Em *abril*?

Estes lagos têm apenas dois metros de profundidade, disse ele. Só precisam de um ou dois dias de sol para se aquecer. Fui criado ao lado de um exatamente igual a este.

Assim, fomos para o lago. Será que ele estava me dizendo alguma coisa — de forma inteiramente inconsciente — sobre o bem-condicionado macho que era, e fora meu comentário sobre sua idade que provocara aquilo? Gostei muito dele, naquele minuto. Teria feito qualquer coisa muito mais difícil por ele do que correr adejando por aquela relva, com meus tênis desamarrados, até a praia no fim do lago. Mas a água estava quase tépida, portanto talvez ele tivesse razão. Deixou seu short de dormir num pedregulho ao lado de minha calcinha e, de mãos dadas, avançamos palmo a palmo pelo fino cascalho da praia, pisando pedras musgosas no meio da lama que chapinhava entre os nossos dedos dos pés. Sob a camada superior, a água era fria mas não desagradavelmente fria. Éramos o exato oposto dos belos e jovens casais dos anúncios que se dão as mãos e saem correndo para o mar. Ele era menos branco que eu, talvez porque os braços e a cabeça fossem curtidos pelo trabalho ao ar livre, mas entre nós via-se muita carne pálida. E avançávamos sobre pés de meia-idade, encolhendo-nos de maneira ostensiva. Tivemos de nos separar e seguir espadanando para nadar, quando a água batia apenas nos joelhos, só para livrar as finas solas dos pés. Houve um instante de choque de ranger os dentes. Mas depois — a recompensa! Era água de pântano — pardacenta, aveludada e mais suave que qualquer outra. Shay sorriu-me, vitorioso, ao se afastar nadando, o rosto pingando gotas, e os olhos pareciam faiscar o azul de sua juventude. Então nadei cachorrinho até o meio e virei-me de costas para boiar na tépida superfície da água, o sol brilhando em mim e a água me acariciando. Partículas de turfa adensavam-na, e eu sentia meus cabelos se moverem pesada e lentamente, como galhos de árvores.

Kathleen! A voz dele me chamou do outro lado da água. Um melro atravessou o campo grasnando e assobiando. Kathleen! Vou para casa ver o golfe...

Boiar era como estar envolvida por uma rede de cetim. Ergui a mão lânguida diante do rosto. Gotas d'água grudaram-se nela como se a pele houvesse sido oleada. Meus dedos haviam ficado da cor ebúrnea da água. Aí comecei a sentir frio e nadei, braços levantados, de um lado para outro, até o máximo que conseguia ir em cada direção, exuberante, sentindo a cálida superfície amenizar o frio embaixo. Depois me encaminhei para a praia de pés descalços. As últimas pessoas a nadar ali, pensei, se alguém algum dia nadara ali, devem ter sido crianças. *A Phádraig, far orm! Tar isteach, a Mháire!* As crianças talvez ainda estivessem vivas em alguma instituição para cidadãos idosos na Flórida ou Michigan, acenando com a cabeça numa varanda, ninguém em volta sequer imaginando que se haviam outrora exercitado e brincado...

Mais tarde, enroscada no colo de Shay, vendo junto a última série de buracos do golfe, ele passava suas mãos em mim, calmamente. Eu me retraí quando senti a mão se enfiando sob a calcinha, movendo-se para os pêlos púbicos — eu mesma não gostava de tocá-los, eram tão secos e duros. Mas nesse dia a água do lago suavizara tudo. Distraído, Shay acariciava o pêlo macio repetidas vezes, dando-me aulas sobre os mais belos pontos do jogo de Tiger Woods.

Deslocou a mão até minha cabeça e retirou os fios sobre a testa. Cantava, *I'll take you home again, Kathleen, across the waters wild and wide, to where your heart has ever been...**

Foi escrita por um americano, disse eu. De Illinois, acho. Letrista profissional. Nada a ver com a Irlanda. Não muitas pessoas sabem disso.

Ele se aprumou numa posição empertigada. Não! "*I'll Take You Home Again, Kathleen*"? De um americano?

Lamento que sim, disse eu. Com um nome tipo Westender. Westendorf. Isto mesmo, Westendorf.

Por que você tinha de me dizer?, reclamou ele. Arruinou minhas ilusões.

Assim sou eu, respondi, e ele se recostou e riu de mim.

O que você preferiria, perguntei-lhe quando acabou o golfe e já havíamos ouvido até uma análise especializada de parte do jogo. Ficar na cama comigo para sempre ou jogar golfe como Tiger Woods?

Ele olhou para mim, depois baixou os olhos para as mãos e sorriu, com descaramento. Ergueu o rosto, com uma expressão travessa.

Se soubesse jogar como ele, poderia ter tudo o mais que eu quisesse.

Ainda era apenas início de tarde, mas disse ele: Tenho de ir às quatro horas, Kathleen.

---

*Vou levá-la de volta para casa, Kathleen, pelas águas bravias e imensas, para onde sempre esteve seu coração... (*N. da T.*)

E quando me afastei, com asco, disse ele: Só consegui me ausentar durante o dia. Ninguém sequer sabe que estou na Irlanda. E perdi tempo esperando alguém acordar no hotel.

Que esperava que eu fizesse? Ficar indefinidamente sentada nos degraus da entrada, na esperança de que você passasse por ali?

Pare, disse ele. Sabe que não é assim.

Bem, então como é, hem? Tentei dizer isso com irritação, mas saiu mais como um sussurro. Qual é a situação, *hem*?

Ora, Kathleen, disse ele, esticou-se para mim e beijou-me com ternura. Você é uma mulher madura. Entende a situação. Minha mulher... impossível arrumar uma mãe melhor, ela dá a vida por nossas filhas...

Aposto que sua mulher já sabe de mim, disse eu, com frieza.

Não poderia saber.

Aposto que sabe.

Ele me lançou um olhar arrogante, como se dissesse: Minha mulher não é da sua conta.

Sim, disse ele, acho que ela sente o cheiro de alguma coisa no ar.

Levei-o a um campo afastado na borda do lago, onde um espinheiro saía retorcido da margem coberta de relva como um nó de grossas raízes, pedras cobertas de líquen de algum velho prédio tombadas na vala embaixo. Eu deixara a colher de jardineiro ali, entre as prímulas.

Eu procurava cipós, disse eu. Felix tem uma coleção e eu gostaria de lhe deixar alguns bons, e essas pedras indicam que tinha uma casa aqui.

Shay sabia o que eram.

Há montes deles em volta de nossa casa, disse ele, satisfeito, começando a cavar. Ninguém dava o mínimo valor, até uma sueca abrir uma loja de artesanato e começar a tecê-los, entremeando-os com correntes de prata. Ficaram lindos. Comprei três colares desses.

Com os dedos grossos, retirava fragmentos de esporinha e deitava-os na relva. Pedaços de porcelana azul e branca decorada com ramos de salgueiro.

Também procuro cachimbos, disse eu. Os pequeninos de barro. Aqueles em que todas as mulheres fumavam seu tabaco.

Oh, há alguns desses na casa do meu pai!, disse ele. Posso trazer um pra você...

Onde? Trazer um pra mim onde? E quando?

Ouvi meu próprio queixume.

Eu lhe aviso quando estiver pronto, disse ele.

Parou de cavar a terra e curvou-se para trás, para me encarar. E eu o encarei. Parecia muito cansado e com excesso de peso, e nada gracioso. Mas tinha a pele de um homem forte e um rosto puro inteiramente inconsciente das expressões que nele chegavam e saíam. Prendi meus cabelos atrás com uma fita. Ele sorriu quando percebeu.

Eu adoro esta música. "Tire a fita dos cabelos." De algum modo, faz a gente imaginar o resto. Você tem alguma coisa que considere, realmente, sabe...

Sexy?

É.

Você se lembra daquela antiga Spice Girl... Geri alguma coisa?

Geri Halliwell. Claro que me lembro.

Bem, ela disse certa vez a uma multidão de fotógrafos: O que querem que eu seja, rapazes? Posso ser qualquer coisa que quiserem. Uma menina de dez anos com grandes tetas... eu acho isso muito excitante.

Ele me lançou um olhar furioso, sem fala, levantou-se e pôs-se a espanar sua roupa.

Bem, disse eu. Quer que eu seja como realmente sou ou não? Ou prefere que eu finja ser toda fofa e doce?

Um minuto depois, tornou a agachar-se à minha frente. Sua voz foi muito mais dura do que quando o choquei.

Disse: Tenho pensado em você noite e dia. Sem exagero. Às vezes mal acredito que você é real, e isso é a única coisa que me detém. Uma mulher como você, que poderia estar fazendo com um homem como eu? Diga-me a verdade. Que quer você com um homem como eu?

Tentei me esquivar, dizendo:

Não sei.

Não, sério, Kathleen. Por que eu?

Não sou assim tão fantástica... comecei.

Não, Kathleen. Sabe o que quero dizer. O que *você* está fazendo comigo?

Por que não pára de me perguntar isso. O que está *você* fazendo *comigo*?

Ah, pelo amor de Deus, Kathleen. Quem *não ficaria* com você se tivesse uma chance? Não há mistério algum nisso. Mas eu, eu não sou nem mesmo um grande jardineiro.

Estou falando sério, disse eu. Não fui íntima de ninguém durante muito tempo... Detesto falar disso. Gostaria de ter sido mais bem-sucedida. Ter tido mais sorte, entende? Mas de qualquer modo, não me sinto do jeito que me sinto com você desde que era jovem. Esta é a verdade.

Ele me olhou com perspicácia por um longo instante, depois fez um muxoxo de impaciência.

Ele não acreditou em mim.

Fingi continuar com toda a calma esvaziando terra de minha colher de jardineiro no quadrado diante de mim. Era uma profunda satisfação saber que ele me considerava tão maravilhosa que, para ele, só poderia ter tido uma grande vida amorosa.

Mas o que disse eu era a verdade. A única desonestidade foi que escondia o pior remorso e vergonha que me dilaceravam quando pensava em todos aqueles anos perdidos.

Alguma coisa me deixou pronta para Shay, pensei. Mas nunca vou saber exatamente o quê. Tinha alguma coisa a ver com a Irlanda, com a volta ao passado e a lembrança dos rapazes com quem Sharon e eu dançávamos valsas quentes, lentas, com o fato de ele ser um marido feliz, um pai amoroso, e eu agora, livre, porque não morava em parte alguma, não tinha emprego algum, com o fato de Jimmy estar morto e jamais poder fazer amor de novo, toda a paixão enterrada com pessoas como Marianne e Mullan, mas qual de todas essas coisas, eu nunca saberei.

A única coisa de que tenho certeza, disse eu cabisbaixa, é que quero estar na cama com você. Isso é tudo. Mas é uma coisa importante de se querer.

Penso em você todas as manhã quando faço a barba, disse ele. É bem aí que começo. Quero envolver com a boca — estendeu as mãos e pôs uma palma embaixo de cada seio — estes, disse. Podia beijá-los para sempre.

Oh, *beije*, ri para ele, e cobri suas mãos com as minhas.

Posso dizer uma coisa séria?, perguntou.

Pode.

Você é realmente uma linda mulher.

Esta foi a quarta vez na vida em que acreditei nisso. Segui na frente dele ao voltar para casa, com o andar de uma rainha.

Quando nos sentávamos à mesa tomando uma última xícara de café, ele me surpreendeu por começar a falar comigo de uma maneira impessoal, com um sotaque mais inglês que o habitual. Imagino que seja o tom que usa comercialmente, nos negócios.

Você está escrevendo a história de que falou, sobre o caso de divórcio?

Bem. Ainda tenho de descobrir muita coisa para escrever. Planejava repassar tudo na mente hoje.

Mas está escrevendo alguma coisa?

Bem, não sei ao certo.

Mas você é escritora? Tipo... é assim que ganha a vida?

Sim.

E pode escrever em qualquer lugar?

Ri da seriedade dele. Em qualquer lugar onde exista uma tomada.

Ele começou a falar comigo devagar, o rosto franzindo de seriedade. Quero perguntar uma coisa a você. Quero perguntar se há alguma chance de você poder morar em algum lugar entre o aeroporto de Shannon e onde eu vou em Sligo. Acho que poderia convencer minha mulher de que seria uma boa idéia tentar dirigir o negócio de meu pai, além do meu próprio; de qualquer modo, vai ser nosso um dia. Poderia vir à Irlanda todo mês. Se organizar bem tudo, poderia estar com você uma ou duas noites, talvez três. Não saberia quais exatamente até o último minuto, porque estou sozinho em meu negócio de paisagismo, e não tenho como prever quando podia aparecer um trabalho. Mas sempre conseguiria arranjar duas noites. E uma boa parte do dia...

Minha pele enrubesceu com o choque. Olhei-o como para vê-lo de novo pela primeira vez.

Ele fitou direto meu rosto hesitante. Eu poderia ajudá-la em termos financeiros, se precisar. Não tem problema quanto a isso.

Encarou-me mais uma vez. Não sei quanto tudo vai durar, disse, mas, em alguns anos, poderíamos sair dessa situação. Isto é, se isso lhe atrair. Também poderia ajudar você em sua casa, onde quer que more. Sabe? Os canos e essas coisas. Cortar a grama.

A essa altura, tinha o rosto vermelho de constrangimento.

Não sei mais o que dizer, explodiu. Treinei dizer isso muitas vezes. Não quero continuar apenas me encontrando com você assim furtivamente. E quero que haja alguma coisa promissora entre nós. E se você fizer isso por mim — pegou-me as duas mãos nas suas e cerrou os olhos, a voz saiu tão clara quanto um sino — eu juro, realmente juro, nunca a decepcionarei.

Depois levou minhas mãos ao seu coração. Não é um bom negócio para alguém como você, Kathleen, eu sei. Mas é a única saída que vejo, tentando não arruinar um bom punhado de vidas. E se você topar, eu nunca, nunca a decepcionarei. Você será a única.

A princípio, não pude falar. Pensei no jeito como os homens que conheci me mostravam fotos dos filhos e cães, como os homens com quem saía ligavam e diziam que sentiam muito, mas haviam encontrado alguém de quem realmente gostavam — como se eu nunca pudesse ser a pessoa de quem realmente gostavam, ou a pessoa cuja foto era exibida. E agora Shay me implorava...

Mas Shay, disse eu, com tristeza, qual o nome que se dá para isso?

Por favor, disse ele, quase murmurando. Por favor, amor.

Nós nos demos as mãos sobre a mesa em absoluto silêncio. Minha mão larga, delicada na dele. As mãos mostram mais a idade do que qualquer outra parte do corpo.

Eu realmente *tenho* de ir, disse ele.

Não consegui me mexer. Que dia é hoje?, suspirei.

Terça-feira.

Sexta-feira, disse eu. Até lá eu decido. Ligue pra mim.

Ele olhou em volta à procura do telefone e pegou um livrinho de anotação e um toco de lápis do bolso do paletó, nas costas da cadeira. Pôs os óculos e anotou o número. Ao passar por trás de minha cadeira, levantou meu rabo-de-cavalo e pôs os lábios em minha nuca por um longo tempo. Depois soltou os cabelos e beijou-me o cocuruto da cabeça. Continuei sentada, imóvel. Ouvi seus sólidos passos nos degraus externos e, após um momento, o carro partindo. O barulho do motor se extinguiu. A cadela, que dormira durante todo esse tempo debaixo da mesa, suspirou como se também tivesse ouvido, mas não acordou.

Eu não quero pensar na proposta de Shay. Ainda era apenas terça-feira. Quarta, quinta, sexta. Tinha tempo de sobra para pensar bem e resolver. Fique serena, disse a mim mesma. Finja que corre perigo. Está num quarto numa pequena cidade próxima à selva, e sabe que o gerente à mesa lá embaixo está bêbado e você ouve um barulho furtivo na janela... Fique com cada poro alerta... Não! Coma alguma coisa. Arrume a casa. Dê telefonemas.

Levei o telefone para o terraço, mas começava a esfriar ali. Nuvens avolumavam-se com silenciosa rapidez no horizonte atrás da colina. Tentei acompanhar uma delas em sua evolução de um primeiro monte de vapor, mas os movimentos no céu eram misteriosos e rápidos demais. Tornei a entrar. Chama-se de patética falácia — a idéia de que a natureza se solidariza com nossos dramas humanos. Que na hora da Crucificação, o céu ficou preto. Que só porque Shay mais uma vez se fora, a luz abandonara o dia.

Minha pele estava extraordinariamente fina. Eu repassava os pensamentos na cabeça com cuidado. A oferta de Shay instalou-se logo no fundo da minha consciência como a luz, a música e a emoção de uma ópera. Eu a espreitava pelo canto da cortina.

Oh, eu poderia ter tudo! Eu via! Um novo computador na mesa numa sala ensolarada, a relva do outro lado da janela, e árvores velhas em toda a volta... faias, eu acho. Adoro faias. Teria alguns gatos e dois cães para fazer companhia um ao outro. E pássaros. Não engaiolados, mas pássaros que chegavam à janela da minha cozinha para ser alimentados. Pintarroxos. Não ia me incomodar que as pessoas me vissem como uma velha solteirona louca por animais de estimação — meu corpo, do queixo enrugado até embaixo, ficaria cor-de-rosa e suave de amor, onde ninguém mais visse, além de Shay. Eu me mostraria sempre derretida para ele. Em tal e tal vez em cada mês, meu corpo ia começar a voltar-se para sua chegada como um girassol, e eu teria um portão, só pelo prazer de ouvir o carro parar no portão e ouvi-lo saltar, deixar o motor em ponto morto, e minhas mãos iam começar a tremer ao som do portão.

Ter um relógio com pesos e correntes
E o pêndulo balançando de um lado para outro,
Um guarda-louça cheio de porcelanas cintilantes,
Mosqueadas de branco, azul e marrom.

Eu me ocuparia o dia todo
Limpando e varrendo a lareira e o chão,
E arrumando de novo na prateleira
Minha louça branca, azul e mosqueada...

Guardaria todas as minhas novidades para ele. Veja, Shay! Tenho uma dúzia de pintinhos numa caixa. Veja, a magnólia no canto atrás do celeiro floresceu. Esta marca, Shay, na minha panturrilha são varizes? Venha cá, querida, diria ele. Vou beijá-la melhor.

Para uma mulher inteligente, pensei irritada, você com certeza tem fantasias novelescas.

E eu lá estou ligando? Alguém já ouviu falar de fantasia inteligente?

Com quem eu poderia falar?

Eu sabia que me sentava numa poltrona funda, na sala de uma casa silenciosa, e que eu via pelas luzes do céu que as nuvens se coagulavam no início do entardecer. Meu corpo tinha mais vida que nunca, como se Shay me houvesse despertado a parte debaixo da pele além da que apertava e agarrava. Eu tinha as pernas cansadas da nova atividade, e estava consciente da totalidade de mim mesma — até mesmo o arco da sola dos pés ele se ajoelhara e beijara, até a nuca e a cabeça, sensíveis onde haviam sido comprimidas no travesseiro, quando ele recuara e bruscamente erguera minhas pernas abertas à sua volta.

Jimmy. Pensei no lúcido tom de voz que usava quando falávamos de coisas sérias. Não havia a menor dúvida de que a primeira coisa que diria sobre a proposta de Shay era: *Quase 60?* Um avô casado e feliz? Você vai se instalar num maldito campo irlandês e *esperar* por esse cara?

Mas eu ainda não queria ter essa conversa.

Melhor ir dormir. Devia pensar em outras coisas. Viver minha vida comum e esperar que a resposta à proposta de Shay se formasse dentro de mim. Devia voltar à história dos Talbot. Se não houvesse mais documentos, eu teria de tomar uma decisão sobre o que realmente aconteceu, baseada no *Julgamento* e no folheto de Paget. Logo. Se eu tivesse a Srta. Leech para conversar sobre isso. Não havia ninguém, a não ser o fantasma de Jimmy, para conversar sobre Shay...

Isso me deteve. Por quê? Por que não havia ninguém com quem conversar sobre Shay?

Bem, vejam Alex. Eu podia confiar minha vida a ele. Mas dificilmente ia contar isso a Alex. Ele acharia que... bem, tinha um monte de coisas erradas em contar a ele. Acima de tudo, eu não queria que soubesse daquele lado de mim que ia para a cama com completos estranhos. Isso ia feri-lo. Claro, também me ferira, sempre soube disso, e o deixaria desorientado. Alex diria: Se este homem quer tanto ficar com você, por que não pede o divórcio à mulher? E se eu dissesse: Mas não queremos causar sofrimento a ninguém, ele só vai ficar comigo um fim de semana por mês, e a mulher nunca vai saber, Alex me lançaria um olhar duvidoso. Talvez não soubesse como expressá-lo, mas acharia alguma coisa embaraçosa numa ação que não é errada desde que ninguém saiba. Eu passara anos e anos sentada em frente a ele, tentando convencê-lo disso e daquilo, e conheço aquele olhar duvidoso. Na verdade, gostava muito desse olhar quando franzia a testa e me perscrutava com aqueles melancólicos olhos castanhos, sem me ver. Como na vez em que prometi a um taxista indiano que a *TravelWrite* pagaria a ele e a mim para pegar o corpo de seu pai no agente funerário em Londres e levá-lo para as escadarias de Varanasi à beira do rio e cremá-lo. E quando arranjei para que Jimmy e eu posássemos de recém-casados e tentássemos os pacotes de lua-de-mel com tudo incluído para o Caribe. Eu não podia imaginar um homem como Alex fazendo a uma mulher uma proposta como a que Shay me fizera. Embora eu soubesse que Shay tentava manter felizes tantas pessoas quanto pudesse. E a si mesmo, claro.

Eu também teria de ser cautelosa quando falasse com Caroline. Ela me conhecia muito bem. Talvez houvesse um eco de alegria em minha voz se eu pensasse alto como tudo poderia ser — as noites no chalé nos bosques de faia, eu junto à lareira com meu labrador dormindo encostado em meu joelho, a sala impregnada do perfume de jacintos e narcisos de meus potes de bulbos de primavera e o barulho do carro de Shay aproximando-se cada vez mais do portão. Quando me permitisse uma olhada naquele belo futuro, uma cadência animada se intrometeria em minha voz. Ela a ouviria. Era muito inteligente nessas coisas. E de fato não havia a menor questão de discutir a oferta de Shay com ela. Bem, havia. Mas ela seria muito, muito fria em relação a isso. Ia de estalo imaginar que ela era a Sra. Shay e Shay era Ian, planejando com todo o cuidado para enganá-la. Caroline nunca diria isso, nem sequer admitiria para si mesma. Em vez disso, despejaria todo pequeno argumento que tivesse em cima de mim. Por que tem de viver na Irlanda por ele, diria? Como fica a sua própria vida? Sim, porque você tem uma vida própria! Mora em Londres! Nós devíamos estar aprendendo a jogar bridge, você e eu. E Alex? Que tal viajar... Em outras palavras, disse a mim mesma, ela ficaria magoada. E isso mais uma vez interrompeu a seqüência de meu pensamento. Fazia tanto tempo desde que eu decidira que era a suplicante em nosso relacionamento, que até agora não admitira para mim mesma que podia magoar Caroline. Posso magoá-la, disse a mim mesma, admirando-me. Ela ficaria magoada se eu partisse para fazer isso.

E eu não precisava me dar o trabalho de pensar em Annie. Ela acreditava nos juramentos matrimoniais. Muito simples. Detestaria e desaprovaria muito Shay. E me detestaria por gostar de um homem assim. Oh... ela não pode saber! Eu teria de dizer que simplesmente decidira me aposentar e ficar na Irlanda. Mas ela se sentiria à vontade para ir de carro até Sligo e aparecer de vez em quando para me visitar. Eu teria de avisá-la que precisava me avisar antes. Mas não se podia fazer isso com a família. Eu teria de viver em segredo. Mas é impossível guardar um segredo na Irlanda... Para não falar que a idéia de organizar toda a nossa existência em torno de sexo iria deixá-la pasma. Mas não é *sexo*, eu diria, é *paixão*. Hum! É o mínimo que ela responderia.

Para Bertie, servia como um pecado. Diria alguma coisa que não ia parecer seriamente crítica, como: Por que, em vez disso, não faz algo útil para si mesma, Kathleen? Treinamento de cães pastores, agora, é uma ocupação interessante. Ou ensinar umas coisinhas a Ella e aos meninos. Ensinar tudo o que você sabe. Mas me incluiria nas orações que fazia no fim de todas as noites ao lado do fogão na cozinha. Ele acreditava no pecado, e na existência de punição para o pecado, e ia temer por minha alma e rezar fervorosamente por mim.

Bem, e quanto à minha alma, agora que a palavra me passava pela cabeça? Eu me sentiria bem no plano espiritual — mesmo pelos meus próprios padrões — numa vida assim?

Imaginei que tivesse dito que ainda não ia pensar na oferta!, respondi a mim mesma. É cedo demais. Você ainda nem dormiu com a idéia.

Mas minha mente girava.

Nora teria um dia de comemoração cheio, me gozando. Que homem de sorte! diria. Tenho de tirar o chapéu pra qualquer um que consegue arrumar as coisas pra si mesmo desse jeito! A mulherzinha, as adoradas filhas e a mulher tão apavorada com a idéia de que nunca voltará a trepar a ponto de aceitar ser enfiada naquele chalé. E também não vai custar um centavo a ele! Vai *economizar* dinheiro, na certa, encaixando uma visita ao velho pai na mesma época!

Não posso contar nada a Nora.

Pense em outra coisa!, ordenei a mim mesma.

Em que vou pensar?

Minha mente é um vazio total.

Não é um vazio. Você simplesmente não quer pensar no que acabou de descobrir. Essa não é uma decisão separada de todo o resto, que pode fazer em particular. Você sempre achou que era solitária, a não ser por Jimmy. Mas está vendo? Nenhum homem é uma ilha.

Abri uma garrafa de vinho, e bebi o primeiro copo em três minutos cravados. Depois olhei todos os CDs de Felix. Ele não tinha nenhuma das músicas que eu estava a fim de ouvir. A abertura de Tristão, para comemorar o barco em que nos apaixonamos. Nem Mahler. *Grande* Mahler. Eu até gostaria de um dos velhos concertos de piano ruidosos que deixavam mamãe imóvel, quando transmitidos pela rádio. Rachmaninoff. Tchaikovski. O solo de piano arremetendo a toda contra a orquestra, escalando alturas heróicas e desabando mais uma vez de forma emocional. As pálidas faces dela se tingiam de cor-de-rosa. Mamãe realmente era uma romântica. Ora, minha mãe... ela diria: Você adora esse homem? Ele adora você? *Faça.*

Por que recorrer à minha infeliz mãe em busca de orientação? Desde quando ela é um papel modelo? Já tinha morrido antes de chegar à sua idade. Que tal pensar no que faria Madre Teresa de Calcutá? Ou Germaine Greer? Ou Jane Eyre? Ou Colette? Colette tinha 79 anos quando anotou seus três desejos. Começar de novo. Começar de novo. Começar de novo.

Está vendo?, perguntei a mim mesma. Faça aquilo que lhe causará menos arrependimento. Tem liberdade para resolver do jeito que quiser.

Claro, Shay não tem. Não tem liberdade.

Sim, mas o casamento é problema dele. Cabe a ele decidir o que fazer com aquelas pessoas.

Quer isso dizer que todo mundo que não conheço não é problema meu, não é da minha conta? Quer isso dizer que, como um aldeão polonês, eu deixaria meus vizinhos serem carregados numa carroça para Treblinka, repetindo que aquilo não é da minha conta?

Oh, não seja tão melodramática! Talvez ela *queira* que ele tenha um caso amoroso.

Quando foi que você conheceu uma mulher que *queria* que o marido tivesse um caso amoroso?

Arrastei meu corpo exausto para levantar-me da cadeira e fui preparar um banho. Adorava como o meu movimento me lembrava fisicamente dele. Por quanto tempo duraria a sensação de suas carícias? Dois dias? Três?

Seja lá o que eu faça, disse a mim mesma, não vou ficar triste. Trágica, talvez, mas já me fartara de tristeza.

Sorri de mim mesma no espelho, como uma enlouquecida Doris Day, para enfatizar essa boa resolução. Espantava-me, aliás, que me houvesse chegado à mente. Havia um ritmo em minha vida anterior com o qual eu me sintonizara: preparara-me tanto para suportar o sofrimento que mal podia imaginar alguma coisa acontecendo comigo que não fosse me fazer infeliz. Tornei-me infeliz; depois senti pena de mim mesma por ser infeliz; depois me desprezei pela minha autocomiseração. Por que agora deveria de repente conseguir quebrar esse ritmo? Como era possível que agora — nesta situação tão cheia de sentimento e de augúrios de profunda infelicidade —, eu visse a chance de sentir prazer em qualquer decisão que tomasse? Talvez fosse o próprio ato de fazer amor que me deixara tão positiva. Em todo caso, o que parecia uma nova perspectiva era realmente alguma coisa hormonal, que se desgastaria...

Em minha mente, esses pensamentos se acotovelavam numa camada. Mas em outra, o pavor se acumulava.

Jimmy, comecei, deitada na banheira, sabe que nem você nem eu ligaríamos a mínima para família, amigos, trabalho ou mesmo um para o outro, se aparecesse o amor perfeito.

Eu quase ouvia a voz dele, tranqüila e clara, dizer: É verdade.

Jimmy, quero fazer amor com este homem todo dia, para sempre, e ele sente o mesmo por mim.

Silêncio de Jimmy.

Jimmy, eu tenho cinqüenta anos. Dois dos meus dentes inferiores estão balançando. Café me dá azia. Tinjo meus cabelos. Mesmo que alguns homens ainda me queiram enquanto atravesso os meus cinqüenta, e talvez até os sessenta, eu não vou querê-los. Dormirei com qualquer um que me pedir, como sempre, mas você mesmo sabe como era — triste, Jimmy. Era solitário pra burro. Esta é a minha única chance de ser apaziguada e aquecida por um verdadeiro amante, e ficar com ele até nós dois nos conhecermos tão bem que acordemos, giremos e nos encaixemos um no outro, com tão grande facilidade quanto uma ostra para dentro de uma boca, e depois deitemos e adormeçamos, os dois feitos um só. Assim, envelheceremos, mas teremos a confiança de ir para a cama após o almoço de domingo, beliscando um ao outro, dando risadinhas e conseguindo rir sobre incontinência urinária, impotência, barrigas flácidas, porque conhecemos a riqueza no banco de prazer a que recorremos. Eu tinha 23 anos, quando perdi Hugo, e 49 quando mais uma vez me abri. Um quarto de século entre os dois! Como aquelas flores no fundo da selva que só florescem duas vezes numa existência humana. Todo o tempo que talvez eu nunca mais tenha de novo, Jimmy! E talvez nada, nada até morrer, se não puder ter isso!

Jimmy?, chamei-o. Algum dia já viu os desenhos de Hockney de seus cães dachshund? Os cachorros lingüiça enlaçados um no outro, dormindo? Que linda a forma como ele desenhou o abraço dos cães! Seríamos assim, Shay e eu, Jimmy?

Talvez eu tenha até chamado em voz alta.

Mas não ouvi nenhum som em parte alguma, a não ser a pingação e os estalos dos barulhos do banho.

Após algum tempo, recuperei a compostura. Mas ao me estender para pegar a toalha, vislumbrei minhas nádegas numa parede espelhada. Um hematoma amarelo-claro começava a surgir numa delas. E os meus seios? Voltei-me. Sim. A marca de sua boca e, na carne branca, desbotadas linhas cor-de-rosa, onde seu dedos agarraram. Bem lá embaixo, onde ninguém me conhecia, nem eu mesma, sentia-me tão satisfeita como um animal parado diante de uma caça. Teria rosnado baixinho: Sou dele, são suas marcas em mim, ele é meu dono, eu sou sua mulher... Aí voltei à minha consciência. Que me faz sentir *orgulho* desses estigmas?, perguntei a mim mesma. Que me faz sentir presunçosa, como se fossem condecorações que *ganhei* com toda a justiça? Não há nada de honroso nelas. Posso dizer que nosso ato de amor foi tão honesto quanto é possível imaginar, que fomos tão honestos como animais. Mas não que somos pessoas honestas. As mentiras dele. A mulher enganada. Meus segredos.

Anos e anos atrás, quando eu mal começava a ficar mocinha, quando ganhei o concurso de ensaios sobre "A beleza deste mundo deixou-me triste", e mamãe foi comigo a Dublin, gastamos o dinheiro na Clery's da rua O'Connell. Comprei meias-calças com brilho para Nora e meias de futebol para Danny no primeiro andar. Depois subimos para o departamento feminino no segundo andar, pois mamãe queria experimentar alguns vestidos mais baratos. Lembro com muita clareza a cabine com a cortina frouxa e a cadeira dourada lascada defronte, onde me sentei para esperar, depois que a velha vendedora acompanhou mamãe até lá, pendurou os vestidos que ela escolhera numa arara e fechou a cortina atrás dela.

Mamãe avançou sobre o tapete puído para se exibir num vestido de algodão azul-marinho, com um estampado de pequenas amoras silvestres e flores cor-de-rosa. Tinha um decote quadrado, mangas três-quartos, e ela gostou. Mas a senhora a fez experimentar mais alguns. Mamãe não permitia que eu ou a vendedora entrássemos junto com ela. Imaginei que na certa sentia vergonha da roupa de baixo. Mas deve ter gostado muito de um dos vestidos que experimentou, porque saiu de trás da cortina alisando-se um pouco e estendeu a saia, girando-a diante de mim e da vendedora, como uma modelo à moda antiga. O vestido tinha mangas curtas. Ela não reparara.

Vi as marcas nos antebraços de mamãe. Lívidos hematomas. Amarelo, roxo e preto. Ela acompanhou meu olhar, viu para onde eu olhava e logo voltou para trás da cortina.

Comprou o de mangas compridas, embora consumisse todo o seu dinheiro.

Olhei minhas próprias marcas mais uma vez, descolorindo-se com tanta rapidez. Parei, arrebatada, lembrando os apertos dele. Minha cabeça curvou-se como se por vontade própria, em obediência.

Depois larguei as toalhas no chão e corri para a sala de estar, chamando: Spot! Spot! Comida! Rápido!

Uma grotesca imagem me viera à cabeça, e eu queria fazê-la desaparecer. Minha mãe estendia em silêncio os braços machucados para mim e eu, com os meus braços estendidos do lado, comparava com meus próprios hematomas.

19

Acordei na manhã seguinte impregnada de felicidade, de algum sonho que se fundira em minha cabeça, com o telefone tocando. Atropelei Spot ao levantar-me para atender.

Era Betty, da *TravelWrite*.

Você está aí! disse ela. Cacei-a por todo canto! Alex está numa cabine telefônica em algum lugar esperando que eu ligue de volta com um número em que possa encontrar você. E o pobre homem parece num estado terrível. Não saia daí, Kathleen.

Quando Alex ligou, alguns minutos depois, o pesado ronco do tráfego atrás dele foi o que primeiro me impressionou. Eu esquecera os barulhos.

Só restam poucas unidades no cartão, disse ele. Falava tão devagar que a voz se arrastava. Nós a perdemos, Kathleen! Ontem. A mais bela morte que já viram até então, disseram os irmãos.

Oh, eu sinto muito, querido Alex. Você parece exausto. Onde está, meu pobre querido?

No mosteiro...

Pip. Pip. Pip. Só restavam alguns segundos. Gritei mais alto e rápido que eles. Posso ir ao enterro, Alex? Onde está você? Quer que eu vá?

Os Irmãos de fato não gostam de forasteiros no lugar...

Você quer dizer mulheres! Mas sua mãe era uma...

A linha emudeceu. Esperei ao lado do telefone, mas não voltou a tocar.

Alegrei-me que a velhinha tivesse afinal falecido. Ela impedira Alex de viver, velha sanguessuga egoísta. Ele nem sequer comia as delícias que Roxy e Jimmy levavam para o escritório na hora do almoço, por lealdade aos horríveis sanduíches dela. Mas isso apenas mostrava como ia ficar totalmente perdido sem a mãe.

Quase tão abandonado quanto uma criança órfã. Agora, os irmãos o fisgariam. Idiotas. Os únicos no enterro de Jimmy talvez se chamassem Sid e Les na vida real, mas se haviam batizado como padre isso e padre aquilo. O confessor, padre Edward, dizia se chamar um panacazinho com a cara lívida de medo. E se pavoneavam em vestes que haviam desenhado para si mesmos inspirados em Cecil B. DeMille. Imagine um homem decente como Alex deixando-se seduzir por essa esparrela de *faux-gay* sub-Iris Murdoch! Avessos a mulher, a cambada toda. Temerosos de mulher, de qualquer modo. Quando ele nunca tivera sua chance —, como fiquei sabendo na noite em que conversou comigo à mesa da cozinha, nunca teve uma namorada, ou foi a Paris, ou tomou um cálice de vinho gelado num dia quente, descalço, os pés cheios de areia. O motivo de não poder nadar no mar, me contou então, era que embora fossem com a mãe ao litoral nas férias quando menino, ela ficava nervosa todas as vezes em que ele entrava na água.

Eu não me incomodaria se fossem monges de verdade, dizia a mim mesma, indignada, quando me ouvi, e desatei a rir. Falar de preconceito católico! Assustador como essas atitudes papa-hóstias permaneciam com a gente muito depois de cada pedacinho de nossa religião nativa ter partido! Claro que se fossem ordens anglicanas eu levaria a sério. Só que aqueles auto-inventados Irmãos da Anunciação não eram. Padre Gervase, o médico-feiticeiro chefe na cerimônia fúnebre de Jimmy, era um velho adorável, achei na época, quando olhava pássaros e me dava conselhos. Mas nessa manhã estava tão agitada que também me virei contra ele. Uma paródia de feiticeiro velhaco, é o que ele é. Aposto que seu nome real seja Cecil. Iam levar o querido Alex, que não tinha um único osso falso no corpo, e iriam fodê-lo.

Eu andava de um lado para o outro. Spot movia a cabeça comigo, como um espectador de uma partida de tênis. Não podia mais ficar na casa. Em todo caso, já estava me enchendo dela. Num dia cinzento como aquele, havia alguma coisa muito deprimente em toda aquela vidraça.

Mas rezei por Alex. Enterrei a cabeça no sofá de couro de vitela e rezei para fosse lá quem fosse, para que cuidasse dele, não o deixasse sofrer muito, nem se sentir solitário demais por causa da mãe, e o protegesse do mal... Lembrei que a última oração que rezei foi pela Srta. Leech, na ocasião de sua ida a Dublin para os exames de câncer. Disse mais uma vez a mesma oração, por Alex e por ela. Era quarta-feira. Ela devia já estar de volta em Ballygall.

Salve Rainha, mãe de misericórdia, vida, doçura e esperança, nossa. A vós suplicamos, gemendo e chorando, advogada nossa... vossa intercessão não foi atendida... Incluí Shay na oração. Voltei então, Ave Maria, vossos olhos... incluí a mim mesma. Eu também precisava de ajuda. Era como se absolutamente nada se houvesse mexido em mim durante décadas, e agora a geada perene se descongelara e eu tinha de fazer alguma coisa com os cadáveres que o gelo derretendo desenterrava.

Saí para o deque. Os gatos selvagens brincavam nas margens do lago. A relva estava úmida da chuva que caíra ao amanhecer, silenciosa e repentina, como se o dia chorasse antes de raiar. Eu batizara os gatos com os nomes dos gnomos de *Sonho de uma noite de verão*, embora fossem magricelas, decididos, nada bonitos. O único que conseguia identificar com certeza era o menor, Moth. De forma surpreendente, ele subiu se arrastando pela escada em minha direção, enquanto tomava meu café, e ficou perto, o lindo pêlo cor de casco de tartaruga listado de preto da grama molhada, e pouco depois, se enrolou numa bola e dormiu.

Uma vez, quando eu estava muito infeliz, fui acordada de manhã cedo em Tel Aviv. Estivera em pé à janela do quarto de hotel de alguém enquanto amanhecia, esperando que ele ferrasse no sono para poder dar o fora sem ser vista. Morria de sede. Não queria pensar na noite mal terminada, nas várias tentativas sexuais frustradas e em todas as censuras. Ao longe, a luz começava a inundar os enormes prédios brancos ao longo da curva da baía. Meio afastada da rua, via-se uma enorme piscina, e embora já à sombra do hotel, nadadores bracejavam firmes de um lado para outro nas duas raias. A maneira rígida como mantinham erguida a cabeça em toucas de borracha mostrava que eram todos pessoas velhas. Velhos e decididos.

O sol chegou ao terreno baldio atrás do muro dos fundos da piscina. Um gatinho seguia cauteloso ao lado do muro pelo capim ressecado. Surgiu no campo aberto. De repente, sucumbiu à gloriosa manhã. Avançou até a clareira meio ensolarada e desabou sensualmente de costas. Depois se esticou todo, devagar, deitou-se ao sol dourado e dormiu.

É assim que quero ser, gritei no meu íntimo. Deixe-me ser assim, também!

Foi a lembrança de Alex que me fez pensar nisso. Alex era sempre ele mesmo, como são os gatos. Era Alex de ponta a ponta.

Sempre apreciei as boas coisas nas outras pessoas, disse a mim mesma, como me recomendando a um juiz invisível.

Não sabia como passar o tempo até poder ligar para a biblioteca. E se houvessem mantido a Srta. Leech no hospital em Dublin? Bertie dissera que ela não parecia bem, mas a expressão dele fora muito mais lúgubre que suas palavras. Eu iria à cidade e até o hotel, para examinar mais uma vez sua expressão.

Sentia uma tão grande apreensão que, após pôr gasolina no posto atrás do supermercado, deixei o carro e percorri a alameda até a parede alta que outrora fora um muro do asilo de pobres. Quando a alameda se esvaziou por um momento de sua habitual fila de carros, comprimi as mãos até machucá-las nas pedras ásperas. Deus sabe que havia tragédias maiores do que eu até poderia compreender. Dores, imensas, coletivas, além das milhões e milhões de dores pessoais. Mas as tragédias findam. Aquelas paredes haviam sido tocadas pelos dedos ossudos dos famintos e agonizantes. Mas terminaram os terríveis anos de fome.

As coisas ruins acabam, disse a mim mesma.

E de fato reinava alegria na casa de Bertie. Ollie, rosto e mãos cobertos de lama, cambaleava pelo gramado diante da porta dos fundos, e Spot, que pulara exultante em volta de mim quando abri a porta do quarto, juntou-se a ele. Os dois patos se afastaram zangados para a sebe. Sentada à mesa da cozinha, Ella escrevia uma carta. E Bertie saiu de seu posto atrás do balcão da recepção, de bastante bom humor.

Quem era o seu homem que veio procurar você no raiar da manhã?, disse ao me cumprimentar.

Papai! Não é assunto seu!

Um velho amigo, disse eu, com firmeza. Se você me deixasse ficar neste chamado hotel, em vez de me hospedar por todas as partes do país, não seria incomodado por pessoas me procurando.

Aquela praga de professores vai embora amanhã, se agüentar mais um pouco, Kathleen. Coma um pedaço da minha torta de maçã. Ande, vai adoçar sua língua. Levei metade dela para Nan Leech ontem à noite, mas ainda sobrou um bom pedaço.

Como ela está?

Bem, me pareceu um pouco frágil quando a ajudei a descer do trem. Mas não entrei na casa dela, por isso não a olhei com atenção. Só me disse que eles a aconselharam a parar completamente de trabalhar, para poupar forças. E que se alegrava por estar em casa, porque só conseguia dormir com o gato ao pé da cama. Mas adorou o presente que lhe dei.

O que foi?, perguntamos Ella e eu ao mesmo tempo.

Um celular! Também comprei um pra mim. O sujeito na loja me explicou todo o sistema. Agora ela pode me encontrar a hora que quiser.

Lançou-nos um sorriso radiante, encantado consigo mesmo.

Não estava preparada para o choque da frágil voz da Srta. Leech, quando liguei para ela da recepção. Disse eu a primeira coisa que me veio à cabeça — uma sobra do pensamento sobre os monges de Alex.

Já leu Iris Murdoch, Srta. Leech?

Li o livro do marido sobre como cuidou dela nos anos de doença. Confesso que a invejei. Invejei tanto o mal de Alzheimer quanto o marido amoroso, até compreender que, se ela tinha o primeiro, não podia saber que tinha o segundo.

Você é a primeira pessoa que conheço que inveja alguém com Alzheimer, disse eu.

Oh, não, Srta. de Burca, disse ela, com seriedade. Acho que qualquer pessoa sensata invejaria os que perdem a memória quando se aproximam do fim.

Srta. Leech, disse eu, não faço a mínima idéia de como se sente no momento, e sei como deve estar ocupada, mas aceitaria que eu a levasse para sair? É meio tarde para almoçar, mas que tal jantar esta noite? Ou tomar chá em algum lugar? Não precisamos falar do caso dos Talbot, mas é realmente um assunto sobre o qual conversar, não? Mais do que um encontro apenas formal. Agora que John Paget arruinou todo o projeto.

Com certeza! Excelente idéia. Estarei ao pé da escadaria da biblioteca às duas e meia em ponto. Na verdade, eu ia mesmo lhe pedir que me levasse, se possível, a Mount Talbot. Bertie me disse que só restam os edifícios anexos agora. Mas eu nunca mais fui lá. Nunca quis ir lá, mesmo quando todo verão as crianças mais ousadas iam até a mansão e perambulavam pela casa. Não fazia muito tempo então que tinha sido abandonada pelo último Talbot.

Você nunca esteve lá!

Minha família era de republicanos, disse ela, incisiva. Não tínhamos tempo para olhar com simpatia os ganhos ilícitos dos opressores. E mais, os Leeche eram a última palavra em respeitabilidade. Sempre tive botas imaculadas e usei um arco nos cabelos.

Bem, farei o melhor possível. Posso levá-la até a avenida dos fundos. Tem uma coisa que poderia lhe mostrar...

Às duas e meia, disse ela. E lembre, a pontualidade é a cortesia dos reis.

Ela desceu os degraus hesitante, apoiando-se no corrimão. Vestindo o curto casaco vermelho e a boina, as pequenas mechas de cabelo como sempre despontando sob a boina. Tinha o rosto retesado — um branco polido e descarnado —, mas sorriu para a praça, o nebuloso e cálido dia em volta, e para mim.

Telefonei para Cecil Coby no hall para perguntar a que horas se servia o chá no hotel Coby Castle, disse ela, quando já se acomodara ao meu lado. Ele ficou furioso! Sabe que sei perfeitamente que a família não tem nada a ver com o hotel.

Imaginei que a adversidade devia tornar as pessoas mais delicadas, não?

Não eu, disse ela. Tampouco você, eu apostaria dinheiro.

Já perguntou alguma vez ao Sr. Coby sobre os Talbot?

Ele não é um senhor. É um Honorável. Embora eu não consiga me acostumar com esses títulos ridículos. Disse que os Talbot eram uma bagunça, esta foi a palavra que usou. Eles sempre se comportaram como católicos, disse. Não eram realmente dos nossos.

Que ele vá para o inferno! disse eu, afastando-me rapidamente do último sinal de trânsito e tomando a estrada para oeste. Ele e todos os demais da fidalguia irlandesa, em toda parte, por falar nisso!

Não seja tão obstinadamente simplória, disse ela. A doença passa a ser você. Devo admitir que todas vocês do tipo feminista são muito fracas em relação à política de classes. Conseguem analisar as relações de poder entre homens e mulheres com grandes detalhes, mas parecem nunca sair disso. Nunca parecem nem metade tão perspicazes sobre o poder na vida pública quanto na vida privada...

Oh, Srta. Leech, gritei. Explique!

Não posso me dar o trabalho, disse ela.

Passávamos pelo lindo muro de pedra da mansão. Após um ou dois minutos, eu trouxe à tona a questão que de algum modo esperava que ela resolvesse.

Imagino que você tenha dado uma cuidadosa olhada no panfleto de Paget, não?, perguntei. Extraordinariamente convincente, não achou?

Houve uma pausa antes de ela dizer: Extraordinariamente.

Mas eu tinha absoluta certeza quando cheguei aqui, disse eu, que Marianne e Mullan haviam vivido uma grande paixão.

Exatamente, disse a Srta. Leech, seca.

Tentei decifrar-lhe a expressão, mas ela olhava direto em frente, o rosto pálido acima do jovial casaquinho.

Eu sempre detestei isso, disse ela, apontando o muro de pedra. Construído por nosso povo em sua escravidão.

Está mudando de assunto?, perguntei, desconfiada.

Mais tarde, disse ela. Falaremos do imbróglio dos Talbot depois.

Oh, Srta. Leech!, gemi. Pare de me atormentar!

Tenho um documento conclusivo sobre os Talbot para lhe mostrar, disse ela. O que farei durante o chá. Declan o encontrou. É a capa de um efêmero jornal londrino de princípios da década de 1850. Um tablóide, na linguagem de hoje.

E? perguntei. *E?* Culpada ou inocente?

Mais tarde, disse ela.

Viramos no Grande Portão Oeste de Mount Talbot. Alguém abrira os enferrujados portões de ferro e, quando diminuímos a velocidade para tomar a avenida, um guarda saiu de trás deles e acenou-nos para que parássemos. Contornou devagar o carro, e tirava do bolso o bloco de notas para anotar a placa, quando a Srta. Leech baixou com um safanão o vidro da janela e disse, irritada: Brendan Buckley! Que pensa que está fazendo?

Oh, Srta. Leech! Como vai? Ele hesitou, tentando sumir com o bloco de notas como para que ela não o visse. Desculpe, Srta. Leech. O sargento me disse para anotar os dados de qualquer veículo que eu não conhecesse, e esse é um carro alugado. Mas se eu tivesse visto *a senhora*...

Que está acontecendo?

Faz alguns dias que recebemos uma denúncia. A adega de vinho da velha casa... ainda se pode chegar lá por um túnel. Um grupo de sujeitos do IRA estava usando como galeria de tiro. Parece que em algum treinamento. Encontraram alvos nas paredes, bombas e tudo mais...

E que está acontecendo agora?, perguntou ela.

Bem, os quatro rapazes estão detidos em Dublin. E eu e outro guarda estamos vigiando o local, mais ou menos.

Só vamos até o pátio do estábulo, disse eu. Tudo bem?

Oh, Srta. Leech, a senhora vai aonde quiser. Chris, que está lá na casa, lhe conhece bem. Sabe, Chris Byrne?

E como vai a Sra. Byrne? E sua tia, Brendan?

Os dois conversaram durante alguns minutos, e aí seguimos pela avenida escura, onde os loureiros invadidos pelo mato juntavam suas copas acima de nós.

Quando levei o carro o mais perto possível da arcada que dava no estábulo, parei no calçamento de pedras coberto de capim e abri a porta do carona.

Os estábulos ficam depois desta arcada, disse.

Foi pra ver os estábulos que me trouxe aqui? Ela me olhava de cima, do banco do carona, recostada no apoio de cabeça. Compreendi com uma pontada que a Srta. Leech simplesmente não tinha energia para descer, naquele momento.

Veja!, disse eu, afastando-me e ficando embaixo da arcada para ocultar minha agonia. Veja!

Retirei um tufo de hera.

Ela fitou do carro a graciosa estatuazinha do menino com a flecha.

Cupido, disse. E deu uma risada ofegante.

Sentei-me na porta do banco do motorista com os pés nas pedras do calçamento, olhando fixo a desbotada parede de tijolo dos estábulos e o telhado de ardósia repleto de musgo, virando-me para falar com ela.

Srta. Leech, disse eu, gostaria de lhe perguntar uma coisa, ainda que não lhe pareça de fato ter nada a ver com o tipo de coisas de que falamos. Mas claro que basta me mandar parar na hora que quiser.

Ela nada disse.

É apenas uma discussão teórica, em certo aspecto, disse eu.

Ainda silêncio.

O que eu ia lhe perguntar, se não se importar, bem, não tanto perguntar quanto conversar com a senhora, talvez... Bem, eu poderia apresentar a situação assim, talvez. Srta. Leech, se uma mulher independente, solitária, de cinqüenta anos, conhecesse um sujeito de 57 — um homem feliz no casamento — e os dois descobrissem que, como amantes, nasceram um para o outro; e se o sujeito pedisse à mulher que se instalasse perto de um lugar que ele visita no decorrer de seu trabalho, para poderem ficar juntos, com discrição, duas ou três noites por mês — o que seria bastante fácil para ela — a senhora a aconselharia a aceitar a proposta?

Ela ficou calada por algum tempo. Mas, quando falou, a única mudança importante foi me chamar pelo meu apelido.

Esta é uma questão muito importante, Cait, disse. Após um momento, continuou: É uma questão que contém inúmeras outras questões.

Nada do que pudesse ter dito teria me confortado mais.

Como seria viver na espera?, perguntei: Porque mesmo que me ocupe com literatura, jardinagem e viagem, isso é o que eu estaria fazendo — esperar.

Tinha perfeita consciência de que dissera *eu*.

Se esse sujeito fosse livre, você se casaria com ele?, perguntou ela.

Oh, acho que não. Ele tem filhas, netos e uma ocupação na Inglaterra. Não o vejo querendo introduzir uma mulher nisso... E ficaria arrasado se a mulher morresse. E não quero ser casada. Por que ia querer ser casada? Por que ia querer ninar os netos dele? Eu mal o conheço, mas acho que não temos muito o que dizer no dia-a-dia.

Então, e se um de vocês adoecer, digamos?

Eu sei, disse eu. O trato iria por água abaixo, não? Seria basicamente um trato muito cruel, ignóbil, aliás. Mas me sinto presa aos valores do mundo em que tenho vivido. Estão dentro de mim. Quero um amante! Não quero ser nobre. Embora, sabe, realmente acredite que a civilização ocidental terá de superar esta idéia de amor romântico. Vivo conhecendo crianças feridas que perderam um dos pais por isso. E também tem deixado muitas mulheres solitárias. Homens, também, eu acho, mas as mulheres... milhões de mulheres pulariam com o que Shay me propôs, elas se sentem muito desperdiçadas como mulheres. Mas deve haver alguma coisa melhor...

Bertie cuidou de mim durante anos com uma devoção em que ainda mal consigo acreditar, disse a Srta. Leech. As pequenas coisas de cada dia, eu poderia falar a ele de cada uma. Eu agüento suas depressões, e ele, o meu mau humor. Há muito o que se dizer a favor do companheirismo de rotina.

Mas teria preferido devoção? Ou teria trocado Bertie por um amante que a fizesse se sentir... não sei como descrever isso... exultantemente feminina, para seguir o seu coração...

Teria, disse a Srta. Leech. Sim, teria preferido a paixão.

Por um momento, nenhuma das duas falou.

Esses arranjos, recomeçou ela, como esse em que você e esse homem estão pensando, ninguém de fato acredita que sejam mantidos segundo as regras que foram combinadas. Todo mundo sempre acha que vai acabar conseguindo mais.

Com toda sinceridade, não quero mais, disse eu. Ou não mais que um ou dois dias. A gente simplesmente não pode se sentir de forma tão extrema como me sinto quando fico com ele por muito tempo.

Bem, isso me parece um ponto muito importante, disse ela. Quer dizer que toda a relação é artificial.

Ou, disse eu, mágica.

Você mesma disse que sua vida consistiria de esperar.

Eu sei. Mas já consiste! Creio na esperança de tornar a vê-lo agora! Parei de fumar há dois anos, e tive de me exercitar para não ficar imaginando o tempo se estendendo num futuro em que eu nunca mais poderia fumar um cigarro. Eu poderia tentar estender isso às visitas dele...

Sua vida seria mais de espera que a dele, disse ela. Ele parece muito mais ocupado que você. Mais produtivo, se me permite dizê-lo. Por outro lado, ouso dizer, é menos imaginativo.

Mas ainda assim, disse eu, há uma esposa. Mesmo que nunca descubra, estaríamos lhe fazendo uma grande injúria, retirando-o — literalmente — da vida rotineira dos dois. E distraindo-o. Quer dizer, não acho que seja muito importante se ele faz amor com alguém que não seja sua mulher algumas vezes por mês. Mas arruinar a vida diária deles... Meu pai chegava cheio de seus próprios pensamentos nas noites de sexta-feira, e embora não gostássemos dele, isso magoava. Todo mundo, sem exceção, sabe quando a outra pessoa não está realmente com eles. E ela jamais teria condições de saber qualquer coisa sobre qual seria o problema dele.

Se você fosse a esposa, talvez achasse importante saber com quem ele faz amor, disse ela. E, Cait, a satisfação da luxúria, acho que deve admitir para si mesma, seria o motivo para todas as outras deslealdades.

Mesmo que a esposa dele não existisse, eu hesitaria. O negócio, Srta. Leech, é que eu lhe disse quando a conheci que queria mudar. E quero! Anseio! Quero viver melhor do que vivi até hoje. E será que se a gente viver por paixão pode melhorar a vida cotidiana? Ou se a gente está sempre vivendo à frente, em direção ao futuro? Se a gente mantém a vida em suspenso até o momento em que ele chega, e assim nunca vive no aqui e agora?

Sim. É isso. A parte com ele seria mais intensa, embora todo o resto fosse desperdício.

Sabe o que vejo agora, Srta. Leech? Vejo por que existe casamento. É o único contrato destinado a incluir a totalidade da pessoa e a totalidade de uma vida.

Sim, disse ela. Você bem poderia ser uma boa católica desde o início. As soluções que as grandes religiões propõem para os dilemas da existência humana são basicamente muito *sensíveis*.

Mas você disse que faria! Disse que aceitaria o trato!

Sim, repetiu. Se me fosse proposto, na sua idade, eu aceitaria, sem hesitação. Eu ia ler e escrever enquanto o esperava. E deixe eu lhe dizer, acredito que seria muito, muito feliz.

Vamos! disse eu, levantando-me. Vamos tomar nosso chá! Já estou com vertigens por tentar imaginar os prós e os contra disso. E quero saber o que Marianne fez ou deixou de fazer. Estou ansiosa para saber o que diz o jornal que Declan encontrou.

Saímos de Mount Talbot e subimos pelo alto pântano em direção ao hotel Coby Castle. Percebi que a Srta. Leech dormia, ao ouvir um pequeno ronco. Dormia, mantendo-se ereta como sempre. Mas assim que descemos ao lado de uma plantação de coníferas e viramos para o Castelo Coby, por entre bosques de faias e castanheiros cobertos de folhas novas, onde cintilantes árvores abriam brechas de luz entre sombrios troncos, ela mais uma vez falou.

Está em muito boa companhia, Cait, se isso servir de consolo. O maior arrependimento do grande poeta John Keats quando jazia, agonizante, no pequeno barco que o levava no fim para a Itália, foi não ter feito amor com Fanny Brawne. Disse ao amigo: "Eu devia tê-la possuído quando estava bem." E não "eu devia ter escrito poemas melhores, ou sido um homem melhor, ou ter ganho uma fortuna". *Eu devia tê-la possuído quando estava bem.* E W. B. Yeats... a gente imagina que fosse tão grandioso que estaria acima de tudo isso. Mandou que injetassem nele hormônios de macaco e disse a uma das amantes de sua idade avançada que — cito aqui as palavras dele — ia "ser pecaminoso até o fim". "Pensarei no meu leito de morte", disse, "em todas as noites que eu desperdicei na juventude." E Marvell, claro: "A sepultura é um excelente e privado lugar, mas acho que ninguém ali se abraça."

Paramos no cascalho diante do hotel antes que ela recitasse frases de todos os demais poetas da língua inglesa.

Era um monte de tijolos vermelhos com torres e ameias.

Ameias, pelo amor de Deus, disse eu, ajudando-a a atravessar o enorme hall. Quem eles imaginavam estar combatendo?

Senti-lhe o corpo vergar. Para disfarçar, continuei: Imagine, Richard e Marianne Talbot teriam pisado essas mesmas lajotas quando vinham a um baile ou banquete.

Ela não tinha fôlego para dizer uma palavra. Após um momento, reiniciamos, a passo de tartaruga.

A quase quarenta quilômetros do vizinho mais próximo!, eu continuava conversando, decidida. Que deveria Marianne fazer para se divertir? Como se poderia reconstruir aqui o modo de vida de uma senhora feudal, mesmo nos bons tempos? Caça à raposa, por exemplo, não teria sido possível em terrenos como esses pântanos.

Passamos por uma sala de jantar escura, onde viam-se mesas postas com linho e cristais, mas também com potes de *ketchup* e açucareiros. O salão seguinte tinha um semicírculo de janelas altas descortinando um gramado que avançava majestosamente até um lago mais abaixo, e um templo sujo numa ilha no meio do lago. No salão, um menino fazia uma barricada de cadeiras viradas de cabeça para baixo, em volta de uma família que entornava os drinques com silenciosa concentração. Um bebê de róseo rosto redondo dormia num carrinho ao lado deles. Fora isso, o lugar estava completamente vazio.

Uma jovem garçonete estendeu o braço aberto, num gesto frágil, em volta do salão.

Qualquer lugar que vocês quiserem, disse.

Em seguida, quase correndo chegou um gerente com roupa informal.

Srta. Leech!, exclamou. Nan Leech! Logo você! Por que não me avisou que vinha? Oh, é um grande prazer vê-la. Uma honra!

Cait, disse ela, com um sorriso, este é Paddy. Trabalhava no pub ao lado da biblioteca, mas progrediu para atividades melhores.

Aqui?, perguntou ele. Ou ali? Aqui? Onde gostaria? Traga a carta de vinhos, Noeleen. Prefere um bule de chá, Srta. Leech? Ou um xerez? Sua amiga gostaria de um gim-tônica? Deixe-me ajudá-la com o casaco. Você é pequena demais, é ridículo. Temos um bom filtro de café em fase de experiência. Noeleen, pegue um daqueles banquinhos de pé lá da sala de estar para a Srta. Leech e uma almofada para as costas. Agora, senhoras, querem experimentar um sanduíche? Temos uma bela peça de frango na cozinha. Ou salmão. Direto do rio ontem, mas não contem a ninguém. Preferem uma fatia de bolo...?

No fim, ficamos com toda a sala para nós, e a Srta. Leech com o máximo de conforto possível. Pediu truta defumada, mas nem fingiu comer. Sorvia de vez em quando um gole de vinho. Mas parecia contente. Pegou a certa altura o celular no bolso do casaco vermelho, mas não conseguiu operá-lo. A garçonete Noeleen teve de ligar para Bertie e dizer-lhe onde se encontrava a Srta. Leech, que estaria ótima por mais meia hora.

Ele se preocupa, disse ela. Não gosto de vê-lo preocupado.

Depois disse. Também não gosto de vê-la preocupada, Cait. Tem a idade que teria uma filha minha, por isso vou lhe dizer o que tenho pensado. Dou imenso valor ao amor físico, talvez imenso demais, porque nunca o conheci. Mas eu gostaria mais do que isso para uma filha. Quer dizer, gostaria que tivesse um companheiro, não um visitante. Alguém com quem pudesse contar para cuidar de você, se precisasse de cuidados. Alguém a quem oferecesse o que de melhor existe em você. Porque é uma boa moça. Uma moça sensível.

Curvei-me sobre o prato como se estivesse comendo, para disfarçar minha comoção.

Shay é a melhor oferta que tenho. É a única. Apavora-me a idéia de que consiga outra.

Essas coisas devem estar relacionadas à infância, disse ela. São tão profundas. São oceânicas. É um osso que pretendo roer com Deus. Tive uma infância feliz e isso parece ter-me deixado tediosamente pouco dramática. Mas, sabe, vejo uma única coisa nisso com absoluta clareza, agora que estou muito velha.

Olhei-a. O estilo de penteado Albert Einstein, os luminosos olhos negros e o nariz pontiagudo. Aquela palidez no rosto.

Pôs a pequena mão na minha.

O mundo é maravilhoso, disse ela. Cada mínimo detalhe. É *maravilhoso*.

Com licença, disse eu. Volto num minuto.

Fui até o toalete feminino, sentei-me a uma penteadeira e chorei.

Quando voltei, Paddy, o gerente, colocava um aquecedor portátil ao lado das pernas da Srta. Leech.

Café, senhoras? Com leite para você, Srta. Leech, claro que me lembro. Uma gotinha de licor? Para seu nível de açúcar no sangue? Bem, uma gotinha de conhaque?

Eu sabia que me restava pouco tempo com ela. Metade de mim ansiava por chegar ao assunto da página dos Talbot que Declan encontrara, mas a outra morria de vontade de ouvir tudo o que ela tinha a dizer de Shay e de mim, sobretudo de mim.

Por um momento eu não imaginara o que vinha em seguida.

Por acaso, não sabe de alguém que queira um gato, sabe?, perguntou ela. Preciso encontrar um lar para a minha gata e Bertie não quer ficar com ela por causa daquele velho e desgraçado cão. Desista do cão, eu disse a ele, mas ele não quer.

Pensei que gostasse da gata, não, Srta. Leech? Que só conseguia dormir com ela ao pé da cama?

Não queria falar disso, disse ela, mas vou me internar amanhã no sanatório de Galway. São muito bons no controle da dor em Galway.

Fiquei abalada, mas tentei igualar seu tom de conversa.

Mas o sanatório vai deixá-la ficar com a gata!, disse. São muito jeitosos com animais de estimação...

Não, disse ela.

Por que não?, perguntei, mas senti o coração gelar com a compreensão.

Não vai demorar muito, disse ela. Não seria justo com a gata.

Passado algum tempo, suspirei: Posso arranjar uma excelente família para a gata.

Ela me abriu um maravilhoso sorriso. Bem, Srta. de Burca. Foi uma medida extraordinária sua vinda à Biblioteca de Ballygall!

Vi Bertie entrar pelo corredor e examinar em volta.

A propósito de minha ida à Biblioteca de Ballygall, disse eu, por um grande esforço, num extraordinário tom de voz, quando vai revelar a matéria de capa do jornal sobre a Sra. Talbot?

O jornalista, fosse lá quem fosse, de fato veio a essas partes, depois de a Sra. Talbot ter sido declarada culpada e da homologação do divórcio. Olá, Bertie! Kathleen e eu estamos aqui na maior pândega. Tome uma aguardente! Noeleen, poderia trazer três aguardentes? Embora eu achasse que poderíamos ter terminado sem a visita dele. Acham que no próximo mundo os irlandeses se livram da condescendência inglesa? Escutem só isso! Pegou um papel dobrado no bolso. Leia para nós, Bertie. Leia daí, em seu melhor sotaque londrino.

Bertie o fez com gosto, lendo o artigo num tom de revoltado desprezo.

> *Mount Talbot fica na estrada que leva do nada ao lugar nenhum. As fartas águas de Lough Aree obrigam o viajante a se desviar para o sul ou o norte e é difícil conceber como alguém, além de um pastor conduzindo ovelhas ou gado dos pastos do norte para a grande feira em Ballynasloe, se encontre algum dia na ponte de Mount Talbot, sob a qual as águas do rio Aree, despertadas de seu habitual torpor por uma inusitada obstrução, flui por alguns minutos com uma notável corrente. Pântanos, que parecem intermináveis, e nos quais seres humanos enterram-se, e vivem como marmotas ou coelhos, colinas baixas enxadrezadas por muros de pedra, vales que são lagos no inverno e lodaçais no verão, estendem-se por milhas dos dois lados, e a sensação de enfadonha desolação é interrompida apenas pela recorrência das bem-arrumadas moradias dos condestáveis, e a presença dos elegantes e bem montados policiais, com seu porte militar, os quais nos fazem lembrar que, embora numa terra de crime e ultraje, existem em alguma parte lei e civilização.*
>
> *Ao passar por Ballygall (talvez a mais desolada, melancólica e assolada pela pobreza das cidades irlandesas), a igreja da paróquia de Mount Talbot, que reconhece o rev. William McClelland como seu reitor, surge no*

horizonte. Após uma milha irlandesa, uma uisqueria (a memorável Kelly's, onde Finnerty e Halloran embriagaram Mullan), localiza-se à esquerda e à direita vê-se o longo e alto muro que cerca a propriedade da Casa de Mount Talbot e o maciço portão de ferro que se abre para ela, um lúgubre castelo do gótico moderno, cujos muros cinza-escuro ecoaram no dia 19 de maio gritos mais estridentes e agonizantes do que os que "ressoam através dos muros de Berkeley" — gritos de uma mãe arrancada da filha, uma esposa vilipendiada pelo serviçal do marido...

Este chapa sem dúvida não tinha o lugar em muita conta, interrompeu Bertie, para comentar:

O que quer dizer "muros de Berkeley", eu gostaria de saber?, perguntou a Srta. Leech.

Bem! disse eu, furiosa. As pessoas vivendo "como marmotas", foi o que disse ele? Morando em tocas no pântano? *Após* a fome, foi isso! *Cinco* anos depois do pior dela. Mas imaginem eles! No pântano, disse ele, em tocas como coelhos! Deviam ser os despejados. Sentem o desdém dele? Vê-se quanta compaixão existia! Não surpreende que nos tenham deixado morrer de fome.

Agora você, Cait, disse Srta. Leech. Acalme-se. Você está prestes a ter um imenso choque. Leia o restante.

Ela me estendeu a fotocópia.

Isto deve ter sido proibido na época, porque é um trecho do *Julgamento* da Câmara dos Lordes, mas não parece ter sido impresso por ninguém além desse jornalista de merda...

Eu li, numa imitação do sotaque inglês da imitação de Bertie:

Meus Senhores, o rev. Sr. Sargent, que auxiliava o rev. McClelland na época, viu o Sr. Talbot partindo de Mount Talbot e aproveitou a oportunidade para aparecer. Ora, o que diz é o seguinte. Chegou ao vestíbulo e, após ali entrar, abriu a porta à direita que dava para a sala de visitas, descrevendo que ficou chocado ao ver, do que não preciso entrar em detalhes, com exceção de que ele diz ter visto a Sra. Talbot deitada de costas no chão; os calcanhares apontados para ele, a cabeça mais afastada de sua visão, meio de lado; e um homem ajoelhado, com as roupas abertas, ao que parece entre as pernas dela, expondo parte desta pessoa, e que esse homem estava vestido aparentemente com um paletó de tiro, e ele viu que suas roupas se achavam frouxas ou arriadas.

Ergui os olhos para a Srta. Leech.

A descrição é quase um flagrante formal, disse eu. Mas não muito mais explícita do que os dois serradores disseram que viram quando olharam pela janela do estábulo e Marianne e Mullan estavam deitados na palha. Surpreende-me que tenham eliminado este trecho do processo.

Continue a ler, disse ela:

> *Lorde Chanceler: que o reverendo Sr. Sargent viu a Sra. Talbot no chão da forma como descreveu, estou inteiramente convencido. Ele é pressionado de fortíssima maneira e foi perguntado se tinha absoluta certeza de que era a Sra. Talbot. "Lamento sobremaneira", responde, "ser obrigado a dizer que nunca tive a menor dúvida de que a mulher no chão era a Sra. Talbot." Mais uma vez, diz: "Não tenho a mínima dúvida quanto à questão, e lamento ser obrigado a dizê-lo. Em minha opinião, Mullan não estava no chão."*

Li de novo;

...Em minha opinião, Mullan não estava no chão.

Olhei, desorientada, para a Srta. Leech. Ela não me socorreu. Quando muito, pareceu transmitir um ar de sinistra satisfação, e fez-me um gesto para que continuasse a leitura.

Prossegui, com a voz vacilante:

> *...Em minha opinião, Mullan não estava no chão. Mas no que se refere à Sra. Talbot, o reverendo Sargent viu-a nitidamente, e é impossível que tenha cometido um engano. Esse cavalheiro viu a Sra. Talbot; ele a conhecia, e acha que sabe quem é a outra parte, mas não revelou quem era.*

Olhei mais uma vez a Srta. Leech, suplicante. A outra parte?, disse eu, mal conseguindo formar as palavras. Havia outro homem?

Bertie perguntou: Que quer dizer, outro homem? Pensei que não tivesse nenhum. Ela era inocente, não?

O reverendo Sr. Sargent, continuei devagar, *acha que sabe quem é a outra parte, mas não revelou quem era.*

Meu Deus!, disse Bertie.

Parece que ao se encaminhar para a casa em busca de refúgio, foi ameaçado por um cão, abriu às pressas a porta dessa mencionada sala, sem nenhuma introdução, e ali testemunhou a visão que bem poderia estarrecer qualquer homem. Foi apenas um instante, mas neste instante transcorre um século, embora só ocupe um olhar rápido, um único momento para certificar-se do que está ocorrendo. É impossível a qualquer homem ter visto o que ele viu, e não se convencer de quem era a outra parte. Disse que não se convenceu de que o homem era Mullan. Na verdade, o Sr. Sargent se convencera totalmente de que não era Mullan.

Li essa frase para mim mesma várias vezes.

O Sr. Sargent, após testemunhar a cena, foi procurar o Sr. McClelland, clérigo da paróquia, e comunicou-lhe o fato. O Sr. McClelland teve uma conversa com a Sra. Talbot e depois voltou a ver o Sr. Sargent, e comunicou-lhe sua opinião de que era melhor não comentar mais o assunto.

O vigário sabia disso o tempo todo?, perguntei. Sabia quando Richard o procurou a respeito de Mullan? Não admira que a julgasse culpada e a levasse embora para o hotel Coffey! Não admira que tenha colaborado com o encarceramento dela em Windsor!

O trecho terminava:

Só posso chegar à conclusão de que nesse caso o Sr. McClelland se convencera de quem era o adúltero e de que o adúltero não era o cavalariço Mullan e, após se comunicar com o Sr. Sargent, recebeu informação posterior que o levou a acreditar que sabia quem era a pessoa. Eu, por exemplo, estou plenamente convencido de que William Mullan não foi o ator nessa ocasião.

Ele sabia quem era a pessoa! disse eu a Srta. Leech. Quem? Um oficial do exército de passagem? Um cavalheiro vindo do condado seguinte para uma reunião de emergência? Lorde Coby? Um juiz de visita para participar da sessão periódica dos tribunais do condado?

Devia, em todo caso, ser alguém da espécie dela, disse a Srta. Leech. Claro, tudo foi mantido em segredo de Richard. Este também devia ser da laia dela, senão ela teria recebido a mesma punição por andar com ele que recebeu quando andava com um criado irlandês.

Li a última frase do trecho:

> *Eis um claro caso de adultério, do qual há comprovação ocular, ocorrido em Mount Talbot, e mostra o infeliz estado pecaminoso em que caíra essa senhora, numa época em que ela já demonstrava afeição e consideração por Mullan.*

Oh, não!, gritei. Ao mesmo tempo! Ela estava com a pessoa quando saía também com Mullan!

Leve a fotocópia com você, Cait, disse a Srta. Leech. Estou cansada. Revela muita coisa, não? Por algum motivo, acredito inteiramente nesse episódio.

Eu também, disse. A única questão é... Mullan soube desse homem? E se soube, se sentiu ferido?

Deve ter sabido, disse Bertie. Criados sempre sabem de tudo.

Mas talvez ela nunca tenha sido amante de Mullan, comecei. Mas, neste caso, por que ele a teria seguido até Dublin...

Acho divertido, disse a Srta. Leech, numa voz que se tornara sonolenta, que a história tenha se revelado tão moderna no fim. Porque faz a mesma coisa que um monte de ficção metida a intelectual que hoje anda chegando à biblioteca — não pára de mudar todas as vezes que a examinamos. Impossível saber no que acreditar. Nossos leitores odeiam, claro. Estão sempre se queixando disso, como se o serviço da biblioteca fosse responsável por moda literária. Mas alguma coisa estranha ocorre aí. Por exemplo, por que Sr. Sargent aparece em Mount Talbot quando sabia que Richard estaria fora? E desde quando cães hostis, sabe disso por seu vira-lata, Bertie, atraem um sujeito para dentro da casa, em vez de mantê-lo fora dela?

Eu e Bertie abrimos a boca para falar, mas ela de repente gritou: Não que me interesse! Não me interessa! Estou *cansada*. Leve-me pra casa, Bertie, por favor... Estou tão cansada.

Começamos a nos levantar.

Deviam estar nos observando da cozinha, porque assim que Bertie colocou com todo o cuidado a boina na cabeça da Srta. Leech, o gerente Paddy, um rapazola com indumentária de *chef* e a garçonete irromperam pela porta de serviço, o rapaz trazendo à distância um pequeno bolo com algumas velas acesas, mas tortas. Vieram desfilando até a nossa mesa, e Paddy sacou a rolha da garrafa de champanhe que trazia. Lia-se *Srta. Leech* escrito em vacilante cor-de-rosa no glacê, fartamente pontilhado de gotas de parafina.

Pra que é isso?, perguntou a Srta. Leech.

Ah, pra nada!, disse Paddy. Pra comemorar a sua visita ao Castelo Coby.

Nós cinco fizemos um brinde em homenagem a ela — Três vivas para a Srta. Leech! Paddy, parecendo terrivelmente transtornado, o rapaz, Bertie e eu. Todos sabíamos o que estávamos fazendo, menos a pequena garçonete, que julgou tratar-se de uma festa.

Uma comemoração de aniversário, disse a Srta. Leech, com uma tentativa de sorriso, com todos os detalhes, menos o essencial.

Empertigou-se então nas pontas dos pés até Bertie e enxugou-lhe as lágrimas nas faces com o guardanapo.

Disse eu que ligaria no dia seguinte para combinar a entrega da gata.

As últimas palavras que a Srta. Leech me dirigiu não foram uma despedida. Ela as disse, enquanto atravessávamos o corredor: À propósito, Cait, acho que precisa aperfeiçoar sua história arquitetônica. Essa casa é muito claramente da década de 1880 ou 90. Portanto, o Sr. e Sra. Talbot não podem, como imaginou, ter andado sobre aquelas lajotas.

Senti-me grata a ela por sua cautela. Guardara a última reprimenda, para que pudéssemos nos separar num tom não carregado de emoção.

20

Iniciei a volta de carro para casa com a frase *Ele viu a Sra. Talbot deitada de costas no chão* ainda reverberando em mim. Era como se estivesse à minha espera. Havia uma imagem de mim mesma que desprezei durante muitos anos — tombada de costas na cerâmica do assoalho da cozinha em Bloomsbury, com o suéter e o sutiã suspensos em volta do pescoço, o rosto vermelho e frouxo... o rosto do homem acima de mim, exalando desprezo e nojo...

Nunca tive uma chance de explicar, porque Caroline e eu nunca falamos sobre o assunto. Mas a desculpa que dei a mim mesma foi que eu tivera um choque naquele dia.

Recolhera os documentos para uma viagem à Lapônia e seguia a pé para a redação, embora fosse um implacável dia de dezembro, com um vento cortante. Tomei um atalho depois de Old Bailey, onde se realizava um grande julgamento do IRA. E imaginei ter visto meu pai.

Lá estava ele! Ou ele, ou alguém muito parecido. Apoiara seu cartaz no muro. Por algum motivo, era o único manifestante fora do tribunal naquele determinado momento. A rua estava quase vazia. Pouco mais de meio metro nos separava quando passei por ele, andando apressada, chocada.

O homem avançou em minha direção, mas segurava o cartaz diante do rosto como se fosse uma grande máscara. A velha capa de chuva de gabardina embaixo parecia com o casaco de papai. Os sapatos pretos e gastos eram iguais aos dele.

O homem proferia seus slogans:

INGLESES! PAREM DE MENTIR SOBRE A IRLANDA!

SOLTEM ESSES INOCENTES!

Após um momento de completa imobilidade, ali no meio da rua, saí correndo.

Não sei se o sujeito era meu pai. Talvez eu tenha imaginado que fosse, porque já estava pensando em mamãe naquela tarde. Tomara de propósito um caminho para passar pelas ruas e becos citados num romance que eu e ela havíamos certa vez lido, sobre jovens se escondendo nas ruínas bombardeadas de Londres, logo após a guerra. Chamava-se "*The World of My Wilderness*", de Rose Macaulay. De altos princípios e intensamente romântico. Quando terminou de lê-lo mamãe disse que adoraria ter estado em Londres durante os ataques alemães. Ou em qualquer época. Quase nada restara da devastação descrita pelo romance. Mas quando parei e colei o rosto num retângulo recortado num tapume de madeira — que permitia ver um canteiro de obras que rasgava o solo — e olhei para baixo, a demolição descobrira o porão de um prédio vitoriano, vi uma lareira partida em duas, uma parede com um palimpsesto de papéis de parede e metade de uma escada suspensa em pleno ar. Parecia uma cena descrita no livro.

Sou a única pessoa no mundo que sabe o que isso teria significado para minha mãe, pensei. Ela bem poderia estar ali ao meu lado com o velho casaco de Nora.

E vinte minutos depois, imaginei ter visto meu pai.

Liguei para Danny, assim que cheguei em casa e disse ele que não poderia ser o pai — tinha certeza. A madrasta jamais teria dado o dinheiro da passagem. Bem, ele tinha quase certeza.

Acabara de desligar o telefone após a conversa com Danny, quando ele voltou a tocar.

Quem?, disse eu, não acreditando no que ouvia.

Ian Arbuthnot, disse ele. Pelo menos, não disse marido de Caroline.

Estou na cidade — eu não soubera que saíra dela, nem onde estava — e gostaria de ver você. Sei que Caroline tem se encontrado muito com você. E ando preocupado com a saúde mental dela.

Quase engasguei. Se Caroline estava num estado preocupante, era só porque Ian a deixara assim. Em que maldade tentava ele me envolver? Eu nunca trocara mais que algumas palavras com aquele cara na vida.

Onde conseguiu meu número?, perguntei.

Copiei do caderno de telefone dela, pra falar a verdade.

E o que o levou a fazer isso?

Por acaso, estava copiando alguns números na época da separação. Como disse, preocupo-me com ela. Tenho o direito de saber se meu filho está ou não nas mãos de uma pessoa doente.

Seria Caroline a quem está chamando de doente? Porque se for...

Oh, pelo amor de Deus, Kathleen! Peço apenas uma conversa tranqüila sobre alguém de quem nós dois gostamos e sabemos que não é muito forte. Com um velho como David ela nunca teve chance.

Ele continuou por algum tempo com argumentos desse tipo. Reparei que gostava da intimidade de dizer David em vez de *Sir* David. Eu teria dito a ele que engolisse sua falsa preocupação, mas sabia que Caroline nunca me perdoaria se eu não desse continuidade a isso.

Posso me encontrar com você por uma hora às nove, num dos pubs perto do Museu Britânico. Fora isso, não estarei disponível.

Era verdade — eu ia à Lapônia na manhã seguinte para fazer uma pesquisa sobre os vários Papais Noéis.

Caso em que terá de lidar sozinho com a zorra que você mesmo fez de seu casamento, acrescentei, na hipótese de ele não saber qual a minha posição. Vou ouvir o que tem a dizer, continuei, mas só porque sou amiga de Caroline.

Pude ouvir nos arquejos de Caroline a energia não descarregada naquele casamento, quando lhe telefonei e contei essa notícia extraordinária. A princípio, ela não quis que eu aparecesse para me encontrar com ele. Depois mudou de idéia e me fez prometer que me lembraria de cada palavra que ele dissesse, de todo o gesto que fizesse, da roupa que usava, e pediu que lhe desse a entender, sem dizê-lo diretamente, que a vida dela era uma enorme felicidade e estava com a melhor aparência que já tivera em toda a vida. Ian continuava fazendo ressaltar a criança que existia nela, embora, fora isso, ela estivesse ficando cada vez mais fria com o passar dos meses.

De repente, sou realmente importante para ela, pensei, só porque vou encontrá-lo.

Ian era um combatente talentoso, eu sabia. Lembro-me de Caroline dizendo, por exemplo, que uma vez quando ela lhe pediu uma pequena quantia emprestada — dez, talvez vinte libras — ele estendera as notas à frente, dizendo-lhe que se ajoelhasse para pegá-las. E ela se ajoelhou. Mas ele jogou um enorme charme, e após algum tempo relaxei. Gostei de estar no pub. O fogo a gás iluminando a parede, o ar quente, lustroso, meu braço diante de mim na mesa brilhante se estendendo para pegar o copo de vinho. É gostoso aqui, pensei comigo mesma.

Deixe eu pegar outro drinque para nós, disse Ian, antes que fique movimentado demais.

Gostei disso, também.

A seqüência dos fatos foi acidental. Terá sido? De fato, tomei duas enormes taças de vinho muito depressa, mas isso não precisava ter tido importância. Depois, ele continuou discorrendo sobre o fato de Caroline estar sempre colada no seu pé, a dificuldade de ser casado com a filha de um milionário apaixonada pelo pai, quando o barman retirou os copos vazios da mesa em frente à nossa e fomos prensados um no outro, enquanto um grupo de moças, gritando "Cheguem pra lá! Cheguem pra lá!", tentava se encaixar na ponta de nosso banco.

Vamos sair daqui, disse Ian. Conhece algum lugar tranqüilo aonde a gente possa ir? Mora neste bairro, não?

Assim, disse eu que poderíamos ir para a minha casa por mais ou menos meia hora, mas que depois eu teria de expulsá-lo porque um carro me pegaria de manhã bem cedo para me levar ao aeroporto. Na época, julguei ter feito essa proposta por Caroline — para continuar ouvindo Ian falar dela. Mas a noite estava fria de rachar.

Meu Deus! Que choque! Virei na alameda ao lado do pub, que levava à minha rua, e pus-me a correr, meio de costas, para proteger o rosto do vento.

Quanto falta pra chegar?, arquejou ele atrás de mim. Vou morrer congelado!

E nós dois corremos os cem metros até a entrada de minha casa, rindo, excitados com o frio.

Ele me enlaçou por trás enquanto eu enfiava a chave na porta, aconchegando-se em mim por um momento, entre as largas mangas de seu casaco de *tweed*. Como faria um amigo.

Tudo continuava sob controle até ele me tocar. Mas estremeci, ao ser tocada. Não pude evitar — estremeci como uma mulher que não fora tocada por um homem durante um longo tempo, não por ser tocada por Ian, de Caroline. Estremeci de desejo. E ele sentiu isso.

Deixara o abajur aceso. Fui à geladeira e trouxe uma garrafa de vinho. Quando me virei para dizer alguma coisa, ele estava atrás, perto de mim. Pegou a garrafa e pôs na mesa, sem a olhar. Só olhava para mim. Desabotoou meu casaco. Não me beijou. Enfiou as mãos por baixo do meu suéter, uma em cada lado da cintura. Esperou um ou dois segundos enquanto se aqueciam. Depois as deslizou para cima e puxou meu sutiã pelos ombros. Sentou-se então na poltrona atrás de si, levando-me delicadamente com ele. Acomodou-me entre os joelhos, nós dois ainda de casaco. Ele nos envolveu com o meu, como para nos abrigar do mundo lá fora. Depois levantou meu suéter com uma das mãos e com a outra colocou o seio a dois centímetros de sua boca. O mamilo cresceu em direção à boca. Seus lábios quentes se fecharam em volta. Silêncio absoluto na cozinha.

Então me largou no chão. Bati com a cabeça nas lajotas e senti o mamilo projetar-se de meu dorso torcido. A saliva quente começava a esfriar enquanto tentava baixar rápido meu suéter.

Que amiga é você!, disse ele, curvando-se e colando grotescamente o rosto no meu. Depois saiu, batendo com força a porta.

Jamais, em todos esses anos, permiti que esse episódio inteiro voltasse à mente. Agora deixava-o vir, direto do pântano, passando por Mount Talbot até Ballygall e depois contornando Ballygall até a casa de Felix. Parte de mim sabia o que fazia aquela coisa ágil em meu íntimo, especialista em sobrevivência: precipitara-se ali dentro, no instante que visualizei Marianne Talbot no chão, para eu ganhar tempo antes que tivesse de pensar na Srta. Leech.

Mas, também, para deixar aquela lembrança escapar de onde eu a engaiolara. Porque essa lembrança continuava cheia da força que adquirem os fatos que enterramos — rápido! rápido! — que ainda não-examinados. Sei que minha vida — que não fora grande coisa, de qualquer modo, com exceção do trabalho e da redação — entrou em sua fase mais vazia depois daquela noite em que Ian esteve na cozinha. Senti a mim mesma assumindo ser uma pessoa desagradável. Sempre senti isso, não importa o quanto parecesse vivaz e confiante. Sentia algum alívio quando dividia a cama com alguém que eu detestava — a mim mesma. Mas só tinha essa sensação animadora durante talvez um dia. E o mal-estar continuou ali muito tempo depois que conseguira esquecer Ian. Ficou ali, quase poderia dizer, até eu partir e tomar a estrada para mudar, decidindo fazer alguma coisa sobre a história de Marianne Talbot e William Mullan.

E então me ocorreu uma idéia.

Talvez não fosse sua promessa erótica que tornara a história de Marianne tão significativa para mim, não mais do que esperei que aquela noite de Ian fosse uma experiência erótica. Ou melhor — o sexo era apenas um portão para o estado pelo qual eu realmente ansiava. O estado que eu conhecia com tanta intimidade como minha própria respiração, sem o qual não poderia viver, era o estado da punição — de pagar pelos erros que de fato cometi, mas em desespero, como se eu tivesse nascido com algum defeito. Soubera desde o início que a retribuição da paixão de Marianne Talbot foi ser trancafiada pelo resto da vida num asilo de loucos. E devo ter imaginado, quando disse a Ian que podia ir à minha casa, que nada de bom viria daquilo. Mas eu tinha de me impelir rumo ao meu próprio asilo de loucos. Porque é aí onde eu sentia que devia ficar meu eu mais íntimo. Do mesmo modo que procurei desmoronar minha vida com Hugo. Porque eu tinha de viver entre ruínas. Fui feita para isso.

Grudei-me em Spot naquela noite. Ela se deitou ao lado da cama, eu estiquei o braço e a acariciei repetidas vezes. Não conseguia comer nem beber. A Srta. Leech ia morrer logo. E a perfídia de Marianne — eu nem sequer sabia como pensar nisso. Tinha tanto a perdoar em mim mesma, se conseguisse perdoar. Shay nada sabia da Kathleen que não suportava a felicidade, a Srta. Leech me aconselhara de uma maneira tão contraditória, que eu teria de tomar sozinha a decisão de ser sua amante.

Uma ave aquática no lago escuro tinha um grito exatamente igual à primeira desamparada exclamação no início de um orgasmo. Quantos mundos se haviam perdido para fazer acontecer aquele som! De minha agitada cama, eu via uma estrela. A Srta. Leech citara Keats e eu então também citei. *Estrela brilhante! Faze de mim estável como tua arte!*

Levantei-me de um salto da cama. Esquecera de fazer uma coisa.

Por favor, Annie, supliquei ao telefone. Por favor. Sua Furriskey está velha. Esta podia ser a gata de Lilian. Se as gatas não se derem bem, ou se você a detestar, prometo que voltarei e acharei outro lugar pra ela. Por favor, Annie. Talvez eu mesma possa cuidar da gata — há uma possibilidade de me estabelecer na Irlanda. Não, ainda não sei. Em algum lugar perto de Slingo, talvez. Mas quero que leve a gata agora, porque quero poder dizer a ela amanhã. Ela não tem muito...

No fim, Annie disse que o dia seguinte era Quinta-feira Santa e o início do recesso da Páscoa, Lil não tinha aula, portanto, ela ia pedir à proprietária que cuidasse da loja e as duas viriam a Ballygall para me ver e pegar a gata.

E ver esta casa, Annie. Nunca morei numa tão maravilhosa!

Mas é apenas uma casa emprestada, falei.

Sim, disse Annie. Que importância tem isso?

De nada me serviria, se não fosse *minha* casa.

Deitei-me mais uma vez. Minha estrela brilhante se encobrira de nuvens. Em poucos minutos, ouvi como passos furtivos as primeiras gotas de chuva. Logo, todo o ar se encheu com o barulho de copiosa e grossa chuva. Esta noite o aguaceiro parecia ter um som mais profundo, sutilíssimo. Imaginei, ouvindo-o, que o som era produzido pelas gotas que atingiam a superfície do lago, ricocheteando um pouco, e depois tornando a cair mais uma vez na água.

Antes de qualquer coisa pela manhã, atendi o telefone para uma voz masculina, rouca, com sotaque de Londres.

É a moça que trabalha com o velho Alex?, perguntou.

Ele está bem? Alex está bem?

Bem, disse a voz, está e não está. Sou Ron, vizinho de porta dele. Pediu-me que lhe desse um telefonema. Sua mãe faleceu há uns dois dias, não antes da hora, se me permite dizer. Ele era incrivelmente bom para a velha senhora, mas ela era uma espécie de provação. Na verdade, estava gagá.

Eu sei. Ele mesmo me ligou e disse que ela tinha morrido. Por que é você e não ele que está me ligando agora?

Acabei de passar por ele, deixando a casa, disse Ron. Atravessava o caminho diante da porta de sua casa e eu subia pelo da minha. Aqueles tipos *Harry Krishny* com quem anda iam logo adiante, entrando naquela espécie de microônibus deles. Então ele se curvou e me deu um pedaço de papel com o seu telefone e disse apenas para ligar e lhe dizer que o serviço fúnebre foi lindo.

Mas... isso não faz sentido, disse eu.

Bem, você não cairia nessa. Mas tive a nítida impressão de que ele não queria que os *Harry Krishny* me vissem.

Eles não são Hare Krishna, expliquei. São monges ingleses.

Mas andam *todos paramentados*. Acho que não são ingleses.

Bem, talvez no momento sejam um conforto para Alex.

São a única vida que ele teve!, disse Ron. Moro aqui há trinta anos. Criei uma família. E duvido que Alex tivesse saído mais do que dez ou 12 noites por ano. Mesmo no Natal, Alex e sua mãe permaneciam ali sozinhos, só com uma galinha assada. Mas aquele bando de mariquinhas quer a casa como uma extensão de seu convento ou seja lá como se chama, a própria velha me disse, há mais ou menos um ano. Por isso talvez ele esteja sob muita pressão.

Mas o que eu posso fazer em relação a isso?, gritei. Como posso ajudar? Nem sei onde fica o mosteiro. E não suporto aquele bando — pessoas medonhas, é o que são.

Boa menina! A irlandesa combatente, valha-me Deus! O que Alex precisa é de uma garota com um pouco de coragem. Vai estar neste número se eu encontrá-lo de novo? Ou... isso! Vou lhe dar meu número, se servir para alguma coisa.

Vou lhe dar o número de minha amiga Caroline, disse eu. Manterei contato com ela, você liga pra ela ou pede a Alex pra ligar, se ele voltar a aparecer. E, obrigada, Ron. Muito obrigada.

Depois liguei para Caro. Precisava contar-lhe tudo isso e checar, claro, se ela continuava lá. Arrastei o telefone até a plataforma e conversei com ela à intermitente luz do sol. Enquanto falávamos, vi uma rechonchuda lebre saltitar pelo campo ao lado da sebe. Aquilo me traria sorte.

Tudo estava ótimo. Foi uma conversa normal, como a que tínhamos toda semana ou pelo menos desde que reatamos. Ela sobrevivera às provas. Poderia nos matricular nas próximas aulas de bridge para iniciantes? A quantas andava o livro dos Talbot? Oh. Talvez nenhum livro? Não tem importância, nunca lhe faltaram idéias, Kathleen! Nat fazia ciclismo na Espanha. Ela esperava a nova espécie de tulipa despontar nos vasos que ladeavam a porta da frente. Embora se chamasse tulipa preta, era na verdade roxo-escuro. Passaria a Páscoa na Cornualha para ajudar a mãe com uma festa da aldeia.

Era absolutamente impossível dizer que o episódio de Ian voltara para me assombrar. Caro não ia me conceder sua confiança e dizer o que isso significou para ela. Nunca o fizera antes, nem sequer na época.

Eu ligara para ela do aeroporto de Oslo, a caminho da casa de Papai Noel. Talvez eu nem houvesse confessado, se não soubesse que Ian ia contar a ela. Haveria alguma chance de não lhe contar? Não. Nenhuma chance. Assentou-se em meu espírito a idéia de que ele nunca me quisera. Que me levou no papo até me ter no ponto em que me abri, para escarnecer de mim e dizer a Caroline que me fizera de palhaça, e dizer-lhe que ela não tinha amigas.

Que amiga é você!

O pensamento em meu pai — entre todas as coisas — me mantinha seguindo em frente. Ou o homem que talvez fosse meu pai. Descobri em meu tumulto que toda vez que pensava nele, no cartaz e em sua grande e estúpida obsessão com a Irlanda — que havia, apesar disso, heroísmo naquilo —, eu me fortalecia.

Não é o fim do mundo, tentava dizer a mim mesma.

Se de alguma coisa servir, disse eu a Caroline, encostada na parede de plástico do salão do aeroporto, para que ninguém me visse suplicando, o episódio reforçara nossa amizade.

Entendo melhor você agora, gritei no telefone, desesperada com seu silêncio. Percebo o poder dele. Vejo que ele faria qualquer coisa. Não sei como sobreviveu a ele, Caroline!

Mas senti Caroline instintivamente presa à idéia tonta que eu tivera. Por que o levaria para casa, ao porão, para saber alguma coisa dele?

Na verdade, tudo o que eu disse foi que Ian fizera a investida.

Quando ela continuou calada, disse eu: Nem nos beijamos! Não tiramos a roupa, nada disso. Foram as bebidas! Eu estava transtornada porque imaginei ter visto meu pai na rua!

Tentei mais uma vez.

Para começar, eu nem precisava ligar pra você e contar que ia me encontrar com ele. Se eu tivesse com más intenções, poderia ter-me encontrado com ele, sem você jamais saber.

Senti a respiração de Caroline mudar. Foi um bom argumento.

Mas ela desligou.

Fodam-se os da laia deles!, pensei. Porra de merdas de ingleses!

Ela nunca disse que não queria mais saber de mim. Eu mesma supus, e cortei-a de minha vida — o que não me deixou com uma fila muito grande de amigos, a não ser Jimmy. A princípio, senti demais a falta dela. Após um certo tempo, eu quase a esqueci completamente. Não me sentia tanto rolando morro abaixo, quanto me desidratando. Estava tão vazia que me violentava aqui e ali. A felicidade nos mantém envenenados, e fazemos a coisa certa sem esforço, enquanto só erramos quando lutamos com a falta de vida.

Faz mais ou menos dois anos que cedi a um impulso de entrar em contato com ela. Surpreendeu a mim mesma a decisão de discar seu número, o que fiz no dia em que cheguei a Londres, depois de vários meses nos Estados Unidos, na viagem de fuga da idiota que fiz de mim mesma com Alex, em Trieste. Sentia-me extremamente solitária após tanto tempo sem o companheirismo do pessoal da redação, mas não foi por isso que liguei para Caroline. A verdade é que o meu afastamento de Alex levou-me a morar na Califórnia por algum tempo, deixando-me com um bronzeado fantástico, e isso me deu confiança. Na tarde do dia em que cheguei, tive um distúrbio temporário, causado pelos diferentes fusos horários da viagem, e às seis horas, a desorientação era tão grande que não conseguia pensar direito. A combinação de enevoada indiferença na cabeça e o bronzeado foram os responsáveis. Liguei para ela: sem sequer tremer. Sentia-me tão preparada para ser alijada que mesmo o pior esnobismo não me magoaria.

Kathleen!, disse ela, e pareceu encantada — reconhecidamente como sempre fazia com qualquer um que ligasse para ela. Acabo de aferventar um salmão estupendo para algumas pessoas. Gosta de molho de manteiga dourada? Tome um táxi agora.

E assim eu fiz. Foi ideal ela estar oferecendo um jantar. Instalei-me ali, naquela deslumbrante cozinha, tomando um vinho muito bom que os convidados haviam trazido, e prestando atenção, entre acenos de cabeça, a uma conversa sobre a péssima qualidade das *au pairs*, dos membros do Parlamento da ala esquerda e dos preços de imóveis. Uma mulher visivelmente bêbada chegou até a iniciar uma tirada sobre sua faxineira irlandesa, mas eu apenas sorri e não disse nada.

Lamento muitíssimo por aquela mulher assustadora, começou Caroline, quando ligou no dia seguinte.

Eu disse: E se dizem *trabalhistas*, aquelas pessoas. Lembre de não me convidar pra jantar quando receber políticos conservadores, como os tóris.

E foi assim. Ela é quem passou a ligar, portanto não era como se eu corresse atrás. Falamos de seu plano de especialização para se tornar professora, agora que Nat estava na faculdade, e não houve então, nem daí em diante, menção ao meu encontro com Ian, embora ela ainda o adorasse. O próprio Ian não aparecera durante anos. Mas Caroline era tão impenetrável que eu não soube se de fato esquecera toda a coisa ou se lembrava, mas decidira me perdoar. Se decidira me perdoar, o que eu queria saber era *por que* me perdoara. Queria saber se, se eu não lhe houvesse telefonado na noite em que voltei da Califórnia, ela algum dia teria ligado para mim. Minha punição foi que não ousei perguntar, e ela nunca me disse. Eu já a conhecia a maior parte de minha vida, e continuava não a entendendo. Ou, muitas vezes, a entendera, mas ainda não sabia por que me tinha como amiga. Quanto ao que eu pensava dela... Quando comecei — há bem pouco tempo — a rever os contornos de minha vida, o momento decisivo de me voltar contra a redação de matérias turísticas, foi quando fiquei muito abalada com Manilha. Mas o que me deixou sensível em Manilha, se eu já vira dezenas de vezes antes pobreza e exploração abjetas, e continuara redigindo meus animadores artigos? Estaria ocorrendo algum processo dentro de mim, para mudar a percepção que eu tinha das coisas? E não teria esse processo começado quando Caroline, como se fosse a coisa mais natural do mundo, me aceitou de volta? Talvez houvesse mais de anjo nela que apenas sua aparência.

Spot e eu assistimos a uma demonstração de *origami* na televisão de manhã. Abaixei o volume e deixei um CD de Fred Astaire tocando ao mesmo tempo. A imagem e o som não combinaram de modo algum. Mas encha toda brecha com minério, disse eu à cadela — foi o que Keats aconselhou Shelley a fazer. Tente entulhar tudo nela. E Felix tinha a melhor coleção de músicas da década de 1940 que já se viu.

Bertie telefonou.

Já estou com a gata, disse. Lamento que Nan não pudesse ficar para ver você. Ela me disse a caminho de casa ontem que ia se internar no sanatório, mas achei que era só daqui a meses! Aí, ela me ligou esta manhã para dizer que teve uma ressaca causada por toda a bebida que tomou ontem com você, o que não me surpreende, porque nunca a vi tomar antes mais que um gole de xerez na vida, e que ligara para o pessoal do sanatório, pedindo que a buscassem logo para lhe tirar da desgraça com sedação. Partiu na ambulância deles há mais ou menos meia hora. Não consigo me conformar, não pude nem oferecer-me para levá-la de carro.

Ela é uma mulher maravilhosa, disse eu. Planejou tudo. Deu um jeito de ir embora sem se despedir de ninguém.

Acha, mesmo, Kathleen? Ela simplesmente saiu da casa como se pudesse estar de volta amanhã. Nem tirou o leite da mesa.

O último lugar em que vi minha mãe, disse eu. Sua cama estava como sempre esteve quando ela saía dela. Parecia que ia voltar para lá em questão de minutos. O casaco pendurado no gancho no corredor. Os bolsos bufantes. Via-se até o contorno dos punhos.

A gata, disse ele, quando percebeu que eu parara de falar. A maldita coisa está numa caixa na parte de trás do carro fazendo um barulho danado, e a caixa se mexe pra todos os lados.

Bem, tenho um encontro com minha cunhada e minha sobrinha na praça ao meio-dia, depois vou ao hotel pegá-la.

Cunhada! Sobrinha! Nunca imaginei que tivesse uma família, Kathleen. Você faz o tipo que só anda sozinha.

Ponha-a na casinhola ao lado da porta dos fundos até a gente pegá-la, Bertie. E dê alguma coisa gostosa de comer. Finja que a gata é uma extensão da Srta. Leech. Porque, depois de todos esses anos juntas, tenho certeza de que deve ser.

Ele esboçou uma risada com isso.

Bertie, disse eu — e só me passou pela cabeça ao dizê-lo —, Bertie, agora que a Srta. Leech se foi, acho que também vou me mudar. Talvez, amanhã. Talvez até a área de Sligo e olhar em volta. Ou talvez de volta para a Inglaterra. Já estou farta de tantas férias, para lhe dizer a verdade. Acostumei-me a trabalhar. Meu chefe viajou, senão falaria com ele, e não sei como levar adiante essa coisa dos Talbot. Por isso, acho que hoje é meu último dia em Ballygall, por enquanto, pelo menos. Haveria algum problema se eu levar minhas visitantes a Mount Talbot?

Nenhum problema! Eu mesmo levo vocês, se quiserem. Prefiro que tenha alguém com vocês, pois há fluidos ruins naquelas velhas ruínas.

Detesto pensar em ir embora, disse, sem conseguir decidir se Marianne Talbot foi ou não infiel ao marido. Mas simplesmente não sei o que pensar.

Há um velho sujeito nos fundos da mansão — Curly Flannery, chama-se — que conheceu todas as pessoas por aqui que eram jovens na época em que aconteceu o escândalo dos Talbot. Curly tem noventa e tal, mas talvez valha a pena vê-lo.

Oh, Bertie! Seria maravilhoso. Obrigada.

Mas tem certeza em relação à partida, Kathleen? Não devia esperar a volta de Nan?

Acha que ela vai voltar?, perguntei, um momento depois.

Ele não respondeu à pergunta.

Andei de um lado para o outro na casa de Felix, arrumando tudo e catando minhas coisas. Sol e chuvaradas ligeiras se intercalavam com tanta rapidez, que batia meu olho numa ripa de madeira do terraço encharcada e, quando tornava a passar, já estava seca. Onde quer que eu fosse, Spot também ia. Tive de me desculpar várias vezes, porque ela se instalava, determinada, em suas patas, encontrava o ritmo da respiração, semicerrava os olhos e, aí, eu me mudava de novo, ela se levantava, aconchegava-se atrás de mim e se instalava mais uma vez, tudo de novo. Usei o aparelho de som de Felix para tocar de novo a última peça de Schubert. As notas criavam um padrão cristalino ao atravessar o ar, extinguindo-se na relva, nos gatos selvagens adormecidos debaixo da escada externa, nos juncos e na água. Nesse momento, eu me convencera de que podia ouvir a *aceitação* da morte na peça — uma rica aceitação, se tal coisa fosse possível.

Spot me fez lembrar do dia em que soube que Jimmy estava morto. Um cão no pub, naquela terrível manhã, me perscrutou exatamente como Spot fazia agora. Roxy, Betty e eu havíamos chegado ao pub no momento em que abria e começamos a beber gim. Não sei por que gim. Roxy ficou muito transtornada, passado algum tempo. O cão, um pequeno jack russell, sentava-se tranqüilamente sob uma mesa ao lado da porta, enquanto o dono bebia, numa faixa de sol de inverno, uma caneca de cerveja. Roxy meteu na cabeça que o homem maltratava o cão, que dava para ver pelos olhos do animal. Tivemos de ligar para a mãe dela e avisar que estava voltando para casa arrasada, e depois tirá-la de lá, passando pelo homem e o cão, e colocá-la no táxi.

Jimmy!, chamei. Que vou fazer? Que vou dizer, quando Shay me ligar amanhã? Achei que passaria quase todos esses dias pensando nele e ponderando sobre o que devia fazer, mas tanta coisa tem acontecido... E o verdadeiro significado de nunca é nunca. Se eu recusar Shay, talvez nunca faça amor de novo. Mas sei com certeza que não tornarei a ver a Srta. Leech.

Atravessei o capim para pegar a colher de jardineiro debaixo do espinheiro. Um dos gatos não recuou, arisco, como em geral fazem. Oh — ela estava grávida. Vi a barriga pesada, sob o minúsculo arcabouço, sobrecarregando-a. Arrastou-se pelo declive, continuando sob a sebe de pilriteiro. Os botões de folhas na sebe eram tão minúsculos que os arbustos pareciam expor-se nus ao ar tingido de verde, em vez de começarem eles próprios a verdejar.

Eu me lembraria para sempre desse vale, embora ele mesmo me houvesse prontificado a partir. Foi toda a luz e espaço da casa de Felix que mostrou como eu tinha pouco a fazer. Ficara apenas andando por ali, à espera da Srta. Leech me receber...

Andando por ali. À espera. Seriam essas as palavras que eu passaria a usar com Shay? Palavras mesquinhas e tristes, quando todo o sabor do que eu conhecera com ele fora generoso e feliz...

Mas eu não ficaria andando à toa, se estivesse ocupada numa tarefa. Teria de escrever, se ficasse na Irlanda. Era a única profissão que eu tinha condições de seguir, que podia ser seguida não importa onde eu morasse.

Mas escrever o quê? Qual era o fim certo para a história de Marianne Talbot? Eu não conseguia imaginar como John Paget resolveria a alegação de Sargent. Paget baseara sua defesa nas provas apresentadas ao Tribunal Eclesiástico na Irlanda. Só teria ouvido a história do reverendo Sargent depois da audiência de divórcio na Câmara dos Lordes, transcorridos dois anos. Ele teria se convencido? É possível que sim, pois não poderia refutá-la como parte da conspiração de Richard contra a mulher — ao que parece, Richard nunca ficou sabendo disso. E também dificilmente Paget poderia argumentar que houvera um caso de identificação errada — que o homem na sala de visitas era de fato Mullan —, pois acreditava piamente que não houvera atividades amorosas com Mullan. Se Paget, seu único protetor, se voltasse contra ela, a situação para Marianne seria assustadora — mesmo que se voltasse contra ela apenas no íntimo, e continuasse fingindo apoiá-la. Com alguma sorte, ela realmente enlouquecera. Mas, mesmo louca, não sentiria que o apoio dele se transformara em cepticismo?

Via-me assolada por questões para as quais jamais haveria respostas definitivas. Por exemplo, se a versão de Paget sobre a vida conjugal de Marianne estivesse correta, ela talvez houvesse ficado tão alquebrada por anos de humilhação e subnutrição que ficara como a criança vítima de uma família desqualificada: todo mundo abusava dela. Nesse caso, o que Sargent viu era mais próximo de um estupro do que de qualquer outra coisa. Mas talvez não. Talvez ela de fato tivesse um caso passional com Mullan, e — como eu, quando estava com Hugo — o senso de seu próprio poder sexual a tornasse imprudente, e o homem ajoelhado entre suas pernas fosse o equivalente de meu Sasha. Ou talvez alguém da fidalguia das Casas Grandes da Irlanda após a fome — empobrecendo cada vez mais enquanto permaneciam num país em que o ódio por eles era contido apenas pela fraqueza física — ficasse bizarro. Como um filme de Almodóvar. Tudo podia acontecer — esse homem com essa mulher, naquele estábulo ou naquele chão —, enquanto a classe proprietária de terras reagia à violenta morte do mundo que construíra. Poderia Marianne ter tido um caso com alguém de sua espécie e um completamente inocente Mullan houvesse sido o bode expiatório?

Mas havia o curioso detalhe de que, quando o reverendo Sargent contou ao reverendo McClelland o que vira, McClelland voltou à casa e conversou com a própria Marianne, aí estava a questão.

Não poderia ser *McClelland* no chão, poderia? Se McClelland andasse fazendo amor com Marianne, e *depois* ficou sabendo de Mullan, isso explicaria sua extraordinária vingança contra ela. Tendo sua culpa como coisa garantida; escoltando-a direto para Dublin; lendo e destruindo a carta enviada a ela por Mullan. Vendo a pobre mulher enlouquecer — à procura da filha atrás das cortinas, debaixo da cama e no guarda-roupa do hotel Coffey. Escondendo-a em Rathgar Road, transferindo-a então para Windsor e largando-a com uma guardiã. Depois fazendo o pai de Marianne entender que ela se confessara culpada, para que os processos no Tribunal Eclesiástico prosseguissem sem uma defesa. Mesmo que McClelland não tivesse tido relações sexuais com ela, seu comportamento foi tão excessivamente punitivo que sugeria que ele a desejava. Mais um inimigo para a pobre Marianne, criado por nada além de seu sexo.

Não importa o que realmente aconteceu.

Ela acabou sem nada.

Dei uma última volta às margens do lago. O tempo se firmara num ensolarado dia de início de verão — não excepcional, como o imaculado período quente do dia em que cheguei, mas agradável. Os muros de pedra dos antigos campos eram agora margens baixas cobertas de relva. Abaixo de cada margem, como um contorno de rebentação, via-se uma fina camada de prímulas cremes.

Imaginei a terrível casa em Windsor e a mulher guardiã ali dos loucos, agarrando os dedos de Marianne. E Marianne, que não se lembrava nem do próprio nome, e tampouco de mais nada, a não ser do rosto sorridente da filha, fitando desnorteada aquela estranha mulher sendo tão rude com ela.

Onde estão seus anéis?, perguntou a mulher.

Anéis?, disse Marianne.

Richard talvez houvesse instruído o reverendo McClelland para que retirasse as alianças de casamento enquanto ela ainda estava no hotel em Dublin. Talvez o vigário houvesse a princípio desejado contestar. Mas quando pensou no pecado que a Sra. Talbot cometera — quando a imaginou gemendo nos braços de um animal que, sem a menor dúvida, fedia a animais — ficou feliz por fazê-lo.

Assim, numa manhã no salão do hotel Coffey, o vigário encarou o inchado rosto dela.

Seu marido pediu que devolvesse os anéis que lhe presenteou quando se casou com você, quando representavam com um sacratíssimo simbolismo tudo o que ele esperava e tinha todo o direito de esperar do laço matrimonial, do qual você se revelou indigna.

Quando ela não respondeu, ele se aproximou dela, pegando, com brutalidade, uma pequena mesa. Estendeu as roliças e brancas mãos de Marianne na mesa, puxou da mão esquerda o pesado aro de ouro, depois o de diamante e um trabalhado anel de camafeu, com o timbre de Talbot em baixo-relevo, que retirou do dedo médio da mão direita. Quando terminou, levantou-se, mas Marianne não mexeu as mãos.

Pode tirar as mãos da mesa, agora, disse ele.

Quando ela não respondeu, ele curvou-se, empurrou as mãos dela de volta ao seu colo e recolocou a mesinha no lugar...

Contornei o lago de volta para a casa. Não conseguia ver nenhuma maneira de escrever sobre Marianne que não se assemelhasse a um drama de última categoria. Embora a vida real fosse ainda mais melodramática que melodrama. Considerando-se, por exemplo, a possibilidade de que Marianne Talbot não estivesse louca, mas tivera de fingir estar, pois do contrário ela seria totalmente proscrita da sociedade. A loucura era sua única defesa, uma vez que não negara adultério com Mullan. Só poderia ser inocente se fosse louca. Se não fosse louca, quem a alimentaria e vestiria? John Paget nunca teria agido como amigo, se não estivesse convencido de que ela enlouquecera. Para onde poderia ter ido, se não estivesse louca? Uma mulher e mãe inteiramente desgraçada e degradada? Uma mulher que, pelo que sabiam seus iguais, se acasalara com um serviçal irlandês — uma coisa mais semelhante a uma marmota que a um ser humano.

E assim que começou a fingir ser louca, teve de mantê-lo enquanto viveu.

Na certa, é muito fácil, pensei. Talvez seja como sexo. Bem, um tipo de sexo. Basta deixar a mente frouxa e infantil. A disciplina de ser uma pessoa se desintegra. Mas à noite, em seu quarto na mansão dos Paget em Leicester, permitiria que a sanidade saísse do esconderijo?

A verdade é que eu não sabia. Não poderia saber.

Chamei Spot, entramos no carro e partimos para Ballygall. Eu dirigia muito devagar, tentando ficar calma. O negócio sobre a minha vida durante todos os anos de secura em Euston Road foi que não acontecera muita coisa. Se eu largasse um pano no chão, continuaria no exato lugar em que deixara quando voltava de uma viagem. Encontraria três ou quatro recados na secretária eletrônica, mas nenhuma carta; eu pegava com a mão em concha a correspondência na caixa de correio e jogava na lata de lixo, sem sequer olhá-la. Talvez fosse a quietude de uma sepultura viva, pensei comigo mesma, mas pelo menos era tranqüila. Agora... Shay ligaria amanhã. A Srta. Leech enfrentava a morte. Alex estava tomado de sofrimento pela perda da mãe e fora de contato. E eu ia me encontrar com Annie. Família — duas vezes num mês, pelo amor de Deus!

O simples excesso da coisa toda me tornava engraçadinha.

Será que conseguiria fazer parecer que ia me mudar para Sligo, a fim de escrever um livro sobre comprar uma casa velha, consertá-la toda e contar as divertidas aventuras com os adoráveis bombeiros locais? Não. Ninguém quer se mudar para a melancólica Irlanda como querem para a Toscana ou Provença. E não existe cozinha local. E os nativos não são necessariamente adoráveis. Em todo caso, as pessoas que escrevem esses livros de assentamento num adorável país estrangeiro levam vidas ensolaradas, irrepreensíveis, cheias de pequenas cenas bem-humoradas com os cônjuges. Não os pegaríamos vivendo semi-secretamente, esperando passar dois dias por mês na cama com o marido de outra mulher.

Foi um alívio ver as agulhas de Ballygall. É nas cidades que se decidem as coisas.

Annie e a pequena Lilian se adaptaram com perfeita facilidade à casa de Bertie — muito mais que a gata da Srta. Leech, enorme, vigilante, com ar desconfiado, chamada Rita, acompanhada por todos com ansiedade porque não comera durante 24 horas. Tomamos uma xícara de chá na cozinha. Spot se acomodou debaixo da mesa, olhos fixos erguidos, trespassantes, no periquito que fora solto da gaiola e saltitava de um lado para outro no trilho da cortina. Bertie estendia massa e Annie descascava maçãs. Bertie acenou diversas vezes com a cabeça, como para me parabenizar por ter aparecido com pessoas normais. Quanto a mim, sentia a mistura de ansiedade e segurança que eu associava à família. Reparara que quando abracei Lil e perguntei por Danny, Annie não respondera. Sabia que houvera algum problema. Mas não dei seguimento, porque não queria ouvir más notícias no início da visita.

Ollie chegou descendo aos saltos a escada com o bumbum, correu para a cozinha e, quando me viu, gritou: *Attily!* Mas quando lhe estendi os braços, ele se desviou cambaleando de mim, foi até o sofá embaixo da janela alta, e pôs-se a falar ao telefone com alguém também chamado Attily. O ambiente estava muito delicioso — bagunçado e acolhedor, cheirando à torta de Bertie.

Lilikins! Venha cá... quero você!

Peguei-a por um minuto para lhe perguntar qual era maior, Furriskey ou Rita? Só para senti-la. Só para vê-la correndo em minha direção: Como?

Você não devia ser do tipo mais sofisticada, de Palm Court?, disse a mim mesma, sarcástica.

Mal cabemos no velho jipe Toyota de Bertie — Annie, eu, Lilian, o pequeno Joe e Spot. Mas pelo menos íamos percorrer o caminho de entrada até Mount Talbot num carro. Onde Bertie e eu havíamos lutado transpondo portões e campos cheios de mato, uma trilha lamacenta fora aberta por uma máquina de terraplenagem.

Os *Gardaí* fizeram isso, disse Bertie. Os de Dublin. Quando vieram pegar os caras do IRA que praticavam tiro nos porões da casa. Nossos rapazes locais percorreram o mesmo caminho que eu e você, Kathleen, com botas Wellington. Mas quando chegaram os garotões da Filial Especial de Dublin, mandaram primeiro uma máquina de terraplenagem e depois foram de carro direto até os degraus.

Mas o IRA não acertara um cessar-fogo!, disse Annie. Deus Todo-Poderoso!

Não eram do grupo habitual do IRA, mas outro. Esqueci o nome. Não aprovam o cessar-fogo.

Em Ballygall!, disse Annie. Amado Deus.

Eram no norte. O único daqui, o pai foi criado na mansão. O avô era o herdeiro daqui e a mulher ocupou dois dos quartos no andar de cima do pátio dos estábulos que não tinham goteiras demais. De qualquer modo, quando o rapaz foi apanhado com as armas, deu o endereço de Mount Talbot. O juiz perguntou: Posso mandar a correspondência para lá? O Guarda disse: Impossível. Por isso o juiz não anotou o endereço.

Quando *foi* entregue aqui a última correspondência?, perguntei.

Houve mais um Talbot, depois de Richard, disse Bertie. Uma mulher. Não sei se era Mab ou outra filha de Richard de um segundo casamento, nem quem era ela. Mas sempre soube que no fim vivia como um rato num buraco. Era só ela e um velho mordomo, os dois estranhos como dois pés esquerdos, e o mordomo ficava em pé atrás da cadeira da velha senhora quando ela jantava, apesar de não terem nada além de batatas pra comer. Ela se mandou com apenas uma maleta de viagem em 31 de março de 1922, o dia em que o Tratado Anglo-Irlandês se tornou lei. Disse: Chega, vou voltar para a Inglaterra. Mas morreu naquela noite no hotel Shelbourne em Dublin. E o velho mordomo foi levado para o lar de idosos do condado.

Tia Kathleen?, Lilian batia de leve em meu ombro. Tia Kathleen? Joe quer saber se a gente pode ver as armas?

Ouvi o que disse, senhorita, disse Annie. E a resposta é não.

Chegamos à brecha no muro, onde portões ornados teriam levado à mansão e aos gramados ao redor da casa. Uma fita amarela da polícia ondulava-se diante da brecha e, quando Bertie parou o carro e saltamos, vimos que se estendera a fita de um poste de madeira ao outro, num enorme círculo em toda a volta, onde ficara a casa. NÃO SE APROXIME! NÃO SE APROXIME! Era tão impressionante que quando Spot a transpôs, Annie e Bertie gritaram ao mesmo tempo: volte pra cá, Spot! Volte!

Eles vieram correndo de Ballygall no minuto em que a velha senhora Talbot saiu pelo portão, disse Bertie, e levaram os vidros das estufas nos pomares. Lá sempre existiram ameixas, uvas e orquídeas. Espatifaram os grandes guarda-roupas, arrastaram pelas escadas e aí começaram a destruir os degraus. Meu tio viu o homem dos porcos e os irmãos levando a mesa de bilhar. Para que iam querer uma mesa de bilhar? Mas o lugar continuou intato por um longo tempo. As pessoas entravam e enchiam as chaleiras nas torneiras quando a febre de feno atacou esta vizinhança.

Seguíamos por uma ladeira acima do rio, em direção à torre do sino e ao fundo dos estábulos. Lil, Joe e a cadela iam correndo diante de nós. Enquanto corriam, gotas brilhantes respingavam de seus sapatos. Tufos de prímulas estendiam-se embaixo do muro, e via-se uma fina neblina azul na borda dos bosques, onde começavam as campainhas-azuis. O primeiro cuco que eu ouvira este ano soou imperioso da mata. As crianças responderam: Cuco! Cuco! Por um instante, foi possível imaginar dias felizes na história da Casa de Mount Talbot, com a jovem patroa fazendo travessuras sob os olhos das babás, e os felizes criados cantando ao fazerem suas tarefas abaixo da escada.

Não. Nunca.

Vou mostrar a vocês a estátua escondida na hera, disse Bertie.

Eu vou até a igreja, ainda não a vi, disse eu, e fui andando até transpor um portão em arco na abandonada igreja protestante. Uma nova tabuleta no portão quebrado dizia que a limpeza do cemitério era um projeto da Fás para os desempregados a longo prazo, e via-se onde os trabalhadores haviam retalhado um emaranhado de espinheiro, loureiro e teixo e recolocado a laje de cima no mausoléu com uma porta estilo egípcio que foi a sepultura da família Talbot. A porta de ferro da entrada parecia ter sido fechada com ferrugem para sempre.

Ao lado, uma cruz do tipo mais simples, recém-limpa, dizia:

W. MCCLELLAND
REITOR DESTA PARÓQUIA
MORTO EM 1857

QUANTO A MIM, VEREI VOSSA FACE EM RETIDÃO

Ela me suplicou que permitisse o dito W. Mullan subir e vê-la, o que, após eu me recusar a fazê-lo, foi impedida de ver W. Mullan...

Foi o que disse esse homem no tribunal.

Por que Mullan seguiu Marianne, se ela não significava nada para ele? John Paget abordou esse problema de frente.

A séria petição, escreve John Paget, *tão rudemente recusada, de que a testemunha de sua inocência fosse admitida para uma entrevista NA PRESENÇA DO*

REITOR DA PARÓQUIA, foi a última recuperação das forças da razão, antes de finalmente se fragmentarem, dispersas e desordenadas!

Isso poderia ser verdade. Mullan talvez tenha querido ou precisado dela para ficar a seu lado contra a conspiração que os acusava de adultério, e pode ter sido quando McClelland não permitiu sequer um encontro que a sanidade de Marianne se desfez. As letras maiúsculas de John Paget eram sem dúvida impressionantes.

McClelland morreu logo depois do escândalo Talbot. Divaguei sobre o local e como teria sido sua morte.

Talvez o reverendo McClelland tivesse ficado febril durante todo o distúrbio causado pela desgraça da Sra. Talbot. Talvez todo aquele tempo fosse um confuso pesadelo para ele. Assinou uma declaração para o advogado de Richard Talbot, dizendo que a Sra. Talbot confessara sua culpa, mas é possível que tenha acrescentado que não se lembrava onde exatamente ela fizera isso. Talvez numa carruagem fechada. Mas... que carruagem fechada? Talvez sua cabeça nunca mais voltasse a ficar clara depois que ajudou Richard a destruir Marianne. Talvez tenha pego algum parasita na viagem para Windsor — os cais por onde seguiu seu caminho, a figura dela coberta com véu atrás segurando-lhe a manga — apinhavam-se, afinal, de pessoas em vários estágios de privação. Assim, embora ele tivesse a satisfação de ver Marianne afastada e bem trancafiada, talvez sua saúde nunca houvesse melhorado para essa viagem. É óbvio que conseguiu testemunhar contra ela, mas e depois... O que houve depois?

Onde eu o poria, para morrer? Decidi que a Igreja da Irlanda teria uma enfermaria em Dublin, onde o pessoal estava acostumado a lidar com febres misteriosas. Muitos vigários missionários, suas mulheres e filhos haviam sucumbido naqueles quartos baixos, brancos, de doenças contraídas enquanto faziam o trabalho do Senhor em partes estrangeiras. Conheciam os delírios dos agonizantes. McClelland não recebeu visitas, ficou em rigoroso isolamento, e ninguém cuidando dele sabia o que gritava. Ele gritava o nome de alguém...

Kathleen! Não ouviu a gente chamar?

Eles pareciam tão inocentes. Bertie com o chapéu de lã frouxo, Annie com as botas altas de borracha de Ella, grandes demais para ela, e as crianças com pequenos suéteres coloridos.

Desculpe, Bertie. Eu estava divagando. Sabe, diz no livro de Paget que McClelland disse a alguns cavalheiros locais que *ele esperava que não fosse uma conspiração contra a Sra. Talbot*. E disse a alguém entrevistado por Paget que *os criados em Mount Talbot eram um grupo muito mau, disposto e em conluio, acre-*

ditava, contra ela. Portanto, ele deve ter tido dúvidas terríveis. Mas, Bertie, por que os criados se juntariam contra Marianne?

Por que não?, disse Bertie. O que ela significava pra eles? Venha, vamos cruzar o portão dos fundos pra falar com Curly Flannery. Estão nos esperando.

Eles seguiram. Eu fiquei mais alguns minutos em silêncio, concentrada de novo no cemitério, fitando o olho impassível de um brilhante melro, aninhado num canto de uma estátua de um anjo coberta de líquen. Não fazia silêncio. Havia o constante farfalhar das árvores em volta, e pica-paus cantando. E mais uma vez, da parte mais baixa do vale: Cuco! Cuco!

Saímos da propriedade pela enorme arcada em falso gótico.

Poderiam ser incríveis casinhas, disse Annie, apontando para o alojamento dos empregados junto ao portão, semicoberto de urtiga e hera. Por que não as consertam?

Ah, não!, disse Bertie. Este lugar só traz coisas ruins depois de tudo que aconteceu. Ninguém moraria aqui.

Do outro lado do alojamento dos empregados, um lugar fora roçado entre a estrada e o pântano, ali se construiu um impecável bangalô branco, num retângulo de gramado esmeralda.

Uma mulher abriu a porta, animada, antes mesmo de batermos.

Sejam bem-vindos! Entrem e tomem uma xícara de chá! E tenho limonada e tudo mais para as crianças, por um milagre! Claro que farão companhia a ele. É um homem maravilhoso, Deus o abençoe. Não toma nem aspirina e tem 92 anos. Só uma gota de uísque antes de dormir. Não é verdade, tio Curly?, ela berrou-lhe no ouvido.

Curly Flannery era careca como um ovo. Cego, também, e parece que a audição não ia nada bem. Mas, atrás da estrutura de metal do apoio para andar, no arrumado salão, diante de um aquecedor elétrico de duas barras, mostrava-se tão bem-arrumado, limpo e sorrindo quanto possível.

Quem está aí, Maise?, perguntou. Quem é o grupo?

É Bertie do hotel!, gritou ela. E duas senhoras da América! E duas crianças lindas, Deus as abençoe. Querem ouvir suas histórias dos velhos tempos.

Não somos da... comecei.

Bang! Bang!, gritou, inesperadamente, o Sr. Flannery. Bang! Bang! Fazia gestos inconfundíveis com o pequeno braço direito.

Não podíamos dormir em nossas próprias camas! Vivíamos fugindo! Viva Michael Collins!

Curly foi um grande homem, explicou Bertie, na Guerra da Independência. Ele e o irmão fizeram um ataque-surpresa, pegaram todos os explosivos dos depósitos do Conselho do Condado e explodiram muitas pontes.

E antes disso, Sr. Flannery, na época do problema com os Talbot?, perguntou Bertie.

Está falando de Talbot?, gritou o Sr. Flannery. Não foi ele quem criou todos os problemas pra si mesmo? O maior canalha não enforcado foi aquele almofadinha de sapato de couro!

Pergunta a ele se alguém aqui se lembra do divórcio, pedi a Bertie. A Srta. Flannery trouxera uma bandeja com chá e tentava acomodar o tio, que segurava uma xícara, numa poltrona. Mas o velho me ouviu.

Com certeza que sim!, disse o Sr. Flannery, e a colher caiu no chão. Tinha um homem lá na propriedade chamado Quirke, Quirke foi até Londres depor a favor da esposa, e ganhou o preço de uma vaca do advogado, Sr. Bennett. E a vaca foi rebatizada: Bennetteen! E sabe, Bertie, que um homem desta redondeza, chamado Molloy, depôs a favor de Talbot e quando Johnny Molloy, que era neto do que disputou a eleição para a câmara dos deputados, depois da Segunda Guerra, não gritaram para ele na reunião em que pedia votos: Feche a matraca! Cão fraldiqueiro de Talbot! Cão fraldiqueiro de Talbot!

Ele ria, satisfeito, com a lembrança daquilo.

O Sr. Flannery não queria falar ou nada tinha a dizer. Comera uma fatia de bolo de fruta com o chá e a sobrinha retirava as migalhas do impecável colete sob o paletó dele.

Eles tinham uma carruagem individual e uma dupla, continuou a divagar, satisfeito, um fáeton com capota, os veículos laterais, também a carruagem alegórica com dois cavalos e a do mercado que ia uma ou duas vezes por semana à cidade. Meu avô era o garoto empregado especialmente pra conduzi-la.

Sr. Flannery, disse eu, desculpe se estamos cansando o senhor...

Nem um tiquinho!, disse a sobrinha. Ora, ele nunca fica cansado!

Mas poderia me dizer se existiam muitos irlandeses por aqui quando o senhor era garoto? Os criados falavam irlandês?

Eu mesmo não falava, disse ele, até aprender um pouco quando lutávamos por nossa independência. Quando os britânicos estavam aqui, quebrávamos a cabeça pra usá-lo. Mas todos os velhos continuavam falando. Na época em que eu era garoto, só tinha trinta casas em Cloonacurrig, todas se foram, agora, e um monte de idosos morava nelas, eram quase sete quilômetros de distância para a missa e não se tinha como chegar lá, por isso se reuniam na casa do meu avô e diziam suas orações. Era o rosário. Tudo em irlandês. Maisie! Ofereceu a Bertie um gole?

Alguma vez falaram da fome?

Fez-se uma pausa. Meio minuto depois, o Sr. Flannery disse: Não houve fome por aqui.

Outra pausa.

O Sr. Flannery pareceu adormecer.

Já íamos saindo na ponta dos pés, quando ele de repente gritou: Maisie! Pegue a medalha para mostrar às senhoras americanas.

Admiramos a medalha de prata que ele recebeu do governo por seus feitos na Guerra da Independência e, recusando repetidas vezes as insistentes ofertas de um gole de alguma coisa, saímos da casa.

Annie conduziu as crianças pelo portão ornado, abandonado.

Os mais velhos muitas vezes negam que houve fome, disse Bertie. Não querem falar disso. É melhor se calar sobre as desgraças. Ouvi minha mãe sussurrando uma vez. Falava com uma vizinha. Parece que na época uma criada foi obrigada a ir a Londres depor contra a Sra. Talbot; ficou fora alguns meses e teve de deixar o bebê com os vizinhos, e durante todo o tempo em que ficou fora, o bebê chorou. Dia e noite. E, no minuto em que ela voltou, ele parou de chorar. O bebê morreu naquela noite.

Passávamos ao largo de um terreno pavimentado com pedras. Uma brisa gelada sacudiu as urtigas em volta de um monte de ferramentas de cultivo enferrujadas e carros de mão de madeira apodrecida.

Diziam na época que uma maldição tinha sido lançada ao lugar, continuou Bertie. Desde a noite em que a Sra. Talbot foi posta para fora, a velha enfermeira que morava na casa que era uma espécie de feiticeira disse: Os corvos ainda voarão por todos os aposentos desta casa! E veja só.

Ele apontou a encosta. A solitária torre do sino do pátio do estábulo de Mount Talbot erguia-se, lúgubre, contra o céu.

Os corvos de fato voam por ela, disse ele.

21

Comemos a torta de Bertie no chá. Sentados no sofá da cozinha, Joe e Lilian assistiam ao vídeo de *O rei leão* com a gata Rita no meio dos dois.

E aí, Kathleen, pra onde *vai* em seguida?, perguntou Annie. Algum dia já ficou no mesmo lugar o suficiente pra recuperar o fôlego? Mas eu não sei por onde andou nos últimos trinta anos, por isso não faz muito sentido tentar manter contato com você agora. Veja bem, nenhum de nós está ficando mais moço. O que me lembra... precisamos ir. Danny ficou sozinho o dia inteiro. Lilian! Vamos! Temos de ir. Pegue a caixa e a comida da gata.

Ó, *Annie*! E a casa de Felix? Eu queria mostrar a você.

Não, Kathleen, precisamos mesmo ir.

Mamãe, agora que chegou a parte boa...

Não, amor. Lamento, mas não quero pegar todo o caminho no escuro. Talvez Joe possa ligar pra você amanhã e contar o que acontece com leão no fim. Vá e ponha as coisas da gata no carro.

Mamãe, Joe vai chorar.

Ele não vai chorar, disse eu, porque Spot vai ficar aqui agora, porque eu vou embora, e Spot não ia gostar de vê-lo chorando.

Bertie e as crianças saíram, e eu sorri para Annie, que fechara a porta atrás deles.

Mais uma vez obrigada por levar a gata, querida. E diga a meu irmão que perguntei por ele.

Ele acaba de sair do hospital, disse ela, categórica. Olhava-me com altivez.

Comecei a ficar nervosa. Não falara à toa, ela me olhava com severidade.

Ele não bebia há um ano, mas com o dinheiro que lhe deu...

Como?

Por causa do dinheiro que lhe deu, Kathleen, ele foi parar no hospital em questão de três dias. Ele bebe lá fora, no galpão. Não fala comigo. Isso só acontece uma ou duas vezes por ano, mas é terrível. Depois adoece, e o pessoal do hospital vem buscá-lo. Conhecem ele há tempos. A única coisa boa é que a ressaca não dura muito tempo. Você devia ter me pedido algum conselho, sabe? Eu poderia ter-lhe contado.

Me contar o quê?

Danny tem um monte de problemas, Kathleen. A última coisa de que precisava era você aparecer com suas mil libras. Ele e aquele aperfeiçoamento de gado! Nem eu sei quantos empréstimos já fez pra comprar a casa, mas sei que passamos um aperto pra continuar levando. E ele nunca quis que você soubesse! Tem lá seu orgulho. E é o melhor homem da terra quando está bem. Nós o amamos, se amamos! Todo mundo o ama. Você mesma sabe, Kathleen, não há outro tão bom quanto Danny...

Não é culpa dele, Annie! Não teve infância...

Não precisa *me* dizer isso. Sua mãe, a mais egoísta e preguiçosa mulher que já conheci! Vocês deviam ter sido tirados delas quando crianças. Sabe, até hoje, Danny é tão inseguro que não consegue assinar um cheque com o próprio nome. As mulheres são as sobreviventes de sua família, o que me alegra, porque Lilian é menina. Mas mesmo que tenha enriquecido sozinha, Kathleen, não pode simplesmente valsar pelo mundo, sabe Deus por quantos anos, e atirar dinheiro por aí antes de saber o que está acontecendo!

Você tem razão, sussurrei.

Claro que teve a melhor das intenções, Kathleen, disse ela, embora a expressão não houvesse suavizado. Você tem um coração bom, generoso. E quando ele começa a beber, continua bebendo tenha ou não dinheiro. Mas isso foi *imprudente*, Kathleen. Você é *impulsiva.*

Eu... Não consegui pensar em nenhuma palavra. Fiquei com a boca seca do choque. O que ela disse era verdade: não prestara atenção quando fui para casa. Mas não estou acostumada com pessoas!, disse a mim mesma. Da forma como vivi todos aqueles anos, não adquiri nenhuma prática em pensar nos outros! Ia dizer isso, mas vi que Annie tinha o rosto cheio de conflito. Depois ela se sentou na cadeira da cozinha junto à minha, curvou-se, para que nossos rostos quase se tocassem. E exalou um longo suspiro de cansaço. Dizia-me que extravasara a vontade de me repreender, que estávamos naquilo juntas. Ficamos ali sentadas em silêncio, e minha palpitação começou a passar. Que bom que eu não dera desculpas sobre mim mesma. Pareciam ridículas, comparadas com essa tragédia.

Disse a ela, tropeçando nas palavras: Se o feri, não sei como lhe dizer o quanto lamento.

Kathleen, disse ela, Dan foi ferido antes de aprender a andar. E só tinha 16 anos quando sua mãe morreu e ainda teve de cuidar de Sean, lembra-se de Sean? Sean vivia doente. Eu não tinha nem 16 anos, nem a menor paciência com o garoto infeliz, Deus me perdoe. E Dan jamais se recuperou de ter encontrado sua mãe... você sabe. Até hoje, tem pesadelos...

Mamãe!

Estou indo, pintinho...

Mamãe, não podemos ficar aqui? Porque tio Bertie dizia que...

Não.

Mas tio Bertie disse...

Ele não é seu tio...

Mas...

Não. Vá se despedir de Ollie e Joe.

Annie ergueu a cabeça, e olhou-me com toda a candura de seu rosto.

Eu falava a sério quando lhe disse que tenho tido uma vida feliz, graças a Deus. Não mudaria nada. Não trocaria Danny por nenhum homem da terra. Portanto, não fique zangada por tudo que desabafei, querida. Temos de deixar tudo às claras. Porque quero que passe a ir lá em casa. Seria ótima ajuda para Danny, Kathleen, ter uma irmã como você por perto. Cheia de vida. E eu adoraria que fosse uma tia para Lil. Nós dois, Danny e eu, dissemos isso quando você apareceu. Não há ninguém como você em Kilcrennan.

Logo, disse eu. Se você sempre me disser quando eu cometer erros? Promete? Prometa!

Saí com ela para vê-las partir. Depois corri para pegar minha câmera, fiz Lilian sair de novo do carro, ficar com Rita no colo, enquanto batia uma foto para a Srta. Leech. A criança sorriu para a câmera, e a gata, grudada na frente de Lilian, exibia uma enorme barriga e longas pernas, como se fossem as pernas de um peru cobertas de pêlo.

De volta à casa de Félix, era extraordinário como pareciam duras todas as superfícies e como era inóspito o espaço sem Spot levando sua azafamada vida de cão ao nível do joelho. Fui pôr uma música, mas não queria nenhuma das de Felix da década de 1940, e me sentia abalada demais para a de Schubert. A sonata chegava até, apesar da grande beleza e inteligência, a escarnecer da morte de minha mãe. Fazia uma pessoa comum como ela parecer inferior — um ser humano que foi tão obscuro e desajeitado na morte como fora na vida.

Vi agora que Danny de fato agüentou o pior peso: ver mamãe morrendo. Primeiro o colapso dela e depois tentando manter tudo funcionando. E ele era apenas um menino terrivelmente rejeitado.

Nunca pensou em sair de casa, mesmo depois de ver Nora e eu indo embora. Era como se não pudesse partir até nosso pai tomar conhecimento da existência dele. Abandonou a escola aos 15 anos e foi trabalhar na oficina na periferia de Kilcrennan. Mas tinha status porque fazia parte do time de futebol da cidade. Vivia para isso. Os outros rapazes cantavam músicas de Tony Bennet na caçamba da caminhonete quando saíam para jogar, bramiam com voz grossa, corriam pelo campo e gritavam com orgulho na estação da rádio local. Todas as mães iam ao mesmo pub, faziam um número de rotina dançando enfileiradas e cantando a música do time nos eventos para levantar fundos, caindo no chão às gargalhadas. O talento de Danny era ignorado em casa. Papai era um ativo adversário do futebol. Acreditava com tanta convicção que o futebol gaulês era o verdadeiro e nativo jogo, pois o outro não passava de uma imposição inglesa, que quando o clube de futebol precisou do empréstimo do campo do gaulês para uma partida de caridade, ele fez pressão sobre os círculos de língua irlandesa em Dublin, para impedir que o campo fosse emprestado.

Mas Danny continuou morando em casa. Não precisava, Annie era sua namorada firme e ele podia morar com outras pessoas. Ou, a mulher do seu patrão, que lavava seus uniformes porque tinha máquina de lavar, o teria acolhido em casa. Mas ele continuou, obstinadamente, morando em casa, preparando as suas refeições e, muitas vezes, também a comida de Sean. Mamãe vivia em total isolamento na época. Sei porque numa das vezes que liguei para Shore Road do pub do Trinity College, à uma da tarde de domingo, a Sra. Bates disse que ela não fora, que meu pai estava lá, mas mamãe, não. Pensei, se não foi ao pub, é porque está realmente deprimida.

Se ela algum dia tivesse me telefonado e pedido para que eu voltasse, eu teria feito. Mas eu adorava ser estudante. Não queria a antiga miséria me arrastando para baixo. E tinha de ganhar a vida. Em Londres, na época do Natal, eu ganhava quatro vezes o pagamento vigente em qualquer hotel para trabalhar no dia de Natal. E, mesmo agora, circulando agitada pelo estúdio de Felix, mal vendo o entardecer azul-ferrete e o lago prateado, pensei... eu agi certo. Agi certo ao começar a viver. Mas Danny ficou com coisa demais para tomar conta, e eu virei as costas para ele.

Ele encontrou nossa mãe no chão da cozinha. Contou-me quando o encontrei na segunda das duas noites que passei em Kilcrennan, quando ela estava internada no hospital. Ele saiu mais cedo do trabalho e se encontrou comigo no bar em frente do hospital. Era sexta-feira, mas não passava das quatro ou cinco horas da tarde. Sei que era sexta-feira, porque sabia que meu pai chegaria de seu trabalho semanal e ia visitar minha mãe mais tarde.

Não havia ninguém no pub, além do barman empilhando engradados em volta. Fazia tanto frio que Danny e eu ficamos de casaco.

Ela estava caída no chão, disse Danny. Sean devia estar dormindo no outro quarto. Entrei na cozinha, e lá estava ela...

Que roupa estava vestindo?

Ele ergueu a cabeça e me olhou.

Vi que tinha grande dificuldade para falar disso: na verdade, quase não falava. Usava costeletas e tentava pentear os cabelos para frente como uma franja de Beatle, mas os fios finos enrolavam-se para trás na testa numa paralela com o arco das sobrancelhas, como um desenho decorativo numa borboleta, igual ao de mamãe.

Ela tinha acabado de sair da cama, disse ele. Estava com aquele velho vestido florido. Tinha o rosto encostado no chão e as costas do vestido, a saia, estavam empapadas de sangue. Quando eu a virei, a testa também estava encharcada. E o rosto tinha uma cor estranha.

E os olhos estavam abertos?

Sim, estavam abertos, mas ela não olhava para nada.

Ele saiu correndo até a loja na rua, Tommy Bates telefonou para o hospital e a Sra. Bates voltou com Danny. A Sra. Bates tirou a manta da cama de Danny e envolveu mamãe com ela. Arrumou as coisas dela numa maleta de viagem e foi com mamãe na ambulância. Pôs a grande bolsa de mão de mamãe dentro e uma escova de dentes que pegou na prateleira acima da pia.

Onde sua mãe guarda as roupas?, perguntou, e Danny apenas mostrou algum lugar por ali.

Sua mãe esperava um bebê?

Disse ele: Como eu poderia saber?

O guarda-roupa estava cheio de ternos de papai. A Sra. Bates pegou algumas coisas de mamãe na pilha de roupas no armário ao lado do fogão. Danny pôs dentro o livro policial que viu na mesinha de cabeceira. Os rostos sapatos baixos também foram.

Seus sapatos sempre me incomodaram. Quando ela ia ao pub, punha batom, penteava os cabelos, usava um blusão com gola alta com o qual sempre dizíamos que ela ficava incrível. Mas os sapatos...

Não estava inconsciente quando a puseram na maca, disse Danny. Chorava. Acho que podia falar, mas não o fez. Fui para o trabalho. A Sra. Bates levou Sean.

Nora me deu a notícia da internação de mamãe. Ligou de Nova York e, por um milagre, me pegou no telefone público na União dos Estudantes de Trinity.

Mamãe está no hospital Regina Coeli em Kilcrennan. Tio Ned me telefonou. Falei com a madre-superiora de lá, ela pediu que não a citasse, mas era melhor que fôssemos pra casa.

Como vou chegar lá?, disse eu. Não tenho dinheiro.

Falei aquilo da boca pra fora. Na verdade, já decidia de qual dos meus empregos eu poderia conseguir um adiantamento, e Kilcrennan ficava apenas a uma hora e meia de trem.

Não vou para casa, disse Nora, devagar. Que muda nela só porque está morrendo? Continua não sendo boa pra mim. Aquela mulher nunca fez nem disse nada na vida que tenha me servido de alguma coisa. E ela *atura* aquele velho porco. Terei de vê-lo também. Por que deveria pagar mil dólares pra ir até a Irlanda e vomitar com a visão dele?

E se ela lhe pedisse?

Oh, bem, disse Nora. Se ela me pedisse para ir, eu iria.

Peguei adiantado o salário de um mês inteiro, juntando muito dinheiro vivo. A estação ferroviária fica numa colina, e a caminho da cidade deixei minha mala numa pensão. A mulher perguntou: Você não vivia saindo com sua amiga Sharon Malone na adolescência?

Disse eu que fazia um bom tempo que não via Sharon.

Ela se casou com um dos gêmeos Moran.

Eu sabia.

Sharon era um avião naquela época.

Era mesmo, disse eu.

Sirva-se sempre que quiser de uma xícara de chá, disse a mulher. Não use o telefone público, venha usar o nosso. E não se preocupe, sua mãe vai ficar bem. Vou à cidade agora, acender uma vela para ela.

Levei algum tempo para entender a história toda. No segundo dia em Kilcrennan, quando me encontrei com Danny no pub defronte do hospital, pude lhe explicar toda a situação. Ele não tinha a mínima idéia do que estava acontecendo, e nunca perguntara a ninguém.

Nossa mãe, que com a mão pálida tomou a minha quando lhe toquei o rosto, estufou os lábios e beijou várias vezes meus dedos — aquela mulher estava grávida de cinco meses, e tinha câncer no útero. Fiquei sabendo que tinha câncer no útero porque ia começar a falar com ela, murmurando que ia levar uma escova para arrumar-lhe os cabelos, quando ela se contorceu na cama e soltou um terrível grito estridente. Comecei a desconfiar que alguma coisa muito grave estava acontecendo quando a enfermeira entrou correndo, mas não lhe deu nada para dor. Disse eu a mamãe: Espere, mamãe, espere só até eu resolver isso, e saí correndo atrás da enfermeira.

Não consegui resolver, porém. Tentei. Durante toda aquela primeira noite, não me contive. Fui ver a madre superiora, o capelão, o farmacêutico ali na mesma rua, que era o chefe do comitê de ética do hospital. Corri por toda a cidade. Terminei no pub defronte do Malone, tomando um drinque atrás do outro, até que alguém ligou para o pai de Sharon, ele me levou de volta para a pensão e disse à mulher que não me deixasse usar o telefone, e eu me sentei à mesa da cozinha com ela e xinguei e gritei.

Expliquei tudo a Danny. O hospital era católico. Não faria nada que prejudicasse o bebê. Não interromperia a gravidez. Não fariam terapia de radiação. Não dariam morfina em doses que tivessem efeito prejudicial ao feto. O bebê tinha de crescer, embora o câncer fosse crescer com ele.

Por quê?, perguntou Danny, inocentemente.

Porque o Papa manda que assim seja.

Mas... por quê?

Porque velhos como ele dizem que é o mesmo que pegar uma arma e matar alguém. Seria uma espécie de aborto se o tratamento para mamãe matasse o bebê que cresce dentro dela.

Danny enrubesceu, ficando vermelho-tijolo. Ninguém dizia essa palavra na Irlanda em 1970.

Mas, disse Danny, o bebê ainda nem é um bebê, e assim os dois podem morrer.

Mas os dois irão para o céu, disse eu.

Até Danny percebeu que eu estava sendo sarcástica.

O médico especialista não permitiu que eu entrasse em seu consultório.

Seu pai é a pessoa que conta aqui, dissera ao telefone. Se você quiser uma discussão, tenha com seu pai.

Mas eu fiquei ali diante da porta do consultório, o rosto encostado na madeira, batendo nela, indiferente às pessoas na sala de espera, e à secretária, revoltada, à mesa.

Quanto tempo vai levar para ela morrer?, gritei pela porta. Por favor, Sr. Daly! Sou uma pessoa ocupada. Quanto tempo vai levar? Sr. Daly? Quanto tempo?

Eu admirava aquela garota. Bem, talvez não fosse uma garota; tinha vinte anos. Mas mesmo assim era admirável que eu fosse tão destemida, embora filha de duas pessoas que, às suas diferentes maneiras, veneravam a autoridade. A única pessoa de quem sentia medo era meu pai. Vira-o açoitar Danny com um cinto de couro quando meu irmão tinha apenas nove anos. Depois, fui a pé até a casa de tio Ned e me queixei. Mas, por mais que sempre tenha adorado tio Ned, tive de aceitar que ele não enfrentaria o irmão. A família de um homem só diz respeito a ele, disse. Ninguém tem o direito de interferir entre um homem e sua esposa e filhos.

Então quem ali poderia ajudá-la? Outras mulheres? Mamãe não tinha amigas. As freiras da escola não ajudariam. A Sra. Bates não podia. O quê, exatamente, eu pediria para ela? Pelo que era sua vida, como antes ficava lá sentada passivamente desde que eu a conhecia, agüentando as provocações de meu pai, também suportaria aquilo. A não ser que... me lembrei do grito...

A Sra. O'Connor, na pensão, se sentou comigo à mesa da cozinha naquela primeira noite. Fez um bule atrás do outro de chá. Deixou-me chorar. Deixou-me dar socos na mesa. Lembro-me de sua expressão: estava quase tão desesperada quanto eu, de pura solidariedade. Tinha família tentando dormir no andar de cima, e trabalho a fazer pela manhã, mas não perdeu a paciência comigo. Tentei explicar que mamãe nunca tivera uma folga, que sempre fora maltratada, que ia morrer sem motivo algum, morrer jovem, deixando os filhos antes de receber deles alguma coisa de volta, sem nenhum motivo além de ser uma mulher num país governado por velhos maus.

Eles e seus bebês não-nascidos!, engasguei-me. Eles e suas regras para o útero! Eu aceitaria que ela morresse, se não estivesse gritando de dor...

A noite toda.

A mulher começava a desabar de cansaço, quando acabei rastejando para o quarto. Dissera que talvez fosse parte do desígnio de Deus, e com isso não tive mais nada a dizer.

Continuava muito abalada no dia seguinte, quando consegui, enfim, seguir em frente. Fui para a casa em Shore Road e pedi ao motorista que esperasse até ter certeza de que papai não estava lá. Mas ele não variou a rotina. Tampouco o fizera antes, quando mamãe ia para o hospital com seus abortos e tudo mais. Danny estava na cozinha com Sean. Nos últimos dias vinha pegando tudo que tinha vontade na loja dos Bates e pondo na conta.

Nossa!, exclamou. Bem na hora, Kathleen. Pensei que ninguém fosse aparecer! Tenho de ir para o trabalho. Estamos ocupados.

Meu nome é Sean, disse Sean. Ia fazer cinco anos. Tinha as sandálias trocadas. Não me via há quase dois anos.

Mamãe foi pro céu?, perguntou.

Eu não disse nada.

Ela também é sua mãe?

Ela não foi para o céu, disse eu. Eu falei ontem com ela.

Era mentira, embora só tivesse me dado conta depois. Ela nunca falou comigo. Suas últimas palavras de fato foram quando me deu o colar de cristal no dia em que fui para a faculdade — que eu não me metesse em encrenca em qualquer coisa que fizesse. Durante muito tempo, imaginei que tivesse mesmo me dito alguma coisa no hospital naquela vez, mas agora, pensando melhor, acho que eram todo seu rosto e corpo mudos gritando "me ajude!" que eu lembrava como fala.

Não soube por onde começar. Estava com uma terrível ressaca. Tirei as sandálias de Sean e calcei-as de novo nos pés certos. Que fazia ele de sandálias no inverno, aliás? Era um belo menininho, e muito bem-humorado, mas que diabos eu ia fazer com ele? Levei-o junto comigo para o terraço da loja dos Bates. A maré devia estar muito alta, porque eu ouvia as ondas batendo nas pedras e nos seixos no alto da praia. Passei pela porta aberta do quarto de mamãe, indo de um lado para o outro, e vi a cama de relance. Ela sempre ficara ali. Embora não fosse uma mãe muito boa, sempre ficara ali, desde que pus os olhos na terra. Como um soldado mudo, de prontidão em seu posto.

Sean agarrou-se à perna da Sra. Bates. Devia estar só fingindo confiar em mim. Ela serviu-lhe pão doce e leite na cozinha, e eu fiquei conversando da porta.

Mas mesmo que seu pai pedisse que dessem alta a ela, para onde a levaria?, disse ela. Claro que ela deve estar no soro.

Poderia levá-la para o sanatório.

O sanatório não lhe daria tratamento para o câncer.

Então, teria de levá-la a um hospital protestante de Dublin. Mas hospitais protestantes também não fazem abortos, e mesmo um aborto poderia matá-la, talvez ainda mais rápido.

Mas lhe dariam morfina, Sra. Bates. Se você a ouvisse gritando!

A Sra. Bates tentou me abraçar. Mas eu me senti nauseada. Saí correndo para o banheiro e fiz várias vezes esforço para vomitar. Depois lavei o rosto.

Ele a visita?, perguntei à Sra. Bates, quando desci. Quer dizer, das outras vezes em que ela teve os abortos e tudo mais?

Oh, na verdade, visita.

Sobre o que eles conversam?

Oh, não creio que conversem, disse ela, sem graça. Meu companheiro também nunca disse uma palavra.

Pela janela atrás dela, vi passar o ônibus de Kilcrennan, que ia fazer a manobra de retorno no balão acima da praia. Só esperava de um a dois minutos ali, antes de voltar para a cidade, embora o motorista em geral acendesse um cigarro naquele ponto muito distante da civilização.

Ela viu que eu ia correr para pegá-lo.

Mas Kathleen, começou. E interrompeu-se. Nós nos entreolhamos, e talvez tudo se tenha dito em nossas expressões. De qualquer modo, espero que ela realmente tenha visto que eu me desculpava por não poder ficar. Não podia. Pensei — no ônibus partindo — que a expressão dela demonstrava sobretudo pena. Sempre tivera pena de nós, a Sra. Bates.

Quando estávamos no bar e expliquei tudo a Danny, não lhe disse o que ia fazer, embora tremesse da cabeça aos pés. Não foi generosidade de minha parte; imaginei que teria mais chance de conseguir que papai falasse comigo se estivesse sozinha. Pedi a Danny que me esperasse no pub até eu voltar e fui ao hospital. Passava pouco das sete. Eu só teria de esperar alguns minutos. Meu pai entrou pela porta de vaivém, o grande rosto vermelho reluzente como sempre, os óculos no meio do nariz. Usava uma capa de chuva bege sobre o terno escuro, trazia uma maleta de mão e um pequeno saco de papel.

Umas ameixas para sua mãe, disse, apontando para o saco, quando parei diante dele.

Quero falar com você, disse eu.

Foi o que imaginei. Por isso algumas pessoas me intimidaram, disse meu pai, embora eu só esteja há meia hora na cidade. Pelo que sei, você não está satisfeita com o tratamento que este hospital oferece? E se afastava enquanto falava.

Não estou satisfeita com *você*, disse eu. Não era fácil falar com ele, andando pelo corredor, com as pessoas a passar. Acho que ele disse: Oh, não *está*, madame.

Ela está sofrendo muitíssimo, comecei.

Posso ver isso por mim mesmo.

Se a levasse para algum lugar que não seja católico, recomecei.

Ele parou, bruscamente, curvou o pesado rosto sobre o meu, erguido.

Por que eu faria isso?, perguntou.

É aquele negócio católico de que o bebê tem de ser protegido...

Escute, ele me cortou de repente, só vou dizer uma vez. É meu filho, do mesmo modo que você. Aquele filho tem tantos direitos quanto você. Sua mãe é minha mulher. Sua mãe e eu nos casamos numa igreja católica e queira Deus que sejamos enterrados num cemitério católico.

Vou processar você, disse eu.

Processe, disse ele. Dê-nos um pouco de diversão.

Então fez um gesto com a cabeça para o guarda que haviam posto diante da porta do quarto de mamãe.

É ela, disse ele, apontando-me. Não tem permissão para entrar hora nenhuma.

Quando voltei, contei a Danny o fim da história. Eu esperara do lado de fora do hospital e segui meu pai até o estacionamento. Saltei em cima dele ao lado do carro. Dei-lhe uma joelhada na enorme barriga. Chutei-lhe as pernas. Enfiei a mão dentro de sua boca, com ele arquejando, puxei a dentadura superior e joguei no chão. Ele quase enlouqueceu. Senti nojo de tocá-lo com tanta intimidade. Levantei-me e cuspi nele, e depois saí correndo para a escuridão.

Você está branca como um lençol, disse Danny.

Vai para casa?, perguntei.

Claro, tenho de ir, disse ele, com um ar infeliz. Não posso simplesmente deixar Sean com a Sra. Bates.

Quando vai ver mamãe?, perguntei.

Vou na segunda, assim que ele for embora.

Peguei um envelope de papel pardo com o garçom e escrevi a ela em letras de fôrma. MÃE, SE QUISER QUE TIRE VOCÊ DAÍ, EU TIRO, BASTA DIZER A DANNY. NORA TEM DINHEIRO. FUI EM CASA E TUDO ESTÁ BEM. ESTOU INDO MUITO BEM EM DUBLIN. POR FAVOR, FIQUE BOA LOGO.

Não quis assinar com amor. Meus sentimentos por ela eram diferentes. Assinei:

SUA KATHLEEN.

Ele me olhou com os grandes olhos cinza de mamãe.

Há pelo menos alguma chance de você ficar?, perguntou ele com o que agora me parecia uma humildade de cortar o coração.

E disse eu não.

Na manhã seguinte, a Sra. O'Connor chegou a levar meu café da manhã ao quarto. Era a primeira vez na vida que eu tomava café na cama. Atravessei o corredor e lavei o rosto para aproveitar devidamente aquilo, e de certa forma adorei ter uma bandeja e potinhos de sal e pimenta para o ovo. Li *Mansfield Park*, o único livro que tinha comigo, enquanto comia. Fanny Price também tivera um período negro, mas Edmund sempre a amara. Eu não tinha namorado. Queria alguém que me abraçasse com força. E queria alguém que me apoiasse contra o sistema que fazia mamãe, que sempre fora tão calada, gritar. E queria distração da culpa que sentia — comendo numa bela bandeja, quarto cor-de-rosa, e Danny largado em casa com papai, e preso a Sean.

Sempre tive certeza — mesmo desde muito antes de começar a saracotear atrás de garotos com Sharon — que um amor me esperava em algum lugar e me ajudaria a resolver tudo. E em vez disso tenho de ser como um homem!, pensei, ressentida, porque me pareceu, olhando o mundo, que, como homem, eu estava sozinha. Eu não parecia uma mulher. As mulheres em geral tinham alguém para cuidar delas.

Levei a bandeja para a cozinha, depois que arrumei a mala e contei o dinheiro.

Eu preciso de todo o dinheiro que tenho, disse à Sra. O'Connor. Poderia lhe pagar o que devo em outra ocasião? Vou para a Inglaterra hoje à noite.

Achei que estivesse numa faculdade em Dublin?

Não vou voltar, disse eu.

Mas você tem uma bolsa de estudos!, disse ela. Tem de voltar. E já está quase terminando!

Não quero viver na Irlanda, disse eu. Nunca mais quero pôr os pés em solo irlandês.

Ah, pelo amor de Deus! Se nós agüentamos, por que você não?

Mas aí ela viu minha expressão e se desculpou.

E não se preocupe com o dinheiro. Pode me dar de outra vez.

Preparou sanduíches de presunto para eu levar no barco. Seu próprio pão integral, cortado o mais fino possível, com uma besuntada de mostarda e cuidadosamente dobrado em papel impermeável. Parecia tão transtornada quanto eu quando saí para tomar o trem. Disse repetidas vezes: Ela vai ficar bem. Ela vai ficar bem. Deus é bom...

Eu estava fugindo. Mas não conseguia pensar em outra coisa a fazer. Pelo menos, ainda tinha a marca profunda da dentadura de meu pai no polegar. Mas, também, quem imaginaria que ele levaria ameixas para mamãe? Durante algum tempo, ao sair de Kilcrennan, a linha da ferrovia segue à beira-mar, e nessa tarde estava pintada de gotas de chuva, mas depois o trem ganhou velocidade e as grossas gotas na janela se achatavam e espalhavam, vedando-nos no vagão, cegos.

Quando o trem parou, guinchando e trovejando na cavernosa estação de Dublin, deixei todo mundo descer na minha frente. Atravessei a longa rampa da estação para tomar o ônibus até a balsa e partir para a Inglaterra. Não sabia com muita clareza o que ia fazer, porque não acreditava inteiramente que ela ia morrer. Danem-se todos eles!, pensei. Dane-se todo este lugar fodido!

Deixara de propósito os sanduíches atrás, no banco do trem. Mesmo agora não entendo por que fiz aquilo. Talvez já me passasse pela cabeça a idéia de livrar-me de todo tipo de ternura, e ser tão auto-suficiente quanto possível a partir de então.

E isso funcionou, por muito tempo. Deixei de fato Kilcrennan e Shore Road para trás. Voltara para a pensão de Joanie, um mês depois, quando meu pai ligou para perguntar se eu ia ao enterro de minha mãe. Não atendi o telefone. Mudeime da pensão de Joanie no dia seguinte, para um quarto dos empregados do hotel onde eu trabalhava, para que ninguém falasse comigo disso.

Não mantive contato com ninguém. E Danny estava péssimo ao telefone.

Mas ele me ligou cerca de um ano depois, para dizer que papai ia se casar com uma mulher que fora enfermeira no hospital em que mamãe morrera. Fiquei sem fala.

E não o culpo, disse Danny. Sean vive doente. Alguém tem de cuidar dele. Vou morar na casa de Annie até juntarmos o suficiente para nos casar.

Nora também ficou do lado de papai.

Se a fulana quer se casar com ele, Kathleen, é problema dela. E viver com nossa mãe era como viver com um cadáver.

Ardi de fúria quando ela falou assim de mamãe. Mas não deixei que percebesse. Ia ficar duplamente satisfeita.

Não deu certo, mesmo assim, se foi por isso que papai se casou. Sean morreu aos seis anos e meio. Quando soube, pensei com aguda dor nos pés rechonchudos que ele pusera com tanto esforço nas sandálias trocadas. Acabei me lembrando da Sra. O'Connor na pensão, e mandei-lhe vinte libras, com meu pedido de desculpas. Depois fiquei chateada comigo mesma, porque ao fazer isso tive de pegar dinheiro com todos os agiotas para pagar também os salários que pedira adiantado no meu emprego de camareira. Fiquei quebrada.

Trabalhava nos meus empregos de faxineira e camareira, e convenci-me a entrar na Politécnica da Cidade de Londres para fazer jornalismo, e fiz amigos lá. Não morava em nenhum lugar em particular, mas era jovem, isso não me preocupava. Minha política era jamais pensar em casa, e jamais na Irlanda. E jamais pensar em política nem em religião, e tampouco ler jornais, porque se o assassinato de pobres mulheres doentes, como mamãe, era a forma a que haviam chegado a Igreja e o Estado dois mil anos depois de Cristo, eu não queria saber. Tomei essas decisões a sério, do fundo de meu coração. Optei por fazer reportagens de viagem porque era o único tipo de jornalismo em que pude pensar que não envolvia crença em absolutamente nada. O movimento feminista foi o mais próximo a que cheguei de ser ativista por justiça social, mas fui a mais confusa e hesitante feminista que se possa imaginar. Claro, eu fazia realmente anotações sobre a injustiça, mas jamais permitiria que minha própria vida reagisse a ela. Em vez disso, voltava para o meu porão, abria uma garrafa de vinho e arrumava minha anotações. Até Manilha. Talvez porque as duas crianças e o bebê, na sebe empoeirada no meio da estrada, me haviam feito lembrar em algum nível profundo de mim mesma, Danny e Sean.

Quando Danny e Annie se casaram, foram a Londres durante um fim de semana numa viagem de lua-de-mel. Fui visitá-los no hotel. Annie ficou no quarto a princípio, para dar a meu irmão e a mim uma chance de estarmos juntos.

Você entregou meu bilhete a mamãe?, perguntei. Fazia três anos que ela morrera.

Não. Eu também nunca mais tornei a vê-la. Foi posta numa espécie de lugar de isolamento.

Após uma pausa, perguntei: Papai foi ao seu casamento?

Claro que sim. Fez um discurso.

Então Danny me olhou com uma espécie de sorriso amarelo.

Ele está passando por um mau momento, disse. Ela é um terror, aquela mulher dele. E que bem fez ao pobre do Sean?

Tome, disse eu, e pus o presente que comprara para eles no balcão diante de Danny. Diga a Annie que não pude esperar, diga-lhe que foi demais...

Ele desceu do banco do bar e abraçou-me.

Sinto que vá, disse.

Voltei para onde morava na época, ao sul do rio ou ao sul de Londres, com Hugo, mas não lhe contei onde estivera. Foi a pior dor que já senti na vida — pensar que ela, não recebendo meu bilhete, talvez tenha imaginado, nas três semanas que lhe restavam de vida, que eu a abandonara.

Nunca contei a ninguém os detalhes que cercaram a morte de minha mãe. Não contei a Jimmy, por exemplo, sobre Sean. Não sabia como impedir que ele pensasse, por uma fração de segundo, que a morte de Sean era alguma coisa extraída de Dickens. Transformei meu pai numa espécie de figura irlandesa teatral, cômica. Isolei minha mãe no coração. Não me sentia à vontade quando falava dela. Era incomensurável a pena que a lembrança dela despertava em mim. Mas agarrava-me a isso, como teria me agarrado ao seu amor se ela tivesse me amado. Levei uma vida secreta, a partir de sua morte.

Não!, disse a mim mesma. Não é verdade! Você a esqueceu. E de qualquer modo, agora deixe pra lá.

O espaço em que me sentava na casa de Felix era como um palco resplandecente, vazio. A noite negra isolou o mundo além da clarabóia e da parede de vidro. O lugar parecia um cenário do qual eu era a parte central, e eu era um cenário para a parte central de mim — meu coração.

Vamos terminar por aqui.

Talvez eu tenha imaginado que fosse a única pessoa a conhecer o sofrimento, disse a mim mesma. Bem, agora você sabe melhor.

Deixei os sanduíches de presunto da Sra. O'Connor no banco do trem que me levou embora de Kilcrennan e tomei o ônibus para Dun Laoghaire. Cheguei cedo para o Barco dos Correios rumo a Holyhead. O barco estava lá, mas só nos deixariam embarcar dentro de uma hora. Fui andando até o pub mais próximo. Senti o coração mais leve assim que cruzei a porta e entrei no bramido do grande salão do bar. Era um cena de quase abandono, quase feliz. O lugar era grande como um celeiro e estava apinhado de gente — pessoas em grupos e solitárias como eu. Cada baia de banquetas em todo o quente e enfumaçado salão tinha sua tribo de homens, mulheres, crianças e bagagem, as mesas cheias de canecas e pacotes estalando, malas, embalagens de balas, garrafas de Coca-Cola, tudo nadando em bebida derramada. No balcão, homens chamavam acima do burburinho os garçons que literalmente corriam para servir todo mundo antes da saída do barco.

Que vai tomar, querida?, disse um homem de costas, virando-se para mim.

Uma vodca.

Homens passaram o drinque para mim, e depois uma grande garrafa de suco de lima para misturar. Alguns minutos depois, chegou outro drinque. Os homens não tentavam falar comigo; conversavam, com urgência, uns com os outros e bebiam muito e rápido. Era uma camaradagem que impregnava todo o lugar. Dava para sentir a empolgação.

Nunca mais tornei a ver aqueles homens. Seguimos pela rua até o barco no último minuto. Estava escuro, crianças choravam e alguém berrava uma canção.

Depois começou uma longa caminhada, com dificuldade, por calçadas estreitas, onde o vento ao largo do porto soprava gelado pelas divisórias de madeira, até o passadiço de embarque. Mais famílias, em toda a parte no barco, sentadas no chão, acomodando-se nos cantos, as crianças correndo de um lado para outro no saguão central, brincando nas escadas de ferro e voltando para junto das mães, apoiadas em pilhas de bagagem, os pequeninos ao lado delas retorcidos nos carrinhos de bebê. Algumas pessoas já adormeciam no tapete, os rostos descobertos oferecidos a estranhos, e os retardatários tenteavam o caminho por entre os corpos. No bar, os homens esperavam em silêncio no balcão. A treliça de metal continuava arriada, embora os barmen trabalhassem atrás dela, na semi-escuridão, aprontando-se para a noite. O barco estremeceu, a sirene soltou um longo gemido e as luzes do cais começaram a deslizar, passando pelas janelas do bar. A multidão se aquietara. Não houve reação alguma ao desaparecerem os últimos vestígios da Irlanda. Mas quando já estávamos distantes do porto e o barco se pôs a corcovear um pouco em alto-mar, levantou-se a treliça de metal e o bar começou a servir. Com isso, elevou-se um animado aplauso.

22

Densas nuvens peroladas cobriam o céu na minha última manhã na casa de vidro ao lado do lago. Mas pardais chilravam na sebe de espinheiro e, atrás de mim, no ponto mais alto do telhado, andorinhas gorjeavam os pios sincopados que pareciam o próprio som da primavera. Pios, gorjeios, trinados e melodias abruptas enchiam o ar. Os pássaros, não Felix, eram os donos daquele lugar. Eis uma coisa que eu gostaria de conhecer — os pássaros. Eu nunca saberia que o colorido e o liso diante da capela após a cerimônia do enterro de Jimmy eram tentilhões, se o velho padre não houvesse parado e me dito. Deveria haver montes de pássaros em seu mosteiro. Embora talvez não fosse no campo — tive a impressão de que era bem perto da casa da mãe de Alex...

Não quis ocupar o telefone, porque era o dia em que Shay ia me ligar. Mas pensei que devia avisar ao vizinho de Alex, Ron, que ia me mudar daquele número.

Levantei-me do último degrau da escada externa, onde estivera tomando meu café, e, ao fazê-lo, a mesma rechonchuda lebre que eu vira antes passou aos saltos embaixo de mim e saiu saltitando à vontade pelo campo acima. Fiquei maravilhada. As lebres dão tanta sorte quanto focas. A visão da lebre era a segunda melhor coisa com que ser abençoada ao entrar nesse grandioso dia.

Nossa! Que bom saber de você!, disse Ron. A pessoa em questão está aqui! Sim, Alex! Minha mulher está preparando um desjejum para o pobre velho chapa. Fui buscá-lo esta manhã. Soubemos que voltara para casa, entende, porque eu o vi se encaminhando para a porta na noite de quarta-feira, e também sabíamos que não haviam entregado leite e ele não fizera nenhuma compra. Assim, quando ele não respondeu à campainha, atravessei a sebe nos fundos e o vi sentado à mesa na cozinha.

A voz de Ron se reduziu a um sussurro.

Ele está muito, muito, abatido, o velho Alex. Muito.

Assim que pegou o telefone, Alex mal conseguiu falar. Tive de repetir várias vezes — Aqui é Kathleen, Alex! Kathleen!

Aí ele começou a falar sem parar.

Já lhe contei sobre a época que passamos em Broadstairs? Não? Não acredito que eu não tenha contado! Bem, a mãe tinha uma bolsinha de couro artificial. Não, não era couro artificial, Kath, como se chama aquela coisa que parece plástico mas se descama depois de muito usada revelando uma espécie de tecido rústico por baixo? Com notas de dez xelins. Ela me disse: Alexander, quando pagarmos a senhoria, vamos ter dinheiro suficiente para o chá todo dia à beira-mar e jantar dia sim, dia não. Ela tirava o peixe recheado de dentro da massa, passava para mim, e só comia a massa. Aí um dia a senhoria me deu um xelim para pôr dentro de casa os sacos de carvão que o carvoeiro deixara no portão dos fundos; gastei o dinheiro em dois pratos de peixe, eu a vi devorando seu peixe, e entendi o que ela estivera fazendo...

Alex! Você dormiu?

Ela me disse no dia em que saí da escola, quando fazia entrevistas para trabalho de escritório: Alexander, seu pai era um perfeito cavalheiro, mas tinha uma fraqueza, que causou muito sofrimento, e por isso quero que me prometa que nunca passará por aquela porta com bafo de bebida. E ela me entendia tão bem! Sabia de tudo! Quando voltei de Trieste, não me perguntou como tinha sido meu discurso. Ela disse: Alex, receio que andou bebendo. E disse que todo o meu sucesso no trabalho nada significaria para ela se eu fosse pelo mesmo caminho do meu pai. Claro que não lhe contei que não fui sucesso coisa alguma. Mesmo em Trieste, no seminário, alguém falava sobre compilação de livros de endereços de *e-mail*, e Bobby Pick, dos Recursos Humanos, disse: Oh, o velho Alex não vai querer largar sua pena e pergaminho! Todo mundo olhou para mim, mas eu nunca contei coisas desse tipo a ela. Ela vivia realmente para mim, depois de Deus, claro. Contava uma história, quando eu era pequeno, sobre um coração que andava sozinho pela estrada. Parecia uma grande garrafa térmica bojuda, mas sangrava. Ela disse: Aquele coração não encontra ninguém onde viver, porque é o coração de uma mãe — é grande demais para caber apenas numa mulher!

Aí desatou a chorar.

Alex! disse eu. Pare com isso!

E de outra vez, ela...

Cala a boca!, gritei. *Quero que fique na casa de Ron.*

Na casa de Ron? Mas estou na casa de Ron.

Eu sei. Fique aí até eu chegar para buscá-lo.

Não posso, disse Alex, com alguma coisa parecendo uma voz normal. Que dia é hoje? Tenho de ir para o mosteiro na Páscoa.

Oh, por favor, Alex. Por favor, meu querido. Não vá antes que eu veja você. Por favor, espere por mim na casa de Ron. Posso chegar aí esta noite. Por favor... Quero conversar com você sobre tirarmos umas pequenas férias juntos...

Mas, Kathleen...

Ponha Ron ao telefone agora. E espere por mim até a noite, ou nunca vou perdoá-lo.

Depois pedi a Ron que não desgrudasse dele.

Dê-lhe uma pílula pra dormir, se puder, Ron. Posso chegar e pegá-lo alguma hora à noite. Depois vou levá-lo a algum lugar e cuidar para que coma direito, levá-lo a caminhadas até ele ficar bem o bastante para tomar decisões.

Positivo!, disse Ron.

Não diga nada a esses monges nojentos se aparecerem. Esconda Alex deles.

Positivo!, disse Ron. Câmbio e desligo!

O rapaz no balcão de aluguel de carro em Shannon passou-me os horários para Londres e reservei um lugar no vôo das seis para Heathrow. Depois peguei o telefone e tornei a ligar para Caroline, pedindo camas para mim e Alex. Acabei me arrependendo de não ter ligado para ela antes de ter feito qualquer outra coisa.

Alex está aos pedaços, disse a ela. E deve estar desmoronado completamente. Se quer ser monge, Caro, não posso impedir, mas pelo menos posso ajudá-lo a ficar bem, primeiro.

É mais do que bem-vinda em trazê-lo pra cá, disse ela. E tenho certeza de que você será a amiga de que ele precisa. Não há nada igual a umas férias, não é? Eu adoraria alguns dias fora após as provas, mas Nat não estava livre, como sempre.

Oh, *Caroline...*

Mas que poderia dizer? Nunca me passou pela cabeça sugerir-lhe uma viagem de férias. Ri, mas não muito satisfeita, quando desliguei o telefone, com a familiaridade da situação. Já estava devendo a Caro mesmo.

Aí parei de usar o telefone. Mas não parei de pensar nele. Sabia que o instrumento estava lá, mesmo quando saí do estúdio, quando arrumava minha mala, partia sobras de pão em migalhas, espalhando-as na relva para qualquer animal que chegasse. Enchi o prato de metal com leite e uma lata de atum. Mas os gatos haviam sumido. Era o meio da manhã; eles sempre sumiam por volta dessa hora.

Vou usá-lo bem rápido mais uma vez, disse a mim mesma, e liguei para Bertie, contando que ia partir para Londres.

Estive no sanatório, disse ele, pesado. O estado de Nan não é nada bom.

Vou rezar, disse eu, porque não consegui pensar em mais o que dizer. Não vai sentir dor ao menos.

Ela ainda poderia melhorar facilmente!, disse ele. Talvez ainda haja muito tempo pela frente antes de perdermos a esperança. Não poderia, Kathleen?

Talvez você tenha razão, disse eu, despreocupada. Ele percebera o que eu dizia pela estranheza do tom. Mas, Bertie, acha que terá tempo de fechar minha conta? Tenho de voltar hoje para a Inglaterra. Um amigo meu não está bem...

O cara que esteve aqui na outra manhã?

Que cara?

O que veio à sua procura, a quem dei o pão de passas de corinto...

Oh, não. Não é ele.

Que bom que não seja. Ele parece casado.

Pelo amor de Deus, Bertie! Mesmo que fosse por ele que eu viajasse, não é da porra da sua conta.

É sim, disse ele, impassível. Tenho quase idade de ser seu pai. E tenho vivido por aí. Sei como é o mundo.

O que vou ver é um monge! Um monge anglicano! É bom o bastante pra você?

Não são verdadeiros monges, disse ele.

Você é um fanático, respondi. Devia se envergonhar, dando mau exemplo para Ollie.

Esperei mais meia hora. Shay não telefonou. Claro, seria sempre assim — eu não poderia ligar para ele, não poderia agir, sempre seria a que esperaria que ele agisse. E sempre ignoraria essas circunstâncias. Havia uma história de Alice Munro sobre um homem e uma mulher que se conhecem e passam um milagroso e breve tempo juntos. Ele sugere que vai voltar, ela compra lindos lençóis novos e deliciosa comida. Mas ele não volta. Ela sai, pega o carro e dirige por todo o Canadá para se livrar da dor, e começa uma vida nova. E acaba ouvindo por acaso alguém comentar que ele passou um longo tempo doente antes de morrer. Shay podia estar morrendo ou morto, e eu não teria como sabê-lo.

Para não perder o vôo, teria de partir já. O tempo passava a toda.

Tempo.

Estarei morta para sempre quando morrer. Tenho cinqüenta anos. Bem avançada a metade da jornada.

Machucara a unha do dedo abrindo uma pesada porta de estábulo no primeiro dia em que estive em Mount Talbot. Reparava a mancha escura subir devagar pela unha. Logo poderia cortá-la. Aquele movimento era o tempo trabalhando em meu corpo. Vi duas mocinhas na borda da praça em Mellary na tarde da comemoração de 1798. Magras, risonhas, à cata de rapazes. Tinham pernas de vareta em sapatos absurdos — saltos plataforma altíssimos, com apenas uma faixa estreita em cima. Eu nunca usaria de novo aquilo. Não conseguiria atravessar um quarto naquilo.

Que vai ser de mim? Vou me odiar. Apodrecendo num banco, disse Henry James, como uma solteirona de chapéu. Mas Shay ia me desejar mesmo quando eu envelhecesse. Acariciaria minha carne encarquilhando. Eu esqueceria a corrida treva adentro. Ele levantaria meu pé, quando agachado acima de mim, fazendo um inventário de meu corpo, e o beijaria, com ternura. Me ajudaria a envelhecer, porque valorizaria minhas rugas, inchaços e pés cansados.

Mas minha decisão já fora tomada. Ocorrera por si mesma dentro de mim. Não fui convencida por um ou outro argumento; foi simplesmente o peso que se instalou mais numa parte de mim que em outra. Quando percebi o que ia fazer, soube disso com a mente, porque já sabia com o espírito. Quando Annie disse que eu era cheia de vida — que Danny precisava de uma irmã cheia de vida, como eu —, disse eu, sem querer, a mim mesma: Que bom que não joguei minha vida fora! E no cemitério de Mount Talbot, ontem, quando os demais seguiram na frente e continuei no atalho, vi — atrás da grande asa manchada de verde de um anjo — um melro, acomodado tranqüilamente em seu ninho. Tinha a cabeça curvada sobre o peito macio e retribuiu meu olhar com um olho brilhante como uma jóia. Sem qualquer esforço — como um navio singrando majestosamente em minha mente — lembrei dos instantes em que fiquei parada diante da capela, após a cremação de Jimmy, e dos pássaros agitados que eu observava. O casal de tentilhões. E o na certa não brilhante velho padre que parara a meu lado para olhá-los, o conselho que me dera. Faça o que for menos passivo, dissera. Faça o que for mais ativo. É mais humano.

Isso mesmo.

Eu teria de fazer o que fosse mais ativo. Não poderia viver na espera. Desperdiçar uma vida esperando era pouco demais.

E eu *ficaria* sempre à espera. Não importa onde estivesse, não importa o que fizesse. Seria como Marianne. Como ela implorava ao marido chá e açúcar, eu teria de implorar ao meu amante que continuasse arranjando tempo para mim. Porque eu viveria para ele, para os encontros com ele. Nenhuma vida, para o bem ou o mal, em mim mesma. Minha carne fraca me levaria a cair em outra armadilha. Eu iria manipular minha vida até imitar a de minha mãe, exatamente como o contorno do couro cabeludo de Danny imitava o caimento dos cabelos dela. Nunca sairíamos para o mundo juntos, Shay e eu, não mais do que saíam minha mãe e meu pai. Mal teríamos necessidade de falar. Teríamos construído nosso próprio Windsor, nossa própria Shore Road. Estaríamos como mortos quando fôssemos ao encontro um do outro. Mas o tempo entraria pelo buraco da fechadura. Íamos envelhecer, de qualquer modo. Não éramos Tristão e Isolda. Não morreríamos de paixão. A paixão, domesticada, morreria em nós, e o que restasse seria a vida vivida errado.

Não. A resposta é não.

Não sabia como dizer a ele. Meio-dia e meia, e ainda tinha de ir até o hotel de Bertie. Quem sabe se perdesse o vôo e tomasse outro mais tarde?

Não. Teria de ir à ceia com Caro quando disse que iria, ou não importuná-la mais. Também buscar Alex como prometi, ou parar de interferir. Levar a partir de agora os demais em consideração, ou voltar para os tristes dias passados.

Eu sabia que havia uma secretária eletrônica no telefone de Felix. Não queria deixar uma mensagem para Shay que qualquer um que por acaso ligasse o número entendesse. E não queria deixar um recado no estilo comercial, como se o que me houvesse pedido e oferecido fosse uma coisa prática. Ele tremera de sinceridade, ali fora no campo, debaixo do espinheiro, quando pedira que encaixasse minha vida na dele. Mas eu deixaria um recado pessoal. Se Shay não entendesse o que eu tentava dizer... Mas ele ia entender. Ia, sim.

Peguei o CD certo da coleção de Felix — *Os maiores sucessos de 1946* — e revistei-o até encontrar os poucos versos que queria. Toquei-os — levou cerca de 15 segundos — depois voltei ao ponto inicial e pus para tocar mais uma vez. Pus a fenda do gravador da secretária eletrônica junto ao alto-falante do toca-CD. Apertei simultaneamente *Play* no toca-CD e *Record* na secretária eletrônica. E chequei a secretária eletrônica: gravara os poucos versos da música à perfeição.

Olhei a casa em volta, para me despedir. Toquei de leve o cabo da chaleira, porque o ser humano Shay também a tocara. Cerrei os olhos e deslizei as mãos em meu corpo até embaixo. Engoli o pânico e a infelicidade que quiseram me tomar. Entrei nos cômodos parando em cada um, para senti-los. Tranquei a casa e, com um derradeiro e amoroso olhar ao vale e ao lago, e um saudoso apelo aos gatos selvagens para que viessem até mim, segui para o carro. Nos poucos dias em que ficara na casa, luminosas margaridas haviam surgido no gramado. Sob a sebe verdejante, onde os pedregulhos estavam cobertos de musgo, as primeiras campainhas-azuis haviam desabrochado. Se ele houvesse ligado! Eu teria ouvido, para levar como um consolo, a maneira como sua voz aquecia a palavra Kathleen. E talvez, se ele insistisse, poderia haver mais uma vez. Mas, agora, eu nunca saberia se de fato ligou ou não. Afinal, ele também estivera pensando nos últimos dias.

Até Ballygall, eram menos de dois quilômetros — campo vazio por todo o trajeto. Mas a meio caminho, a alameda se tornava uma estrada tão larga e reta quanto uma rodovia. Eu sabia por minhas anotações sobre a fome o que significa aquilo: uma estrada de socorro à fome, um fragmento proposital de rodovia — construído para fazer os famintos trabalharem por seu xelim de assistência social. Não tinha tráfego algum, portanto eu podia fazer o que de repente me desse na telha. Percorri aquele pesaroso trecho de estrada tão perto da borda quanto possível, a dez quilômetros por hora — o ritmo de um féretro à frente de um cortejo fúnebre. E o fiz deliberadamente. Imaginei que arrastava uma fila que saía de mim mesma, pelo aço do carro, o macadame da superfície da estrada, deslizando até as pedras e terra que mãos e braços cavernosos haviam espalhado pelo topo daquele penhasco. Só restava trabalho para alguns dos famintos, por isso os outros, desesperados, trabalhavam quebrando pedras o dia inteiro ao lado dos escolhidos, na esperança de que alguém os pagasse. Isso acontecia com freqüência; mas nunca foram pagos. Este foi o único detalhe de tudo o que li sobre a fome que me fez desmoronar.

Leve com você, pensei comigo mesma. Acontece agora. Acontece em todo lugar em que as pessoas são humilhadas pela fome.

Voltei para a pista e pus o carro em velocidade normal. Tinha uma longa estirada pela frente.

Os emigrantes que saíram a pé daquela paisagem com suas trouxas teriam passado pelos homens trabalhando na estrada de socorro à fome. Claro que todos se conheciam. Os que seguiam devem ter parado para uma palavra, uma tranqüilização, uma bênção. Teria sido a última ocasião em que toda a sociedade estava presente, antes de fragmentar-se entre os que partiram e os que ficaram.

Mas William Mullan começou a pagar o que devia por conhecer Marianne quando teve de ir para a América, em fuga, sem despedida nem bênção.

Dizia, no *Julgamento* dos lordes:

> *O Sr. Talbot conseguiu obter um veredicto por perdas e danos, porém, embora Mullan houvesse partido para a América, e na posição que ocupava na vida, ele não poderia ter dois mil pence...*

Isso era um fato: Richard ganhou um caso por perdas e danos contra William Mullan, e Mullan, sem um tostão, partiu para a América. Em que estado de espírito fora, porém, e o que fez na América, eram questões para especulação.

Eu não *sabia* a verdade do que acontecera em Mount Talbot e nunca saberia. Faltavam muitos contextos. Quando lembrava do momento de virar a chave na porta de meu apartamento, para deixar Ian entrar, e a sensação de suas mãos frias em minha pele quente, podia encaixar esses detalhes num estado de espírito causado pelo vinho que eu tomara, pela maneira como corremos naquela noite gelada, e meu estômago embrulhado naquele dia em que vi o sujeito que podia ser meu pai. Mas sem carne como essa nos ossos despidos dos dois, as ações relatadas de Marianne, Richard e William Mullan eram surreais, literalmente desligadas da realidade.

Eu podia *escolher* em que acreditar sobre a história do escândalo dos Talbot. Eu *escolheria* em que acreditar.

E em que mais podia eu acreditar, no dia em que me dilacerava, separando-me de meu adorado amante — dentro de mim, torrentes de medo de nunca mais conhecer a alegria do amor físico —, senão que Mullan a adorara, e ela o adorara? E, na verdade, eu não via qualquer explicação para ele ter seguido Marianne até o hotel Coffey e enviar-lhe o bilhete, além de pedir-lhe que fosse com ele para a América. E não acredito que fora para a América em nenhum outro estado senão aquele em que eu me encontrava quando me permitia pensar no que estava perdendo em Shay — ansiedade, incerteza, amargo remorso e um desejo ainda tão vívido, que ao som da voz do amante se aproximando, o corpo teria se revirado para mostrar seu interior.

Da saleta de Bertie atrás da mesa no hotel, disquei o número da casa de Felix. Sim, a secretária entrou perfeitamente. E esta foi a mensagem que deixei a Shay — a grave voz de Walter Huston cantando as poucas frases que escolhera de "September Song"...

...But the days grow short,
When you reach September.
When the autumn weather
Turns the leaves to flame,
And I haven't got time,
*For the waiting game...**

Aí entrou o *bip*.

O cantor parecia cansado. Rouco de experiência. Arrastando a voz até a palavra *time*. A melodia irônica em seu tom menor dizia a Shay que ele e eu não tínhamos outra escolha, além de aceitar, que éramos adultos.

Beijei as crianças e Ella ao me despedir na cozinha, prometendo voltar breve — talvez para a Primeira Comunhão de Joe. Bertie saiu apressado, pesado, atrás de mim, quando me encaminhei às cegas para o carro.

Eles não são dignos disso, minha querida menina, disse ele, abraçando-me em seus enormes braços e dando-me tapinhas nas costas como se eu fosse uma criança. Sou um deles, por isso sei.

Esse homem era adorável, disse eu. Sentia-me muito feliz quando estava com ele...

Claro, como acha que vou me arranjar sem Nan?, perguntou ele. E o cara de Ella vai logo chegar e os dois vão ficar por toda a casa namorando, extasiados um com o outro. E eu nunca cheguei nem a pegar na mão de Nan Leech. Nem uma única vez.

Você tem os meninos... comecei.

Ele nada disse, por um longo momento, e depois: É.

Dirigi a tarde toda em transe. Quando movia as mãos no volante, ou mexia um pouco as coxas, ou levantava e baixava o pé nos pedais, minha consciência deslizava, devagar e pesada, para a superfície, e antes que eu conseguisse afastá-la, recomeçava mais uma vez o lamento dentro mim. Eu tirava a mão do volante, tocava a face e sentia a pele sob as pontas dos dedos. Punha a mão na perna sob a saia de algodão. A pele sedosa na parte interna da coxa. A pele suave das dobras do meu estômago. A pele áspera do meu joelho. O calor da pele. A vida corria sob a minha pele. Onde meus dedos ficavam — onde a pele fazia pequena pressão na pele — a vibra-

*Mas os dias se encurtam / Quando chega setembro. / Quando o clima de outono / transforma as folhas em chamas, / e não me sobrou tempo / para o jogo de espera. (*N. da T.*)

ção se acumulava. Oh! E como seria maior se fossem os dedos de outro, não os meus, as pontas largas e grossas, que me tocassem, se movessem por mim. Se fossem intencionais. Se estivessem me sentindo, como um caça-minas movendo-se pelo terreno. Se alguém que me tocasse desejasse saber como eu era feita.

Se eu fosse William Mullan, teria ficado com os cavalos. Não apenas porque cavalos eram o que conhecia e existia muita oferta de trabalho — os irlandeses levaram cavalos para os dois lados na Guerra Civil americana, mantinham-nos, ferravam-nos e cuidavam deles quando se feriam. Mas porque se pode encostar a cabeça no flanco de um cavalo. Pode-se trançar a crina de um cavalo. Usar as mãos para fazer-lhe festas. Usar as coxas, joelhos e calcanhares para fazê-lo voar. Espero que ele tenha trabalhado numa pista de corridas — a pista de Saratoga, aberta poucos anos após ele chegar aos Estados Unidos, e recebido um leito num dos dormitórios de ripas de madeira, atrás dos terrenos de exercício e os estábulos.

Quando partiu da Irlanda, não tinha nada. Só a roupa do corpo. Igual a mim, quando fui direto para Londres após deixar Danny e Sean em Shore Road e minha mãe no hospital em Kilcrennan. Ele e eu deixamos a Irlanda sozinhos, como em geral faziam os homens e moças irlandeses. Talvez houvesse uma chance melhor, em termos estatísticos, de encontrar alguém com quem se deitar enroscado no Novo Mundo do que no Velho. Mas eles não sabiam disso ao subir o passadiço de embarque dos barcos de emigrantes. Eram como eu agora — incapazes de imaginar qualquer coisa sobre o futuro, a não ser como seria difícil. Conscientes apenas do que haviam perdido.

Assim que Marianne desapareceu do hotel Coffey, Mullan deve ter ficado completamente perdido. Não pode ter sabido que ela estava trancafiada num manicômio em Windsor. Ela era inglesa — era esse o terrível pensamento. Não poderia acreditar que estivera apenas se divertindo com ele, mas ele nada sabia da vida dela antes de Mount Talbot. Pelo que sabia, ela vivia com conforto, então, em algum lugar na Inglaterra, em alguma mansão da classe de pessoas da qual fazia parte. Ele nem sequer sabia se, em meio a pessoas, estava seriamente desgraçada. Entre os seus, ele não caíra em desgraça. Mas apesar disso, nunca conseguiria esquecer que o escândalo entre ele e a inglesa aconteceu na época em que aconteceu. Continuavam enterrando pessoas em valas, porque não haviam sobrado caixões naquela parte do país, na época em que foram vistos pela primeira vez atravessando juntos o corredor atrás dos depósitos de madeira em direção à pequena leiteria, uma vela semi-encoberta na mão.

Não pode ter sabido o que aconteceu com o bilhete que enviara para o hotel. Deve ter suspeitado, enquanto esperava a resposta que não veio, que ela o leu, mas não respondeu.

Eu me preparava para deixar meus personagens por aí, onde os haviam deixado o registro histórico. O reverendo McClelland morto no cemitério em Mount Talbot. Marianne, fraca das idéias, dependente da caridade dos Paget em sua vila em Leicester. E William Mullan na América. Eu ia me permitir, enquanto dirigia, tentando não pensar em mim mesma, a invenção de um ou outro detalhe, para embelezar o registro. Depois, correria o risco de recobrar a consciência. Ia me ajeitar no banco do motorista, me curvar para a frente, dirigir com grande precisão. O campo por onde passava era apenas um espaço verde. Não me importava mais o que existia no exterior. Que ia ser de mim? O pavor tomou-me de cima a baixo. Recostara-me por um momento no assento do carro, e a consciência do meu eu físico ia transformar-se, como uma onda caindo dentro de sua base, numa dor.

Era físico, meu remorso. Conhecera Shay como Marianne conhecera Mullan. Carne na carne. Todos os quatro havíamos deixado a lembrança e a promessa de paixão atrás, na Irlanda.

Na América, naquela época, todo irlandês olhava para outro, a fim de saber se haviam-se conhecido na terra natal, antes do êxodo. Alguns anos depois que Mullan começou a trabalhar na pista de corrida, uma mulher de Ballygall chegou como garçonete-chefe de uma das grandes tabernas perto dos chafarizes em Saratoga. O lugar enchia-se de viajantes no verão, e era onde os trabalhadores da pista bebiam no outono. Uma noite, Mullan chegou sozinho, e foi até o balcão pedir uma cerveja. A garçonete disse-lhe ao virar-se, afastando-se:

Bhfuil fhios agat — tá aithne agam ortsa!

E disse isso com frieza, não flertando.

De onde você me conhece?, perguntou ele, quando ela voltou.

Eu fui criada da mansão quando você andou saindo algum tempo com a patroa. Curvou-se para ele, e os dois falaram em irlandês e em voz baixa. Minha mãe soube e me tirou de lá.

Ele baixou os olhos. Mas ainda era, então, um homem que uma mulher poderia desejar.

Falaram coisas que não eram verdade, disse ele.

Ah, eu não me arrependo de ter saído de lá, disse ela. Tenho uma casa própria aqui. Minhas filhas recebem a melhor educação. Se tivesse ficado na Irlanda, que haveria lá para elas?

Que notícias manda sua mãe?, perguntou Mullan.

A casa grande se desmantelou. E fecharam a Escola Nacional assim que a inauguraram, não havia crianças para ela.

Por que não havia crianças?, perguntou Mullan, desorientado.

Nenhuma das mulheres teve filhos durante anos, disse ela. As mulheres não tinham comida suficiente! Eu estava igual, meu sangramento parou durante dois anos depois da fome.

Eu nunca soube disso.

Foi um castigo para todos nós. Algum outro povo sofreu uma coisas dessas, a falta de batata, em seguida a febre e depois os extermínios?

Mas foi um castigo pelo quê?

Oh, por tudo!, disse ela. Não sei por que foi.

A Sra. Talbot morreu?, perguntou ele, casualmente, a voz abafada, enquanto terminava a bebida.

Por que estaria morta?, respondeu, irritada, a garçonete. De que morreria alguém que nunca teve o trabalho de sequer abrir uma torneira?

Ele se deu bem por algum tempo. Tinha um emprego estável na propriedade de Whitney, encarregado do exercício dos puros-sangues. Uma casinha acompanhava o emprego — a primeira casa só dele que tivera. Ficava no meio de um bosque de bétulas e pinheiros. Agora que tinha um bom dinheiro e uma boa casa, pensava nela mais que nunca. Mas também pensava nela quando a comida quente lhe era servida na cantina, quando se enfiava na cama à noite, sempre que sentia cheiro de fumaça e em muitas outras vezes. Na verdade, disse a si mesmo certa vez, quando uma mulher na taberna o apalpou, penso nela o tempo todo, mas às vezes penso em outras coisas.

Vivia com esmero. Roçara um trato de terra ao lado da casa, e plantou batata em canteiros bem-arrumados. Plantou uma fileira de couve e duas de cenoura. Dentro da casa, tinha uma cadeira de balanço ao lado do fogão, um abajur de parafina com rosas vermelhas no globo opaco, que ganhara numa quermesse. Uma concertina. Só sabia tocar algumas das músicas que a mãe tocava. Contudo, passava horas com o instrumento, os grandes dedos abertos nas pequenas teclas. A Sra. Talbot dizia que ele era um mágico com os dedos, mas aquilo só era verdade quando estava com ela. O único problema era que não tinha um cão. Era conhecido por isso — o único homem que morava na mata que não tinha cães.

Um pássaro no cinturão de pinheiros dava um grito feminino que o atormentava. Por causa do pássaro, ele acabou escrevendo para ela:

> *Cara Senhora. Eu te suplico que me escrevas uma carta. Penso em ti a toda hora. Jamais toquei em outra mulher, e se concordasses em viajar até aqui, eu te proveria de toda forma. Também, haveria um filho. Se vieres ao meu encontro aqui em Saratoga Springs, estado de Nova York, eu te darei toda prova do amor e apego que tenho por ti.*

Enviou a carta dentro de outra para um certo Tadhg Colley, pedindo-lhe que fizesse todo o possível para encontrar o endereço de Marianne Talbot e a encaminhasse.

Cinco meses depois, a carta retornou embrulhada num bilhete.

Tadhg escreveu:

> *Estamos todos aqui. A casa de sua mãe se foi, mas Hurley cria alguns animais naquele campo atrás e dizem que está drenando toda aquela ponta para estocagem. A casa grande está virando ruínas e a Sra. Benn e os Finnerty moram ali embaixo da escada. Halloran nunca voltou. Circula um boato de que o bispo vai comprar a casa grande para dar às freiras que moram no momento no antigo tribunal, mas há problema sobre quem é o proprietário legal, agora que se noticiou que o patrão morreu.*
>
> *Eu não soube para onde mandar a carta anexa, nem acho que isso ia adiantar alguma coisa. Seu amigo.*

Depois disso, William Mullan de vez em quando enchia a cara com os outros homens da pista. Cantava uma música quando se embriagava — erguendo-se sobre o banco e mandando aos gritos calar-se o ruidoso grupo, para ouvi-lo. Era uma música chamada "O Adeus do Emigrante", que aprendeu, dizia, com um escocês.

O mesmo escocês era um canalha! — gritava. Foi à nossa casa e pediu aos inquilinos ali que se tornassem diaristas, para serem chamados pelo toque de seu sino, esbofeteados e xingados por um administrador escocês — homens que não sabiam montar um bom cavalo até o mercado...

Os outros irlandeses aplaudiam e batiam com os canecões. Sabiam que William sempre dizia aquilo e que também sempre gritava, quando tentava cantar o fim da música...

> *...Nosso navio está pronto para partir, e lá se vão meus bons camaradas pelo mar tempestuoso.*
> *As asas brancas de neve se desfraldam todas, e logo num mundo d'água iremos nadar.*
> *Não esqueças, amor, não sofras, pois meu amor é verdadeiro e não pode enganar.*
> *Minha mão e meu coração eu te darei*
> *Assim, adeus, meu amor, lembra-te de mim.*

A garçonete de Ballygall casou-se de novo, abriu uma pensão na Filadélfia e esqueceu-se dele.

Mas muitos anos depois, quando dobrava lençóis na mesa na sala de jantar, ouviu pela janela falarem o nome dele num grupo de homens que jogavam baralho na varanda.

Sim — William Mullan, ouviu. O sujeito que montava no rabo da inglesa.

Que tem ele?

Acaba de morrer, Deus tenha piedade dele. Estava numa lista no jornal.

E o grupo murmurou: Deus tenha piedade dele, e continuou o jogo.

Morrera numa senda no meio do bosque de bétulas, num local atravessado por uma clareira. Quando os homens dos estábulos chegaram à sua procura, ele estava estendido na senda, com o rosto erguido para o tempestuoso céu de outono, os braços virados para cima, as mãos abertas — os sensíveis dedos deixando pequenas impressões no macio molde de folhas. Leves folhas de outono voavam pela clareira. Ele parecia tão solitário ali quanto na verdade fora desde que deixara sua terra.

E assim William Mullan me deixou, após me fazer companhia durante metade do caminho pela Irlanda. Terminara com todos eles, então. Deixei o carro alugado no recinto e entreguei as chaves para o rapaz dali. A semente plantada em mim quando eu era jovem, quando Hugo atirou na cama cópia do *Julgamento* que de certo modo germinara na escuridão de minha vida, agora florescera e morrera. Não importava que não houvesse livro algum.

Atravessei o terminal, animada. Ainda que não restassem quaisquer planos — e eu estivesse nua — também me sentia inteiramente livre. Até mesmo recém-nascida. Olhava para as pessoas no terminal, como se houvesse estado longe da humanidade, como Rip Van Winkle, e eram uma espécie que eu teria de estudar mais uma vez. Gostava delas. Sentia meu próprio rosto suavizar-se de simpatia por pessoas que sorriam, gargalhavam, faziam cara feia para relógios de pulso e pareciam tensas nas portas mecânicas, as expressões mudando magnificamente quando alguém por quem haviam esperado encaminhava-se para elas. Aquele saguão era cheio de sentimentos, e não necessariamente cheio de amantes.

Peguei uma folha de papel no balcão de aluguel de carros e deixei um bilhete para a mulher que conheci na noite em que cheguei. O rádio atrás do balcão tocava baixinho. Um tenor, cantando a *"Música da Flor"*. *La fleur que tu m'avais jeté... Carmen, je t'adore*. Oh, Nossa! Parecia uma faca em mim, o desejo ardente. Teria de conter meu impulso — guardar-me numa caixa aqui, fingindo ali; teria de administrar o desejo ardente e o remorso. Teria Shay ligado para a casa? O que pensara da forma como eu lhe deixara a mensagem? Ah, se ele viesse para mim agora, passasse meu braço pelo dele e me levasse para o hotel! Mas, não... disse eu que estaria em Londres naquela noite.

Escrevi:

> *Como vai? Que pena não vê-la. Mas voltarei logo, acho, infelizmente para o enterro de uma grande senhora. Fora isso, já de olho no amanhã. Marcha à ré do Audi emperrada. Certos dias estive no céu durante esta viagem, obrigada, como a música que nos manda ser um anjo, exatamente quando imaginava que o céu não era para mim. Kathleen.*

Depois fui à loja, comprei um mapa da Europa e o abri, enquanto esperava no salão de embarque. Aonde levaria Alex, se ele me deixasse levá-lo a algum lugar?

Embarcavam os vôos norte-americanos. Ouvi os nomes repetidas vezes: Nova York. Boston. Chicago. Nova York...

Nora era uma mulher valente. Agora eu tinha exatamente um compromisso, a curto prazo — ajudar Alex a melhorar —, fora isso minha vida estava oca como um quarto vazio. Mas Nora poderia ter ganho prêmios por estabelecer redes. Ela e os amigos viviam organizando recepções em lugares como o Waldorf, patrocinando corridas em lugares badalados, clássicos de golfe com comediantes e bispos ou jantares de homenagem em hotéis no centro da cidade ou em enormes churrascarias no Brooklyn para políticos chamados Pat, Aloysius e Mike. Nora Burke era secretária honorária disso ou tesoureira honorária daquilo no circuito dos maiores chefões irlando-americanos. Fazia parte da rede de construção de obras milionárias, advogados, executivos chefes de cervejarias, fornecedores de alimentos, administradores de abastadas dioceses. Contava-me histórias complicadas sobre Chuck, que acabara de ligar para dizer que não estava entusiasmado com a idéia de se encontrar com Dan, depois do problema com o shopping center em Rockaway, que telefonara para Al, o maior acionista do banco de Dan, no clube, e dissera: Você sabe que me deve uma, que o monsenhor Horgan soubera o que ela fizera, dizendo que ele ligara para Adele no Banquete do Sagrado Coração em prol da Missão de Bangalore: Soube que Nora tem interferido mais uma vez em minha paróquia...

Boston. Portão 4 para Chicago. JFK embarcando agora...

Eu não podia viver com ela, tanto quanto com ela. Mas teria de levar em conta de agora em diante a energia — o *trabalho* — que investia em fazer uma vida. Porque foi isso que disse Henry James: Precisamos nunca temer não ser bons o bastante, se formos apenas sociais o bastante. Veja, se eu *tentasse*, não terminaria mais uma vez num porão. Não que a vida social estonteante que ela vive faça muito pela sensibilidade moral de Nora, se era isso que James queria dizer — mal disfarça o eu selvagem que levou para a vida adulta. Oh, minha cara. Era o que dizia Jimmy: que, por mais que eu me esforçase para ser legal em relação a Nora, começava a aviltá-la nas três primeiras frases.

Abri o mapa da Europa. Aonde levaria Alex? Teria de ser um lugar tranqüilo com boa comida. Talvez o tempo fosse mais agradável na Itália. Se voássemos para Bolonha, digamos, alugássemos um carro e fôssemos para o sul... Podíamos criar alguma coisa a partir da viagem, até... indo devagar, vendo tudo em volta... como eu a caminho da Grécia, anos atrás. E ficarmos na bela velha fazenda na encosta de uma campina, se fôssemos até aquele lugar de turismo agrário nos sopés dos Apeninos. Poderíamos ir a pé para a aldeia antes do jantar, sentarmo-nos na pequena *piazza* bebendo Campari, vendo a *passaggiata*, com as montanhas encimadas de neve do outro lado do vale aos poucos escurecendo no negro azul da noite. Oh, se eu estivesse com Shay! O tempo vai estar prestes a desabar em um verão quente. Tudo ficará cheio de reluzentes sumo e seiva — as folhas jovens irrompendo das vinhas, as ameixas em flor tombando intempestivas pelas árvores, as relvas, as margens de violetas e musgos esmeralda, as papoulas vermelhas no mato, as alcachofras, as cebolas e os tenros espinafres na terra negra — todos vibrantes de vida. As pombas adejando ao sair dos telhados. À noite, ouviríamos as corujas nos pomares de maçã.

Alex não teve uma boa chance na vida. Eu lhe direi o nome das poucas coisas que sei: pardal, andorinha, trevo, ovas de rã. Um dos motivos de ele haver-se envolvido tanto com os monges é nunca ter sequer olhado para o mundo natural. E ensinarei sobre comida. Vinho gelado, aspargo, cordeiro assado, torta de amêndoa e de queijo cremoso. Morcegos quase invisíveis vão arremeter sob as árvores emplumadas enquanto seguimos a pé para casa pelo caminho meio às escuras. Conversaremos sobre trabalho, mas não sobre morte nem religião. E eu ouvirei com todo o respeito possível as lembranças de sua mãe. O que não será fácil. Ainda naquela manhã, quando ele não parava de falar dela ao telefone, tive de engolir as palavras — já claramente formadas na mente — Mas, Alex, ela era só sua mãe, pelo amor de Deus! Não Marie Curie, sabe, nem Santa Teresa D'Ávila...

Levantei-me. Aquilo era a Irlanda falando dentro de mim! Saí quase correndo para os telefones. Sim, Nora atendeu no apartamento.

Nunca honramos mamãe, Nora! Vejo isso agora. Devíamos ter ido ao enterro. Não mostramos respeito algum por ela. Não fomos porque detestávamos papai, mas isso o tornou mais importante do que prestar nossos respeitos a mamãe.

Mas eu não a respeitava, disse Nora. Eu a desprezo até hoje.

Não, não despreza! Sabe que não era culpa dela. Acuada sem anticoncepcional nem dinheiro, sem instrução, com a saúde ruim e sem nada na cabeça além de romances...

Ela podia tê-lo enfrentado!, disse Nora. Podia levantar o rabo e preparar um café para nós! Ela não servia pra nada...

Mesmo que não servisse, devíamos tê-la tratado com mais correção! Devíamos ter ido ao enterro dela. Falado com pessoas que a conheciam. Devíamos, Nora! Devíamos, Nora! Agora somos mulheres de meia-idade e temos de perdoar o passado... para o nosso próprio bem, Nora. E a maneira de fazer isso é ver nossos pais — e a nós mesmas — como *preciosos*. Só por ter existido!

Ouvi-a fazendo ruídos de cuspir, mas continuei.

A mãe de Alex era uma terrível mala velha, Nora, mas ele está agindo certo, chorando a perda dela. É a coisa certa a fazer, só isso, quando a pessoa que lhe deu vida morre...

...embarque agora do Vôo E167 para o Aeroporto de Heathrow, Londres, no portão 10...

Kathleen? Me esquece! Sai dessa. Estou cheia dela. Estou cheia de sua fixação nela.

Não é só ela, Nora. Papai também! Ele nos *fez*. Devíamos ter ido ao enterro *dele*, também. Somos apenas elos numa cadeia...

...última chamada, portão 10...

Tenho de ir, disse eu. Volto a ligar pra você.

Kathy... ela começava, mas desliguei.

Quem sabe o que os outros pensam? Olhei para as costas vazias das pessoas diante de mim, enquanto seguíamos devagar a caminho do portão, onde recolhiam os cartões de embarque. Ninguém que me olhasse adivinharia que eu estava rezando. Que exista um céu. Que mamãe esteja no céu. Permita que haja alguma coisa lá para ela, pois teve uma vida tão dura. Nunca esteve em nenhum lugar que teria adorado, como hotéis, por exemplo. Por favor, compense-a por ter vivido naquela casa. A torneira de água fria, o açúcar triturando no chão, a janela baixa e a chuva. Mamãe, por favor, se você existe, por favor esteja em algum lugar em que seja amada, e o frio círculo de negligência em torno de sua vida, por favor, deixe que se extinga.

E, eu lhe perdôo. Veja, temos de nos separar agora. Preciso envelhecer, o que você nunca precisou fazer. Tenho de vigiar a Marianne morrendo em mim de hoje em diante. Isso é o pior: e ninguém me avisou.

Decolagem. Aconcheguei-me junto à janela, esforçando-me por ver embaixo, como se, dessa vez, não quisesse perder um segundo da partida. A caminho da Inglaterra. Como Marianne. Sem casa, como Marianne. Sem filho, como Marianne. Sem amante. Sem ocupação. Sentava-me ao lado de um homem de sorriso muito simpático. Retribuí-lhe o sorriso, com facilidade. Devia estar louca, nos velhos dias. Oh, Mãe de Deus. Permita-me lembrar de Shay o máximo que puder, e que essa onda de vida em mim — tão forte que poderia levantar o avião sozinha — sobreviva no tempo sem ele.

Que pequeno país lindo, apesar de tudo! Não disse do espaço um dos primeiros astronautas que a Irlanda era a coisa mais verde de todo o planeta? O avião elevava-se sobre colinas semeadas de campos. Lagos pequenos e secretos aninhavam-se nos cumes. A terra era verde como jade, de um horizonte a outro, quando o avião virou e nos afastamos. Depois entramos em uma nuvem, desaparecendo por alguns momentos em pura radiação cinzenta, depois mais uma vez renascemos no perfeito azul do alto céu. Entre lugares.

Naqueles bosques de bétulas que circundam as pistas de corrida em Saratoga, há rebanhos de veados de cauda branca. Mullan acordava ao alvorecer para descer aos estábulos. E percorrendo a senda através da clareira, via pelo canto do olho os veados assustarem-se e virarem-se, para desabalar com estrépito em meio ao tremeluzente verde e prateado do mato rasteiro entre as fileiras de árvores. E os veados viravam os flancos para ele ao girarem e saltarem indo embora — flancos brancos, orelhas brancas. Quando faziam isso, ele podia imaginar o lado nu dela, virando-se languidamente embaixo dele, numa cama feita de seu vestido e anáguas.

De volta a Mount Talbot, a velha que era a última que restara dos Talbot e o mordomo foram levados embora, o pessoal veio de Ballygall e saqueou da casa até mesmo o que não tinha utilidade. As janelas começaram a rachar, após tantos anos ao vento e ao sol, partiram-se e quebraram-se, inaudíveis, em meio a tempestades de inverno, as cortinas apodreceram e caíram nos andares de cima, e depois o abandono se instalou na casa, vidros quebrados e folhas espalharam-se sob os assentos junto às janelas e as ripas de carvalho. Então, o cheiro de cinza de turfa e querosene deixou a casa. Quando o ar ali ficou fresco e agradável, a casa também havia morrido.

William Mullan não estava sozinho quando morreu. Caiu de costas na senda que cortava a clareira, numa manhã de outono bem cedo. Mas os veados vieram pastar no lugar onde ele caiu, as névoas da manhã dissolvendo-se lentamente no sol baixo. Ficaram todos à sua volta, e ele soube, enquanto sua vida se esvaía. Quando os homens do estábulo encontraram o corpo, parecia de fato solitário. Mas ele vira acima o corpo de sereia delicado dela... o branco torso movendo-se de uma maneira belíssima — no último suspiro. E os veados não se mexeram até ele já estar morto.

O que sei da Irlanda do período da fome aprendi com os professores da Merriman Summer School; com a obra do Professor Robert Scally; o *Famine Diary*, colaboração de Brendan O'Cathaoir para *The Irish Times*; e com os eloqüentes vestígios daqueles dias terríveis na colina de Knockfierna, em County Limerick.

Meus mais sinceros agradecimentos ao escritor Anthony Glavin que, ao editar *Are You Somebody?*, levou-me a escrever.

Também à Sra. Patsey Duignan de Strokestown, County Roscommon, cuja cópia do *Julgamento* Talbot eu trouxe para Yaddo, onde comecei este livro: agradeço à Corporation of Yaddo por sua hospitalidade.

Minha irmã, Grainne O'Brien, leu um primeiro rascunho de *Meu sonho contigo* e de algum modo, depois disso, pude seguir em frente.

Colm Tóibín deu-me esplêndido e enérgico conselho, e Sydelle Kramer e Julie Grau me ajudaram de todas as formas e em todos os momentos.

Acima de tudo, o ato de escrever este livro nunca foi solitário, porque eu sabia o tempo todo que amigos queridos se interessavam por mim e por ele — de um lado do Atlântico, Mary Parvin, e, do outro, Luke Dodd.

Este livro foi composto na tipologia Bodoni BkBt,
em corpo 11/15, e impresso em papel
off-white 80g/m² no Sistema Cameron da Divisão
Gráfica da Distribuidora Record.

Seja um Leitor Preferencial Record
e receba informações sobre nossos lançamentos.
Escreva para
RP Record
Caixa Postal 23.052
Rio de Janeiro, RJ – CEP 20922-970
dando seu nome e endereço
e tenha acesso a nossas ofertas especiais.

Válido somente no Brasil.

Ou visite a nossa *home page*:
http://www.record.com.br